神圣的使命 难忘的岁月 上

—— 医疗人才组团式援藏纪实

西藏自治区卫生健康委员会　编

中国人口出版社
China Population Publishing House
全国百佳出版单位

图书在版编目（CIP）数据

神圣的使命　难忘的岁月：医疗人才组团式援藏纪实：全2册／西藏自治区卫生健康委员会编．-- 北京：中国人口出版社，2019.9

（纪念西藏民主改革60周年丛书）

ISBN 978-7-5101-6720-1

Ⅰ.①神…　Ⅱ.①西…　Ⅲ.①纪实文学-中国-当代　Ⅳ.①I25

中国版本图书馆CIP数据核字（2019）第147579号

神圣的使命　难忘的岁月——医疗人才组团式援藏纪实

SHENSHENG DE SHIMING NANWANG DE SUIYUE——YILIAO RENCAI ZUTUANSHI YUANZANG JISHI

西藏自治区卫生健康委员会　编

责任编辑　姚宗桥　商成果
装帧设计　夏晓辉
责任印制　林　鑫　单爱军
出版发行　中国人口出版社
印　　刷　北京柏力行彩印有限公司
开　　本　787毫米×1092毫米　1/16
印　　张　55
字　　数　1 000千字
版　　次　2019年9月第1版
印　　次　2019年9月第1次印刷
书　　号　ISBN 978-7-5101-6720-1
定　　价　128.00元（全2册）

网　　址　www.rkcbs.com.cn
电子信箱　rkcbs@126.com
总编室电话　（010）83519392
发行部电话　（010）83530809
传　　真　（010）83538190
地　　址　北京市西城区广安门南街80号中加大厦
邮政编码　100054

目 录

敬佑生命 第一批援藏队员的故事

救死扶伤 第二批援藏队员的故事

甘于奉献 第三批援藏队员的故事

敬佑生命

第一批援藏队员的故事

“大西院”改革进行时

西藏自治区人民医院蹲点采访观察

写在前面的话：

是机体缺血？是血管阻塞？还是造血功能障碍？

医院运行剖析远比医学病理诊断复杂得多，这是一定的。当三者皆有之，依赖“输血”还不够。因此，新形势下的医疗人才组团式援藏工作其内涵和意义非同寻常。

如果要把受援医院比作特殊的“患者”，这个工作主体不仅要外因的“他医”，更要内因的“自救”；不仅要精湛地“医人”，更要清醒地“医己”，通过深化改革、疏通血管、承接输血、激发造血，以持续增强内生动力，造福雪域群众。

我们要改变

西藏自治区人民医院大院深处，在某军医疗队原址上建起的三层办公小楼有些不起眼。院长韩丁的办公室经常亮起夜灯，在楼道里依稀能辨得出哧哧的氧气声。摘下眼镜，揉搓疲倦的双眼，韩院长还在思忖心里那份最佳的“诊疗方案”。

2017 年，拉萨的天气忽冷忽热，几经“入春失败”。能看出韩丁的身体对高原气候有些吃不消，但他很乐观，“眼下正在换季，万物生长与人争夺氧气”。

医疗人才组团式援藏工作已经进入了第二个年头，西藏自治区人民医院距 2020 年前达到西部省会城市“三甲”医院平均及以上水平、保障大病基本不出藏，只剩三年的时间。

“不能几十年就这个样子，我们要改变，”在医院陈旧的老学术厅里，跟全院职工代表交心，韩丁的话，说得情韵深长，还有意放缓语气来激将，“我真的就是想为了医院好。我才来了一年零八个月嘛，如果大家认为对医院的感情还不如我，那就别去做。”

与以往单纯的医疗技术援助不同，韩丁也看重如何破除医院发展的体制机制障碍。从北京协和医院副院长到西藏自治区人民医院院长和医疗人才组团式援藏总领队，集两个身份于一身，韩院长意识到要做好的前提是必须调动“两个积极性”。

对于韩院长常说的“改变”，在西藏自治区人民医院干了22年的蒋磊副院长用“翻身”这个词来形容：“组团式援藏对我们医院是一个千载难逢的机遇，抓住了才能真正做大做强，失去了就很难翻身了。”

西藏自治区人民医院挂着省级的牌子，是“1+7”医院（自治区和七地市人民医院）中的“1”，医疗服务要辐射和引领全区，兜着“大病基本不出藏”的底，系着全区患者最大的，有时是最后的希望。

人才是事业发展的血液，自身硬就得靠一大批本土化的医疗专家和管理团队，这已然成为共识。在医疗人才组团式援藏以及自治区党委、政府出台一系列有利于打造一批“信得过、用得上、留得住”人才和简政放权政策的机遇下，新的实践探索给援藏话语体系增加了“通血”的内涵，与“输血”“造血”有机结合，构成了当下组团援藏的模式框架。

对“疏通血脉”的深化改革，韩丁院长和医院的管理者并不避讳地直言“很难”。历史机遇之下，医院的管理者正在用一种为医院好的憨劲做着自嘲为“傻乎乎”的事。

大病兜底的最后一关

2017年3月24日，上海市委组织部发来的一份200多字的感谢信，把6天前凌晨惊心动魄的200多分钟又带回眼前。

其时已是半夜，上海市第八批援藏干部、萨迦县中学校长钟北京腹部剧痛紧急转诊至西藏自治区人民医院。韩丁院长第一时间召集援藏和本院专家会诊，经CT造影增强扫描诊断为小肠坏死。这个手术必须连夜做，不做病情将持续恶化，50厘米的坏死可能恶化到1米，甚至威胁到患者生命。18日凌晨1时至4时25分的200多分钟里手术室里格外紧张，最后手术成功实施。

西藏地广，转送多为长途；西藏人稀，但疑难病例不少。一些急难病例转至拉萨往往是半夜时刻。想出藏也出不去的大病急病，尽管留给西藏自治区人民医院的时间不多，但大病兜底的最后一关必须把好。

加强医疗技术保障是长远要解决的大事，在眼下也是紧迫的要事。组团援藏，北京协和医院、北京大学第一医院、北京大学人民医院和北京大学第三医院的两批60名医疗队员，覆盖了西藏自治区人民医院90%的科室和部门，单兵作战变集团优势，一流专家、顶尖技术送到了“家门口”，也赢得一个个生死博弈。

出生5天的食道闭锁宝宝获得新生，3个月的婴儿重建肾盂，年轻的藏族母亲身患危重红斑狼疮转危为安，成功实施西藏首例肿瘤细胞减灭和盆腔淋巴结清扫术、西藏首例腹腔镜膀胱根治性切除术、西藏首例新生儿食道闭锁畸形矫正手术，确诊西藏首例儿童血友病甲……在藏实施的多项新技术，救治的有来自7市地的各族群众、寺庙僧尼、在藏干部，造福的是孩子、是父母、是亲人。

“不出藏就享受全国一流专家的医治，这是我们西藏人的福分。”到北京看病挂个专家号有多难？前不久，在藏工作的拉姆（化名）到北京看病，连挂一个主治医师的号都费尽周折，最后还是回到西藏自治区人民医院。

“以前不能诊治的疾病可以诊治了，以前不敢做的手术也敢做了”，通过专家带骨干、师傅带徒弟，实施的多项新技术、新项目其意义不只是填补空白。

韩丁对援藏队员们多次提醒，不要以开展多少个新项目、新技术为自豪，一定要让本地的医疗人员独立常规开展这些新项目、新技术。在“传、帮、带”机制下，很多手术由援藏专家指导本院医生主刀完成，很多新项目被本地医疗人员掌握。

项目从无到有、技术从零到会的意义很多，但对本地医疗人员来说是成长的蜕变。“内地实验室正在做ISO15189质量体系认可，跟邱老师接触之前，对这项工作我一点都不知道，就是零。”实验室被认可，报告才具有权威性。检验科主任刘治娟口里的“邱老师”是北京协和医院的援藏医生邱玲。通过内审员的系统培训，现在刘治娟对怎样开展“已经非常熟悉了”，干脆的话音里透着实现自我认同的自信和喜悦。

内科医生只能看感冒，外科医生只能做阑尾炎，这医院是前进不了的，必须得有做复杂手术的能力。

用韩丁常说的一句话：作为医生，看好病就是最大的政治。

“开展的新技术越多会的就越多，开展的新技术越少会的也就越少，这就是强者越强、弱者越弱的马太效应。”医生的成长需要长期摸爬滚打，组团援藏让更多患者不出藏治疗，也使本地医生们可以接触更多的病例、积累更多诊治经验，格桑罗布副院长认为组团式援藏有利于打破医院发展、医生成长的马太效应。

大西院之大

“全国最好的四家医院的专家集中在一所医院里，还有后方远程医疗支持，某种程度上说我们医院是全国最好的。”蒋磊心里底气很足。

2016年7月，一名23岁的孕妇大出血，病情十分危急，刚刚建成的远程医学中心在紧要关头起了作用。

12日下午4点，北京协和医院和西藏自治区人民医院神经外科、妇产科、重症医学科、感染科、检验科、放射科的专家们通过远程方式，完成了首例ICU重症患者的病历讨论及会诊，并成功实施救治。

远程医学中心从建设到运行只用了一个多月的时间。信息网络科副科长罗布次仁说：“不用到北京去，在藏就能得到北京协和专家的治疗方案，随时随地享受国家顶尖专家的指导。”

这一目前西藏硬件最先进、性能最卓越的远程医学中心由北京协和医院与西藏自治区人民医院联合共建，把位于首都和边疆的两家医院紧紧地连在一起、抱成一团。

“举全院之力，把自治区人民医院当成协和的大西院来建设。”7月15日，双方多学科专家再次对该患者远程会诊后，北京协和医院院长赵玉沛当着来自西藏自治区人民医院调研的西藏主要领导的面，郑重表态。北京协和医院的西院在2002年合并重组以来，经过5年的努力已发生巨大变化。

从西藏自治区人民医院的角度来看，“大西院”之“大”一在于有北京协和等援助医院的坚强后盾，二在于辐射全区医疗服务、兜大病基本不出藏的底。

除共建全区最好的远程医学中心之外，西藏自治区人民医院还成立了自治区临检质量控制中心、病理诊断中心、感染质控中心，正在筹建自治区影像、肿瘤、心脏等一系列中心。

“这些中心的建设将逐步辐射全区各级医院，必将为我院在全区相关领域的引领作用打下坚实基础。”在给全院职工打气时，韩丁院长甚至用“霸主地位”的前景来做激励。

“做子宫内膜蜡片容易破碎，有没有好的办法来解决？”5月3日，西藏自治区2017年第一次病理技术培训上，日喀则桑珠孜医院的白央现场请教。来自北京协和医院的病理专家李星奇建议“改把镊子，一次端起来，这样标本平铺的时候不容易造成挤压”。

经过培训和专家考核合格，有 9 名来自全区各大医院的病理技师获得结业证书。“如果没有病理，就是对患者不负责任。都不知道病是良性还是恶性，怎么进行下一步的治疗呢？要切多大、切多少？其实，病理科就相当于我们外科医生的一只眼睛。”培训结束，韩丁抽出时间专门过来亲手发放证书，感慨地说：“这些技师都是西藏病理发展的种子啊。”

依托中心建设，像这样针对全区或全院进行的病理、麻醉、护理、新生儿、风湿、检验、药学等专家培训平均每四天有一次。

韩丁正在实践推进的设想是：第一步集中培训，利用诊断中心的模式，用远程的手段进行辐射；第二步等未来每个学科越来越成熟，就会对各医院发展贡献更多的力量。

不是非逼到了墙角才要这么做

可以感受到，援藏团队的积极性发挥得很充分，但更需要的是调动受援方的积极性。外因与内因同时发挥作用方能成大器。

“来了欢迎，你们干吧！没有求知若渴的状态，到需要时就没劲了。”韩丁最担心“我来干、你来看”这种被动受援情况。

在自治区人民医院，求知动力不足的问题也确实存在。

“一个医生，有两个机会摆在他面前，一个是下乡，另一个是去北京协和医院进修，你说他会选什么？”蒋磊讲到这个例子时给出了一个出乎意料的答案，“他选择下乡！”

“站在学科的最前沿却没有最高追求，要把这个观念转变过来。”蒋磊感慨，“我那时候为了进修，挤破了头都想去，要提高自己啊。”

现在的情况有些相反。“刚开始临床工作的时候精神都很饱满，可能因为很多东西不会。但工作到了一定的时间，你不学我不学他也不学，大家都是这样，惰性就出来了。”内科总护士长贺艳把这一不良现象归于大环境，“实际上我们差得还多，要做的东西还有很多很多。”

“大锅饭”体制机制下，学与不学一个样、干多干少一个样、干好干坏一个样，工作积极性被打消，长此以往“愿意干的也不肯干了”。对此，医院职工既抱怨也随波逐流，想改变又有一身惰性。

为了充分调动广大职工的积极性和主动性，上任伊始，韩丁院长就决心要彻底改变医院的不良“气候”。

2017年4月25日的一大早，护理科副主任嘎多、沈宁带着竞聘上岗的护士长来到临床各科室进行工作交接。其中，32岁的边巴欧珠是新聘27名护士长中资历最浅的一位，也是医院为数不多的一名男护士，“以前凭工作资历等行政任命，现在靠工作能力、竞聘上岗，我们年轻人也有了表现的机会。”

这次临床护士长竞聘设置岗位27名，实际报名有42人，日期截止后还有很多人要求报名。工作年限从五年放宽到三年，正式职工与聘任职工一视同仁。新的用人机制调动起了每个人的积极性，场面一下火了。

“大家积极参与竞聘，场面热烈，彻底打破了原来护士长没人做、不愿意做的局面。”韩丁院长说这番话时心里有些“小满意”，而对照的是几个月前医院开展的总护士长竞聘。当时这项竞聘工作刚开始推进，没有一个人参加报名。

“现在很好啊，为什么还要设总护士长的岗位？这样以后全是得罪人的活儿。每天不是要下去质控嘛、检查嘛，为了提高质量必须每天不停地去每个科室督促跟踪，不招人烦嘛。”大环境不改善谁也不想当那个“刺儿头”，内科总护士长贺艳说出了当时大家的心里话。

蒋磊分管护理部，他说：“以往是有职务没权力、有责任没利益，对从护理部开始探索的改革，大家的确有很多的顾虑。”

医院之前没有总护士长，临床护士长归科主任管理。管理体制不顺的确带来很多问题，“有时医院的护士乱成一锅粥，到处都有，东打一枪西打一枪”。

医院改革首推人事制度改革。为落实好医院党委的顶层设计，人事处里时刻紧张忙碌。负责人李瑞说，护理管理模式实行护理部、总护士长、护士长三级垂直管理，实行公开竞聘选拔。同时，把绩效考评、人员调配的权力全部下放给护理部，由护理部统一来调配。

180°的大转弯

1月3日下午，新年伊始上班的第一天，西藏自治区人民医院就隆重举行了总护士长竞聘上岗演讲大会，16名符合条件的医护人员“表面从容，心里忐忑”地进行演讲，竞争着内科、外科和门急诊3个总护士长职位。

演讲台下面坐着的是由院领导、中层干部、护士长等56名代表组成的考评委员会。与大家一样，院长和书记只有一票的权利，杜绝“关系户”。

为打好医院改革的“第一枪”，医院党委先后开了三次动员会，反复地做工作，认识提高的职工们也克服了身上的“惰性”。

在实施方案里，竞职演讲、民主推荐、基本考评等细数下来的考核项目有30多项，要经资格审查、竞职演讲、民主推荐、基本考评、成绩公示、会议酝酿、组织考察、党委会决定及任前公示8个组织程序。最后任命的3名总护士长是成绩公示的前三名，入选者和落选者之间只差零点几分。

榜一张贴出来，就取前三名，这下大家都看在眼里了：不像以往靠行政来任命，这是凭自己的本事，凭自己平时的表现。经过总护士长竞聘的成功进行，再到护士长竞聘时，职工的参与热情来了180°的大转弯。

“这边特点是好像非要逼到一定程度的时候才能做改变。按照三级甲等医院的规模，三级质量控制必须做，进一步提高医疗服务质量也是永无止境的，并不是说我们要逼到了墙角才这么做。”贺艳就是经过公开竞聘成为总护士长的，现在管理着内科的8个科室。到了新的岗位，她全盘来考虑内科系统的质量控制、护理安全和下一步专科护士的发展。

经过公开竞聘，西藏自治区人民医院护理管理建立起了三级垂直管理模式，正式与内地接轨，既往的监督管理变成了自律管理。韩丁说：“为想干事、能干事的人搭建平台、创造机遇，要让每个护士都有一个美好的职业前景。”

护士职业是与患者接触时间最长的。“医院能给这么多年轻人平台，护士们工作也就更积极。”沈宁来自北京协和医院护理部，她说下一步要完善护士培养体系，走医护管理和专业层级两条路，增强护理职业的认同感。

5月10日，国际护士节来临之际，自治区人民医院召开庆祝2017国际护士节“展护理魅力、秀护士智慧”护理知识决赛暨护理表彰大会。蒋磊代表院党委宣读总护士长和护士长任命，3名总护士长和27名护士长从院党委书记蒲智的手里接过聘任书，正式上岗。

医院简政放权，实行自愿报名、竞聘上岗、民意测评、民主集中的选拔制度，配以新的绩效考核。人事改革得以在护理部成功“试水”，一套干部能上能下、公开透明、公平竞争、奖惩分明、适合西藏特点、有利于人才成长的干部选拔和使用制度经过摸索逐步建立起来。

工作热情不高、想离开一线、到点就要退，为什么

有这样一段话在机关里流传：“不怕吃苦、就怕吃亏；不怕受累、就怕受屈。”

医院事业能否加快发展，人才是关键。同样，医院有很多的问题，归根结

底也在于人。

外部要输血、内部要“通血”，激发出全院职工的主观能动性。韩丁以一种坚定的承诺给全院职工描绘出美好前景：给予每个上进的年轻人创造良好的继续教育机会和职业前景。为业务骨干和科室主任提供走向全国的学术平台。让年轻人有奔头，让壮年人有干头，让“老”年人有想头，创造一个有利于人才成长、留得住人才的积极向上的工作环境。

“我们人不笨啊，为什么工作热情就不高，为什么想离开一线，为什么到点就要退休，制度不是鼓励人多干?”蒋磊连用了三个“为什么”自曝家丑，反思体制机制出现了哪些问题。

他说：“韩院长来了以后，经过一年多的调研，发现工作难就难在人事制度和薪酬制度改革。这两个问题解决好了，其他问题也就迎刃而解。”

现在影像科的楼道里有些空旷，三排的座椅仅有零星几个人在等候。可在薪酬制度改革试点之前却是另一番景象。“排队的人都挤在这里，有时候因为你前我后闹不好就吵起来。”说起以往，影像科副主任尼玛玉珍还有些唏嘘不已。

之前超声、CT、核磁等检查预约时间长达一周左右，患者在检查时经常发生“看病拥堵”。有好多患者等不及了就退费到其他医院检查，真正诊断有困难又要跑回来，再等一周，既憋了一肚子的气，也耽误了病情。

“患者在等，每个医生也在做，但是感觉效率特别低。这么多患者怎么做得这么慢，医生确实在工作，我只有给患者解释，医生做得特别仔细。”作为管理者，尼玛玉珍时常被夹在患者和医生中间，“不好说患者，也不好说医生”，深感处境尴尬、工作被动，被困在旧机制里，“不知道该用什么样的办法去更好地管理”。

这种情况下，多劳多得、优劳优酬的绩效分配和考核制度开始在检查科试点。“机制在那里，把大家困住了。机制一改革，大家的积极性一下就被调动起来了。”尼玛玉珍说，现在医生主动加班，工作效率像挂了“加力挡”。

通过绩效考核这个手段，目前超声检查已经从原来预约一周左右实现了零预约，CT、核磁预约时间也缩短到了两天以内，而改革最受益的还是老百姓。

在山南工作的潘娟趁“五一”假期再次到医院复诊，这次不到一小时就拿到了检查结果，“以前要提前一周预约，提前来拉萨起大早排队，现在随来随看，各个医疗程序越来越方便快捷。”

“这个新机制是一个大革命吧，就觉得特别给力。”从旧条条框框的泥潭里走出来，尼玛玉珍有种压力释放、得到“解放”的感觉。“轻松很多、笑容也多了”的尼玛玉珍开心地说：“我的脸色也稍微好一点了。”

改革调动了人的积极性，更拴住了人心。

像护理部、影像科等临床一线科室对医院来说是核心竞争力所在，但在大多职工眼里却是又苦又累的岗位。即使年纪很轻才30出头，也有不想从事临床一线工作的，岗位流失很严重。轻松岗位与临床工作没有差别，要求退休、要求病退、要求调岗，找各种理由想离开的不在少数。

“拉开档次、不能搞平均”，人事制度改革和薪酬制度改革在护理部和检查科的成功试点，在全院放出了一个明晰的信号：全院工作的重心就是要向临床一线倾斜。

现在医院工作正朝着往上走、到一线去这个好的方向发展。

打破“铁饭碗”

医学专业人才培养周期长且流失严重，而流失的往往是医院的“顶梁柱”：一个人退了、走了，整个科就垮了。

医院的口腔科，上面科主任是正高，底下是住院医生，也就相当于初级。科主任要提前退休的话，学科“领头羊”就没了。这样的科室在医院还有一些。

还有的知名医生在退休前已经把后路都找好了，人家给的待遇远超出现在的收入。这些专家说起来很重要，而在以前却是说走就走了，医院没有真正珍惜。

人才没有得到应有的重视走得“灰溜溜”，一心想要留人的韩丁看到这种情况心里“酸溜溜”。2017年，韩院长把要提前退休的专家一个一个找到办公室里苦口婆心地劝说，讲政治、说事业、谈感情、给待遇，总之留人。感受到医院现在如此重视自己，交心到深处，有专家当时就激动地流下眼泪。

医院经过研究对留人机制也进行了改革，对学科建设和医院发展暂时离不开的高级职称人员和科室主任，医院自筹资金使其“在职享受”提前退休所有待遇，提高已退休的医院急需专业技术人员的返聘待遇，并增发全院平均绩效奖金的1～1.5倍。

提高待遇只是一个手段，却让专家们感受到了医院留人的十足诚意。这一年有10名专家愿意并留了下来。

“过去士气低落，从这一刻起翻篇儿了。”经过急步稳进的改革“通血”，蒋磊谨慎地评价，“至少医院摆脱了原来死气沉沉、按部就班、满足于现状的那种状态。"

由于没有重视梯队建设，医疗人才出现断档，把人才梯队建设作为任期的重要考核指标，"以前是院领导急，现在变为科领导急"。

而摆在医院发展面前的另一个"怪现象"是既缺人又空编，"以前宁可空编也不用"暴露出了人事制度的短板。

借医疗人才组团式援藏契机，西藏自治区党委、政府高度重视，出台专门文件，西藏自治区人民医院被列为事业单位改革试点单位，有了用人自主权。

经过扎实的前期工作，自治区人民医院4月24日发布了2017年度人才引进招聘公告，可用编制的61.8%用于招聘应往届毕业生，计划118人；38.2%用于引进学科骨干，计划73人。

韩院长在编制使用比例上使用了黄金分割法。在医院几十年的职工都感叹：这是医院建院以来力度最大、招人最多的一次。

医院的人才引进，创造性地提出"编制内待遇、合同制管理"，成为最大亮点和备受关注的高频词汇。"这在全国、自治区都是最新的一种提法，也就是所有进入人员可以享受在编职工一切待遇，但必须签订三个合同期也就是9年，考核合格才能上编，这样既可以留住人才，也可以激励人才。"李瑞有些兴奋地说，"影响极其强烈，不到十天报名的就超过600多人。现在，面试已经顺利完成。"

彻底打破了"大锅饭"，也彻底打破了"铁饭碗"。为了保障公开公平公正，医院成立了人才引进委员会负责进行招聘、面试、考核等工作，院长和书记只有一票的权利。找关系、走后门、一言堂的进人用人不良现象被堵死。

只有源源不断的优秀本土人才成长起来才能给医院"撑起门楣"。常有人把落后状态下的发展形容为"跟跑追赶"，往往仍是难以"望其项背"。

韩丁带领人民医院少有比赶超、缩差距的急躁，更多的是一份脚踏实地的扎实，抓住改革关键点，在如何选人、怎么用人、怎样培养人上不懈努力。

借用一句网络语形容：不要去追一匹马，用追马的时间种草，待到来年春暖花开之时，就会有一群骏马任君选择。

过上阳光、体面和有尊严的生活

管，怕得罪人；说，意见上不去。天窗没开就说不出亮话，开"堰塞"，去积弊，方能政通人和。

医院的诸多举措打开了言路之门，形成了一个个"小气候"，将连成一片天地。

“我们老是想着家大业大，这边花一点那边花一点没什么，最后支出就太多了”“挂在墙上太多，真正落实到工作中的没有几项。要真正地去问责，干不好下去，干不了该到哪到哪。现在的工作是用鞭子抽着走”……在职工代表大会上，职工敢说也愿意说了。

医院还要广设信箱，“甭打小报告、正常监督开起来”，公开正式收集职工代表意见，征求大家的智慧。

“不把医院当成家，这个家就好不了。”韩丁不怕职工“大放厥词”，就怕职工漠不关心，“只有这个样子全部拿到桌面上，公开讨论，才能真正地去为医院的事业着想，把这里当成家的人群越多，我们医院发展的后劲就越大。”

当下医院的改革开始向财物管理推进，加强和规范财务支出，所有器材、药品、资产等要全部实现条码管理，杜绝“拿个小药、顺个纱布、丢个刀片”。提需求的回避招标、引入第三方、加强物资分类管理……以合规合法取代物资招标的“老办法”，走现代医院的精细化管理轨道，人能尽其才、物能尽其用。

医疗人才组团式援藏契机下，医院的改革正在进行时。医院的管理者们感慨“碰到的问题以前是碰到过的，但解决的办法是以前想都不敢想的”。

“只要充分地解放生产力、发展生产力，只要大家齐心协力，这个盘子会越来越大。我相信我们全体自治区人民医院人一定会过上阳光、体面和有尊严的生活。”前行路上有诸多坎坷，要做的还很多。

从“医生治好病就是最大的政治”出发，以站在前沿的姿态，把眼光放得长远，从整体上量体裁衣、全盘设计，既高举高打又贴着地皮，既注重外部输血又着力内部通血造血，补短板而不修修补补地“打补丁”，去积弊又不伤职工积极性，改革的红利最终将是人民群众获利受益。

西藏自治区人民医院，改革正在深入推进……

（记者　赵书彬）

为了让罹患卵巢恶性肿瘤的 25 岁牧民姑娘成为母亲

北京大学第三医院　李华　袁炯

九月的西藏如诗如画般美丽。和煦的阳光照在西藏自治区人民医院院内的大楼上，楼内，北京大学第三医院的援藏医疗专家妇产科副主任医师李华、普通外科主任医师袁炯，小心翼翼地进行着恶性肿瘤减灭和盆腔淋巴结清扫手术。而这一切，都是为了让手术台上那位 25 岁的牧民姑娘未来有做母亲的权利。

这位患者是 9 月 2 日来到的医院，因为“下腹胀痛 3 个月及盆腔占位性质待定”收治入院。虽然没有消化道症状，但是自觉消瘦明显，姑娘的面容有些憔悴。入院时患者情况较差，心率 102 次/分，查体盆腔可探及一个约 15cm × 20cm 的包块，呈囊实性。经检查提示，盆腔内巨大占位性病变。综合考虑为卵巢恶性生殖细胞肿瘤的可能性比较大。

迅速制订手术方案后，开始对术前工作进行准备，包括进行严格的肠道准备、备血等。由于拉萨处于高原地带，平均海拔约 3700 米，空气非常稀薄，人口也非常稀少。血液具有携氧作用在这里尤为重要，这里血源也非常紧张。据说，患者家属在血站苦苦哀求后才拿到了 800ml 血。

9 月 9 日，手术如期进行。术中，见盆腔粘连严重，盆腔肿瘤来自右侧卵巢，增大约 20cm × 18cm × 15cm，被大网膜粘连覆盖，表面血管充盈，并与肠壁、子宫后壁、膀胱腹膜和盆壁广泛致密粘连。因肿块组织糟脆，分离粘连易导致出血，先结扎右侧卵巢血管以减少出血。小心钝性、锐性分离包块与肠管及左侧附件、膀胱和子宫的粘连。术中，袁炯台上会诊，清除直肠表面的肿瘤组织，将肿瘤组织基本切净，并行直肠充气实验后提示肠管无损伤。切除的肿瘤组织呈烂鱼肉样。

术中快速冰冻病理检查结果回报：（盆腔包块）含上皮样成分的恶性肿瘤伴坏死，符合恶性生殖细胞肿瘤，卵黄囊瘤可能性大。因患者年轻，术中决定为其保留生育功能（子宫和左侧附件未切除），继续行大网膜切除术和清扫盆腔淋巴结。盆腔淋巴结位于大血管表面，清扫淋巴结如同走钢丝一般，稍有不慎，就会大出血。扫淋巴结时见右输尿管因肿瘤粘连并与右侧髂外静脉血管粘连，增粗约1cm，一并小心给予分离，缓解了输尿管的梗阻。

手术十分顺利，术中出血800ml，输同型异体血400ml。

此例手术是西藏首例恶性肿瘤减灭和盆腔淋巴结清扫术，充分发挥了此次援藏专家团队的作用及多学科合作的优势。术后患者恢复良好，并于10月20日入院进行第二程化疗。

看到这位姑娘精神状态不错，体重也比术前增加了，恢复了往日美丽的容颜，大家都觉得很欣慰。

援藏最惊心动魄的一天

北京大学第三医院　李渊

国庆节后的一天，西藏自治区人民医院消化科大夫们正在查房。作为拉萨市急诊患者主要的收治医院，过节期间病房和急诊的急危重症患者激增，北医三院援藏的李渊副主任医师带领着各级医师针对每一个患者进行了细致入微的检查，制订了详细的诊疗方案，病房里一片忙碌的景象。

这时，病房闯进来一位40岁左右的藏族妇女。她步履匆忙，面容苍白，神情焦急。从她急促不连贯的话语中，大家得知她三天前行胆囊切除术，但爱人一直没来医院探望她，她通过手机也无法与爱人取得联系，无奈偷偷回家才发现爱人倒在血泊之中，已经昏迷。送往ICU后初步诊断为上消化道出血，失血性休克。经初步治疗神志恢复，但仍出血不止。刻不容缓，李渊医师马上组织了床边内镜检查进行抢救。患者当时神志淡漠，血压80/50mmHg，心率120次/分，血色素只有4g。开始胃镜检查后，在胃内大量鲜血中终于发现了出血部位，一个近3cm的溃疡，表面还在猛烈喷血。李渊医师毫不犹豫地使用了肾上腺素盐水注射止血，并使用钛夹，准确地夹闭了血管的中心部位。但由于血管过粗，边缘还在渗血，他熟练地使用了11枚钛夹才完全止住了血。

正当大家试图松一口气的时候，突然接到消化科病房的电话，一个刚从急诊转入病房的患者出现大量呕血。李渊医师迅速推着内镜赶到病房。该患者是一个乙肝肝硬化患者，从发病时到入院已经出血将近2500ml，神志暂时还清醒，但仍有活动性出血。更为严峻的情况是医院没有备血，而且外科和介入科尚未开展相应的止血治疗，治疗上别无选择，而内镜治疗的风险性很大。患者危在旦夕，望着家属急切的目光，李渊医师决定背水一战。通过胃镜检查发现患者食管静脉曲张严重，而大量出血掩盖出血部位。李渊医师小心翼翼地用透明小帽压迫食管黏膜探索出血部位，终于发现是贲门口的一条静脉出血。他沉着果断地套扎该静脉，出血当即停止。考虑到患者再出血的风险很大，他不但连续套扎了多条静脉，而且使用了静脉曲张硬化技术将硬化剂注入曲张静脉。这是西藏自治区人民医院首次开展这项联合技术，大家都为他捏了一把汗。治疗结束，患者恢复良好。

几天之后，患者家属来到办公室，他们双掌合十表示感谢。藏族老百姓不善表达，但他们的感情如同雪山一般纯洁，胸怀如同高原般宽广，深深触动了全体消化科工作人员。

奔走在世界屋脊的好“门巴”[①]

记北京大学第三医院李华

虽然已经从西藏回到北京将近两个月，但李华的内心还是久久不能平静。她时常会想起援藏期间的日日夜夜，经常还要在网上与西藏自治区人民医院妇产科的同事们交流业务……

2015年8月19日，作为首批由中央组织部、人力资源社会保障部和国家卫生计生委组织选派的医疗组团式援藏专家，北京大学第三医院妇产科副主任医师李华有幸参与其中。

“当初，医院发通知号召大家报名参加，我并没有想太多，就报了名。”李华说，西藏一直是她心里神秘神圣的地方，如果能去那里为藏民服务，也算是人生的一次宝贵经历。

既然选择了远方，便只顾风雨兼程。

高原反应

果然不出所料，到达西藏之后，李华还没有来得及欣赏向往已久的美景，就被严重的高原反应“侵袭”。

“到那里的前半个月，我几乎晚上都睡不着觉，吃安眠药也不管用，后来实在没有办法，选择了肌肉注射安定药物，才能勉强睡3小时左右。”李华告诉《中国科学报》记者，失眠的问题困扰了她整个援藏过程。

除了失眠，头痛、头晕、恶心、食欲不振、心率下降……身体的一系列反应，甚至让李华有些后悔当初的决定，“真怕身体扛不住”。

其实，李华的这种担心不无道理。前不久，安徽省援藏的口腔科医生赵矩

① “门巴”在藏语中为医生。

就因为严重的高原反应陷入深度昏迷而不幸离世。

“在那里，就感觉睡了和没睡一个样，吃了和没吃一个样，感冒与没感冒一个样。”李华告诉记者，援藏期间最难熬的就是夜晚。“透过窗户，你能清楚地看到璀璨的星空，却丝毫没有心情去欣赏。因为被高原反应折磨得难以入睡，再加上思乡的情绪，人会有些失控。”

庆幸的是，李华终于咬着牙，挺了过来。因为她知道，此次之行不仅仅是践行一位医者的职责，更肩负着重大的政治任务。

不可否认，相比过去，在国家的支持帮助下，西藏的医疗现状已经得到了飞跃式发展，但因地域辽阔、居住分散、医疗基础薄弱等因素，缺医少药、技术落后的现状仍然普遍存在。

“此次采用医疗人才组团式援藏，时间为一年，就是想通过我们这些各个专业的援藏医生，全面带动提升西藏整体的医疗水平。”李华说。

传经布道

李华的援藏之行，主要负责西藏自治区人民医院妇产科的建设和妇科疾病诊疗体系的规范化；同时，依托北京大学第三医院微创优势，培养当地微创人才梯队。

虽然身体有诸多不适，但并没有太过影响李华工作的热情，甚至有时候，她吸着氧气还坚持看门诊、做手术。正是这种超负荷的工作、全身心的投入、克服了常人难以想象的困难，让她如愿地获得成功。

在她的带领下，该科室完成了多台“首例手术”，如腹腔镜输卵管间质部妊娠、卵巢囊肿剔除、开腹肿瘤细胞减灭、宫腔镜肌瘤切除、盆腹腔淋巴结清扫、女性生殖道畸形等手术。

每次做手术时，李华都是不厌其烦地从理论到操作为当地医生进行详细讲解。“现在，他们已经可以完成简单的宫腔镜手术和腹腔镜卵巢囊肿剔除等手术。”

除了手术，李华还积极地在科室内推行疾病诊治指南，规范对妇科良恶性疾病的诊治流程。每一位入院的患者，她都要从术前诊断、鉴别诊断、阅片、手术注意事项、术后护理和治疗等方面进行详细讲解。同时，规范病历书写，对于疑难特殊病例启动了多学科会诊模式。

“来医院就诊的患者，身体都已经出现了问题，如果能在日常生活中普及妇女健康卫生知识，就可以将疾病扼杀在萌芽中。”李华还特意结合当地的文化习俗以及妇科疾病的特点，与西藏自治区人民医院妇产科主任卓嘎共同编写汉藏双语《妇女健康保健手册》。这也是西藏首个专门针对妇女保健的知识手册，首次印刷1万册，全部免费赠送给西藏群众。

“编写手册的初衷，就是想提升西藏地区广大妇女的健康水平，特别是从预防端降低农牧区藏族妇女患妇科疾病和承担分娩风险的概率。”李华告诉记者，高原地区高寒缺氧，孕妇易患高血压并诱发多种并发症，而边远农牧区群众由于医疗知识的缺乏，许多妇女由于没有及时进行妇科检查而错过了最佳治疗时机。

最初梦想

一分耕耘，一分收获。洒下辛勤的汗水，收获金色的希望。一年的援藏工作，带来西藏医疗水平的提升，而带给李华的则更多是从“小我”到“大我”的转变。

“过去，做事情看问题，往往格局比较小，只顾自己的得与失。而这次援藏之行，让我学会了从更高的格局去看待与处理问题，心界更开阔，心境更明朗，心智更成熟，更懂得一位医者的价值所在。”在李华心目中，一名好医生最基本的要求就是能够解除患者的疾苦，为患者带来福音，获得患者认可。

谈到为何选择医生这条道路时，李华眼睛湿润了。“小时候，妈妈身体不好，有支气管哮喘和肺气肿，时常要到医院看病、打针，于是就对医生这个职业存在敬畏之心，所以大学就报考了北京医科大学。”

但遗憾的是，李华读大四那年，妈妈还是走了。而这更成为李华内心中继续在医学道路上执着追求的动力，“我要努力成为一名优秀的医生，为患者减轻痛苦。”

如今，李华早已经忘记救治过多少个患者，但她却始终小心翼翼地对待每一位患者，“生命不会重来，绝对不允许出现错误”。

“医生和患者的关系应当是唇齿相依、彼此合作协调，对抗共同的敌人——疾病。”李华说，医生在西藏被称为“门巴”，也被人们誉为行走在高原上的“仁波切”，也就是活佛的意思，而活佛又把医生称为“神人”。“所以说，医生应该是太阳底下最光辉、最崇高的职业之一。”

天空没有留下翅膀的痕迹，但我已飞过。李华不知道以后还有没有机会再去边疆发挥“光和热”，但这次经历已然成为她人生最宝贵的财富。

（记者　张思玮）

手术室的一天

北京大学第三医院　王墨培

2015 年 9 月 29 日，虽然是中秋节的第二天，又临近国庆，但是在西藏自治区人民医院却丝毫没有假期的气息，这是一家无假日医院，不管是周末还是节假日所有医生都坚守工作岗位，非常辛苦。上午 9 点半的手术室里，一切已经准备就绪。一号手术室里躺着一位肿瘤科的胃癌患者，从术前 CT 评估，很可能已经有远站淋巴结转移，但是患者及家属还是希望能够手术切除。为此，我们特意找来袁炯主任，经过术前讨论，决定先腹腔镜探查，根据探查结果再决定下一步治疗。袁炯主任是普外科的专家，他精湛的技术、低调严谨的作风在我们援藏队员中有口皆碑。从肾内科造瘘口感染患者的局部清创，到消化科患者的急诊手术、肿瘤科的腔镜手术，甚至妇科重症患者的会诊，有了袁主任的指导和保障，再复杂多变的病情，我们治疗起来也有了信心。袁队沉着上台，一边操作，一边指导教学，很快就探查到患者胃部小弯侧有成团淋巴结，继续探查，发现腹主动脉旁也有肿大淋巴结。由于证实有远站淋巴结转移，手术根治肿瘤

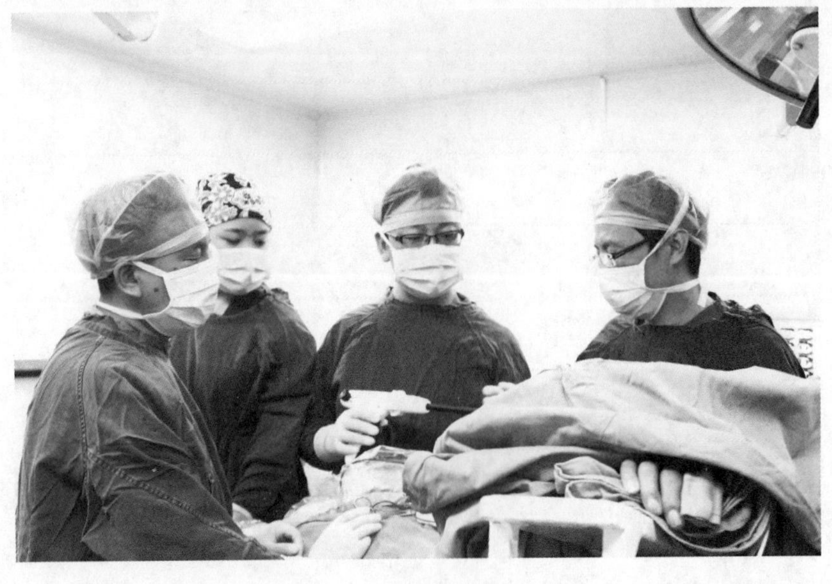

几乎不可能。这时，我们在手术台旁马上讨论并决定先行术前化疗，如果肿瘤缩小，再考虑手术。为此，袁主任走出手术室与家属交代病情，家属虽然焦急，但是听到北京专家耐心专业的解释，马上同意了我们的治疗方案。

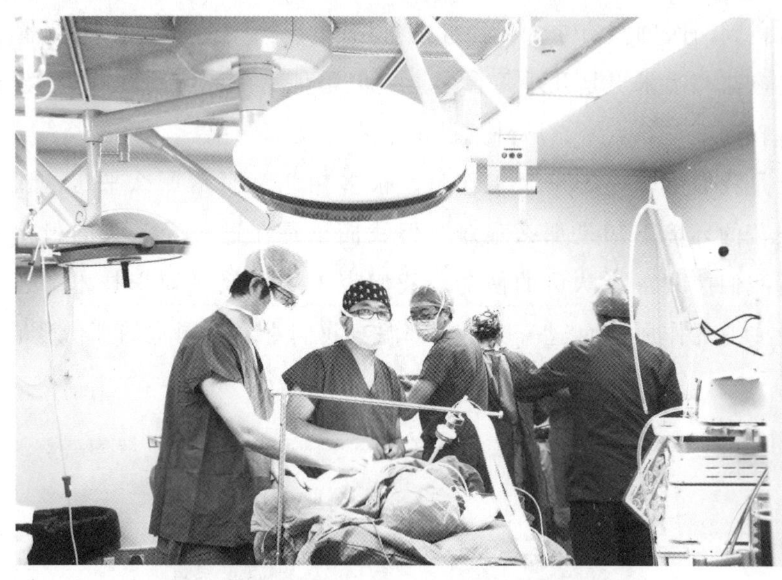

近 11 点，肿瘤科手术已经结束。而此时隔壁的手术室正在进行一台胸腔镜下肺切除手术，主刀医生正是我们胸外科的王可毅副主任医师。胸外科这天排了三台手术，此后还有心包手术和食管肿瘤切除术。看到可毅医生在手术台上神情专注、精神饱满的样子，大家可能想象不到，他进藏不到一个月时就出现

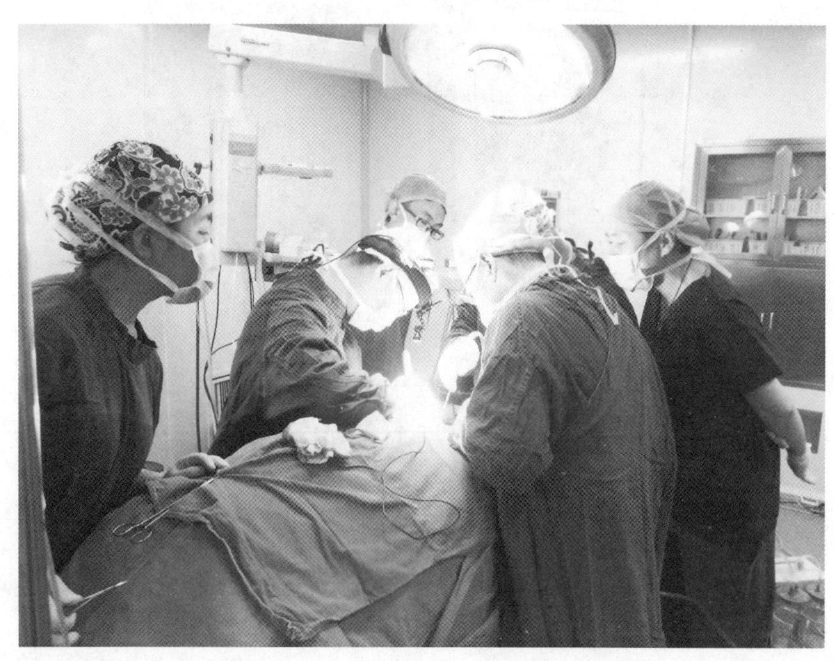

血压升高，收缩压 180mmHg，舒张压 120mmHg。当时大家都很紧张，每天早上都关切地问："可毅，血压怎么样了？"而他总是轻松地笑一笑说："吃药了，还好，没什么事。"随后仍旧上班去了。西藏自治区人民医院的胸外科医生最为紧缺，有时全科到岗医师只有 4 人，因此从查房、会诊，甚至到夜间二线值班，可毅医生都要参与，手术更是几乎每台必上，但是他从无怨言，从未耽误过工作。而这天，一直到下午 6 点半，胸外团队的手术才全部结束。

这一天是我们最普通的一个工作日，很多在北京时是那么平常的工作，在这里独特艰苦的环境下却是那么艰难。但我们正是在这一天一天的付出和努力中，完成着我们援藏医疗队员的使命。我们带来的不仅是知识技术，还有北医三院人敬业专业的作风，而这一切动力都源于我们对藏族同胞的那份爱心。

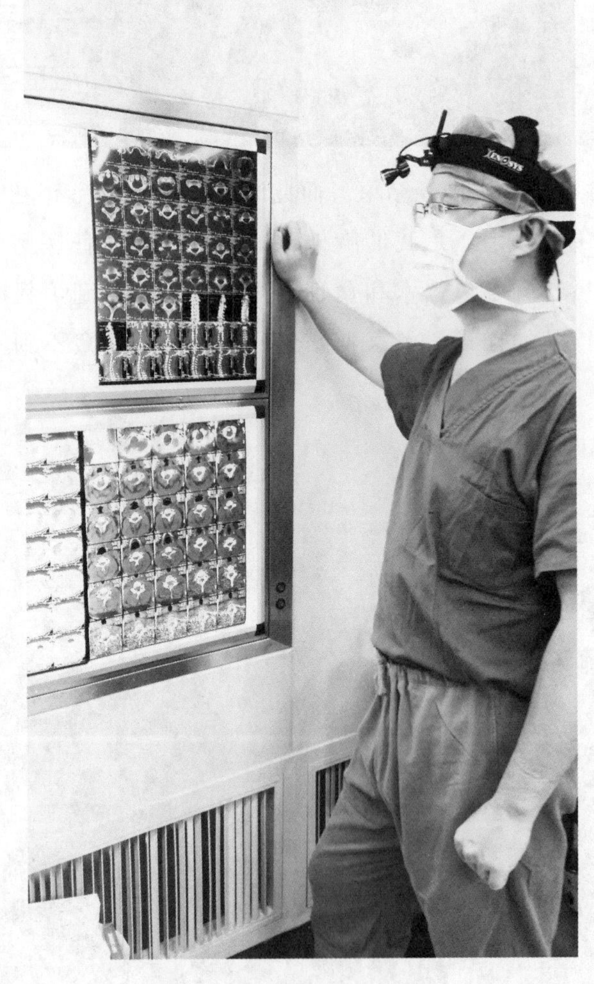

不忘初心 忠诚履行援藏使命

首都医科大学附属北京妇产医院 于亚滨

2015 年 8 月，受组织委派，我有幸作为首批北京市组团式援藏医疗队领队，带领队员奔赴雪域高原，开启了为期三年的援藏生涯；2018 年 8 月，率队凯旋。援藏期间，我任职拉萨市人民医院党委副书记、院长，北京援藏指挥部第十三临时党支部书记。

在藏工作的三年，我们领略了高原雄伟壮观、神奇瑰丽的自然风光，感悟到高原上人们创造的丰富灿烂的民族文化，同时也体验到西藏低气压、缺氧等相对艰苦的自然环境对健康的巨大影响。回顾三年的工作经历，感触良多，收获巨大。

以高度的政治责任感，全力完成好援藏任务

援藏，就如同一声嘹亮的集结号，召唤我们医疗队踏上了奔赴“世界屋脊”的征程。三年间，北京市共派出三批 42 名来自北京的组团式援藏医疗队员来到祖国的西南边陲——雪域高原圣城拉萨。我们 42 人，出发的时候有 31 名党员，结束任务的时候又有 5 名同志光荣地加入了中国共产党。三年来没有人掉队，没有人彷徨，只因我们心怀理想、信念如钢。

回想当初，我从接到组织出征的命令，到集合出发，远赴拉萨，只有短短 35 个小时的时间。家里上有老、下有小，短短的 35 个小时，两个晚上，一个白天，我要完成进藏前的体检、交接工作，要收拾行李，还要做通家人的工作。说实话，心里放不下的太多了！可是当我背负着对家乡的眷恋、对亲人的挂念，和我的队友一起毅然踏上征程来到了祖国最需要的地方以后，我逐渐熟悉了队友们，越来越被他们的牺牲精神、奉献精神所感动。

我们的队伍中有十年前曾援疆一年又再次出征西藏的徐小红主任；有年逾五十、老当益壮的马淑大姐（马淑主任在高原工作期间除了本职工作，还在业

余时间承担了全体北京援藏人员的保健工作，她在高原没有一个完整的休息日，任劳任怨，从不叫苦）；有妻子刚刚怀孕，身边无人照顾的彭智博士；还有刚领结婚证 12 天还没来得及举行仪式的李晓锋同志；有因为意外受伤坐着轮椅来到拉萨，到达后就立即奋斗在血透室建设工地的刘航主任；有儿子受伤手术时自己工作在雪域高原无法回家的邓明卓院长；有女儿在京手术时，自己却工作在拉萨的手术台上的李家谋主任；有一起生活多年的婆母去世，无法在身边送行照顾的任健主任；有援藏满一年又克服家里各种困难，为了深化工作主动延期一年的张莉莉、常文静、梁金鑫等。每每想起他（她）们，我的心情就无法平静。

队员们到达西藏后，躬身践行“敬佑生命、救死扶伤、甘于奉献、大爱无疆”的精神，大力弘扬“老西藏精神”“两路精神”，工作中克服高原缺氧带来的身体不适，改革创新、扎实工作，锐意进取，充分利用自己的技术优势，在临床一线倾尽所能传道、授业、解惑，变“输血”为“造血”，为全面提升医院管理、学科建设、人才培养和技术进步，为建设团结美丽健康幸福新拉萨做出了积极贡献。

由于高海拔对身体的不利影响，大家不仅奉献了时间、精力，还牺牲了健康。失眠、心慌、高血压、腹泻，几乎是我们全队同志的日常状态。三年来，我们全队同志累积有二十余人出现了不同程度、不可逆的心脏瓣膜反流。积水潭医院龚晓峰主任来到高原的第二天，就奋战在手术台上，随后就以一个月一个瓣的速度出现了反流；徐小红主任因迟发的高原反应，患了间质性肺炎。但是大家依旧坚持工作不掉队，依然认为“收获比付出多”。田昕同志结束援藏的时候说：“援藏是激昂奋进的青春!”全体医疗队员克服种种困难、坚守岗位，源于大家坚定的理想信念，源于过硬的政治担当。

习近平总书记指出，在高原工作，最稀缺的是氧气，最宝贵的是精神。从在机场躬身接受藏族同胞献上哈达的那一刻，那簇洁白就透过眼眸直达心底，那是高原人民的祝福，更是他们的希望和期盼。医疗人才组团式援藏工作充分体现了以习近平同志为核心的党中央对西藏各族人民的亲切关怀，是促进西藏医疗卫生事业加快发展的重大举措，是民生、民心和德政工程。

三年来，以北京友谊医院为牵头单位、以北京妇产医院和首都儿研所为“以院包科”责任单位的北京市属 22 家医院在援藏专家团队的基础上，先后派来短期援藏专家 120 余人次赴拉萨市人民医院进行帮扶，其中包括医院管理专家、医疗技术专家。专家们通过规范制度、技术培训、讲课带教、参加查房、手术演示等形式，聚焦拉萨市人民医院创“三甲”目标，开展了大量富有成效的工作，医疗人才组团式援藏工作不断开创新局面。“一年初见成效、两年发展提高、三年上一大台阶”的成效得以显现，在改善和提高西藏医疗卫生能力、实现“大病不出藏”方面取得了历史性突破。

我们深知，点点滴滴成绩的取得，是在以习近平同志为核心的党中央的特殊关怀下，在中央组织部、国家卫生健康委等部委的高位推动下，在北京市委、市政府这个大后方的鼎力支持下，在北京市卫生健康委、北京市医管局的部署指导下取得的。同时，我为自己能够有幸参与到这一开创历史的工作中而感到骄傲和自豪！

以强烈的历史使命感，组织创建西藏首个地市级三甲医院

2015 年 12 月，作为组团式援藏的一个重要的阶段目标，拉萨市人民医院启动了创建三级甲等医院的工作。在北京市和拉萨市的大力支持下，援藏帮扶工作坚持兜底提升“造血”功能。三年来，医疗队从建章立制入手，完善制度、落实培训，成为我们的重要工作之一。我们修订完善了全院的《医院管理制度》，编写了拉萨市人民医院首部《诊疗与操作技术规范》，近两百万字。医疗队员白天工作在临床一线，工作在手术台上，工作在传授经验的讲台上；业余时间做文案工作。特别是第二批队员，跟全院职工一起放弃周末休息。当时的工作状态是“周六保证不休息，周日休息不保证”，全力以赴为医院拼搏。现在拉萨市人民医院建立起了相对完备的“三级质量管理体系”，医疗质量管理科学规范，管理能力得到进一步提升。

建章立制的同时，结合医疗的实际情况，通过人才培养、基础设施建设、先进设备引进等方式，着力进行学科建设。现在医院开放床位已经从 257 张增加至 337 张，新建急诊科、重症医学科（ICU）、血液透析中心、心脏重症监护室（CCU）、高压氧舱、感染控制科、呼吸内科、神经内科、肾内科等 12 个学科，全部学科达到 31 个。

三年前，中央组织部赋予组团式援藏医疗队的任务是：培养一支永不走的医疗队。我们深知，医院的业务发展，人才是关键，培养当地医务人员是我们责无旁贷的任务。三年来，我们采取了“团队带团队”“专家带徒弟”的方式，实现了“输血”向“造血”的转变，每年都会组织拉萨的医务人员前往北京学习培训，在临床实践中更是知无不言、言无不尽，让本地人员的业务能力有了

大幅提升。

通过三年的努力，医院新建成的儿童支气管镜室，从2016年5月开诊至今，培养了四医四护的当地医务人员团队，已独立完成了近400台手术。2016年12月，玉珍主任取出了滞留在一名14岁男孩肺里五年、锈迹斑斑的笔帽。孩子因继发感染，满肺的痰液被吸出来后得救了。新建成的血透中心，共有15个机位。开诊刚刚一年，已完成治疗5000余次，现有规律透析患者近50名，培养的7名当地护士、3名当地医生全部能够独立操作，开展诊疗工作。新建成的重症监护病房，自2017年5月开诊，已收治了160余例重症患者，包括重症中毒、产后肺栓塞、孕晚期HELLP综合征合并颅内大量出血等重症患者。在医疗队的帮扶下，医院新开展的项目填补了多项自治区的医疗技术空白。不仅符合“三甲”医院的要求，更为广大患者看病就医创造了更好的条件。

三年来，医院年门急诊量增长超过105%，年住院人次增加近50%，手术台次、医疗总收入大幅度增加，平均住院日逐年降低，诊疗能力和工作效率显著提高，全院员工的工作热情空前高涨，患者就医体验和满意度显著提升。整个医院实现了由小到大、由弱到强的“蝶变”。现在的拉萨市人民医院，不仅成功创建成为西藏首个地市级“三甲”医院，更成为西藏“大病不出藏”的兜底医院。中央组织部部长陈希先后三次来到拉萨，看到医院三年来的进步与发展，评价我们取得了“格局性的变化，历史性的进步”。

在这里，我可以骄傲地向组织汇报，北京市组团式援藏医疗队三年来的工作，不辜负西藏各族人民群众的期望，不辜负组织的重托，不辱援藏使命！

以崇高的职业荣誉感，为西藏医疗卫生事业和脱贫攻坚贡献力量

医务人员的天职就是救死扶伤、减轻患者的病痛。经过三年来的工作实践，我们深刻认识到，医疗人才组团式援藏工作不仅能为西藏广大群众立竿见影解除病痛，带来健康福祉，同时也进一步密切了党中央与西藏各族人民群众的血肉联系，已经成为援藏工作中一个非常重要和极为特殊的抓手，具有很强的针对性、实效性和可持续性。

由于社会文化环境影响，西藏有些群众小病不找医生，直到病痛无法忍受时才会到医院就诊。刚到拉萨时，我们妇科收治的大都是恶性肿瘤晚期患者。为此，我们积极组织义诊下乡活动，发放自编宣传材料，将医疗服务和健康理

念传播结合起来；主动联系统战部门，去寺庙和佛学院义诊并给僧人们上健康教育课，通过他们影响更多的群众。三年来，拉萨市人民医院年门急诊量上升了105%，妇科患者良性疾病的占比逐步增加。同时，我们强化兜底医院的辐射带动作用，与7个县（区）医院启动了医联体建设，加强对县乡两级医疗卫生工作的帮扶指导，各族群众在家门口就能享受到高水平的医疗服务，减少了异地求医的舟车劳顿和经济负担，有效助力了脱贫攻坚。建档立卡贫困户德吉，长期瘫痪在床，后通过手术治疗已能生活自理，解放了原来照顾她的两名家属，家庭实现了脱贫。像这样的事例还有很多。这些实实在在的变化，让西藏各族群众感受到了党中央的关心关怀，进一步坚定了他们听党话、感党恩、跟党走的信心和决心。

在此，要感谢组织的安排，让我有机会经历了三年不一样的人生；要感谢西藏的同事们，给我生活上无微不至的照顾，工作上全力以赴的配合支持，让我们医疗队能够顺利完成任务，收获累累硕果！通过三年共同生活，让我跟边疆的各族同胞结下了深情厚谊，让我的人生多了一个故乡，多了一群亲人！短短三年的援藏任务虽然已经完成，但跟西藏同胞的情谊绵长，历久弥新。拉萨将深藏在我心中最珍贵的地方，萦绕在午夜梦中。虽然离开了，对西藏的牵挂将是我一生的牵挂，就像一条长长的哈达，一头牵着西藏，一头连着北京。

未来的日子，我将继续发扬“老西藏”精神，不忘初心，牢记使命，做好本职工作的同时，继续关注西藏的发展进步，发挥好桥梁纽带作用，竭尽所能继续帮助西藏自治区的医疗卫生事业不断提升！

留下仁心留下爱

记安徽省立医院杨万玲

2015 年 8 月 19 日，安徽省立医院（2018 年成为中国科学技术大学附属第一医院）微创中心科护士长杨万玲，随安徽省首批组团式医疗援藏专家组成员一行 20 人，从合肥新桥机场飞抵西藏，开始了在山南市人民医院担任护理部第一主任的援藏历程。从合肥出发时，安徽省立医院党委书记刘同柱同志亲自到机场送行，他叮嘱援藏队要把提高受援医院医疗水平放在第一位，帮助受援医院早日创建“三甲”医院。杨万玲牢记组织重托，把护理援助由“输血”改为“造血”，留下一支高素质的、带不走的护理队伍作为自己援藏期间的奋斗目标。

初到西藏，杨万玲就感受到和内地相比，山南市人民医院条件相对落后，比如对留置针的使用缺少培训和规范的操作流程。杨万玲与同事梁丽组织全院护士学习留置针操作规范。讲完理论，看到有的学员还是比较茫然，她就直接撸起袖子，让梁丽在自己的手背上示范，让学员们能直观地看到进针和固定的方法，以便她们在临床上熟练使用，减轻患者的痛苦。护理部主任央珍说：“援藏老师时时刻刻都在设身处地思考着如何提高医院的护理质量和水平，有他们在，我们放心。”此后，杨万玲在安徽省立医院的支持下，为受援医院购买了心肺复苏、多功能模型人两具，解了培训工作的燃眉之急。

高原环境气候恶劣，新生儿的存活率较内地低，雪域高原的新生命更应受到加倍呵护。有感于此，杨万玲在山南第一次讲课，就以“慎独在临床工作中的重要性”为题，强调医护人员要有慎独精神。杨万玲还带领援藏护理人员培训儿科护理操作技术：达吉和米玛很快就掌握了腋静脉注射，还成为静脉穿刺能手，为山南市及周边地区的新生儿服务；受援医院的护士还掌握了保暖箱、蓝光箱、无创呼吸机的使用技术；临近援藏结束，她们还筹建了儿科雾化吸入室，将雾化室布置得充满童趣，提高患儿就医时的愉悦感和依从性。

山南市人民医院有 240 张病床，80 多名护士，因为气候恶劣，医护人员休假时长两个月，科室只有一个护士长，一旦休假则无人管理。杨万玲建议每个病区增设一名副护士长。2015 年 12 月 26 日晚，雅砻河畔余晖渐退，华灯初放。山南市人民医院的员工纷纷走向会议室，参加别开生面的护士长演讲竞聘会。这是医院首次采用公开竞聘的方式选拔护士长，有 21 名护士踊跃报名参加，竞聘 13 个正、副护士长职位。安徽省立医院专家、副院长虞德才在会前动员，鼓励护士们施展才华、奋发进取。竞聘会上，大家展优势、谈设想，意气风发，精彩纷呈。竞聘会取得圆满的成功，13 名护士走上了护士长的新岗位。

护士长到位后，通过多批次、多层次、多种形式的业务培训，系统地提高护理人员业务素质又成为接下来的“重头戏”。2016 年元月，在湖南省援藏队的支持下，杨万玲组织八名护理骨干到湖南省人民医院培训。春节过后，又马不停蹄，选拔 8 名护士长，来到安徽省立医院实地培训。两期学员学习回院后，在全院范围内用 PPT 分享学习心得和成果，开展业务技能“传、帮、带”。“5·12”护士节，杨万玲组织护理人员开展“护理实践金点子评比”活动，激发护理人员自主学习和创新的积极性，互帮互学，共同提高。2016 年 6 月，她组织举办山南市围生期疾病诊治与护理培训班，对全市 12 个县和市属单位 60 余名妇幼医务人员及管理人员进行业务培训。7 月，组织了山南市人民医院危重症护理培训班，培养危重症专科护士。杨万玲重视制度建设，她主持制订并实施了长期输液单、护理单、口服单、注射单“四大单”规范管理制度，还规范了医嘱查对、护理记录单的记录、医疗设备的管理、一次性耗材的使用。她推广内地的先进做法，将护士站前移，更好地为患者服务。

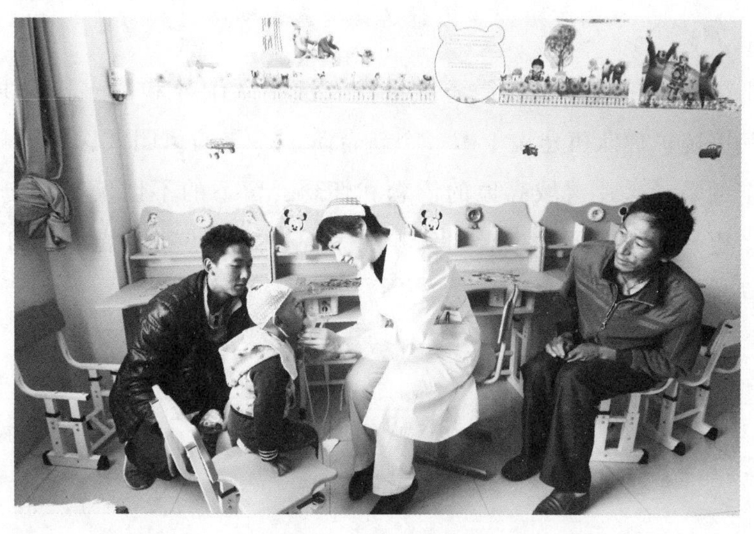

杨万玲在为藏族小患者做雾化吸入治疗

在临床护理质量检查中，杨万玲注意到德吉老妈妈患肺结核反复住院。“这是什么原因？”深入观察后，她发现德吉老妈妈及其他患者、家属对传染病知识尤其是传播途径缺乏了解，不仅病情不能控制，还会传染给家人和邻居。杨万玲决定从根本入手，提高当地居民的健康意识与常识。她利用休息时间，组织编写肺结核、肝包虫、母乳喂养、肝炎、高血压、脑卒中、糖尿病等藏区常见病健康教育手册，请藏族同胞崔成翻译成藏语。经过反复修改，历经八个月，最终印制成10000套精美的藏汉双语《健康教育手册》，在门诊病房免费发放，在下乡义诊时赠送给藏族同胞，期盼德吉老妈妈的故事不再重演。

杨万玲向藏民赠送《健康教育手册》

经过山南市人民医院、安徽省立医院、援藏队领导和同事们的共同努力，山南市人民医院护理队伍建设上了一个新台阶。一年的组团式医疗援藏结束了，杨万玲带走的是对这片雪域高原的依恋和怀念，留下的不仅仅是一支高水平的护理队伍，更是医务人员对患者的仁心和大爱，如同点亮一盏酥油灯，温暖着高原上的同胞。

难忘的援藏故事

滁州市第一人民医院　冯小凤

2015 年 8 月 19 日，我作为一名首批组团式援藏的医务工作者，来到山南市人民医院，进行为期一年的医疗技术援助工作。虽然进藏之前对高原反应有了充分的心理准备，但是，当一系列的高原反应症状出现的时候，还是那么措手不及。高原反应所带来的失眠、头痛、血压升高、记忆力减退、胸闷、气喘等不适如影随形，让我对西藏和生活、工作在这里的人们充满了敬畏之心，也让我对自己的这次援藏工作有了新的目标和要求。

入藏后经过短暂的休整，虽然仍有这样或那样的不适，但面对西藏地区高孕产妇死亡率和高婴幼儿死亡率，队长首先提出要把山南市人民医院妇产科作为重点专科来建设，更好地为西藏广大妇女服务，降低孕产妇及婴幼儿死亡率。我作为一名妇产科医生，知道担子有多重。我们首先进行了半个多月的调研，了解了妇产科的现状：医护人员严重不足，技术力量薄弱，科室管理不到位，医疗设备不足，病种单一，等等。针对当前情况制定了相应的措施以提升妇产科的整体服务水平。一是建立健全各项规章制度，规范妇产科疾病诊治的流程。二是加强医疗技术创新，开展多项新技术、新项目：利用现有的设备开展了腹腔镜下卵巢肿瘤剥除术、腹腔镜下输卵管整形术、腹腔镜下输卵管妊娠切开取胚术、腹腔镜下盆腔粘连松解术、阴式子宫切除 + 阴道前后壁修补术、阴式子宫肌瘤剔除术，并开展了首例子宫内膜癌根治术，填补了山南市人民医院妇科四类手术的空白。通过精心带教，科室医生现在可以熟练并独立完成部分腹腔镜手术，巨大子宫肌瘤、宫颈肌瘤的子宫全切术，手术时间也由原来的五六小

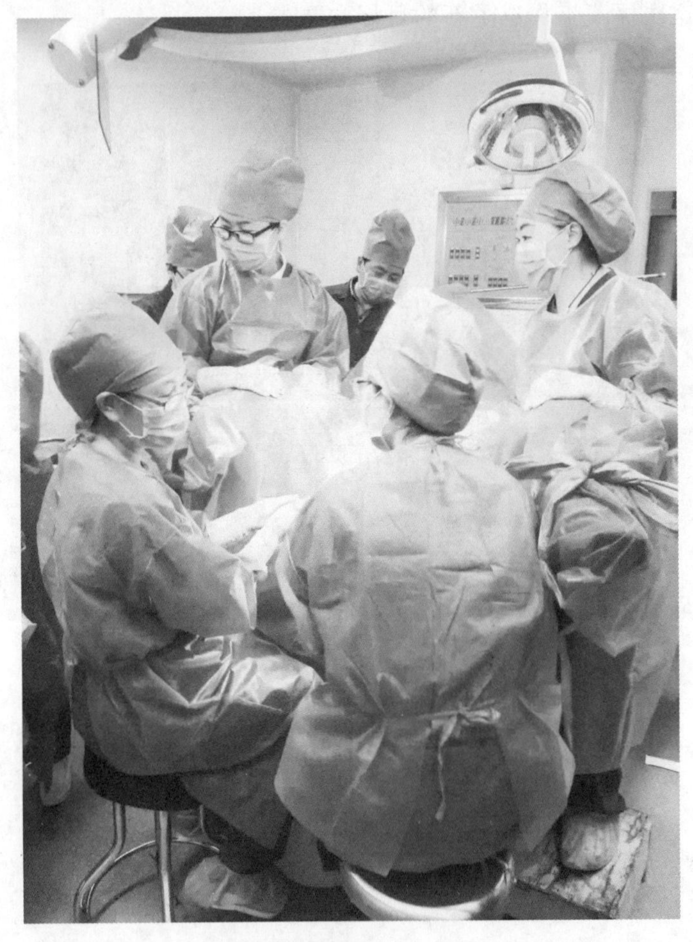

时，缩短到现在的两小时左右。对于复杂的子宫切除术及部分阴式手术，科室医生在老师指导下也可独立完成。三是开展医疗技术培训，提高医护人员的技术能力及团结协作能力。开展每周一次的业务学习，疑难病例讨论，培养她们学习的主动性、自觉性和积极性，提高理论知识水平，加强孕妇的孕期管理。为了提升山南市医疗服务能力，降低孕产妇及婴幼儿死亡率，山南市人民医院申办了山南市围生期疾病诊治与护理培训班，有近百人参加培训班。作为一名妇产科专家，我为他们讲授了孕妇管理的课程，系统地阐述了围生期孕妇管理的重要性及常见疾病的处理。这一年中，该院没有一例孕产妇死亡，死胎、死产发生率下降了50%。我们为山南市人民医院培养了一批业务技术骨干，打造了一支带不走的医疗队伍，让医疗新技术真正扎根雪域高原，为山南市的老百姓服务。四是深入基层，为广大老百姓服务。利用节假日和周末时间，参加医院和医疗队组织的健康宣传和义诊活动，并参加了义务献血活动；协助山南市民政局和残联前往措那县和隆子县，为近千人进行了疾病诊治、伤残鉴定和失能老人鉴定，获得了当地干部群众的一致好评。虽然我已经离开山南，但我愿永远做她们最坚强的后盾，为山南市人民医院妇产科的发展贡献自己的力量。

援藏一年，是艰苦而快乐的体验。山南成了我生命中难以割舍的记忆。我自豪，因为我是援藏人。我珍惜，因为这段永恒的岁月。

山南人民的护花使者

记六安市人民医院张海峰

山南市人民医院的儿科病房内沉寂已久的急救设备呼吸机重新有了用武之地，发出兴奋的嘀嘀声。这究竟是怎么一回事？原来，安徽省首批组团式援藏医疗队的张海峰主任将它从沉睡的仓库中清理了出来，经过一系列的调试正式应用于儿科急重症的抢救中。目前使用状况良好，在抢救呼吸困难的婴幼儿中发挥了重要的作用。孩子是祖国的未来，是祖国的花朵，张主任也因此被戏称为“护花使者”。

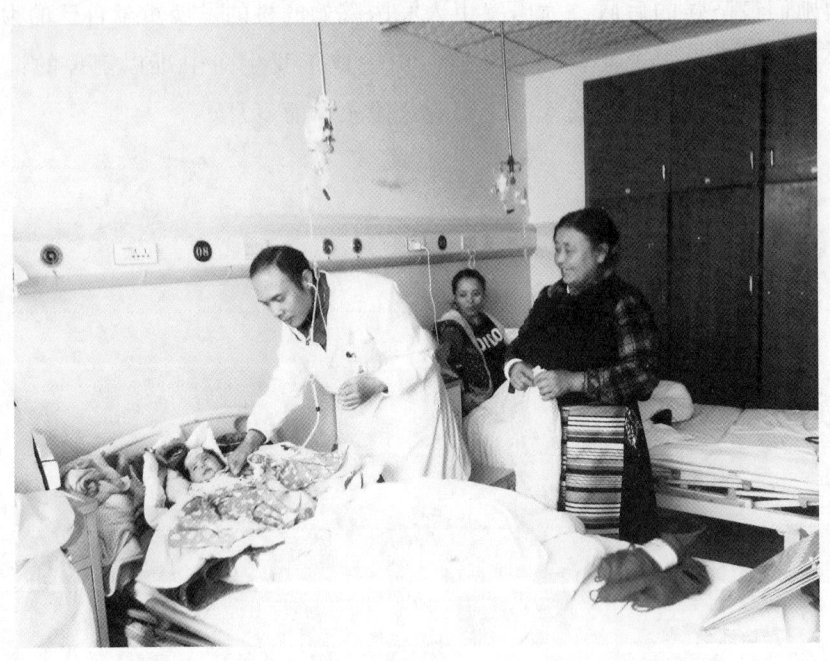

西藏地区的新生儿死亡率远远高于全国水平，山南亦不例外。为改善山南地区落后的医疗水平，安徽省响应国家的号召派出了首批组团式援藏医疗队，进驻山南市人民医院，希望通过这一措施促进山南地区医疗水平的提高，通过“传、帮、带”，留下一支带不走的医疗队，为山南人民的健康保驾护航。来自六安市人民医院儿科的张海峰刚进西藏时出现了严重的高原反应，整天头晕头痛，血压升高，以前短跑冠军的他，现在上两层楼就气喘胸闷不适，以致需要不时到医院吸氧、输液等治疗。虽然身体状况如此，但他以饱满的工作热情很快熟悉新环境，积极投身于山南市人民医院儿科的医疗发展进步中。因为高原反应，他血压高，头痛，晚上睡觉较早，但是他经常在睡梦中被电话叫醒，听到电话那头“张主任，刚从县里转来一个呼吸困难的小孩，麻烦您过来看一下”，他立即吃上止痛药物向医院赶去。等到处理好患者回来的时候已经是半夜一点多钟。第二天聊起的时候，他疲惫的脸上会露出欣慰的笑容：“昨晚没白去，那个孩子现在病情稳定了，也不用去拉萨了。”

筑梦高原

记六安市人民医院陈然

带着援藏的信念和家人的支持，2015 年 8 月 21 日，陈然跟随六安市援藏医疗队，来到 4000 多公里外的山南人民医院，开始了对口支医工作。还有不到一个月的时间，为期一年的医疗援藏工作就要结束了，虽然即将与家人团聚，可陈然却高兴不起来。“我们走了，这里的患者怎么办?”日前，在电话联络中，陈然的话语流露出了对援藏支医工作的不舍。

让技术“扎根”高原

陈然是安徽省六安市人民医院神经内科的一名医生。2015 年，当得知医疗援藏开始报名时，作为党员，他第一时间报了名。初到山南，平均 3700 米左右的海拔让陈然出现了严重的高原反应，气喘、胸闷、体力不支，到后来还需要吸氧、输液。即便身体状况如此，他仍然以饱满的工作热情很快熟悉环境，积极投身到工作中。

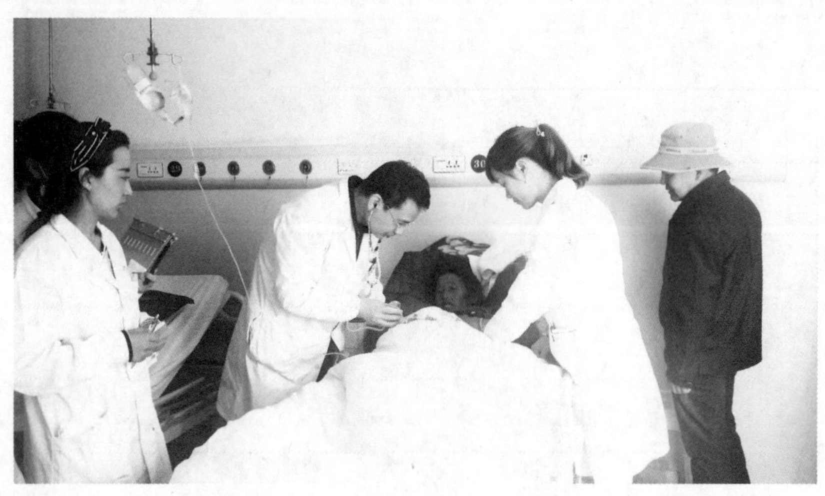

进入山南市人民医院后，陈然被院党委任命为内二科副主任。摆在他面前的首要问题就是医疗水平的落后，医疗人才缺乏、各种医疗核心制度滞后、医疗设备不足特别是高精尖设备的缺乏……困难面前，陈然没有后退，而是积极帮助自己所在的科室制定管理制度，着手完善科室医疗核心和一系列安全制度。同时结合医院的实际情况，根据当地医务人员对相关知识、技能的掌握情况，逐项纠正治疗、操作中的错误和不足，将神经内科专业的理论、技能进行手把手传授。对于当地的常见疾病，安排讲座及教学查房；对于少见特殊病例，不定期安排疑难病例讨论。

用心诠释“一家亲”

西藏地处高原，脑血管病及神经系统感染疾病等危重症患者多，而且当地群众看病很不容易，远点的地方，要带着干粮走上好几天。遇到冬季下雪，出行更加困难。在道路上耽搁的时间过长，病情都被延误了。这种情况下，陈然凭借多年的临床经验，帮助当地的医务人员全面了解疾病发生发展的规律，开展并规范了重症脑血管病、中枢神经系统感染、癫痫持续状态等急重症患者的治疗。由于语言不通，尽管医院安排了专门的翻译，可遇到专业术语时只能靠肢体语言慢慢沟通。即便如此，陈然也没有气馁，他不断找方法，细心了解藏族同胞的风俗习惯，用他们习惯并接受的方式沟通交流，用最短的时间迅速适应了岗位角色。

进藏不久，一名藏族同胞因重大交通事故住进了山南市人民医院。患者入院时因为重度颅脑损伤而呈现重度昏迷状态，经头颅 CT 检查诊断为外伤性脑出血、外伤性蛛网膜下隙出血、颅底骨折，在住院期间并发肺部严重感染及内环境紊乱，伤情严重。鉴于手术的高风险，陈然多次到重症监护室指导抢救治疗，明确诊断并调整用药。经过近两个月的重症监护治疗，患者病情得以明显好转，其家属拉着陈然的手，一个劲地用藏语说着道谢的话。

除了完成本职工作外，陈然和支医的队员们还利用节假日、周末时间，深入偏远农牧区进行义诊和健康宣教。“到了那里你才明白人们对医生是多么期待。”陈然告诉记者，每次组织义诊活动，当地老百姓听说有外地来的“门巴”（藏语“医生”）为他们义诊，有的甚至带上孩子步行数十公里赶到义诊地。“这对每一名援藏医疗队队员来说都是一种莫大的信任，更是一种动力和责任。我们唯有更努力地工作，才能回报这份沉甸甸的信赖。”陈然说道。

情系山南不言悔

“输血”不如“造血”。为当地医疗事业的可持续发展提供保障，这是技术援藏不可推卸的责任。为了在有限的时间里尽可能地多做有益的事，陈然和支医队员们一边救死扶伤，一边临床带教。不管工作有多忙，每天下班前都要详细查看每一个患者，掌握患者的病情变化；下班后只要病房里有需要，打电话后也是随叫随到。

在陈然和其他支医队员的帮助下，山南市及各县区医疗系统在技术领域有了很大的进步。如今，这一阶段的支医工作即将结束，六安市援藏医疗队队员也将进行轮换。谈及这段援藏的体验，陈然表示：“我来援藏，时间有限，一年时间能留下点什么？就把我的技术留下吧！”

（记者 李珊珊）

愿做西藏高原的格桑花

六安市第二人民医院　江爱国

我叫江爱国，2015年、2017年两次积极响应党中央号召，参加安徽省首批、第三批组团式医疗援藏队，曾获西藏自治区优秀援藏干部和六安市优秀共产党员称号。两年高原缺氧环境下的工作让我更加坚强，我愿做那朵在雪山上美丽绽放的格桑花。

发挥“佑护天使”作用，培养带不走的护理团队

2015年8月，我带着党和人民的嘱托，担负着医疗援助和促进民族团结的双重使命，在西藏山南市人民医院开展为期一年的医疗人才组团式援助工作。

到达山南，我头痛欲裂、胸闷气促，高原反应强烈，加上我所在的妇产科患者多、周转快，劳累加缺氧，我病倒了。上班第一天，听说了一对双胞胎新生儿因喂食糌粑而引起死亡的惨痛事件，对我触动很大。因此，带病的我希望借助一切力量来改变当地百姓的一些习惯和观念。我利用自己的业务优势，首先在科室开展了一系列讲座，让所有的护士了解母乳喂养的好处及母乳喂养的相关知识，并为患者开展了形式多样的健康科普教育。在6月13～14日的山南“佑护天使”围生期疾病预防和护理培训班中，我开办了《支持母乳喂养、科学喂养》讲座，使母乳喂养的理念扎根到山南12个县区，使婴儿一出生就喂糌粑的惨剧不再上演。

为了提高百姓的健康意识，加强健康宣教。有一次，我教一位待产妇如何数胎动，怎样才算正常，可说了好几遍，她只是摇头，原来她不懂汉语。这里的牧民大多不懂汉语，所以刚开展工作时我都带着懂藏语的护士，后来我们制定了产科阶段化宣教手册并翻译成藏语，每位护士掌握后对孕产妇进行宣教和指导。

有一天早晨，我像往常一样提前半小时上班，刚把白大褂、帽子穿戴整齐，病房就来了一个36岁的高龄孕妇，家人十分焦急的样子。我立即用听诊器听胎

心音，结果什么声音也听不到。便询问孕妇有无胎动？孕妇说昨天晚上开始就没有胎动感觉了。经验告诉我胎儿可能已死在宫内。我急忙把孕妇扶入产房进行胎心监护，并迅速喊来值班医生，可惜的是孩子早已胎死腹中，而且是双胞胎。这位母亲曾在十年前产过一胎，但不幸中途夭折，经过十年的努力才好不容易怀上双胞胎，可竟然因为没有重视产前检查及保健而再次失去做母亲的权利。孕妇悲痛欲绝地撕扯着我们的衣袖希望我们能挽救胎儿的生命，无能为力的我心里比针扎还难受。

为了不再使悲剧上演，为响应西藏自治区降低山南市母婴死亡率的工作要求。我因地制宜，克服产科病区条件简陋的困难，利用早晨查房时家属都集中在电梯口这一时机，对家属开展有关围孕期知识及母乳喂养的一些通俗易懂的指导，更是耐心地对每一位孕妇讲解相关知识。同时，我率先在妇产科开展以“家庭为中心的阶段化产科护理”，提高山南老百姓对围孕期保健的重视度，在一定程度上降低了母婴的死亡率，节省了护士的时间，提高了效率。我们开展的延伸护理活动作为“金点子”在全院展示并推广。为了开展延伸护理，我自行在科室做了电话回访本，并制定了电话回访制度，使出院的产妇产褥期能得到指导，婴儿能得到及时预防接种。

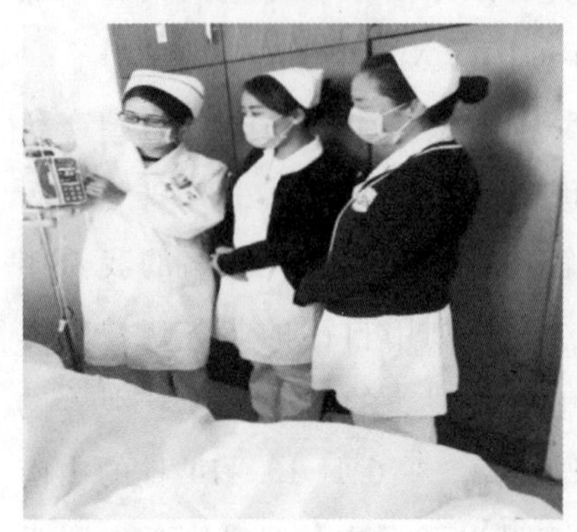

针对科室存在护士学习气氛不浓、感染管理重视程度不够及护士低年资、经验不足、安全意识不强、专业知识不够、技术操作不规范等问题，我狠抓护士的学习，开展每月一次的业务培训和院感知识培训，规范护理查房和病例讨论，规范护理操作流程。每星期晨会，我会提 1 ~ 2 个护理小问题，利用晨间护士长查房，对危重症患者的病因、护理问题及护理措施等向各位护士讲解。另外，我针对科室不良事件上报的缺陷，拟定不良事件上报表，做到科室有不良事件及时上报、及时分析整改、质量持续改进，为山南市人民医院妇产科打造了一支带不走的护理团队。

积极思考克服困难，持续提升护理水平

我一直相信，除了勤勤恳恳工作之外，善于思考更是提高工作效率、优化管理流程的重要保证。一个小小的创新就可以减轻患者的痛苦，还能使繁杂的事程序化。针对产前很多产妇乳头凹陷和扁平乳头得不到及时矫正、易造成哺乳困难这种情况，我设计了一个矫正产后产妇乳头凹陷和扁平乳头的新方法。该方法还获得了院内奖励。通过此简单方法，出院一月后的产妇电话回访结果显示母乳喂养成功率100%。

针对产科的特殊性，我重点加强了病房的安全管理。妇产科节奏快，风险压力大，医生、护士常常没有一刻歇下来，我始终告诫护士们即使再累也要坚持对患者“以人为本”，设身处地为患者着想。我始终怀着一颗对生命的敬畏之心，对工作认真负责，对病患服务热情，对技术精益求精，用挚爱温暖着病榻上的患者，用真情感动着每个人的心灵。社会上对医生、护士的看法不一，也有些偏见，但作为妇产科医生的我们，没有比看到母子平安更让人欣慰的事！也没有比看到那些偏远山区的孕产妇由于不重视孕期保健，一进医院竟被诊断为死胎更让人痛心的事！这也是我开展以“家庭为中心的产科阶段化护理”的初衷。

在山南，每次遇到偏远地区来的孕产妇，我的心都揪得紧紧的。2016年5月我刚准备下班，来了一个疑似宫外孕的产妇，面容痛苦，面色苍白，四肢厥冷，血压测不到……时间就是生命，我迅速组织护士抢救，建立静脉通路，心电监护，吸氧，积极术前准备，配血……因山南无血站，医院储备血用完了，患者是AB型血型，我不顾自己高原缺氧的身体执意献血。藏族同事劝说：“高原上献血，可能有生命危险，你身体行吗?”我顾不得多想，心中只有患者的安危……最终患者经及时抢救，及时手术，转危为安。我永远忘不了第二天查房时这位不会说汉语的藏族产妇报以我的一个微笑，这朴实的微笑就像雪域高原上的格桑花，永远盛开在我的灵魂深处……

我们每个队员都视山南为第二故乡，心系高原，义行善举，奉献爱心，踏踏实实做一些看得见、摸得着、群众满意的实事好事，用实际行动提升山南市人民群众的医疗服务水平，增进民族感情。我们在教师节、世界精神卫生日、高血压日等为山南市人民群众义诊送温暖、发放宣教手册，免费为他们提供医疗卫生服务。

2016年6月12日星期日，我克服干燥、强紫外线等恶劣气候，到山南12个县区乡排查慢性病，边宣教边筛查，两只脚脚趾头淤血，疼痛难忍，硬是坚持了两整天。在桑日县比巴乡，一个六十多岁的老人双腿水肿，且右半身无知觉，只有一个残疾儿子相依为命。当我和另一援藏队员对她进行检查并带来党和政府给她的关切照顾后，她情不自禁地流出了眼泪。我永远也忘不了临走前当我不由自主地掏出钱以表援助之心时，老人的脸上泪水纵横……6月17日，西藏自治区表彰大会上，我被授予优秀援藏干部荣誉称号。

即使面对高寒缺氧的考验，面对山南市人民医院艰苦的医疗条件，但是看到藏族同胞那淳朴的笑脸，我对健康幸福有了更深的认识，也更坚定了我尽自己所能为山南人民服务的决心。近一年来，我们克服了语言、气候、时差、饮食上的困难，全身心投入到各自的工作岗位，不仅积极在基层医院开展“传、帮、带”，还主动深入贫困牧区为农牧民送医送药。

我们努力用高尚的医德、精湛的医术赢得当地各族干部群众的信任。同时，我们把自己的经验和技术毫无保留地分享给当地的医务工作者。山南市人民医院院长在接受媒体采访时说：“前四个月，我们的门诊量达到了平均每天550人次，即便周末的无假日门诊量也能达到200余人次。金杯银杯不如群众的口碑，门诊量、出入院患者人次直线上升，体现的不仅是患者对山南市人民医院的肯定，更离不开组团式医疗援藏工作的推动。”这也从侧面肯定了我们的援藏工作。

援藏也要促进民族团结。在藏工作的每一天，我和藏族同事打成一片，和他们时常交心谈心，交换意见，听取他们在工作中对我们的期望，共同提高，增进了友谊。我将用我的热情和行动，践行关爱生命、救死扶伤的南丁格尔精神，为山南市人民医院护理事业和促进民族团结做出积极贡献。

再赴西藏，情系创“三甲”

2017年8月，我再次主动申请援藏并要求到工作任务最繁重的“三甲办”工作，不仅修订了医院的各种制度，还临床督导检查，为全院做了5次讲课。12月1～7日是西藏传统的雅砻文化节，放假7天。为迎接18日安徽省专家创“三甲”初评，我主动放弃外出休闲的机会，在5天里把全院34个科室的创建资料详细督导一遍，终因心力交瘁病倒，但我依然坚持用最后2天假期把创建情况汇总。为了保证春节期间创建工作的正常运转，我不仅最后一批回内地休假，而且放弃了40多天的休假时间，于正月初七（2月22日）就赶回山南，针对自评结果较差的科室，深入科室逐条指导，使科室整改了许多条款。在2月28日至3月1日的自治区内外专家预评审中，我们的工作取得显著成绩。为了预期终审，我与“三甲办”的同志们每晚加班到23点，周六上班梳理专家预评审中发现的问题、责任科室、责任人和分管领导、各部门整改措施、整改情况。在一个星期内完成了6本终审相关申报书，并提交到西藏自治区卫生计生委。终审的日期将近，我们更是加班加点，梳理各科室亮点，完成了21期创“三甲”简报，并利用晚上时间深入科室提问应知应会。我们时常用援藏队队长、山南市人民医院虞德才院长常说的一句话来勉励自己：“努力到无能为力，拼搏到感动自己！”我们愿为山南市医疗卫生事业更上一个台阶贡献一份力量。

“欲问吴江别来意，青山明月梦中看。”2017年我申报的自治区自然科学资金项目《高原暴露与援藏人员心理健康的相关性研究》以高分通过审批并获专项经费。两次援藏，虽然条件艰苦了些，但它是我人生经历中最为浓墨重彩的一笔。我与山南市人民医院的医护同事、干部群众结下的深情厚谊将终生难忘，援藏经历无疑是我人生中最无法忘却的回忆与最宝贵的财富。

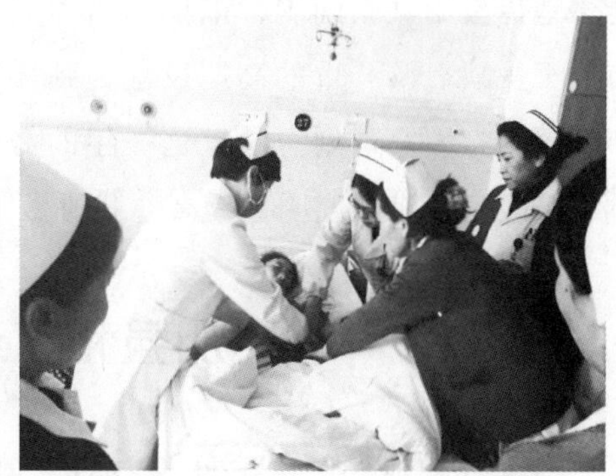

默默奉献　无怨无悔

淮北市人民医院　吕留强

2015 年 8 月，我作为安徽首批组团式医疗援藏的一员，来到山南市人民医院内二科工作。在藏工作期间，我积极践行“三个代表”重要思想，坚持“三个离不开”的思想，和科室藏族同胞搞好团结，尊重藏族同胞的信仰及民族习惯，继承发扬“缺氧不缺精神，艰苦不怕吃苦”的精神，立足本职，克服困难，创新发展，树立了援藏医生的良好形象，展示了安徽援藏医生的风采。

组团式医疗援藏的目的是通过精准援助及帮扶，使当地医疗水平更上一台阶。我们队员是一年一轮换，在这一年里我想把内地先进管理理念、医疗技术都尽可能多地传授给藏族同胞，把他们培养成当地的医疗骨干，所以一到山南后，我就克服干燥缺氧及严重的高原反应，到科室先调研，摸清科室现状，然后制订这一年的援助方案及计划。通过这一年的努力与付出，科室现状明显改善，疾病的诊治水平及患者满意度明显提高。我所做工作主要表现在以下五个方面：

加强和改进科室管理

科室管理的好坏决定着科室的发展，根据科室的具体情况，结合自己在内地所积累的经验，我提出了很多可行的建议和措施。一是科室要有凝聚力，平时应公平公正对待每一个人，大事应讨论，征求大家意见。在医疗工作实践中，加强医护之间的协作，多交流、多沟通。二是加强医疗质量管理，完善医疗规章制度。如首诊负责制、三级查房制、心血管常见疾病诊疗常规等，建立内部管理制度，如业务学习制度、出勤考勤制度、岗位责任制等。三是建立“以患者为中心的医疗模式”，摒弃以自我为中心、懒、散、慢的作风。四是建立奖罚分明的激励机制。通过大家积极努力，目前科室学习氛围浓厚，工作积极性高，大家团结协作，患者入住率及床位周转率明显提高，科室综合实力及竞争力提高。

精心培养人才

科室及医院要发展，必须有人才，针对科室实际情况，医院遴选出2名有潜力的从事心血管专业的医生由我来帮带，分别是余小华和郁侠。为了把她们俩培养成才，我制订了详细的带教计划，全力以赴带好徒弟。首先指定两本心血管专业方面的教材及几本专业杂志让徒弟看，同时通过每2周1次的PPT讲座、微信平台推广活动将心血管领域疾病的诊治及进展传授给她们，利用每日的查房、疑难危重病例讨论等机会多教、多讲、多提问，使徒弟在这一年中业务水平很快提高。目前，她们已能规范诊治慢性心衰、高血压、冠心病、心肌梗死、心绞痛、心律失常、主动脉夹层等疾病，学会了锁骨下静脉穿刺术、桡动脉穿刺术、心肺复苏术，熟练掌握了除颤器的使用方法。

引进新技术、新项目

我根据医院现有的条件，开展了两项新技术及项目：慢性心力衰竭规范化管理、急性心肌梗死静脉溶栓。这两项技术我的徒弟已熟练掌握。通过慢性心衰规范化治疗，提高了慢性心衰患者的生活质量，减少了再住院率及死亡率；通过对急性梗死患者进行溶栓治疗，血管开通后减轻了患者发病时的痛苦，减少了住院期间心衰发生率及死亡率，改善了患者恢复以后的生活质量。

积极参加社会公益活动

为了藏族同胞的健康，增强防病及治病的意识，在过去的8个月，我积极参加组团式医疗队及医院组织的4次义诊。2015年9月10日教师节、2015年10月8日全国高血压日、2015年10月11日世界精神病日及2016年4月10日世界卫生日义诊，我都积极参与义诊，为民众解疑答惑。到目前接诊500余人次，发放宣传资料600余份。2016年4月16日及4月23日受西藏卫视“藏地健康密码”栏目组邀请，给藏族同胞讲解了春季怎样保护我们的心脏，从饮食、运动、睡眠等多方面进行讲解，使藏族同胞意识到春季心脏保健的重要性，同时也扩大了山南市人民医院知名度，取得了较好的社会效益。2016年5月7日，受加查县医院邀请，到该院指导“二甲”创建工作。经过认真检查，我们提出了宝贵的意见及改进方法，兄弟医院非常感激。2016 年 6 月 11 ~ 14 日，随市民政局领导到措美县各个村落筛选完全失能及部分失能老人。

做客西藏卫视“藏地健康密码”栏目，开展两期健康知识科普

兢兢业业工作，治病救人，救死扶伤

内二科人员较少，我到科室后主动请缨，参加科室二线值班，手机 24 小时开机，如果有紧急会诊或危重症患者抢救，随叫随到。“五一”假期不值班人员都外出了。但为了保证医疗安全，我放弃外出，兢兢业业在科室工作，带领年轻医师查房、值班。2016 年 3 月 6 日，一位患者突发胸痛 2 小时入院，诊断为急性心肌梗死。给予静脉溶栓开通“罪犯血管”并对症处理后，胸痛逐渐缓解，不到 10 天患者便出院，患者家人非常感谢，称赞我们援藏医生是活佛，并送了一面“济世良医，医德高尚”的锦旗表示感谢。还有一位藏族老人，因腹痛入住消化内科，治疗效果不佳，后出现腹痛难忍。经我会诊考虑有急性心肌梗死的可能，转我科治疗后痊愈出院。老人说：“就一个肚子疼，都能帮我检查出这么严重的病，并且很快治好了，援藏医生技术真高明。”

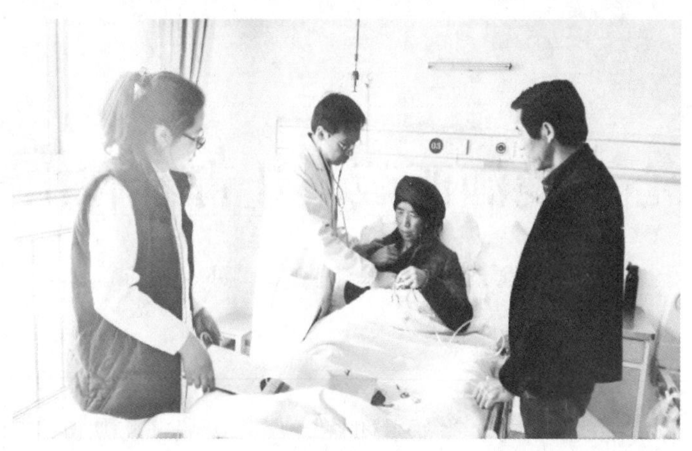

带领徒弟，在山南市人民医院开展带教查房

高原缺氧，援藏辛苦，但我不这么认为，因为援藏是一种经历，更是一种财富。治病救人，能把技术和经验留给藏族同事，是一件非常快乐的事情。一年的时间是短暂的，今后即使回到内地，我仍然会为西藏卫生事业的发展贡献自己的一份力量，为藏汉民族的世代团结贡献自己的一份力量。

为加查县人民医院指导等级医院创建工作

医者仁心　爱洒西藏　让青春在山南闪光

淮北市人民医院　孙伟

2015 年 8 月，安徽省成立首批组团式医疗队援藏，将从淮北市人民医院呼吸科抽调一名副主任医师参加。响应组织号召，我报了名。

西藏是我国高原地区，空气稀薄，紫外线强度大，气候条件恶劣。为了应对西藏恶劣的环境，医院对援藏人员的身体健康进行了全面体检。不巧的是我先后经过两次体检，检验指标均有异常。为安全起见，医院领导安排我做了心脏冠脉 CT，问题还是有的。得知我的身体情况后，科主任魏希强毫不犹豫地报了名，但体检也不符合要求，另外两位主任年龄也大了，身体也不好。思前想后，我毅然决定去承担这次光荣的任务。就这样我先后说服单位领导和年迈的父母，带着医院的嘱托和亲人的叮咛，于 2015 年 8 月 19 日踏上了援藏之路。出发之时，全家都眼含热泪，依依不舍。远走他乡，在恶劣的环境中工作和生活，他们都有太多的不舍与牵挂。

8 月 20 日晚 6 时 37 分，我编发了一则“一切安好，累了，勿挂念”的短信告诉爱人，我已顺利抵达西藏拉萨。随后每天总是用“还好”“没事”“放心”之类的短信向家人报着平安。直到一个月后，爱人才从别人那儿听说我初到西藏时，高原反应强烈，根本没有力气和她语音通话，就因为怕家人担心，我才一直隐瞒着他们。

至今我还清晰记得那段难熬时光，刚下了飞机，我就上吐下泻，胸闷气喘，头痛头晕剧烈，还流鼻血。到了晚上，张口呼吸，胸闷得要命，就像一块大石头压在胸口上，压得我喘不过气来。全身的关节酸痛及双下肢抽痛，血氧饱和度仅在 85% 左右，心率加快，血压升高，让人有一种生不如死的感觉。就这样，在半个月时间里我瘦了 10 斤，每每朋友问及最初去西藏的感受时，我总会淡然地说：“都过去了，我们每个人都很棒！在这里，睁眼便是风景！”

在经过两天培训后，我尽量克服高原反应带来的不适，全心全意投入工作之中。在工作中，我深刻认识到援藏工作的重要性，增强政治责任感，牢记自己的职责，尊重藏族同胞的宗教信仰，注重和加强与当地各族患者和医疗卫生同行沟通交流，促进民族团结。

经过一段时间后，我发现当地医院医疗技术水平与内地相比差了一大截。医务人员的基础理论水平较差，胸腔穿刺做得也不够正规，好多医疗设备闲置，没有人会用，这使得好多患者得不到医治，而转到内地去治疗，这样不仅耽误了患者最佳的治疗时间，也增加了患者的经济负担。面对这种情况，我坚定了毫无保留地做好“传、帮、带”的决心。我先后“面对面”“手把手”地教他们规范操作胸腔穿刺、胸腔闭式引流术，带着他们进行了山南市首例气管镜操作并定期给他们讲课，使他们在理论和操作技术水平上上升了一个台阶，提高了山南市人民医院呼吸科的医疗水平及社会知名度。

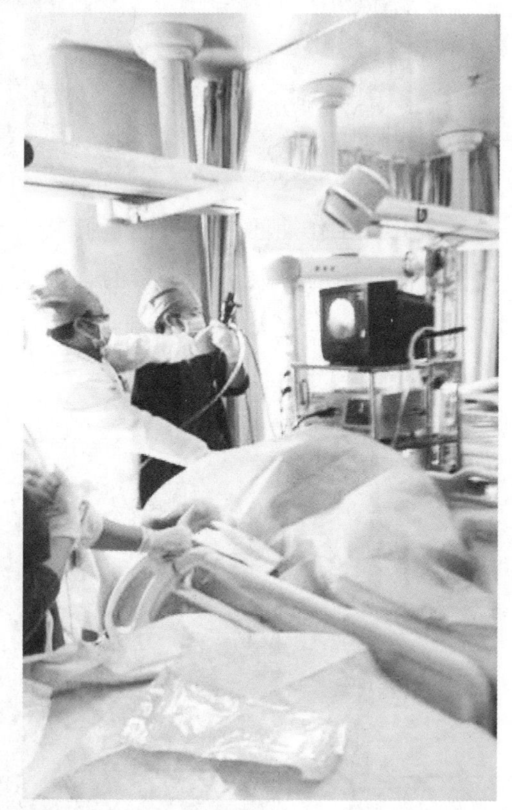

一天，由急诊科送来了一位呼吸困难的患者，当时患者血氧饱和度在60%左右，肺部听诊右肺呼吸音消失，右肺叩诊呈鼓音。当时，我考虑患者为右侧气胸，需行胸腔闭式引流术。但科室没有专门的胸腔闭式引流管，我以导尿管代替胸腔闭式引流管，紧急予以胸腔闭式引流术。患者经胸腔闭式引流术处理后，呼吸困难症状缓解，血氧饱和度上升至95%以上，患者3天后拔管，顺利出院。后来，科里陆续有气胸患者。在我的指导下，当地医生基本可以完成胸腔闭式引流术操作。

因为工作的需要，在2015年11月，我被山南市人民医院任命为ICU负责人。记得刚到时，从西藏自治区人民医院转来一患儿，当时患儿处于深度昏迷状态，对外界刺激无反应，两肺广泛湿啰音，血氧饱和度在70%左右，当时我考虑患儿为“中枢神经系统感染、重症肺炎、呼吸衰竭”。家属在当时已经放弃。看着孩子父母那无助、哀求的眼神，我也是一个孩子的爸爸，谁能不爱自己的孩子？我对孩子父母说：“让我们共同努力，我们会尽力的……”我当时立即决定给予气管插管及头孢曲松+万古霉素积极抗感染和营养支持治疗，患儿经上述治疗后病情得到好转。20余天后，可下床自由活动，转普通病房继续治疗一周后，患儿顺利出院。家属为了表示感谢送来了洁白的哈达及锦旗，当看到这一幕时，我的心在颤抖，这是藏族同胞对我的肯定！

在 ICU 工作期间，我与同事们共同学习，手把手教学，教会他们纤支镜吸痰及痰液标本的留取、抗生素的合理应用、呼吸机的使用及管理，现在我们成了相亲相爱的一家人。

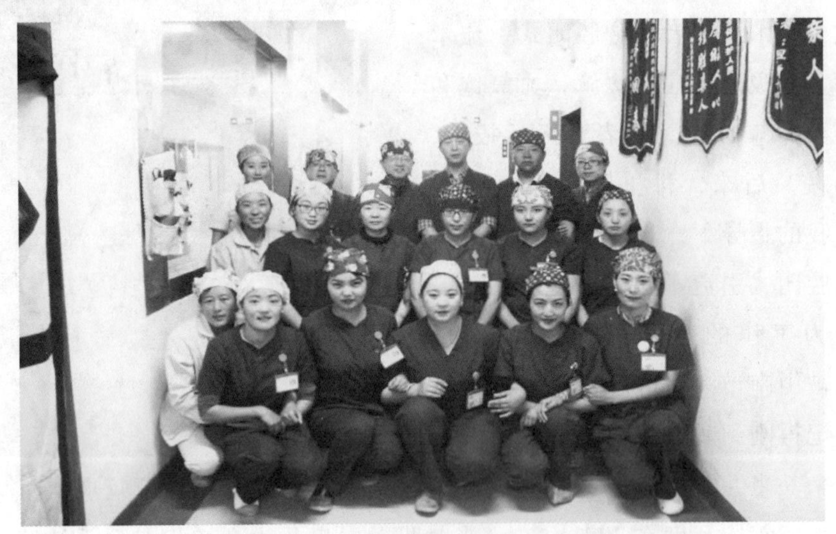

有人说，援藏这么长时间，你不想家吗？想，当然想家了，家里的一切都是我的牵挂。记得 2015 年 11 月，儿子因扁桃体肿大，高热不退，严重影响了呼吸，滴水不进，在医生的建议下退烧后做了全麻扁桃体摘除手术。爱人细心照顾，于一周后出院。一天，孩子摸着妈妈的手："妈妈你的手好粗糙，谢谢妈妈的父爱。”当我听到这句话时，我的心都碎了，眼泪不由自主地流了下来。在和儿子通电话时，儿子说：“爸爸，我现在希望一天只有 12 个小时，这样你就能早回来，妈妈就不用这么辛苦了。”是的，儿子在思念着爸爸，爸爸同样也在想念着儿子。因为援藏，我欠孩子太多，没有时间去陪他和照顾他。我没有尽到一个父亲的责任，在这里我要对儿子说“对不起”。

我们来援藏并不是来旅游、来看风景，我们是为了自己的职责。医者仁心，正是为了这句话，我始终坚持着。作为援藏医疗队的一名共产党员，我常常想着“来藏干什么、在藏做什么、离藏留什么”，我一定要珍惜这次锻炼的机会，施展自己的才干，以实际行动，立足本职，为西藏发展建功、为西藏人民造福。我将尽心尽力，去帮助他们，提高他们的理论和技术水平，更好地为患者服务。

这次援藏工作经历，是一段难得的人生历练，更是一笔宝贵的人生财富。它开拓了我的视野，陶冶了我的情操，增长了我的才干，提升了我的素质，特别是锻炼了我在艰苦复杂环境下工作的能力。回顾这次援藏工作经历，我无怨无悔，我无比自豪！我要继续奉行“特别能团结，特别能吃苦，特别能战斗，特别能忍耐，特别能奉献”的“老西藏”敬业精神，兢兢业业、踏踏实实地干好本职工作。

我的援藏故事（一）

淮北市人民医院　梁丽

我有幸于2015年8月18日作为新生儿专家被选为安徽省首批组团式医疗队队员，进藏开展为期一年的援藏工作。

在合肥与队友会合后于20日抵达拉萨，当天下午是进藏培训，我产生了头痛、头昏、心慌、气促无力、口周发绀等一系列高原反应症状，吸氧时泪水止不住地流出……

由于任务紧迫，来不及休整，3天后进入岗位——儿科，呆了！难以想象的脏、乱、差，而且和大内科（神经内、呼吸内、心血管相当于四科）共用一个护理单元，存在环境卫生差、垃圾混放、规章制度欠缺等问题。

我被任命为山南市人民医院儿科总护士长，重点负责学科建设，人才培养，提高科室技术水平，开展新技术。一边与高原反应折磨斗争，一边参加西藏自治区、山南市委和院部各种培训、座谈、工作部署，还抽时间到科室了解具体情况，制订工作计划。降低新生儿死亡率被列为重点任务，各级领导都在反复重申，我深感责任大，担子重。我遵从组团式援藏主旨，充分发挥组团式援藏模式优势，加强学科建设，通过“传、帮、带”形式培养人才，提高科室水平，开展新技术。在西藏自治区和院领导的支持下，各科同仁大力相助，通过科室同事们的共同努力，儿科（包括新生儿）顺利独立。那是个阳光明媚的日子，我们收到了来自各方的祝贺，回忆起每位同事脸上开心的笑容，我至今难忘。

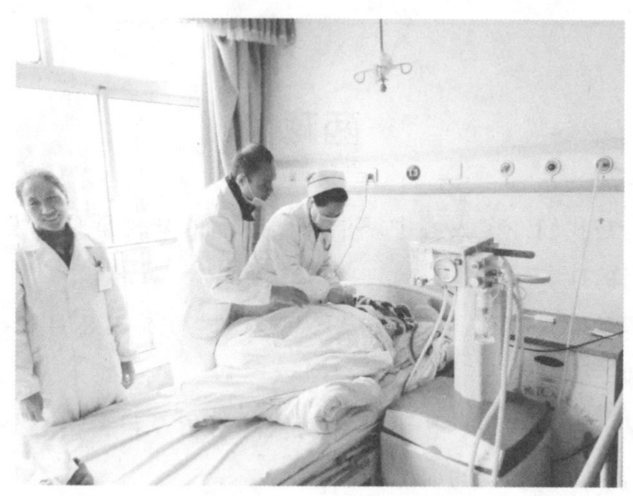

不知不觉中一年逝去，在各级领导的无私关怀下，在同仁们共同努力下，圆满完成各项任务。无数次去加班的夜间科室场景，同事们的甜甜笑脸，离别时的留恋、不舍，队友们相互帮助，至今历历在目。工作中的历练，是我一生中的宝贵财富。

时常想念我的第二故乡，祝愿那里的人民安康、幸福。扎西德勒！

我的援藏故事（二）

淮北市人民医院　赵玲

西藏

西藏，可能是我们许多人心中圣洁而又遥远的梦，是暗自发愿余生一定要去一次的旅行目的地。

我也曾幻想某一天会成行，未曾想这一天在2015年8月到来了。我去了，且以援藏的方式。

再回首已是三年前的事，援藏的点滴依然历历在目，铭心刻骨。那是一次身体的朝圣之行，也是心灵的朝圣旅程！

2015年，国家为了加快提升西藏的医疗技术发展水平，满足藏族人民的健康需求，推进和谐社会健康发展，对医疗援藏做出了重大调整与部署，改变以往零散的单打独斗的医疗援藏模式，由中央组织部和国家卫生计生委联合发起了组团式医疗援藏行动。这个方针政策的调整无疑是一次重大尝试与改革。通过三年多的实践证明了它的正确性，成效显著，从而全面、整体、快速地提升了整个西藏地区的医疗环境及技术水平。

我很庆幸与骄傲，自己成了安徽省首批组团式医疗援藏20名队员中的一员，代表淮北市人民医院积极响应国家的号召，践行了一名医务人员的责任、使命与担当。

8月20日，我们安徽代表团一行20人在省立医院虞德才副院长的带领下乘机顺利抵达山南贡嘎机场。一下飞机首先映入眼帘的是莽苍苍的山脉横亘延绵，湛蓝的天空空阔辽远，而那洁白的云朵似乎触手可及，圣洁的哈达后面是一张张黝黑朴实的脸庞，藏族同胞以无限的热忱欢迎我们的到来，如西藏炙热的阳光，明亮而温暖。

兴奋、惊喜！我们忘了自己已经置身于海拔3700米的土地上。一山放过一

山拦，雅鲁藏布江在身边蜿蜒流淌，顿感心跳加速呼吸加快！不知是兴奋还是缺氧，我们都以极大的热情投入西藏山南的怀抱。

那人

首先接触的“藏族人”是陈伟院长与张福臣专员，从他们那里我学到了什么是坚持与奉献。陈伟院长本是四川人，医学院校毕业后就到西藏工作了，已经二十多年了。他深知西藏医疗人才的匮乏与医疗技术的落后，对于我们的到来，深深地感谢国家的政策与内地同行的支持奉献，感激之情溢于言表。为了迎接我们的到来，他做了大量工作，亲自到机场迎接。从他们的重视里，我们明白了责任所在，任重道远。

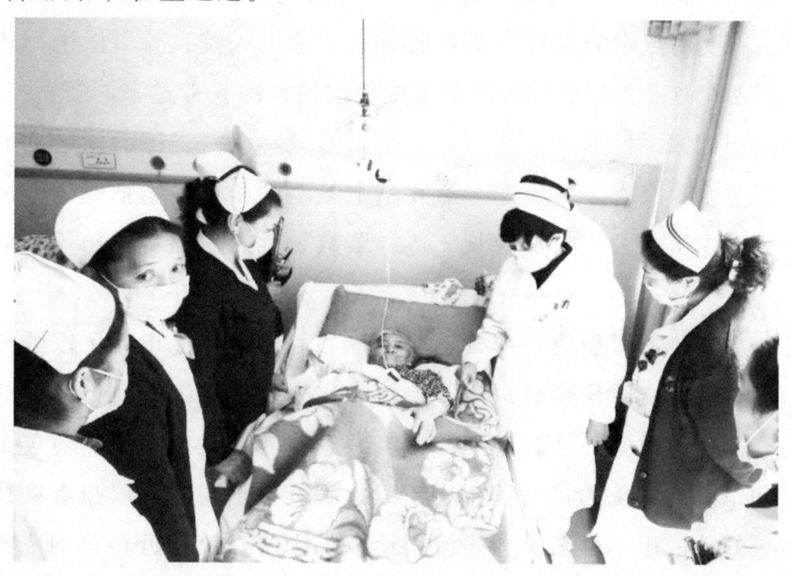

张福臣专员是地区行政干部，五十多岁，务实勤勉，老成持重，宅心仁厚。他是藏二代，父母亲是援藏人。他在西藏出生并长大，对西藏有深厚的依恋与情感。他说，我们的到来是西藏人民的福祉，希望我们能把先进的医疗技术教给我们的藏族医生，使他们能不出西藏就学到技术与本领，更好地解除山南市人民群众的病痛。话语殷殷，拳拳赤子心！与他们的奉献相比，远离家乡离开舒适安逸的环境就不算什么了。

那山

西藏多山，尤其是雪山，圣洁辽远而神秘！虔诚笃信佛教的藏民每日转山转水，日复一日，信仰朴实而坚定！他们乐山好水，敬畏神明，敬畏生命，以朝圣的心态礼山面佛，也以朝圣的心求医，谦卑而敬重。相对于内地紧张的医患关系，山南的医疗环境宽松包容。“老吾老以及人之老，幼吾幼以及人之幼。”因为远离亲人，我们视藏民如亲人，全力救治，与这里的同事亲切友爱，教学相长。

一年来，我们在陈伟院长以及山南市政府的大力支持下，在安徽援藏领队虞德才院长与杨万玲主任的带领下，全力以赴做好了医院的带教帮扶工作，从管理、医疗、感染、护理、教学等方面建立“一对一”“师对徒”的教学模式，极大地提高了医院的医疗技术水平，并利用节假日下乡义诊20多次，做了大量惠及藏民的健康普查工作，圆满完成了国家交给我们的援藏任务！

清楚地记得我为一位久治不愈的藏族老阿爸换药。他因脑血栓、糖尿病，卧床在家，在使用热水袋取暖时烫伤脚踝部，感染入院，外科医生用传统换药方法换了近两个月不见好转。我跟科室主任沟通，用我带过来的新型换药敷料，免费给他换药试试，他的家人很高兴。结果不到一个月，他的伤口创面明显收拢缩小几近愈合，家人非常感谢，给我献上圣洁的哈达！能把先进的医疗技术带给他们，引领当地医护人员成长，造福藏族百姓，便觉得自己所有的付出都值得！

我还曾为一位大面积烫伤的藏族小孩揪心。当时山南市人民医院没有独立的烧伤科，也没有烧烫伤专科医生，治疗方法还是用传统的自己熬制的烫伤膏涂抹换药。孩子天天撕心裂肺地哭着、喊着、叫着，大家似乎爱莫能助。我主动联系淮北市人民医院的烧伤医生，予以远程会诊，同时建议患者家属予以转院，寻求更好的治疗。后来孩子病情稍稳定，我便建议就近转诊到成都市人民

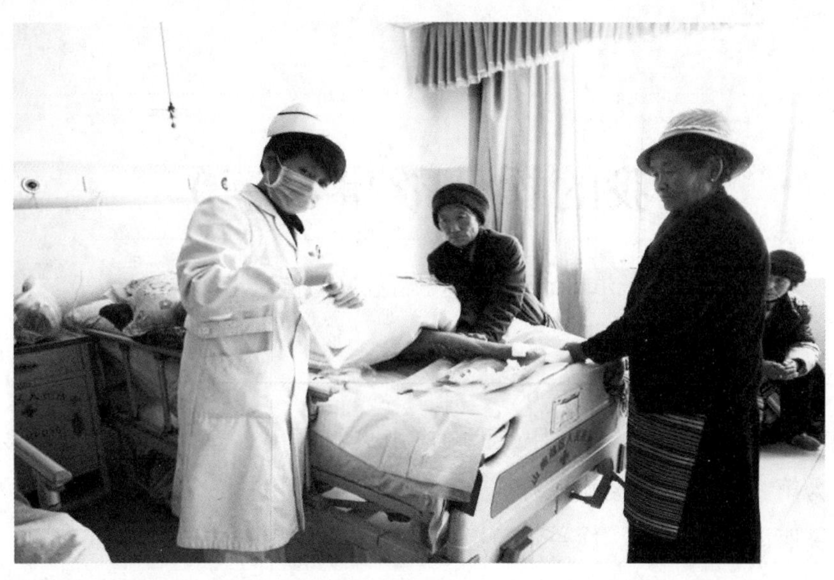

医院治疗。孩子后来恢复得很好，再后来孩子上了幼儿园，他的家人常常发给我照片，非常感谢我的无私援助！

援藏以来，我们开展了多次的街头义诊，教师节关爱老师活动，下乡送药、筛查常见病，送关爱、送健康……通过我们的手，把国家与党的政策、对藏族同胞的关心爱护，送到每一位藏民身边，让大家深切地感受到祖国大家庭的温暖，也让我们久处都市的人，有了沉甸甸的历史责任感与家国情怀！舍小家，为大家，来共同打造现代化的强国梦！

援藏工作是琐碎的，高原环境的适应是痛苦的，援藏的日夜是漫长的。我不想一一渲染每一个队员的付出与奉献、磨砺与成绩。只想感谢！感谢生命中的这次抉择，它使我们远离都市的喧嚣与浮华，能在这静寂的夜里，在这片古老的土地上，开始认真地审视自己的职业和职责所在。科学与文明是为人类服务的，并在服务中进步，医学也是如此。我们希望医学的进步可以帮助更多的人，服务更多的人，让所有的人都更加有质量、体面地活着！

在那里，山南见证了我们一年的芳华岁月。

在那里，我庆幸国家政策的英明，支边援藏让那片土地焕发出勃勃雄风。

西藏！山南！我刻骨铭心的援藏生活，无悔的选择！

我的援藏故事（三）

淮北矿工总医院　夏新华

2015 年 8 月至 2016 年 8 月，我响应中央组织部、安徽省卫生计生委号召，有幸成为第一批组团式援藏医疗人员。2015 年 8 月进藏，来到对口支援单位山南市人民医院骨科工作。这一年的援藏经历令我终生难忘。

我来到山南市人民医院，深深地感受到了山南人民对医疗环境改善的急切渴望。在这里，只能做一些简单的修复手术，稍有难度就要转送上级医院，不仅路途遥远还往往延误了最佳治疗时机，给患者造成不可逆转的伤痛。因此，来到山南以后，经过不到一周的休整，我不顾还存在的高原不适，就投入患者的救治工作中。在这一年当中，我无数次被从梦中叫醒，毫不犹豫地赶到患者身边，把精湛的医术运用到救治中，骨折的孩子、跌伤的老人……面对治愈后同胞们送来的锦旗，我时时被淳朴的藏族同胞感动着！一天夜里，我又被急促的手机铃声惊醒，医院接诊了一位跟部肌腱被电锯割断的患者。我以最快的速度来到患者身边，果断地决定立即进行肌腱断裂再植。在此之前，山南市人民医院还未完成过此类手术。术后，患者恢复良好，我也为山南市人民医院历史上填补了肌腱再植手术的空白。面对患者的千恩万谢，我感到自己还需要做更多！

在山南市人民医院工作的一年中，我积极参加医院组织的义诊、送医下乡、伤残鉴定等工作，得到医院领导、同行的一致好评。总之，通过一年的援藏，我收获满满，深深地为这一年的经历充满骄傲！如果再有这样的机会，我还会义无反顾地奔赴到最需要我的工作岗位上！

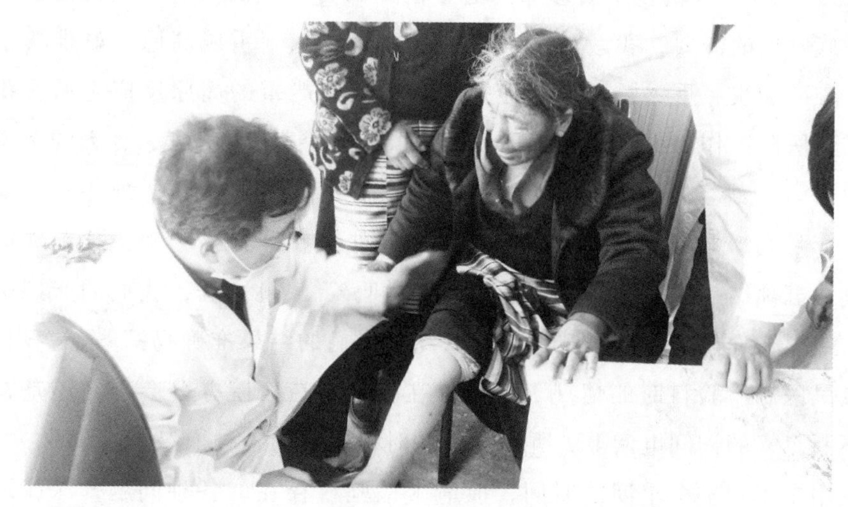

我的援藏故事（四）

淮北矿工总医院　姚慧琳

我是姚慧琳，来自安徽淮北矿工总医院检验科，是一名主任检验师。2015年8月至2016年8月，我有幸成为第一批组团式援藏医疗技术人员，于2015年8月进藏，来到对口支援单位山南市人民医院检验科工作，并担任了检验科主任。

虽然2016年我的孩子要参加高考，但是因为祖国的需要，因为促进民族团结、民族发展的需要，我毅然抛下孩子和家庭，来到雪域高原。艰难熬过血压升高、心率加快、重感冒、内分泌失调等一系列严重的高原反应之后，我全身心投入到医院工作当中。“姚主任，我们肌钙蛋白试剂没有了，今天的标本这项不能做了。”“姚主任，我们血型鉴定试剂没有了，怎么办？”“姚主任，我们每天干活，月底却只能拿800多元的奖金，我们不想干了！”“姚主任，你们昨天发的凝血五项结果这么高，我的手术还能做吗？”“姚主任，我们的产妇贫血现象这么明显，你们的血色素结果却这么高，你们的结果准确吗？”这是我接手山南市人民医院检验科时的情况。不论是在科室、在医院办公会上，还是在临床医生不断打来的询问电话上，听到的都是对检验科的各种抱怨。

我用了不到一个星期的时间，摸清了检验科存在的各种问题，深深地震惊了！检验科的传染病检查、凝血功能检查用的还是最古老的手工方法，包括生化检测、血常规、尿常规等所有项目均没有室内质控，试剂无人管理，没有微生物实验室，医院感染控制是医院空白，由于种种原因导致的检验成本超高，科室经济效益几乎为负数。面对这种严峻局面，我首先引进了一台全自动荧光检测仪，可以定量检测传染病、肿瘤标志物、各种激素等项目；紧接着又引进一台进口全自动血凝仪，使检验科设备全面进入自动化，并由此开展新项目传染病8项、肿瘤标志物5项、性激素6项、甲状腺功能检测5项、血凝7项，给检验科创造了良好的经济效益。在积极改善实验方法的同时，设立专人管理各类检验试剂和耗材，并实现了试剂、耗材管理自动化，杜绝了由于管理混乱导致的检验项目不能正常检查现象。成立质量管理小组，坚决执行每个检验项目的室内质控管理，确保检验结果的真实可靠。

作为一家“三级乙等”以及即将创建“三级甲等”的医院，医院感染控制极为重要，我来到山南市人民医院以后，为检验科新开设了临床微生物室，目前已能满足临床对血液等各种临床标本感染检测的需要，可以指导临床有效治疗感染以及合理用药，并对医院感染监测提供有效帮助。培养微生物室工作人员 3 名，已能独立完成微生物室的各项检测工作。由此新开展的“细菌培养与药敏实验”获山南市人民医院“2015 年度新项目、新技术二等奖”，填补了医院在此项目上的空白，走在了西藏各地区级医院的前列。

通过开展新项目、降成本等，科室月收入与同期相比增加了 2 ~ 3 倍，科室奖金也从人均 800 元上升到人均 4000 元，科室人员精神面貌焕然一新。

每年的 6 月 14 日是国际献血日。在西藏这个特殊的地方，血源十分紧张。山南市中心血站属于山南市人民医院管辖，为检验科一部分，我同时负责管理中心血站的工作。为弘扬人道主义精神，倡导广大群众积极献血，我带领科室同事走上街头，参加到义务献血的队伍当中，并带头义务献血 300ml。“老师，你血压高，从内地回来不到 3 天，还是别献了！”同事当时如是说。但我还是坚持自己的做法。在这个特殊的日子里，能帮助到藏族同胞，我感到非常高兴！

在西藏期间我获得了组织的认可和荣誉：西藏自治区卫生计生委授予的“优秀管理者奖”，中共山南市委员会、山南市人民政府授予的“优秀援藏干部”光荣称号，中共山南市人民医院委员会、山南市人民医院授予的“优秀援藏医疗工作者”称号。

有这样一句话：有一种生活，没有经历就不知道其中的艰辛；有一种艰辛，没有体会就不知道其中的快乐。回首一年的援藏工作，我无悔；因为援藏，生活更加充实；经历援藏，人生更加精彩！

临危受命　不辱使命

重庆市开县人民医院　郑云章

2015年8月10日，重庆市委组织部、人社局、卫生计生委要在开县人民医院选派一名副院长担任首批组团式援藏医疗队队长、昌都市人民医院副院长，为期一年。当时我认为不可能派我进藏，因为我已经年过五十又有高血压，且家父年事已高、岳母长期住院、妻子又体弱多病。但是，当报名截止时间临近，班子没一个人自愿申请时，我开始犹豫并认真思考：党培养我多年，组织需要我，西藏人民需要健康，最后我毅然决定放弃小家，放弃舒适的工作环境，冒着患高血压的风险赴藏援昌。

援藏不是一句简单的口号，更多的是担当和责任。我也深知有很多问题和困难在等着我，只是我没有想到刚到西藏，高原环境就给了我一个下马威。进藏当天我出现了头痛乏力、胸闷气喘、胃肠道不适等症状，加上我有高血压，内地只有一种降压药效果好，到西藏后两种降压药联合用效果都不佳，更加重了对心脏的负担。床上煎饼子是我睡觉的姿势，因为高原反应我无法平躺睡觉，只能垫高枕头半卧位休息。入睡困难，几乎每晚2点左右入睡；睡眠时间短，4点左右醒；睡眠质量差，都是浅睡状态。我真正体会到失眠的痛苦，头整天好像闷在水里，严重影响我的记忆和工作效率。头痛也只有吃头痛粉缓解，援藏一年，一共用掉近200包头痛粉。因为不适应高原气候，我患上了心脏病，至今没有痊愈，但我仍不后悔自己援藏的选择。

医疗人才组团式援藏首先要明确目的是什么？该做什么？要留下什么？目的是提高他们的技术水平和服务能力，克服困难，大爱无私地带去技术与理念，留下一支带不走的、能独当一面的专业技术队伍。我们重庆首批医疗人才组团式援藏队队员主要来自区县的“三甲”医院，优势是临床经验丰富，处理疑难危重病能力较强，但科研能力较差。与来自大型“老三甲”综合医院的其他7个队相比，重庆队的综合实力稍弱。根据上级要求及本队的实际，结合昌都市人民医院具体情况，我们找准切入点，打造组团式援藏重庆亮点，既制定了短期目标，又制定了此次为期一年的援藏理念、目标和队训。理念是：人才引培是关键，完善制度是基础，学科建设是抓手，等级创建是平台。目标是：建章立制，理顺关系，增强执行，打牢基础，积累经验，初见成效，“三乙”成功。队训是：交融，务实，严格，奉献，创新。同时及时完善内部管理和考核制度。一是成立内部管理小组，入藏第三天迅速成立了医疗护理、后勤、文秘三个自我管理小组，选定3名同志担任小组长，明确职责，各司其职，建立了工作例会制度，每半月召开一次例会，汇报交流工作情况，研究解决问题，推动各项工作有序开展。二是完善制度建设，针对医疗的特殊性，在重庆市第七批援藏管理制度的基础上制定了医疗援藏队的财务、请销假、学习等一系列管理制度，尤其是考核制度的建立保障了援藏任务的顺利完成。考核制度实行公平公正、注重能力、突出业绩、分级分类的原则，从日常工作、新技术、传帮带、科研教学、学术交流等多方面进行考核。每人每月总结汇报，半年进行全面总结，每人有专用考核卷宗，最大限度地调动援藏队员的工作责任意识和积极主动性。

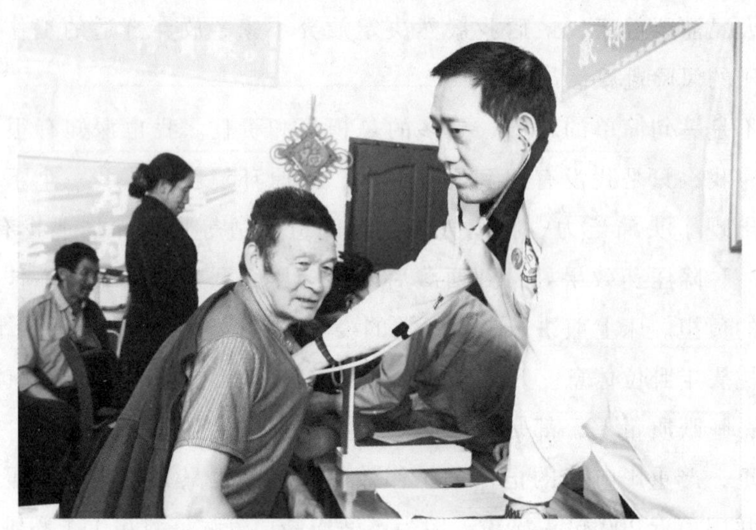

医疗人才组团式援藏没有成熟经验可借鉴，一切靠摸索总结，要求高、时间紧，协调、学习、汇报、总结等工作任务非常繁重艰巨。在高强度的压力之下，我迅速调整自己，以真情融入，把受援医院当作援派医院，不当“外人”，不做“过客”，既身入又心入，既尊重领导同事又尊重民风民俗，相互学习、相互配合、相互促进，心往一处想、劲往一处使，与受援医院同事共同营造融洽相处、齐心干事的良好氛围。在我的带领下，援藏医疗队员们克服一切困难，迅速地融入了所在科室团队，积极主动参加科室日常诊疗和病员抢救、传帮带、技术创新、建言献策、教学查房、学术讲座、会诊讨论等工作，为圆满完成援藏任务开了个好头。

“昌都没有节假日”，晚上加班到12点是常事。我们夜以继日地建立和完善了医院的各项规章制度，特别是我亲自起草完成的《昌都市人民医院成本核算与绩效管理方案》《昌都市人民医院行业作风实施细则》《昌都市人民医院人才引进方案》《昌都市人民医院“十三五”规划》《人才培养方案》《昌都市人民医院“三甲”创建方案》等多个制度和方案，为医院可持续发展及创“三甲”奠定了坚实基础。建立健全了医疗质量管理体系，共制定技术准入、会诊、处方授权、病历、新技术开展等各项医疗管理制度58项，提出加大制度的执行力等规范医院管理的建议，全面推行院科两级管理，明确科主任、护士长职责，使昌都市人民医院管理向标准化管理推进。同时，针对昌都市人民医院创建三级乙等医院的实际，指导督促对医院相关迎检资料进行了全面筛查整改。2015年12月26～28日，西藏自治区卫生计生委组织的审评专家组对昌都市人民医院进行了正评，各项创建工作得到了评审专家的好评，以优良的成绩顺利通过评审。此外，结合现代管理，创新管理模式，强化医疗管理，质量持续改进，加大新技术推广。在人才培养上实行全程带教、大力培养本土人才等多措并举，医院管理和服务能力明显提高。2016年，丁青“5·11”地震应急救援彰显了昌都市人民医院的速度和实力，实现了“零死亡”目标，危急重症患者抢救成功率提高了19%。

一年援藏让我感触很多，我深切感受到了高原、雪山、蓝天、阳光、缺氧、温差、淳朴、自然、政治、大局、核心、规矩、团结、稳定、信仰、幸福，其中令我感受最深的是规矩、信仰、幸福以及和谐的医患关系。在进藏前很多人问我：你为什么要援藏？我只是淡然一笑。当援藏结束，我可以肯定地回答：援藏艰难而光荣的历程将成为我生命中永远抹不掉的美好回忆。有些事也许一生只有一次，有些事也许一次就足以影响一生，昌都这个神奇的地方将影响我的一生。

我的援藏工作纪实

重庆市铜梁区中医院　胡兰

根据统一安排部署，我远离家乡、远离亲人，于2015年8月19日到西藏昌都市人民医院进行为期一年的援藏工作。其间我克服高原反应、生活习惯、语言障碍等困难，经受住了高寒、缺氧等自然条件的考验，以“三级综合医院评审细则”为要求，扎实开展了各项护理管理工作。现将我援藏一年工作成效进行总结。

健全护理工作制度

针对医院护理工作管理制度不健全的情况，以“三级综合医院评审细则”要求为导向，建立和修订了各项临床护理工作规章制度、疾病护理常规和临床护理服务规范、标准。一年来，先后制定了护理文件书写规范、护士长工作手册、跌倒/坠床风险评估量表、压力性损伤风险评估量表、病区药品管理规范、护理质量检查评估标准、护理服务满意度调查表等护理工作标准。

逐步提高队伍配置水平

1. 增加人员数量。因高寒缺氧，地理位置偏远，聘用人员待遇相对较低，导致医护人员紧缺。除去常年病假和下乡驻村护士，医院实际在岗护士89人，担负着极繁重的护理工作任务。针对护理人力严重缺乏的情况，我与各级院领导反复多次汇报、沟通各科室超负荷工作问题，院领导几经调研，最后研究决定提高聘用人员待遇：根据学历、职称等情况将底薪从1000多元提升到3000～6000元，并为聘用人员增加养老保险福利。通过此举，稳定现有医护人员，同时吸引更多优秀人才来高寒缺氧的雪域高原奉献力量，缓解了医护人员严重不足的局面。

2. 提升人员整体素质。一是管理人员培训，对新上岗的2名护士长进行了岗前培训教育，使其尽快适应护士长角色的转换，掌握病区护理管理的重点；先后派出了6名护士长到上级医院短期进修、到其他医院实地参观，学习科学的管理模式，拓宽视野，提高管理水平。二是抓好骨干护士培训，分批次选送了手术室、ICU、新生儿、急诊科共6名护理骨干到重庆等支援医院短期进修学习，要求进修人员回院做进修专题汇报，以带动全院护理新理论、新知识、新技术更新掌握。三是重视在职护士培训，拟订了院内年度培训计划，定期组织与规章制度、专业理论相关的知识讲座；在全院范围内开展了心肺复苏、静脉输液、口腔护理技能操作竞赛。通过以上措施不断提高整体护理服务水平。

持续改进护理质量

1. 逐步健全护理质量管理体系。护理部二级质控组由护理部成员及全院护士长组成，每月有针对性地组织护理质量专项检查，每季度进行护理质量全覆盖检查。科室一级质量监控小组由护士长、主管护师或业务骨干等组成，按质量标准实施护理管理，发现所在科室护理问题，并对存在问题改进情况进行追踪。

2. 重视意见反馈，做好终末质量控制。

（1）护理部每季度组织召开护理质量与安全管理总结会议，对全院护理质量检查中存在的问题在会上进行反馈，根据存在的不足深入分析问题根本原因，提出改进措施，并定期督查整改情况。各护理单元每月组织召开质控会议，对本科室存在的问题进行原因分析，提出改进措施和下一步整改重点。

（2）建立畅通、有效的不良事件上报系统。鼓励各临床护理单元积极上报不良事件，并对主动上报护理不良事件每例奖励50元；未及时上报引起纠纷或投诉者，根据情节严重程度依照相关规定予以处罚。每季度对发生的不良事件积极组织讨论分析发生原因，在全院护理人员中进行针对性的安全警示教育，力求做到“吃一堑，长一智”，防止偏差再度发生。

（3）广泛收集患者意见和建议，持续改进护理工作质量。护理部每季度、各护理单元每月开展服务对象满意度问卷调查。同时通过召开工休座谈会、病友会、病员意见征求、出院随访等途径了解患者意见和建议，通过患者的需求、评价、期望等进一步了解护理人员工作中存在的问题，提高护理人员服务意识。

圆满完成三级综合医院创建任务

在援助医院三级综合医院创建期间，抱着“不抱怨、不退缩、不懈怠”的心态，加班加点，严格按照评审标准要求对全院各护理创建工作效果进行了全面自评，找出了创建工作中的突出问题，制订整改的方案及措施，每周到各护理单元积极督查整改落实情况。既从“评审专家”角度不断查找存在的问题，又从创建者角度发现问题，结合日常工作制订了整改措施，及时沟通协调，不断完善相关工作内涵，做到“以评审改进工作、以工作推进评审”，使护理各项工作得到了持续改进和提高，圆满完成了各项创建任务，最后昌都市人民医院以优异的成绩顺利通过三级医院最终评审。

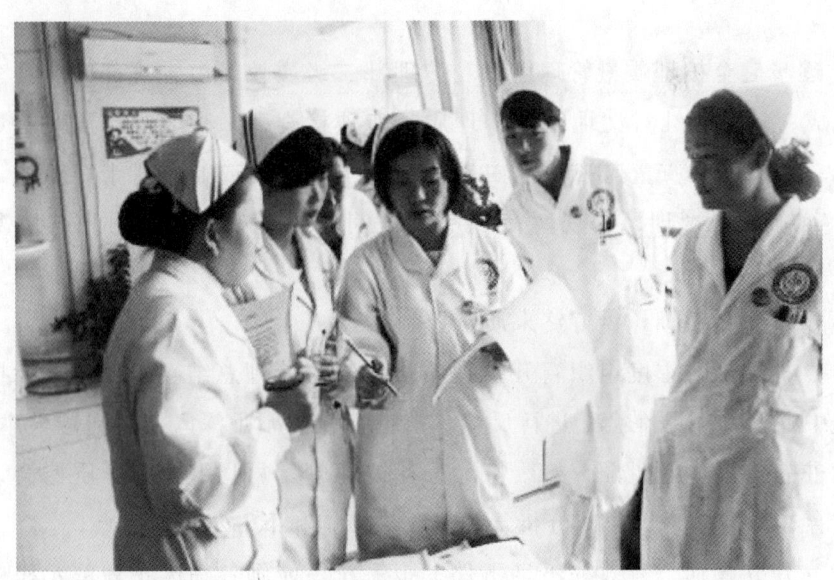

我的援藏故事（五）

重庆市永川区中医院　刘秀燕

“援藏”对于我来说曾经是那么的遥远和陌生，但当它真实地来到我面前时，我毅然选择了它。带着些许惶恐、些许豪情以及对家人的不舍，我于2015年8月踏上了援藏之旅。时光荏苒，白驹过隙！援藏工作已经结束快三年了，但回想起援藏生活中的点点滴滴仍历历在目。

初到高原就被湛蓝的天空、清澈的水流所征服，也被高原带来的缺氧、失眠所困扰。还没完全适应新的环境，就投入工作中，参与了昌都市人民医院创建三级医院的准备工作，体验了创建成功的喜悦。

时值“西藏自治区成立50周年”，我积极参加了医院党委组织的各项集体活动，体会了藏族的风土人情。在临床工作中，帮助当地医护人员规范病历书写，组织科室疑难病历讨论，积极参与科室危急重症患者的抢救及急诊手术，通过“传、帮、带”努力培养当地医生的基本理论、基本知识和基本技能水平，还利用节假日多次下乡进行义诊活动。

工作虽然辛苦，但已是我生命中不可或缺的一段经历。忘不了各级领导的关心，逢节日时对我们表达着组织的关切与期待；忘不了科室同事的关怀和帮

助，让我很快地融入新的工作环境；忘不了藏族同胞的淳朴与热情；忘不了重庆援藏组这个“远方的家”，一起生活的酸甜苦辣和悲欢离合，淡化了彼此远离家乡的孤独，也铸就了这段无怨无悔的人生回忆。

援藏工作虽然已经结束，但回想起一年来的点点滴滴，仿佛一幅幅画卷定格在脑海里。那是我一生珍惜的美好回忆，收获的不仅仅是工作的历练，还有对生活更深的感悟和对西藏、对昌都这片土地及人民的热爱。

追梦路上

重庆市黔江中心医院　汪升学

对于大多数人而言，西藏像是一个梦。梦里，她多姿多彩、她神秘莫测、她神圣纯净……始终是那么美好，遥不可及。而对于重庆市首批组团式援藏的15名医务工作者而言，实现这个梦，也许从来没想过会是以医疗援助的方式。2015年8月20日，历经十来天组建的援藏队伍，带着使命、带着期盼，从火城重庆踏上了前往西藏昌都的援藏征程，在昌都市人民医院开展为期一年的支援工作。

前三个月的援藏工作可谓漫长而艰辛。身体方面，从开始的失眠、气短、行走困难的高原反应到后来的逐渐适应；工作方面，从熟悉科室情况到短期计划、长期目标，一步步走来，虽然历经了许多艰难困苦。但是，在我们团队的共同努力下，昌都市人民医院的医务工作开展得有声有色，整个面貌焕然一新。

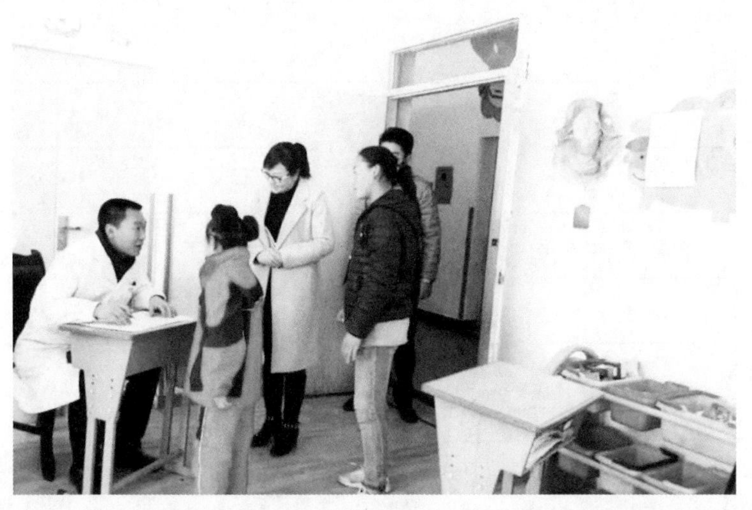

在昌都市人民医院的工作走入正轨以后，2016年3月17日，我们一行又前往郊县察雅去进行义诊。察雅，一个海拔较高、环境恶劣的小县城，交通不便，医疗条件极其艰苦。3月18日，大江南北已经进入春天，正是一年好时节。可是，察雅县里却是冰天雪地。这天，我们冒着严寒早早地来到义诊第一站——察雅县幼儿园为儿童做体测。本以为幼儿园里应该很冷清，但是一到校园门口，就被园里老师和家长的热情感动了。我们分成小组来到各班教室马上开展工作。我第一次接待的是一个小女孩。她的皮肤黑黑的，可是一双大眼睛显得清澈纯净明亮。她对周围的几个医生充满了好奇，咬着冻裂的嘴唇，两朵高原红的脸蛋显得更红了。我看出了她的紧张与羞怯，便拉住她的小手，拍拍她的肩膀，用温柔的话语与她交谈。起初，她只是点点头、眨眨眼。不一会儿，便用尚不标准的普通话和我攀谈起来。小女孩在紧张和好奇的氛围中完成了所有体测项目。

结束了幼儿园的义诊，在我们离开的时候，十几个孩子在老师和家长的带领下为我们送行。此时，他们的眼里已经没有了羞怯，饱含的是不舍。透过他们的眼神，我感受到了一种对生活的向往、对未来的希望。而此时，我的内心也有一种神奇的力量在迸发：在接下来的日子里，我将竭尽所能，为西藏自治区的医疗事业贡献自己的力量！

梦回牵绕昌都情

重庆三峡中心医院 彭佳琼

2015年8月，我作为重庆首批组团式医疗援藏队的一员，告别家乡、亲人和同事，肩负着组织的重托，满怀对藏区人民的深情厚谊，奔赴雪域高原——昌都，开始一年的援藏工作。一年来，在西藏自治区、重庆市、昌都市各级领导的关怀下，在昌都市人民医院领导和同事们的关心支持下，我克服了语言不通、高寒缺氧等困难和障碍，把昌都市人民医院当成自己的家，尊重当地民风民俗，充分发挥我在妇产科方面的技术特长，与医院同事相互学习交流，团结科室同事齐心干事，为藏区和内地开展深入交流合作做出了自己的贡献。

那是我永生难忘的一年！还记得2018年8月19日，从重庆飞到拉萨，那是我第一次到西藏，刚下飞机，严重的高原反应就给我来了一个下马威。在各级领导、援藏队友的帮助下，我终于渡了难关，让我更珍惜生命和珍惜这次援藏使命。忘不了那个医疗援藏队15个兄弟姐妹，更忘不了远方那个家——昌都市人民医院。

这是开拓奋进的一年！一年来，结合当地妇产科实际情况，妇产科配备有9名医生（包括下乡住村人员、休假人员），共开放床位约30张。由于技术骨干力量配备不是太强，妇科患者相对较少，而且很多妇科检查及手术都未开展，部分手术器械都处于闲置状态，连常用的妇科用药也不齐全。结合科室实际情况，我组织制定了科室的发展规划，补齐了常用药物。用一年时间，充分发挥“传、帮、带”的作用，认真带教，倾囊相授。通过日常工作、讲课、修改病历、手术台上手把手带教等方式，带领妇科逐步开展腹腔镜和妇科肿瘤手术等，妇产科成功创建为西藏自治区重点专科。那时，昌都市血站刚成立，妇产科疾病出血患者多，抢救用血患者很多，血资源紧张。减少出血，减少患者负担，迫在眉睫。通过观察科室同事应对产时、产后、术中出血等的处理措施，我用PPT、自制模型、术中手把手带教等讲解出血时急救处理措施，有效地减少了患者出血，降低了患者医疗成本，减少了患者痛苦，节约了有限的医疗资源，造福了昌都的妇女同胞。

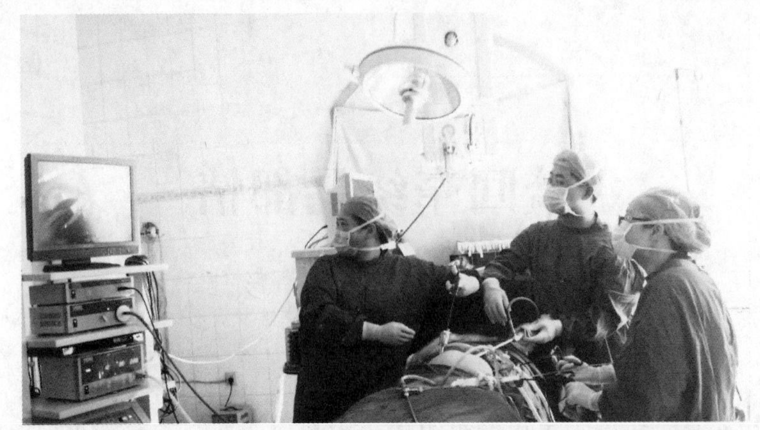

援藏的一年是硕果累累的一年！一年来，我与科室同事一起深入基层给藏区同胞讲“两癌筛查——宫颈癌和乳腺癌”科普知识，参加义诊。最让我难忘的是为察雅县、拉多乡、尼姑庵等部分偏远区县送去医、药。太多的患者，各种各样的疾病，真希望自己和援藏队一起努力，为他们解决更多的实际问题，这让我更加坚定信念：一定要倾我所有教会昌都的同事们，更好地为昌都妇女同胞的健康服务，期望不出昌都就能解决就医问题。为此，我着手将国家科研项目“国家妇幼保健的分子遗传医学研究专项计划”引入科室开展。最值得高兴的是，在我们重庆援藏队全体队员和昌都市人民医院全体同事的共同努力下，昌都市人民医院顺利通过专家组的评审，获得“三乙医院”称号。

援藏回来后我做了全身体检，发现眼睛和大脑都出现了一些状况，经过治疗和随访后，状况明显好转，我放心了很多，这让我从心底佩服那些“老西藏人”的精神。2018 年 10 月 18 日，我有幸参加“医疗人才组团式援藏三年工作考核评估汇报会（重庆站）”，把自己援藏的想法和经验分享给他们。组团式援藏是国家针对藏区卫生事业做出的一个重大且可行的决策，希望越来越好。两周前重医附二院的胡丽娜教授开会时和我开玩笑说：“重庆医学会准备组织一次西藏昌都行讲学活动，你愿意参加吗?”我不假思索地回答：“我愿意，只要能为昌都那个远方的家做点什么，干什么我都愿意!”

感悟援藏不后悔，梦回牵绕昌都情。回顾一年的援藏经历，既有高原缺氧、孤独寂寞、道路艰险、气候恶劣、语言不通、紫外线暴晒等诸多困难，也有援藏在边疆、工作在高原、奉献在雪域的快乐。不仅陶醉于美丽的雪域风光，更震撼于藏族同胞的淳朴、坦荡、热情。我为自己能为藏族同胞的健康事业奉献力量而感到无比的骄傲和自豪。“挑战极限，磨炼意志，战胜自我！倾我所学，服务藏区，无怨无悔。不辱使命，架起友谊桥梁，促进两地交流，一年的援藏是一种财富，更是我一生难以磨灭的记忆!”这是我的援藏感悟，也是我一年援藏生活的最好总结。

寒冬里的微笑

重庆市九龙坡区中医院　刘玥

选择援藏是因为我向往这片纯洁的土地，这里有湛蓝的天空、神秘的雪山、无边的草原、淳朴的笑脸、美丽的格桑花。我享受这片土地带给我的自由的感觉，我喜欢未知事物，在这里我结识了一些不同的人，他们留给我的回忆将伴随我一生。

12 月的西藏，寒冬的早晨，落雪纷纷，如此纯净，它们仿佛是那天地里的精灵，轻盈地飞翔着、舞动着，满城银装素裹。寒风夹杂着雪花让人感觉异常的刺骨。踏上积雪，开始一天的忙碌。

查房、示范、抢救……

专业的技术、熟练的指导、虚心的学习……

家属焦急的等待、护士急促的步伐、仪器嘀嘀的响声……

看着床上躺着的她，观察着她的生命体征，感受着她努力想要表达的情感，觉得生命如此的脆弱，时间流逝，就这样每天与死神赛跑下去。

又是那样忙碌的一天，又是那熟悉的医嘱声，又是那熟悉的仪器报警声。看着心电监护仪上不停变化的生命体征，看着家属泛着泪光的眼睛，抢救还在继续……

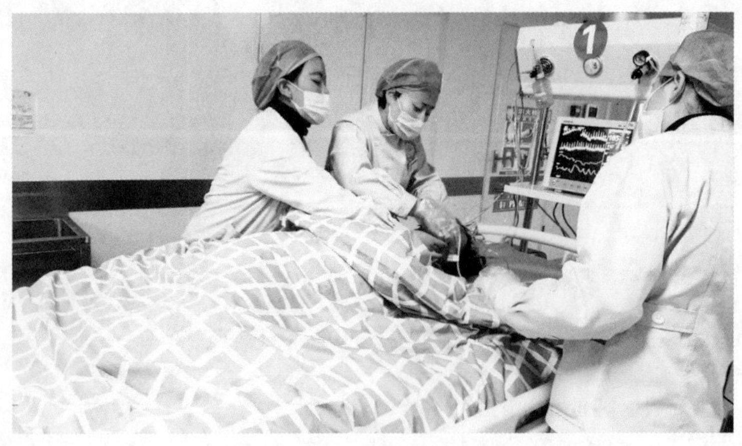

我还是像往常一样继续着护理的工作，思绪已经完全沉浸在那抢救中。

血压下降、叹息样呼吸、四肢冰冷、大动脉不能探及……

心肺复苏、吸痰、呼吸机辅助呼吸、静脉注射、动脉血采集、保暖……

刚平稳一点，两个身影映入我的眼帘——她的母亲、她的丈夫。我知道，他们每天都等候在重症监护室门外。我本打算就这样麻木地装作没看见，就在这寒冷的天气里，但是我的心不允许我这么做。外面很冷，就那么一床已看不清原本什么颜色的被子把母亲遮得严严实实的。丈夫呢，无视寒冷的存在，就站在门口望着……他等着她，就像等着一件珍宝！看得出他很辛苦、很累，但没有丝毫的抱怨。于是我没有半点迟疑，打开门走上前给了他们一个安心的微笑。我并不期待着他们会感恩戴德地对我说“谢谢”，我只是希望让他们感觉到安心、温暖。其实是我的心被真正温暖了、感动了。他们面对一个即将逝去的生命，却如是珍宝般把她当作一切！

生命的宝贵，我能体会。每一天用我所学去帮助他们维护最亲、最爱的人，让他们的亲人得到最专业的、放心的护理。

等待与期盼、辛苦与付出的背后是一张张深入人心的淳朴的笑脸。在这寒冷的冬天里，那是温暖人心的微笑。

援藏一载　情系一生

重庆市江津区中心医院　李锋

2015年8月至2016年8月，历史长河中沧海一粟，转瞬已逝。常人眼里，也许就白驹过隙、忽然而已，但在参加过医疗人才组团式援藏的队员心中，这却是一段刻骨铭心、难以忘怀的记忆。回首这既不短暂也不遥远的1年，胸中涌现的依然是：昌都市各级领导们无微不至的关怀、昌都市人民医院各位老师们不遗余力的帮助、藏区朋友们诚挚无私的理解与支持。自己经历和得到的，是受用一生的锻炼、成长和友谊。

援藏之初，我的想法很简单，也很轻松。按以往别人援藏的经验，来到医院，给本地的医生们查查房、讲讲课、培养一两个出色的徒弟就算圆满完成任务了。而这些，对我来说并不算太困难的事。但是随着融入科室，把自己真正当成了医院的一员，油然而生的责任感和紧迫感却让自己的想法在不知不觉间发生了改变。感念着各级医院领导老师们对援藏组的关心和照顾，也承载着原单位领导同事们对自己的告诫和嘱托，我更新了自己的认识，暗自许下了“尽吾所能，协科室进步；竭己之力，促团队提高”的愿景和目标。

进入科室以后，我很快了解和摸清了儿科在人才结构、专业技术、诊疗水平等多方面的具体情况，并迅速积极地行动起来，开展了针对性的技术指导和交流。援藏1个月即向医院领导们提交了《儿科现状分析与工作计划》等意见建议。担任儿科负责人以后，对科室医护人员在基础知识、基本技能、规范操作、各项核心制度执行等方面进行了培训，并做出了严格要求；实际工作中毫无保留，手把手指导医护人员实践各项诊疗及操作；身体力行，亲自开展创新，引领儿科在专业技术上的进步。开展干扰素雾化治疗儿童呼吸系统病毒性疾病等新技术新疗法8项，运用PDCA方法成功开展新生儿高胆红素血症临床路径工作，健全科室超说明书用药制度及程序申报，等等。儿科的专业技术水平有了明显的进步，危重症患者抢救成功率等技术指标明显提高，病历书写质量、疾病诊疗规范、用药合理性等质控指标有了明显改善，出院人次、业务收入等科室管理指标也有了显著的提升。

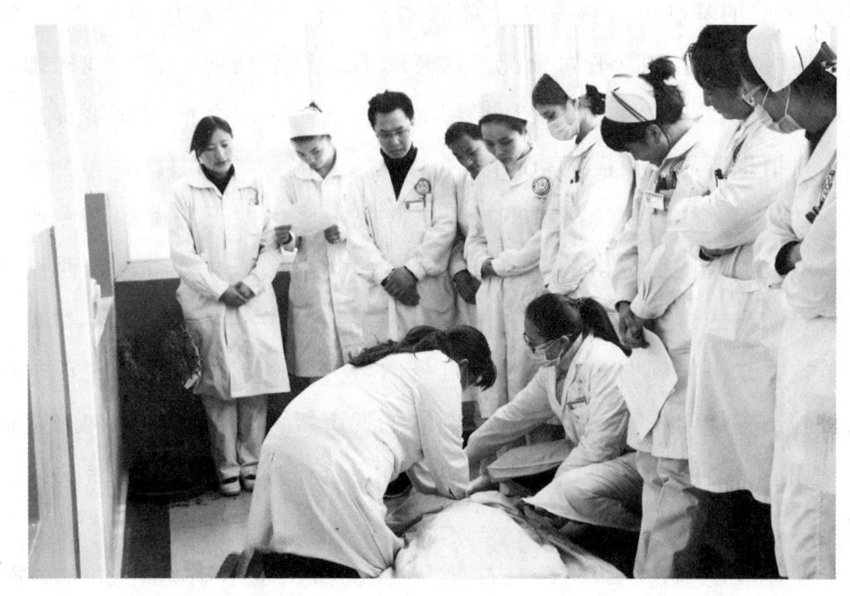

指导、考核科室医护人员模拟心肺复苏抢救

儿科的工作特点是责任重、劳动强度高而产出少，所以在绩效方面较成人科室有明显的差距。儿科医护人员们或多或少都存在着工作热情缺失、动力不足的问题。有时候这种情绪直接导致了临床工作的懈怠和医患、医护关系的协调障碍。针对这些问题，我并没有以旁观者的心态来逃避，而是以敢于担当、勇于奉献的主人翁精神来直面应对。以身作则，积极热情而一丝不苟地做好自己的每一件事情，不推脱、不抱怨，在潜移默化间向同事们传递一种乐观的爱岗敬业精神；诚挚热情，尊重和关心每位团队成员，与擦肩而过的同事，每一次相逢，我都会报以诚挚热情的微笑和致意；发现同事们诊疗瑕疵时，不是简单粗暴地抱怨，而是在表示理解的同时与其共同分析原因指出改进方法；主动发现和干预团队成员们在工作生活中产生和积累的负面情绪，及时地进行沟通和疏导，让他们很快放下思想包袱，走出心理阴影。

在工作中，我敢于承担责任，切实负起科室主任的职责，一方面鼓励和帮助医护人员克服工作困难开展新技术新业务，另一方面也多次向医院领导汇报儿科的运行情况和实际困难，并提出自己的解决方案。先后向医院领导提交《儿科团队建设建议》《关于临床路径等工作施行绩效奖惩机制的建议》等各种汇报建议材料，努力为儿科的健康发展争取更好的政策和空间，从而提高儿科医护人员工作的价值感、自豪感，甘于无私奉献，不计个人得失。在奖金绩效分配上，我打破了科室医生按出勤天数吃大锅饭的做法。在医院给予每份出科病历10元奖励的基础上，科室从全体医生奖金中又另行拿出每份20元作为奖励，余下的科主任才参与平均分配。这意味着，科室任何一位一线医师，其奖金都会高于科主任。儿科的发展环境明显改善，团队配合能力显著提高，团队成员工作热情也明显被积极调动起来。

由于学科人才的紧缺，昌都市人民医院儿科医生缺乏明确的亚专业发展目标，科室没有成绩特别突出的学科带头人，诊疗水平和服务特色在西藏自治区范围内没有明显的学术影响力。为改变这种现状，在不遗余力培养和提高科室医护人员技术水平的同时，我也通过自身的努力和影响力，积极主动争取儿科医护人员外出参加学术论坛，联系并申请了省市级课题《幼托机构儿童孤独症流行病学调查》等，为儿科培养并推出在自治区有影响力的学科带头人奠定了一定的基础。

帮助医院成功创建三级医院是首批援藏队员的中心工作。在这场攻坚战中，我充分发挥了在原单位创建“三甲”医院时积累的经验，不仅亲自负责科室临床路径、合理化用药等资料的记录整理，还多次参加医院组织的评审督导组，对全院的评审资料进行梳理、检查和督导，并提出了许多切实可行的合理化建议。我在三级医院预评和正评时担任记录员，除了认真记录评审专家的每一条意见，还随时协调、回答专家的某些疑问。这不仅为医院的进一步整改提供了翔实的材料，也为医院成功创建三级医院打下了坚实的基础。

儿科接受“三乙”评审专家指导和检查

2016年5月11日，昌都市丁青县发生5.5级地震，1岁零3个月的曾措吉抽搐不止、持续昏迷，是地震中年龄最小、病情最重的伤员。整整52个小时，我不分昼夜，吃住在科室，带领儿科救治小组全力抢救这名危重患儿。先后经过7次抢救（包括2次心肺复苏），患儿病情终于得到控制，各项生命体征趋于平稳，具备了转运上级医院的条件。在昌都市应急救灾指挥部及医院领导的统一安排部署下，我亲自全程护送，将灾区患儿平安转送到了成都华西医院ICU科接受进一步诊疗，成功实现了地震伤员“零死亡”的目标。

援藏一载，情系一生。自己的生命长河中已镌刻下这一段不可磨灭的记忆。援藏结束，工作和生活中的自己也多了一分责任，少了一分浮世；多了一分稳重，少了一分急躁。这种改变，会让自己获益一生。

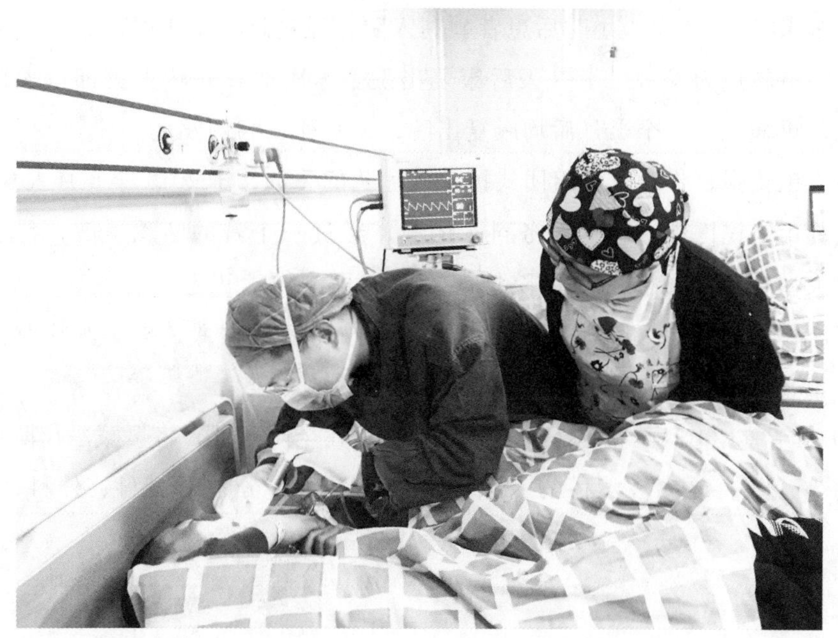

在为唇腭裂患儿免费手术活动中，悉心观察术后麻醉复苏患儿

开展岗位技术练兵　提高医疗技术水平

重庆市垫江县人民医院　王佑强

“喂，市人民医院急诊科吗，我是丁青县人民医院医生，有丁青县因地震致危重症患者，需转你院救治。”回答：“是，请你们立即用120急救车送，我们立即派车来接。”六个半小时后患者顺利入院，经过近四个小时的手术，肝肾复合损伤病员转危为安，二十一天后康复出院。本次地震共转入昌都市人民医院十一位危重病员，一个半月后均康复出院，无一死亡病例发生。

本人王佑强，作为首批组团式援藏医疗队的一员，于2015年8月入藏工作，援助昌都市人民医院。作为医务科长的我，经过三个月的熟悉了解，特别是经历两起大型车祸的抢救已对医院情况有了全面了解，正值医院创建三级医院，必须有所作为，特向医院提出了“开展岗位技术练兵比武，提高医疗业务技术水平”活动的建议，得到了医院党政的全力支持。

2016年2月1日至2016年3月20日活动在全院开展，将援藏医疗队成员同医院的内、外、重症医学科的专家们分成三个组，分别对内科、外科、儿科、

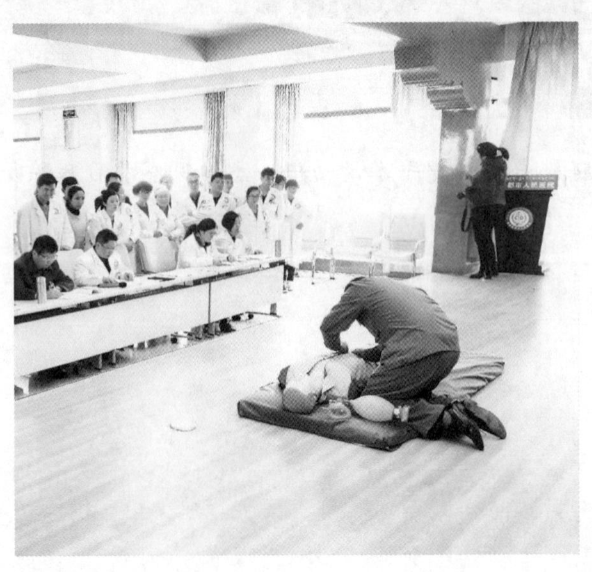

妇产科、急诊科、医技药房等科室开展岗位技术练兵现场急救培训活动。活动本着“干什么、练什么、缺什么、补什么、薄弱什么、强化什么”的原则，开展心肺复苏、气管插管现场急救练兵比武项目。在活动中要求做到“四有”，即练兵比武有方案、比武考核有标准、活动过程有资料（包括文字和影像资料）、活动结束有总结。本次活动做到了人人知晓，个个参与，全院覆盖，为进一步加强医院内涵建设，加强三基训练，熟练操作技能，不断提高医疗业务技术水平和危急重症救治水平，保障医疗安全，建设藏东医学高地做出了一定贡献。

本次活动取得了一些成绩：一是心肺复苏等急救技术全员熟练掌握；二是通过“传、帮、带”方式培训出了泽塔多吉、洛桑群培等急救专家 9 人；三是提高了医院急诊急救能力，危急重症患者抢救成功率同期提升 40% 以上。丁青县地震伤员抢救成功就是实例。

回首过去，援藏是奉献，更是人生经历，一次援藏，终生援藏。

不忘初心书写担当　奉献实干践行使命

重庆市第五人民医院　黄璞

身怀精湛医术且大爱无疆，拥有优厚条件且初心不忘，励志在广袤的雪域高原撒播健康，在救死扶伤中诠释仁心大爱，在坚忍奉献中践行家国情怀。我于 2015 年 8 月起在昌都市人民医院开展组团式医疗援助工作。援藏期间，我不忘初心、牢记使命，用奉献书写担当，用实干践行使命，为增强藏区医疗服务能力、提高当地群众的健康水平做出了积极贡献，用实际行动浇灌了壮美的民族团结之花。

直面困难，坚韧奉献，大爱无疆守初心

昌都，位于西藏自治区东部，平均海拔在 3700 米以上，年平均气温 7.6℃，平均气压和每立方空气中含氧量仅有内地的 2/3，气候极其恶劣、条件极其艰苦。在艰难的自然条件面前，我以救死扶伤为己任，舍弃了安逸生活，主动申请加入援藏队伍，毅然踏上了这片自然条件恶劣的土地，矢志把自身价值奉献在雪域高原，为藏区群众贡献自己的一份力量。

援藏伊始，在未能完全克服高寒、缺氧的高原不适反应下，我便积极投入医院医疗第一线，担任内二科主治医师，参与科室内分泌系统及其他常见内科疾病的诊疗及会诊工作。尤其在工作环境差、技术条件滞后的情况下，主动请缨承担紧急重要工作。2015 年 10 月，在医院紧锣密鼓筹备西藏自治区成立 50 周年纪念大会及接受中央领导对医院的视察工作中，我被安排到医疗保健组，负责应急情况下领导们的专业保健。此项工作责任重大，我先后数次参加了医院组织的各项政治及业务相关培训，注重积累总结，严阵以待做好相关服务工作。通过专业的工作方法、一丝不苟的工作态度和恪尽职守的工作作风，在中央领导视察医院期间，我顺利完成了组织下达的各项保健任务。基于专业特长和重大工作中的出色表现，在后来的几次自治区及市级领导来昌都视察活动中，

我也多次受医院指派，承担相关领导的应急保健工作并圆满完成了任务，得到了好评。

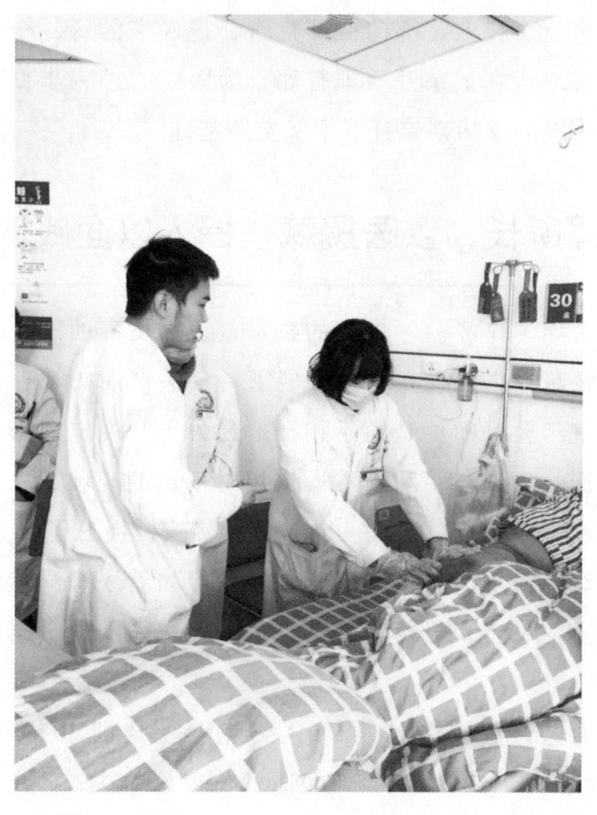

医术精湛，兢兢业业，服务全局有担当

援藏以来，我时刻谨记昌都市人民医院“团结、创新、敬业、奉献”的院训，爱医院做主人、爱岗位做贡献，没有因为艰苦降低工作标准，放松对自己的要求。特别是在三级医院评审筹备及迎检的重点工作中，勇挑重担，为了出色完成任务，当大家还在睡梦中时，我仍坚守在工作岗位，为昌都市人民医院创建三级医院做了大量卓有成效的工作，在服务医院中心大局中展现了责任担当。

在医院自评及预评督导期间，除了负责内二科运行病历及出科病历的审核、查漏补缺等工作外，我还积极加入医院临床专家组，参与各临床科室疑难病例讨论、病历书写、临床路径及单病种管理、抗生素合理使用、合理输血、院感控制等各项临床医疗工作的督导以及评审各项资料的审查整改工作。得益于此前在原单位临床实践中的工作经验，我迅速适应了新的环境和角色，快速厘清了工作思路，积极投身于具体工作中，饱满的工作热情得到了医院领导和同事们的认同和高度评价。在三级医院预评和正评期间，我认真履行记录员的职责，跟随评审专家对每一个科室、部门展开检查，把专家的每一个问题、每一个指导意见都一条不落地认真记录并整理打印，为医院的进一步整改提供了翔实的材料，也为医院等级的成功创建打下了坚实的基础。

发挥所长，以医援藏，授人以渔践使命

凭着丰富的医疗工作经验、精湛的技术、认真负责的态度，我成为了年轻医生的授业者。援藏以来，我高质量开展了科室医疗病历管理督导和各种疑难病例讨论，对科室年轻医师更是倾囊相授，致力于开展定向带教培训，特别是针对科室医生资历、临床经验和基本操作相对不足的现状，采取教学查房、科室培训、学术讲座等多种形式搞好“传、帮、带”，提升了年轻医师的工作能力。我带领科室医生成功抢救糖尿病急性并发症如糖尿病酮症酸中毒患者，对合并糖尿病足的重症患者积极参与换药处理，并联系重庆市第五人民医院转院治疗。

援藏期间，我共开展教学查房 100 余次、科室培训 50 余次、学术讲座 10 次、科外会诊 50 余次，参加院内疑难危重病例讨论 5 次，外出义诊及下乡义诊 5 次，指导开展如胰岛素联合口服降糖药治疗糖尿病等新诊疗技术 2 项。在案例中把自己先进、科学的治疗方法传授给当地医生，定向带教培养的 2 名本院医师，他们的专业技能及工作能力明显提高。

低调严谨，团结协作，用心谱写和谐曲

到昌都后，特别是在医院的工作生活中，我一直保持“勤学善思、低调务实、团结协作”的良好作风，自觉从思想认识、工作方法上找原因、求突破，用仁爱之心、感恩之心谱写汉藏人民大团结的和谐曲。

援藏以来，我认真记录每天的工作内容和生活点滴心得，并及时总结反思，做到了思想上感恩认同、工作上以身作则、生活上和谐融入，做到处处维护民族团结和谐。作为援藏干部，我不沉溺于处处被人尊称“老师”的优越，而是时刻不忘学习和锻炼，与藏族同事互相尊重、互相学习、共同进步，尤其在平时的工作沟通中，低调严谨，注重方式方法，用自身的处事智慧，恰当地解决了医疗质控和病历检查工作中可能产生的摩擦，确保工作达到了修正不足、持续改进的良好效果。通过诚挚的交流和严谨细致的督导，我得到了院领导和科室的好评，得到了藏区老百姓的高度肯定和广泛认同。

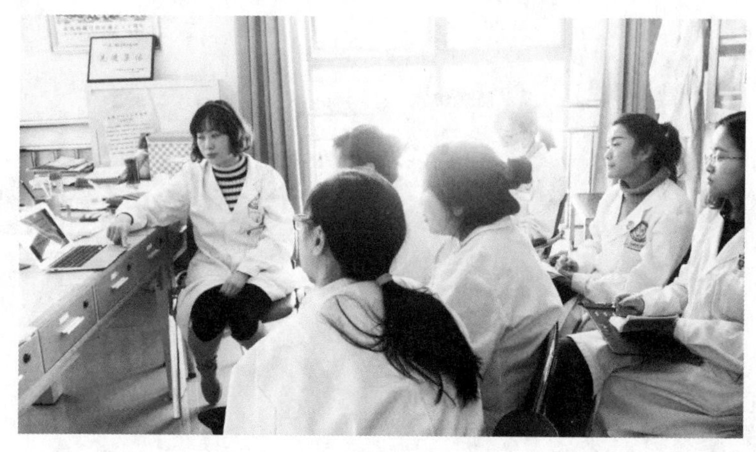

后　记

在援藏工作心得中，我写道“援藏锻炼的经历已然成为我人生中如大学校园生活一般重要且不可磨灭的一段”，我收获了“多了一分责任，少了一分浮世；多了一分稳重，少了一分急躁”的成长。诚然，援藏是一种责任，也是一种历练，更是身体的磨砺、心灵的净化。雪域高原缺氧不缺精神，缺氧不缺奉献，我将竭尽所能，为实现“打造藏东区域综合医疗中心”的医院愿景努力奋斗，以卓有成效的行动向组织交上一份满意的答卷！

与死神赛跑的日子

记重庆市长寿区人民医院袁梅芳

重症监护室的工作原本就是忙碌而紧张的，每时每刻都可能在抢救患者，每时每刻都可能需要加班。昌都市人民医院的重症监护室也不例外，这里常常收治颅脑外伤、脑出血、心肌梗死、产后大出血等成人重症患者。同时，由于医院儿科暂无儿童重症病房，所以也收治儿科重症患者，如急性喉炎伴Ⅲ度喉梗阻、感染性胸腔积液、脑膜炎等。

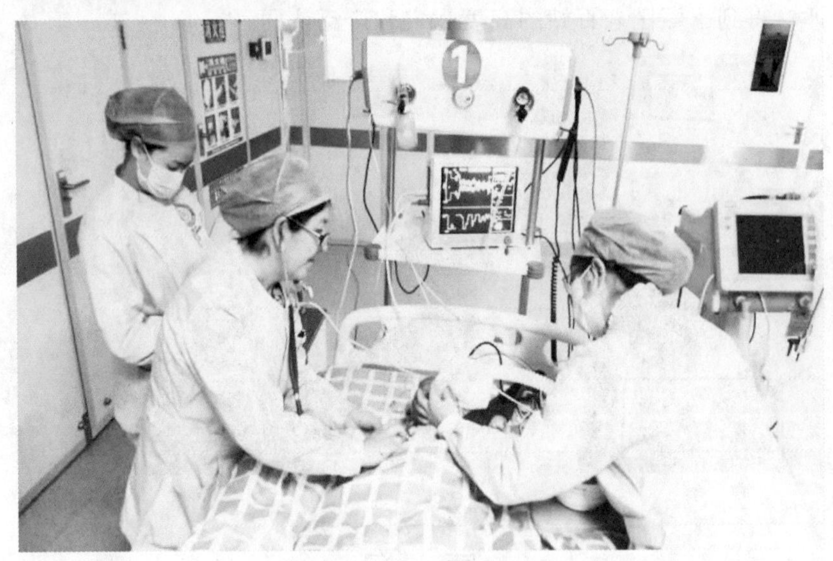

2015 年 12 月 6 日，这天是星期天，正在宿舍洗衣服的我突然接到科室值班医生的电话，有一名急性喉炎伴喉梗阻的 3 岁零 11 个月的患儿，呼吸不好，需从儿科转入我科。达因卡地处郊区，交通极其不便，住在达因卡的我急忙向大约 3 公里外的医院奔走。我知道，我现在是在和死神赛跑，争取时间就是争取患儿的生命。一路小跑，大约 20 分钟的时间，我喘着粗气来到科室，换好衣服时正好患儿从儿科转入。患儿病情非常危重，神志不清，面色青紫，鼻翼翕动，可见明显的吸气性三凹征，喉头可闻及明显的吸气性喉鸣音，目前急性喉炎伴

Ⅲ度喉梗阻，我立即予以激素静脉滴注解除喉头水肿，雾化祛痰保持气道通畅，抗感染、保持水电解质平衡等治疗，同时做好气管切开的准备。经以上治疗后，患儿面色逐渐转红，呼吸困难得以改善，病情逐步好转，于入院第三天病情平稳转入儿科治疗。及时有效的治疗，不但挽救了患儿的生命，而且避免了气管切开的有创治疗。患儿入科时气道阻塞呼吸困难，无力哭闹；出科时声嘶缓解，精神食欲明显好转。放弃了难得的周末休息，但跑赢了无情的死神，我感觉特别的值得。

12 月 8 日下午即将下班时，我再次接到儿科的会诊电话和会诊单，又是一个急性喉炎伴喉梗阻的患儿，年龄只有 1 岁零 3 个月。我立即赶到儿科，见患儿的病情和前天的患儿相似，吸氧的情况下呼吸困难非常明显，呼吸在 60 次/分左右，喉头闻及明显的喉鸣音，又是一个急性喉炎伴Ⅲ度喉梗阻，而且病程中有麻疹合并肺炎史。看过藏医，也在当地县医院治疗过，目前只能转到 ICU 进行治疗，让翻译和患儿家长沟通后，患儿家长却提出先要“打卦”（一种古卜方式）再决定是否转科。无可奈何的我只有让患儿在医院上班的亲戚尽快劝说，并建议他们询问那天刚刚转入儿科的患儿家长，这招有效，上次的家长因孩子是我们救活的，通过现身说法，才让患儿家长打消了“打卦”的念头，及时将患儿转入我科。因患儿年龄小，经激素、抗感染治疗后效果欠佳，我们果断选择了气管切开，挽救了患儿幼小的生命。

不到 4 天的时间里，与死神赛跑，与传统观念抗争，我们从死神手里夺回了 2 个幼小的生命。看到同病室的其他病友为我们竖起的大拇指，看到患儿大口大口吃饭的样子，我们觉得所做的一切都是值得的，是有意义的。

援藏　让我拥有更加坚强的心

重庆市涪陵中心医院　余政

作为首批组团式援藏医疗队的一员，我于 2015 年 8 月入藏工作。西藏条件艰辛，气候恶劣，大山大半年被冰雪覆盖，高原上缺氧令年过半百的我心跳加速，仿佛跑了 1500 米的感觉，但我通过严格遵循科学的生活方式，慢走慢行，逐步适应。

享受孤独，品味寂寞

援藏后，组织和领导离我万里，我用读书学习来充实自己、激励自己，顽强自己的意志，修炼自己的品格。俗话说男儿有泪不轻弹。最让我感到愧疚的是出发时家中母亲近 80 岁，妻子即将分娩，在家人最需要的时候，未能陪伴左右，家庭的重担留给了爱人年迈的母亲。

融入科室，入乡随俗

生活的逐渐适应，让我开始融入大家庭。我注意自己的一言一行，严格贯彻党和国家的各项民族政策，尊重民族传统，维护藏汉民族团结，积极同藏族同胞友好交往，并主动学习当地语言，了解、学习藏族同胞的风俗、习惯。

科技创新，精益求精

我工作上服从管理调配，爱岗敬业，认真履行工作职责。担任外二科副主任期间，指导并协助神经外科的术前讨论、危重疑难病例讨论、会诊、三级医师查房等，开展了难度较高的手术，如动静脉畸形颅内血肿清除术，提高了神经外科水平并确保医疗质量安全。结合医院的实际情况，开展显微镜下高血压脑出血颅内血肿清除术、CT 定位下颅内血肿穿刺引流术及腰大池引流术，填补了神经外科技术的空白，开创了昌都市人民医院神经外科方面的多项第一。担任 ICU 副主任期间，开展教学查房 85 次，指导气管切开术 30 余例，主持并参与疑难病例讨论、死亡病历讨论及危重症患者的抢救 72 次，开展了脑出血及颅脑损伤诊治等学术讨论 10 余次。

传帮带教，培养人才

我带领神经外科主治医师 1 人、重症医学科住院医师 3 人，作为“传、帮、带”教式人才重点培养。结合科室的实际情况，根据本地医生基本知识、基本技能、基本操作较差的特点，我逐项纠正治疗、操作中的错误和不足，强化三基三严的训练。我安排讲课 53 次，讲授常见疾病的诊治进展。为了强化医师的基本操作，组织了基本技能的考核，并依据自己设计的评分表进行打分，考核后再进行讲解，并再次考核，提高了大家的医疗技术水平。

关爱基层，雪中送炭

我积极参与巡夜及义诊活动，参与了“百万家奴解放日”义诊活动，为农牧民群众开展健康咨询、免费医疗服务，免费为农牧民测血糖、血压，宣传医疗卫生服务有关的惠民政策，吸引了众多农牧民群众前来咨询、就诊。通过义诊活动让农牧民群众感受到来自社会各界对老百姓的关心，特别是昌都海拔高、自然环境差，农牧民群众的健康更需要特殊的关怀。这样的爱心和善举不仅仅为他们送来温暖与健康，而且为增进民族团结与社会稳定起到了积极作用。

回首过去，援藏是奉献，是人生经历，更是对自己人生旅途的一次洗礼。它磨炼我的意志、坚定我的信念、锻炼我的身心、弥补我的不足、丰富我的阅历，我为自己对西藏医疗卫生事业所做出的贡献、为藏族同胞的健康所付出的辛劳和汗水感到无比的骄傲和自豪。但这一切仅仅是开始，作为首批医疗人才组团式援藏队的一员，我将从自身做起，带好头，引好路。

难忘这段不平凡的岁月

重庆市垫江县人民医院　余相华

在党的十八大、中央第六次西藏工作座谈会精神鼓舞下，在中央组织部的组织下，通过积极报名层层选拔，作为第一批组团式援藏干部，我来到海拔3200多米的昌都市人民医院开启了为期一年的援藏历程。

服从安排，融入角色

刚来昌都，看到破旧的病房，脏、乱、差的环境，落后的管理，且与绝大部分同事和藏族患者语言不通，我的心里产生了莫名的不安。高度缺氧，生活方式改变，语言沟通障碍都是现实的困难，而如何开展工作成为我心中最大的包袱。在各级领导及藏族同胞的沟通协调与无微不至的关怀下，我明白自己作为一名共产党员及援藏干部所肩负的义不容辞的责任与义务，必须克服重重困难，以饱满的热情、负责任的态度、主人翁的姿态进行角色转换，融入其中！

加强学习，快速投入工作

我重温实用骨科学、骨与关节损伤、新版外科学、内科学方面等知识，积极参与制订了援藏工作计划，规范指导师带徒及教学科研工作。我指导治愈小儿化脓性膝关节炎1例；通过减压和严密观察小腿筋膜室高压患者，保住了患者肢体3例；膝关节外侧脱位伴有神经血管损伤，经手术复位恢复较好1例；颈椎脱位伴脊髓损伤四肢瘫4例；指导重症监护室处理2例；指导完成骨科常见手术35例；参与完成了pilon骨折手术1例、肱骨髁上陈旧性骨折5例、踝关节陈旧性骨折3例、胫腓骨骨折4例、前臂尺桡骨复杂骨折3例。这些工作极大地提高了昌都市医疗诊治的范围及水平。

重点规范、注重成效

我重点规范了术前诊断、围术期处理、术后伤口观察、合理用药等工作流程；拟定新开展腰椎骨折经后路椎弓根螺钉内固定术、骨盆骨折内固定术、膝关节关节镜手术等；规范教学管理与指导师带徒工作，形成长期业务指导，不断提高医疗技术水平。

落实核心制度、注重质量与安全管理

我认真落实手术安全核查、手卫生、多重耐药菌、职业暴露、手术分级管理等制度并监督规范执行；加强了抢救室进出规范管理；参与了医疗质量督查及医院等级评定初评、终评；修改病历480份，明确了三级医师查房及手术、疑难、危重、死亡病例讨论规范；强化医疗文书书写管理及培训保障医疗质量与安全。这些措施的施行为藏区人民提供了高质量、安全、有效的医疗服务。

总之，奉献最重要，援藏是一种任务，更是一种责任与财富。我非常感谢此次援藏经历，也会把它作为锻炼与提升自己的起点。我会继续坚持对工作的责任感及使命感，不忘初心，砥砺前行！

结缘雪域　无悔今生

重庆市开县人民医院　张冲

就像《腾飞的昌都》里面唱的“蓝天丽日啊一片阳光，总是那么亲切啊那么亲切，勤劳的人们在这里生息，千百年的风霜更令人神往……”没有切身体会过昌都的美，就不会有这么深的感触。我有幸作为首批组团式援藏医疗队的一员来这里热切地拥抱昌都，感受这里人民的质朴、善良、热情，为他们的健康尽一份力，真是我莫大的荣幸，结缘雪域，无悔今生。

初到高原，满眼是蜿蜒的雪山、深灰色的岩石、枯萎的草地，还有咆哮的风和卷起的尘土漫天飞舞。一切都还来不及感慨，就进入了工作模式，日常是审签报告，就地主持疑难病例讨论，参照“三甲”创建的标准对科室的流程进行优化，以便更好地为患者服务。还设置了科室宣传栏来介绍科室设备，每周定期进行业务培训，提高科室人员业务素质，对低年资医师定人定任务培训。科室理顺后开始参加全院的工作：参加了昌都市脑瘫儿分析报告；对医技科室“三乙”创建资料准备情况摸底、查漏补缺，迎接“三乙”初评，再改进迎接终评；参加西藏“农奴解放纪念日”健康宣教；到察雅县幼儿园义诊，为江达、丁青、八宿县人民医院指导二级医院创建工作3个月。

还没缓过神来，还没来得及去领略我心驰神往的圣湖、圣山，援藏工作就已经结束了。听说过的米堆冰川、然乌湖、三色湖、梅里雪山、林芝桃花、墨脱原始森林等犹记在我的脑海，还有好多好多的遗憾都只能留到将来去实现了。

援藏　难忘的人生历练

重庆市肿瘤医院　牟林

2015年，注定是令我难忘的一年。这年的8月，我踏上援藏路，在青藏高原上描绘人生的新篇章。

进藏之前，对西藏的印象只是源自道听途说的敬畏感，高原缺氧、气候恶劣、道路艰险、宗教氛围浓厚等，一切都神秘莫测。当我这次远离家乡、远离亲人，真正踏上昌都的土地后，被眼前如茵的邦达草原、湛蓝的天空、层叠的山峦、蜿蜒的河流、皑皑的雪山、辽阔的疆域以及淳朴的藏民、虔诚的信徒所震撼，这些无一不冲击着我的身心，无一不满足着我的强烈好奇心。作为第一批医疗人才组团式援藏干部的我，在披上洁白哈达的那一刻，深感使命光荣，责任重大。初到高原引起的失眠、头痛、头昏、气短、心率加快等高原反应都被眼前的这些所淹没。

牢记使命，救死扶伤

作为麻醉医师，我深知麻醉专业的“渺小”与“重要”。“渺小”是因为印象里人们往往把手术患者的康复归功于主刀医生的精心施治，而忽视了麻醉医师的奉献；“重要”则是因为在手术过程中，麻醉医师需时刻监测、调整、维持着患者生命体征的正常，确保手术成功完成。在当地缺医少药的限制下，特别是在危急时刻，我需要更加冷静地判断，果断地处理，以娴熟的技术将患者转危为安。2016年3月的一天，昌都卡若区一名69岁的男性藏族患者，体重只有34千克，因急性脑出血来医院手术治疗。该患者半年前曾因外伤在当地医院做过肠修补造瘘、肠还纳等多次手术。在术前访视时见到患者的那一刻，我的心情变得非常复杂，老人奄奄一息地躺在病床上，瘦得皮包骨头，腿和胳膊的肌肉已经萎缩、关节粘连挛缩不能平伸，同时合并陈旧性脑梗死、肾功能不全、电解质紊乱、颈部血管动脉粥样硬化且斑块形成等多种疾病。面对该患者，我向家属耐心询问病史，认真仔细地进行详细查体检查，及时请示医务部备案并邀请多科联合会诊。因为患者年老、所患疾病较多且危重，深知这样很可能给自己带来不必要的麻烦甚至纠纷。但是，医师的天职就是治病救人，我作为共产党员、援藏干部，就更要有担当，只要有一丝一毫的希望都不能放弃。我安慰患者家属，尽力帮助他们解除焦虑的情绪，并立即组织麻醉科全科人员进行手术麻醉前讨论。因条件所限，不能进行动脉穿刺连续测压。最终形成了麻醉诱导前做好深静脉穿刺置管，监测中心静脉压，麻醉手术中保证血氧交换通气功能的气管插管全身麻醉，维持生命体征的平稳，同时做好心脏骤停的抢救准备。经过严密监测、麻醉管理、抢救、输血、输液，两个多小时的手术终于获得了成功，该危重症患者得到了有效的治疗，我们的工作也得到了患者家属及院领导的充分肯定。在管理该患者的麻醉手术过程中，我就术前如何准备、术中可能出现异常情况的紧急处理预案、深静脉穿刺的要点和穿刺方法以及术中的麻醉管理等都向在场的麻醉医师们进行了详细指导。术后，全科对该病例进行术后病例讨论，分析术前准备、麻醉管理中的亮点以及需待改进之处、术中出现紧急情况的判断及紧急处理，以从中吸取的教训，为今后临床麻醉的安全打好坚实的基础。

授之以鱼，不如授之以渔

作为技术援藏人员，最重要的是指导、带动、配合工作，以各种培训、临床指导的形式手把手地把自己的一技之长毫无保留地传授给他们，真正起到“传、帮、带”的作用。一是加强“三基三严”的学习。主要利用科室晨会交班及每周业务学习时进行新理论知识讲解、讲座。指导科室人员利用空闲时间学习临床麻醉和急救基础知识及新技术、新理论知识。二是放手不放眼，结合医务人员的实际情况，逐项纠正本地医生在治疗、操作中的错误和不足，强化其无菌观念。三是结合病例传授基本知识、基本理论和基本技能。在临床麻醉工作中，结合病例中普遍存在的问题和知识薄弱点给予分析解决，从最基础的麻醉基本操作入手，逐步到围术期出现麻醉意外及并发症的应急处理等。四是强化对麻醉医师心肺复苏的培训，使其熟练掌握理论与实际操作技术以及心肺复苏的后续治疗等。五是在人才培养方面，培养了三名能熟练管理日常临床麻醉工作、处理各种围术期麻醉并发症及各种急危重症的麻醉医师；同时培训了一名能胜任 PACU 工作的麻醉护士；在全科培养一专多能型麻醉医生，对心肺复苏技术、气管插管技术、除颤仪使用、心电监护仪使用等开展医护人员全员轮训，使人人掌握，人人会使用。

我已单独或带教管理各类麻醉手术近1100台，开展了神经刺激器引导下臂丛神经阻滞、可视喉镜和喉罩的应用、中心静脉穿刺技术等临床新技术，同时指导科室医生学习掌握腹腔镜的管理、围术期的麻醉管理以及并发症的处理、危重症患者的管理、PACU的开展及管理等；期间开展医疗专题讲座24次，参与科室会诊7次，主持疑难病例讨论6次，结对帮带本地医务人员4人。另外，我还积极参加了重庆医疗人才组团式援藏队及昌都市人民医院开展的多次义诊活动和当地贫困小学送温暖活动，受到了藏族同胞及上级领导的一致好评。

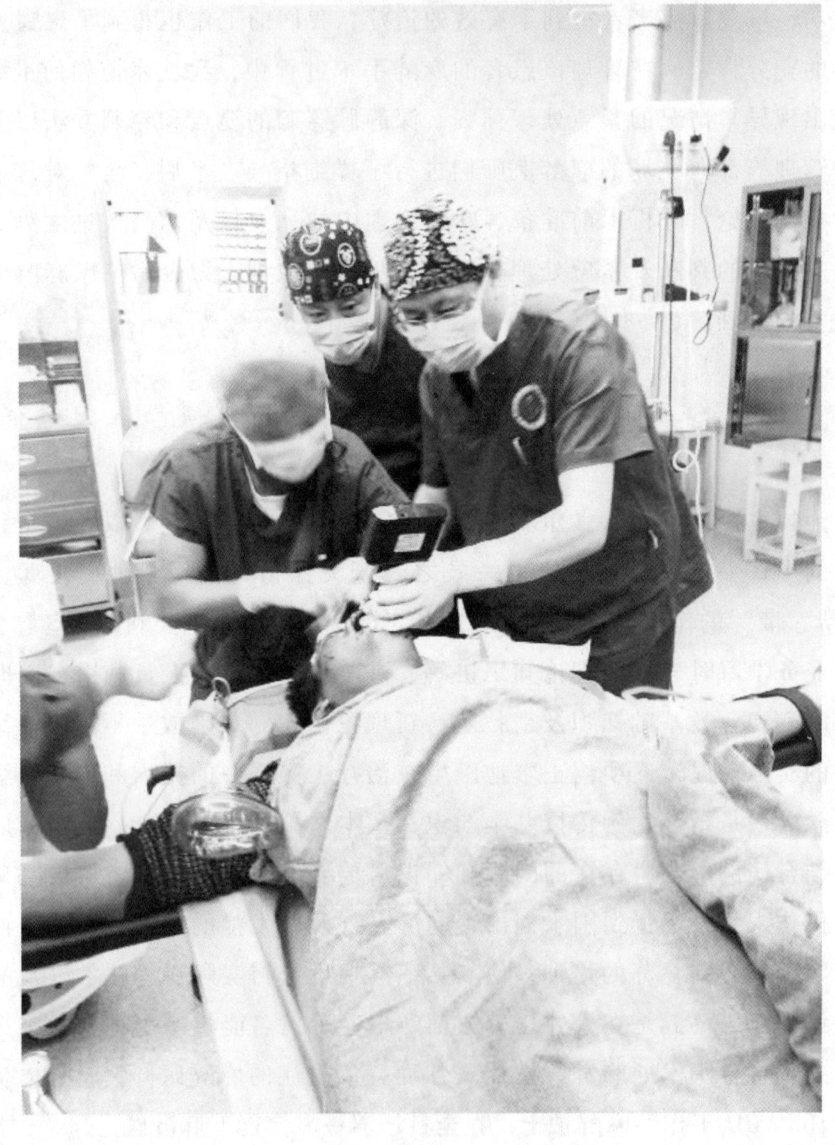

选择援藏，奉献青春，今生无悔

最艰苦的地方才能绽放最美丽的雪莲。回顾这一年的援藏生活，既有高原缺氧、孤独寂寞、道路艰险、气候恶劣、语言不通、紫外线暴晒等诸多困难，也有援藏在边疆、工作在高原、奉献在雪域的快乐。在这里，我不仅陶醉于美丽神奇的雪域风光，更震撼于藏族同胞的勤劳、淳朴、坦荡、热情。他们始终对生活充满信心和憧憬，始终闪烁着康巴人豁达大度、重义轻利、纯朴善良的精神品质；在这里，不仅让我的身体和生活环境经受了人生道路上最艰苦的考验，更让我学到了“挑战极限，尽善尽美”的敬业精神，让我真正体会到什么是“老西藏精神”，并用自己的实际行动学习和践行“老西藏精神”。

援藏就是奉献，援藏就是拼搏，援藏就是磨炼！一年来的援藏生活，我无怨无悔，无比自豪！我不但充分发挥了自己的一技之长，切实起到了“传、帮、带”的作用，做到思想留藏、观念留藏、技术留藏，无愧于组织重托、群众愿望、领导期望，而且在这一年援藏的浸染之中，思想上、精神上、品格上都得到了锻炼和提升。援藏是我人生的加油站，是一次抉择、一种责任、人生锤炼，更是一次感悟、一种情缘、人生财富，支撑鼓舞我有足够的底气和信心来披荆斩棘、攻坚克难，续写新的人生篇章。

医者仁术雪域情

滑南市中心医院　姜永红

2015 年，在庆祝西藏自治区成立 50 周年前夕，中央组织部、人力资源和社会保障部、国家卫生计生委联合推出了医疗人才组团式援藏新模式。这既是国家援藏工作的新思路，也是医疗人才援藏的新举措。得到这一消息时，我刚援非回院不久，作为陕西省卫生计生委援外先进工作者、渭南市卫生系统优秀共产党员、渭南市中心医院“十佳医师”的我主动请缨出征。当时我给医院领导的承诺是：“保证完成援藏任务，绝不当逃兵。”经过组织的考核审查，我有幸成为陕西省首批组团式援藏医疗队的一名队员，并于当年 8 月中旬与其他医务人员一起踏上了进藏的艰辛旅程，目的地是平均海拔 4500 米、被誉为“世界屋脊的屋脊”的“天上阿里”。

坚守，为了一句承诺

当飞机落地拉萨贡嘎机场时，映入眼帘的是耀眼的阳光、明媚的蓝天、洁白的云彩、广阔的大地和远处的雪山。还没来得及欣赏美丽景色，兴奋之余便是头晕头痛，脚下如同踩着海绵一般。严重缺氧带来了强烈的高原反应，我的身体不停地颤抖，剧烈头痛，胸闷气短，大汗淋漓，在吸氧的同时，吃着大把各种颜色的药品。在拉萨休整的 4 天里，我基本上是在床上度过的，医疗队和前来拉萨接医疗队的阿里医院领导开会，决定送我回原单位。得知这一消息后，我倔强地向在场的领导表示：“我身体底子好，这只是高原反应，一定会过去的。”看着我坚决的态度，经请示阿里地区主管援藏工作的王专员同意，我冒险抵达阿里。来到阿里后咳嗽加重，呼吸道疾病症状明显；祸不单行，又出现严重腹泻，创造了“一天水样泻 39 次”的最高纪录。在离开家后的两个月时间里，我的体重直线下降了近 30 斤，靠着顽强的毅力经受住了进藏后的第一关挑战。

传技，用好一根管子

我作为陕西省抗癌协会、食管癌学会、乳腺癌学会、胃癌学会、胸外科学会委员，多年来，曾先后在西安交通大学第一附属医院肿瘤外科、唐都医院胸外科、西京医院心脏外科进修学习，在肿瘤、胸心外科孜孜以求，以高度的责任心和事业心扎实工作，在肺癌、食管癌、胃癌、结直肠癌、乳腺癌、纵隔肿瘤及胸部创伤诊治方面有丰富的临床经验。同时，在科主任的带领和支持下，十分重视对年轻医生的“传、帮、带”，是渭南市中心医院优秀的年轻技术骨干。

同时，我十分注重开动脑筋，调查研究。阿里海拔高，空气稀薄，含氧量低，道路狭窄，车祸频繁，胸部损伤患者多。由于阿里地区人民医院无相应的诊疗科室，患者转出率高，重度胸外伤死亡率高。经过反复考虑，为更好地解决这一现实问题，我将成立胸科组的想法告诉医疗队队长，并得到了阿里医院领导班子的大力支持。

我作为医疗队里唯一的胸外科专家，成为医院外科胸外组的“掌门人”。在这里外伤性血胸最为常见，它的严重性一方面在于急性失血，另一方面在于血液在胸腔内积存而压迫心脏和肺，导致低氧血症和高碳酸血症，危及生命。治疗的关键在于确定是否有活动性出血。我先后在全院及科室多次进行“胸部创伤的诊治原则”讲座，并在医院外科进行实际操作培训，手把手指导当地医生进行胸穿、胸腔闭式引流术，使他们掌握了此项技术。由我亲自操作示范，通过胸腔闭式引流救治的一名多发多段肋骨骨折、创伤性湿肺大量血气胸患者，在痊愈出院时为科室送来了一面“精心护理，医术精通”的锦旗，这是那条

“神奇的管子”在生命禁区创造的奇迹，由此，我受到了院领导的肯定和全院职工的好评。在随后的日子里，先后有40多例重度胸外伤患者得到救助。在大家的努力下，医院胸部创伤死亡率和转出率降至零。在努力掌握胸部创伤诊断技术和处理原则的基础上，6月12日及14日晚，我的学员贡桑巴、贡桑明久两位同志，先后为2例重度胸外伤、多发肋骨骨折、大量血气胸、失血性休克患者进行了诊断治疗。引流管放置顺利，效果良好。“一根神奇管子”的故事就这样永远地留在了雪域高原，实现了援藏专家“留下一支带不走的医疗队”的心愿。

担当，挽救一条生命

生命禁区，军民鱼水情。5月19日凌晨2时，医院接到了紧急救助命令，戍边官兵出现翻车重伤事故需要紧急救治。一名年轻士兵腰椎爆裂伤并中度滑脱，双下肢胫腓骨开放折，跟腱断裂，右肾挫伤，双侧血胸，失血性休克。当时阿里地区行署专员，军分区正、副司令员，医院领导均在场，军地领导要求确保伤者生命安全。时间就是生命，面对昏迷不醒的伤员，我根据检查结果，认真分析病情，为了防止病情恶化造成伤员瘫痪，在认真评估阿里地区人民医院的救助实力后，我给军队司令员和医院领导提出了转院治疗建议，并主动请求亲自护送。由于诊断正确、处理及时，连续48小时后安全将伤员护送到1800千米之外的拉萨市人民医院进行手术救治，使伤员避免了截瘫，一个年轻的生命又绽放出绚丽的青春光彩。

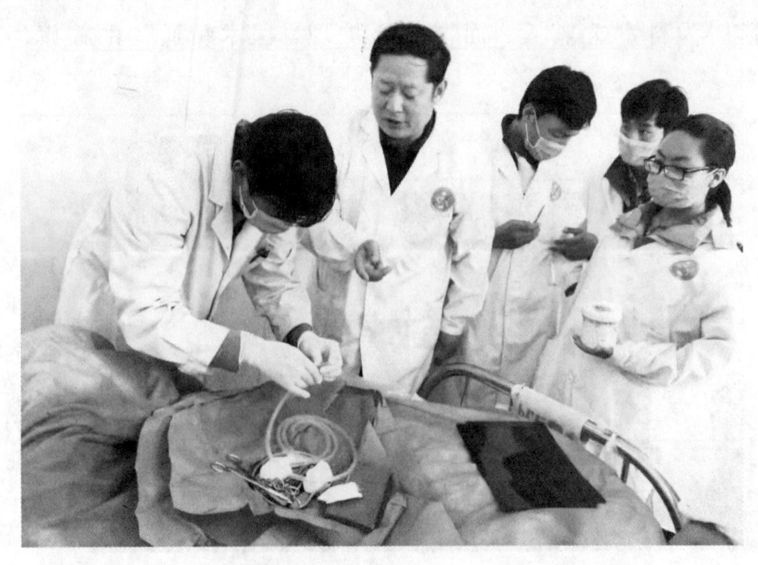

创新，成就一个梦想

在进藏工作的日子里，我和阿里地区人民医院外科行政主任、本次医疗队的“老大哥”、西安交通大学一附院普外科的陈进才专家联系最多。我们一直在临床第一线工作，为了提高大家的学习兴趣，加快医学知识的巩固与更新，提高外科的团队凝聚力和战斗力，2016 年初提出了“一个目标，两个基本点，五个常态化”的外科管理思路，即以打造学习型团队、外科健康快速发展为目标，坚持医疗质量和安全两个基本点，狠抓五个常态化——读书报告常态化、主任医师查房常态化、专题讲座常态化、精品手术常态化、合格病历常态化。经过几个月的实践，切实加强了医疗安全。在阿里地区人民医院工作的制度化、规范化已形成，良好的习惯蔚然成风，医院医疗质量明显提高。

2016 年是阿里地区人民医院创“二甲”的关键期，我建议医院成立了质控科，并兼任外科质控组组长，先后多次进行“病历书写规范”“丙级病历 40 项单项否决”等讲座，建立了常见病病历模板，提升了外科运行病历和终末病历的质量，得到质控领导好评，为“二甲”评审锦上添花。

功夫不负有心人，5 月 30 日，阿里地区人民医院顺利通过“二甲”医院预审，外科的“一个目标，两个基本点，五个常态化”的管理方略也得到了评审专家的肯定，并建议在全院推广。当看到阿里地区人民医院各项工作迈入良性循环轨道，我欣慰不已。

激情洒高原，汗水铸真情。克服重重困难，援藏队员们为提高藏区的医疗水平，为高原群众的健康默默奉献。

救死扶伤

第二批援藏队员的故事

西藏海拔的高度　挡不住发展的进度

记西藏自治区人民医院第二批组团式援藏医疗队

西藏自治区人民医院第二批医疗人才组团式援藏医疗队于2016年、2017年先后荣获全国“最美医生”、全国“工人先锋队”荣誉称号。他们是一支特殊的团队、干事的团队、担当的团队，获此殊荣当之无愧。

掌握基本情况，确立帮扶模式

西藏自治区人民医院有开放床位804张，正式职工901名，其中博士后2名、博士研究生9名、硕士研究生42名；高级职称89名、中级职称220名；自治区学科技术带头人5名。

西藏自治区人民医院的援助工作一直由北京协和医院牵头，具体负责做强医院管理、护理管理，帮扶所有平台科室建设；北京大学第一医院承包心血管内科、肾脏内科、神经内科、泌尿外科、神经外科、眼科、儿科、感控科；北京大学人民医院承包呼吸科、急诊科、血液科、耳鼻喉科、内分泌科、风湿免疫、信息处；北京大学第三人民医院承包普通外科、消化内科、骨科、妇产科、胸外科、肿瘤科以及全院绩效考核方案制定与实施工作。四家医院分工明确，密切协作，进行精准援建工作。此外，医院将继续争取传统支援单位，如中国医学科学院阜外医院及肿瘤医院对心脏中心、肿瘤诊疗中心建设进行柔性帮扶。

2016年全院门急诊58.93万人次，同比增长3.65%，其中门诊49.04万人次，同比增长2.02%；急诊9.89万人次，同比增长11.83%；入院21057人次，同比增长0.26%；出院21082人次，同比增长0.53%，人均住院天数与同期持平（12.4天）；编制病床使用率142.84%；手术6890人次，同比增长9.7%，体检15982人次，同比增长4.17%。

2014年8月至2015年8月，出入院2.05万人次，手术6425人次，疾病种类571种，院分娩1045人次。2015年8月至2016年8月，出入院2.15万人次，手术6905人次，疾病种类589种，院分娩1392人次。2016年8月至2017年5月，出入院1.36万人次，手术6282人次，疾病种类577种，院分娩1224人次。

2016年8月至2017年5月4日的新生儿死亡率27‰。

出藏患者统计结果如下：

2014年8月至2015年8月，出藏患者共计936人次。前十名依次为：眼科疾病118人次，肿瘤患者46人次，心血管疾病46人次，肾脏内科患者43人次，消化内科疾病32人次，肝胆外科疾病31人次，风湿血液疾病27人次，神经外科疾病26人次，妇产科疾病25人次，耳鼻喉科疾病23人次，呼吸内科疾病18人次。

2015年8月至2016年8月，出藏患者共计949人次。前十名依次为：眼科疾病102人次，肝胆外科疾病61人次，泌尿外科疾病59人次，肾脏内科疾病54人次，消化内科疾病50人次，神经内科疾病44人次，心血管内科疾病43人次，耳鼻喉科疾病32人次，风湿血液疾病28人次，妇产科疾病24人次。

2016年8月至2017年5月，出藏患者共计417人次。前五名依次为：心血管内科疾病40人次，肾脏内科疾病25人次，消化内科疾病21人次，肝胆外科疾病20人次，耳鼻喉科疾病19人次，骨科疾病17人次，呼吸内科疾病16人次，神经内科疾病15人次，泌尿外科疾病13人次，风湿血液疾病13人次。

以政策为导向，以改革为抓手

根据西藏自治区人民医院的医疗水平状况，第二批组团式医疗专家开展了一系列组合措施，全面提升医院管理水平。

1. 深化人事体制和薪酬分配体系改革

一是进人机制的改革。2017年1月开始，西藏自治区人民医院原则上不再接受任何形式的调入人员，由医院按照发展的需求和计划自主招聘各级人才，所有新进人员按照“编制内待遇、合同制管理”的原则进行管理，服务时限由短期、中期和长期服务相结合。成立“医院人才招聘、引进委员会”，人员组成涵盖医院的方方面面，流程科学合理，全面负责医院的人才计划和新进人员的考核、审定工作，书记和院长仅有一票的权利。2017年度医院人才招聘公告于4月24日正式登报发出后，截至5月4日已有634人递交了简历，其中高级职称12人，非西藏生源约占40%。后续报名人员又有400余人。

二是用人机制的改革。护理队伍实行“护理部—总护士长—护士长”半军事化三级垂直管理。临床、医技科室根据具体人才储备情况设立科室主任、副主任、主任助理和科室秘书，成立科室管理核心小组，集体决策。行政后勤人员全面实行岗位管理，实行自愿报名、竞聘上岗、民主测评、民主集中的选拔制度。简政放权，责权利高度统一。配以多劳多得、优劳优酬的绩效分配和考核制度，彻底打破“铁饭碗”“大锅饭”。

三是留人机制的改革。医学专业人才培养周期长且流失严重。2017 年在执行《关于机关事业单位工作人员提前退休和离岗休养有关问题的通知》（藏政发〔2012〕64 号）文件的过程中，制定出台切实可行的相应政策，挽留了学科建设和医院发展不可或缺的 10 名资深专家，把所有在职正高职称专业技术人员聘为资深专家并给予医院力所能及的特殊待遇，提高已退休的医院急需专业技术人员的返聘待遇。同时，在全院选拔青年才俊，给予每个上进的年轻人创造良好的继续教育机会和职业前景。为业务骨干和科室主任提供走向全国的学术平台。

2. 积极推进科研教学工作，与西藏大学深度合作，逐步实现医教合一

在医院传统人才培养、培训的基础上，近年来医院以医疗人才组团式援藏为契机，积极发挥援藏专家的“传、帮、带”作用，明确援藏专家的培养任务，建立目标考核体系，形成以援藏专家为带头人、本地骨干为助手的重点专科人才培养体系。通过举行学术讲座、手术指导、病例讨论等多种带教方式，派送技术骨干前往内地医院进修、培训和考察学习等途径，提高了人才队伍的服务能力和整体素质。

同时，与西藏大学医学院进一步深入合作，促进医教合一工作进程，进一步做强自治区住院医师规范化培训基地。建立了专科发展规划 36 个、科研项目立项 17 项、开展新技术新业务 15 项、建立健全规章制度 10 项，结对帮教当地医护人员 76 人。

3. 开源节流，全面加强医院财、物管理

一是 2017 年初，医院财务实行全面预决算管理，重点是进一步加强和规范财务支出管理，推进经费预算管理精细化、制度化、规范化。二是医院所有的高值耗材、药品、试剂、消耗品、办公用品、设备、国有资产等全部实行条码管理，全流程监督。

4. 完善医院整体规划，全面改善患者就医条件

近两年来，建成了全区临床检验质控中心、病理诊断质控中心、远程医疗会诊中心、数字图书馆和查新中心、西藏自治区专科护士培训基地、医院感染质量管理与控制中心，加强了手术麻醉和重症保障平台建设。

西藏自治区人民医院检验科的分子生物学基因扩增实验室通过国家认证，达到国内同级医疗机构先进水平。以西藏自治区人民医院检验科为依托的西藏自治区临床检验中心正式成立，室间质量评价覆盖7个地市医院和74个县医院，意味着全西藏各级医疗检验机构开始进行统一规范管理，检验结果的准确性将整体提高，在不远的将来实现检验结果互相认可，大大方便患者和节约医疗成本，ISO15189顺利通过验收，标志着西藏的检验结果得到国内、国际同行认可，意义重大而深远。

在首批专家帮扶的基础上，第二批专家再接再厉。在中华护理学会和北京协和医院护理部的大力支持下，成立了西藏自治区专科护士培训基地。建成了西藏地区首个麻醉恢复室，使围术期患者的麻醉管理，手术安全和效率等方面的管理基本达到内地“三甲”医院的水平。

积极协调建立远程医学会诊中心，共投入660万元。其中，北京协和医院出资500万元，西藏自治区人民医院自筹160万元。西藏自治区病理诊断（质控）中心成立，标志着整个自治区的医疗水平上了一个新的台阶。

辛勤耕耘，收获喜人

1. 学术活动规模空前，受众人群遍地开花

通过医疗人才组团式援藏工作的开展，疑难病例讨论38次，各受援科室开展医疗专题讲座475场次，确定重点专科8个，邀请区外专家赴藏开展学术交流115人，受众面近2750人次，提出规范受援医院的意见建议134条，深入受援地乡卫生院32个，帮助受援医院健全制度186项，开展临床新技术87项（其中专家开展38项，指导医院开展49项），编写简报25篇，影像检查9523人次，病理检查数13230例，心电图检查13200人次，开展教学查房650余次，医疗立项科研17个，专家发表论文5篇。开展下乡送医送药活动13次，第二批援藏专家下乡巡诊4次，先后去了阿里、日喀则、那曲、山南（县、乡、村），还受组织部邀请为墨竹工卡县驻村点进行义诊，第十四援藏小组还深入才纳村开展义诊活动，新华社邀请自治区人民医院专家义诊，出动专家63人次，义诊农牧民群众3000余人。安排受援医院医务人员到援派医院学习33人次，援藏专家出门诊，院外会诊79次。通过新闻媒体、公众微信平台、《西藏日报》、《西藏商报》、西藏电视台等主流媒体宣传报道118篇。

按照组团式援藏未来5年的发展规划，基本实现全覆盖的目标，制定专科

发展规划36个，结对帮教本地医务人员110人，签订师带徒协议48人。

2. 有效利用医疗人才组团式援藏资源，为全区医疗卫生提供技术服务

成功组织高水平的学术、培训会议“2016、2017医疗人才组团式系列学术活动”51场，覆盖七地（市）以及军队武警医院，受教人数6500余人次。2015年获自治区科技厅计划项目2项，立项资金222万元；获自治区科技厅重点科技计划项目立项2项，立项资金96万元。2016年度人才资源开发项目立项17项，立项资金353.71万元。组织申报2016年国家自然科学基金项目4项。组织审定2016年医学伦理项目22项。推荐中华医学会委员28名（其中青年委员9名），推荐二级各专业学会委员14名。

3. 抢机遇迎挑战，提升自我发展能力

面对新的机遇和挑战，自治区人民医院积极适应、主动作为，借助组团式援藏的东风，不断提高自我发展能力。

一是突出“理念引领”，谋划跨越发展。援藏初始，院党委把转变干部职工思想理念作为谋划跨越发展的关键，采取“走出去”的形式，组织医院中高层管理人员和医疗骨干分批赴北京四家医院考察、学习、交流、对接，学理念、转思路、找差距，强化干部职工抢抓机遇、借力发展“主人翁”意识，医院主要领导班子，在各种场合宣传、讲解、灌输组团式工作的重大意义和对医院内涵的变化进行教育，为医院跨越发展打下了坚实的思想基础。

二是坐实“顶层设计”，两地高位推动。形成了援受双方多层面、全方位协调推进工作的格局，先后制定《西藏自治区人民医院医疗人才组团式援藏“十三五”编制发展规划》《“1+7”医院专科发展规划目录》《西藏自治区人民医院重点受援科室及人才需求计划》《医疗人才组团式人才培养提升计划》《医疗人才组团式援藏设备购置规划预算》，医院人事处起草了《内设机构领导人员管理办法》《人员招录管理办法》《新进人员管理办法》等一系列短、中、长期发展规划。

在四家医院的大力支持下，正如北京协和医院副院长、自治区人民医院党委副书记、院长韩丁同志所说：“西藏医疗事业发展乏力，最根本的问题是缺人，医院要实现良性发展，就必须打破原有的机制，建立新的进人、用人和留人机制，即优化人才引进外部环境，完善内部激励和竞争机制。近两年来的努力取得了一定成效。我们要做的是改变以往的援藏侧重于‘输血’的实际，发挥集团优势，实现从‘输血’向‘造血’的根本改变，培养一批‘信得过、用得上、留得住’的本地骨干人才，真正留下一支带不走的国家级医疗队。高原

缺氧，我们在藏工作越是感觉身体乏力，脚步沉重，越是对常年坚守在这里的人们产生由衷的崇敬。”正因为有了这支坚强的队伍，在他们的无私帮助下，西藏自治区人民医院实现了跨越式发展，技术力量有了质的提升，无论医疗规模还是内涵建设均大幅上升，成为追赶内地省会城市同等医疗技术水平的“领头羊”，成为设备最先进、群众最认可的自治区人民医院。全体医疗团队牢记使命，不忘初心，继续前进，努力为西藏各族群众谋福祉、为西藏稳定发展贡献力量！

人生因为援藏而更加精彩
生命因为援藏而坚强

北京协和医院　沈宁

2016 年 7 月底，医院派我前往西藏工作，我荣幸地成为医疗人才组团式援藏队伍的一员。满载着医院领导和同志们的教导、嘱托和厚望以及亲人的祝福和关爱，抵达西藏自治区人民医院。援藏工作赋予了我生命崭新的意义——人生因为援藏而更加精彩，生命因为援藏而坚强。来到西藏，我能够快速克服高原缺氧的反应，严于律己，秉承协和的护理精神，全身心地以主人翁的责任感投入工作。在西藏自治区人民医院领导的正确领导下，在护理部的指导下，我始终做到政治方向明确，政治立场坚定，维护民族团结，深刻学习领会医疗人才组团式援藏工作的内涵，克服高原反应、生活不便等困难，立足岗位，尽职尽责，有大局意识、担当意识和团队意识，和自治区人民医院护理部的同志精诚团结、无私奉献、开拓进取、倾力“造血”，较好地完成了以下几项工作。

转变护理管理理念　完善护理组织架构

在西藏自治区人民医院院党委的高度重视和统一部署下，为了切实提升医院护理整体水平，规范和完善医院中层干部选拔任用工作机制，调动全院护理人员参与医院护理管理的极大热情，由护理部率先实行人事制度改革，积极推进全院实行“护理部—总护士长—护士长”三级垂直管理模式，制定总护士长、护士长竞聘实施方案；推进护理管理岗位绩效考核评价。通过公开、公平、公正、透明的干部选拔和竞聘上岗，为想干事、能干事、留得住的人搭建了平台，优化了护士管理队伍结构建设，组建起一支素质好、水平高、能力强的护理队伍，推进开展全院护理人员分层（N1 ~ N4 级）管理，护理能级对应，真正体现优质护理服务的责任制，进行全院护理培训授课。

为了提升护理管理和服务能力，指导新聘任的总护士长以“一带三”形式开展支援工作，分批派往北京协和医院进修学习并参加学术会议，并分批派出护理部管理人员及工作人员前往北京协和医院进修学习，进一步提升自治区人民医院护理管理水平，更新管理理念，使管理更加规范，护理质量控制更加科学，为患者提供更加优质的护理服务。

强化护理质量与安全　推进科学规范管理

紧密围绕自治区人民医院的工作重点，我参与制定了护理学科和专科发展规划。按照《三级综合医院评审标准及实施细则》，做强“三甲”，梳理护理部相关制度文件，理顺体制，健全护理核心制度、改进质量控制标准，更新《西藏自治区人民医院护理工作制度》，修订制度 71 条，新增制度 57 条。参与全院每月 18 个护理单元的护理质量督查工作，强化护理质量安全管理，落实三级质控管理，指导关注质量控制的“五个重点”——重点科室、重点环节、重点时段、重点患者、重点员工，就临床护理问题进行现场解答。特别新增开展夜间护理督导检查，做好全程的质量控制。指导临床护士长梳理管理思路，完成了科室护理文件资料整理。同时将护士长手册、护士长巡查本进行整合简化，于 4 月正式启用了新版《护士长工作手册》，于 2017 年 5 月建立并正式启用《总护士长管理手册》。

开展每月护士长例会，对护理问题进行详细的分析通报。强化药品管理，重点规范抢救药品及仪器设备的安全管理，完善高危药品标识，修订《西藏自治区人民医院毒麻药品登记本》。制定《2017 年护理部目标管理计划表》，实行护理目标管理责任制、岗位职责明确，落实护理常规、操作规程等，使护理质量管理更加规范和科学。

参与指导肿瘤科、妇产科等科室护理查房及疑难病例讨论活动、儿科应急传染病预防等临床护理指导和应急流动医院演练。积极配合湖南省儿童医院一行开展“微笑　天使　西藏”17 例唇腭裂患儿免费手术活动。这项活动我们按照医院领导统一部署，积极组织，指导落实具体工作事宜，调集全院护理应急人员，启用应急病房，圆满完成了各项护理任务。通过此次活动，不仅测试了护理人员应急能力和实践能力，更充分体现了全院护理人员积极合作的团体精神风貌。

推进专科护士培训基地建设　提升专科护理能力

2016 年 8 月 10 日，西藏自治区专科护士培训基地事宜批复。由自治区人民医院牵头的“西藏自治区专科护士培训基地”于 2016 年 11 月 9 日正式挂牌成立。北京协和医院护理部给予了鼎力支持，吴欣娟主任带队一行 5 人亲临西藏，与自治区人民医院护理部共同举办了 2016 年医疗人才组团式援藏系列学术活动——“西藏自治区基地挂牌暨师资培训活动”。吴欣娟主任代表中华护理学会参加挂牌仪式，代表北京协和医院护理部赠送专科护理系列丛书 12 本，一行 5 人为拉萨市区 6 家医院 200 余人次进行了专科护理学术讲座，并赴自治区人民医院血液净化中心、肿瘤科、门诊伤口造口护理中心、ICU 等科室做现场临床指导，开展护理专科教学查房活动。自治区专科护士培训基地的成立，将发挥自治区专科护士培训基地作用，向全区培养和输送更多的优秀专科护理人才。这也是医疗人才组团式援藏取得的重要新成果。

在西藏自治区专科护士培训基地成立的基础上，进一步完善了院外护理专科会诊制度，先后选派出自治区人民医院静脉治疗专科护士前往拉萨市人民医院妇科完成首例 PICC 置管现场指导，造口专科护士赴院外进行压疮护理专题讲座及疑难病例会诊指导，促进了全区专科护理技术水平的提升。同时，我和护理部同志积极筹备 2017 年医疗人才组团式援藏系列学术活动：于 2017 年 5 月举办血液净化及静脉治疗专科护士培训班，邀请北京协和医院护理专科师资赴藏进行短期授课支持。

加强护理人才培养　提升专业护理水平

在医疗人才组团式援藏框架下，借助北京协和医院护理部援藏平台，安排四批人员参观学习：

1. 适逢北京协和医院建院 95 周年，为弘扬协和精神，传递优良传统，2016 年 9 月 6 ~ 7 日选派护理部黄萍副主任以及色吉娜、易先萍、斯朗措姆、佘晓莉四位护士长前往北京协和医院参加“2016 协和国际护理论坛”，并参观了北京协和医院门诊、病房，对当前护理发展形势和专科发展有了更新的认识，了解了护理发展，同时对自治区医院临床护理上存在的一些疑问进行了梳理。

2. 为进一步落实区专科护士培训基地建设和后期专科培训工作的有序开展，

10月9～15日选派血液净化专科护士张大宏、静脉治疗专科护士王柳（肿瘤科护士长）前往北京协和医院护理专科教学基地（血液净化、静脉治疗）学习专科基地建设及培训事宜。

3. 为加强自治区医院手术室护理建设，2016年12月9～12日，选派索朗玉珍护士长前往北京协和医院参加“2016年协和医院麻醉大讲堂暨罗爱伦教授从医55周年”学术研讨会，并利用一周时间到北京协和医院参观学习。

4. 为提升护理管理和教学水平，2017年7月2～15日，选派出四位护理管理骨干人员：外科张雁翎总护士长、门急诊次吉总护士长、心血管内科王世英护士长、心胸泌尿田静护士长，赴北京协和医院参加“新时期护理管理研讨班”及“临床护理教学老师培训班”，并进行短期实地参观学习。

推进护理信息化建设　开展护理教学科研、学术会议

推进护理信息化建设，包括护士排班系统、临床护理文书电子化完善、住院退药程序等，努力提高临床工作效率，落实精细化管理。

积极申报西藏自治区人才资源开发专项资金项目。积极推进西藏自治区人民医院护理人才培养及专科建设，开展全院护理学术讲座和培训20余次。参与规范西藏大学实习基地审核评估工作，更新完善了2016年护理各专科题库的收集与整理，组织全院护理人员理论出题及考核。参与2016年新护士及外聘护士岗前培训理论授课及操作考核。为加强专科护士基地的建设，2017年开展西藏自治区专科护士需求及西藏自治区医院静脉治疗护理操作现状的调研，指导专科人员撰写论文。

2017年4月12日，在自治区人民医院参与组织召开西藏护理学会第七届换届会议。根据国务院《社会团体登记管理条例》及自治区关于社团管理的有关规定，会议进行了理事会改选换届，选举产生了西藏护理学会第七届理事会理事长及秘书长。自治区人民医院护理部副主任嘎多同志当选为西藏护理学会第七届理事会理事长，副主任黄萍当选为西藏护理学会第七届理事会秘书长。会议通报了理事会新增会员及职务更替人员名单。山南市等6家地市医院相关人员首次纳入学会理事会成员。护理学会将坚持学会章程、原则，充分发挥学会平台作用，抓住医疗人才组团式援藏契机，在北京协和医院护理部的大力支持下，积极推广护理新业务、新技术、新经验，促进西藏护理水平的整体提高。

2017年是自治区人民医院建院65周年，也是深入贯彻“健康西藏”主题最

重要的一年。为做好国际护士节庆祝活动，弘扬南丁格尔精神，组织筹划召开了西藏自治区人民医院庆祝建院65周年暨2017年“5·12”国际护士节系列活动：全院CPR操作技能大擂台活动、全院护理人员摄影展及庆祝建院65周年护理专题VCR制作、纪念“5·12”国际护士节“展护理魅力，秀护士智慧”护理知识竞赛暨2017年护理表彰大会、全院40岁以上护理人员“三病”专项体检、全院护理人员慰问活动。通过系列活动的开展，激发了全院护理人员爱岗敬业、锐意进取、求实创新的工作热情。

组团式医疗援藏　服务藏区百姓

在西藏自治区人民医院的总体安排下，韩丁院长带队，同其他援藏专家赴阿里、林芝，调研和指导阿里地区人民医院、林芝市人民医院的学科建设和人才培养，特别是医院管理等各项工作，沿途调研和指导基层医疗卫生机构，为乡镇医院赠送医学书籍；赴日喀则，参与医院“三甲”预评审和指导医院的护理管理工作；赴基层林周县松盘乡卫生院调研，在曲水县才纳乡参加义诊活动。

作为一名后备援藏人员，接到通知不到两周的时间，我便欣然接受援藏工作。我十分珍惜这次机会，这是我人生中的一次机遇与挑战，深感责任重大，使命光荣。特别是家人对我援藏工作给予了极大的支持与鼓励。我的父母是20世纪70年代根据毛泽东同志“6·26”指示，“送医、送药、送温暖”支援甘肃医疗建设的老一辈医务工作者。他们在甘肃援建了10年，在那段艰苦奋斗的日子里，把人生中最好的年华和医疗技术奉献给了西北人民。父母的言行深深地影响了我的职业选择和工作精神。抵藏工作，我能够快速克服血压升高、失眠、缺氧一过性晕厥等高原反应，秉承和发扬协和护理精神，全身心地以主人翁的责任感投入工作中。为了有充沛的精力开展工作，克服身体的不适，我适量服用降压药、安眠药；在为护理人员培训授课时缺氧虚脱，也坚持完成了授课任务。特别是2016年11月中旬，母亲胸腰椎骨折需紧急手术，正值“护理部—总护士长—护士长”三级垂直管理启动的关键时刻。为不影响工作，未向医院提出回家探望；春节回家休假期间，母亲再次生病住院抢救，我默默安排好母亲住院事宜，按期回藏工作。临回藏时，父母一再叮嘱：援藏机会很宝贵很难得，回去吧，不要因为家事，影响援藏的大事。在藏工作中一定要保持身体健康，多为西藏的医院做事情，多为西藏人民服务。经过和护理部同仁一起努力，在全院工作总结时，护理部荣获了“院级2016年度先进集体”。荣誉的获得，不仅是护理人的付出，也是协和精神的体现和回馈。

援藏是一种选择、一种责任、一种历练，更是一生的情缘和财富。援藏工作赋予了我生命崭新的意义——人生因为援藏而更加精彩，生命因为援藏而坚强。援藏工作使我得到了个人价值的升华，得到了心灵的净化，让我对爱的内涵和家国情怀有了更深刻的理解。通过生理极限、业务能力和管理水平上的挑战，个人的整体素质也得到了提高。我将不辜负医院领导的信任、同志们的支持、家人的期望，发扬协和的优良传统，围绕援藏工作目标，不断加强自身建设，以无私的奉献精神、掌握的专业知识和总结的管理经验，积极探索援藏工作新思路，为自治区人民医院的护理工作注入新活力，为西藏护理事业贡献自己的全部力量。

一年援藏，播撒北医精神
传帮带教，落地高原生根

北京大学第三医院　蒋斌

来到西藏工作是人生难得的经历。

无论是谁，一谈起西藏和高原，恐怕第一个想到的就是高原缺氧。我的高原反应比较明显，想起刚刚到的时候，怀着紧张而兴奋的心情走下飞机，一下飞机别人还没有什么反应，我自己已经明显感觉到心慌胸闷，到了住的地方连续几天都只能缓慢步行，根本上不了楼。本来在北京我就有高血压的毛病，到了这里一种降压药根本控制不住，需要吃两种降压药才能基本控制血压。在北京血氧饱和度的正常值是95%以上，在这里能达到90%就不错了。我刚到的时候曾经在同事微信群里发过血氧饱和度79%的照片，同事们一片惊呼，大家普遍认为是不是该戴面罩吸氧了。虽然自然环境比较艰苦，但是这里的医生非常热情好学，他们很希望从北京来的专家那里学到先进的技术，这里的患者也非常信任大夫，工作的环境和氛围还是很不错的。

我在这里参与每天的查房、疑难危重症患者的诊治，定期进行科室内小讲座，还进行各种内镜下的介入性操作。特别是内镜下止血以及取异物等急诊内镜操作。藏区乙肝发病率较高，加上藏族人爱饮酒，肝硬化的发生率较高，这一疾病的致命并发症之一就是大出血，不仅凶险而且死亡率高。我在这里开展了肝硬化食道静脉曲张破裂出血的套扎和硬化治疗，并且更重要的是我带领本地医生掌握这项技术，效果很好，目前已经有数名本地医生可以独立进行内镜下的肝硬化止血操作。

我的专业方向是胆胰疾病的内镜下治疗，ERCP（内镜下逆行性胰胆管造影）操作是我工作的重中之重。西藏人民喜欢食用牛肉、羊肉，喝酥油茶，饮食比较油腻，容易发生胆道系统结石，胆管炎和胆源性胰腺炎患者很多。过去这些患者只能通过外科手术治疗，创伤大、恢复时间长，很多都需要术后 T 管引流 2 ~ 3 个月，严重影响患者的生活质量，对于反复发作的结石处理起来也有困难。而 ERCP 手术是从口腔进入内镜，经过食管和胃，在十二指肠找到胆管的开口，并把胆管结石从胆管开口取出，患者术后腹部没有手术切口，不需要 T 管引流，几天就能完全恢复出院。目前在内地，胆总管结石大都是通过这种方式取出的，但在西藏还没有一个当地医生能熟练进行这一操作。我来了之后，自治区人民医院就可以常规开展 ERCP 手术，很多患者可以从中获益。

我来西藏之前，在其他援藏专家在场的情况下，自治区人民医院曾经能开展 ERCP 手术，但是由于这些专家专业方向不一，在藏时间短，不连续。ERCP 手术本身的学习时间较长，门槛比较高，所以本院医生虽然掌握了一些操作基础，但老师不在场的情况下仍然无法完全独立地进行手术，这里的 ERCP 手术基本处于停滞状态。记得我刚刚到的时候以最快的速度检查了自治区人民医院的现有设备以及器械，购置了缺乏的器械，比如碎石网篮以及应急碎石手柄，并仔细研究了电刀内镜等设备的设置，做好了准备，不到半个月就开始 ERCP 手术了。这里是高原，ERCP 手术需要身穿 10 多斤的铅衣进行操作。刚开始的时候虽然天气已经是秋天，但也是常常做完手术一身大汗，衣服都湿透了，胸闷憋气自不用说。因为要带领本院医师进行操作，而他们又不是很熟悉，几乎每一台手术我都是从头到尾穿着铅衣参与其中，最多的时候一天有 5 台手术，还是相当累的。不过我还是希望能为更多有适应证的患者进行手术。一方面虽然通过开会等医生间的交流有很多西藏的大夫已经知道了拉萨的自治区人民医院可以开展 ERCP 手术，但是仍然有很多患者不知道。相比 200 多万的西藏人口，潜在的适应证患者还是非常多，每做一台 ERCP 手术都是为一个患者减轻了痛苦。

另一方面，我也希望本地的医生有更多的练习机会，在我走之前能尽最大可能掌握这一技术。自治区人民医院的大夫也很有热情，他们如饥似渴地利用各种机会学习新技术，让我很受感动。

在我接手的ERCP患者中，有两个令我印象很深。一天下午，我正在介入室做ERCP，一位患者家属万分焦急地找到我，原来他母亲2天前突然高热腹痛，当地医院诊断为化脓性胆管炎、胆源性胰腺炎，病情非常危重。因为患者情况比较差无法接受外科手术治疗，他通过其他的医生打听得知只有自治区人民医院目前有援藏专家可以做ERCP，可以治疗他母亲的疾病。于是他风风火火地找到我。我赶紧联系了急诊室和重症监护病房。患者从当地医院连夜转到了我们医院，患者送到我们医院的时候病情非常严重，腹痛高热，黄疸，直接住进了ICU，因为患者已经出现了感染中毒性休克，随时有生命危险。患者是晚上入院的，第二天早上就安排了急诊ERCP。手术的时候，我发现患者的胆管已经被结石堵死了，胆管下端明显膨隆，压力很高，器械无法从十二指肠乳头插入胆管。这种情况需要用针形刀进行乳头开窗术，就是利用一个针状的器械把胆管下端划开，将脓性的胆汁和胆结石取出。但是，自治区人民医院这里没有针形刀。我灵机一动，利用现有的弓形刀，用剪刀把弓形刀的前端剪掉，改制成了一个针形刀。然后用它划开了患者胆管下端，随即大量的脓性胆汁混合着结石从切口涌了出来。然后，用其他器械清理了胆管里的残余结石，之后患者就返回了病房。随后几天，患者的病情得到了缓解和稳定，体温和肝功能都逐渐恢复正常，很快就出院了。出院的时候患者紧紧拉着我的手放到她的额头，虽然没有什么语言的交流，也不懂这种礼节意味着什么，但此时我能感觉到她手心中传来的温度和感激。

还有一个患者是在拉萨特警支队工作的小伙子。他因为急性坏死性胰腺炎，导致胰腺假性囊肿，在内地的医院做了囊肿的外引流手术，术后患者一直通过腹腔引流管引流胰液，每天100～200毫升，估计已经有胰瘘形成，已经一年了仍无法拔除腹部的引流管，年纪轻轻的每天拖着个袋子，严重影响了他的生活和工作。在外科医生的推荐下他找到了我。我觉得他这种情况是放置胰管内支架的适应证。通过内引流可以降低胰管内的压力，然后可以闭合胰瘘，最终拔掉引流管。但是，也有同事好心建议我不要碰这个烫手山芋，让他回到内地去继续治疗。但是，我考虑到来回内地路途遥远，患者又是拉萨本地的医保，我们也有为他解除痛苦的能力，不能因为他是在内地做的外科手术就把他推走。我还是给他通过ERCP放置了胰管支架，术中造影证实患者确实有胰瘘形成。经过胰管支架的治疗，患者的外引流逐渐减少，效果很令人满意，两周后成功拔除了外引流管。

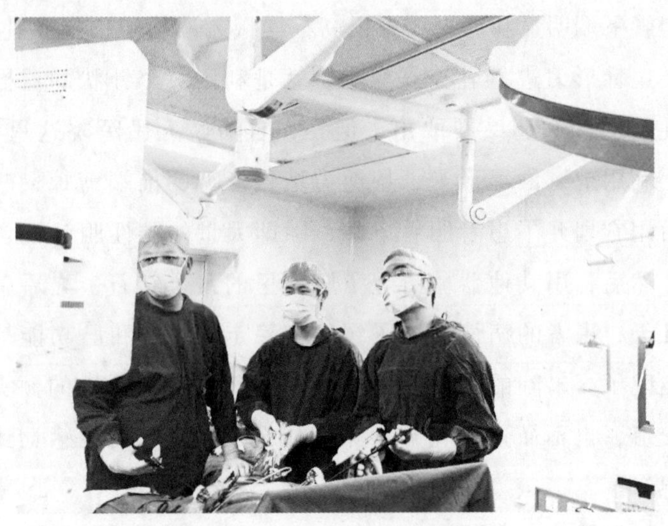

记在西藏自治区人民医院的第一次 ERCP

北京大学第三医院　姚炜

来到西藏自治区人民医院已经一个多月，渐渐适应了这里的气候和工作环境。在援藏之前就得知这里急需会做内镜下进行胆总管结石取石（ERCP）的医生，但来到西藏的第一例 ERCP 还是让我记忆犹新。

西藏是高原地区，气候寒冷氧气稀薄，农牧民喜欢食用牛肉、羊肉，饮用酥油茶，都是比较油腻的食物，因此胆结石包括胆管结石的发病率明显要高于内地。在西藏地区目前主要的治疗方式仍然是外科手术，而在内地几乎已经完全被内镜治疗代替，ERCP 创伤小恢复快，也无须让患者挂引流袋（T 管引流）一个多月之久。

在我刚刚到西藏的时候，外科和肿瘤科的主任听说来了会做 ERCP 的援藏医生都非常兴奋，纷纷表示希望能给他们解决问题。

很快，病房里住进了一位藏族老奶奶，她反复腹痛和发热，肝功能不正常，黄疸，做了核磁和腹部 CT 都显示胆总管结石，这是绝对的 ERCP 治疗适应证。但这里几乎不开展 ERCP 操作，很多的 ERCP 手术都是请内地的专家作为表演性质的操作。虽然医院配有高端设备，但医护人员对设备的使用还不太熟悉。

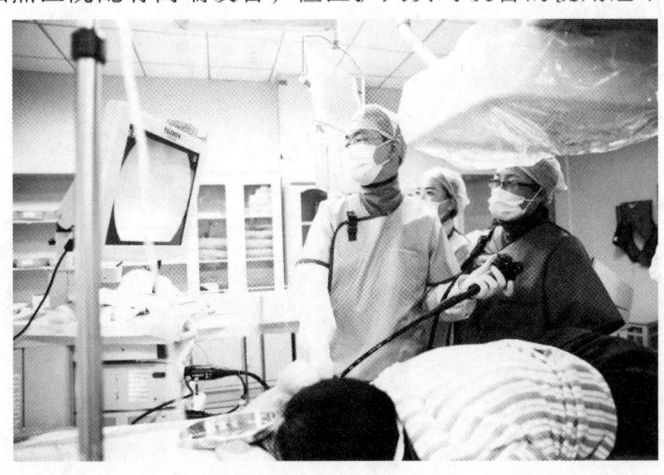

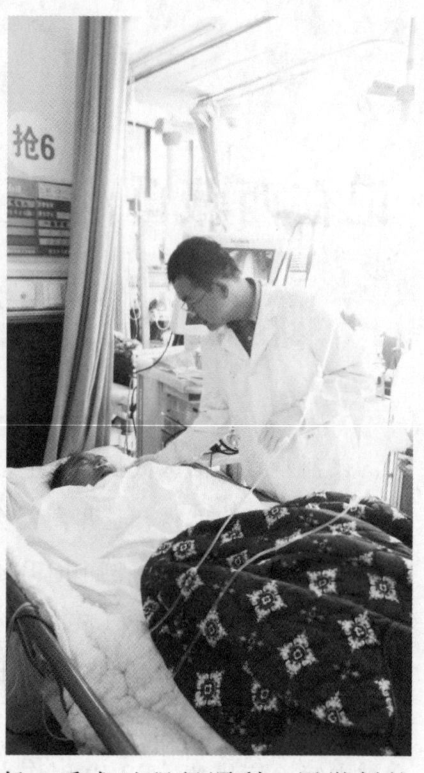

在术前我需要将所需设备和耗材进行充分的准备。果然在准备的过程中就发生了一些小插曲。胃镜室护士在设置面板里反复找不到 ERCP 的电切设置，我灵机一动利用微信视频对话功能，和我科胃镜室的护士长程志蓉老师进行了“视频会诊”。她一步一步地教我在面板里设置好了电切仪的参数，并把设置保存了下来。之后和当地胃镜室护士长一起在库房里整理好所需耗材。

经过充分的设备和耗材准备后，跟患者和家属进行术前谈话和沟通，结果没有料到的问题来了。患者要求推迟一周手术。考虑患者当时病情相对平稳，因此尊重患者意见，我们在一周后对患者进行了 ERCP 治疗。

在手术当天，虽然言语不通，但患者和家属双手合十对我频频点头，表示着极大的信任。手术过程很顺利，用微创的方法将患者胆总管内结石成功取出，术后患者没有出现并发症，恢复良好，三天后顺利出院。

在一个多月的时间里，我开展了近 20 例 ERCP 治疗，同时对当地医生积极进行手把手 ERCP 教学和培训。真心希望在一年的援藏结束后，当地医生能够独立开展 ERCP 治疗。

120 支 50% 的高浓度葡萄糖 我每天都随身带几支

北京大学第三医院　迟洪滨

入藏：120 支 50% 的高浓度葡萄糖，我每天都随身带几支

不知不觉，我来到西藏已经半年了，从刚开始要来前的恐惧到现在的坦荡，个中滋味只有自己知道。我的恐惧是有缘由的。全国 34 个省份中只有甘肃、青海和西藏我此前没去过，总之高一点的地方我都未去过，因为不知道自己到底能否承受高原缺氧的状态。老公本想在我来西藏之前带我去九寨沟亲身体验一下高海拔，但入藏时间提前，不得不取消了这次行程。

临行前，乔杰院长跟我长谈。她说身体是第一位的，毕竟 46 岁了，如果高原反应严重一定要马上回来。我听后心里暖暖的。乔院长还现身说法地告诉我，心理放松很重要，她上次去时忙得都顾不上高原反应了。我心想既然领了这个任务就一定把它圆满完成了。

我平素心脏房室传导阻滞，临行前买了各种应急药品，塞进行李箱。不负组织、不负家人、不负苍天地来到了西藏拉萨。刚下飞机，就被拉萨的蓝天、白云及巍峨的远山所震惊，完全忘了缺氧的状态，兴奋得恨不得奔跑起来，但刚走几步就感觉心脏跳到了嗓子眼儿，呼吸像是停滞了。突然想起同事的叮嘱“到高原走路一定要慢、慢、慢……”现在我终于体会到了蜗牛速度的行走是多么重要。大家走路、吃饭、睡觉都史无前例地以“坐月子”的节奏进行着。

即使这样，三天后，我在搬完东西后还是眼前一黑，晕倒了。

当时心率60多，本来低血压的我，来到这儿竟然正常了，后来才知道这是高原缺氧导致的血压代偿性增高。感觉好一些后，我被送到西藏自治区人民医院进行检查，没想到竟然以这种方式来到自己要援助的医院。在我们刚刚到达西藏的第二天，一位安徽的援藏大夫因突发脑血管病意外死亡。

西藏自治区人民医院领导非常重视我们的身体状况，一定要给我做心电及血糖检测，最后确认是低血糖引起的一过性晕厥。乔院长知道这个情况后，特意给我带来了120支50%的高浓度葡萄糖，我每天都随身带几支，出门诊感觉累了就喝一支。领导的关心和北京大学第三医院大后方的鼎力支持让我们安心地为藏区人民提供更好的医疗服务。

工作：面对那些无助而焦虑的眼神，我希望自己能帮到她们，希望更多的医生能帮到她们

西藏自治区人民医院是综合性“三甲”医院，但生殖内分泌与不孕不育诊治方面却是空白。我此次援藏的主要任务是依托北京大学第三医院成熟的生殖内分泌与不孕不育诊治平台，在组团式援藏的机遇下，培养人才梯队并建立相应的培训体系，进行“传、帮、带”，建立一支老、中、青相结合的团结协作的手术队伍，为西藏自治区人民医院组建生殖医学中心做准备。

我来后立即在自治区人民医院开设了生殖内分泌不孕不育门诊。工作量虽然没有北京大学第三医院多，但困难不少。我听不懂藏语，藏区患者听不懂汉语，每天都有一个住院医生当翻译跟我一同出门诊，所有的问诊都要重复两遍。藏语到汉语，汉语到藏语，大大增加了工作量。这里的医生都很热情好学，她们帮我解决了出诊时的语言障碍。我也手把手教会了她们阴式B超的操作技巧。大家亲如一家人。

西藏地理位置特殊，水源缺乏，藏民常年不洗澡。因为这样的自然历史原因，西藏妇女阴道炎、盆腔炎等各种感染性疾病的发病率非常高，最终导致不孕症的发病率明显上升。每次看到寻求不孕症治疗的藏区妇女那无助及焦虑的眼神，每次听到她们要凌晨3点不到（相当于内地半夜1点）就要排队挂号看我的不孕症门诊时，我就想尽量多看一些患者，经常看到下午近2点，累得精疲力尽，食堂也没饭了。当听到她们怀孕的喜讯，我感到所有的付出都是值得的。

对我来说，最大的挑战不仅是缺氧，还有医院里大量的流浪狗。西藏人民崇尚佛教，不杀生，所以大街上有很多逍遥自在的流浪狗，宿舍楼道里经常会

有几只大型流浪狗出没。我小时候被狗追过，留下了心理阴影，怕狗是出了名的，平时多亏同事们“保驾护航”。有一次妇产科半夜急症让我去会诊，路上流浪狗太多我不敢出门，叫醒了蒋斌队长，蒋队长二话没说陪我去了病房。结束会诊后，自治区人民医院的两位院长又把我送回宿舍。他们和我说，狗也是生命，你要和它成为朋友，不要惧怕它，不要跑，万物皆平等。如何看待生命，如何善待动物，我们还有很多问题需要思考……

义诊：在海拔最高的乡镇——普玛江塘乡

2016 年 11 月 9 日，我和肖宇大夫接受中央组织部及医院的委派去世界上海拔最高的乡镇——普玛江塘乡义诊，海拔 5373 米，比珠峰大本营还高 200 多米。

该乡共有 6 个村，不到 1000 人，此次通知了 3 个村不到 100 人。一到乡政府门口，就看到藏民老乡早已排在墙根底下等着我们了。一想到在海拔这么高的地方还有人生活，我不由得心生敬畏。

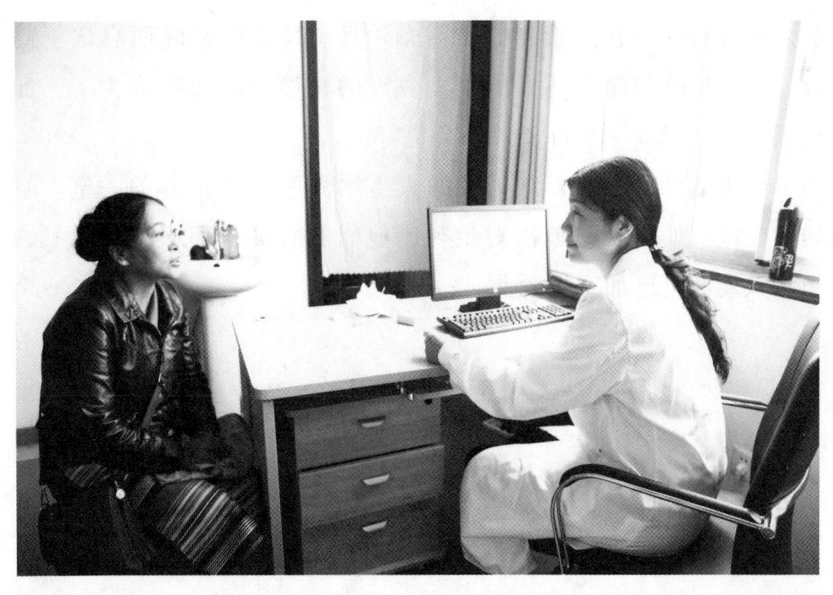

进来问诊的大都是育龄期妇女。她们平均都有超过 6 次的妊娠及分娩史，但最终能存活的孩子只有 1 ~ 2 个。这里的妇幼保健严重缺乏，孕妇都是不进行常规产检的，等发现问题为时已晚，实在让人痛心。

上一批北京大学第三医院援藏专家李华教授主编印制的藏汉双语《妇女健康保健手册》派上了大用场。我把这些手册分发给每个就诊的妇女，希望她们能够多了解一些妇女保健知识，并根据她们的病情发放免费药品。虽然我听不懂她们的语言，但能够看到她们眼睛里都含着感激的泪光。

肖宇大夫带病给患者义诊，忙得不亦乐乎。我们因忙碌而忘记了高海拔缺氧的疲惫，在回拉萨的路上还在感慨，一天的义诊时间实在太少了，如果把当地的全科医师好好培训一下可能效果会更好。

西藏工作生活已过半年，它为我的人生增添了浓墨重彩的一笔。看到这里的人们如此虔诚，如此平静地面对生死，他们的心灵是那么纯净无私，我不由得在心中默默地给自己加了把劲儿。

面对救鹿驱狼受重伤的康巴汉子

北京大学第三医院　王京弟

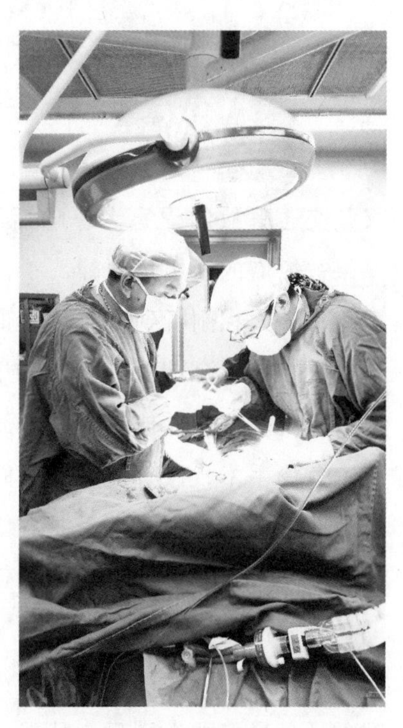

刚到拉萨第一个星期，每天凌晨都因剧烈的头痛醒来，深夜想起年迈的父母、蹒跚的孩子，不禁一声叹息。

初到自治区人民医院，我看到许多在内地看来常规化的诊疗手段在这里尚属空白，血源不足使大型手术开展受限。正规的护理人员短缺，患者家属充当陪护，在病房里支起高压锅，桌上摆满了糌粑、酥油茶、风干肉，我每天早晨的查房都在这种独特的味道中进行。

对比北京大学第三医院先进的技术、科学的管理，我很不适应在西藏的工作。在内地行医二十年，经历了太多的人间悲喜剧。在目前社会医患关系的大环境下，初来乍到，我小心翼翼地和患者及家属进行术前谈话，列举手术后的种种可能，字斟句酌地推敲手术同意书的文字。但很快我发现这行不通。他们黝黑的面庞上挂着谦和的微笑，频频点头，但最终还是一脸茫然——听不懂我的话。慢慢地，我卸下了自己厚重的防御盔甲，用最自然的方式与他们沟通。其间，几个亲历的故事使我终生难忘。

他在放牧时为了救一只鹿，去驱赶野狼，结果被惊慌的鹿用角顶翻

这是一个四十多岁的康巴汉子，长长的发辫上系着红色的英雄结，多处肋骨骨折、胸骨骨折、胸壁塌陷、血气胸、肺不张、呼吸功能不全。起初我以为

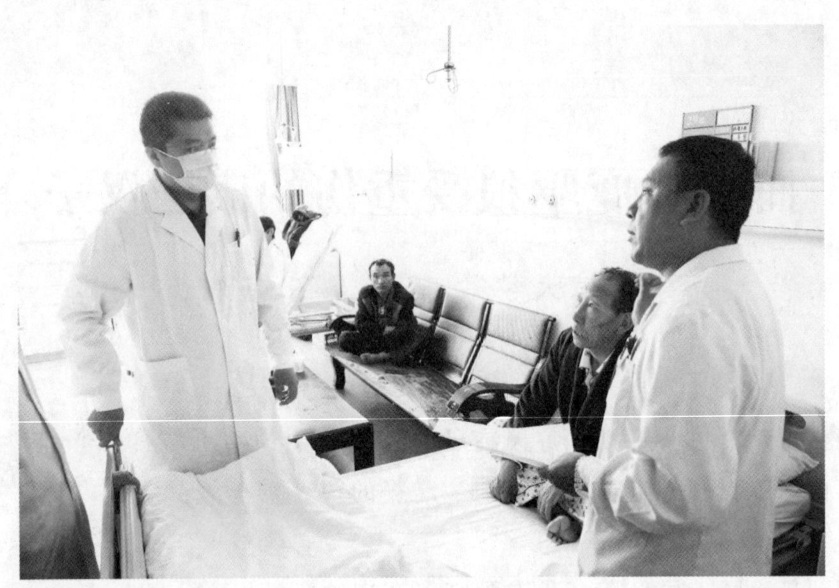

又是交通事故的受害者，随后了解到他在放牧时为了救一只鹿，去驱赶野狼，结果被惊慌的鹿用角顶翻。

很多人在刚听到这个故事时大多哂笑不已，但当我站在他床边，握着他粗糙的大手时，分明感觉到他在用力握着我的手，眼神中没有后悔，没有惊慌，只有平淡。我知道他很疼，但他没有大呼小叫，只是默默地忍耐。

急诊手术，没有拖延。我们在胸腔镜辅助下进行了血肿清除、肺修补、胸骨及肋骨内固定术。之后是在 ICU 的种种拼搏，我们就像虔诚的信徒，为了最终的膜拜不辞辛劳，历经磨难到达圣城。

出院前，我又一次握着这双大手，想对他说好人终有好报，但是没有说，只是用力地摇着他的手。他与生俱来的善良是不需要评判的，况且他也听不懂我的话，最好的送别只有默默地微笑。

我们要拼一把，只为对得起那些期待的眼睛

这是一个消瘦的老人，食管癌使他只能勉强吃些流食，既往开腹手术切除过胆囊，从胸部 CT 看，隆突下淋巴结肿大融合成团。

查房时，他半卧在床上，手里慢慢拨弄着一颗颗的念珠，嘴唇无声地翕动着，三个儿子环绕周围，焦急地注视着我们。病程较晚，既往腹部手术史意味着严重的粘连，这些都是不利因素，这种情况下，为了稳妥，我们完全可以建议他转院去内地治疗。但是，往返的机票、住宿等种种费用对于这样的家庭来

说实在不菲。我们要拼一把，只为对得起那些期待的眼睛。

手术的艰辛一带而过，术后的肺不张、下肢静脉血栓也不值一提，最终，我带着患者去做了上消化道造影，吻合口愈合良好，也无狭窄，这才长出一口气。要知道，在高原地区，憋着这口气可真不容易。

我走出造影室，告诉患者的儿子患者可以开始进食了。他激动得一把抓起我的手贴在自己的额头，后来我才知道这是一种感恩和致敬的方式。

不知不觉间，我被这些人的善良和淳朴深深打动。在这个物欲横流的时代，信仰的底线一再受到挑战，他们却像一股清流，涤荡着我们的内心。

还记得在山南的乡村小学给孩子们体检，他们带着高原红的小脸蛋儿，双手皲裂的皮肤，清澈快乐的眼神，使我难以忘怀。他们不曾领略过都市的繁华，父母用骡马驮着行李送他们来上学，小小年纪就开始寄宿生活。这是我们的孩子从未体验过的。

在曲水县才纳乡义诊，那些老人将我们分发的药品视如珍宝，小心翼翼地收好，双手合十向我们致谢。每当此时，我都确切地感受到他们对于医疗服务的渴求。

我们都是普通人，有着各自的烦恼和纠结，因为组团式援藏聚集在雪域的苍穹下。如果能通过我们的努力为这里的医疗事业做出一点点改变，也算实现了我们自己的一点价值。

患者脸上的笑容有如阳光照进我们心中

北京大学第三医院　肖宇

西藏被称作“人间天堂”“人间最后一片净土”。来之前，也曾害怕缺氧和高原反应，也曾担心种种意外。但是，怀着对新鲜空气和圣洁之地的向往，我还是主动报名来到拉萨。

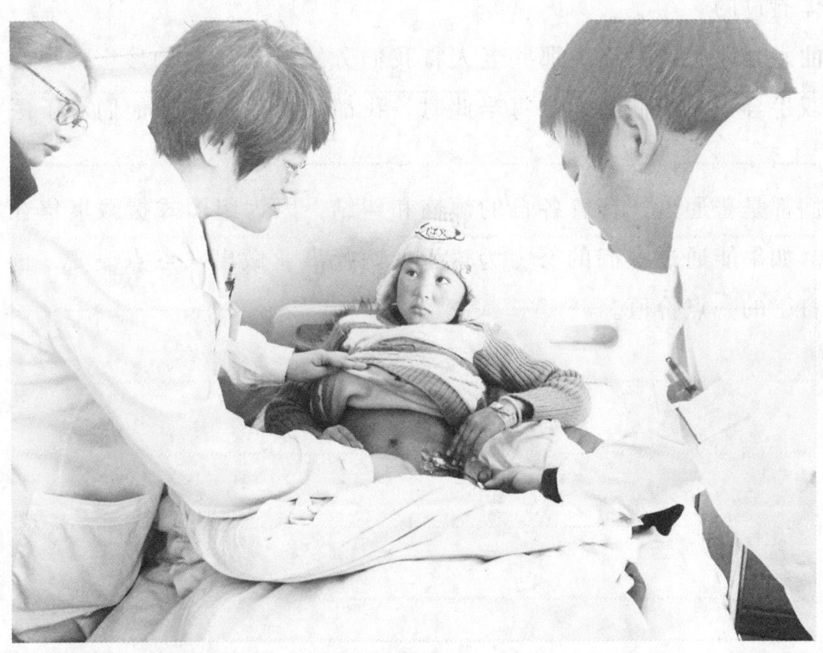

2016 年 7 月，我作为组团式援藏医疗队成员之一，跟随中央组织部第八批援藏的 300 多名干部一起来到西藏。

虽然事先已有心理准备，但下飞机的那一刻，踩在海拔 3600 多米的土地上，还是明显感觉到头晕乏力。随后的一周，我陷入和高原反应的遭遇战。憋气、喘息、乏力、心悸、腹泻、失眠……高原上突如其来的重感冒带给我一种濒死感。终于，我一关一关地通过了高原环境的考验，最后与之达成和解：可以正常生活，但心悸和高血压一直存在。

自从 8 月进驻西藏自治区人民医院，当地同事便待我们如同亲人，那种温暖亲切无微不至的照顾冲淡了我们的漂泊感。我们一定要为他们做些事情的念头油然而生。西藏自治区人民医院是西藏最大的综合医院，是各种大病、危重及疑难杂症集中的医院，但医务人员极度缺乏。我所在的肿瘤科仅有50张床，承担肿瘤手术及化疗任务，医护人员相对较少，床位紧张，工作压力大，医务人员能出去培训的时间和机会较少。

为了实现“造血式”帮扶，我制订了培训计划，针对住院医生、研究生系统地讲述常见肿瘤的治疗进展，完善上一批队员制定的肿瘤治疗规范，查房时根据具体病例进行讲解。帮助研究生设计科研课题，指导论文。利用组团式的优势联合各科室进行多学科病例讨论及治疗，使很多以前要辗转内地的患者在自治区医院得到了有效治疗。

有一个叫小易的患者，因为咳嗽很久，在当地经过治疗不见好转，走了5个小时山路前来就诊。

她腼腆，单薄，面色苍白，家里还有两个年幼的孩子需要亲人陪伴。她总是神色紧张，独自坐在床上，瘦小的身影不由得让人心生怜悯。经过系统检查，小易右肺有一形态规则的孤立占位，没有见到其他病灶。胸外科援藏专家及时做了切除，术后小易恢复得很好，回家休养。

但是一段时间以后，病理报告显示转移性腺癌。我们找回小易，腾出床位让她入住肿瘤科，结果发现肺内可见复发，血HCG非常高。当地做的妇科B超未发现特殊情况，实在无法解释。生殖中心援藏专家迟洪斌教授刚结束门诊，匆忙赶来亲自做B超，发现小易怀孕了。

这种情况在内地也很罕见，的确非常棘手，但小易和她丈夫却非常平淡，无条件地相信医生。我们详细解释了治疗方案的利弊，他们立刻接受，治疗过程中也非常配合。

随后，检查、刮宫、化疗，两个周期后肿瘤完全消失。

查房时，她脸上逐渐绽放出灿烂的笑容，气色也好了很多。她的淡然、顽强、乐观和感恩，在雪域高原上让人心生温暖。

高原上，阳光毫不吝啬，普惠万物。患者脸上的笑容有如阳光，照进我们心中，驱散了犹疑和一切杂念。一位藏族同胞在感谢信中说：“对患者的疾病全力救治，自己的痛苦未曾在意，有如阳光照耀大地，对全体医护人员致以敬意！”高原之上，医患之间是阳光般的澄澈透明，温暖灿烂。

耕耘在雪域高原

北京大学第三医院　马勇

怀着对新鲜空气和圣洁之地的向往，也为了让自己的人生经历多一份色彩，我决定申请到拉萨援藏。比较幸运的是，尽管发现心率达到100以上，但高原反应不算重，仍然可以进行适当的力量练习，也可以快速行走。

藏区的人民，眼神明亮、心灵纯洁，让我很是敬重。看到他们，感觉自己也轻松很多。他们对祖国首都的憧憬和敬仰，让我这个看上去年纪轻轻的大夫也得到格外的尊重和信任。我言简意赅地告诉他们这个病怎么治，应该注意什么。寥寥数语，常常换来他们信任的目光和一连串的感激之词。

藏区人民亲近自然，崇尚自然。他们对疾病的朴素感知，也令我肃然起敬。

我的第一个患者关节内撕脱骨折，这并不算什么大病，但是这位患者的康复却充满痛苦，历尽波折。由于他听错了话，晚来了两个星期做康复训练，因此恢复角度有些问题。康复训练中简单的弯腿带给他的痛苦，让他胆战心惊，瑟瑟发抖。

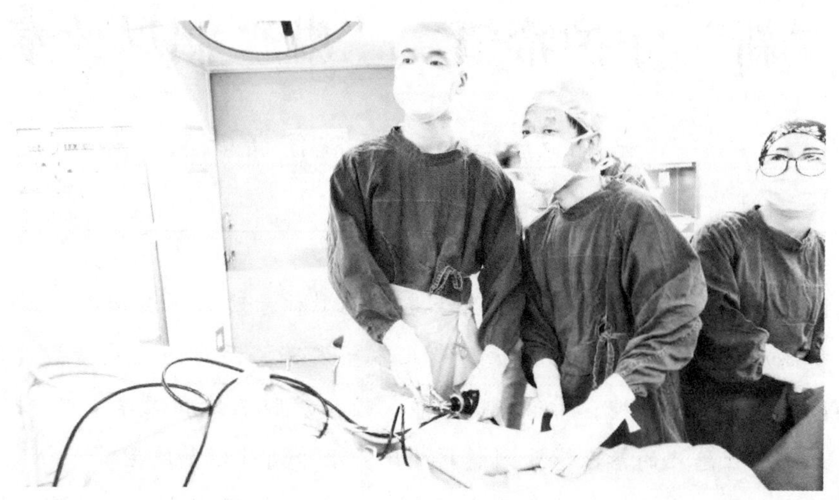

每次训练开始前，他躺在床上或者坐在椅子上，都有种视死如归的感觉，但他选择了勇敢面对。每次弯完腿之后，他尽管疼得满头大汗，还是不会忘记说“对不起”和“谢谢”，满脸的抱歉和感激。尽管家人会跟着患者一起流眼泪，但是看着我的时候，目光却充满感激。

他们时时怀着感恩的心，由于对于疾病认知不足而害怕，但又敢于承受和面对。如此种种，让人望尘莫及，但在他们平静的内心中，这一切却已习以为常。人生本就是苦乐参半或者苦比乐多，这种平常心是大多数人缺少的。

藏区缺医少药。尽管自治区人民医院是当地最大的医院，也不能例外。

一些常规的设备，内地很常见，但是这里没有或者很少，手术开展起来，总是缺这个少那个。

缺血缺药是常态，一些经常用的药品也常常突然断货。但就是有这么一群医生和护士，在这样的条件下仍然救治患者。我们也在其中，遇到任何困难，大家都能积极面对。

尽管偶有怨言，但无论是倒逼采购机制还是开辟绿色通道，我们仍然齐心协力，行难行之道，为难为之事，耕耘在西藏这片人间净土，践行天使的诺言。

倾“新”守护希望　“琳”漓尽致奉献

记北京大学第一医院侯新琳

题记：2016年获得国家卫生计生委先进典型称号时的颁奖词：“依靠药物，缓解严重高原反应；捧出丹心，护佑患儿希望发芽。面对凶险病情，她用高超技术和过人魄力扭转乾坤；对待当地同事，她用满腔热情和深厚学识传递温情。在她看来，与让患儿的亲人感受到慰藉相比，艰难困苦轻如鸿毛。”

在洒满阳光的高原上，常常可以看到一个忙碌的身影穿梭于病房，知性中带着坚强，干练中透着沉着。她就是西藏自治区人民医院儿科主任、来自北京大学第一医院的援藏医疗队队员侯新琳。援藏半年多了，一路走来，她历练出的是成长，磨砺出的是品行，坚持不懈的是信念，永不放弃的是奉献。

主动请缨的巾帼英杰

2016年7月，当国家组团式援藏的通知来到北京大学第一医院儿科的时候，考虑到自己作为新生儿专业的医生，而西藏地区的儿科又比较落后，很多常见病都无法及时医治，急需提升和加强，侯新琳大夫便主动提出申请，自愿加入援藏队伍。北京大学第一医院儿科是我国较早建立起来的现代儿科之一，优良的传统、精湛的医术是儿科持续发展的不竭动力，侯新琳大夫是北京大学第一医院儿科的主任医师，她过硬的技术和强大的团队确实可以促进西藏自治区人民医院儿科专业的发展与升级，为藏区儿科事业的发展注入强大的力量。

在刚上高原之初，陌生的环境、刺眼的光照、稀薄的空气让侯大夫的高原反应尤其强烈，失眠、头痛、喘憋、心跳加速，这些严重的高原反应症状，侯大夫一个都没少。然而她知道，此次进藏是国家使命，促进藏区医疗事业进步就是她的目标，再严重的高原反应也不能阻挡自己的脚步。就这样，她开启了援藏之旅。

填补空白的医疗专家

刚入藏不久，一个极其危重的患儿就出现在侯大夫的科室。一个 3 岁的男孩上唇外伤后出血，住院时已经重度贫血，上唇缝合处渗血不止。以前，医院来了这样的患者，医生都会建议其到条件更好的内地医院治疗。但在侯大夫来了之后，就可以将患者留在本地，节省了宝贵的救治时间。经过和各个科室的组团式援藏专家的多次会诊，成功确诊了患儿为血友病（甲）。这是西藏地区首次确诊血友病（甲）病例。

在高原，感染性疾病的发生率很高，细菌性脑膜炎的患者每天都有三五例，同时伴有各种类型的并发症如脑脓肿、硬膜下积液、脑积水等。由于此前遇到这种情况医院没有做手术干预的条件，家长们只能放弃治疗。幼小生命的逝去让侯大夫特别心痛。因此，她组织一同前来的援藏医疗队专家们共同合作，首次在床边行细菌性脑膜炎合并脑积水的穿刺引流手术，给患儿重生希望，填补了自治区人民医院的医疗空白。

类似这样的第一次、首例还有很多很多，首次行先天性食道闭锁、食管气管瘘畸形矫正术，首次行侧脑室穿刺引流、头皮下储液囊置入，首次诊断后尿道瓣膜所致肾脓肿及脓毒性休克，诊断西藏儿科首例 Sturge - weber 综合征，诊断西藏首例静脉窦血栓形成所致脑疝并成功挽救生命。此外，由于西藏地处高原，生理状态下就相对缺氧，围产期缺氧性脑损伤的发生率一直居高不下，而侯新琳本人专业方向又是新生儿围产期脑损伤，因此新生儿神经重症监护团队的建设成了侯大夫来藏的又一个工作重点。组团队、教技术，她手把手培养，一步步传授。首次在西藏实现了新生儿振幅整合脑电图、新生儿脑组织氧饱和的监测，并常规应用于临床；首次实现了早产儿、脑损伤新生儿的神经发育随访；普遍开展了早产儿颅脑超声的床旁监测。侯新琳的到来为自治区人民医院的儿科带来了勃勃生机。

实现“输血”变“造血”的无缝衔接

在第八批援藏干部培训班结业仪式上，陈希部长曾指出：“把输血型的援助方式变为提升能力，造血型的援助方式。”李斌主任要求“将组团式援藏打造成卫生援藏的升级版”。侯新琳一直牢记自己的使命，不仅是提供医疗技术，不仅是“输血”，还要“造血”。在西藏自治区人民医院，建设专科人才梯队，储备人才队伍，发掘成长骨干是她工作的重点。短短半年时间，一支出色的儿科医生队伍已在侯新琳大夫帮扶下成长起来。卓嘎大夫已掌握床旁头颅超声技术；泽碧大夫已掌握新生儿振幅整合脑电图技术；赵蓉大夫已规律开展新生儿神经发育随访，此随访机制也是西藏自治区的首次。同时，侯大夫发现，在临床工作中，大量有西藏特色的危重症得不到总结。因此，她根据西藏地区的特色，带领当地各级大夫开展临床病例总结及临床科研工作，对当地医护人员进行临床病例总结思路培训，全方位提升当地儿科医生的临床科研水平。为了在西藏开展新生儿先天代谢缺陷病的筛查，她积极与自己的大后方北京大学第一医院儿科杨艳玲教授联系，对疑难诊断患儿采集血、尿标本进行检查，费用由她个人的科研基金承担。

侯新琳大夫常说，“授人以鱼不如授人以渔”。通过侯新琳大夫不断地手把手教学，目前已经把当地骨干大夫培养成为具有扎实的临床工作基础、善于发现问题、有一定自我研究方向的儿科专业人才。他们的临床技能得到了显著提升，为患儿的早期治疗、改善预后提供了保障。

搭建前线后方的生命之桥

“您孩子的病情有点特殊，建议到大医院确诊一下，北京积水潭医院在骨科治疗方面经验比较丰富，如果有需要，我可以帮您联系……”在枯黄萧瑟的大草原上，侯新琳大夫对一名患儿家长细声说道。这是在全国海拔最高的乡镇，被称为“世界之巅”的普玛江塘乡，在西藏自治区党委、组织部组织的“组团式援藏医疗专家走进普玛江塘”活动中，侯新琳大夫看到一个病情特殊的患者。由于这种疾病在藏区还不能治愈，侯新琳希望通过自己的援藏后方来救治孩子。

2017 年 3 月 6 日，一位因“生后吐沫 1 天、呛奶 2 次”的小婴儿来到西藏自治区人民医院儿科。刚刚出生的患儿即有吐沫，喂奶后呕吐并伴有呛奶，出生后第二天又出现了发热、气促、皮肤硬肿、发花。食道碘剂造影检查发现：食管闭锁，胃腔及肠管内较多气体密度影，下段食管与气管瘘形成。小婴儿的情况紧急，急需手术治疗。在与同样是援藏专家的胸外科王京第大夫讨论后，又经过全院会诊，侯大夫认为应该请儿外的专家进行手术。但是西藏自治区人民医院没有儿外科，侯大夫立即联系了自己的后方北京大学第一医院。北京大学第一医院开通绿色通道，立即派出儿外科高阳旭大夫前来会诊，进行手术治疗，患儿生命得到了保证。

“看似几个人的援藏，但其实背后有国家的支持、有我的医院的支持，我除了在帮助自治区儿科事业发展做一些基础性的工作外，也可以为祖国的边疆搭一架生命桥梁，铺一条绿色通道。”侯新琳大夫说。的确，侯新琳大夫除了身体力行地传授知识外，也在充分利用更多的资源来提升藏区的儿科水平，把外面的医生请进来会诊手术，把科室的医护人员送出去进修学习。她竭尽所能地将自己的作用发挥到最大，将一年的时间充分利用。

半年多来，苦过、累过，但更重要的是收获了。她曾为了一个幼小患儿的生命，流着汗、咬着牙坚持过；她曾为了能给偏远地区的患者看病，在藏区泥泞的村落奔波过；她曾在凌晨深夜之时，在抢救室带领同道们并肩奋战过；她也曾为了一个疑难病例的治疗方案，彻夜难眠过。但这些都没有阻挡她前进的脚步，反而让她为西藏医疗事业发展尽心尽力的信念更加坚定。作为一名白衣战士，她从求生若渴的患儿父母眼中读到了医生的责任，她从一声声感谢中听懂了什么是幸福；作为一名党员，她把援藏作为历练人生、锤炼党性的难得机会，用自己的实际行动在相距千里的首都和高原之间架起了一座生命友谊之桥，用热情和汗水浇灌祖国边陲的土地。都说“相遇即是牵绊”，援藏之旅终究会结束，但援藏情怀却永远留在心间。

破解“兜底”任务　带出高原泌尿精英

记北京大学第一医院孟一森

自2015年中央组织部、人力资源和社会保障部、国家卫生计生委联合发布《关于做好组团式援藏医疗人才选派工作有关事项的通知》之后，北京大学第一医院的队员们默默付出，踏踏实实工作，培养当地的医疗人才，力争“把输血型的援助方式变为提升能力、造血型的援助方式”，在学科建设、人才培养、综合管理等方面均取得了出色的成绩，带动西藏自治区人民医院的医疗技术稳步快速提升。

在西藏自治区人民医院援藏队员中，有一位年轻有为的泌尿外科医生，他叫孟一森，来自北京大学第一医院泌尿外科，目前在西藏自治区人民医院担任科室主任。北京大学第一医院泌尿外科是新中国泌尿外科事业的发源地和领导者，是由我国泌尿外科奠基人吴阶平院士于1978年亲自创立的，经几代人的不断努力，至今已发展成为拥有吴阶平和郭应禄两代院士，集医、教、研、防于一体的国际知名、国内第一的泌尿外科中心，连续多年在全国各类专科排行榜中位居泌尿外科第一位。孟一森医生更是科里近年来涌现出的多位优秀青年医生的杰出代表，在泌尿外科专业技术方面有很高的造诣。到了拉萨后，孟一森医生在临床工作中谦虚诚恳，工作责任心强，对患者精心、耐心、细心，凡事均踏踏实实做，积极主动带领当地医生开展新技术、新项目，提高医疗质量，保证医疗安全，获得了当地医护人员的一致好评。他竭尽所能提升西藏自治区人民医院泌尿外科诊疗技术，努力培养本院医疗人才，并以医者的慈爱呵护着患者。

主动请缨，舍小家顾大家，雪域高原奉献青春

2016 年 7 月，当国家第二批组团式援藏的通知来到北京大学第一医院泌尿外科的时候，考虑到自己以泌尿外科微创手术治疗为专业特长，而西藏地区的泌尿外科技术比较落后，传统开放手术还占有很大比例，西藏泌尿外科医生也迫切希望学习先进的微创手术技术和理念，孟一森大夫便主动提出申请，自愿加入援藏队伍。时值孟一森大夫正在筹备婚礼。孟一森与未婚妻商议之后，为了不影响进藏时间和在藏开展工作，决定将婚礼推迟到国庆期间举行。与未婚妻匆匆告别之后，孟一森大夫便踏上了雪域高原的援藏之路。

刚上高原之初，陌生的环境、刺眼的光照、稀薄的空气让孟大夫高原反应强烈。他不顾失眠、头痛、血压升高、心跳加速这些严重的高原反应症状，服用多种降压、减慢心率的药物，第一时间进入临床一线开展工作。

不仅“输血”，更要“造血”，手把手培养当地人才

泌尿外科是外科系统各亚专业中微创技术发展和应用较为广泛的学科之一。随着各种泌尿腹腔镜和内镜手术的发展，泌尿外科从过去传统的开放手术发展到目前微创手术乃至经自然腔道手术。微创技术的发展给患者减少了痛苦，加速了康复。在国家对西藏的大力支持下，西藏的医院购置了大批先进微创设备，但是，微创技术的提高并非仅靠设备更新就能完成的，微创技术的掌握比常规开放技术更加困难。外科医生的成长需要经验的积累，外科技巧的培训需要一定手术量的学习实践。藏区患者就诊普遍偏晚，手术难度较大，不适宜外科医生的逐步成长。因此，当地医生只能开展最简单的腹腔镜肾囊肿去顶手术。

孟一森医生来到拉萨后，每天查房，具体细致地制订手术方案，一步步地提升当地医生的微创治疗理念，每周均在科室内部讲课，提高当地医生对微创观念的认识，通过腹腔镜模拟器的训练，提高当地医生的微创操作技术，并逐步过渡到实践当中。孟一森医生到拉萨 5 个月来，带领当地医生顺利完成腹腔镜肾上腺肿瘤切除、腹腔镜肾切除、腹腔镜肾盂成型手术等多种微创手术，目前当地医院泌尿外科医生的微创手术能力已经达到内地省会城市的微创治疗水平。

不畏艰苦，克服困难，
开展西藏首例“腹腔镜（微创）膀胱根治性切除术”

孟一森医生来到西藏不到2个月时，西藏自治区人民医院泌尿外科收治了一例“发现肉眼血尿1月余”的藏族男性患者。患者于1月前无明显诱因出现肉眼血尿，在当地医院行膀胱镜检后考虑“高级别浸润性移行上皮癌”，医生建议需行膀胱全切除术。膀胱全切除术是泌尿外科难度较大、风险较高的手术之一，当地医院无条件行手术治疗，而此时患者的血尿日趋加重，且同时出现了贫血、头晕、四肢乏力等症状，身体状况越来越差，带着最后一丝求生的希望，患者家属慕名来到了西藏自治区人民医院。

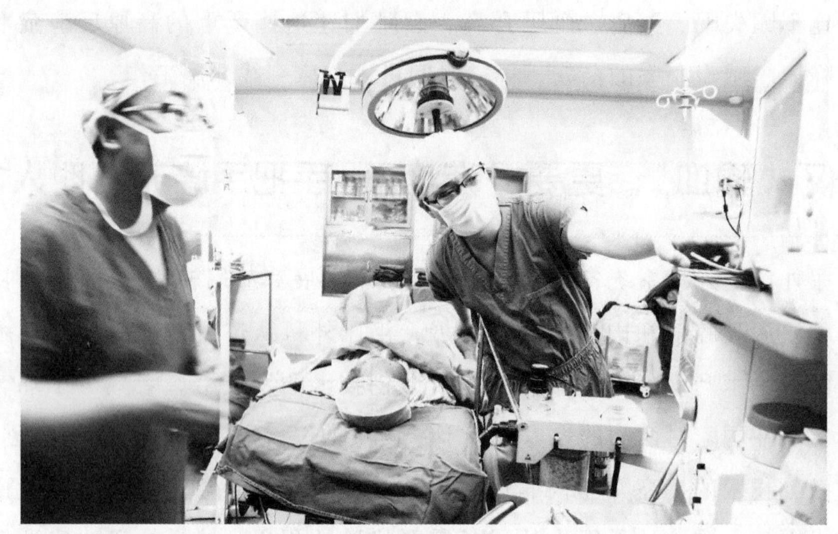

自治区人民医院虽然是全西藏规模最大、技术水平最高的综合性医院，然而，完成这种泌尿外科的大手术仍然需要依靠传统的开放操作。但是，开放手术创伤大、出血多，尤其对于目前一般状况已经比较差的患者来说，寻求一种手术时间短、创伤小、出血少的操作方法无疑是最优的选择。孟一森医生不顾自己初上高原后严重的高原反应，克服了心慌、乏力、头晕的不适症状，第一时间深入病房，查看患者，与自治区人民医院泌尿外科张宝鹏副主任医师讨论病情，并为患者制订了详尽的手术方案——腹腔镜（微创）膀胱根治性切除术。

在北京进行这类手术对孟一森医生而言可以轻松驾驭，然而在海拔3700米的雪域高原上开展此类大型手术，姑且不论孟一森医生本人血压高、心率快的高原反应，单就自治区人民医院来说，基本没有行腹腔镜（微创）膀胱切除的全套能量器械。此外，藏区血源紧张，在没有急诊用血的前提下开展此类手术更是难以想象。再加上藏区的医护人员缺少配合此类手术的经验，各种困难接二连三地摆在了孟一森医生的面前。

然而，藏区群众的需要就是使命，藏区群众的健康就是己任。牢记着出征前自己心中许下的诺言，孟一森医生火速从北京借调了手术所需的主要器械，并积极与同行的北京协和医院麻醉科、手术室援藏专家合作。在众多专家、社会人士的支持下，强强联手，藏区首例腹腔镜（微创）膀胱根治性切除术得以顺利开展。

术中，由于患者为藏族，特殊的饮食结构使得他的脂肪较汉族患者更加质韧、难以分离，尤其在关键的前列腺后方与直肠间隙处，更是粘连紧密，稍有不慎，就有切破直肠导致肠瘘的巨大风险。此外，患者就诊时已较晚，肿瘤体积较大，操作空间尤为局促，腔镜器械只能在很小的范围内进行活动，极易损伤周围的血管脏器。但是，在自治区人民医院张宝鹏副主任的鼎力配合下，孟一森医生克服了上述困难，仔细操作、精准分离，最终圆满地完成了手术，赢得了手术室内医护人员的掌声与赞叹。

术后，患者的尿液很快恢复了清亮，两天后便可以下地行走，五天后排气排便，一周后已基本恢复正常饮食。经过后续医护人员的精心调理，患者顺利出院。

此例手术是西藏自治区首例腹腔镜（微创）膀胱根治性切除术。继前一任援藏队员——北京大学第一医院泌尿外科郝瀚医生率先完成西藏自治区首例腹腔镜肾部分切除术后，孟一森医生将藏区的泌尿外科腹腔镜手术水平从上尿路跨入了下尿路。这一看似简单的自“上”而“下”的突破，实则与自治区人民医院泌尿外科、手术室、麻醉科等多学科的医务人员鼎力相助密不可分，更离不开同行多位援藏专家及北京同仁的大力支持。这次高难度手术的顺利完成，再次凸显了医疗人才组团式援藏工作的强大优势，势必将更好地推动西藏自治区泌尿外科整体水平的进一步提升，从而为藏区同胞提供更加优质的医疗卫生服务！

“精准”手术，挽救年幼生命，彰显组团式援藏优势

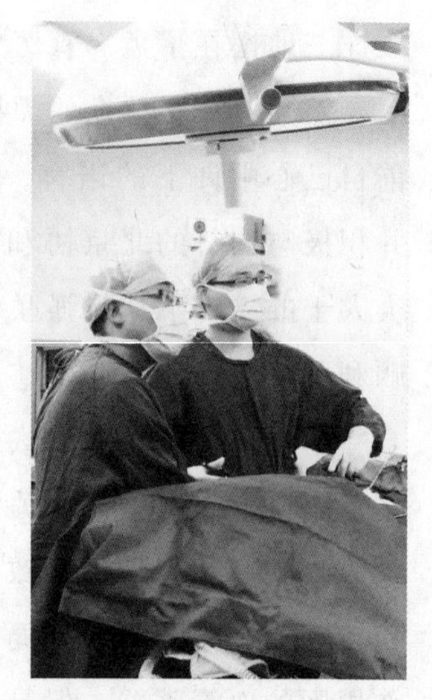

2016年12月，一位年轻的妈妈抱着3个月大的孩子来到了医院。这位妈妈还在怀孕的时候就通过孕检发现胎儿肾脏积水，然而年轻的准妈妈不忍让初生生命就这样流逝，下定决心要让孩子来到这个世界，再力争通过医生的妙手给孩子一个美好的未来。孩子出生了，经B超检测，果然确诊为双侧肾脏都存在不同程度的积水。年轻的妈妈带着新生的幼儿，慕名来到了西藏自治区人民医院。

孟一森大夫对患儿的病情进行了详细的研究，初步考虑患者为先天性肾盂输尿管连接部梗阻，导致双侧肾积水可能性最大，而以右侧更加显著，若不及时手术干预，1~2年后，患儿积水的肾脏就可能会完全丧失功能，最终患儿将会因肾衰竭不幸夭折。西藏自治区人民医院泌尿外科尚未针对如此小的患儿开展过手术。孟一森医生组织一同前来的援藏医疗队儿科、麻醉科等专家们共同合作，迅速为患儿制订手术方案，并完成了肾盂成型手术，挽救了幼小的生命。同时，孟一森大夫还特意考虑到患儿未来美观和心理需求，在保证手术效果的同时，将切口缩短到了仅3厘米。在如此小的切口中，完成了复杂的手术操作，解剖清晰，动作流畅，仅用1小时便顺利完成了手术。术后因为切口小，患者很快康复，体重增长满意。

此例手术打破了西藏自治区泌尿外科完成手术最低的年龄纪录，充分凸显了医疗人才组团式援藏工作的强大优势。

言传身教，“输血”和“造血”结合，大力宣传当地实际医疗水平

一位六岁的男性患儿偶然体检的时候发现，由于肾盂畸形，导致右肾积水，诊断时右肾积水已经很严重，如果不及时手术，3~5年后右肾可能就会丧失功能，需行手术治疗。而在以往，需要在患儿后背切一个15cm的刀口，而用目前

世界先进的腔镜技术，只需要在身体上打 3 个 1 ~ 2cm 的小洞即可完成手术。

当地的医生虽然已经开展这种肾盂输尿管成型微创手术 1 年多，但未对这么小的孩子做过手术，儿童的输尿管更细，重建困难更大，当地医生对于腹腔镜微创手术仍存有顾虑，既往均把患儿转至内地治疗。孟一森医生从理论知识、实际手术录像及体外模拟操作各方面着手，打消当地医生的顾虑，带领当地医生行腔镜手术治疗。

该手术进行全程现场直播，直播特约嘉宾为北京协和医院副院长兼西藏自治区人民医院院长韩丁，北京大学第一医院泌尿科谌诚副教授专门从北京赶至拉萨，对手术全程进行讲解。手术当中，发现肾积水的原因是肾脏的先天发育异常，有一根特殊的动脉血管压迫导致肾脏积水。这根血管在术前的各种检查中是没有发现的。如果切断了这根血管，半个肾脏失去血液供应会丧失功能；不切断这根血管，对微创手术中的分离和缝合技术要求都很高。孟一森大夫带领当地医生谨慎操作，终于完整分离了这根血管，将血管压迫处离断，更换了新的位置重新再造了一个肾盂。最终，在腔镜下完成了整个手术过程，免去患儿巨大手术创口和长时间的康复期。

手术全程 100 余万人参与了直播观看。术后，韩院长指出：“援藏医疗队不仅以最高技术服务藏族同胞，更重要的是通过帮教指导，从根本上提高了当地的医学专业水平，改‘输血’为‘造血’。”

总之，孟一森医生自援藏以来，以他的实际行动践行着医者的行为准则，为西藏自治区人民医院的泌尿外科医疗技术的发展努力奋斗；规范诊疗技术，提高专业水平；评估专科能力，提出提升方案；参与科室管理，制定发展规划；探索支援机制，发挥辐射能力。他一直坚信“不忘初心，方得始终”。他只是援藏队员中的一个代表。我们相信，通过所有援藏队员的共同努力，一定会协助当地医务人员为患者谋得更多福利，提高诊断率和治愈率，为 2020 年基本实现“大病不出藏”的目标而努力奋斗！

愿所有患者都能被温柔以待

北京大学第一医院　吴元

想不到在援藏前半年的最后一个工作日，又收到了患者献来的哈达。他不会说普通话，用藏语告诉我的同事，他很感激我们。他在西藏自治区人民医院接受了非常成功的手术治疗。他用并不宽裕的收入给我们医疗团队的每一名成员敬献哈达，还带来了两大袋子的水果，并一直用抬手礼对我表示感谢。

在门诊，一位常年不能睁眼睛的藏族大爷不断地用藏语对我们表示感谢，并不是因为我把他的疾病立刻治好了，而是我告诉他和他的家属，他的情况是一种特殊的疾病，不是“精神病”。他不是精神有问题的人，相反他饱受疾病之苦，却无人知晓和理解。之前，在另一家大医院就诊时，因为无法明确诊断怀疑是患者“脑子”有问题，他们一家差点带他远赴成都治疗。幸好我今天给他加了号，帮他摘了这顶“帽子”，而且还和他们约定，争取帮他从内地找药治疗。

因为我马上就要过一个较长的假期，将离开拉萨一段时间，所以加班做了一批手术，门诊时对复杂病例也尽量给予加诊。然而我这微不足道的努力，给患者带来的幸福感却远出乎我的意料。我知道藏族是一个淳朴、知礼的民族，他们的心灵和高原上的冰川一样纯洁。我又想到另一个问题，高原上还有多少患者需要我们去温柔以待，奉献所能。

转眼半年过去了，遥想当时我临危受命、前来援藏的场景，依然历历在目。得益于中央组织部组团式援藏的政策，内地大城市充沛的医疗资源因此外溢，缓解了西藏医疗人才不足的困境。援助西藏自治区人民医院的是北大和协和两个国家级医疗队，在寒冷、低氧、高原反应特别严重的季节，一直坚守到1月中旬，其他医疗队员此时大多早已陆续返回内地休假。今日上完最后一个节前专家门诊，我也将暂别西藏。想起我在原单位不过是一个“虾兵蟹将”，来到西藏竟然被尊为专家，一直觉得诚惶诚恐，这也让我有更强的责任感和使命感，让自己做得更好，不负这个值得尊重的称谓。

藏区疾病的发病特点是重且复杂，平时我习惯了背后还有更大的专家给我做参谋，讨论制订治疗方案。而在这里，已无他人指点，这种感觉有时候让我觉得无助。工作半年来，最大的感觉就是对“缺医少药”的无奈。缺医是指这里的医疗设备奇缺，在北京我们科室有好几个屋子，几十台各种各样的设备，而这里的设备一只手就能数过来。缺乏很多十分重要甚至一些常用的诊断、治疗设备，诸如三棱镜组、压平眼压等，直接导致某些亚专业工作无法开展。面对现实，我能做的就是不怨天，不尤人，“螺蛳壳里做道场”，物尽其用。

在向医院申请添置设备的同时，我们对所有不依赖设备的工作全部积极开展。白内障、青光眼、角膜病、眼整形、眼外伤和眼肿瘤专业都做了起来，很多疾病都是在自治区人民医院首次开展。十余项新技术的开展，使许多原本需要转到内地的患者可以不出西藏就能得到有效的治疗。

尽管医院没有明确的出诊规定，我还是一直坚持出门诊，每周两次。参与门诊，主要是为教学的需要，本地医生只有见识疾病并参与完整的治疗过程，才能对疾病有深刻的认识。渐渐地，门诊的疾病种类越来越复杂，重症患者也越来越多。在门诊过程中，我坚持对跟诊的医生进行现场教学，告诉他们正确的治疗方案和理念，培养他们的临床思维能力。这导致我的门诊越出越晚，最后限号也无济于事。西藏自治区人民医院的眼科可用药物不多，才十余种，小半

在西藏自治区人民医院与来自洛隆县扶贫防盲项目的患者合影

数还是快要淘汰使用的品种，而剩下的药物经常面临缺货。最困难的一次门诊，多达半数的药物药房缺货，而门诊的重症患者又多，极大地考验了我们的能力。

很快我们就面临一个新的问题，预约手术的患者越来越多，但手术率太低。这有两个原因，一个是拉萨地区别的医院眼科无法开展复杂手术，患者纷纷转来自治区人民医院；另一个是我每个手术日能完成的手术也不算太多。眼科过半数的手术是显微手术，操作精细，手术过程中要多次屏息，低氧加上屏神凝气导致我心率增快，身体非常不适。在医务处的协调下，医院为科室购置了显微镜。为更好地完成临床任务，我调整为一周四天手术、一天门诊的工作方式，开启了连轴转模式。

加班加点工作的同时，我也一直小心翼翼，最大限度地保证临床安全。随着各项医疗工作的顺利开展，我们医疗团队收到了来自患者的各种感激，包括锦旗、诗歌和哈达等。我们的患者覆盖了西藏各个地市，很多原本要转内地的患者都被推荐到我们科室就诊。我多次对科室的同事强烈要求，不得以任何理由将我们能治疗的患者转走，我们这里已经是西藏最好的医院了，患者千辛万苦来到拉萨寻医求药，十分不易，需要我们以最大的耐心和热忱去帮助他们。

与西藏自治区人民医院的同事在工布江达县下乡并和广东医疗队的队员合影

半年时间一眨眼就过去了。在这半年里，我和科室同事结下了深厚的友谊。自治区人民医院眼科就是由北大医院眼科的前辈一手创建的，我很自豪能有这样一段时光，代表北大医院和自治区人民医院再续前缘。我对待这个科室，就像对待自己的家庭成员一样尽心尽力，尽职尽责。中央对我们的组团式援藏提出了较高的要求，愿我的努力能为“大病不出藏”打下一个小小的基础。

愿每位医者都能对患者温柔以待，愿每位患者都能对医者生死相托。

大昭寺的夜晚，肃穆而神圣。我在这里回顾了前半年的工作，也憧憬了后半年的愿景，是以记。

写在我一年援藏时光过半之时。

为实现“大病不出藏”而努力

记北京大学人民医院莫晓冬

在自治区人民医院的援助经历中，有两位患者让莫晓冬记忆犹新。

成功抢救首例危重血栓性血小板减少性紫癜患者

2017 年 3 月，西藏自治区人民医院风湿免疫血液内科收治了一名 24 岁男性患者。他 1 个月前出现关节肿痛，但未接受规律诊治。经过检查，发现这个患者除了存在极度降低的血小板和贫血外，还存在肝肾功能的异常，病情复杂。入院之后给予患者输血、补充造血原料及丙种球蛋白的治疗，但患者血小板仍无改善，反而在入院第二天出现高热和癫痫持续状态，随后陷入深度昏迷，患者在接受治疗后病情仍急剧恶化，极其危重。

此时，西藏自治区人民医院风湿免疫血液内科主任白玛央金、周南以及北京大学人民医院组团式援藏专家莫晓冬和姚海红共同参与该患者的诊疗。两位援藏专家在仔细调阅患者病历资料后高度怀疑溶血是由于红细胞在血管内的机械性破坏导致的，结合患者出现神经系统的症状（已经通过急诊头颅 CT 排除了颅内出血）及肾功能损害，临床诊断该患者为血栓性血小板减少性紫癜（TTP）。

在基本明确患者的诊断后，西藏自治区人民医院风湿免疫血液内科的医护人员精心制订了治疗方案。血栓性血小板减少性紫癜的首选治疗方式是血浆置换，在西藏地区由于血液制品供应紧张，无法提供血浆置换所需的血浆量。因此选择了备选方案，即给患者间断输注新鲜冰冻血浆。同时由于患者存在不典型的自身抗体阳性，故考虑其病因可能有异常激活的免疫因素参与，因此立即给予患者强烈的免疫抑制治疗。经过 2 天治疗，患者体温降至正常，神志恢复；治疗 2 周后患者可以下床活动；治疗 3 周后患者的活动恢复正常，康复出院。该患者是西藏自治区人民医院风湿免疫血液内科首次诊断并成功抢救的血栓性血小板减少性紫癜患者，得到了患者及其家属的诚挚谢意。

左、右分别为援藏专家莫晓冬和姚海红

血栓性血小板减少性紫癜是一种危重的血液系统疾病，典型临床表现为微血管病性溶血、血小板减少、神经精神症状、肾脏损害及发热（五联征）。但因症状常常不典型，故容易误诊漏诊。如果不给予恰当的治疗，该病的病死率超过90%，而且死亡前的平均住院日仅14天左右。在这例患者诊疗过程中，西藏自治区人民医院风湿免疫血液内科充分借力组团式医疗援藏提供的技术支持，在与组团式援藏专家的通力合作下，快速、高效地明确了诊断并制订了恰当的治疗方案，最终使该患者转危为安。

成功救治一例危重骨髓增生异常综合征患者

2017 年 4 月，西藏自治区人民医院风湿免疫血液内科收治了一名 71 岁女性患者。患者近 1 年来出现乏力、气促、胸闷，曾先后就诊于内地两家三甲医院的血液科，完善骨髓穿刺等检查后未能明确具体诊断，以重度贫血原因待查出院，间断口服中成药治疗，无明显疗效。2 天前患者症状加重，同时伴有头痛。因患者年纪较大，而且家属考虑长期在内地住院有诸多不便，故转入西藏自治区人民医院风湿免疫血液内科继续治疗。

入院时患者呈现重度的贫血貌。入院经各项检查后给予患者输血，并在补充造血原料的基础上加用促红细胞生成素等治疗 1 周，但疗效不佳，病情危重，家属希望能赴北京进一步治疗，但患者本人却因为高龄且行动不便，不愿意离开西藏，一时陷入两难的境地。

为了让这个危重症患者能够安心留在西藏继续治疗，来自北京大学人民医院血液科、北京大学血液病研究所的组团式援藏专家莫晓冬医生多次组织西藏自治区人民医院风湿免疫血液内科的全体医生进行病历讨论，在仔细梳理患者病历资料后考虑患者全血细胞减少应与骨髓本身疾病有关。由于给予普通促造血治疗后效果不佳，莫晓冬建议再次完善骨髓相关的检查。该患者目前病情危重，若长途跋涉到内地就医，在转运过程中就可能有生命危险，因此建议还是留在拉萨继续治疗。莫晓冬医生亲自向家属交代病情及下一步诊疗方案，通过反复、耐心的解释，患者家属同意继续留在拉萨治疗。

通过复查骨髓相关检查，该患者基本可以诊断为骨髓增生异常综合征(伴单纯 5q-)。明确诊断后，由于患者年纪较大，下一步的治疗依然面临挑战。因此，莫晓冬医生带领西藏自治区人民医院风湿免疫血液内科医护团队为这名患者精心制订了治疗方案。目前针对该类型骨髓增生异常综合征患者有靶向治疗的药物——来那度胺，但鉴于患者高龄，担心患者难以耐受药物的不良反应，因此给予了患者减量的来那度胺治疗，同时加用环孢素并继续使用促红细胞生成素。经过上述治疗 2 周后患者的血红蛋白出现上升趋势，治疗 3 周时患者脱离输血，允许患者带药出院继续治疗。治疗 2 个月时门诊复查患者血红蛋白指标良好。

骨髓增生异常综合征主要见于老年人群，其中 75% 以上为 60 岁或以上的老年人。临床上表现为一系或多系血细胞减少，部分患者可发生白血病转化。该疾病在临床上常表现不典型，导致诊断困难，而且该疾病可引起患者严重的血细胞减少，随之而来的出血、感染往往会威胁患者的生命，而长期依赖输血也会严重影响患者的生活质量。该例患者是西藏自治区人民医院风湿免疫血液内科独立诊断并成功治疗的首例骨髓增生异常综合征（伴单纯5q-）患者。

一年援藏路　一生雪域情

记北京大学人民医院韩琳

韩琳副主任医师来自北京大学人民医院耳鼻喉科，2016 年 7 月随中央组织部第二批医疗人才组团式援藏来到拉萨市。这是她第一次来到世界屋脊，感慨于这里透彻的蓝天、美丽的景色，但由于稀薄的氧气也让她第一次体验了高原反应，憋气、头痛、睡不着觉。但韩琳医生一适应这里的环境，就投入了工作。

西藏没有医院开展眩晕等治疗技术，出现了眩晕大部分只能去急诊或内科输液，甚至回内地就诊。为了使西藏患者能够得到及时诊治，韩琳医生来藏后马上开展了眩晕门诊和前庭功能检查等新业务，由于前庭功能检查仪器没有到位，为了更好地判断眼震的情况，韩琳医生就在网上购买 VR 眼镜和摄像头等材料自行制作了眼罩，使得治疗业务得以快速展开。

一位藏族莫啦75 岁了，一天晚上突然出现严重的眩晕，头一动还恶心呕吐，家属非常担心，一早就带着她来医院就诊。急诊拍了 CT 和核磁都没事，经别人介绍耳鼻喉科有位北京来的“安吉拉”（藏语：天使或者医生的意思）可以看眩晕的疾病，就挂了韩医生的号。韩医生经过系统检查发现她有强烈的自发眼震，前庭功能检查发现右侧前庭功能减弱，考虑发生了前庭神经元炎，需要输液治疗，但是没有生命危险。韩医生安抚了患者和家属，并及时联系病房收治入院，经过 3 天治疗，患者症状明显减轻，但是晚上突然又发生了翻身出现的短暂眩晕，和之前的持续性眩晕不一样，家属再次紧张起来，请韩医生进行检查。经过床旁检查，明确了是前庭神经元炎继发出现了耳石症。韩医生马上给她进行了床旁复位，这一症状得到了缓解。她虽然不会说汉语，但紧紧握住韩医生的手表达感激之情。

由于西藏自治区人民医院里一直以来都没有突聋指南中一个重要的药物巴曲酶，严重影响西藏突发性耳聋患者的治疗效果。韩琳医生及时申请来这个药物，并规范了诊治方案，可以按照分型进行相应治疗，取得了良好效果。出门诊时一名长期在藏工作的汉族人来就诊，韩琳医生给她进行了听力检查后发现，她患有重度的单耳突发性耳聋，而且发病时间距离就诊已经 8 天了，一直在外院当作中耳炎治疗。要知道突发性耳聋的治疗是越早越好，时间长了听力有可能就无法恢复了。于是，韩琳医生赶紧联系床位，使其尽快入院治疗。患者本想回内地治疗，但了解到韩医生是来自北京的援藏医生，并且自治区人民医院对突聋的治疗不比内地差，就马上同意住院接受治疗。韩琳医生查房时根据患者病情变化调整治疗方案，经过 1 个星期的治疗，患者的听力恢复了，出院时患者高兴地说："援藏太好了，让高原上的患者可以得到不亚于内地的治疗。"

在平时的门诊和查房中，韩琳医生注意培养当地医生，希望在援藏结束后，当地医生能够独立对病患进行诊治。

一年就快要过去了，然而一年援藏路，一生雪域情。随着国家人工耳蜗康复项目增加北京大学人民医院作为手术援助医院，我们的援藏路将会继续下去。

精感石没羽　岂云惮险艰

北京大学人民医院　任倩

缘起

2016年7月底，初次进藏，虽然我已经做好了充分的心理准备，但还是在头晕目眩中惊讶于这里如此缺氧的环境。安静的时候，我的血氧也只能到88%。我们的宿舍在三层，爬到三层，血氧就掉到75%。

第一次内分泌科大查房，看完病房里的糖尿病患者，我忽然产生了在内地行医从来没有的困惑。

困惑一：青藏高原缺氧的大环境显而易见，身居其中，谁也不能避免低氧的影响。而糖尿病指南推荐2型糖尿病一线首选用药是二甲双胍，二甲双胍最严重的不良反应是乳酸中毒。这在氧气充分的环境下非常罕见。但是在高原这么缺氧的环境下给患者进行治疗到底安不安全？

困惑二：为什么患者血糖看起来还不错，但是评价糖尿病控制金标准的糖化血红蛋白却总是不合格？

高原需要自己的科研

这些困惑是论著、文献、经验无法解释的。高原地区需要自己的科研，并且从临床问题出发的科研最为重要。于是，我开始行动。

行动一：开始在糖尿病患者中尝试二甲双胍的安全性评价。得益于第一批援藏队员周灵丽医生的努力以及上海开放式课题的资助，我们有仪器能够用并且已经开始进行乳酸的测定。于是，我们测定了服用二甲双胍至少1周的患者和没有服用过这个药物的患者的血乳酸水平，并且对使用二甲双胍的人进行随访。

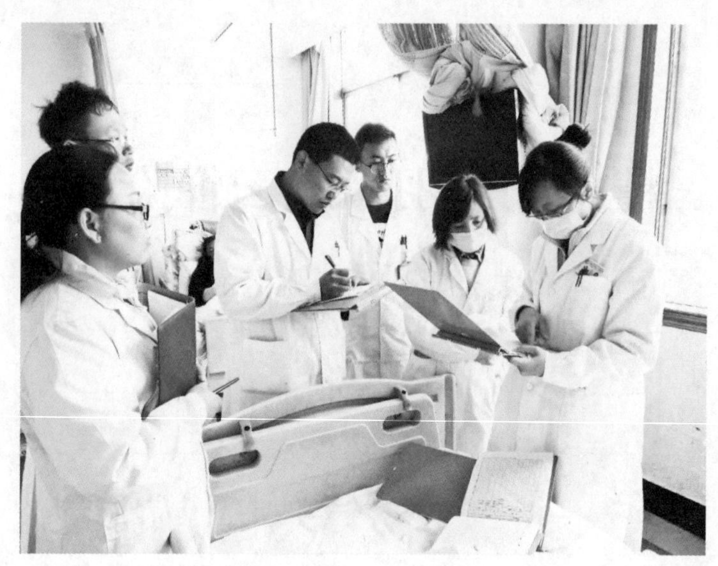

内分泌科查房时候的讨论现场

行动二：既然对糖尿病控制的金标准在高原地区的应用产生质疑，那么我们的患者需要把糖化血红蛋白控制在多少是合理的？需要有充分的证据来说明问题。适逢西藏科技厅自然基金开始申报，既然要做，就要做好最充分的准备。于是，我们建立了糖化血红蛋白科研团队，杨丽辉主任、吕雪梅医生和我分头查阅文献。我们的大后方，北京大学人民医院内分泌科纪立农主任、周翔海副主任也给予了很多的支持。于是，有了若干次顶着高原灿烂星空的加班课题筹备。

过程：困难重重

做科研谈何容易。首要的困难就是人手不足。西藏自治区人民医院内分泌科只有医生7人。除去驻村、下乡、高原休假的人员，平时在岗的只有3~4人，所以我们只能加班。

另外，没有专门的实验室，我们就把仪器放在医生和护士办公室的一个角落。乳酸的测定要安静的环境。所以，经常出现这样的场景——我们的医生和研究生（吕雪梅、宁蓬、耿严严、孟树优等）都在中午患者休息的时候去加班，完成乳酸的准确测定。随访患者的失访率高。西藏地处中国西南边疆，而到拉萨就诊的很大一部分是从更为偏远的阿里、那曲地区来的。粗略估算失访率能到40%。所以，要想获得有说服力的结果，我们要付出更多。

西藏科研小分队部分成员的短会

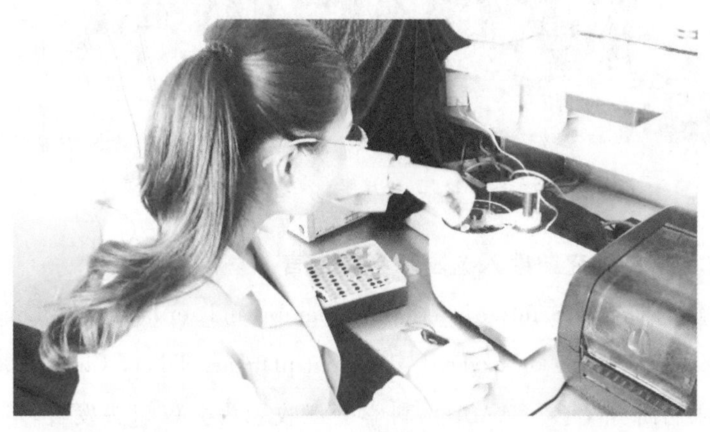

乳酸测定现场

结果

2017 年 3 月，获得重点项目资助

西藏自治区人民医院内分泌科获得 2017 年西藏自治区第一批重点科技计划项目资助“西藏地区糖化血红蛋白（HbA1c）对糖尿病以及糖尿病前期的筛查和诊断价值研究”。

这是目前为止西藏自治区人民医院 2017 年度获得的首个也是唯一的一个重点科技项目。

2017 年 4 月，国内会议首次报告研究结果

“高原地区乳酸水平和二甲双胍安全性研究”在中国西部第六届内分泌代谢论坛、云南省医学会 2017 年内分泌学糖尿病学学术年会上大会首次报告——服用二甲双胍患者和未服用二甲双胍者的血乳酸无统计学差异。

中国西部第六届内分泌代谢论坛

2017 年 5 月，研究结果入选国际会议发言

来自西藏的研究“Safety of metformin therapy and serum lactate Level in patients with type 2 diabetes living on oxygen - deficient plateau, Tibet, China”被 2017 年第 9 届亚洲糖尿病研究学会（AASD）科学会议收录为会议口头发言。

2017 年 6 月，研究结果正式发表

研究论文正式发表：

Xuemei LV, Qian REN, Lingli ZHOU, Yanyan GENG, Jia SONG, A MINA, Basang PUCHI, Senlin YANG, Shuyou MENG, Lihui YANG 作为作者的文章“Safety of metformin therapy in patients with type 2 diabetes living on an oxygen - deficient plateau, Tibet, China”发表在 *Experimental and Clinical Endocrinology & Diabetes* 杂志上。

2017 年第 9 届亚洲糖尿病研究学会（AASD）
科学会议报告高原研究结果

继续：在高原播下科研的种子

西藏自治区第一批重点科技计划项目资助——“西藏地区糖化血红蛋白（HbA1c）对糖尿病以及糖尿病前期的筛查和诊断价值研究”项目已经开始收集病例。

高原地区二甲双胍的安全性研究的“随访部分”仍在继续。

我们希望最终的成果能够服务于我们的患者，让高原的糖尿病治疗有理有据。

产科医生援藏感悟

北京积水潭医院　张丽丽

张骞出使西域穿越戈壁荒漠，我们来到西藏只乘坐一班飞机。时代就是这样在快速变迁，但东西部的差异还需要缩短。我们这支医疗队伍就这样肩负着使命来到西藏。

生命健康乃是重中之重。人类的生育繁衍与产科息息相关，出生后儿科接任，成人后外科内科妇科各科辅佐，还有兼顾管理的医务护理等科室，就是这样五脏俱全的小分队，浩浩荡荡由北京首都挺近西藏腹地拉萨。

飞机着陆后就像一场亘古的穿越，离太阳最近的地方，高高的海拔、稀薄的氧气，看到测试表上快速飞涨的心率和飞速下降的血氧饱和度，不禁吸了口凉气。但虔诚善良的西藏人民，如亲人般友好的战友，如和煦的暖风温暖着我们的心房。

我所在的还是西藏比较大的医院，但床位也远远不够。有待产的孕妇住院后没有宫缩，可以先出院。但他们说什么也不办理出院手续，医务人员也不忍心赶他们走。一是他们牧区住得特别远，路途艰辛，往来奔波会带来更大的风险。二是我们国家有优惠政策，为了鼓励他们住院生宝宝，住一天有一天的补助。

凡是存在就有其合理性。这里不像北京一样交通便利，牧区太远，如何保障路上的安全？给予住院的补助，就是政府对我们藏族人民的爱护，担心他们不来医院，在家中生宝宝风险太大。只要牧区的孕妇到医院生宝宝，不仅住院费用全免，并且根据住院天数补助。正是在这大好政策的引导下，越来越多的藏族人民来到医院分娩，孕产妇及新生儿的死亡率才明显下降。藏区的母亲，可能会生十个孩子，可总有几个会夭折。而一旦到了医院，就能最大限度地保证他们母子的安全。所以不能强求牧区人民出院回家，只能加床，扩充床位，而拉萨也正不断扩大医疗资源，新的医院也在建设中。

孕妇住院费用全免，新生儿抢救费用全免。这都是我们国家很大的财政投入。这一刻，我为我是一个纳税人感到光荣。如果有更多的人知道国家对贫困地区的扶持和大量的资金投入，我想偷税漏税的事情可能会迅速减少。

住院费用是免了，可门诊检查费用不免。所以孕妇来医院生宝宝，却不坚持定期产检。牧区的藏民高血压的发病率比较高，肝病的发病率也高，所以妊娠期高血压及肝内胆汁淤积的孕妇很多，不在孕期及时诊治，到住院待产时往往病情危重，有时候只能感叹回天无力。所以，碰到很多急危重症，有胎死宫内的；有高血压抽搐来的，住院后多次抽搐，心跳呼吸骤停的；有子宫破裂腹腔内大量出血的……有时候真是惊心动魄。好在有援藏医疗队员的全体努力，在当地医务人员的团结一致下，未出现孕产妇的死亡案例。但有个怀双胞胎高血压抽搐的孕妇，只抢救出一个男婴，另一个女婴没有救治过来，不得不说这是一大遗憾。

所以，住院分娩重要，孕期产检也重要。我们开始了孕妇学校的讲座，也希望通过大力的宣传引起人们重视。我们各个远郊区县也有援藏队伍，提供孕期医疗服务。当地的医疗也极大地带动起来，形成非常规范的医疗体系。在我们一年援藏结束后，所在医院晋级为“三甲”医院，正在持续蓬勃发展中。援藏的队员也一批一批压茬交接着，将爱心和技术年复一年传递下去。

援藏的医疗队员给当地人民的健康带来了保障，同时在支援的过程中，每个人也有收获，更多的是心灵的慰藉。西藏人民淳朴善良，他们对医生充满了信任。这里鲜有医闹，医生也可以放下包袱，全身心地工作，每个人都真心相待。虽然缺氧对身体健康有一定的影响，但人的精神生活却阳光而且富足。一年的工作生活，和藏族医护人员朝夕相处，也使得我们更加团结。他们感恩于我们无私的援助，我们也感动于他们真诚的相待，处处都能感受到藏汉一家人的亲情。

西藏的援助还在继续进行中，东西部的差距还需要不断地缩短，还存在很多的问题亟待解决，比如当地血源缺乏，每次救治产后出血都是一大隐患，当地的医疗技术还需要提高，等等。我们医院的辛书记也多次提出，不仅要向西藏“输血”，还要“造血”。于是，每年都安排西藏医务人员来到北京友谊医院学习。相信在所有人的努力下，我们祖国的明天定会越来越美好。

决　定

北京佑安医院　张莉莉

2016 年 5 月 26 日，护理部接到医院通知，需要派一名护士长到西藏执行援藏任务。听到这个消息，我的心里为之一颤。援藏！护士居然也可以援藏！而此刻我却辗转反侧……

曾几何时，我是那么羡慕医生可以去援疆、援藏、援非等，而自己作为一名护士却没有这样的机会，只能默默地做好自己的本职工作。但是现在机会来了，我真的特别想去，想报名，想到这我马上给爱人发了条微信：我院现需派一名护士长去执行援藏任务，我想报名。发完之后，我紧紧盯着手机，百感交集地等到了爱人回复的 3 个字：支持你。顿时一股暖流温暖全身，抉择如此纠结却又如此简单！我赶紧给他打电话，他说："你的决定我同意，家里有我，做你想做的事情吧！"如此通情达理，我却不知道说什么好，握着电话，听他有序地说着我去援藏后的安排，孩子的事、家里的事、我父母的事，思路清晰，娓娓道来。忽然觉得，原来对爱人还是不甚了解！走在下班的路上，给妈妈打了电话，告诉她我要去援藏。这个消息可能对妈妈有点突然。她稍微迟疑了一会儿说："孩子，你还年轻，外面的世界很大，只要身体允许想去就去，不要顾虑太多，国家需要你，单位派你去你一定要好好把工作做好，爸爸妈妈你尽管放心吧，不用担心我们。你一定要照顾好自己，毕竟太远了！"而我的回答只能是："我会的，您放心。"匆匆把电话挂断了，因为已经一个字也说不出口了……儿子的电话却迟迟没有拨出，因为我知道他的内心是非常依恋我的，只能等中考结束后，再和孩子沟通吧。

2017 年 5 月 27 日，我来到护理部任真主任办公室，郑重地对她说："主任，我报名去援藏。""你考虑好了吗？孩子不是今年中考吗？6 月就要出发，对孩子会有影响吧？"主任担心地问。"这是经过慎重考虑后作出的决定，家里都非常支持。"我平静地说道。主任点点头说："嗯，你的工作能力我一点都不担心，而且应该说是比较合适的人选，就是怕家里会不支持，我现在马上上报医院。"

也许我确实是最合适的人选，在十几名报名者中，我被选为此次医疗援藏第一人选！

愿做西藏高原上最美的格桑花

2016 年 5 月 28 日，我通过了初选和体检。虽然当时父母和家里担心我的身体，但是考虑到国家需要，也十分支持我的选择。当出征的日子渐渐临近，我的心情却是十分矛盾的，孩子的高中至今没有着落，父母的身体也不是特别好，还有自己的身体能行吗？工作能够胜任吗？每天都在思考着这些问题。但是医院领导对我非常关心，工会及其他科室的同事们纷纷对我表示关心和慰问，真的非常感动，因此更加坚定了我的决心。

2016 年 7 月 22 日，开启了我人生中最为灿烂的时刻。当踏上这片圣洁的土地，看着蔚蓝的天空、洁白的云朵，呼吸着清新的空气，我的心瞬间被融化了，能够到这里是一生的幸运。拉萨海拔 3650 米，不仅是一个地理高度，也意味着可以看到人生最美的风景，得到人生难得的淬炼。人与自然从来不是孤立的，恶劣的自然环境往往生发出更纯净、更厚重的人情之美。春冬两季，高原夜间奇寒，时常风雪弥漫，世界一片安静，人却不觉得孤独。在特殊的环境里，幸福是那么简单，满足是那么容易。我有幸得到清心寡欲的洗礼。

2016 年 7 月底，我来到了拉萨市人民医院护理部，开启了全新的工作里程！我每天克服着头痛头晕的缺氧症状，用了一个月的时间穿梭于各个病房中，详细地了解医院护理方面的第一手资料。从我踏入病房的那一刻起，我与当地的医务人员密切合作，关系融洽，我相信我已经完全融入了拉萨市人民医院。我带领护理团队填补了拉萨市人民医院的多项空白。

由于创“三甲”工作时间紧迫，自 2017 年开始，医院双休改单休，中午从未休息过，每天都在科室加班。因为会议、调研、检查工作较多，我只能利用中午、下班后、节假日去做文案工作。说实话真的非常累，身心疲惫，但是为了心中的理想，一定要克服重重困难，与当地的藏族朋友共同努力实现创建“三甲”的最后胜利。

雪域高原也许是许多人向往的梦中天堂，但对一个要在这里长期工作生活的援藏干部来说，现实却是残酷的。在这种艰苦的援藏生活中，是内心坚守的那份责任，让援藏人把艰苦的生活过得盈腴充实，把平凡的生活过得不平凡。援藏岁月里，在收获团结、友谊、成熟、成长、成就的同时，伴随着无数个孤独漫长的夜晚，伴随着高原反应带来的辗转难眠。记忆力开始衰退，心脏开始反流，头发锐减变白，反应变得迟钝。我曾经多次晕倒，多次发高烧，多次心悸不适。然而，党中央的关怀、政府领导的信任、后方医院的支持、家里亲人的问候、期盼的目光、民族的情谊，无不激励着我，无不温暖着雪域高原。

虽然每天很辛苦，但我是快乐的，忙碌并充实，付出并收获，艰辛而无悔，平淡而多彩。我愿意用我的付出，让藏族同胞感受到党中央深切的关怀，感受到首都医务人员精湛的技艺。我愿做西藏高原最美的格桑花！

用行动续写高原情怀

当我看到拉萨市人民医院蒸蒸日上，内心是激动而又十分矛盾的。因为我深深地知道，工作才刚刚展开，制度虽然制定了，但能不能更好地在临床中执行？规范和流程是否符合当地的情况？目前的运行状态能够维持多久，我离开后前期所有的工作会不会有所倒退？毕竟仅仅用了 1 年的时间，大家很多的工作习惯还并不十分规范。另外，本地的护理部主任刚来 9 个月，对护理管理工作还不算十分熟悉，对创“三甲”期间的很多工作的连续性也不够了解。鉴于上述情况，最好的办法就是我继续留下来，巩固在创“三甲”期间护理工作的成果，根据医院的运行情况继续开展其他新的工作。

记得在我作出决定时，脑海中不断浮现出 2016 年父母由于腰椎间盘突出双双卧床两周的情景：床边摆着 1 天的饭菜和水，去卫生间都要扶着墙，一点一点地蹭着去，强忍着疼痛和卧床带来的不适；而作为女儿的我，却只能远在拉萨以电话形式问候，有些时候由于工作忙到了深夜，又不能与父母联系，心里真的非常着急，也非常煎熬。作为女儿不能尽到应有的孝心，我的内心是愧疚万分的。2016 年，由于要来援藏，孩子不能理解我的远行导致中考成绩不尽如人意，2017 年上高二，正是高中阶段最重要的时刻，对于他我也放心不下。另外，北京佑安医院也正面临缺人的境地，很多工作需要我回去开展。我自己的身体状况也不是很理想，多次晕倒、感冒、高热、严重睡眠不足、心脏瓣膜的反流，等等。但想到这一年的工作虽然艰辛，却有很多的收获。在加班的时候，当地同事悄悄地给我送来了晚餐；生病的时候，大家嘘寒问暖。他们经常说，从来没有像您这样的援藏老师，工作如此拼命！您是真的在为我们拉萨市人民医院着想，给我们解决问题，帮助我们发展，我们欣赏和佩服您！多想您能不走，继续留下来，带领我们把我们院的护理工作做得更扎实！是呀，我到这里来的初衷，就是为了帮助拉萨市人民医院在护理方面形成规范化的管理，让我们拉萨市的老百姓得到最优质的护理。记得我临行前医院的李玉梅书记紧握我的双手，满含深情地说：“一定保重身体，圆满完成任务！”我确实在各个方面开展了很多工作，可是更艰难的工作还在后面，我还没有完成任务呢。如果我现在走了，就是逃兵。想到这里，我决定，继续留下来。第二天我和家里进行了沟通，没有想到，家里人非常支持。父母说，你的选择我们支持，不能只想着小家，没有大家哪有小家，那里需要就留下来吧，你不用牵挂爸爸妈妈，我们会照顾好自己。爱人也非常理解，他说边陲地区缺医少药，你能够在人生中有这么一次经历，非常值得尊重，保重好身体，做好工作，更好地为当地的老百姓服务。儿子更干脆，他认为妈妈的选择是正确的，拉萨更需要你，留下来吧！你能够在条件那么艰苦的地方做出那么多的成绩，您是我的偶像！佑安医院领导也非常支持我的决定，说家里有任何困难，我们都会协助解决的，你安心工作吧！

我深切地感受到，我能够在拉萨市人民医院顺利开展工作，和我的家人、朋友、后方医院的支持是分不开的，不只是我在奉献，我的军功章里也有他们的一半！非常感谢他们给了我继续留下来的勇气和决心！让我能够把习近平总书记“不忘初心　砥砺前行”的要求贯彻到我的工作中，用实际行动续写高原情怀！

那一段“天上人间”

北京地坛医院　宋丽红

从来没有想到我的职业生涯中会有援藏这一程，如今想想内心无比庆幸。2016 年 7 月 22 日，作为北京市第二批组团式援藏医疗人才队伍中的一员，我和其他 13 名队友乘飞机落地拉萨。于院长和上一批的队员早已在出口等候。我们医院上一批的队员小胡安静地冲我傻笑，我一脸惊愕：这是谁？这么黑！我完全没认出来啊！大家互相取笑，一路欢歌，不到一小时车程，便进入了传说中美丽的拉萨……

入住酒店，大家欢声笑语，吸着稀薄却极其清新的空气，头顶的蓝天、满眼的青山，无名的兴奋充斥着身体的每一个细胞，很快我就兴奋地晕过去了——从大厅往房间搬运行李途中，前一秒我们还偷偷看着帅气的藏族小伙，后一秒我便头晕心慌眼前一片漆黑，在电梯里倒下了。醒来时吸着氧，迷迷糊糊感觉屋里有很多人，大家充满关切，保健医生让我服下高原安静静休息，瞬间倍感无限温暖。晚上同屋调皮的唐姑娘跟我说，知道谁把你抬进来的，我自然一脸问号。有我们聊着的那个帅帅的藏族男孩噢……啊，哈哈，我瞬间感觉有点小欣喜。

我们本次援藏的主要目标是帮助拉萨市人民医院创建三级甲等医院。2017 年 8 月 1 日，我们开始进驻医院，正式工作。一年援藏期间，在全院领导的带领和教导下，我和科里另外两位同事一起努力，在各部门的支持及临床各科室的积极配合下，主要开展了以下工作：建立“医院感染管理委员会—医院感染管理科—临床医院感染管理小组”三级医院感染监控体系；制定院感台账，修订了《医院感染管理制度》和《医院感染应急预案》；在全院范围内开展了 20 次各级各类的医院感染防控知识培训；开展并逐渐完善了医院感染监测、环境卫生学监测、手术部位感染监测、围术期预防用药监测、多重耐药菌监测等目标性监测及消毒药械的资质审核等工作，定期总结上述监测数据，制作“院感通讯”并及时反馈给院、科两级相关人员；推进手卫生、改进围术期合理预防用药、落实多重耐药菌感染防控措施、全院器械分阶段逐步落实 CSSD 集中清洗消毒灭菌，规范医疗废物管理等重点环节院感工作；参与血液透析中心、心内科等科室的新建及发热门诊、新生儿室、手术室清洗间及供应室等部门改建工作；为临床制定并下发了《医院感染诊断标准》（口袋书）、《院感重要知识汇本》（口袋书）、《医院感染培训资料汇编》等各级各类宣传材料，并在全院范围内举办了“感控亮点展示　经验分享会”。

在藏的一年，大家认认真真，扎扎实实，逐步推进工作。内地三年都不太能容易实现的创“三甲”工作在医疗水平相对落后的西藏一年之内创成，难度不敢想象。还记得大家第一次按照“三甲”评审的条款逐项梳理各部门问题时有多心惊肉跳，因为问题多多、困难重重；第一次下临床全院巡查后的各部门汇报会上更是各种叹息。但是幸好有英明而冷静的领导，不时给大家打气、多方协调、运筹帷幄；带着大家扎扎实实分解问题、逐项落实。最终奇迹产生，我们顺利通关！

此刻，坐在电脑前忆起当初，我仍然感慨万千。我们的援藏队员真的是一批可爱的战士！在所有的不易面前大家虽然常常互相打趣，但从未停止努力，绞尽脑汁、竭尽全力。邓院长的血氧饱和度常常不到 70%，他的嘴唇很多时候都是紫的，在内地都该进 ICU 了，在高原上却时不时能听到他爽朗的笑声，疲惫的他一直和大家欢声笑语奋战在一线、从未退缩。看到于院长为医院前后上下奔波的身影，尤其是穿上藏装后盘起发髻的美丽背影，我眼前常会幻化出当年我们大唐的文成公主……

援藏苦吗？有同事问我。怎么说呢？晚上加班工作时突然感到的胸闷胸痛的确很难受；感冒发热咳嗽、呼吸困难，整夜憋气憋得睡不着而且有时候感觉自己好像突然呼吸停止时，的确充满恐惧。那一刻突然好想家，担心是否还能见到我亲爱的爹娘。终于天亮，湛蓝的天空、温暖的阳光融化了我的心。昨夜的恐惧，在清晨的藏族小护士递上的甜甜奶茶后早已忘到九霄云外，又是一天开心的上蹿下跳。

工作的忙碌，让我们感觉时光飞逝。周末，于院长经常叫大家到家中小聚，姐夫辛苦多半天准备的一桌好菜、好酒瞬间安抚了大家所有的疲惫。远离家乡，工作之余还是禁不住孤独来袭。下班路上，一头扎进八廓街四通八达的小巷，吃碗藏面，再来一小袋辣辣的炸土豆，看着满街的酥油灯、尼泊尔娃娃装、精美的蜜蜡绿松石、彩色的各种藏族服饰，还有巷子两边大院里嬉戏打闹的藏族宝贝，充满生机与活力的拉萨小巷，让我感觉民族元素多么美好而有意义。大昭寺释迦牟尼佛祖是很多人心灵的寄托和归宿，虽然没有被藏民同化成一样的信仰，但是依然充分感受到他们的善良和虔诚。八廓街千年的转经道，没有尽头的一圈一圈。在世界能量场的中心，我的各种小困惑荡然无存。拥挤的人流，老老小小或红或黑却无比虔诚的笑脸，让我一次次温暖于心，内心所有的孤独和委屈瞬间转化成无尽的温暖和彻底的感动。

拉萨没有茂密的森林，但春天的桑耶寺漫山的绿色和山顶红黄交替的寺庙美得让人窒息，恨不得尽情在山间翻滚。美丽的布达拉，这座世界上最高的宫殿，气势恢宏、绝世美艳，让你禁不住想跪着也要爬上去看看。纳木错的湖水清得发亮，远处的雪山美得像个卧倒熟睡的公主；羊湖的水蓝得那么纯，蜿蜒曲折，像一个线条极其完美的少女。林芝的小野猪在山间实在蹿得太快，我双眼紧追却很快就被甩掉；鲁朗的石锅鸡真的是名不虚传，菌菇汤鲜美到不行……西藏的美，只可意会，难以言传，语言苍白，照片无力。

西藏的百姓纯真、充满善意。给我们做免费导游的小和尚 7 岁进了色拉寺，在寺庙里学习生活了 10 年，外面世界有多精彩他毫不在意，满心虔诚地安心修行。藏族姑娘羞涩而无比美丽，小伙调皮而充满诚意，孩童满脸的质朴一尘不染，老奶奶的笑脸带着一世的慈悲，写满了温暖和慈爱。

西藏，解不开的神奇，看不尽的美丽，还有我们续不完的前缘和忘不掉的回忆。援藏时光，是我有生以来最珍贵的“天上人间”。

青春无悔　不忘初心　建功高原

复旦大学附属肿瘤医院　龙子雯

2016年4月，我报名第八批上海援藏工作队并有幸顺利通过筛选。报名时我的小女儿刚刚出生三天。当我顺利通过体检，我既兴奋又矛盾。我的妻子和两个孩子怎么办？我的留学计划怎么办？我太太也是复旦大学上海医学院培养的，她告诉我“想去就去吧，家里我会照顾好的”。男儿有泪不轻弹，但那天我泪如雨下。

6月18日，我告别了家人，启程入藏。当飞机落地在日喀则和平机场的时候，我明白了什么是高原反应，头涨、胸口如压了块石头；明白了什么是失眠。然而，日喀则市人民医院米玛多吉院长一句话提醒了我：“欢迎您，来自上海的专家，来自复旦的小龙。”在西藏日喀则，在这雪域高原，我不是驴友，我代表着复旦，代表着上海，是前七批援藏队员的接棒人，是老西藏精神的传承人。正是心揣着这份荣耀，一个月调研30多个科室，完成《日喀则市人民医院医疗服务能力现况调研报告》和《日喀则市人民医院医疗质量现况调研报告》。针对调研的问题开出了我的“处方”：开展临床医疗质量点评，开展全院培训及各类讲座10场，累计培训医务工作人员1500余人次，对标2011版国家三级医院评审标准和2017版西藏自治区等级医院评审标准，重新建立科室管理制度480条和质控体系，实现医疗管理的院科两级体系。引入PDCA改善科室管理，开展品管圈，因为我相信一个好医生可以拯救许多患者，但一个好的制度和流程可以救成千上万的人。

在复旦大学上海医学院，我接受了最好的医学本科和研究生教育。2004～2013年，日喀则市人民医院仅发表了65篇学术论文，因此我从科研短板入手，着力对当地医师进行能力培育和素养提高，累计指导当地医生发表14篇SCI收录文章，录用2篇，2篇小修中，撰写科研基金课题8个，其中主持立项西藏自治区2017年重点课题，指导我帮带的学员立项4项西藏自治区自然基金，我有幸在2016年被授予日喀则市政府特殊津贴。2018年，我和我的带教学员们一起申请了一项国家自然基金项目。2017 年 7 月，在上海和西藏双方的努力下，我们将西藏第一个医学类院士专家站落地在了日喀则市人民医院，并邀请陈赛娟院士入藏指导工作，为日喀则的医学发展掀开了新的一页。

作为一名外科大夫，业务上，我设想将最先进最规范的肿瘤外科手术方式和理念“入藏”，通过手把手地“传、教、帮、带”，提高当地肿瘤外科手术的质量和疗效。作为院长助理和医务处科主任，我努力在更高的平台审视现状，做好日喀则人民医院创“三甲”工作，从而通过联合申报项目、学习班入藏、人员互访等工作的逐步开展，探索出援藏“技术驱动”的核心要素，逐步打造出一支“带不走、高素质”的医疗队伍。2017 年，日喀则市人民医院完成近 200 余例的包虫病手术，位居全自治区第一。近期，我和我的日喀则伙伴一起一周内做了近 6 台胃癌根治手术，让日喀则的老百姓再也不需远赴内地就诊。

顺应“互联网 +”，依托上海援藏资金打造的远程医学平台。我在西藏率先建立远程会议转播，第一次将复旦大学附属肿瘤医院召开的“肿瘤腔镜平台学术会议”引入西藏，培训 7 地市约 150 名当地医务人员。同时邀请复旦大学附属肿瘤医院专家徐烨教授、李心祥主任和程玺主任赴日喀则参加“西藏地区首届腔镜高峰论坛及培训班”并做专题讲座发言，为当地骨干医师“传经送宝”，打破沪藏两地的空间距离，将两座城、两座医院通过一根网线、一种机制牢牢地联系在了一起。从 2017 年 7 月开通至今，日喀则市人民医院已经开展了 62 次远程医学会诊和培训。

回想近两年的时间，与医疗援藏兄弟们共同奋斗的成果累累，但最让我挂念和放心不下的，还是家人。微信那头的妻子每每听到我的成绩，脸上总是浮现出欣慰的笑容，并不忘叮嘱我：“出门在外，保重身体……”作为眼科医生的她，业务上也有很多发展机会，但为了照顾孩子和老人，为了我们的家庭，为我的援藏事业，牺牲了很多。领导也多次上门慰问，她的口中没有一句怨言，说得最多的就是：“理解，全力支持！”有一次她不幸烫伤，也自己“熬”了过去，没有在电话中和我撒娇埋怨，说多了就怕我担心……

春节探亲回家。“二宝”看到眼前的我有些陌生。尽管我平日经常和她通过视频“见面”，远隔千山万水的那份沟通还是让父女面对面相见时少了些许默契和亲近。

有人说，陪伴是最长情的告白。我相信，刚出生的小女儿会懂得，这份父爱的陪伴和告白，将在 4000 米海拔的雪域高原，将在缓解更多人的病痛过程中，得以延续和传递。

入藏后，我也许在生命的长度上缩短了，但在我生命的宽度和高度上拓展了，因为青春无悔。

无论青年在何方、在何处，我们始终坚信：要以国家富强、人民幸福为己任，胸怀理想、志存高远，投身中国特色社会主义伟大实践，并为之终生奋斗。心中有阳光，脚下有力量，为了理想能坚持、不懈怠，才能创造无愧于时代的人生。

在日喀则市人民医院心内科的援藏工作

复旦大学附属中山医院　王翔飞

2016 年 6 月，从海滨城市上海来到西藏自治区日喀则市人民医院，在为期一年的援建过程中，我对中国医疗卫生状态的不平衡现象有了深入的了解。通过多种途径努力改善日喀则市人民医院心内科的医疗卫生现状，缩短与沿海发达地区之间的差异，是我此次援藏工作的使命。

（一）

日喀则市的心血管疾病谱系与上海有很大的不同，主要心脏病病种是肺部结核引起的肺心病或者高原性红细胞增多症引起的肺动脉高压，均是继发性疾病，原则上属于呼吸科和血液科的范畴。我遇见的最多的心脏病是：风湿性心脏病、扩张型心肌病和高血压性心脏病，偶遇急性心肌梗死、心包积液、阵发性室上速等。发病率低和疾病终末期才就诊的习惯直接导致住院患者数量较少，难以进行专业化分科。但是，随着西藏自治区的预期寿命稳步提高，糖尿病、高血压、高血脂等发病率增加，心血管疾病的发病率也必将逐渐上升，提前储备人才是最重要的，我积极建议藏区医生到上海进修学习。

在临床工作中，我重点根据心血管疾病的指南意见，规范心血管疾病的诊疗流程，严格控制诊疗质量。重点加强药物治疗的规范化，即指南推荐的规范化治疗。我每周至少一次的疑难或者危重症患者教学查房，全方位学习临床技能，对于危重症患者而言，即使是细小的疏忽都可能带来严重的不良后果。在这几个月里，所有的危重症患者均转危为安，好转出院，而不像以前那样自动放弃出院。部分疑难患者得到明确的诊断或者转内地进一步明确诊断。眼见为实，有理由相信，当地医务人员的治疗意识和理念受到了明显的影响：其实疾病是可以得到更好的治疗效果的，必须为之努力。

在专家门诊最大的收获是，高血压发病率和严重度没有想象中的那么低。事实上，绝大多数患者并未意识到高血压的危害性。换句话说，这里的初级医疗保健的宣传力度不足。当然，这也与西藏地广人稀有着直接的关系，许多人难得一次来日喀则市区寻医问药。

（二）

读万卷书，行万里路。在全新的环境中，面对不同的疾病谱，从头开始学习。为了防治心血管疾病的上升势头，我充分利用欧美发达国家的临床指南，严格按照推荐意见进行防治工作，反复明确心血管疾病是一种可防可治的疾病，树立信心至关重要。

我主要采用病例分析讨论的模式。具体而言，不同的病例采用不同的模式，因材施教、因人而异。利用每一个遇到的经典病例，结合具体情况，详细解读指南推荐意见和背后的病理生理学基础，知其然并知其所以然。在反复分析和讨论中，逐步从以我个人讲解为主过渡到以本地医生讲解为主，授人以鱼不如授人以渔。面对疑难杂症，指出关键点，建立相应的诊疗流程，把能控能治的先行控制，然后结合具体情况，看看是否需要转院进一步救治。面对其他少见特点或者少见病例，采用 PPT 讲课的方式，全方位补充学习。同样地，争取以我讲为主过渡到以本地医生自己提出问题、查阅资料、解决问题为主的路线上来。

具体举例来说，针对心肺复苏的教学，我首先在科室内对每位医生和护士进行培训，让他们努力掌握流程和具体细节，促使心内科的每位医护人员均在模拟人上具体实践过。医学的实践经验表明，很多时候说十遍不如练一遍。

（三）

在藏期间，我申请了四项课题，“青少年高血压的流行病学调查”“慢性高原性疾病的防治方案”“高原地区藏族青年运动能力的影响因素”“红景天防治急慢性高海拔疾病的机理研究”，获得部分资助。以项目为导向，建立研究软、硬件环境，为后续研究的顺利开展打下坚实基础。

西藏自治区的缺氧环境既是缺点，所有生命都艰难生存；也是优点，艰苦环境激发的人体适应能力与众不同，非常有助于缺氧相关研究的开展。为此，我积极介绍西藏的研究优势，努力促使复旦大学的优质研究资源下沉到西藏，合作共赢，研究成果有利于提升藏区人民的身体素质，也有利于平原地区人民缺氧性疾病的治疗。

（四）

参与、督促医疗核心制度的完善。规范诊疗流程至关重要，既提升了科室的诊疗效率，也降低了患者的医疗费用和平均住院天数。通过新老媒体，宣传疾病的早防早治，提升藏区人民的身体素质。

（五）

此外，我亲身体会了急性或者慢性高原缺氧对人体的危害。我到日喀则市后第一天搏动性头痛明显，整个人飘飘然的。早早睡觉，但夜间频繁醒转，直到一个星期后才基本适应了。相比之下，我还算是幸运的，其他省份援藏干部有的发生了急性肺水肿和急性心肌梗死，经过上海组团式援藏医疗队同事们的全力救治，终于转危为安。与设备和药品缺乏相比，医生数量以及专业意识缺乏更为显著，凸显了上海组团式援藏医疗队的重要性。

为此，我大量阅读专业文献，寻找急性和慢性高原病的最新治疗方案，掌握了循证医学指导下的最佳方案，并根据自身经历，写了《高原缺氧和氧疗：不回避、不恐惧》和《高原运动系列》的微信文章，从专业的角度为援藏干部以及所有藏区生活群众的健康提供了帮助。

快乐援藏　善待生命　健康无价

上海中医药大学附属龙华医院　邹煜明

作为一名医生能有幸参加上海市第八批援藏任务，我感到无比的自豪和光荣。上海市第八批援藏医疗队援藏的主要任务是三年完成日喀则人民医院创建三级甲等医院的目标。2016 年是开局之年，按照日喀则医院创建三级甲等的要求，初步建立了消化内科常见疾病诊疗常规，规范消化内科常见病临床途径，完善了消化内镜检查规范，同时配合医院要求完成多项课题的书写及申请，并申报。还完成多篇论文并发表。

按照医疗援藏任务安排，协助完善日喀则人民医院消化内科临床诊治工作，将消化内科发展成医院八大重点学科之一，选择慢性肠胃炎、消化道溃疡、消化道肿瘤、慢性肝病、结核性腹膜炎等作为重点病种。结合中医药在慢性胃肠炎、消化肿瘤术后调理、慢性肝病等治疗优势，建立中西医结合消化疾病诊治学科。

援藏教学任务繁重，每个月院内科室大讲课，我就消化系统诊治、胃肠内镜知识进行有计划的临床教学与带教，每周不定期床边教学查房，结合临床进行每月 1 ~ 2 次小讲课。参加每周一次日喀则人民医院专家门诊，为医院专病专治出谋划策。同时，指导协助消化内镜室诊疗工作，每周两天进行胃肠镜内镜技术人员手把手带教，讲述内镜检查基本知识、操作要点，讲述内镜下诊疗新技术如异物取出、内镜下止血、息肉摘除术、早期消化道肿瘤内镜下诊疗等。11 月，成功完成首例食管内镜下急诊异物取出、多次成功实施内镜下止血

等。近一年来培养消化内镜初级技术人员 2 名。

医疗援藏负责参加日喀则人民医院多学科会诊，参加医务科紧急会诊，完善提高日喀则人民医院的多学科多部门的联合诊疗及应急综合能力。参加日喀则人民医院送医下乡走基层活动，先后赴拉孜、江孜、定日、亚东等地区参加义诊，为西藏卫生宣传提高西藏人民的健康意识贡献一份力量。

为加强上海—日喀则地区的相互联系，促进两地业务交流，提高西藏医疗水平，宣传中西医文化。2016 年 11 月深秋，上海中医药大学及三家附属医院在日喀则成功举办首届上海—西藏中医文化传播及冬季膏方学术论坛。论坛邀请上海知名专家教授就中医理论、中医保健、中医临床等展开精彩论述，为日喀则人民医院中医临床中心建设做了有力的铺垫。论坛期间，为全体援藏干部义诊，开具冬季膏方养生，为援藏征程保驾护航。上海中医药大学副校长陈小冰及各位专家教授一行克服任务重、时间紧，强忍头疼、失眠、胃肠不适等高原反应，顺利完成一百多名援藏干部的健康咨询及冬季膏方。其精神令我深感震撼，为我们援藏干部提供了强大的内在动力，更加坚定了我们援藏的信心。为进一步加强宣传和提高消化疾病的诊疗水平，完善消化科作为日喀则人民医院临床八大中心之一的建立和实施，在 2017 年 5 月成功举办上海—日喀则中西医结合消化疾病学术论坛。其间，来自上海中山医院、上海龙华医院、上海瑞金医院、江西医学院的知名消化及内镜专家教授共赴盛会，极大提高了日喀则市人民医院的学科水准，推动了消化学科建设及发展。

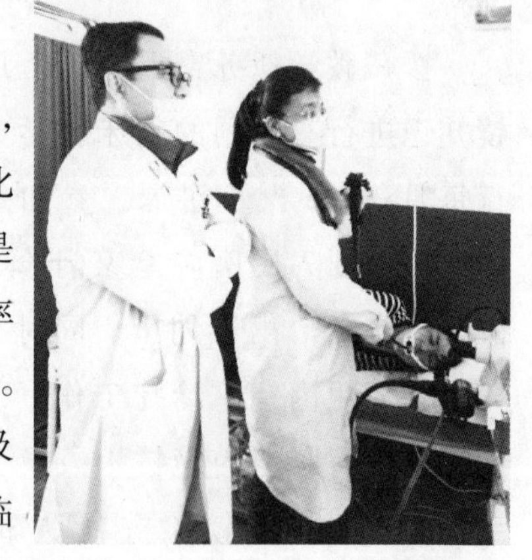

日喀则人民医院是西藏地区三乙综合性医院，各科室比较齐全。消化内镜科成立多年，对消化系统疾病常见病有丰富的临床诊治经验，尤其是对上消化道出血、肝硬化、胰腺炎等抢救成功率较高，已经形成一套规范有效的临床诊疗途径。消化内镜室成立不到二年，消化内镜检查硬件及技术基本完善，内镜检查工作量每月调增，为临床消化疾病的诊疗提供了有力的支持。进一步开展内镜下微创如息肉摘除、早期消化道肿瘤内镜下切除、静脉曲张硬化诊疗、急诊内镜下止血等微创技术是今后消化内镜发展的主要方向。医疗援藏一年的时间很短很快，但援藏的使命还任重道远，需要几代人的无私奉献和加倍努力。相信在继承先辈援藏干部艰苦奋斗顽强拼搏的精神下，新一代援藏人一定会把西藏建设得更加文明富强。

美丽而神秘的西藏将永远是援藏人心中的圣地。

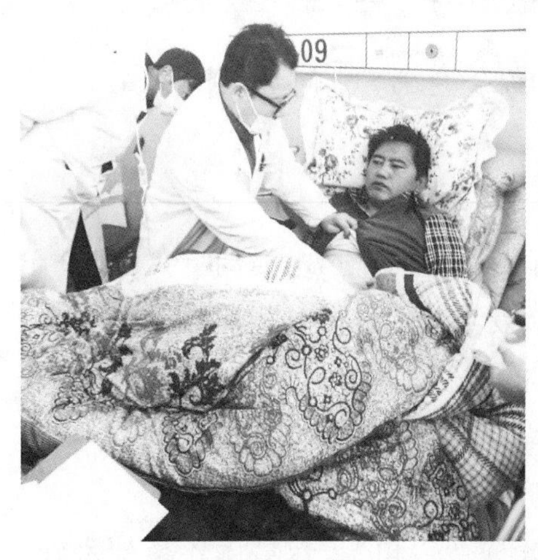

为期一年的援藏工作虽然结束了，但不论谁问我，让你去西藏你还去吗？我会毫不犹豫地回答："如果今生还有机会一定还去！"到雪域高原上去，到世界第三极去生活、工作，肯定是对自己的思想、意志、身体、生命最好的一次严峻考验和洗礼，是锻炼、磨炼、苦练、升华人生最好的机会。更是因为那里的人们需要我们，那里需要不怕苦、懂得天地之宽的人去实现心中的梦……那里有太多太多的眷恋。一年援藏行，一生雪域情。回首这一年，为自己能为西藏医疗卫生事业做一点贡献，为藏族同胞的健康所付出的辛劳和汗水而感到无比的骄傲和自豪。西藏美丽的自然风光，藏族同胞的热情好客、善良淳朴，还有中华人民共和国成立后西藏所发生的翻天覆地的变化都让人永生难忘。一年的时间是短暂的，但无论我今后走到哪里，我都会继续为西藏医疗卫生事业的发展贡献自己的一份力量，为藏汉民族的世代团结贡献自己的一份力量。"何时可见真本性，高原风雪弥漫处。"援藏是一种缘分，更是一份责任；是一次历练，更是一生的财富。援藏不仅开阔视野、磨炼意志，而且让我心灵净化、受益终身，人生因援藏而精彩。

不畏风险抢救肝包虫危重症患者

上海交通大学医学院附属瑞金医院　何永刚

西藏，对大多数中国人而言是个充满神秘和未知的地方，对我们援藏医疗队员也不例外。去之前，你不清楚那里的疾病发生状况，不知道医疗条件如何，不清楚西藏的人民需要我们做什么，也不肯定自己能为他们做什么。进藏没多久，我们便了解这里的情况了。疾病病种较东部城市有很大的区别，设备及技术条件较大城市有很大差距，开展工作的困难比预想的大很多。

我们这一批援藏，正逢日喀则市人民医院创“三甲”，尽管工作条件不好，大家干劲却很足。在我的援藏日记里，记着这样一个故事。这是到日喀则市人民医院普外科工作第三个月里的一天，病房里收治了一位来自牧区的20岁的藏族小伙，症状是上腹部不适1年，近3个月出现进行性加重的皮肤黄染。由于上腹部不适感加重，患者在县卫生服务中心就诊被诊断为“肝包虫病”，接受了输液治疗后，黄疸未好转，转诊到市人民医院。住院两天内，诊断明确了：他因为一个直径15cm的巨大肝包虫病压迫肝内外胆管系统引起阻塞性黄疸。患者肝功能明显异常，总胆红素已升高到正常水平的20倍，凝血酶原时间比正常值延长30秒，活化部分凝血活酶时间延长20余秒。这是胆道阻塞肝功能长期受损造成的。如此异常的凝血功能，存在巨大手术出血风险，是绝对的手术禁忌证，意味着没有外科医生愿意冒风险给这样的患者手术。几天的保肝祛黄药物治疗并未见效，患者肝功能指标越来越差。大家都知道，不手术患者肯定会因为肝衰竭而死亡。但手术风险太大，出血可能无法收拾，况且医院还没有血库。

当时援藏工作开展已经两个多月了，我已在科里成功开展了数例腹腔镜微创肝包虫切除术，积累了一些经验。我来自上海瑞金医院普外科，掌握较熟练的微创外科技术，但用腹腔镜处理肝包虫病不能说不是挑战。从学生到做外科医生的十多年里，从未见过一例肝包虫病，还是看了藏族医生做的开腹手术才对肝包虫病有所了解。援藏的第一个月，通过精心准备和手术设计，我成功开展了第一例腹腔镜微创肝包虫病手术，获得同事们的认可，老主任说可能是西藏第一例腹腔镜肝包虫病手术。由于有了一定的经验，对眼下这位开腹手术风险极大的年轻患者，我建议用腹腔镜探查并减压缓解梗阻，条件允许的情况下做内囊摘除及外囊部分切除。因为腹腔镜手术切口小、创伤小，理论上创面出血的风险小，而且可进可退。手术方案经科里讨论并得到支持，我们向医院管理部门报了危重手术，藏族同事也和家属做了充分的沟通。2016 年 9 月 28 日，患者入院第六天，由我主刀为患者实施了经腹腔镜肝包虫内囊摘除术 + 部分外囊切除术 + 残腔引流术。术中证实是巨大的肝包虫病压迫肝实质及肝外胆管。我们严格实施预防包虫腹腔内污染的措施，在切开外囊壁减压后，摘除全部内囊组织，并切除大部分外囊壁，既解除了胆道梗阻又彻底治疗了肝包虫病。手术非常顺利，出血很少，无须输血。患者术后黄疸指标迅速恢复正常，一周后便出院了。

这是我在援藏期间处理的众多疑难病例中的一例，印象很深刻主要是因为：一是采用了先进的微创手术技术，解决了过去需要开大刀才能解决的问题。我们援藏医疗队将上海先进的技术带到西藏日喀则，找准了援助方向，先进技术有了用武之地，起到了明显不一样的效果，给西藏患者带来了实际的益处。二是在处理这例手术风险极大的病例中，我没有太多犹豫，充分展示了援藏初心及对技术的自信心，也践行了援藏医疗队领导要求开展新技术、鼓励参与救治危重症患者的正确管理理念。患者顺利康复，当然也离不开藏族同事的理解、支持及默契配合。后来，我还指导藏族医生申请到了肝包虫病微创手术临床研究的自治区自然科学基金项目，使这项技术能成为日喀则市人民医院自己的技术。

腹腔镜微创技术是中央组织部要求组团式援藏医疗人才重点扶持受援医院的技术之一。我来到日喀则市人民医院普外科后，经过调查，决定将大力发展腹腔镜微创外科技术作为重点扶持的技术，并首先将目标瞄准于当地发病率很高的胆囊结石病。我开展工作前，普外科胆囊切除微创手术率不到 15%。这和设备短缺、理念落后、缺少培训机会都有关。科里只有 2 位医生能胜任该手术，和“三甲”医院应有的水平有不少差距。刚开始，同事告诉我藏族患者不愿做腔镜手术，认为开大刀才切除得干净。我向同事们反复灌输微创手术理念，也请他们不断地向患者介绍微创手术。除了亲自主刀实施手术，我还手把手指导当地医生开展腹腔镜手术。半年内，经我指导的 3 位医生已完全能独立开展腹腔镜胆囊切除术。我们在手术室仅有一台腔镜设备及两个微创手术器械包的条件下，通过反复消毒、加班手术，使腔镜胆囊切除术每天增加到 4 台，实现满负荷运转。普外科在半年不到的时间内，胆囊切除术微创化率达到60%以上。援藏一年，和当地同事共同努力，使手术数量较去年同期增加10%，三、四级手术比例明显提高，平均住院天数缩短了1.7天，手术量占全院手术总量超过40%。作为科主任，我积极推动科里的医生增加工作量，他们背地里纷纷喊苦。后来手术业务量上升，住院天数缩短，再加上医院实施了绩效奖励制度，普外科医生的收入明显提高，大家干活的积极性就特别高，就是苦也不喊了。

援藏一年间，我先后开展了多项新手术，包括后来开展的腔镜甲状腺肿瘤切除术、减孔腹部无切口腹腔镜腹会阴直肠癌根治术、腹腔镜外伤肝破裂出血腹腔探查止血引流术，仅开三个钥匙孔大的孔即为一位女性患者实施胆囊、阑尾及卵巢囊肿同期切除，后来又努力推动急症手术的微创化等。这些都是日喀则市首次开展的，有些甚至是西藏地区首例。西藏医疗技术发展滞后，实现首例手术的纪录并不难，我们以此高兴，更以此自我激励。正是因为我们有勇于开创的精神，有着不忘初心的使命感，有着扎实可靠的技术水平，才能够给当地医疗技术带来一次又一次的新纪录。

我很高兴推动微创胆囊切除手术非常符合当地需求。据说现在当地要做胆囊切除手术的患者，都要求医生做微创手术，腹腔镜手术已成为首选术式，达到80%以上。这一变化速度，甚至快于当年这一技术在上海的推广。我们的医疗援藏实现了“授之以渔”的目标，微创手术技术已被越来越多的西藏医生所掌握，成为“带不走留得住”的技术。

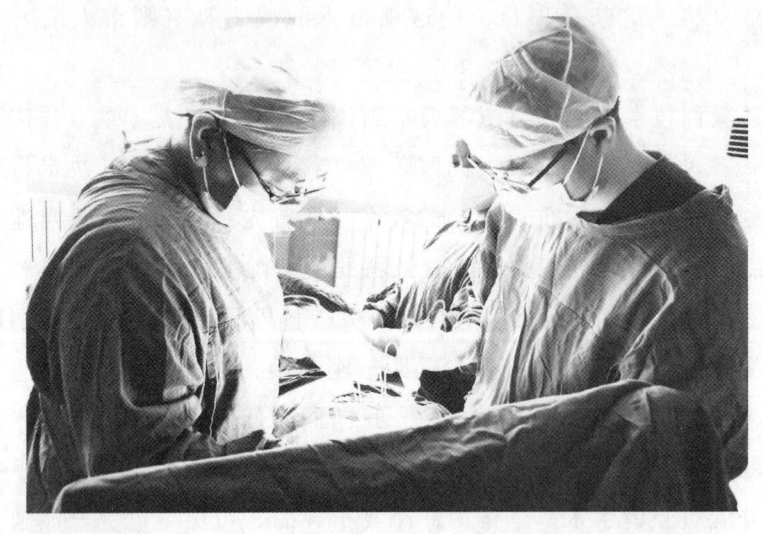

天下没有远方　人间都是故乡

上海市第六人民医院　施忠民

一晃从西藏回来已经一年有余，还时常梦回日喀则。回忆起援藏的这一年，从初入西藏时强烈的高原反应，到和吸氧、吃药成了“好朋友”；从各个方面深入了解摸底入手，到有目的地引入新技术、新项目。援藏的这一年，忘掉原有优越的医疗设备和环境，放下对家乡和亲人的思念，脚踏实地做好一名医生的本职工作成为我唯一的信条。

临床新技术喜开展

进藏后，我通过调研发现日喀则的病患以关节炎、四肢畸形为主，加上藏族同胞吃苦耐劳的淳朴品质导致他们往往小病忍着不看，拖到没有办法才会去医院就诊。门诊有很多先天或创伤后高弓马蹄内翻畸形。以往会建议这类患者去拉萨或内地治疗，但治疗成本高，很多患者会放弃治疗。对于高弓马蹄内翻畸形，内地常规用环形支架行畸形矫正。在医院各部门的支持下，环形支架以快速流程被引入，骨科也顺利完成了西藏自治区第一例 Ilizarov 环形支架矫正畸形手术，随后各类畸形的矫正手术纷纷开展起来。

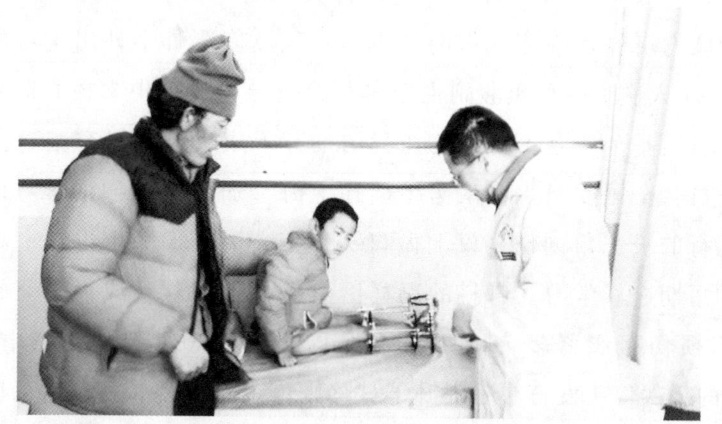

由于交通不便，患者受伤至初诊的时间耽搁很长，而从基层医院转至日喀则人民医院的时间更长。基层医疗单位处理也相对简单，骨折患者经常会出现伤口感染、经久不愈的情况。以往的治疗就是慢慢换药，治疗周期长、费用高，患者承受着很大的痛苦。由于医院没有墙式负压系统，我申请将实用的简易式负压引流技术（VSD）引入日喀则，大大提高了创面的愈合率，同时减轻医护人员的工作压力，很好地解决了骨科在开放伤和创面愈合治疗方面的实际困难。在推动骨科开展四肢骨折微创技术的同时，把我擅长的足踝专业特色引入骨科，分别开展了跟骨骨折微创内固定术、胫距跟融合术等新项目，以实用的新技术，填补了西藏自治区在足踝外科方面上的空白。相关临床新技术、新项目的开展也符合中央“大病不出藏、中病不出地市、小病不出县乡”的“十三五”规划目标和习近平总书记精准扶贫的要求。

西藏独特的地理、气候因素导致患有风湿性、类风湿性关节炎等患者很多，但门诊却缺乏相应的药品。我申请将内地常规使用的硫酸软骨素、玻璃酸钠引入了日喀则地区，综合治疗骨关节炎获得了极好的疗效，并通过日喀则市人民广播电台的科普宣教节目，让老百姓知道原来关节炎不是吃点止痛片就够了。不止于此，我还将内地成熟应用于临床治疗软骨、肌腱、韧带损伤治疗的富血小板血浆（PRP）技术引入，由日喀则市人民医院率先开展相关的临床应用和科研工作。该项技术不仅可以增强局部抗感染能力，还能促进伤口闭合，非常适用于西藏地区。

传教帮带打基础

医疗援藏的最终目的是希望通过师徒带教、打造一支带不走的医疗队。在临床工作中，与我结对的骨科医生分别为黄骏副主任、住院医生次南和尼平。骨科人才梯队的培养是临床工作的基本。我积极创造骨干外出学习的机会，一年中共选送 14 人次。徒弟黄骏副主任在我的指导下发表中文核心期刊 1 篇并申请到自治区自然基金课题 1 项，还在我的推荐下成为中国研究型学会骨科分会足踝专业委员会全国委员。次南医生前往上海参加了六院创伤学习班，并被推荐在上海举行的长三角创伤会议上做口头发言，而尼平医生也在上海顺利完成了 3 个月的短期进修学习。骨科的冯祥医生也在我推荐下成为中国研究型学会创面防治与损伤组织修复专业委员会全国委员。2016 年底在全国骨科大会（COA）上的 2 次口头发言更是提升了日喀则市人民医院骨科在自治区乃至全国的学术地位和影响力。

在让骨科同仁走出去学习长见识的同时，我也积极争取资源将区外专家请进来指导。2016年9月，日喀则人民医院骨科与中国医疗保健国际交流促进会联合举办了华夏骨科专科教育活动（日喀则站），有幸邀请到20位来自全国各地的知名骨科专家讲课，全自治区共有近百位骨科医生参会学习，成为自治区骨科界有史以来最大规模的学术活动。2017年5月，我申请在日喀则举办了AO慈善中国学习班，邀请到来自全国的骨科权威教授不计报酬、自费来为西藏的骨科基础医生授课，从不同方面为大家带来保守治疗的全新理念。一年中，我先后邀请共计6批12人次专家莅临骨科病房、手术室指导。所有学术活动的开展为推进日喀则市人民医院创“三甲”工程，特别是为骨科打造自治区重点学科、建立骨科疾病诊治中心奠定了扎实的基础。

骨科科研初见成效

如何利用自身优势引领带动日喀则市人民医院骨科重点学科发展，也是开展日常工作的重中之重。骨科科研方面的短板是显而易见的。这里没有收集病例资料的习惯，不懂得如何总结，更没有撰写论文的经验。这一年，在我的带领下骨科发表SCI临床论著2篇，每篇2.134分，填补了西藏自治区骨科在此方面的空白。同时，在《中华骨科》《中华骨与关节外科》等中华系列核心期刊上发表论文5篇，还编撰了骨科创伤之足踝教程3本，指导结对医生申请到西藏自治区课题1项、申报日喀则市级课题3项。

长远的科室发展离不开有效的协同合作。科室规章制度的完善极其重要。每周一的全科病例读片、每周三的骨科学术讲座，规范书面交班本的具体细节，医护的紧密合作，强调随访患者收集、整理的重要性。在骨科同仁的共同努力下，骨科在2016年度被评为医院“最佳科室”。

援藏前，我从未想过此生有机会踏入西藏；援藏后这一年的时光却在心头久久萦绕。藏民的质朴与大都市嘈杂的反差，严峻的生存环境与紧凑的生活节奏的强烈对比，援藏这一年让我更深刻地明白作为一名医生的意义，能让当地医生紧随前沿理念学到更多的知识，能让藏族百姓就近医治，我有幸做到了，我很知足。

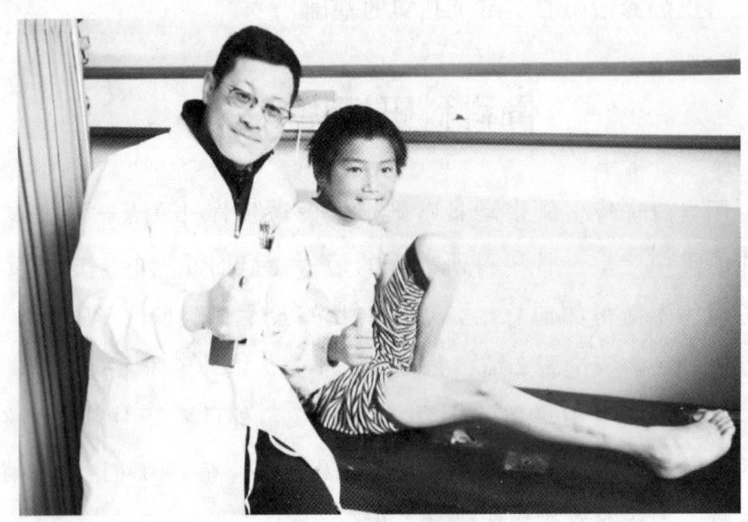

美好的回忆　无悔的付出

复旦大学附属华山医院　吴惺

巍峨的群山、洁白的云朵、漫山的羊群、黝黑而淳朴的笑脸，这是我心中藏区的模样。然而，这一切对于我来说，却有着更深层次的理解：高寒、缺氧、莫名的孤独、无尽的思念、刺眼的阳光、艰难的翻越……在这里，走同样的路需要付出更多的体力；在这里，做同样的工作需要更多的准备；在这里，生同样的病也许面临的就是死亡。虽然这里的自然条件恶劣，但丝毫没有动摇我援藏的决心。因为这是一份责任，是一项使命，是一种历练，更是生命的价值。当看到藏族老乡那真诚的笑容，所有的困难都烟消云散了。

日喀则市人民医院神经外科成立于2005年，由于人才匮乏、技术水平较低，辅助科室力量薄弱等原因，2016年医疗人才组团式援藏工作开展以前只能治疗一些普通脑部疾病，满足不了患者的需求。很多时候，病情稍严重的只能转院，极大增加了患者病情加重的风险和经济负担。

2016年6月，我随第2批组团式援藏医疗队入藏后，克服高原缺氧等不利因素，在入藏首周率先投入神经外科危重症患者的抢救中。正式进入科室工作后，我发现神经外科基础比较薄弱、手术器械匮乏，遂将自己使用的一套显微神经外科器械赠送给神经外科。经过近一年的努力，我带领日喀则市人民医院实现了跨越式的发展。第一，科室管理制度得到完善。我把华山医院神经外科的管理制度移植到日喀则市人民医院神经外科，规范了颅脑创伤、脑出血的诊治流程，在自治区率先引入了持续有创颅内压监测技术，对患者进行目标化管理，改变了以往粗放式管理的模式，以此为契机共计改进管理制度8项，制订临床诊疗规范15项，完善临床路径3项。第二，随着新技术开展不断涌现，在条件极其有限的环境下，我先后开展了首例小儿复杂生长性骨折整复术、首例动脉瘤夹闭术、首例巨大脑膜瘤切除术、首例桥小脑角肿瘤切除术等高难度手术，实现了高难度手术“零”的突破，也使日喀则市人民医院神经外科迈入了显微神经外科时代。在这一年中，我共计开展19项新技术，其中14项填补了日喀则地区空白，另外持续有创 ICP 监测术、腰椎腹腔引流术、颅内感染自体筋膜修补术、硬膜下积液腹腔分流术和复杂生长性骨折整复术共 5 项填补西藏自治区空白。2016 年，住院患者数量由 2015 年的 509 人次增加至 729 人次，同比增加 43.2%；手术量由 2015 年 257 台增加至 428 台，同比增加 66.5%，其中四级手术 47 例，同比增加 683%；死亡率由 2015 年 21% 下降至 2016 年 15%，同比下降 28%。第三，带动相关辅助科室建设，其中核磁共振使用率由 2015 年 165 人次上升至 2016 年 443 人次（其中还有 2 个月机器故障），提高了 268%；开展了静脉成像、磁敏成像、波谱分析、控制性低血压麻醉等多项新技术。第四，帮带成效显著，成功举办了第一届日喀则地区颅脑创伤、脑出血规范化治疗学习班，邀请了上海华山医院及自治区人民医院共 6 位专家前来授课及现场指导，共培训当地医护人员 300 余人次，取得了良好的反响。另外，还建立了神经外科规范化培养手册，签订培养协议书，帮带 4 名本地医生。第五，科研能力跨越式提升，建立了脑出血及脑外伤患者数据库，为探索符合本地特点的救治指南奠定了基础。2016 年，获批一项自治区自然科学基金项目，发表论文 6 篇，其中 SCI 论文 2 篇，这也打破了神经外科 SCI 论文“零”的纪录。

在这一年中，我不仅将华山医院先进的临床理念、思维方式、手术技术传授给当地的医生，更为重要的是通过日常工作潜移默化地将华山医院“永不言放弃”的精神在科室传播。记得在 2016 年 11 月进行巨大脑膜瘤手术过程中，有医生多次提出切除一部分肿瘤“见好就收”。但患者只有 26 岁。为了让他有更好的生活质量，我有义务全切肿瘤，在显微镜下整整操作了 21 小时，最后在吸着氧气、双眼不停淌着泪水的情况下终于完整切除肿瘤。手术结束后，在手术床上短暂休息了一会儿，继续完成第二天查房才回家休息。这种“一切为患者着想”的精神也深深地感染了他们。

转眼一年的援藏工作已接近尾声，我已习惯于步入略显简陋的手术室，穿梭在不那么整洁的病房，也享受着被亲切呼唤“安吉拉”的自豪。那巍峨的珠峰、奔腾不息的雅鲁藏布江、翡翠般的尼洋河水都已渐渐定格于我的脑海，一种莫名的援藏情结也慢慢地在体内凝聚、升华。我终于领悟什么是援藏，当我走上高原，用我的技术医治藏族同胞身体疾患的同时，也用我的真诚、热情、友善感染他们的心灵。六月，格桑花开满整个雅鲁藏布江河谷的时候，也是我们行将离开之际，但它会默默述说着每一个普通援藏医疗队员无尽的情怀。

我的援藏故事（六）

上海市第一妇婴保健院　周洁如

2016年6月，在党的号召下，我参加了援藏工作，具体在日喀则市人民医院妇产科任临床副主任。作为一名群众，能有机会援藏，是组织上对我的信任和考验。来到西藏，深感藏民热情好客。在一起聚餐的时候，唱祝酒歌是不能缺少的节目。在歌声里，我们的心慢慢靠近了。到了西藏，我也一直在思考：如何结合自己的本职工作，充分发挥好自己的优势？刚到日喀则市人民医院，看到广大当地医生在极其艰苦的条件下仍坚持在一线，任劳任怨地为广大藏族及汉族同胞医治疾患，我深为感动。日喀则海拔4000米，环境气候（尤其是缺氧）十分恶劣，但在这种条件下，当地医生利用有限的医疗设备，开展了许多我们认为是难以开展的项目，帮助当地群众提高医疗水平，改善生活质量。这更坚定了我为西藏服务，利用自己有限的医学知识及技术，扎根西藏为当地人民群众服务的决心及信心。短短的一年里，我虽然无法将我所有的学识教给当地医生，但我已尽力。现将我在当地所做的一些微薄的努力介绍一下。

近一年的时间里，在上海市第一妇婴保健院的支持下，我积极开展了数项工作，帮助日喀则市人民医院妇产科在临床、科研、教学、管理等各方面都上了一个台阶。

（一）在医疗方面：经过一年的努力，在临床上开展了14个新技术及新项目。包括：①腹腔镜穿刺技术；②双极电凝技术；③腹腔镜下宫外孕输卵管切除术；④腹腔镜下双侧输卵管结扎术；⑤腹腔镜下附件囊肿切除术；⑥腹腔镜下卵巢囊肿剥除+修补术；⑦腹腔镜下附件切除术；⑧腹腔镜下盆腔粘连分解术；⑨分段诊刮；⑩宫颈多点活检术；⑪宫颈搔刮术；⑫胎心监护仪的使用；⑬无创分娩；⑭双侧会阴阻滞麻醉。但是，鉴于手术室器械及麻醉等条件的限制，腹腔镜手术仅开展了5例，分段诊刮、宫颈多点活检术、宫颈搔刮术在科内已广泛开展（约20~30例），产科无创分娩、会阴阻滞麻醉、胎心监护也已广泛开展（50~60例）。临床上协助病理科开展了宫颈液基细胞学检查这一新技术，协助检验科开展了性激素 6 项这一新的检查项目，还协助普外科开展腹腔镜下单极电凝及电切胆囊这一新技术，并且在每周一上午出妇产科专家门诊。在 2016 年协助科室抢救了数名危重症患者及协助神经外科、血液科抢救了数名危重症患者。参加了江孜县的医疗下乡，并帮助当地 2 名养老院患者转至我院手术。其中一名患者近 60 岁，因子宫肌瘤行腹式全子宫加双输卵管切除术，术后发生肠梗阻，经过悉心的调养，逐渐恢复。

（二）在教学方面：近一年共进行了妇产科麻醉、子宫肌瘤、宫外孕、月经紊乱、妇科围术期常规、妊娠合并心脏病六次小讲课。进行了妇产科示教手术 19 例。10 月 6 日，与外科合作举办日喀则地区的外科及妇科的微创论坛。此次论坛是日喀则地区首次举办的妇科微创论坛，极大地提高了当地医生学微创、做微创的积极性。帮助科室建立科室内的小型图书馆，捐赠书籍 60 余本，并在网上图书馆免费搜寻文献资料。

（三）科研方面：已完成国家级科研文章 1 篇，并已被录用。另有 3 篇国家级科研文章在投。

（四）管理方面：协助科室制定了科室的诊疗常规及操作流程、临床路径；完善了各项登记制度，如交班本、疑难病例讨论、危重病例讨论；完成了一些具体的操作规范，如手术记录模板、家属谈话模板。

在生活上，注重民族团结，与藏族医生和睦相处，热情服务好每一位藏族和汉族患者，展现好援藏医疗队员的形象。

援藏是一份事业，用心付出才有了一份担当；援藏是一种见证，用心维护才能谱写民族团结的乐章；援藏是一种洗礼，用心体悟才能有灵魂的升华；援藏是一种享受，用心呵护才能感受生命的真谛。“不忘初心、快乐援藏、不辱使命、建功高原”——我一生的记忆。

西行援藏　心行之路

上海交通大学医学院附属新华医院　于洋

2016年4月底，科室领导突然告诉我有一个援藏的机会，问我想不想去。我当时稍微考虑了一下就同意了，因为去西藏一直是我的一个梦想，没想到梦想这么快就照进现实了，而且还是一年。当时我心里既兴奋又紧张，紧张主要是家里两个孩子还小，一个一岁多，一个三岁多，不知道我爱人能否挑起这个重担。回到家里和爱人说了这件事，让我感动的是她非常支持我的选择，安慰我说小孩有父母帮忙照料，只是担心我的身体吃不消，让我别太挂念家里。所以现在回想起来，非常感谢领导、父母和爱人以及同事朋友的支持和帮助，让我有机会圆这个梦。

2016年6月19日上午，载着我们第八批援藏队伍的西藏航空TV9843平稳地降落在日喀则机场。我们走出机舱，当地藏族同胞用欢快、美丽的歌舞欢迎我们，为我们敬献哈达。当时有个声音在我心里呼喊：西藏，我们来了！

作为第二批组团式援藏医疗队成员，我在日喀则市人民医院重症医学科工作。在队长张浩书记的领导下，我们最主要的任务是为“三级甲等”医院等级评审做准备，争创“三甲”，但更重要的是提升医院整体医疗技术水平，打造一支“带不走”的医疗技术骨干，从而为西藏人民提供更好的医疗服务，实现“小病不出县、中病不出市、大病不出自治区”的目标。

我所在的日喀则市人民医院重症医学科是个年轻的科室，2012年刚刚成立，医护人员平均年龄只有26岁左右，在人员构成、制度管理等方面还很欠缺。经过调研之后，我和吉律主任一起制订了学科发展规划、人才梯队培养以及教学和科研目标。针对科室管理和制度欠缺的地方，完善了疑难危重病例多学科会诊制度、多重耐药菌的防控制度、血液净化技术管理制度等内容，并通过强化考核、细化奖惩制度等办法加强科室管理。

制约当地医疗水平的一个关键因素是医疗设备落后和重点急救技术的不足。这一点在重症医学科尤为重要，因为这里都是危重症患者，合并呼吸衰竭、急性肾功能不全并发症的很多，有些患者因技术未开展而不得不放弃治疗，我也亲眼见到20多岁的年轻人车祸伤术后出现肾衰竭，因没有血液净化技术而不幸离世。在2016年10月底，床旁血液净化设备终于到位，我和科内同事一道，在“一穷二白”的条件下，从无到有，从理论到实践，从一条条医嘱到一本本制度，成功开展了床旁血液净化治疗（CBP）技术。回想起治疗第一例患者时，为保障机器运转顺利，我和吉律主任从早上10点到晚上11点，一直守在机器旁边，一有报警就及时处理，直到成功下机，晚饭也是胡乱吃了一点，甚至都出现了头晕、恶心的高原反应。看到第一例患者治疗成功，我们都非常开心，也极大地提升了我们的信心。此后这项技术开展也很顺利，抢救过急性肾衰竭、药物中毒、肺水肿/ARDS、重症胰腺炎等危重症患者。为促进本地医护人员尽快掌握这项技术，我还邀请上海专家来日喀则授课，举办血液净化论坛和技能比赛，并选派人员到上海学习。现在，他们已能独立掌握这个重症监护室必备的急救技术了，也为“三甲”评审出了力。

此外，还开展了急危重症床旁超声检查、纤维支气管镜吸痰/引导气管插管、高级机械通气、腹内压监测、创伤规范化救治等新技术，丰富了他们抢救危重症患者的“武器库”。另外，为解决当地医护人员理论知识薄弱、继续教育不足的情况，我把国家级继续教育项目《国际创伤生命支持课程》引入日喀则，共培训医护人员100余人次，有12名学员获得美国创伤生命支持学会颁发的合格证书，2名医生赴上海参加《创伤导师培训班》和《美国灾难救援基础和高级课程》，获得了创伤培训导师资格。在院领导的支持下，医院还成立了日喀则市创伤培训基地。通过这些培训学习，使当地医护人员掌握了创伤患者的规范化处理流程，提高创伤急救水平。

科研一直是日喀则市人民医院最薄弱的环节。我来了之后，鼓励他们多读文献，平时注意收集临床数据，指导他们撰写标书和申请课题。功夫不负有心人，最后中标自治区自然科学基金和市科委课题各1项，撰写发表临床论文2篇。

短短一年多的援藏时光很快就结束了，在临别之际，朴实的藏区人民没有很多的话语，但他们真诚的笑容深深打动了我，感觉有很多事还没有做完，非常不舍。虽然我为他们带来了新技术，但我觉得自己在这一年多的时间里，心灵成长了很多。从医15年来，在每天忙碌的工作、压力、指标、争论等烦琐事情中，似乎已经忘记了当初学医的初衷了。而在这里，在这块神奇的土地上，又唤起了我当初做医生的初心。医者，仁也。药王孙思邈在《备急千金要方·

论大医精诚》中提到："凡大医治病，必当安神定志，无欲无求，先发大慈恻隐之心，誓愿普救含灵之苦。若有疾厄来求救者，不得问其贵贱贫富，长幼妍媸，怨亲善友，华夷愚智，普同一等，皆如至亲之想。亦不得瞻前顾后，自虑吉凶，护惜身命。见彼苦恼，若己有之，深心凄怆，勿避险巇，昼夜寒暑，饥渴疲劳，一心赴救，无作功夫形迹之心。如此可为苍生大医，反此则是含灵巨贼。"通过援藏这段经历，让我对这段话有了更深刻的理解，也激励自己不忘初心、方得始终，在行医这条道路上坚定地走下去。谢谢你，美丽的西藏！

智能“小白”将上海儿科诊疗规范嵌入西藏医院

记上海交通大学医学院附属上海儿童医学中心张建

“小白，合作愉快!”2018 年 7 月 5 日，西藏日喀则市人民医院儿科主任次桑医生与千里之外的国家儿童医学中心—上海儿童医学中心重症医学科的张建医师首次实现病房内实时远程会诊讨论。随着智能远程医疗机器人“小白”这一天正式成为这家医院的新员工，日喀则市人民医院正式挂牌成为首个全国儿科临床规范化实践基地，日喀则市人民医院党委书记张浩和国家儿童医学中心—上海儿童医学中心王伟副院长为实践基地揭牌。

张建医生与西藏儿科的渊源来自组团式医疗援藏。2016 年 6 月 19 日，作为上海第二批组团式援藏医疗队成员，张建来到了海拔 3800 米的西藏日喀则，开启了他的援藏之路。

进藏最大的困难是缺氧。但张建说，缺的是氧，不能缺的是精神。缺了精神无法支持工作，甚至无法支撑生命。在这艰苦的环境下，张建真正体会了老西藏精神：特别能吃苦、特别能忍耐、特别能战斗、特别能团结、特别能奉献。

一年援藏中，张建凭着从“输血”到“造血”的信念，干了值得“骄傲”的几件事。第一件事，在日喀则市人民医院儿科历史上首次落实了最基本的“三级查房”制度，并完成儿科梯队建设。第二件事，是成立了新生儿组和普儿组，将床位落实到人，此举明确了儿科专业未来发展的方向，并朝着当地儿科领军人才方向进行培养。第三件事，是制作儿科临床路径和诊疗常规，推进儿科临床标准化管理。第四件事，张建逐步开展危重症识别和救治的讲座，开展十项新技术，结合患者进行手把手临床教学，成立了西藏自治区第一支美国心脏协会认证授权的儿科基础生命支持培训导师队伍、日喀则市人民医院首支专业机动抢救团队——儿科全院抢救小组。儿科抢救小组成立仅 1 个月已院内出诊抢救 16 例，全部由西藏医生独立完成，显示出这支队伍已经具备了应急抢救的能力，完成了从“输血”到“造血”的过程。在张建医生带领下，儿科发展成为日喀则市人民医院临床重点学科，并成功举办日喀则市首届和第二届儿科高峰论坛。张建医生凭借其出色的工作，在雪域高原光荣加入中国共产党，且被评为日喀则市人民医院优秀共产党员。

2017 年 7 月，张建结束援藏工作返回上海，但他的心却永远留在这片雪域高原。受援科室不缺少规章制度，缺少的是落实执行。如何落实执行，考验着援藏医生的素质和能力。只有先严格要求自己的言行，才能使当地医生护士信服，最终使科室规章制度得以落地执行。但是，现在人在上海，当初制定的规矩、留下的技术是否能够保留下来？

2018 年 6 月中旬，张建受邀回西藏接受日喀则市委、市政府创“三甲”医院先进表彰之际，国家儿童医学中心—上海儿童医学中心江忠仪院长指出要继续做好援助日喀则市人民医院儿科的工作。这是上海儿童医学中心升级为国家儿童医学中心后，服务国家战略、助力西部儿科发展的重要举措。

随着网络技术的普及，远程医疗早已不新鲜。但是如何能够让优质医疗资源共享并下沉到基层，持续改进基层医疗服务质量，仍是亟须解决的难题。上海交通大学医学院与网络科技公司共同开发出具有人脸识别、自然语音交互、远程协作等功能的智能移动艾菲仕远程医疗机器人系统，首批已投入上海儿童医学中心儿科医联体协作单位中使用，真正实现“不作秀”的远程诊疗与培训。

2018 年 6 月底，国家儿童医学中心—上海儿童医学中心正式建立日喀则首个远程医疗机器人系统。大家亲切地称呼这套系统为“小白”。“小白，请你往前一点，让我看看小朋友的肤色。”张建医生一边说，一边轻触手边的遥控。通过镜头，医生清楚地看到患儿的肤色、反应，甚至能与患儿直接对话。小白的独特在于，他可以实时跟随医生的查房和门诊，使张建远在千里之外即可动态掌握患儿信息，听取病史汇报、督查医疗操作、调整临床诊断和治疗方案。同样，在上海儿童医学中心举行的教学查房，借助小白的“千里眼”可使西藏同行学习儿科诊疗规范。这些功能真正让张建的“西藏情缘”生生不息。

“小白”最大的功能不仅是开展远程医疗，还能真正实现移动查房、移动教学。长期以来，中国不同地区之间的儿科水平差异较大。但以往的教学培训或是医疗援助往往是一批队员一批技术，成本很高但效果难以持续。如今，“互联网 + 健康医疗”为有效推进实施健康中国，提升医疗卫生现代化管理水平，优化资源配置、创新服务模式、降低服务成本，满足人民不断增长的健康与医疗保障需求提供了重要手段。

2017 年，由国家儿童医学中心—上海儿童医学中心牵头的中国妇幼保健协会妇儿健康临床标准与规范化委员会成立，旨在从国家层面不断推动中国妇幼群体健康管理与临床诊疗的标准与规范建设。日喀则市人民医院在上海交通大学医学院和中国妇幼保健协会妇儿健康临床标准与规范化委员会的支持指导下，正式挂牌成为首个全国儿科临床规范化实践基地。这对提升西藏儿科整体水平和推进规范儿科临床诊疗标准化奠定了重要的技术基础。

2018 年 7 月 25 日，中央组织部常务副部长姜信治在国家卫生健康委医管局局长张宗久以及西藏地区党政领导的陪同下视察日喀则市人民医院并观摩了张建医生对儿科的例行远程查房。他高度肯定儿童医学中心的援藏工作，指出儿童医学中心真正实现了可持续援藏。

现在，“小白”已成为日喀则市人民医院的一名“员工”。在智慧医疗支持下，张建每月定期开展疑难复杂儿科疾病远程移动临床诊疗会诊以外，更承担着儿科医护专业人才进修培养以及儿科重症救治远程移动教学和培训等任务。这将为藏区儿科医疗临床与培训提供常态化、嵌入式的支持，真正落实务实援藏、智慧援藏，打造一支“带不走的医疗队”！

一年援藏 一世藏缘

复旦大学附属眼耳鼻喉科医院 杜怀栋

我是上海市第二批组团式援藏医疗队队员，是来自上海市复旦大学附属眼耳鼻喉科医院耳鼻喉科的副主任医师，2016年6月至2017年7月在日喀则市人民医院耳鼻喉科援藏，担任耳鼻喉科主任。

自2016年6月入藏后，我积极投入日喀则市人民医院耳鼻喉科的工作中，积极与第一批援藏医疗队的同事进行沟通，认真调研科室情况，针对性地提出了各种建议和意见，为耳鼻喉科的发展进行规划，结合医院创“三甲”的契机，制订了耳鼻喉科3年发展的远期目标：第一年主要发展鼻科，第二年主要发展咽喉头颈外科，第三年主要发展耳科。我为自己制订的目标是：重点发展咽喉头颈外科，继续加强鼻科发展，适当发展耳科。

在医疗方面，在上海援藏联络组、医疗队领导和院领导的关心和帮助下，日喀则市人民医院于2016年10月成功举办了“西藏自治区第二届耳鼻咽喉头颈外科论坛暨咽喉头颈外科学习班”，会议邀请到了来自复旦大学附属眼耳鼻喉科医院、首都医科大学附属同仁医院、山东省立医院、青岛大学附属医院和西藏自治区内的二十余位专家教授进行授课，各位专家分别就头颈外科、小儿咽喉科、鼻科、耳科等专题进行了深入浅出的讲解。会后，各位专家还对耳鼻喉科病房进行了考察，并对一些问题进行咨询和解答。论坛提升了日喀则市人民医院耳鼻咽喉头颈外科学术影响力，提高了日喀则市人民医院创“三甲”的实力。在刚刚入藏两周的时候，我就完成了西藏地区第一例喉显微手术，这为日喀则市人民医院耳鼻喉科的喉显微外科奠定了基础。在自己施行手术的同时，我积极带教当地医生，让喉显微外科在当地真正“落地生根”。我还根据当地实际情况，开展了内镜辅助下的支气管镜检查+异物取出术和内镜辅助下的食道镜检查+异物取出术。内镜的应用大大提升了当地耳鼻喉科处置急诊的水平。在我的带领下，耳鼻喉科顺利完成了西藏自治区第一例“喉全切除术+下咽部分切除术+颈部淋巴结清扫术”。该手术填补了西藏地区喉咽癌治疗领域的空白。在发展耳鼻喉科自身的同时，我也充分与其他兄弟科室加强交流与合作，2017 年 4 月，我在门诊接诊了一位呼吸困难的新生儿，经过检查，最终确诊为“先天性舌根囊肿”。我召集了儿科、麻醉科、影像科的专家为患儿进行术前会诊，为手术和术后处理进行周密的准备。在多学科的努力下，我们顺利完成手术，患儿成功渡过术后危险期并痊愈出院。在日常的手术中，我还认真指导科室年轻医生完成了大量鼻内镜手术、显微喉镜手术、扁桃体等离子切除术等。这对提高年轻医生的手术水平很有帮助。到我援藏结束，当地医生已经可以独立完成复杂鼻息肉伴鼻窦炎手术、扁桃体腺样体等离子切除术、咽部巨大囊肿切除术、气管切开术、喉显微手术、内镜辅助气管异物取出术、内镜辅助食道异物取出术、喉部良性肿瘤切除术等手术，在专家帮助下可以完成甲舌囊肿切除术、颈部淋巴结清扫术、喉部恶性肿瘤切除术等。

在每周四上午的专家门诊，我总会耐心解答每一位患者的问题。定期进行医疗查房和教学查房。在这一年的援藏期间，共指导完成各种手术 90 余台次，专家门诊 140 余人次，会诊 20 余人次。

在教学和科研方面，除了在 2016 年 10 月利用“西藏自治区第二届耳鼻咽喉头颈外科论坛暨咽喉头颈外科学习班”对科室人员进行集中教学外，我还认真准备，定期在科室内进行小讲课；积极参与西藏自治区和日喀则市的各级科研基金的申报，指导科室人员书写论文和课题标书。获得 2 项西藏自治区自然科学基金资助，并发表学术论文一篇，安排一名当地耳鼻喉科医生到复旦大学附属眼耳鼻喉科医院进修学习。日喀则市人民医院作为参与单位，与复旦大学附属眼耳鼻喉科医院耳鼻喉科共同申请国家科技部重点项目一项。

在科室管理方面，以创“三甲”为契机，在援藏医疗队领导和院领导带领下，我将科室制度进一步完善，建立各类规章制度，为耳鼻喉科创“三甲”建立制度基础。

除了日常的医疗工作，我还积极响应援藏联络组和医疗队的号召，参加了赴江孜县、亚东县、定日县的巡诊和医院组织的“上海专家团义诊”，为拉孜县 400 多名高考考生进行体检。参加了西藏卫视“藏地健康密码”节目和日喀则市广播电台“吉祥日喀则，健康新生活”节目，为广大观众和听众普及健康知识。

鉴于在援藏工作中的优秀表现，我被复旦大学附属眼耳鼻喉科医院评为“2016 年度复旦大学附属眼耳鼻喉科医院优秀党员”“2016 年度复旦大学附属眼耳鼻喉科医院十佳医师”，被日喀则市人民医院评为“2016 年度日喀则市人民医院最佳行政管理干部”。2017 年被评为“日喀则市人民医院‘创三甲’先进个人”。被日喀则市政府评为“市人民医院‘创三甲’优秀援藏专家”。

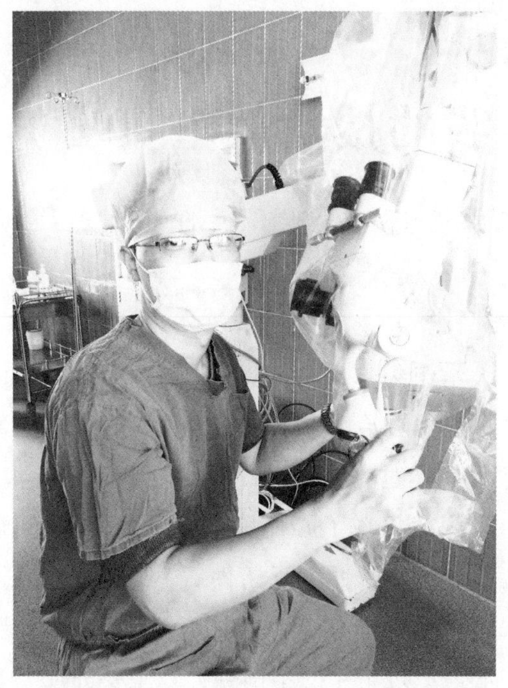

援藏是一种缘分、一种使命、一份责任，更是一种修行。一年援藏，一世藏缘。在今后的日子里，我将永远铭记援藏的点滴记忆，时刻准备再次为西藏的医疗卫生事业尽自己的绵薄之力。

我的援藏故事（七）

上海中医药大学附属岳阳医院　吴海波

我受上海中医药大学组织部、岳阳医院党委委派，参加上海第二批组团式援藏医疗队，对口支援西藏自治区日喀则市人民医院中西医结合科。

2016 年 6 月，刚陪女儿过完 4 岁生日，我便跟随医疗队进驻海拔 3850 米的西藏日喀则地区。一入藏就出现了心慌胸闷、头痛失眠等高原反应；经过卧床休息、吸氧吃药，逐步适应高原低气压条件后，开始进入工作角色。援藏期间，我担任日喀则市人民医院中西医结合科副主任，积极努力建设西藏自治区最大的中西医结合诊疗中心。经过 1 年的不懈努力，主要完成如下工作。

（一）规划科室发展

规划以“风湿骨关节病的中西医结合治疗及针灸康复理疗”作为中西医结合科重点病种，同时发展中西医结合脑病（脑中风后遗症康复治疗、高原型失眠专科门诊）、中西医结合皮肤病（带状疱疹及神经痛后遗症、湿疹），更有利于中医药发挥“简、验、便、廉”的传统优势，综合运用中西医结合治疗、针灸康复理疗等多种治疗方法。

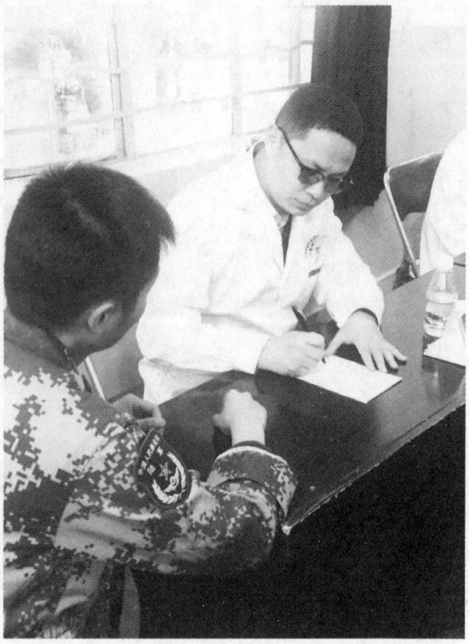

（二）医学临床工作

1. 制定 11 个单病种临床路径，提高临床医疗质量：膝关节炎中医诊疗规范；腰椎间盘突出中医诊疗方案；缺血性脑中风中医诊疗规范；肝硬化中医诊疗规范；带状疱疹中医诊疗规范；胰腺炎中医诊疗规范；慢阻肺临床诊疗规范；风湿性心脏病二尖瓣病变临床路径；高血压争议诊疗规范；慢性肾功能不全中医诊疗规范；心衰中医诊疗方案。

2. 临床医疗工作：在病房、门诊及会诊过程中，先后诊治患者数百人次。

3. 参与开展临床新技术：冬病夏治三伏贴治疗；针灸电针治疗；穴位埋线治疗；微波治疗；电疗；红外线治疗。

（三）临床教学

1. 开展学习讲座。在医院、科室开展学术讲座 8 次，包括：脊髓炎的中西医结合治疗；记性上消化道出血诊治流程；缺血性脑卒中诊疗指南解读；合理使用抗生素；带状疱疹后神经痛诊疗专家共识解读；常用静脉药物溶媒的选择；心衰指南解读；失眠讲座。目前已在科室内养成学术氛围，定期组织当地医务人员学习。

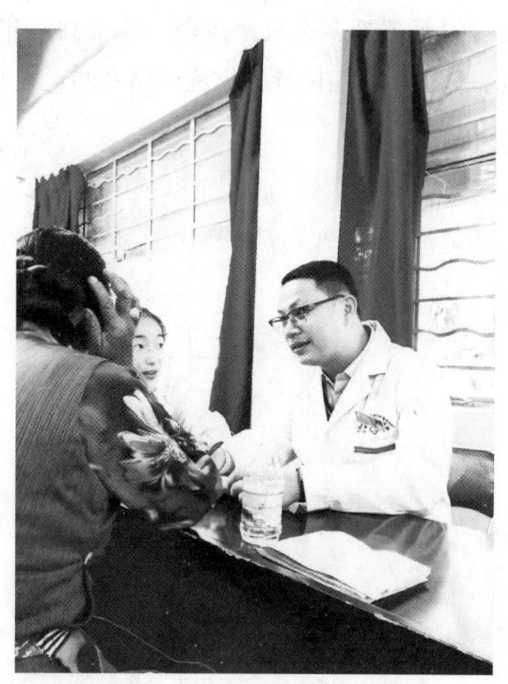

2. 以“师带徒”的形式，开展跟师临床教学查房，在临床一线中培养科室年轻医生，帮助带教学生掌握诊疗医疗技术。

（四）科研成绩

1. 积极引导科室成员申报自治区及市内各级科研课题。

2. 参加各级课题申请 5 次，成功申请西藏自治区自然基金 1 项：《“六味珍珠丸”对高原应激性失眠的作用观察和机理研究》。

（五）中医学术推广

1. 成功举办“2017 日喀则首届中西医结合学术论坛”活动，邀请上海中医药大学及相关附属医院的中西医结合专家，加强日喀则市人民医院中西医结合临床学术实力。

2. 由上海中医药大学联合上海龙华、曙光、岳阳三家附属中医药，成功举办“中医文化传播暨冬季膏方论坛教程”活动，提高中医药在当地的影响力。

3. 参加各种媒体宣传，分别在西藏电视台做“面瘫中医药治疗”节目，在日喀则电台做“失眠的睡眠卫生指导”节目，积极提升中西医结合科及中医药在当地的影响力。

4. 参加各种形式义诊、援助，深入日喀则各个区县送医送药，将医疗援藏工作深入偏远山区。

在圆满完成一年医疗技术援藏任务后，我深刻体会到医疗援助落后地区的重要性，体会到在祖国的西部是多么缺医少药，体会到一年的艰苦付出是值得的。祝福西藏能发展、腾飞，祝福民族大家庭团结和睦，祝福祖国富强！

情满屋脊　建功雪域

华东疗养院　杨波

有的人说生命其实就是一趟旅行，也有人说生命其实就是一种体验。每个人伴随着哭声来到这个世界，都希望在离开时不要留有遗憾，而对于我们共产党人来说，如何不留遗憾呢？我觉得答案就在于中国共产党的宗旨——全心全意为人民服务。

来到西藏对口支援，来到海拔3800米的地方工作，是一趟旅行，也是一种体验，更是带着全心全意为人民服务的使命而来。使命所致，一往无前，义无反顾，不达目的誓不下高原——这是我们上海市第八批所有援藏人的心愿，更是我们“第二批组团式援藏医疗队”的目标。

回顾一年的援藏工作生活，有艰辛、有困苦，但没有怯懦、没有退缩，共产党人就应该迎难而上，做该做的事，完成该完成的任务，兑现来时的承诺——到艰苦的地方磨炼意志、锤炼党性、建功高原。更何况我们是一支团结进取的援建队伍，我们有上海市政府和人民作为我们的坚强后盾。

人一旦投入一件事中，总觉得时间过得很快。回到平原的我，对于援藏的一年时间就是这种感觉。回顾总结援藏一年的工作：

在思想上，我加强思想政治学习，进一步学习领会中央援藏工作的重大意义，深刻领会援藏联络组“建功高原、快乐援藏”的精神内涵，学习援藏联络组下发的政治学习文件。积极参加援藏联络组及援藏医疗队组织的各项学习会议及集体活动，并在上海市第八批援藏干部第一次全体会议上交流援藏感悟。2016年11月，我由一位预备党员转正成为一名光荣的中国共产党党员。在思想建设和工作生活中，我进一步以一名共产党员的标准严格要求自己。

援藏一年余，我每天工作在临床一线，直接参与和间接指导检查病例共五千多人次，开展超声引导下关节腔内药物注射、床边心脏超声检查、肾动脉超声检查等4项临床新技术。参加全院会诊2次，科内会诊二十余次，参加本市及下乡义诊6次，同行交流2次。工作期间，我多次至病区开展床边彩超检查，解决了重症、骨折及新生儿等搬运移动不便带来的相关检查难的问题，得到了临床相关科室和患者家属的感谢和赞扬。同时，我还参加本科室的体检工作。根据工作需要提前到岗工作，尽自己最大的努力减少当地群众看病排队等候的时间，为藏族同胞提供高质量的医疗服务。除此之外，我还负责科室教学、制度建设和管理、科研以及为全体援藏队员体检的工作。

在科室教学方面，我结对帮带本科室年轻医生 3 名。日常工作中我为他们演示超声标准切面，讲解常见疾病及一些少见疾病的超声声像图表现及诊断标准，还为他们购买专业书籍，讲解执业医师考试等方面知识，并教会他们如何更好地运用专业书籍解决工作中遇到的问题。付出总有回报，在当年 10 月的全国执业医师资格考试中，我带教的 3 名年轻医生中有 2 名以优异的成绩通过了全国执业医师资格考试。一年多的时间里，我开展课内专题讲课二十余次，并积极开展跨学科交流至骨科讲课。2016 年 10 月，我还与放射科援藏医生张大江共同举办首届日喀则—上海放射超声诊断学术论坛，并在论坛上授课。

在科室制度建设和管理方面，我为科室重新制订了超声科质量控制规范，并为科室建立了心脏超声及颈血管超声规范报告模版，还在科室发展、人才规划和管理、疑难危重病讨论及随访制度等方面提出了改进意见。针对科室发展需要及仪器设备老旧等情况，制作了相应设备需求与预算书，并上交了医院与援藏医疗队。

在科研方面，我完成了科研标书 2 份，参加市科技局课题申报 1 次，上报西藏自治区自然基金项目和日喀则市科技项目各 1 项。其中，上报的西藏自治区自然基金项目获批。结合获批的基金课题我指导帮带科室人员熟悉课题标书书写、学习课题汇报技巧，并在实际科研中指导科室医生临床科研资料收集及课题的具体执行工作，为将来援助科室能自行申报并完成科研课题而努力。

在生活上，我注重民族团结，与科室同事尤其是藏族医生和睦相处，热情服务好每一位藏族患者，展现好援藏医疗队员的形象。

回顾一年的援藏工作生活，我感慨良多。为取得了一些成绩而感到欣慰，但更多的却是对西藏这块土地的留恋。每每想到藏族百姓期盼的眼神和疾病治愈后感激的笑容，想到和本地藏族医生真挚的友谊，想到与援友们在西藏开心快乐的工作生活，心中充满了不舍。虽然援藏工作已经结束，但“不忘初心、快乐援藏、不辱使命、建功高原”的奋斗精神将永远铭记在我心中，并指导我完成好以后的工作生活。

援藏回望

上海交通大学医学院附属第九人民医院　罗伟

47 岁这个年龄对于援藏工作来说，虽说不上是挑战，但也确实不算年轻了。24 年较完整的麻醉职业生涯、个人对外医疗援助经历、医院等级科室管理经验、党员对组织扶贫攻坚的使命感、对神奇西藏的向往以及组织的信任，最终促成了我作为第二批组团式医疗人才援藏队队员的一年西藏之行。

西藏自然环境是严酷的：在远未感受到她的神奇、壮美以前，急性高原反应就让初来者头晕头痛、失眠、心慌、乏力、气喘。下马威之后，接踵而至的是干裂的嘴唇、没完没了的鼻炎及咽喉炎、日渐黝黑发亮的额头和干涩的面孔。而日喀则的人文环境是温暖的：远超意料的丰富物资供应、日渐繁荣的市容市貌、温和内敛的后藏民风、各级领导的关怀和组织的精心安排……

出人意料的还有这里的医疗现状。尽管有些心理准备，但日喀则市人民医院现状与“三甲”医院目标的落差之大还是让人有“这是一项不可能完成的任务”的感觉：人员短缺、技术力量薄弱、设施陈旧；开展技术项目少、流程不合理、观念滞后；制度规范停留在墙上、科研工作尚未起步、学习氛围差……但藏地医务人员团结协作、吃苦耐劳、在艰苦环境下的职业坚守也让人感佩。

在责任与使命感驱使下，我选择了“尽力发挥所长、为医院科室发展留下点东西”：作为受援科室学科带头人和行政（副）主任，引领并依靠受援科室主任和医疗骨干力量，充分发挥本地医疗队伍的积极性，在一年的时间内做了以下几件实事。

（一）成功开展各种低龄婴幼儿麻醉

婴儿及低龄幼儿（≤2 岁）麻醉难度和风险较大，其开展受到客观条件的限制。后藏地区具有一定数量的低龄婴幼儿患者。作为后藏地区唯一一家三级医院的日喀则市人民医院，有满足其手术治疗及麻醉需求的义务和责任。在指导带领全科人员和科室原有基础上，我自己动手改制了一系列小儿麻醉用具，开展了针对婴幼儿手术患者的吸入麻醉诱导、围麻醉期液体治疗等的相关示教、带教培训，为儿童麻醉的全面开展奠定了基础。在近1年内，我灵活采用多种联合麻醉方式，为口腔科、五官科、普外科、神经外科、骨科、眼科等各科的婴儿、低龄幼儿（≤2岁）手术安全实施麻醉近50例，造福了藏地儿童，丰富了科室业务内涵，提升了科室业务水平。

（二）创造条件，夯实了将麻醉科建设成为现代化三级医院坚实的平台科室基础。我积极稳妥地为兄弟科室的脑动脉瘤夹闭、喉癌根治术、腹腔镜下肝包虫囊肿摘除、腹腔镜下直肠癌根治术等新手术的开展实施了麻醉，提供了围术期安全保障；成功救治围术期合并心衰、脑出血等的重度妊高征手术产妇、缺乏血源的创伤大出血休克手术患者、术中心跳骤停患儿等重危病例20余次；成功地为偏瘫、肝硬化脾大脾亢高龄老人、颈椎骨折截瘫患者的骨科手术及合并严重心肺疾患的外科手术保驾护航。

（三）开展了一批新的麻醉技术。推广了喉罩的使用；提高了全身麻醉比例等，为进一步全面提升人民医院麻醉业务水平奠定了较坚实的基础；带领全科室定期开展专业理论与技能的学习，着力培养建设本地医疗队伍。

（四）带领科室成员筚路蓝缕，拓荒科研工作。完成科研标书3份，《高海拔藏区肺包虫囊肿手术的麻醉管理》《支气管封堵器在儿童肺包虫囊肿手术麻醉的应用研究》两个项目获得了西藏自治区自然基金的支持，实现了麻醉科课题项目零的突破和科研工作艰难的开篇。

（五）在积极建言献策的推动下，手麻科在原有硬件条件基础上对手术室原有流程和设施进行了改造。在创“三甲”初评中，获得了院感和护理专家的肯定。此次改造，一举多得：少量投入，布局得以优化；进出手术室的流程更加规范、员工院感意识加强；员工的工作学习生活条件改善，向心力增进。

（六）管理及学科建设是创“三甲”工程的重点，也是援藏工作着墨最深和涉及面最广的部分。一年时间内系统梳理并改进了科室制度规范职责，带领科室成员研读“三甲”医院评审标准并找差距、补短板；协助优化了科室管理的分工协作机制、完善科室绩效分配方案与激励奖惩机制；多管齐下改善了科室人力资源和设备配置以及药品管理工作；规范了麻醉全业务领域的相关记录和登记工作，为麻醉信息数据库的建设奠定基础；修订与落实了麻醉质量和安全相关的多项制度规范；规划了近一时期日喀则市人民医院麻醉学科特色发展方向。

（七）在援藏医疗队悉心指导和沪藏两地两院各级领导的支持下，带领全科室成员克服人员短缺经验缺乏等困难，成功举办了“2017年沪藏麻醉学术论坛暨日喀则市麻醉气道管理培训班”。日喀则市麻醉学术活动的首次成功举办对于加强沪藏及日喀则—拉萨麻醉学界的交流、提升后藏地区的麻醉学术水平、扩大医院麻醉学科的地区影响力起到了积极的推动作用。参加了日喀则电台健康大讲堂“疼痛是个病，麻醉安全吗”活动；参加各类、各层次专业交流活动近20次。

（八）积极参加援藏联络组和医疗队组织的各种学习、义诊及公益活动，积极完成领导布置的接待任务。

在上海援藏联络组“快乐援藏　建功高原”精神指引下，在医疗队各位领导的悉心指导、院领导的大力支持下，在麻醉科巴仓主任全力扶持、全体手麻科医护人员的共同努力下，能尽己所长为日喀则市人民医院手麻科大发展打好基础并留下印迹，是我一生的荣幸！

援藏医生只有常怀责任感与使命感，将个人有限的力量与受援方的渴求恰当对接，才能激发出受援学科跨越式发展的巨大潜力，也才有可能无愧无悔地画出多彩的人生插页。

一年援藏　藏缘一生

上海交通大学医学院附属瑞金医院　陈巍

医疗人才组团式援藏，是中央组织部首倡并与国家卫生健康委组织指导的新的卫生援藏方式，是落实中央和国务院兴边富民战略决策的重点任务。其目标是到2020年基本实现“大病不出藏，中病不出市，小病不出县”。作为上海市第二批组团式医疗援藏队成员之一，我于2016年6月19日入藏，6月27日正式开始在日喀则市人民医院内一科（呼吸科）负责医疗工作。根据中央组织部、上海市委组织部、西藏自治区和日喀则市卫生计生委的冀望和要求，在海拔3800余米的高原上创建一家综合性三级甲等医院，目的是提高后藏地区患者呼吸系统疾病的诊疗质量、提高治愈率、降低病死率。一年来，我担任内一科（呼吸科）副主任，主持日常医疗工作、负责团队建设和学科发展。在三批上海医疗人才的共同努力下，2017年11月日喀则市人民医院通过国家评审，2018年6月正式挂牌三级甲等医院。

克服高原反应，快速进入角色

西藏自治区地处青藏高原，地质与气候条件恶劣。日喀则地区平均海拔在4000米以上，日照强烈、气候干燥寒冷、低氧、昼夜温差大是其特点，由此而引起的高原反应往往令人担忧和畏惧。我在援藏之前从未上过高原，存在一定的恐惧情绪，组队出发前虽然在生理和心理上做好了部分准备，但到达日喀则市当天就出现了较为严重的高原反应：胸闷、气促、心悸、头痛、呕吐、失眠、乏力，血氧饱和度最低达到60%，心率升至140次/分，整整四天没有离开过住所。当高原反应症状有所减轻后，我立即参加上海市第七批和第八批援藏干部人才的工作交接会议，并与第一批组团式援藏医疗队的队员进行全面对接，在期短时间内熟悉受援单位的具体情况。入藏一周后，我便全面开始医疗工作。最初几日在科室内交班和查房中，心率过速和胃肠道不适反应一直伴随着我。

往往工作一段时间，心悸、气促、腹泻就接踵而来。经过自我调理用药以及生理和心理的调整，短时间内逐步适应了工作节奏和强度。

细致调研，确立专科建设

为早日完成日喀则市人民医院创建三级甲等医院的目标，我在入藏后三周内针对内一科病区住院患者呼吸系统疾病构成、诊疗情况和呼吸专科建设进行了细致深入的调研。调研发现：内一科住院患者以老年患者为主，疾病种类以呼吸系统疾病为主，而慢性阻塞性肺病、胸膜炎、社区获得性肺炎是三种最常见的呼吸系统疾病，且病区内呼吸系统疾病住院患者治愈率低；科室缺乏呼吸系统疾病标准化诊疗流程和必要的辅助检查支持，缺乏慢病管理体系，并存在抗生素使用不规范的情况；科室内无经过规范化培训的呼吸专科医师，无呼吸科专科门诊，无肺功能室和气管镜室；所有医师缺乏科研思路，未申请自治区、日喀则市等地的科研基金项目，发表文章较少。

根据调研结果，我立即确立了专科建设计划：首先，建立独立的呼吸专科病区，由专职的医师及护理人员进行诊治，与消化专科分组查房诊治。在日喀则市人民医院新院中给呼吸科设立独立楼层，病区规划和内部环境根据呼吸疾病特点进行调整。其次，规范呼吸系统疾病诊治流程和抗生素使用，依据当地病患和医疗条件特点，参照国内外诊疗指南，制定适合日喀则市人民医院呼吸内科的疾病诊疗规范和临床路径。同时，积极申请设备（呼吸机、肺功能仪、气管镜等）和开展辅助检查新项目，并设立呼吸专科和专家门诊，建立和完善慢病管理体系。指导对口帮扶医师学习，提高其科研思路，并联系上海支援单位接受其进修学习，进一步完善呼吸专科医师人才梯队建设。

深入临床，落实核心制度

日喀则市人民医院内一科病区的三级查房制度、疑难危重病例讨论制度和死亡病例讨论制度流于形式，未固定时间、固定人员，书面记录格式欠规范。针对此类情况，我与当地藏族医师一起固定了主任查房时间，并每两周进行一次疑难危重和（或）死亡病例讨论，指导科内医师正确书写讨论记录。针对交接班记录重点不突出、输血记录和危重症患者抢救记录不完善等情况，结合实际病历，指导科内医师完善病程记录。针对住院医师病史缮写质量不高，病历中对疾病的分析、辅助检查结果分析、鉴别诊断、诊疗计划等方面均有待提高的情况，我每周进行一次病史点评，挑选典型病例，指导住院医师提高病史质量。

言传身教，提高医疗水平

为了给西藏留下一支带不走的医疗队，我十分重视医学上的言传身教。首先，在日常收治患者和查房中，结合实际病例指导医师依据指南进行规范化诊治和评估，并定期抽取病历，依据指南讲评，提出整改措施，指导各级医师严格依据院感要求和抗生素使用规范开具相关医嘱，并实施上级医师审核制度。经过努力，内一科呼吸系统疾病的诊疗质量和患者的治愈率均有所提高，病死率有所降低。从正式工作第一周开始，我每周进行一次床边教学查房，从病史采集、体格检查、辅助检查、诊断和鉴别诊断、诊疗计划等方面系统性带教。每两周进行一次科内业务讲座，将经典的医学理论、先进的诊疗技术传授给各级医师。第一、第二季度以我本人授课为主，第三季度开始由我协助科内医师准备讲义，指导其授课，并在课后进行补充和点评。我与科内医生结对，重点带教两名骨干，注重“传、帮、带”，为其提供医学资料（专科讲义、专业文献等）、手把手指导各项操作与技术，并指导他们进行临床科研、撰写文章，联系上海所在医院，为他们提供呼吸科进修学习机会。依据自身专业结合住院医师培训内容，我还参与医院内业务讲座、三基培训和执业医师资格考试考前培训，并参与编撰《日喀则市人民医院教学典型病例集》一书，为提高医院整体医疗水平留下文字参考资料。

团队协作，开展医疗新技术

日喀则市人民医院内一科患者常存在多种并发症。根据病情，我定期组织多学科病例讨论和会诊，与心脏科、肾脏科、血液科、中西医结合科、重症医学科、影像科等科室协作共同诊治疾病。病区中胸腔积液患者众多，胸腔穿刺抽液是常用的诊疗方法。但患者往往需要接受多次穿刺，增加了其痛苦和并发症发生的风险。为改变此类情况，我根据现有设备和条件，先开展了“深静脉导管胸腔闭式引流”的新技术，后申请设备科购入“Copper装置盒”，进一步在当地开展了“含侧孔可弯曲导管胸腔闭式引流”的新技术。通过手把手的教学，科内医师已普遍掌握，可独立操作。现两项新技术已在病区内广泛应用。包裹性胸腔积液也是呼吸内科常见疾病，患者往往由于没有得到有效的治疗而引起胸膜增厚、限制性肺通气功能障碍等严重后遗症。我带领呼吸科医师与放射科合作，在CT引导下进行胸腔闭式引流，提高了有创操作的安全性和治疗的有效率，减少了后遗症的发生，并为今后开展CT定位下肺穿刺的新技术打下了良好基础。

受限于当地医疗条件，呼吸专科中两项重要技术即肺功能测定和气管镜技术无法立即开展。我先积极申请购置相关设备，同时将两项技术的理论内容成文留档，传授给各级医师，并指定两名医师分别专职负责。其中一名医师前往上海交通大学医学院附属瑞金医院呼吸科学习肺功能技术，以便回藏后能快速开展；另一名医师亦派往上海学习气管镜技术。

加强交流，举办学术论坛

为帮助两名带教的骨干医师拓宽视野、学习先进的医学知识，我联系安排他们分别于2016年11月和2017年5月赴上海参加第七届上海呼吸病国际论坛和首届东方呼吸病学术会议。为加强日喀则市人民医院与上海市相关医院的交流和联系，推动和促进西藏自治区的医学，尤其是日喀则市人民医院呼吸病学专科的发展，我于2016年9月筹办了首届西藏—上海呼吸病学论坛，邀请十位上海呼吸病学专家教授赴日喀则调研和讲学。其间，各位上海专家就慢性阻塞性肺病、支气管哮喘、社区获得性肺炎、肺功能、呼吸内镜技术等内容展开了专题讲座，并深入科室病房，现场教学指导。医院内科、急诊科、重症医学科、胸外科等医师均从中获益良多。2017年7月，组织举办了第二届西藏—上海呼吸病学论坛暨首届西藏肺功能学习班，进一步提高了日喀则呼吸专科诊疗水平。

力补短板，申报科研项目

依据现有薄弱的科研基础和条件，我指导科内医师以高原人群的呼吸系统疾病表型特点为研究对象，通过采集病史和实验室资料等数据进行回顾性分析研究，指导撰写文章，以期发表于核心期刊，并拟根据相关研究结果进行进一步前瞻性或干预性研究。同时，指导协助另一名医师以罕见病病例报道及文献复习为主题撰写文章并发表。在低氧环境中，我在晚上和休息日常常需要边吸氧边撰写科研计划书，协助科室积极申报西藏自治区自然基金项目、市级科技局科研项目、专业技术人才知识更新项目等。其中，《高原藏族人群慢性阻塞性肺病急性加重表型特点研究》已获日喀则市科技局和西藏自治区自然基金支持，为日喀则市人民医院实现了零的突破。

精准帮扶，热忱义诊科普

全国各地有许多深入高原的援藏干部与人才。我运用医学专业知识并结合自身体验，多次在日喀则地区为来自各地的援藏干部进行高原反应科普和高原保健的讲座。多次作为日喀则市人民医院义诊工作队成员赴海拔 4100 ~ 4500 米的江孜县、萨迦县、定日县为藏区农牧民提供医疗服务。积极参与对广大群众的疾病科普，在日喀则市广播电台和西藏卫视分别就戒烟、肺结核、慢阻肺等内容进行宣讲。

快乐援藏，参与团队活动

“All in One”是上海组团式援藏医疗队的口号。一年间，团队组织了多项文体活动。我积极参加上海第八批援藏干部人才队的各项讲座，并按号召学习党章，就“两学一做”等精神写下心得体会。

不忘初心、建功高原，是每个援藏人的心声；一年援藏，藏缘一生，是每个援藏人的感悟。在援藏路上持续前行、不断努力，为西藏地区卫生事业进步而奋斗。

我的援藏故事（八）

上海中医药大学附属曙光医院　张新志

2016 年 6 月 18 日，我踏上了援藏的征程。

西藏日喀则市地处西部边陲，高原缺氧、条件恶劣，人民生活水平低下，医疗卫生条件欠缺。“治国必治边，治边先稳藏”是国家的大政方针，组团式医疗援藏是稳藏工作非常重要的一环，对保障藏汉同胞的身体健康、提高藏区人民的预期寿命具有深远影响。

2016 年 7 月 18 日，历经 13 个月，医疗援藏工作顺利结束。在藏期间，我时刻牢记时任上海市委书记韩正同志的嘱托：切实服务好国家脱贫攻坚战大局，经受教育、磨炼意志、增长才干。不忘初心，建功高原，兢兢业业，立足现有条件，做了一些力所能及的工作，为汉藏友谊、沪藏交流及藏区人民的身体健康贡献了自己的绵薄之力。

医疗

援藏以来，我每周三开展教学查房，其他时间进行日常查房，累计查房 300 余人次。查房时，我结合国内外诊疗指南和诊疗常规，尤其以国内的专家共识为主，指导带教学员掌握常见肾脏疾病治疗的基本方法。在肾病治疗方面，糖皮质激素、免疫抑制剂、ACEI/ARB 等都居于基本和重要的地位。在日常工作中，我尽量结合临床病例，讲解它们的适应证、禁忌证和具体用法，争取使一线医生掌握。2016 年 8 月以来，每周一上午专家门诊出诊一次。院内会诊约 50 人次，包括一次全院大会诊。参加死亡病例讨论 4 次，疑难病例讨论 2 次。

2016 年 7 月 31 日，参加上海市医疗专家团“健康所系心连心，一衣带水沪藏情”日喀则市大型义诊活动 1 次，义诊包括内、外、妇、儿、五官、放射、超声、病理各科，共接待患者 400 余人次。

2016 年 8 月 8 日，参加医疗队江孜敬老院巡诊 1 次，免费咨询近 10 人次。江孜县人民医院调研 1 次，与队员们一起，对该院提出了一些合理化建议。

2016 年 10 月 21 日，参加亚东县人民医院调研 1 次，考察了临床科室及化验室，大家纷纷发言，在医疗、教学、管理、人才建设等方面提出了建议。

2017 年 4 月 8 日，参加医疗队拉孜县福利院巡诊 1 次，接待肾炎、关节炎、胃炎等患者咨询约 20 人次，并对症免费给予治疗药物。

2017 年 4 月 21 日，参加医疗队定日县人民医院巡诊 1 次。共接待肾炎、痛风、高尿酸血症患者及咨询者十余人，给予其专业的生活指导和治疗建议。

2017 年 5 月 31 日，远赴仲巴县义诊。6 月 1 日上午，共接待患者 10 余人次，包括肾病综合征、胃炎、类风湿性关节炎及术后伤口感染等，在用药及随访等方面给予了相应指导。

指导再通了 1 例维持性血液透析患者带涤纶套导管阻塞问题，避免了拔管和重新插管，避免了其赴拉萨市进行自体动静脉内瘘成形术给患者带来的身心痛苦和经济负担。

对于透析不充分（包括肺水肿 1 例）、抗凝剂使用不当及其他透析中遇到的问题都及时给予了指导。

通过以上教学查房、日常查房、会诊、义诊及调研活动，与医疗队的兄弟们一起，提高了日喀则市人民医院相关科室常见病的诊疗水平，为“小病不出县，中病不出市，大病不出区”目标的实现奠定了初步的基础。

教学

对口带教肾病科医师 2 名，包括住院医师马振华和主治医师巴桑次仁。累计带教病例 100 人次左右。开展专题业务讲座 4 次，分别讲解了肾性贫血、慢性肾衰竭、糖尿病肾脏疾病和 IgA 肾病的诊治现状。

在血透室，现场讲解血液透析、血液滤过、血液透析滤过、血液灌流、CRRT 等血液净化技术的适应证和禁忌证。指导马医师掌握透析患者干体重的评估、超滤量的设定、透析充分性的评估、常见并发症及其处理方法等。

制定了本科 6 种疾病的诊疗规范，包括尿路感染、急性肾盂肾炎、慢性肾炎、慢性肾衰竭、IgA 肾病及膜性肾病。制定了本科 4 种疾病的临床路径，即尿路感染临床路径、急性肾盂肾炎临床路径、慢性肾炎综合征临床路径及慢性肾衰竭（CKD5 期）临床路径。书写了 1 例泌尿系结核病例讨论报告（间断性咳嗽，伴尿急、尿频、肉眼血尿)，已汇编入《日喀则市临床疑难病例精选》一书，并付梓出版。

科研

2016年6月以来，总计申请课题4项。

2016年10月28日至11月4日，我与邹煜明、吴海波合作举办“2016年首届西藏—上海中医文化传播及冬季膏方学术论坛”。曙光医院心内科崔松主任、曙光医院肾病科陈刚主任、龙华医院呼吸科倪伟主任、岳阳医院朱亮教授分别就心肾疾病、膏方调理及中医养生等方面做了精彩的学术报告。

论坛期间，我邀请了上海中医药大学领导、附属医院专家分别深入内一科、肾病科及中西医结合科进行了考察调研。领导和专家们认真听取了各个科室的情况介绍，详细了解制约科室发展的主要矛盾，提出了中肯的意见建议。

2017年5月21日至26日，我与邹煜明、吴海波合作举办“2017上海—日喀则中西医结合学术论坛暨临床诊疗中心培训班”。论坛共吸引了来自定结、亚东、仲巴、江孜、萨迦、聂拉木、岗巴、定日和拉孜等区县的80多位学员共襄盛举。来自多所沪上知名“三甲”医院的专家教授，做了中医、西医、中西医结合及专科专病建设等内容的10余个精彩讲座，开阔了当地医生的眼界，提高了其诊疗水平。专家教授们还深入中西医结合科病房、中药房、康复理疗科和肾病科、心内科、内一科和胃镜室，在专科专病建设、人才培养、科室管理、结对帮扶、科研教学等方面给予了具体的指导，提出了许多切实可行的建议。

2017年6月29日至7月2日，我参与并出席了“2017年中西医结合发展论坛”及日喀则市人民医院“中西医结合疾病诊疗中心”挂牌等学术活动。

管理

帮助血透室完善相关制度20项，包括《血透室工作制度》《血透室人员岗位管理制度》《血透室交接班制度》等，为血透室科学管理打下了基础。

工作期间，提出了“血透室应该设立独立的阳性间”和“血透室应该有专职血透医生”的意见建议。2017年3月，血透室已设立阳性间，配置专门透析机一台及相关诊疗设施。2017年4月，又新增一台血透机。马振华医师也已定岗在血透室，负责患者管理及日常工作。血透患者已由 2016 年 6 月的月均 130 人次，增长到 200 人次左右。

援藏一载余，我深刻地认识到援藏的重要性。我将积极响应党的号召，牢记上海人民的嘱托，努力践行“老西藏精神”“两路精神”及“珠峰精神”，以孔繁森、邵海云等老一辈援藏人为榜样，凝心聚力同心同德，为把我们的第二故乡——日喀则市建设得更加美好贡献出自己的力量。

我的援藏故事（九）

上海市第一人民医院　朱骏

2016年4月，我积极响应党中央、中央组织部的号召，服从组织安排，参加医疗援藏工作，并光荣地成为上海第二批组团式援藏医疗队的一分子。2016年6月入藏后，我克服强烈的高原反应，坚持“不忘初心、建功高原”的信念，传承“特别能团结、特别能吃苦、特别能忍耐、特别能战斗、特别能奉献”的“老西藏”精神，第一时间融入日喀则市人民医院血液科的建设中去。

为了更好地服务于高原血液病患者，我和学员在入藏后第一时间调研了本地血液疾病的疾病谱，发现日喀则地区“高原红细胞增多症”发病率特别高，在居民中占到3%～5%。它会导致一系列头痛、头晕、疲乏、胸闷气促、睡眠障碍、食欲缺乏、记忆减退、精神不集中等临床症状。患者生活质量明显下降，甚至丧失劳动能力，严重时会诱发肺动脉栓塞、外周动脉栓塞、脑梗死、心肌梗死等致命并发症。而多年以来，对高原红细胞增多症的治疗一直局限于吸氧、活血化瘀、静脉放血等治疗，疗效一直不尽如人意，异常升高的红细胞很难有效控制到安全范围。了解到高原红细胞增多症目前的治疗现状后，我决定组织我的血液科医疗团队对这个医学难题进行攻关。经过查阅大量文献和医学论证，并结合我的临床经验，我开拓性地利用“红细胞单采术”来控制“高原红细胞增多症”的病情。红细胞单采术可快速、有选择、高效地减少患者血循环中红细胞的数量，迅速缓解高黏滞血症，使症状迅速好转，减少血栓形成的风险，而且同时避免大量丢失血液有益成分。在院领导的大力支持下，我在医院成立了“慢性高原病治疗中心”，集中医护力量把该病作为血液科的核心病种进行治疗。至今，“红细胞单采术治疗高原红细胞增多症”新技术已经顺利开展了一年多，已有数百例患者接受了该治疗，并取得了令人振奋的疗效。所有患者的血红蛋白均快速下降至安全水平，各种相关症状均有明显缓解。该技术的成功应用为高原地方病的防控新增了一项有力武器，并已经向高海拔的基层医院进行推广。“高原红细胞增多症”也成了血液科的特色单病种，极大地提高了日喀则市人民医院的知名度，也为日喀则市人民医院成功“冲三甲”助了一臂之力。

由于是世界上首次成功运用红细胞单采术治疗高原红细胞增多症，该项新技术被央视新闻联播、央视新闻直播间、新民晚报、文汇报、上海日报、健康报、澎湃新闻网、上海人民广播电台、西藏商报、西藏人民政府网站、中国西藏网、日喀则新闻联播、西藏新闻联播等多种官方媒体争相进行了相关报道。

在“不忘初心、快乐援藏、不辱使命、建功高原”的援藏精神指引下，我多次利用休息时间对学员进行操作培训，拍摄示范录像，手把手地指导血液科医师操作仪器，并制定了切实可行的操作规程。目前，每位医师均已能熟练进行“红细胞单采”操作，使这项新技术在雪域高原真正落地生根、造福人民。

在新技术开展的基础上，为准确地积累临床数据和经验，我和团队成立了科研小组，设计了“红细胞单采术治疗高原红细胞增多症”临床观察表，用于记录和统计分析患者住院期间和随访期间的各项临床数据。目前，已指导学员完成学术论文两篇，并已投稿国内核心期刊。另外，为对该技术进行系统科学的研究，我积极申报了日喀则市科技局高新产业发展重点科技项目、自治区重点科技项目、自治区自然基金等多项科研项目，其中“红细胞单采术治疗高原红细胞增多症的疗效和安全性研究”成功获得西藏自治区自然基金资助。另外，援藏期间，我以副主编的身份编撰了《高原特色病例精选集》著作一本，为高原地区医师留下了我们援藏医疗队对高原疾病的诊治经验。

援藏任务虽然结束了，但我永远也忘不了这里的蓝天白云，这里的山川草木，这里淳朴善良的人们。最艰苦的地方才能绽放最美丽的雪莲。回顾这一年的工作，为自己能为藏族同胞的健康而付出辛劳和汗水感到无比骄傲和自豪。这一年，不仅让我身体经受了人生道路上最艰苦的考验，更让我学到了“老西藏”的敬业精神。援藏是一种经历，更是一种历练，它开拓了我们的视野，陶冶了我们的情操，增长了我们的才干，提升了我们的素质，特别是锻炼了我们在雪域高原艰苦复杂环境下工作的能力和团队协作的能力。磨难带来个人的收获，经历会是人生的财富。有挫折，但更多的是坚强；有泪水，但更多的是欢笑；有痛苦，但更多的是开心；有付出，但更多的是收获。今后的日子里，我仍然会发挥“老西藏”精神，在自己的工作岗位上，全身心地投入，用自己的所学，为祖国医学事业的发展贡献自己的绵薄之力！

日喀则急诊科的一年

上海市同济大学附属同济医院　陈伟

2016年4月，同济医院急诊科接到援藏的任务，我积极主动报名。经过组织的筛选和审查，5月通过了入藏的体检，6月在上海市委党校经过党组织的培训，6月中下旬，我和第八批援藏干部一起踏上了西藏这块净土。

初入日喀则，轻微的活动就会有气喘。即使高原反应还没有完全适应，我们医疗队也很快开始了第二批组团式援藏医疗工作。根据医疗队队员专业的不同，我被分配到了急诊工作，挂职科室副主任。科室人员技术水平参差不齐，多数一线工作人员还没有取得医师执业证，这些在上海是不可想象的（高年资主治医师以上）。深入了解以后，对于援藏的任务，自觉担子更重，援藏不是喊喊口号，而是要做实实在在的事。针对这些发现的问题，我进行了一系列的“改革”。一是建立科室医生微信群，方便信息沟通流畅。二是建立导师制。三是完善各项制度，尤其是针对日喀则当地急诊发病率较高，致死率高的疾病，规范诊疗常规，定期每周四业务学习。由老师讲、被动听，转变为老师学生一起讲的主动学习，提高了学习效率。四是协助制定个人职业规划，提出定期考核制度。建立低年资医师职业档案，量化奖惩指标，激励低年资医师迅速成长。五是提高科室影响力，整合区域医疗资源。针对夜间日喀则市只有日喀则市人民医院急诊科一个三级医疗单位，夜间急诊业务量较大的情况，整合了上海援藏五县及桑珠孜区医院的急诊科，建立沟通和反馈机制，优化急诊患者的就诊流程，减少不良事件的发生。

在援藏期间，我两次举办了西藏自治区日喀则市急救、创伤及危重症疾病学习班，邀请了国内多家顶级医院的专家，来到高原传经解惑，为当地的医务人员带来了相关专业的最新临床进展，让县级医院的医务人员足不出藏就能学习到先进的医疗技术，提高藏区医务人员的诊疗水准，保障藏区人民的健康。

在做好本职工作的同时，我们也利用业余时间到条件更艰苦的地方去，送医下乡去海拔更高的地方。深入祖国边境洞朗地区，为驻守官兵、牧民、当地工作人员送医送药。多次到敬老院、福利院送医送温暖。印象最深的一次义诊是在海拔5000多米的仲巴县。我在为当地县医院的医生授课时，急诊的医生请我去看一个患者，一眼看到这个小患者时，我惊呆了：整个房间弥漫了让人窒息的气味。轻轻撩开被子，看到她破溃的皮肤、局部红肿的伤口。进一步明确病情后，立即给小姑娘做了局部清创，联系日喀则市人民医院转送高级别的抗生素。尽管经过我们多方的努力，小姑娘就诊还是被延误，错过了最佳的治疗时机，一个鲜活的生命最终永远离开了我们。

经历了才知道，我们是多么地被需要。短短一年多的时间，我自己做的还不够多，许多临床的技术还未来得及普及，新开展的技术还没能够被当地的医务人员熟练地掌握，自己带的“小徒弟”还未能达到“师傅”的期望。这次援藏，留下了些许遗憾。回来以后，我不时鞭策自己，从身边的小事做起，不断提高对自己的要求，力争临床和科研更上一个台阶，随时做好再次出发的准备，去祖国需要的地方。

日喀则援助小记

复旦大学附属妇产科医院　王超

2016年6月18日是我生命中一个难以忘确的时间节点，因为这一天我作为上海市第二批组团式医疗援藏队队员，跟随上海市第八批援藏队共108名兄弟离开上海，赶赴日喀则执行援藏任务。

回想起刚接到任务时的忐忑心情，在市委党校行前动员会上韩正书记、杨雄市长等市领导振奋人心的致辞，在送行会上院领导、复旦大学校领导的悉心嘱咐，临行告别时妻子和孩子那泛红的眼圈和不舍的神情，这一切都让我心潮澎湃、感慨万千。西藏，一个多么遥远的名字，只是在电视和驴友写的游记中听说过她的美丽和神秘，最多在梦境中想过“再不去西藏就要老了”，而在现实生活中从没有真正计划去一次，因为它的高海拔缺氧环境让我望而却步。但是，现在我要去那里工作一年，身体能扛得住吗？儿子那么调皮，妻子一个人能管得住吗？父母年纪都大了，又都在外地，万一身体出现什么状况我不能及时赶回去该怎么办？最关键的是儿子马上就要小升初了，我又不在身边……有太多的问题需要解决，可是组织上的任务、工作的需要容不得我考虑那么多了，整理好心情、收拾好行囊，我出发了。

经过在成都的过夜、转机，我们终于在6月19日中午抵达日喀则和平机场。刚下飞机，映入眼帘的是蓝天、白云、大山，热情的西藏人民载歌载舞，用洁白的哈达和青稞酒欢迎我们的到来，我受宠若惊。接机的大巴把我们送到了市区的酒店，旅途的劳顿加上高原的缺氧立刻给了我们每个人一个下马威，头痛、头晕、走路感觉人在飘，稍微走快点就感觉气急，有的队员甚至呕吐、血压升高、失眠。还好，细心的领导们给每个队员都配备了氧气，于是一有空就吸氧成了我们每天的必修课。

经过几天的休息调整，我们医疗队23名队员正式投入了日常工作。作为第二批组团式医疗援藏队队员，有的科室由于有第一批队员在，还可以进行工作的交接、情况的了解。而我是组团式医疗援藏以来第一个援助日喀则的病理医生，没有任何前人的经验可以借鉴，完全是从零开始。作为日喀则最大的一所综合性医院，它的病理科比较简陋，设备陈旧，人员紧缺。整个科室只有3位医生，没有技术员，医生要兼做技术员的工作。3位医生中科主任是副主任医师职称，已经超过退休年龄，其余2位是住院医师，没有作为中坚力量的主治医师。科室没有开展冰冻切片、免疫组化染色、特殊染色，而这些都是病理科应该开展的常规技术。脱水机是产自20世纪80年代的老式型号，经常出故障。切片质量较差，刀痕、皱褶、不完整；染色不稳定，要么太红、要么太蓝。随着工作的深入，我进一步发现住院医生取材不规范，随意性较强，明显没有经过正规培训，取材记录极其简单，让阅片者不知所云。综合上述情况，我深刻意识到人员培养的急迫性。根据日喀则市委组织部及日喀则市人民医院的要求，我与医院签署了帮带协议，重点负责带教科室里普琼及万银华两位住院医生。我决定从最基础的着手，一方面进行各器官系统常见标本规范化取材的科内小讲课；另一方面亲自示范取材，全子宫、胃癌、大肠癌、乳腺癌等常见标本，边取边讲，甚至手把手教，并强调了取材记录的重要性以及应该如何记录。经过几次带教及反复强调，取材情况有了明显好转。经过调整脱水机程序及染色步骤，切片质量也有了提高。针对科室设备陈旧、缺乏问题，我递交了购置设备申请，院部已经同意在新落成的院区给予齐全的配置。针对科室缺乏专业技术人员问题，我递交了人员引入申请。院部很快在招收新职工时给科室配备了专门的技术员。针对科室医生缺乏专业培训问题，我递交了外出进修申请，院部积极响应，于2017年4月起外派科室的万银华医生去上海进修9个月。

此外，在日常工作中我发现临床科室送病理标本随意性较强，具有极大的安全隐患。因此，我着手制定了“日喀则市人民医院病理申请单和标本的验收流程”并报送医务科，经院部讨论后立刻全院执行，从而规范并保障了病理标本的安全接收。针对一些疑难病例申请单上病史填写不全的问题，我给科里制定了病理查房制度，要求病理医生亲自到病房去查看患者，在床位医生的陪同下问病史，做体检，做到眼见为实。在这一制度的保障下，我们曾经成功做出一例腋下转移性恶性黑色素瘤和一例腹膜后转移性精原细胞瘤的正确诊断。针对科里住院医生基础知识薄弱的问题，我一方面在每天阅片时结合具体的病例通过显微摄像头同步传输图片进行诊断要点及鉴别诊断的讲解，并要求住院医生回去看书加强记忆；另一方面每个月至少进行一次科内小讲课针对某一问题进行系统的讲解。

2016年10月，在日喀则市人民医院及我的派出单位复旦大学附属妇产科医院的大力支持下，我们病理科成功举办了“2016 年首届西藏—上海妇科液基细胞学诊断暨阴道镜技术学习班”，邀请了国内顶级的妇科临床及妇科病理专家授课。来自日喀则市人民医院、桑珠孜区人民医院、江孜县人民医院等多家医院的 20 多位妇产科和病理科医生参加了这次学习班。学员们对学习班给予了高度的评价，纷纷表示获益匪浅。借着学习班的东风，在复旦大学附属妇产科医院的鼎力支持下，我帮助日喀则市人民医院以捐赠的方式引进了价值近百万元的进口仪器和耗材，从而可以顺利开展妇科液基细胞学检查这一新技术，为日喀则乃至西藏地区妇女的宫颈癌的防治做出了贡献。

在工作之余，我也积极参加了医疗队组织的多次公益活动，比如日喀则市人民医院举办的多次大型义诊、江孜县及拉孜县养老院义诊、亚东县人民医院义诊、拉孜县高考体检，也去了日喀则市广播电视台做了宣传我们病理科的节目，为广大日喀则群众普及了病理知识，尤其是宫颈癌防治的知识。

回顾一年来的援藏经历，相信自己的努力付出为日喀则市人民医院成功创建“三甲”医院奠定了一定的基础，做出了一定的贡献。

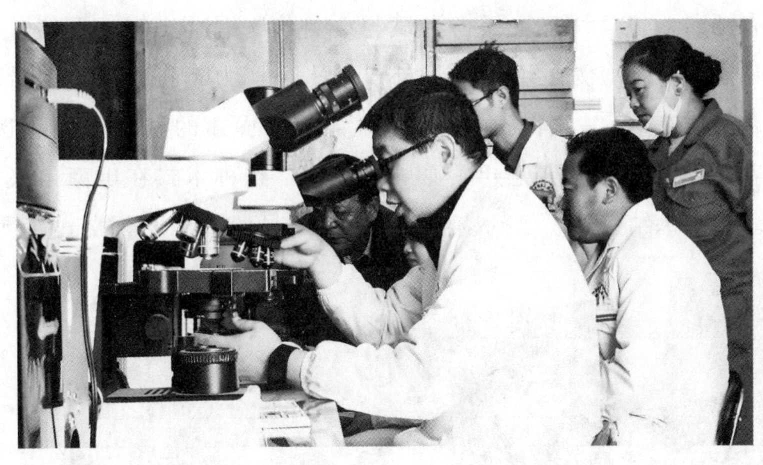

我的援藏故事（十）

安徽省立医院　夏养华

为了响应国家的援藏号召，我积极主动报名，经院内选拔和考核后，于2016年7月10日远离亲人和单位同事，随组团式援藏医疗队一起来到了雪域高原上的山南市人民医院进行援藏工作。

初到高原，我就出现了常见的高原反应，胸闷气喘、乏力、全身酸痛等。但我克服这些困难，积极地开始临床工作，包括查房、门诊、会诊及参加手术等。山南市人民医院虽然是一家三级乙等医院，但是人才仍然很缺乏，神经外科医师只有两名，包括科室主任杨洪斌和一名住院医师史睿，且能单独开展手术操作的只有杨主任。为了增强神经外科的人员实力，我手把手地带教史睿医师。一个寒冬的夜晚，一名高血压脑出血伴脑疝昏迷的患者经急诊送来医院。我立即带着史睿医师对其实施开颅血肿清除术。这种术式在山南市人民医院开展得较少。当手术结束后，已到凌晨3点多了，虽然感觉很辛苦，但看到患者术

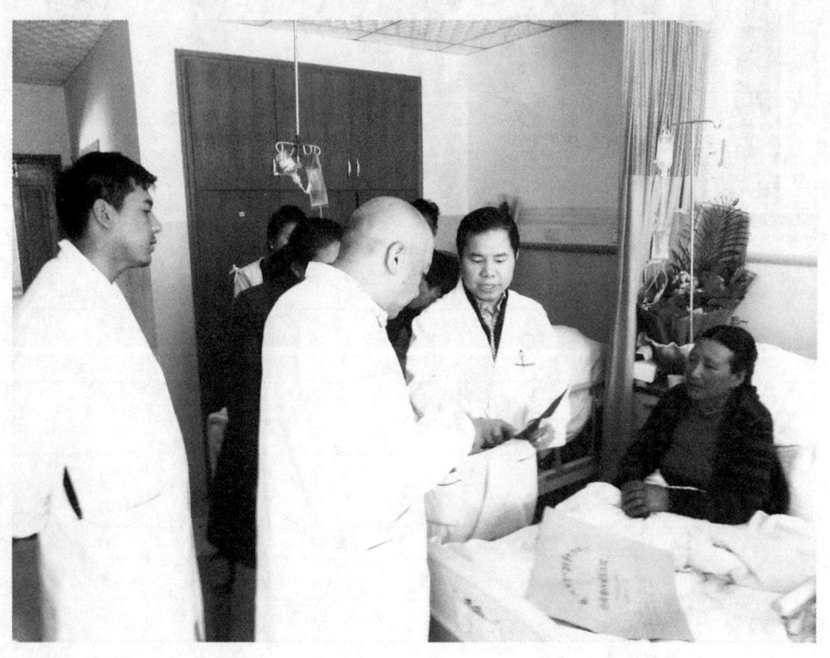

后意识清楚、康复出院后，我感到很欣慰。还有一名 80 多岁的藏族老奶奶，因为“慢性硬膜下血肿”在其他医院保守治疗效果不佳后，转来山南市人民医院。我带着史睿医师对患者实施了“慢性硬膜下血肿钻孔引流术”，但在这之前科里一般是行“锥颅引流术”。这种术式血肿清除效果慢，头部引流管留置时间长，会增加颅内感染的机会。采用“钻孔引流术”后患者很快恢复。另一例颅脑损伤在外院治疗后昏迷 2 个多月伴有脑积水的患者，我带领史睿医师给患者行“脑室—腹腔分流术”，术后患者神志恢复清醒，患者家属非常满意，十分感谢我们。这样的例子还有很多。我带教的史睿医师从一名只会缝合头皮的医师成长为一名能单独操作多种神经外科手术的医师。看到又培养出了一名合格的神经外科医师，我感到由衷的高兴，因为我为“留下一支带不走的医疗队”这个援藏目标做出了自己的贡献。

除了一对一、结对子地带教史睿医师，我还带教轮转医师和进修医师。2016 年 10 月，山南市人民医院神经外科获“领军人才工作室”称号，之后有 7 名县级医院的医师来科里进修。为了提高他们的临床水平，我每周都进行教学查房、每月都举行专业知识讲座，并带领他们开展手术。其间，耐心细致地解答他们的各种疑惑，使他们的理论知识和神经外科的专业水平得到了较大的提高，获得了他们的一致好评。

这一年的援藏工作虽然辛苦，但也是我人生中的一个重要的经历。我虽然是来这里进行技术援助的，但也学到了很多，体会了西藏的风土人情，并与科室的同事结下了深厚的友谊，加强了与藏族同胞的交流。

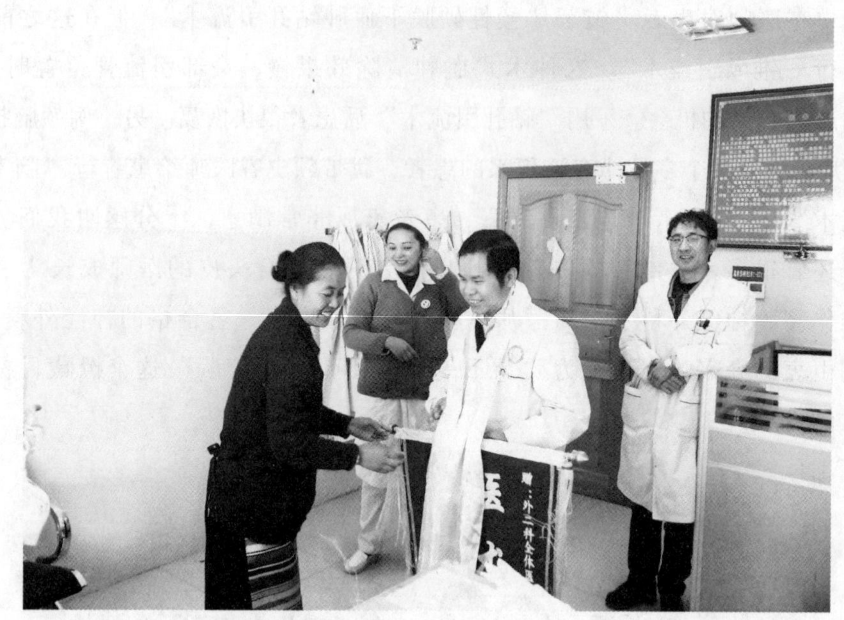

为医院管理做贡献

安徽省立医院　蔡赵兰

我来自安徽省立医院，是一名医务管理人员。应该是受虞德才院长的影响，当看到第二批组团式援藏人员的遴选通知时，我毫不犹豫地报名了，而且是唯一一名女性；应该是党员的责任使然，即使在当初父母不同意的情况下，依然去参加进藏前的体检；作为一名医务管理人员，我觉得应该把内地的一些好的管理经验带给藏区，以提供更高效、安全的医疗服务。于是，在骄阳似火的7月，我带着青春的梦想和热情来到了山南。

医务管理，是一个促进临床诊疗行为不断依法规范的过程，对于山南市人民医院，医务管理更是要强化落实法律法规、加强核心制度执行的过程。在山南市人民医院，医务管理的范围非常广，包括医疗质量、医疗安全、医疗技术等，还包括科研、教育、病案管理等多项职能。面对仅有3名工作人员的医务科，我明白，不能再用内地有着10余名工作人员的科室工作模式来开展工作了，得从环节入手，进行规范管理，逐步促进规范形成。

在医疗机构进行诊疗活动过程中，依法执业为基本要求，包括医疗机构和人员。通过梳理，我发现，医疗机构执业许可证中的诊疗科目不完善，缺少"感染管理科"，于是尽快与山南市卫生计生委联系，同办公室一起准备登记变更材料，及时完善科目。在人员方面，也存在未注册或执业范围、执业地点不符现象。对此，要求需办理注册及变更执业地点的20名医生在2周内提交材料，尽快办理注册、变更；对于需变更执业范围的人员，按要求进行相关培训并取得培训合格证书。同时，要求临床、医技各科室严格执行值班制度，对于无证人员，须在带教老师指导下进行诊疗活动，杜绝单独值班。医务科也将定期对值班表进行督查，强化执行。通过一系列措施，医务人员逐步强化了依法执业的意识，做到依法诊疗，规范值班，从而给医疗安全带来保障。医务科也将此项工作列入常规工作，定期梳理，促进规范管理。

按照依法执业要求，我还先后联系职业病防治单位和卫生计生委妇社科，咨询放射诊疗许可证及母婴保健技术服务执业许可、母婴保健技术考核合格证事宜，均因全区未开展此项工作所以无法办理。但我把这项工作交代给医务科同事，请其时刻关注，确保及时完善。

医疗质量是医院技术水平的重要体现，医疗安全是医院服务的基础，我深刻认识到这一点。为此，我从这一环节入手，逐步提高医院的医疗质量。

从病历质量入手。首先，规范病案首页填写，以国家卫生计生委最新颁布的《住院病案首页数据填写质量规范（暂行）》为标准，请信息科维护，方便卫生数据的统计。其次，加强运行病历质控，以援藏专家为依托，做好带教指导，把好源头关。同时，通过组织援藏专家和本院专家进行运行病历督查，加强交流，发挥科主任引导作用加大环节把控。

从核心制度的落实情况入手，以每个月行政查房为抓手，对核心制度登记本进行督查，改变以往“有则通过”的做法，注重内容实效，加强规范管理。

从抗菌药物使用入手，联合药械科，组织开展麻精药品、抗菌药物知识培训、考核，对所有考核合格人员授予相应权限；维护 HIS 系统权限，通过信息手段予以控制，从而规范临床用药行为。

从新技术新项目管理入手，完善新技术项目申报表，组织申报审批工作，严格新项目新技术准入，为新技术新项目的临床应用做好把关、监督；建立完善医疗安全管理制度，明确医疗争议处理流程，规范医疗安全管理。

做好医务管理工作的同时，我也参与组团式援藏办公室工作，包括 30 名队员援助目标责任书制定及签订，18 家医院“院包科”协议书的制定，医疗队工作季报、月报、周报台账的统计、整理工作，医疗设备购置参数的统计、梳理工作，援藏专家门诊及承接团队的宣传展板制作等，为组团式援藏组织工作尽心尽力。

三级甲等综合医院的创建也是我们援藏工作的目标任务之一。为此，我也积极参与，制定了“三甲”创建工作实施方案及领导小组分工，分解评审标准，明确部门分工，梳理《三级综合医院医疗服务能力》中所涉及的疑难重症病种及关键技术，为“三甲”创建贡献自己最大的力量。

工作中，我从细节入手，逐步规范，对自己也是规范要求，严格遵守医院各项规章制度，从不迟到早退，完全以山南市人民医院的一名职工的要求来自律；对培养学员，我也从思维方式上给予规范建议，即从事每项医疗管理活动都得明确标准，然后从现实找差距、找原因，持续改进，从而做到规范管理。

一年援藏行，终生援藏情。援藏期间，我与藏族同事共同学习，相互促进，为提升山南市人民医院的医务管理水平做出了自己最大的努力。在以后的工作中，我也将与山南保持密切联系，带着认真与热情继续与藏族同胞携手共进。

“娟娟”暖流润山南

记安徽医科大学第一附属医院谢成娟

“那一刻，我升起风马不为祈福只为守候你的到来；那一日，垒起玛尼堆不为修德只为投下心湖的石子。”

2016 年医疗援藏的文件下达后，来自安徽医科大学第一附属医院神经内科的谢成娟第一时间主动申请参加医疗援藏。作为一名医院的年轻骨干，经过严格选拔和考核，顺利成为第二批安徽省组团式支援山南市人民医院的成员。

第一次见到谢医生，她给我的第一感觉是阳光热情，非常亲近。她说：“作为一名青年党员，积极响应党和政府的号召，主动申请参加此次医疗援藏，是个人选择，更是责任驱使。跨越千里，远赴边疆，确实不舍离开为之奋斗的单位和朝夕相伴的同事，不舍得离开深爱的丈夫和年迈的父母，更不舍得离开刚上幼儿园的宝贝女儿。但既然选择了，就会义无反顾，克服一切困难投入山南市人民医院的工作中。”为了这次援藏的成行，谢成娟的家人付出了巨大的牺牲。丈夫常年在外地工作，本就很少回家。才四岁的女儿，放在马鞍山由父母帮忙照看。

克服高原反应，主动深入开展工作

初到山南，由于高原反应严重，谢医生每日必须吸氧，晚上还出现失眠、头疼等症状。但是，她没有因此而退缩，简短的休整后就立即投身到工作中去了。为尽快摸清科室情况，她主动和藏族同仁沟通交流。刚到山南的那些日子，谢医生都是吸着氧气下病房的。同事叫她多休息，她总是笑着说没事。

她凭借过硬的专业素养和基本功，很快得到了同事的认可。我们常常能看到谢医生带着山南的同仁一起会诊，一同查看病房。得知山南市人民医院缺乏相关设备和书籍，她积极联系单位捐献出了急需的设备和书籍；为了让医院同仁能够掌握更多的本领，她每个礼拜都会给科室开一次讲座，每个月还进行全院的讲座。她还毫无保留地将自己掌握的专业技能手把手地传授给科室同仁。山南这边还没有开展过腰椎穿刺，她亲自示范，耐心地给科室成员讲解技术要领。

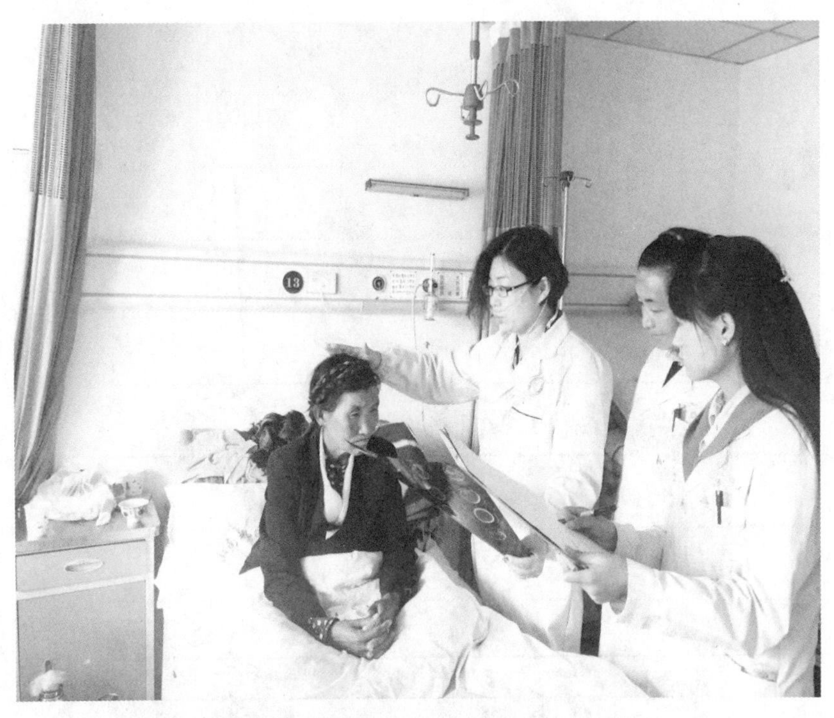

谢成娟医生戴氧气瓶查房

临危受命，处处尽显医者仁心

遇到紧急情况或者疑难问题时，她往往是冲在最前面的一个。援藏医生赵矩因突发脑出血倒下后，谢医生第一时间全程参与抢救，并亲自将其送到安徽。援藏干部措美县农业局李和敏昏迷，她全程抢救治疗。现在李和敏已经安全回到安徽。她已经不记得有多少次半夜从住处爬起来去医院会诊和抢救患者了。夜里忙完，白天继续工作已是家常便饭。

有一件事让我们很感动。前些天，在上班途中，谢医生因走路崴到了脚，后来脚肿得无法走路，还打上了石膏。但她没有请假，每天坐着轮椅准时出现在工作岗位上，从来没有叫过一声苦。为了拉近自己和患者之间的距离，她的脸上从来都是面带笑容。我想，藏族同胞是能够从这位援藏医生身上感受到医者仁心的。

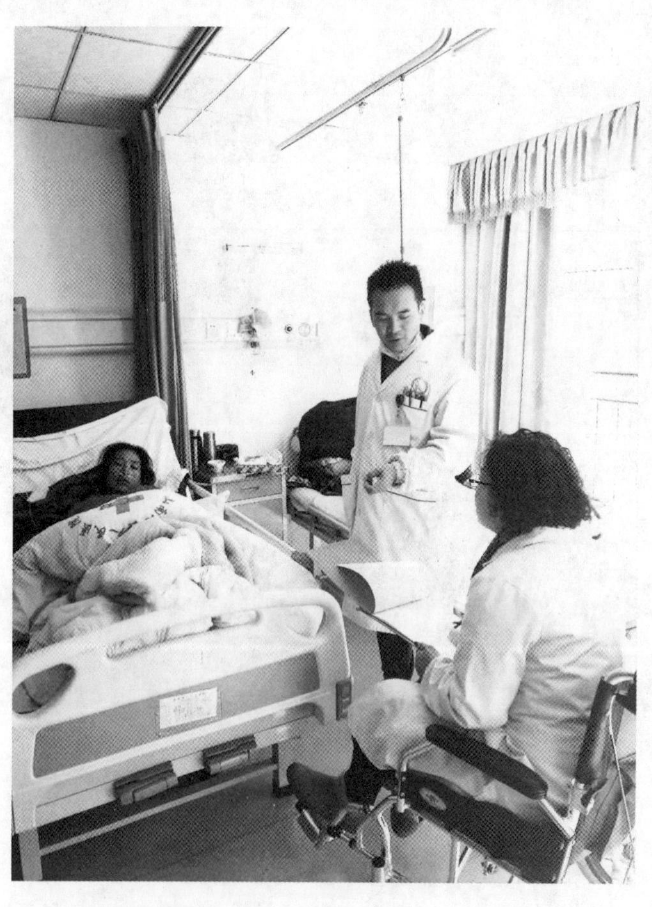

谢成娟医生脚上打着石膏坐轮椅工作

捐助藏族同胞，爱心点燃希望

这段时间，来自浪卡子县的一位双下肢残疾的结核病患者，牵动着谢医生的心。患者和家属刚来医院的几天，几乎每餐都是吃家里带来的糌粑就点凉水下肚。这些被细心的谢医生看在眼里，记在心上。她对这个特殊的家庭给予了无微不至的关心。每天查房时嘘寒问暖，她在与患者的交流中得知：患者丈夫眼睛失明，孩子腰椎骨折双下肢瘫痪。家庭没有劳动力，也没有牛羊，经济来源十分有限。

考虑抗结核药物有很多不良反应，加之有些药物暂时缺乏的缘故，本着为患者节约医疗开销的想法，谢医生已着手准备从安徽带一些减轻治疗不良反应的药物过来。结核病的康复需要患者营养上跟得上才行，她给这位藏胞买来营养品、鸡蛋、水果，还捐了现金让这个家庭改善伙食。当她将现金递给病床上的大姐时，大姐流下了感动的热泪。这个场景感动了现场所有的人。

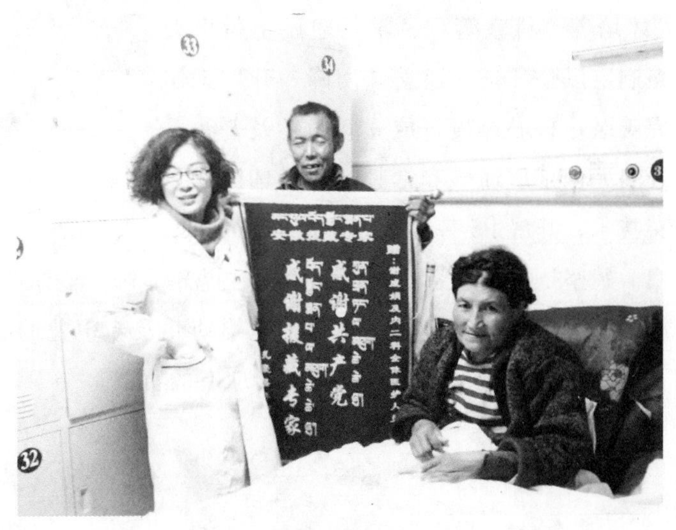

藏汉一家亲

西藏进入寒冬后，氧气含量进一步下降。谢医生几次夜里因心绞痛醒来。这段时间在自己已连续输液一周的情况下，她仍然坚持上班。她常说：“援藏，就意味着付出和牺牲。”为了不让家人担心，她总是报喜不报忧。工作之余，令谢医生最开心的是和家人视频。孩子娇滴滴地喊妈妈，是她最高兴和欣慰的时刻。

在援藏医生的真情付出下，山南的卫生事业会有更长足的发展，藏族同胞的健康也会因此得到更多的保证，民族团结之花更会越开越艳丽。

抢救900克超低出生体重早产儿

记安徽省儿童医院李先红

2016年7月，积极响应国家支援西藏的号召，李先红随第二批安徽组团式医疗队来到西藏山南市。根据组织安排，李先红担任山南市人民医院儿科主任。援藏期间，她紧紧围绕受援单位实际，忍受高原缺氧等恶劣条件，进入工作角色，发扬“缺氧不缺精神、艰苦不怕苦的精神”，在人才培养、科室管理、学科建设上付出大量心血。她严格制定风险评估，建立“两降一升”工作方案和台账，完善医疗核心制度，成立新生儿及普儿重症监护病房，开展无创正压通气和常频呼吸机辅助呼吸等高级生命支持技术，开展PS替代治疗重症NRDS，填补儿科技术空白。她坚持理论联系实际强化培训，提升了科室整体医疗服务质量，促进了医院儿科整体医疗水平发展，改善了本地婴幼儿及新生儿的健康水平，脚踏实地地为留下一支“带不走的医疗队”做出了应有的贡献。

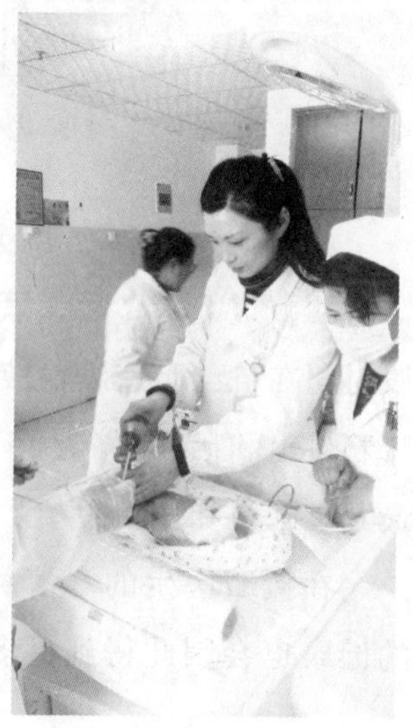

她开展无创正压通气成功抢救30例危重新生儿，开展常频呼吸机成功抢救18例危重患儿。其中，首次收治一名孕周为28周，出生体重只有900克的早产超低出生体重儿。她指导当地医师抢救治疗，手把手带教，系统管理，住院一个月顺利出院。每月随访，孩子生长顺利，李先红医生采用的新技术新疗法明显降低了危重患儿的病死率，提高了存活率。她本人获得西藏山南市卫生计生委、山南市人民医院评选的先进个人、优秀援藏干部等荣誉。

爱在山南

安徽省皖南医学院弋矶山医院　张帆

2016年，我积极响应国家卫生计生委提出的医疗人才组团式援藏号召，在医院各级领导的鼓励和家人的支持下，通过遴选，来到了山南市人民医院妇产科工作。通过援藏，充分认识到党中央决策的重要性和正确性。

在这短短的一年援藏期间，我发扬缺氧不缺精神的“老西藏”传统，身体力行，率先垂范，不仅一对一带教徒弟，做到人走技术留，还先后主持和参与培训专科理论和技能20余场，受训300余人次。在搞好带教的同时，发动老师开展科研建设，本人带领产房老师申报的“无保护会阴接产”获得医院科研三等奖。

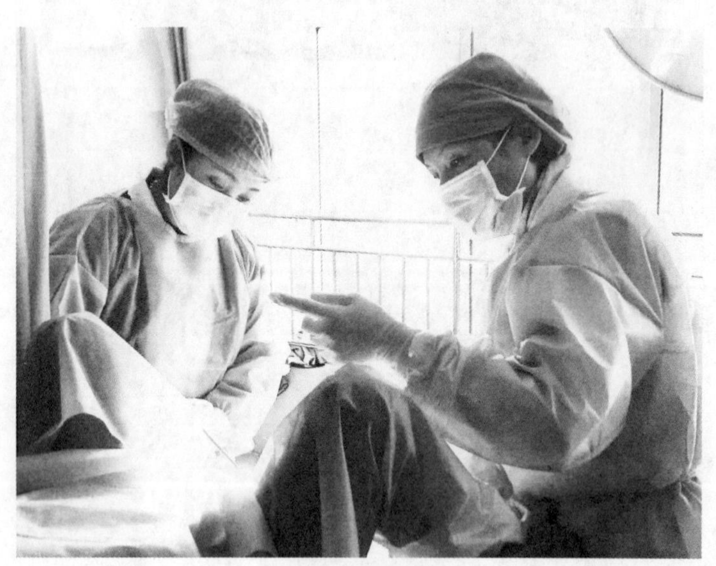

印象最为深刻的是2017年，我跟随医疗队来到海拔4700米的浪卡子县卡龙乡义诊。第一次这么近距离来到藏区老百姓的生活中，再次深深被他们的朴实真诚所感动，同时也深深为他们身体状况担忧，也自责自己不能为他们带来根除疾病的灵丹妙药。从上午10点到下午3点，藏区老百姓一直有秩序地排队测

量血压，接受医生问诊和体检，接过我们带去的常用药物。有的老百姓还不时转动手中的经筒，口念六字真言，神情安详地为众生祈福。一直为所有等待的同胞体检结束，我们才开始吃午饭。三个脸盆盛着蔬菜，其中两盆土豆丝，一盆青椒豆干丝。饥饿让我们都忘了些许礼节！我们吃完午饭，他们才吃我们剩下的残羹。真的惭愧不已，都已经下午三点了，原以为他们已经吃过了，原来他们把最好的留给了他们最尊敬的人！当我们表达歉意时，他们憨厚地笑着说，你们累了，看你们都出了好多汗。多么纯真的心灵！虽然我们因忙碌而气短、心慌和不适，虽然和他们交流不是很顺畅，但是，我们每个人的内心都是满满的幸福！因为我们能为这些高寒地区的藏族同胞做点力所能及的事。通过义诊，我切身感受到老藏区人民的实际生活状态、西藏地区的卫生医疗状况，更深刻体会到党和国家对援藏医疗政策的改革非常正确。组团式医疗援藏，更能起到精准援藏的效果。

每每回想起在西藏的一年时光，心里总是涌出莫名的感动。西藏，丰满了我的人生，也让我的人生多了一份牵挂；山南，那条雨季奔腾不息的雅砻河边，深深地刻印了我曾经难忘的过往！只想余生再去那里一次，再一次感受藏文明的洗礼！

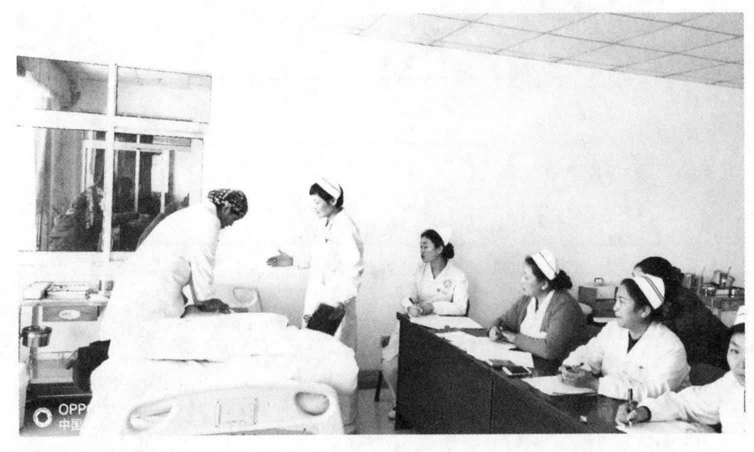

在山南的援藏岁月

记安徽省皖南医学院弋矶山医院张伟

2016年7月入藏至今已经8个月，病理科张伟副主任还记得初来山南市人民医院病理科时的景象。本院职工只有1名，缺乏科室管理制度，病理操作不规范，检查种类单一，病理诊断阳性率低，每天处理的标本只有胆囊炎和阑尾炎。她思考西藏山南病理科的状态，“病理是诊断的金标准”的价值哪里去了？西藏山南市人民医院病理科要发展就要培养自己的病理人，多干病理事！在各级领导的关心和支持下，半个月后，她迎来了自己的学生。这是一名大专刚毕业的病理零基础的藏族女孩。张伟下定决心要将她培养好。

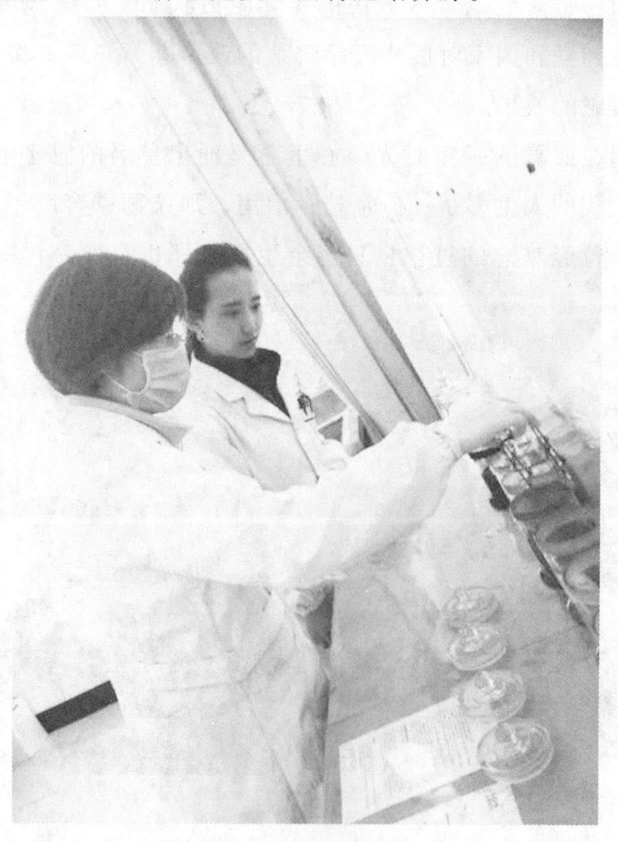

她着手制订科室工作计划和人才培养计划。她建立健全各项科室核心制度，并且将各项制度落实于日常工作中。工作初期，她就发现科室人员对病理核对制度认识不足、重视不够。她多次提出建议，可是长期养成的坏习惯很难改正。终于，在工作的第一个月就发生了一件事。一天上午，病理科收到2例胸水标本，科室人员将它们制成涂片后请她阅片诊断。这时，她却发现涂片缺少病理号，再回头去看标本瓶，同样是没有任何姓名及病理号标识，科室人员很自信地说这张涂片是这个患者的，那张涂片是那个患者的。她听后表示惊讶且有些气愤。于是她告诉她们，这张涂片是阴性结果，另1张涂片是阳性结果（胸水找见腺癌细胞），这时候科室人员再也不能理直气壮地说哪张是谁的涂片了。最后她通过与临床联系，成功制止了这次医疗差错的发生，并且抓住这次机会给科室人员好好上了一课——病理责任心的重要性。以后，科室人员严格执行病理科核对制度，类似事件再也没有发生。

在病理科资源缺乏的条件下，张伟克服了种种困难，自己亲自动手实验，开展了3项病理新技术：肝穿刺活检病理慢性肝炎GS分级结合免疫组化检测、结核杆菌抗酸染色、胃镜活检标本的HP检测。其中，肝穿刺活检病理慢性肝炎GS分级结合免疫组化检测新技术填补了山南地区的空白，荣获“山南市人民医院2016年度新技术二等奖”，使山南地区肝炎患者的诊疗水平进入国内先进医院的行列。

她在开展病理新技术的同时紧抓常规工作质量，努力提高常规病理的诊断水平。她统计了近一年来的妇科液基细胞学的诊断结果，发现诊断阳性率为0，也从未诊断过微生物感染（真菌和滴虫等感染）。这样的统计结果是存在严重的诊断质量问题的。在2016年底，她很兴奋地诊断了第一例液基细胞学阳性的病例（后续经宫颈活检证实为鳞状上皮内高度病变），使患者及时采取了手术治疗，避免了宫颈癌的发生。如果像既往一样漏诊，这名患者不到半年就会进展成宫颈癌。宫颈癌和鳞状上皮内高度病变的手术方式及医疗费用千差万别，虽然患者可能永远都不会知道，但是她自己非常清楚，是她挽救了一个藏族家庭，她感到自豪和满足。由于设备原因，山南市人民医院目前还不能开展术中冰冻，很多高类别的手术都无法开展，患者只能选择转院。这给患者就诊造成了困难，增加了治疗成本，同时也大大制约了医院的发展。于是，她积极开展细胞穿刺病理技术，带领科室人员给多例乳腺包块和甲状腺包块的患者进行穿刺，利用细胞病理学解决了手术前的病理诊断问题，使患者成功地留在山南市人民医院进行了根治手术。虽然患者并不清楚其中病理的重要性，但是病理科却赢得了临床外科的信任。虽然山南病理工作环境艰苦，她对工作依然严要求高标准，每一例乳腺癌标本都亲自做免疫组化检测（全国乳腺癌病理诊断规范要求行免疫组化检测），使每一份乳腺癌的报告都达到国内三级甲等医院的标准，使西藏的老百姓也能享受到高质量的病理服务。

抓病理工作质量的同时，她时刻将学生带在身边，用自己认真严谨的工作态度去影响自己的学生。工作初期她很焦虑，自己言传身教的知识，为何学生就是掌握不好？通过一次次地与学生谈心，她终于发现了其中的秘密，原因是她的学生对于被分配来病理科工作是不情愿的。于是，她向学生讲述了自己的工作经历，讲述自己如何从一心想干临床到如今真心实意地为病理奋斗的思想转变历程。学生的心结被解开了。她给学生制订了为期1年的培养计划，手把手地进行带教指导。目前，她的学生已经熟练掌握日常病理工作和病理新技术操作，已基本掌握常见病和多发病的病理诊断，这对于病理的学习来说已经是非常快的速度了。

“以患者为中心，以病理为己任”是张伟的座右铭。她将继续努力上下而求索。

一年援藏路　一生高原情

安徽医科大学第二附属医院　包满珍

题记　西藏是一片神奇的土地，在那里，我曾拍下美丽的风景和工作中的场景，留下深深的印迹；在那里，我也曾写下随笔，记录我援藏生活中的酸甜苦辣，记录这一场无悔的经历。

“尽己所能去帮助更多需要帮助的人，让他们因为我的帮助而受益。”这是我的工作信条，秉承着这样的信念。2016年7月，我报名参加了援藏医疗工作，和大部分人一样，西藏也是我心中的梦想，一直都有“西藏那么美，我想去看看”的想法，但没想到是以援藏的方式去。援藏对我来说是一次经历，更是一次人生的历练与修行。

使　命

本次援藏是中央组织部、国家卫生计生委、人力社保部组织的安徽省第二批组团式援藏医疗队，国家的重视程度、援藏人员的规模与力度是空前的。医院院周会传达了文件之后，我报名了。当朋友得知我报名去援藏，曾经问我：“你儿子才上小学二年级，正是需要妈妈陪伴照顾、培养良好学习习惯的关键时候，你怎么舍得丢下他去西藏一年？”但更熟悉我的朋友和家人则明白，做出这样的选择完全不意外，于我而言，援藏工作是神圣的、高尚的，虽然困难但令我向往；更重要的是，援藏可以帮助更多需要帮助的人，可以让我发挥自己的护理管理经验，造福当地群众；如果人生中拥有一段别样的经历，我回忆时也会倍感骄傲。

欢送会上，院领导和护理部主任反复嘱咐我们在高原要保重身体，常报平安，有困难时要及时求助，二附院永远是我们的大后方……关爱之情溢于言表，让我至今难忘。这些也更让我感受到沉甸甸的使命感，感动到此去责任重大，顿时增添了义不容辞的豪情，决心为院出征，不辱使命！

困　境

湛蓝的天，雪白的云，神山圣水以及广袤的大地……西藏的美，我领略了，的确如此。但西藏的高原反应更是真实可怕的。高原反应导致的脑水肿、肺水肿猝死的发生率很高，其中失眠、头疼、胸闷、血压升高等就算极为普遍了，我去的第二天就领教了。失眠、气喘、头痛欲裂、空气干燥、嗓子疼、鼻腔每天充满血丝、饮食不适应……种种不适，使我在短短一个多月内体重下降了将近10斤，在家里想减掉一斤都难，而这些不适一直伴随着我。

早在去西藏前，我就已经了解到雪域高原自然环境恶劣、医疗基础薄弱，开展援藏医疗任务艰巨，并做好了心理准备。然而一个意外情况还是让我受到强烈的震撼和巨大的心理压力。我的队友赵矩医生在进藏的第五天猝然倒下。我们竭尽全力抢救，政府各级领导极为重视，紧急调集顶级专家前来会诊，最终也没能挽救他的生命。当时我就在现场，参与了抢救。看着赵医生突然去世，心情非常沉重。我怎么也不曾想到死神离我们如此之近，就这样悄无声息地突然降临在我的队友身上。我感到彻骨的惋惜和痛心！

责　任

我们支援的山南地区，医疗护理技术水平相对落后，百姓的人均寿命低，婴幼儿、孕产妇的死亡率远远高于内地。由于地广人稀、交通不便，从患者就医时的病情之严重程度就可以知道他们的就医之路有多艰难。了解到这些情况后，我忘记了高原反应，更加深刻理解了援藏的重大意义，明白了自己的职责所在。

我们很快投入援藏工作中，通过前期深入病房对全院护理状况进行了认真细致的调研，根据调研结果和当地实际情况，针对存在的问题制定了详细的援助规划，并逐步实施：参照二附院护理标准，先后完善修改护理制度、应急预案、工作流程、常见护理并发症的处理流程等；完善各种登记本，如增加各种药物皮试登记本、危重症患者护理质量检查记录本、各级护士业务档案等；制定了详细的护理重点环节监管核查表及评分标准，加强重点环节监管；完成护理不良事件信息网报，并进行全院护理单元培训及落实……

工作之余，我们还利用休息时间积极完成领导交代的临时任务，如雅砻文化节期间做好演员们的保健、送医下乡、参加义诊等。

2017年春节前夕，我跟随医疗队回到合肥休整。其间，到医院补做了每年一次的职工常规体检。拿到报告时我有些发蒙：左侧乳腺实性包块（性质待排）、宫颈上皮内肿瘤。经过短暂的思想斗争，我说服了家人，两周内连续接受了两次手术，第一次左侧乳腺包块切除术，最终术后病理排除了乳腺癌，是纤维腺瘤。在伤口还没有拆线的情况下，接着又入住了妇科病房接受第二次手术……清楚地记得，第一次外科手术伤口的缝线，是在我刚进行了妇科手术后的第二天，由外科门诊的伤口造口师小郜护士来到病床前给我拆除的……在这期间，我和家人承受了难以想象的心理压力，但最终所有的困难都被克服。

前来探望我的同事、朋友中有人劝说："短期内连续两次手术，身体元气大伤，为了安全起见，你还是跟领导申请中止援藏工作吧，相信领导会理解的。"但我觉得，手术后就没事了，我一定要完成援藏任务。于是，经过短暂的术后恢复，我义无反顾地再次踏上了雪域高原，和那里的同事、队友会合，投入新一年的援藏工作中。

收 获

经历过艰难，才知道自己有多勇敢；亲身实践，才知道弥足珍贵。援藏工作是艰辛的，但是只有在这样的环境下才最能锻炼人，这样的一段经历，足以让我铭记一生。

一年来，我欣赏过西藏的美景，更经历过艰苦的磨砺，还承受了队友的生死诀别。我想说，我是幸运的，因为我选择了这份担当，我成为国家援藏医疗人才队伍中的一员。虽然我的付出微不足道，但对我来说，却是光辉的一页。

一年来，我与那里的同事一起商讨如何为患者解除病痛，一起探讨如何最快地提高医疗护理质量，达到“三甲”的标准。我与她们、与同来援藏的队友们结下了革命般深厚的友谊，互帮互助，留下了美好的回忆。

一年来，我以饱满的热情、激扬的斗志投身于援藏医疗工作，积极热情地服务于藏族同胞，把内地先进的医疗护理技术、管理、服务与理念等手把手地教授给他们，并克服各种困难通过送医下乡、义诊、筛查等多种形式努力去帮助更多需要救治的人群，普及医疗护理常识，提升他们寻求健康、疾病救治的意识，用更先进的医疗护理技术为他们消除减轻病痛，带去健康与福祉，为他们留下了带不走的技术、管理、服务与理念。一定程度上推动了医学交流和深入合作，推动了当地医疗护理技术水平的提高，也将国家对西藏同胞的关心与爱护送到了西藏同胞眼里和心里，让他们感受到祖国大家庭的温暖，感受到党和政府的关心，极大地促进了国家民族团结，真的是收获良多。

在欢送会上，当地政府与医院领导对我们的付出与贡献以及取得的成绩给予了极大的肯定与认可，当领导、我的西藏同事、我的好姐妹们献上的圣洁的哈达几乎将我淹没时，我流下了激动、不舍的泪水。我们拥抱惜别，久久不愿分开……此时此景经历再多的艰辛、再多的苦难我觉得都是值得的。

感　谢

我要感谢领导的信任，感谢同事朋友的关心与支持，感谢家人给予我的支持、理解和默默付出，感谢爱人一人挑起家庭的责任与重担，关心照顾着孩子和双方的老人，感谢父母、亲人对我的理解、鼓励和支持。

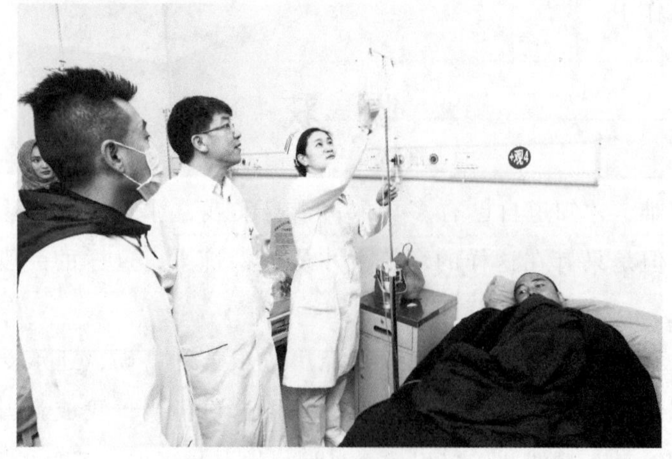

可能大家看到的更多的是我们轻松欢快载誉归来的一面，但这一年来远离家人朋友、远离熟悉环境所承受的孤独、寂寞、思念以及漫漫长夜的失眠、煎熬，对孩子及亲人的牵挂、担忧……这是别人不曾看到的，更是一种不深入其中不能体会的感受，可以说一人援藏，一家援藏。

更要感谢这次援藏的经历，它给我提供了一次用自己的专业知识及管理经验为藏族同胞、为更多人服务的机会；它拓展了我的视野，丰富了我的人生，陶冶了我的情操，坚定了我的信念，增加了我生命的宽度与厚度。

西藏，我终生难忘的地方！

我的援藏故事（十一）

安徽省淮北市人民医院　汪德海

美丽的山南，蓝天白云，雅砻河水潺潺。作为第二批组团援藏医疗队的一员，我感觉肩上担子沉甸甸的。来到科室里，催呈科主任献上洁白的哈达，几位漂亮的女学生和一位憨厚的小男孩成为我的徒弟。记得一次课程讲解青光眼，从构型到手术，同学们听得津津有味，还问了不少日常诊疗中的相关知识。第一次课程记忆深刻，学生的学习态度更是让作为老师的我更有信心。

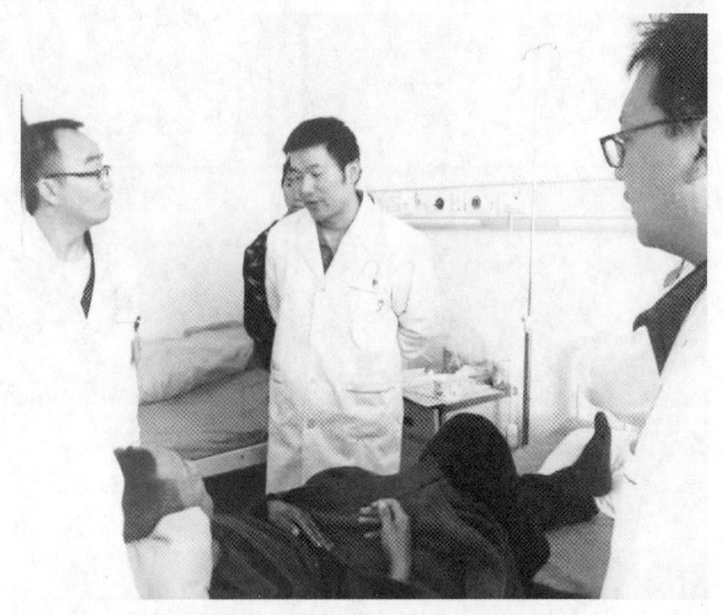

学习当然少不了技术练习。功欲善其事，必先利其器。每周动物眼实验，成了学生们的最爱。长知识、练技术、学规范，学生们的技术日益进步。业务查房，讲解都是师傅带徒的必备。

藏族同胞对医生和生命的尊重是我们来自内地医生非常有感触的地方。每次做手术，下台总是有感谢和祝福，从没有遇到因为效果不好而对医生抱怨的情况。这里是一片净土，纯净的藏族同胞让我们留恋。

一年援藏，我虽然技术没有多大进步，但是心胸更加开阔，学会了平淡，学会了处事不惊，这也是我援藏的一点点成长。

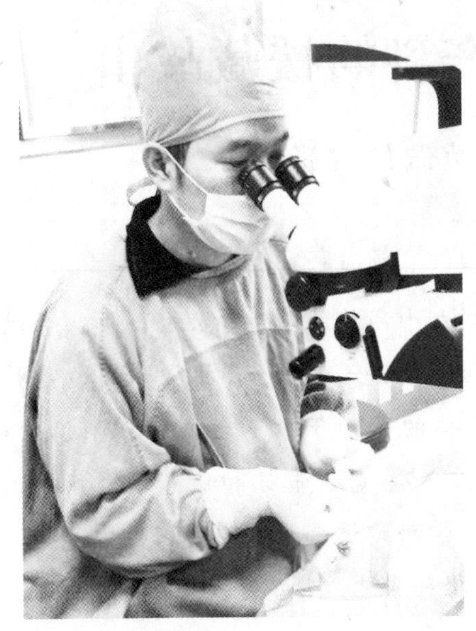

情系山南　在妇产科的援藏故事

记安徽省合肥市妇幼保健院张世芬

2016 年 7 月 10 日，47 岁的张世芬告别九十高龄的母亲和公公婆婆，奔赴雪域高原，成为安徽省组团式援藏医疗队的成员之一。她一人担当妇科、产科两个亚专科的工作，并在当地领导和科室同仁的帮助下，不忘初心、牢记使命，克服高原缺氧和远离亲人的思念，紧紧围绕“传、帮、带”和创“三甲”的工作重点和目标任务，在当地现有的条件下加强学科建设，开拓创新、努力工作，结合当地情况，申报并开展了五项新技术，为提高当地医疗水平发挥了积极作用。

众所周知，妇产科是一个高风险科室，危急重症患者多，工作量大，要求医护人员有高度责任心。尤其是产科，一旦患者出现失血，若不能及时输注血液，随时会有生命危险。她一到科室，就迫不及待地进行调研，发现科室人员不足，力量薄弱，更严重的是没有血源和血液制品。一旦患者出现失血性休克和凝血功能障碍，医生将会束手无策。针对这些问题，她积极寻求对策，要求家属备血；纠正孕期贫血，做到早发现、早治疗，同时要求政府部门介入，组织献血等。针对技术力量薄弱，她积极带教，在加强理论学习的同时，把新技术、新项目带到高原，并手把手教会徒弟。受援单位医生妇科手术基础差，为了开展新技术，并教会徒弟，在内地一小时的手术，在那儿常常需要 2 ~ 3 小时，甚至更长时间。在台上由于精神高度集中还好，一旦下了手术台，她会头疼、胸闷好半天，甚至需要吸氧才能缓解。她每夜能睡 5 小时已经算好的，常需吸氧才能睡着。

由于高原缺氧，妊娠期高血压和胎盘早剥的发生率远高于内地，一旦接诊此类患者，她会迅速行动起来。而当地医护人员总会慢半拍，总结是“急诊不急”。她通过一些典型病例，要求妇产科全体医护人员做到“急诊要急，行动迅速”，防止病情不可逆转。她坚持减少输血率，挽救患者生命才是第一位的。

以下是张世芬在西藏工作时的几个典型的例子：

1. 某天早晨，她一到办公室，就问夜班值班医生有无情况。值班医生说，

“早晨来一患者，中期妊娠，有胎盘早剥可能，准备让她自己生”。张世芬立即到病房查看患者，了解病史并给患者体检，发现患者的宫底在逐渐升高、心率在逐渐加快、血压在逐渐下降，宫口未开，考虑患者胎盘早剥成立，如不及时手术，患者很快就要进入失血性休克状态，需立即手术，以防病情进一步发展而出现凝血功能障碍，而患者还没有办好住院手续。她立即要求医护人员行动起来，先给患者打通静脉通道，完善术前准备，常规检查，备血，通知手麻科，同时派一名同志陪家属去办住院手续。在她的积极干预下，患者得到及时手术，保留了子宫，也避免了大量输血。

2. 某天夜里凌晨两点多，值班医生汇报从加渣县转来一胎盘早剥患者，血压79/40mmHg，患者处于休克状态，胎死宫内，没有血源，当地医生建议患者转自治区医院。她考虑到患者转自治区路途遥远，需耗时3～4小时，转到后很可能会丧失抢救机会。张世芬主动担责，留下患者，积极抢救，最终挽救了患者的生命，并保留了患者的生育功能。

带领大家进行业务学习

3. 某天，张世芬在门诊碰到一位24岁的患者，已分娩三个孩子，现在是第四胎，近足月，妊娠期高血压疾病，羊水过少，口唇发绀，山南市各家医院都拒收。她因为经济原因，不愿转上级医院。张世芬将其收入病房，进一步体检，完善检查，发现患者同时还存在肺心病。生第三胎时，医生就建议其不要再妊娠分娩，现在病情较重。张主任带领全科医生讨论，并请相关科室会诊，制订详细的治疗方案，及时手术终止妊娠。术后患者血氧一度低达50%，积极治疗20余天，母子平安出院。

援藏期间，张世芬不畏缺氧，带着一颗赤诚之心，服从安排下社区义诊，受邀到基层单位给藏区姐妹们普及妇女保健知识，并多次深入高海拔牧区义诊等，为广大藏族姐妹的健康贡献一份力量。因其表现优异，受到受援单位的好评，被授予“优秀援藏干部”称号及山南市人民医院贡献奖。

欢度“5·12”护士节

深入浪卡子县卡龙乡果子村义诊

临危不惧 救死扶伤

安徽省阜阳市太和县人民医院 韩玉虎

2016年的7月，我随同安徽省第二批援藏医疗队不远万里来到西藏山南市人民医院。从此，在这里奉献热血，谱写了一曲曲感人的篇章！

在临床教学工作中，我和山南的团队一起努力，进行了很多次的科室业务讲座，使骨科手术量较往年增加了一倍多。其中很多是闭合、微创手术。有6项是首次在山南市开展的新项目，有些甚至需要我本人因透视而暴露在X线之下！一些事情我一直记忆犹新。

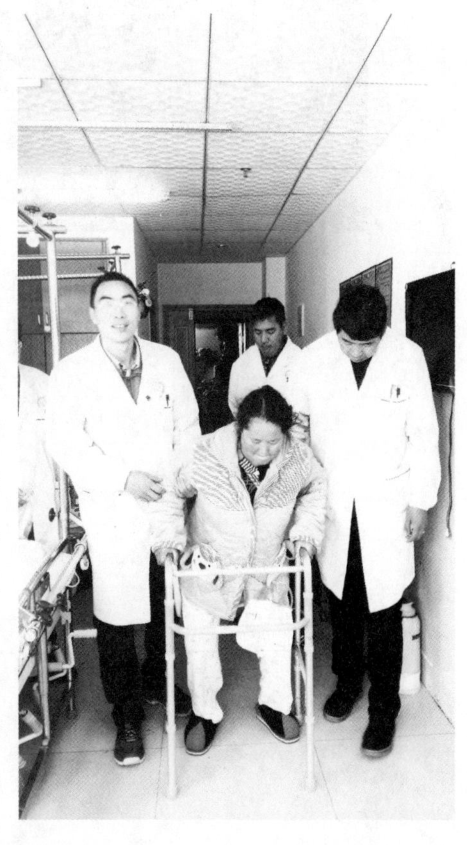

我来到山南市一个月时，刚刚稍微适应了高原缺氧的环境。一天晚上，有一位扎囊县的青年患者因为意外被锐器刺伤右大腿内侧，当时出血汹涌。这位青年当时立即用手按压住伤口，并被迅速送往扎囊县人民医院，在那里进行了紧急包扎后转入我院。到医院急诊科时患者已经是失血性休克，昏迷不醒，生命危在旦夕。山南市人民医院缺乏血源，让患者转往拉萨市已经来不及了。我们会诊后决定给予手术探查伤口，立即给予患者补液，送到手术室采取自体血回输等抢救措施。在麻醉医生给予升压药抢救的情况下，给患者进行了伤口探查，发现患者股动脉、股静脉全部都是断裂的，能来到医院已经是一个奇迹了。我们决心要让奇迹延续下去。我和次仁伦珠等骨科医生一起，在缺少血管吻合器械的情况下，充分发挥自己的潜力，使出“洪荒之力”为患者施行了股动脉、股静脉吻合手术。手术结束时，已经是第二天的凌晨。这时我才感到又困又累。但是挽救了年轻患者的生命，既感到庆幸又感到万分欣慰！

我现在虽然已经回到了家乡，但是与西藏同事仍然经常联系，交流工作情况，浓浓的民族感情已经永远留了在心中！

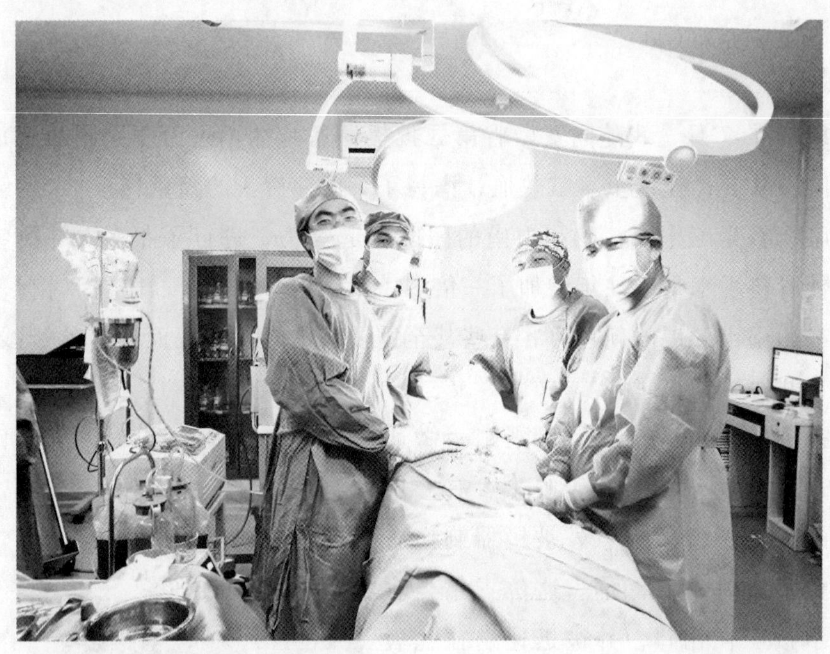

我的援藏故事（十二）

安徽省阜阳市人民医院　钟霞

2016 年，我积极响应国家支边援藏的号召，7 月 9 日作为安徽第六批援藏干部、第二批组团式援藏医疗队成员进藏，援助山南市人民医院建设。

援藏期间，本着专业负责的态度，我对受援医院各科室进行医院感染管理调研并对发现的问题提出针对性解决方法或建议，我制作了病历中医院感染调查表，弥补了病历不可缺失的院感内容（填补空白），对受援医院各科室进行院感质量摸底检查，进行了环境卫生学的检测并对监测方法进行具体指导（纠正不准确方法、增加监测项目、提高监测质量）。同时，按感染管理要求我对重点部门进行改建，如 ICU、内镜中心和血透室等，还对湘江医院门诊布局进行划分并进行小改造，合理利用现有资源，使之更符合医院感染要求，让患者有了更好的就医体验和安全感。

援藏期间，在直接指导受援医院相关工作的同时，我更加注重“授人以渔，教之以法”，积极协助受援医院建立完善管理制度，强化培养本地人才。

一是对受援医院多重耐药患者的管理进行具体指导（如检验科、临床科室等），同时出台了多重耐药菌管理方案（如实行多重耐药菌检验单印章标识方法，检验科在检测到多耐后第一时间通知相关科室及感控科，临床按要求做好相关处理等）。

二是制作了感染患者“三统一”的隔离标识，并培训执行方法。

三是为不断提高全院医务人员对医院感染管理的重视程度和医院感染管理知识知晓率，于2016年底开始进行院感管理基础知识手册的制作，同时针对重点部门分科室进行培训。

四是为加强院感管理，根据国家院感要求及医院本身发展需求，制定或修订部分院感管理制度。

五是为及时补充急缺的院感知识，于2016年8月以后，依次进行院感知识“手卫生”“多重耐药菌医院感染防控”“医务人员职业暴露与防控”“病区医院感染管理规范”“医疗机构环境表面清洁与消毒管理规范”等培训，同时对重点部门下科室进行针对性培训。

六是根据“三甲”要求和山南市人民医院感染管理需要，制作了各科室感染管理精细化考核标准和考核量化表，并逐科培训使用方法，实施统一督查与重点督查相结合的原则，不断发现问题，制订整改计划，指导或参与整改，切实执行PDCA的工作原则。

七是为提高山南人民医院院感科的管理和业务水平，于2016年12月带领院

感专职、兼职人员进行了历时一个月的省级医院感染管理知识的理论和技能培训。

八是利用医院信息资源，联系信息科使院感内网连接 His 和 Lis 系统，逐步实施院感网报、质量督查网上反馈等，在减少人工工作量的同时，提高工作效率。

九是积极开展院内感染管理知识培训，并对县级医院给予院感规范工作指导和知识培训。完成了山南市十二个县市区首次省级院感管理知识培训，取得良好的效果。同时在山南市卫生计生委和山南市人民医院统一部署下，对桑日县、琼结县等实施对口院感管理指导和相关知识培训。

十是按《医疗废物管理规范》要求及山南市人民医院实际情况，规范了医疗废物分类、收集、运送及储存流程，规范了医疗废物暂存间的管理。

2017 年 5 月 2 日，受援医院山南市人民医院启动了“三甲”创建工作。为全面协助该院完成创“三甲”任务，认真学习“三甲”创建院感标准细则，实施痕迹管理，逐步规范基础院感管理工作，加大了院感督查与整改力度，按院感要求统一了医疗废物处置用物，添加或整改手卫生设施，创建了临床科室院感文件资料盒并与院感科保持完整对接，有力促进了相关工作规范化，为山南市人民医院成功创建“三甲”医院做出了积极贡献。

援藏期间，总是在不能有辱使命的紧迫感下工作，至今没请过一天病事假。工作中，找出薄弱环节，重抓落实，循序渐进，达到逐步整改的目的。山南市人民医院的院感工作底子薄、任务重，专业人员匮乏。面对繁重的任务和巨大的压力，我始终坚定共产党人的信仰，坚持援藏的初心不变，以“咬定青山不放松”的精神，一步一个脚印，一次次攻坚克难，一次次爬坡过坎。凭借着务实的工作作风，勤奋的工作态度和优异的工作成绩，在安徽省援藏事业波澜壮阔的画卷中，在藏区医疗卫生事业的宏伟蓝图中，画上了属于新时代援藏人的精彩一笔！

李劲松个人先进事迹

记安徽省阜阳市传染病医院李劲松

2016 年 7 月，李劲松积极报名参加安徽省组团式医疗援藏队伍，临行前爱人已有 5 个月的身孕，大女儿也在上五年级。但他克服了家庭的困难，毅然踏上了援藏之路。

进藏之初，他出现了明显的高原反应，在克服高原反应后，迅速投入工作。在了解到当地医院传染科的实际情况后，他对科室急需开展的医疗技术进行梳理，并决定把常规开展的慢性乙肝的抗病毒治疗和先进的肝穿活检术作为突破口，积极开展慢性乙型病毒性肝炎的规范化抗病毒治疗，并指导当地医生进行彩超引导下肝穿刺活检术。

山南市人民医院传染科对慢性乙型病毒性肝炎的治疗还停留在保肝、护肝的原始治疗阶段，没有开展乙肝病毒的检查。李劲松同志积极联系拉萨地区已经开展检查乙肝病毒的医院，帮助患者检查乙肝病毒，并开始做关于慢性乙型病毒性肝炎规范化治疗的各种幻灯片，对科室医务人员进行培训。截至目前他已经先后对科室医务人员进行了“2015 年中国慢性乙型病毒性肝炎防治指南解读”“肝衰竭防治指南”等十余次培训，使科室医务人员基本熟悉了慢性乙型病毒性肝炎的规范化治疗。尤其是在慢性乙型病毒性肝炎的抗病毒治疗方面，他填补了山南市人民医院慢性乙型肝炎抗病毒治疗的空白，并使数十位患者受益。

2016 年 10 月，山南市人民医院传染科收治一位慢性重型乙型肝炎的患者。该患者全身皮肤巩膜重度黄染，凝血功能重度受损，且有全身皮肤黏膜大片出血点，病情危重，李劲松迅速组织全科医务人员进行讨论，制订了以抗病毒、抗感染、纠正低蛋白血症、保肝、护肝的治疗方案，并亲自和患者家属谈话，告知患者家属病情危重，可能治疗效果不佳，同时告知患者家属，会尽一切力量救治患者，取得了患者家属的理解与支持。经过两个多月的努力，患者终于转危为安，肝功能恢复正常，治愈出院，得到了患者及其家属的一致赞誉。

对于一些肝功能基本正常，仅从生化上不能判断是否有抗病毒指征的患者，李劲松又积极开展超声引导下肝穿刺活检术，明确患者肝脏的炎症及纤维化程度，进一步明确是否抗病毒治疗。该项目再次填补了山南市人民医院的空白，目前已经培养了科室两位医生可完全独立操作，使更多的慢性乙型病毒性肝炎患者受益，同时使一些病因不明的肝炎患者明确了病因。他开展的“超声引导下肝穿刺活检术”被评为山南市人民医院 2016 年度新项目二等奖。

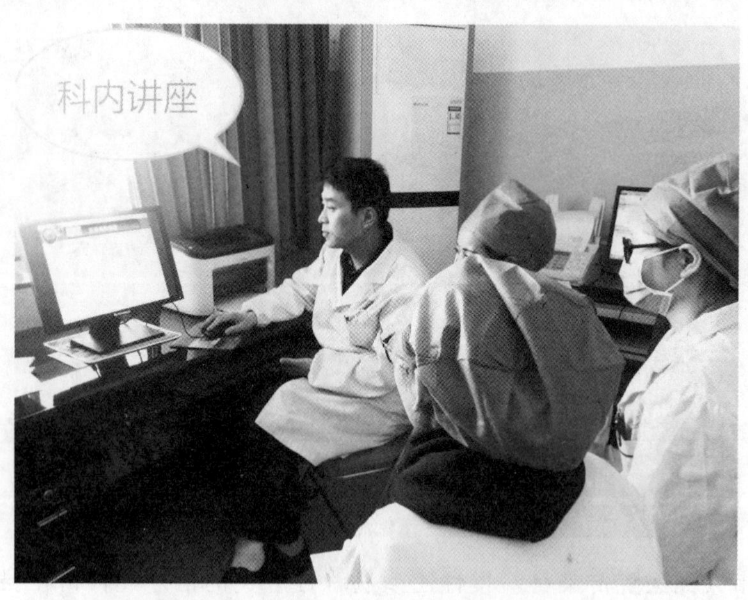

2017 年 3 月，李劲松休假结束回到山南后，科室收治一位肝功能基本正常，但病毒载量很高的患者。该患者有很强的抗病毒治疗的意愿，他决定给患者行肝穿刺活检术，明确患者肝脏的炎症肌纤维化程度，进一步决定抗病毒治疗的方案。但患者情况较差。李劲松充分评估患者的身体状况，组织科室人员做好全面的抢救准备，在超声引导下成功进行了肝穿刺术，术后结合病理给予患者合适的抗病毒治疗方案。

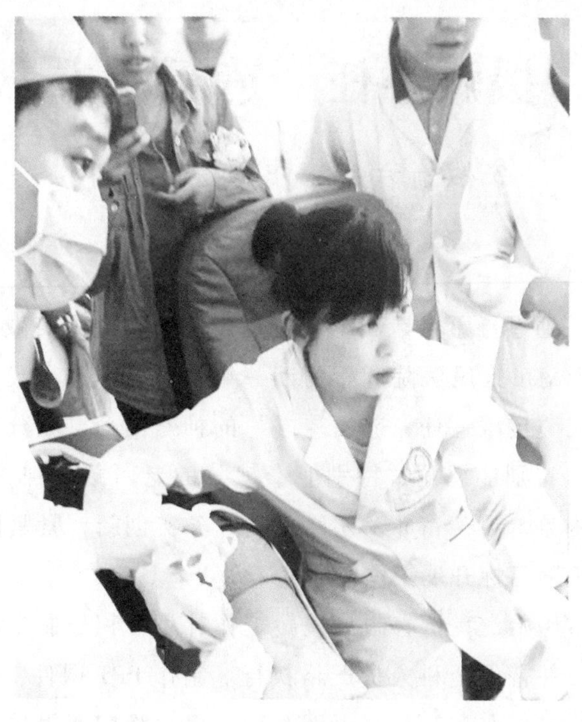

2017 年 6 月底，李劲松的母亲患尿路多发结石，肾盂积水，需要紧急手术。他心急如焚，多么希望能回家侍候母亲。但是由于在援藏期间，任务繁重，他毅然放弃回家侍候母亲的强烈愿望，只能每天在坚持工作的间歇打电话问候母亲。

工作十四年来，他未出现一例医患纠纷，并先后到上海公共卫生临床中心、北京佑安医院等地学习，不断地提高了医疗技术水平，熟练掌握本专业的新知识、新理念、新技术，了解肝病内科疾病发展的新动态，积累新经验。发表了《慢性肝病合并细菌感染的病原菌分布和耐药性分析》《经内镜聚桂醇治疗食管静脉曲张的临床应用价值》等论文。

作为一名安徽省组团式援藏医师，李劲松积极做好“传、帮、带”工作，对低年资医师和进修医师给予热情指导或带教，始终把患者的利益放在第一位，视患者如亲人，热心帮助每一位患者，做好民族团结工作。在今后的工作中，他将继续保持良好的医德医风，急患者之所急，想患者之所想，把患者的生命安全及民族团结放在第一位。

援藏一任　造福一方

安徽省六安市中医院　王华

2016 年 7 月，通过自愿申请和组织审查，我有幸成为安徽省组团式援藏医疗队队员，来到山南市人民医院开始为期一年的援藏生涯。我深知援藏工作任重道远，始终牢记“援藏一任，造福一方”的神圣使命，充分发扬“特别能吃苦、特别能战斗、特别能忍耐、特别能奉献”的老西藏精神，克服高原缺氧、睡眠困难等重重困难，艰苦奋斗、团结拼搏、务实创新，紧紧围绕“打造一支带不走的医疗队伍”目标开展工作。

进入心电图室伊始，我精心制订援藏工作计划，积极制定心电图室危急值报告和登记制度，并督促全科人员严格执行。制作 PPT 课件，定期在科内进行心电图基础知识讲座，夯实学员心电图基础。根据临床所做异常及复杂心电图进行讲解和分析，并赠送《心脏急诊疑难心电图诊断》一书，督促学员认真阅读，提高学员对复杂心电图的识别能力。后期要求学员轮流进行科内讲座，加强学员对心电图基础知识的消化，遇到复杂心电图要求学员进行诊断并说出诊断依据，锻炼学员对复杂心电图的准确判断。积极申报新项目新技术，开展 24 小时动态心电图及 24 小时动态血压检查，填补了山南市此项检查的空白，其中开展的“24 小时动态血压在患者中的应用”被评为 2016 年度新项目三等奖。2017 年 4 月，我赠送学员《起搏心电图基础教程》，督促学员学习，并定期与学员一起学习及讨论，开拓学员专业视野。工作期间，我严格带教、严格要求，通过教学，科内人员均能独立完成动态心电图及动态血压的检查及分析工作，提高了学员对异常及复杂心电图的识别能力。

通过一年援藏，我传授了专业知识，完善了心电图室工作制度，完成了“打造一支带不走的医疗队伍”的目标。援藏期间，我多次跟随医疗队下乡巡诊，不怕高山路险、长途跋涉，深入农牧民区，进行健康教育、体格检查及送药下乡，并对基层卫生人员进行简单培训，传授医疗技术，得到了广大农牧民和基层卫生人员的高度称赞，展示了安徽省组团式援藏医疗队的良好形象。

我的援藏故事（十三）

安徽省安庆市立医院　李祥春

2016年7月，安徽省第二批组团式援藏医疗队成立，我作为安庆市立医院消化内科副主任医师，赴西藏自治区山南地区人民医院进行为期一年的对口组团式援建工作。到达西藏后，我牢记省、市、院各级领导的嘱托，克服重重困难，全身心投入对口支援工作中，以过硬的专业技术、悉心的帮带传教和优异的工作业绩，得到山南市人民医院广大同仁及当地广大群众的一致认可，充分展示了安庆市乃至安徽省的消化专业医疗技术水平。

长期在内陆生活的人们，初到青藏高原，低压低氧带来的高原反应、缺氧症状会十分强烈。面对重重困难，我心中装的是组织的嘱托和藏族人民的期待。在西藏山南支援期间，本人的血氧饱和度监测值一直徘徊在80%～90%，而正常的血氧饱和度应在95%以上。长期处于供氧不足的状态，心、肺、肝功能都受到一定影响，稍有不慎就出现胸闷、喘气等不适，就连上楼梯都要一层一休息，仿佛快速进入了老年状态。

到新岗位上任

尽管援藏的自然环境比较恶劣，医院的基础设施也比较落后，但援藏1年时间，山南市人民医院消化科收治危重症患者300余例中，抢救成功率达95%，治愈好转率达98%，患者的转出率明显降低。科室每月总收入从100余万元提升到120万元左右，胃镜检查从月平均100余例提升到200例，结肠镜检查从月平均10余例提升到30例左右，并在山南市人民医院首次成功开展了消化道早期病变的内镜下染色、内镜下胃肠道息肉EMR切除，在科室开展肝脏穿刺活检以明确肝硬化及肝癌的诊断。给我留下印象很深的是，在一次教学查房中看到一位因大量腹水而住院的藏族同胞，当时的诊断为“肝硬化失代偿期、腹腔积液”。我在对患者进行体格检查时发现，患者除有大量腹腔积液之外，还有腹壁静脉曲张存在。一般情况下肝硬化患者的腹壁静脉曲张以脐周明显，呈“海蛇头”样改变，而这位患者腹壁静脉曲张以腹壁两侧为主，想到可能患者的腹腔积液不是肝硬化所致。于是，我通过腹部血管超声初步诊断为“布加综合征”，积极联系西京医院会诊后确诊为“布加综合征”，并为患者行血管成形+支架植入治疗。患者术后腹腔积液很快消除，恢复健康。这个病例也使当地医生更加明白细致体格检查的重要性。另外，我还通过认真阅读CT片诊断出“早期肝癌”1例，使患者获得更好的治疗结果，显示了临床医生亲自读片的重要性，也使山南市人民医院消化科诊疗水平明显提升，使山南市人民医院消化科在地区影响力显著提高。为了藏族同胞的健康，增强其防病及治病的意识，我积极参加了组团式医疗队及医院组织的义诊、巡诊3次。安徽省委组织部、省卫生计生委领导在山南市人民医院巡检援藏工作时，对我们援藏工作队的成绩均给予高度肯定。

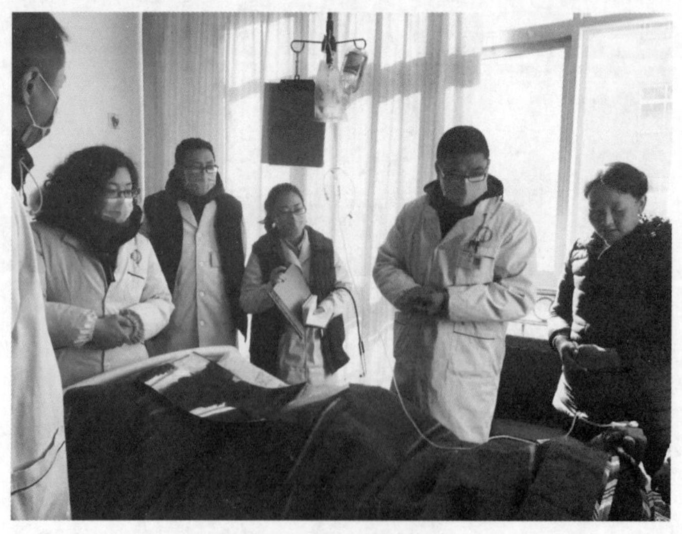

洛扎县巡诊

虽然援藏工作已经结束近 2 年，“一年援藏行，终身西藏情”。回想这一年的援藏经历，我心里还是充满自豪的，毕竟自己曾经也为西藏山南地区医疗事业的发展尽过一份微薄之力，以后也将始终关注西藏山南的发展变化。

山南市街头义诊

援藏　神圣的使命

广东省人民医院　黄炽明

2016年7月16日，中央组织部和国家卫生计生委、广东省委组织部及广东省卫生计生委派遣本人作为广东省第二批组团式援藏医疗队成员进驻西藏自治区林芝市开展为期一年援藏任务，并担任林芝市人民医院外科行政副主任，主要职责是在医院管理、医疗、教学、科研方面全力帮扶，协助创建“三甲”医院，全方位提高林芝地区医疗综合诊治水平；定期下县义诊、送医送药，为当地人民健康保驾护航。

2016年7月，由广州飞抵西藏林芝，在林芝花园广东援藏干部公寓合影

初到林芝，尽管本人出现胸闷、心慌、呼吸困难等高原反应，但经简单吸氧等对症处理后很快投入紧张医疗任务中。由于本人在广东省人民医院从事普

通外科专业20年，故在林芝市人民医院援藏调研会上决定开展甲状腺外科、腹壁疝外科及乳腺外科等专业工作，包括每周一天普通外科专家门诊；进行外科二级分科，建立普通外科专业治疗组；与欧珠拉姆等藏族学生建立师徒帮扶关系，全力提升藏区普通外科医疗诊治水平。一年来，本人共诊治普通外科患者3000余人，其中治疗乳腺炎、乳腺增生患者150余人、痔患者130余人、甲状腺肿物及腹壁疝患者200余人；进行甲状腺肿瘤及腹股沟疝手术50余例，手术效果显著，受到藏区人民的一致好评。

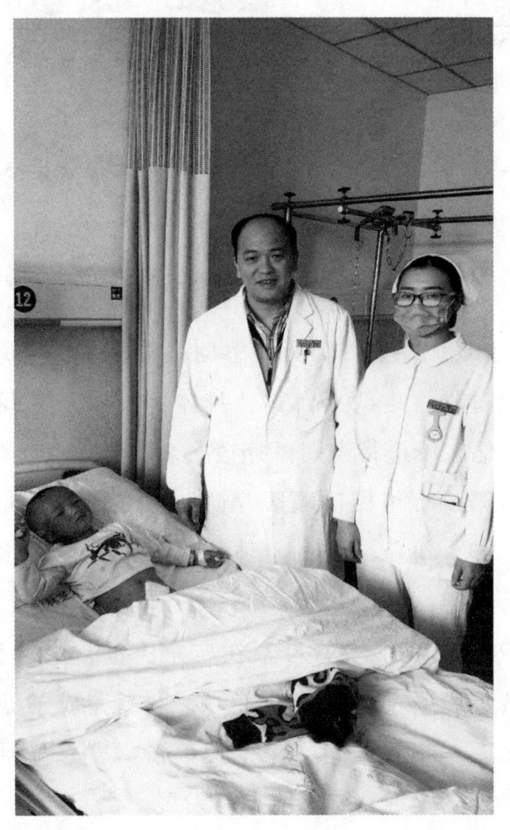

2016年9月，在林芝市人民医院成功为藏族小孩进行疝修补手术

繁忙工作之余，我们援藏医疗队多次利用节假日在林芝市墨脱县、厦门广场及鲁朗镇开展义诊及送医送药活动，为藏区人民进行服务到家门口的医疗保障。2017年3月28日，广东省对口援建5年的林芝市鲁朗小镇开业剪彩仪式在鲁朗广场举行，第二批援藏医疗队现场开展医疗义诊及送药活动，受到前来参加剪彩仪式的广东省原省长朱小丹同志的热情接见。

2017 年 3 月 28 日，在林芝鲁朗广场援藏医疗队义诊后与广东省原省长朱小丹同志合影

医疗援藏是我们人生的宝贵经历。感谢广东省委、省政府对我们的信任，政治上可靠、技术上过硬、生活上自律、身体上健康才使我们有机会代表党中央、代表广东省 1.2 亿人民进行组团医疗援藏。我们使命光荣、责任重大。一年时间里，我们广东省第二批组团援藏医疗队队员在承受高原反应情况下，全力开展各项医疗援藏工作，每位队员的身体不可避免地受到损害，或多或少出现心肺扩大、高血压、肝胆结石、泌尿系结石、神经性耳聋、失眠等症状，援藏期间有三位队员的父母亲及本人的母亲在广东去世，这对我们精神打击很大。开弓没有回头箭，我们砥砺前行、善始善终，圆满完成了党和政府安排的各项援藏任务，载誉归来。一年援藏路，一生援藏情，衷心祝愿西藏自治区医疗卫生事业在党和政府领导下实现新时代跨越性发展。

雪域高原创奇迹

记广东医科大学附属医院孙小聪

哮喘患者的生死救治

2016 年 7 月 29 日 23 时许，广东省第二批组团式援藏医疗队的孙小聪副主任医师被一阵急促的铃声打断：“孙老师，有一个哮喘持续状态的患者经常规治疗无效，出现血氧进行性下降及意识的改变。”常年参与抢救一线工作的孙小聪马上意识到患者病情的危重性，披上外套便冒着风雨立即赶回医院指导并参与患者的抢救工作。患者因为重症哮喘发作合并呼吸衰竭，严重发绀需上呼吸机辅助呼吸，而医院唯一的一台呼吸机放在库房，医院过去极少用过。经过孙小聪主任的紧急会诊，患者病情危重，需要行机械通气。孙小聪主任找出来尘封许久的呼吸机，找来配套的呼吸管道，紧急调试、上机，患者的氧饱和度回升，病情逐渐缓解了。经悉心诊治，患者于 8 月 4 日成功脱离呼吸机，并于 8 月 9 日病情平稳转至普通病房。

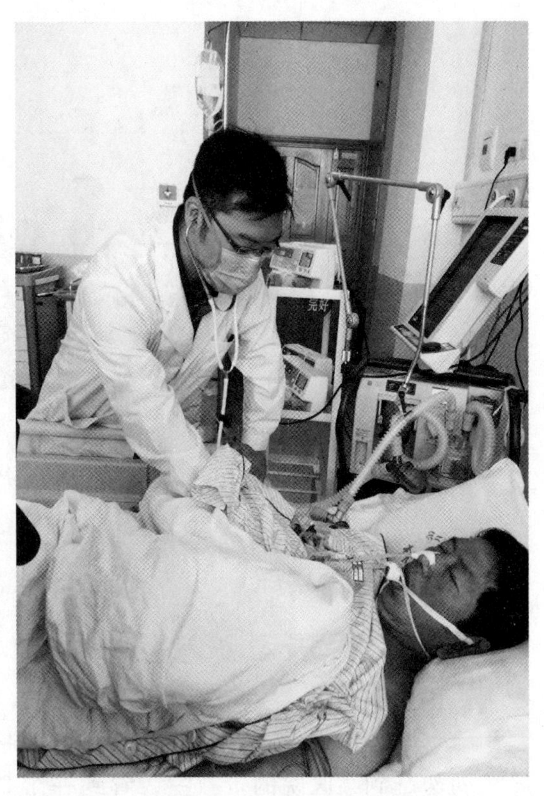

孙小聪精心救治重症哮喘患者

这是西藏林芝市人民医院首例使用机械通气成功救治重症哮喘合并呼吸衰

竭的患者。抢救过程中，援藏医护人员配合非常娴熟，经悉心护理，患者已康复出院。家属及患者为孙小聪赠送了锦旗。

2017 年 3 月 9 日，刚过完藏历新年，林芝市人民医院正在举行全院性的创“三甲”动员大会。孙小聪接到杨磊副院长的电话：“小聪，米林县有个危重症患者需要你帮忙，我在开会，你去处理一下……”很快米林县人民医院戚小兵院长就来电：“孙主任，我们珠海有个过来考察公干的同事，突然昏迷，现在在市区某医院治疗，目前意识不清，病情危重，需要你协助抢救……”初步了解情况后，孙主任意识到患者病情的危重，马上联系医务科紧急出动急救车接诊患者。值班的小次仁罗布医生和次仁司机马上提起抢救设备和孙主任赶去接诊患者。病房那头，孙小聪已通知医务人员在 ICU 紧锣密鼓地准备各种抢救用物和调试设备。

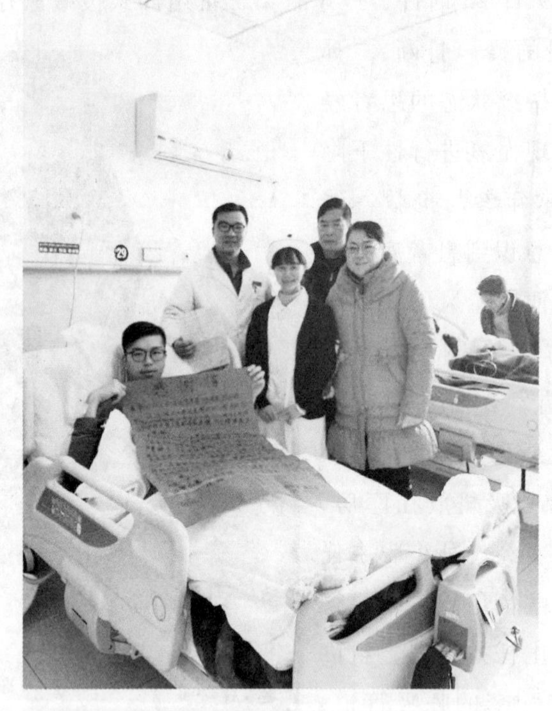

驰援抢救糖尿病酮症酸中毒昏迷患者

匆匆赶到某医院的抢救室，看到一个 25 岁患者，已经处于昏迷状态，双侧瞳孔对光反射均迟钝，嘴唇青紫，呼吸微弱并伴有深大呼吸，四肢冰凉，皮肤可见花斑纹，脉搏细速，心电监护 135 次/分钟，血压已经测不到。孙小聪主任凭借多年临床经验，第一时间考虑到患者可能是糖尿病酮症酸中毒昏迷。果断给予测指尖血糖，显示为31.9mmol/L。不到10分钟的时间，孙主任就明确了患者的诊断，为抢救赢得了宝贵的时间。酮症酸中毒是威胁糖尿病患者生命安全的急症，若不采取妥善处理，病死率极高。

时间就是生命！接诊患者回到林芝市人民医院内科后，患者血压靠大量升压药维持，实验室检查结果显示血糖大于30mmol/L，尿酮体（3+）。对于酮症酸中毒、动脉血酸度低于6.9的患者死亡率是极高的。该患者的血液pH已经低于“死亡线”，病情相当危重。内科全体医护人员立即全力以赴投入抢救治疗：深静脉置管、CVP监测、积极补液、补充胰岛素、控制血糖、消除酮体、纠正酸碱失衡、维持血压；严密监测出入水量。由于病情危重，医护人员密切观察病情变化，抢救工作一环紧扣一环，白衣天使们的抢救工作有条不紊地进行着。经过三天的救治，患者的病情得以稳定和改善，逐渐恢复，再一次创造了生命的奇迹！

患者和家属万分感动，多次要求在物质上表达感激之情，都被内科全体医护人员婉言相拒。家属对我院内科全体医护人员高超技术、高尚医德赞不绝口。2017年3月17日，患者出院前家属还给医院写了感谢信。看到患者抢救成功，我们很欣慰。孙小聪主任说：“看好每一个危重症患者，得到一句谢谢，内心就很幸福。”

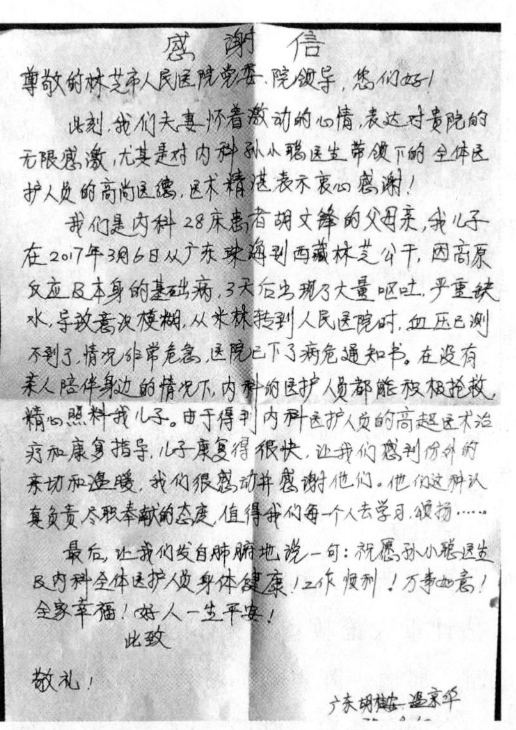

感谢信

尊敬的林芝市人民医院党委、院领导，您们好！

此刻，我们夫妻怀着激动的心情，表达对贵院的无限感激，尤其是对内科孙小聪医生带领下的全体医护人员的高尚医德，医术精湛表示衷心感谢！

我们是内科28床患者胡文锋的父母亲，我儿子在2017年3月6日从广东珠海到西藏林芝公干，因高原反应及本身的基础病，3天后出现了大量呕吐，严重缺水，导致意识模糊，从米林转到人民医院时，血压已测不到了，情况非常危急，医院已下了病危通知书。在没有亲人陪伴身边的情况下，内科的医护人员都能积极抢救，精心照料我儿子。由于得到内科医护人员的高超医术治疗和康复指导，儿子康复得很快，让我们感到份外的亲切和温暖，我们很感动并感谢他们。他们这种认真负责，尽职奉献的态度，值得我们每一个人去学习，颂扬……

最后，让我们发自肺腑地说一句：祝愿孙小聪医生及内科全体医护人员身体健康！工作顺利！万事如意！全家幸福！好人一生平安！

此致

敬礼！

广东胡继安、温京华

患者及家属的感谢信

初心终不忘　羌塘济苍生

大连医科大学附属第二医院　杨初蔚

医疗人才组团式援藏是党中央立足西藏区情、把握援藏工作规律做出的重大决策，是干部人才援藏工作的重大创新实践，是造福西藏各族人民的重大民生工程。

2016年7月20日，辽宁省第二批组团援藏医疗队26名队员告别父母，告别妻儿，告别他们曾经拥有而又熟悉的一切，奔赴平均海拔4450米以上，被称作“生命禁区”的西藏那曲地区开展对口支援工作。

在一年半的援藏时间内，他们顶着寒风，冒着冰雪在这“世界屋脊”之上为雪域儿女送医送药，结对帮教，他们心系藏北儿女，用自己的青春和热忱，无怨无悔地践行着医者神圣的职责；在一年半的援藏时间内，他们凭借自身过硬的技术、无私奉献的态度、真抓实干的作风、令人瞩目的成绩先后荣获国家卫生计生委和中央电视台共同颁发的“最美医生团队”，荣获国家卫生计生委颁发的“健康卫士”“全国卫生系统先进集体”及西藏自治区颁发的“民族团结先进模范集体”光荣称号。

谨以此篇纪念他们在世界屋脊的屋脊——那曲羌塘草原坚守的岁月……

（一）

周日的晚餐刚刚上桌，就接到科里的电话，说是县城发生重大车祸，伤者正在来院途中。匆匆吃了两口，放下碗筷，和同桌的援友们简单说明了一下原因，便急急忙忙地向医院赶去。

刚到急诊门口身后便传来晶玉和瑀琦的声音，原来她俩知道我们急诊晚上只有一个护士值班，估计重大抢救肯定忙不过来，所以主动跟过来施以援手。这边我还没来得及道谢，那边一阵急促的咣咣当当的推车声夹杂着人声的嘈杂就在走廊尽头响起，一个面色苍白、呼吸急促、表情痛苦、略显烦躁的年轻人被推进急诊抢救室。我只略微示意，心电监测，吸氧，迅速双静脉通路的建立，完善的血液生化检查的采集，一切都在按部就班、井井有条地进行着，援藏人的团队协作、默契和能力在此刻表现得淋漓尽致。

刚刚送走伤者行 CT 检查，就有两名藏族同胞每人怀抱一个两岁左右的孩子冲进了急诊室。孩子也是车祸中的伤者，经过仔细查体并行腹部床旁超声检查后并未发现明确的损伤，可能是由于惊吓，两个孩子一直在不停地哭闹，几个大男人面面相觑，一时束手无策。忽然，一直站在床旁的晶玉轻轻地把年龄较小的孩子抱了起来，紧紧地搂在怀里，面颊贴在他被泪水弄得脏兮兮的小脸儿上，一边低声哼唱，一边轻轻摇晃着，眼神温柔而慈爱。我知道她想“伊伊”了——她那远在万里之外，因为她的援藏壮举而不得不留在姥姥身边，漂亮可爱的刚刚一岁多的女儿。渐渐地两个男孩子在晶玉和瑀琦的怀里安静下来，慢慢睡着了……

（二）

急促的电话铃声将我从睡梦中惊醒，拽过手机，睡眼惺忪地瞅了一眼时间，凌晨一点零五分。当我下意识地看到呼叫人是次多时，顿时睡意全无了，明白科里又出事了。没有过多的客气和寒暄，电话那头的次多副主任焦急而紧张：“杨老师，科里现在有重大抢救，麻烦您过来一下。”“好的，马上！”同样没有更多的询问和犹豫，我明白如果不是重大又棘手的抢救，憨厚的次多是不会在这个时候打电话给我的。

午夜的那曲地区人民医院急诊门前人头攒动，粗略估算一下，大概有四五十人，有面带焦虑又略显愤怒的当地人，也有全副武装表情严肃的公安特警。转过急诊通道，地面上的斑斑血迹让我意识到事态严重，快步推开抢救室的大门，次多已经迎了上来。

患者为年轻男性，全身多处刀砍伤，以头部为重，来院时已昏迷，目前失血性休克，明确的颅骨粉碎性骨折并脑疝。认真听取了病史汇报，并进行了详细的体格检查之后，我向次多主任解释道，患者目前致命伤位于头部，虽然生命体征不平稳，但是如果没有进一步的辅助检查，神经外科医生是不敢贸然决定下一步治疗方案的。即使检查途中存在生命危险也要冒险一试，而且要争分夺秒。次多主任接受了我的建议，带上监护仪、氧气袋、气管插管设备和抢救药品向 CT 室出发。

从急诊抢救室到 CT 大概一百米的距离，路面坑洼不平，为平稳快速地转运伤者，我们几乎是抬着平车一路跑步前进，到达 CT 室当我指挥大家把患者抬上检查床摆好体位后，我已经明显地感到心悸气短了。

检查后，经过和神经外科医生协商，患者直接由 CT 室转到了神外病房监护室。帮着安顿好伤者，我瘫坐在办公室的椅子上，看着监护仪上闪烁的数字，我真的感觉今夜我已做到一个急诊人应做的一切。

凌晨三点的超丹中路，静逸、微冷，独自返回驻地的我忽然很想念我的家人，我的朋友，我的同事和战友。仰望幽蓝夜空中那闪烁的点点繁星，我似乎明白上一批援藏人对我临别赠言的含义了。在这里我们追求的就是不辱援藏使命，在这里我们想要的只是平安回家。

（三）

短短四小时的睡眠，我几乎一直徘徊在半梦半醒之间，因为夜间气压较低，空气中氧含量比白天还要低，所以常常会憋醒。但当我清晨再次出现在急诊抢救室的时候，多年来做急诊医生让我养成的习惯，使我依旧精神饱满，看不出有丝毫的倦怠。

打过招呼，格桑主任神情严肃地说："地区疾控中心刚刚通知，有 12 名怀疑肉毒中毒的外来务工人员已经在由安多县转来我院的途中了。"没有时间做更多的考虑，紧急启动群体事件应急预案，在全区范围内调动需要的肉毒杆菌抗毒素的同时，做好一切抢救准备。30 分钟后，当两辆 120 救护车呼啸而至时，整个急诊科能够动员在岗的医护人员已经全部到位，包括所有的上下夜班及应当休息的同事。此情此景不禁让我想起了 1960 年那篇非常著名的通讯报道《为了六十一个阶级兄弟》。

开通绿色通道，按病情轻重预检分诊，患者分流，必要的检查及恰当的处置，所有的一切都在有条不紊地进行着。我和格桑主任逐一查看了 12 位患者。结合病史、发病的时间和过程、体格检查及临床特点，我们给出了自己的判断，一个既需要勇气又需要承担责任的诊断。我们认为这批患者仅仅是普通的食物中毒，而不是肉毒中毒。现场指挥的次旺副院长和疾控中心的工作人员对望了一眼，再次质疑道："肉毒中毒和普通的食物中毒腹泻治疗方法完全不同，一旦误诊后果严重，你们确定吗？""确定！"毫不犹豫地回答，斩钉截铁的语气让大家长长地舒了一口气。经过积极的抗炎补液，支持对症治疗，12 名患者最终全部安全转回。

硝烟渐渐散去，紧张的气氛慢慢舒缓下来，午后的阳光慵懒地洒遍急诊门前院落内的每一个角落，刺眼而又温暖。经历了这样一系列紧张而又刺激的抢救后，我确实感到有些疲惫了，默默地站在阳光里，静静地呼吸着，感受着周围的一切在慢慢变暖……

“杨老师，进来喝杯甜茶，休息一下吧！”罗珍护士长微笑着打断了我的思绪，我明白这是纯朴的藏族同事对我们援藏医生表示认可的一种方式。捧起热乎乎的甜茶，默默地许下心愿，我也要像那曲这炙热的阳光，毫无保留地去温暖我身边的每一寸土地……

（四）

家乡的四月早已春意盎然，但那曲却依然天寒地冻。

22 日 15 时 25 分。刚刚结束与前来调研的国家卫生计生委领导座谈的援藏队员们回到驻地，大家有说有笑地聚集在会议室，准备一起包顿饺子高高兴兴地欢度周末。忽然，樊辉院长的手机响了起来，樊院一边和旁边的队员开着玩笑一边接起了电话。简单的寒暄后樊院的表情却突然凝重起来，在场的大多数队员都注意到了这一变化，房间内变得异常肃静。

“好的，请任泽站长放心，我们马上调派专家赶赴现场，救护车的问题我来协调，我们随时保持电话联系！”樊院的语气坚定而又果断，似乎生怕对方听不清楚一样，最后他又大声补充道：“我们马上就位。”在场的所有医疗队员都意识到了有突发情况，但令所有人都没有想到的是，无声无息中一场全地区联动抢救危重症患者的战役已经悄然拉开了序幕。

从樊院言简意赅的描述中，大家基本弄清了目前的情况。由上海始发终点为拉萨的 Z165 次列车，即将抵达那曲车站，车上有两名老人在火车过格尔木以后逐渐出现头疼，呼吸费力。尽管随车的医生初步判断患者出现了高原反应，并给予了两名患者积极的吸氧、脱水等常规治疗，但是患者的病情却急剧加重，其中一名老人已经出现意识障碍。为使患者到达那曲后能够得到最快的救治，任泽站长当即与那曲地区人民医院急诊科取得联系。而令人没有想到的是地区人民医院的救护车正在被派往拉萨转运患者的途中，又适逢周末，医院处于值班状态中，急诊室的工作已经处于饱和状态，开展院前急救实在是分身乏术。情急之下，任站长迫不得已拨通了樊辉院长的电话。急在分秒之间，救在生死边缘。接到险情电话后，樊辉院长立刻启动应急预案。根据现场两名患者一轻一重的实际情况，樊院首先调用院内备用应急车，亲自跟车第一时间赶赴现场指挥调度、抢救重患；通知准备利用周末时间去拉萨调休，正在那曲火车站准备登车的急诊科隋韶光主任立即与车站相关人员做好对接工作，原地待命，随时做好抢救准备；紧急上报地区卫生计生委医政科沈增山科长，请求全区范围内再调派一辆救护车参与抢救。临出发前樊院一再叮嘱，让我马上到医院安排好急诊科后续的接诊和抢救工作，并携带好相应的抢救用品和氧气，跟随第二辆救护车随后前往增援。

15 时 37 分。由那曲地区惠民医院征调的救护车呼啸而至。车尚未停稳，跟车而来的这家私立医院的院长便大声呼喊早已等候在路旁的我们赶快上车。从他那涨红的面颊和激动的语调中我能感受到他因为惠民医院能够融入这场全地区联动的抢救过程而产生的兴奋和急迫。我和达瓦次仁医生迅速把早已准备好的抢救设备和氧气装车，一行人向车站火速进发。

那曲火车站是青藏铁路的中转站和补给站，是世界上海拔最高的火车站，车站位于那曲西南的门地乡俄玛迪格村，距离地区人民医院大约 9 公里路程。因为这里是青藏铁路进出拉萨的必经之地，所以 109 国道上来来往往的重型运输车辆非常多，平日车速缓慢，车程约需要 20 分钟。但此刻患者病情十万火急，时间就是生命，警笛蜂鸣的救护车在拥挤的国道上争分夺秒，左闪右避，一路向火车站疾驰而去。

“你们现在到哪儿了？”樊辉院长又一次打来电话询问我们救护车的具体位置。“马上就驶上站台。”我这边正焦急地回话，那边达瓦已经拎起急救箱随时准备下车了。

15 时 50 分。当 Z165 次列车缓缓驶入站台时，樊辉院长和任泽站长已经带领我们全体急救专家与车站工作人员共同等候在第 12 号车厢预计停靠的站台前了。火车进站，二位患者依次被担架抬下车，隋韶光主任第一个冲了过去。经检查发现两位患者中病重的一个已经深度昏迷，二便失禁，呼吸微弱，指脉氧在吸氧状态下仅有 60%，病情极其危重。没有丝毫犹豫，顾不上排泄物的恶臭，大家迅速自觉分派担抬工作。从列车的停靠站台到救护车需要经过一段地下通道，上下楼梯非常费力，为了减轻每个人的工作强度，更快地转运患者，樊辉院长主动加入抬担架的队伍中。

平均海拔 4500 米的那曲，空气中氧含量只有内地的 50%，不要说搬抬重物，就是快走几步都会感到呼吸费力，头晕眼花，但此时所有人都在咬牙坚持。在这场同时间赛跑、与死神搏斗的特殊较量中，我们援藏人没有瞻前顾后，我们援藏人不是量力而为，我们做到了勇往直前，我们做到了全力争胜！我相信，这一刻“特别能吃苦、特别能战斗、特别能忍耐、特别能团结、特别能奉献”的“老西藏”精神在我们身上得到了传承和弘扬。回望那曲火车站 4513 米的海拔标识，此刻我终于领会：4513，意志如山！

隋韶光主任和我分乘两辆救护车护送患者前往地区人民医院进行救治，患者由于缺氧导致脑水肿颅内压增高，途中再次出现剧烈呕吐。那一刻所有人已经顾不上喷溅到身上甚至脸上的污秽的呕吐物了。我们要做的就是在颠簸的救护车上控制好患者的体位，保持其呼吸道通畅避免误吸，用我们专业热忱、甘于奉献的职业操守筑牢患者的生命线。

16 时 20 分。救护车抵达那曲地区人民医院急诊门前，急诊科的当班同事和得知消息后从家属区赶来的战友们已经做好了抢救的准备。大家齐心协力、有条不紊地转运患者。重症患者送入急诊抢救室进一步处理，症状略轻的患者直接送入内科病房住院治疗。入院后，两位老人经过多位援藏专家及当地医护人员的精心治疗，意识很快恢复，次日已经可以做简单语言交流，各项生命体征逐步平稳，一周后康复出院。

快速的机动反应能力，全局的运筹帷幄掌控，过硬的医疗技术水平使所有人都真实感受到了那曲地区人民医院的变化，也让我们援藏人看到了我们的努力和付出所换来的喜人成果。

（五）

“辽阔的羌塘草原啊，在你不熟悉她的时候，这里是荒凉的北方；当你了解了这里时，这里就是你可爱的家乡……”当美丽的央拉局长唱起这首传唱已久的羌塘古歌，为我们辽宁省第二批组团援藏医疗队圆满完成任务送别之际，歌声的委婉，曲调的悠扬，令在场所有人无不为之动容。

此时此刻，只有来过那曲的人才会明白，为什么这里常常寒风扑面，但是我们却依旧热血沸腾；此情此景，只有爱过那曲的人才能体会，为什么我们的眼里常含泪水，因为我们对这土地爱得深沉……

今夜，我们就要离开，
就要离开这片让我们满怀豪情，追梦而来的羌塘草原；
离别的愁绪如墨入水，
轻轻一点，四散而开；
不舍的话语千般万般却哽在心中，咽在喉里；
今夜，我们就要离开，
就要离开这片令我们潸然泪下，让我们爱得深沉的土地，
背起行囊，恍惚间想起去年初见这片土地时的青涩，
才发现人生中最难忘的岁月早已打上了这里的烙印，

尚未离开，就已然开始思念；
今夜，我们就要离开，
就要离开这片土地上那些曾让我们深深眷恋着的人们，
骊歌渐起，飞雪如花，
本想笑着挥挥手，
还未转身，眼泪却早已突然涌了上来；
今夜，我们就要离开，
就要离开这片我们携手同筑的家园，
趁月色正好，趁寒风未啸，
再去看看我们的家吧，
就像看着我们自己的孩子，
看着他呱呱坠地，看着他茁壮成长；
今夜，我们就要离开，
就要离开这一杯杯浓浓的青稞酒，
就要离开这一碗碗香香的酥油茶，
就请您再为我轻吟那曲月光下的布达拉，
就让我再为您献上那首激昂的兄弟情，
纵然走遍天涯海角，我也要把这第二故乡永远装在心里；
今夜，我们就要离开，
就要离开这片令我们魂牵梦绕、朝思暮想的人间天堂，
纯净绝美，浪漫洪荒，
怎能忘记在纳木错圣湖之畔洗净双眸，任浮云轻飘，
又怎能忘记在塔恰拉姆神山之上听梵音诵经，看朝拜焚香；
今夜，我们就要离开，
多少难舍的兄弟，多少难忘的岁月，
时间啊，你慢些走，慢些，再慢些，
让我们再好好看看这里的浮云白日，山川河流，
让我们再好好聊聊我们心中的不舍和深情……
悄悄是别离的笙箫，
沉默是今夜的黑河！
再见！那曲！
再见，那曲……
今夜，我们就要离开……

一切只为医者担当

记陕西省渭南市中心医院胡景阳

时光荏苒，阿里归来转眼快两年时间了，回首那段难忘的援藏岁月，胡景阳同志颇为感慨。作为年龄最大的一位正高级职称专家，在短暂的时间内，开展骨科新技术18项，带教手术50余例，成功带教2名徒弟，顺利完成骨科学组的组建。在高原之上，从此不再担忧骨科疾病无法处理。

回望来路，多少不易，让人感叹。作为一名老党员，胡景阳同志自入藏之初就时刻注意着自己的言行，始终保持清醒的政治头脑，维护祖国统一，加强民族团结，始终做思想上的清醒人、政治上的明白人。自入藏以来，援藏党支部多次开会和组织活动，学习党的群众路线，并及时传达组织和各级领导的指示精神，使自己的政治思想觉悟进一步提高。

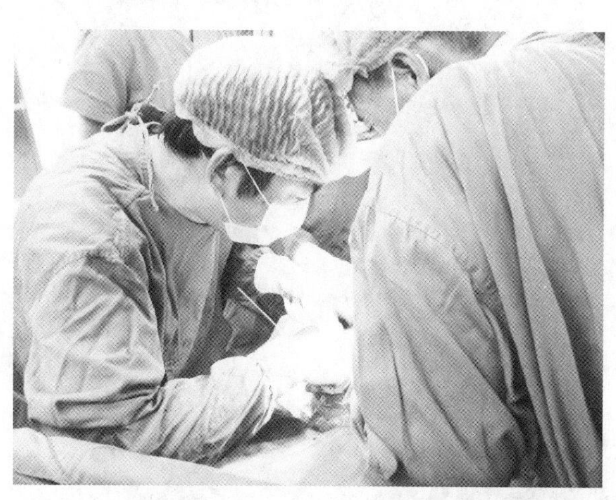

在做好阿里地区人民医院“二甲”终审工作及医院“三乙”启动工作中，作为医院内审专家，胡景阳不但要为医院的等级评审工作尽自己的一份力量，还要搞好科室的相关工作。科室工作，包括医疗、教学、帮教、师带徒、宣教科普、科研等方面。这其中，一个中心（以科室发展为中心），两个基本点（以医疗安全、医疗质量为基本点），五个常态化（每周一次科主任或主任医师大查房；每周一次学术讲座；每周两次读书报告；精品手术认定；甲级病例≥90%，消灭丙级病例）是工作的核心内容和准则。

胡景阳开展各项培训，实施带教手术，开展新技术新项目，并成功为一位75岁高龄陈旧性股骨颈骨折患者实施了人工股骨头置换术，创阿里地区该病年龄和病史（3个月、心脑肺多系统疾病）之最。成绩取得的背后是超常的付出。曾经是运动健将的胡主任，进藏以来由于勤于工作，并克服高原种种不适，体重直线下降，多次晕厥。特别是面对各种复杂情景，胡主任总是以责任担当，付出很多常人难以付出的心血。

在前面那位高龄老人的救治中，胡主任曾几度犹豫。从保守的角度，老人年龄已高，基础状态较差，手术难度大。若手术失败，还会影响科室及个人声誉。但是一想到老人长期卧床的种种痛苦与风险，想到自己的援藏初衷，胡主任毅然决定实施手术。由于患者患病时间长，手术难度极大，经历了漫长的数小时手术，患者终于转危为安，但是胡主任却几度晕厥。结束手术时，胡主任被同事搀扶着走出手术室，微笑着说："老人平安了。"

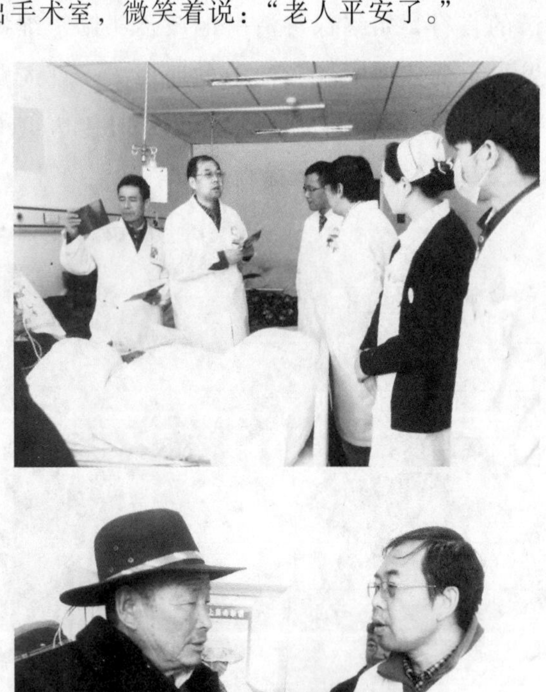

我的援藏故事（十四）

西安交通大学第一附属医院　乔晋

我来自西安交通大学第一附属医院，2016 年 7 月到 2017 年 7 月作为陕西省第二批组团式医疗人才参与援藏工作，到阿里地区人民医院工作，主要负责质控科和内科医疗工作，圆满完成了任务。

入藏前培训，接受援藏教育

2016 年 7 月 1 日，陕西省组织部在咸阳西藏民族大学举行了陕西省第八批援藏队欢送仪式，我作为代表在第二批组团式援藏医疗队欢送会上发言，承诺不辜负党和政府的信任，克服一切困难，从实际出发，扎扎实实干实事，圆满完成援藏任务，为民族团结和阿里人民的健康事业奉献一切。7 月 2 日，陕西省组团式医疗援藏队抵达拉萨，参加陕西省第七、第八批援藏干部交接会；7 月 6 日，到达阿里。

适应环境，工作全面展开

经过六天的调整和适应，7 月 12 日，第二批陕西省组团式援藏医疗队全体成员在陕西省第八批援藏工作领队张晓峰副书记的带领下抵达医院，地区卫生局及医院召开欢迎会议。之后援藏工作全面展开。

1. 克服困难，痛下决心，继续完成援藏任务

在来阿里援藏前 9 个月，我的父亲被确诊为食道癌，虽经治疗，但危险仍存在，随时都有复发的可能，正处于关键时刻，每月都要进行复查。到阿里 1 月后，母亲又因咳嗽被确诊为支气管内膜结核，同样需要长达 2 年的抗结核治疗，需要定期到医院检查。作为一名医生，面对自己的双亲患病，需要照顾的时候，却远离父母亲，心里感到十分难受和愧疚。而双亲心里更是有苦而难以诉述，

只有定期的电话问候成了思念和祝福的寄托。好在疾病期间，单位同事和领导的关照，以及想到出发前在欢送大会上的承诺和发言，才促使我痛下决心继续完成援藏任务。也许是上天看在两年来既援疆又援藏的情面上，给予我莫大的怜悯和关照，也许是“神山和圣湖”的保佑，二老的病情趋于稳定。这无疑减轻了我的心理担忧，给了我精神上莫大的安慰，增加了尽职完成援藏的勇气。

2. 积极投入临床、带教，开展新技术，完成“二甲”终审，各项工作有序推进

在阿里休整10天后，我进驻医院并投入紧张忙碌的临床工作和创“二甲”活动中。我发扬无私奉献和“一不怕苦，二不怕累”的精神，充分发挥自己的专业特长，积极主动地投入医疗工作中，开展业务指导、临床教学等工作。从基础抓起，规范了疾病诊断与治疗，积极开展新医疗、新技术项目。

我被安排在内科工作，坚持每日参加晨交班，每天上午查房，指导临床和教学工作；奔波于接诊门诊患者、会诊、查房和授课第一线；主持疑难病例讨论，参加医院组织的特殊病案鉴定和讨论；创造条件开展了脑出血锥颅手术、腰大池置管引流术和侧脑室穿刺术等新技术；把闲置的瘫痪治疗仪运用于脑卒中患者的肢体康复中，在科室进行了脑卒中诊治指南、脑血管的临床表现和治疗原则、脑卒中相关量表、脑出血临床路径和脑梗死单病种质量控制等理论和临床培训。在全院范围内培训“意识障碍的临床救治原则”和“缺血性卒中的规范管理”大讲座。规范了高原病的诊断流程。开展教学查房，耐心为大家分析讲解疾病的发生机制、诊断条件、治疗原则等，并且指导记录查房意见和病案的正确书写。为使危重症患者得到及时抢救，即使节假日和夜间，也经常加班加点，随叫随到，确保患者得到有效治疗。

2017年5月底，我利用微创技术成功救治1例出血量达126ml的脑出血患者，10天后患者基本康复。这是从阿里援藏抢救最为成功的患者之一，也是首例阿里地区脑出血量最大的抢救成功者。2017年5月23日22：10，接到内科值班医生仁吉宗的紧急电话，经询问急诊收治一个出血量126ml脑出血患者。考虑到患者出血量大，需要手术治疗，我和西医二院的刘利宁医生立即前往病房。经仔细询问病史和检查，发现患者为56岁男性，有高血压病史多年。3天前突发左侧肢体活动无力，在当地治疗效果不好，症状加重，出现意识障碍，左侧肢体完全瘫痪。急诊CT显示右侧大脑半球脑出血（126ml），心电图提示陈旧性下壁心肌梗死。此患者出血量大，又有陈旧性心肌梗死，随时会因脑疝而危及生命。考虑到患者年轻，出血量大，需要急诊手术。但阿里地区人民医院目前

开颅手术条件不足，和家属充分沟通后，决定行CT片定位下微创锥颅血肿引流术。经过定位、消毒、局麻、钻孔、血肿腔冲洗及放置引流管等，持续1小时成功完成了手术，术中引流出不凝血45ml，术后当时患者意识好转，右侧肢体可轻微活动。术后11小时，复查头颅CT显示血肿已明显吸收，患者意识转清，右侧肢体肌力恢复到3级。术后38小时，复查CT显示血肿已明显减少。术后58小时，复查CT显示血肿几乎完全引流，肌力恢复到4级。此患者出血量大，死亡率极高，在短短的不到60小时的时间，病情戏剧性的改善，得益于手术的正确决策，使血肿得到持续引流，从而解除血肿对脑组织的压迫和减轻继发脑细胞的水肿坏死，迅速减低颅内压。1周后，除言语有点紊乱外，患者肢体功能基本恢复正常。

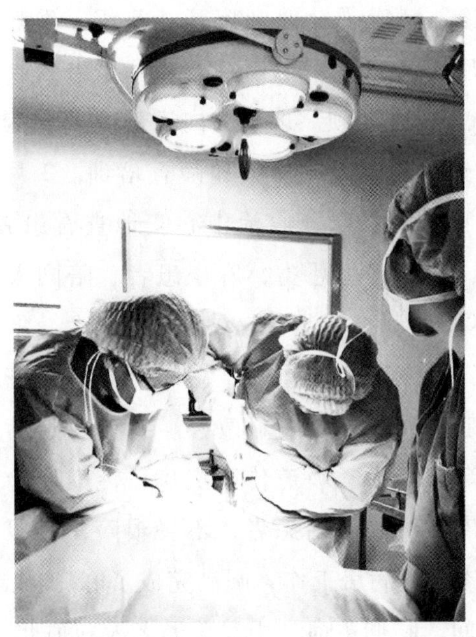

手术现场

3. 接替质控科工作，准备“二甲”材料和病历质量的持续督察

在坚持临床工作的同时，还接替医院质控科工作，担任质控科科长。这项工作基本上从零开始，需要完善质控科资料，制定了各项相关制度和表格，为“二甲”验收和终审做了积极充分准备。我制定了住院和门诊病历检查评分表，坚持每月亲自参加运行病历和终末病历的检查及质控，确保医疗病历的质量；为了持续改进医疗病历质量，我把病历检查中发现的问题，总结出35条，以文字形式下发，供大家参考学习。同时，针对近期上线的电子病历系统，积极和信息科沟通，把存在的问题及时反映给信息科，确保电子病历的格式规范。

4. 参与日土县冰崩突发事件救援，负责阿里麻疹疫情暴发的救治

来到阿里的第11天，日土县东汝乡阿汝村2组发生前所未有特大冰崩事件。接到医疗救援任务后，援藏医疗队派出我带队和其他3名队员不畏高原反应随阿里人民医院同仁一起经过十多小时到达海拔约6000米的救援地，展现了陕西援藏医疗队员不怕困难、敢于奉献的精神。事后回想起来，还真的有点后怕。

2017年2月12日，作为第一批返藏人员，到达阿里当日下午医院即要求我参加阿里人民医院麻疹疫情应急工作会议。我被任命为医院麻疹应急领导小组副组长和救援领导小组组长负责患者救治。因返回阿里当天未休息，第二天即出现较为严重的高原反应，头昏、失眠、乏力、食欲减退。2月18日休息，晚上发热门诊通知会诊，即确诊为一例成人麻疹患者伴严重消化道反应。2月19日，全天围绕麻疹就诊，制定了疑似麻疹筛查流程，发热门诊、留观处、收治中心的日常报表和麻疹病历流行病学调查表、麻疹患者收治流程和隔离病房管理等一系列文件和流程共计14项。以此为内容，19日给全院6个麻疹防控管理小组和各科主任、护士长进行麻疹诊治和筛查培训。2月20日，到发热门诊、留观处和噶尔县卫生服务中心麻疹收治中心实地查看患者和隔离病房等情况。发现病房条件非常差，环境卫生恶劣，麻疹患者、陪同人员和工作人员在一个病区混住，无法达到隔离条件，院内交叉感染概率大。将此情况立即向上级反映，引起当地主管部门和医院高度重视，立即研究解决方案。此后两天顺利解决问题，隔离病房和工作人员环境明显改善。我在嘎尔县卫生服务中心主管麻疹患者的诊疗工作。麻疹作为呼吸道传染疾病，传染风险大，虽然病区隔离条件差，但为了控制麻疹疫情和救治患者，不畏艰险，克服困难，面对被传染的风险，依然坚持在麻疹隔离病房工作，圆满完成了麻疹救治任务。

5. 利用节假日期间，瞻仰革命烈士，关爱老人和孤儿

到阿里不久，我便利用休息时间，到阿里烈士陵园，领略革命烈士风采，感悟烈士无所畏惧精神，学习援藏干部不畏困难，敢于奉献精神，增强自我克服困难的信心，激励完成援藏任务的勇气。

2016年在国庆节假日期间，我积极主动参与献爱心、关爱孤寡老人和孤儿活动。参观了阿里地区孤寡老人和孤儿集中赡养地——孤儿院和老人院，了解他们的生活情况和健康状况，为他们带去了生活用品和节日的问候。看到这里的状况，在为老人和孤儿惋惜和可怜的同时，也感到一点点的欣慰。无论是老人还是孤儿，至少居住和生活条件都很好，同时还为他们提供了很好的娱乐和学习的机会与条件。这里的双集中管理模式已成为全国学习的典范，体现了党

和政府对藏区人民的特殊关怀。

2017 年 4 月 3 日，清明节放假期间，我组织并带领阿里地区人民医院 16 名藏汉医护人员前往阿里地区敬老院开展关爱老人义诊活动，免费为敬老院老人检查身体。测血压、测血糖、检查心电图、内科体格检查等，为老人建立健康档案。营造敬老、爱老、助老的良好的社会氛围，为创造和谐社会和民族团结尽一份力。

2017 年“六一”儿童节带领科室医务人员慰问阿里儿童福利院儿童，为他们送去了节日礼物。

藏汉一家亲，为两位阿里藏族同胞捐款，尽一份微薄之力。

6. 承担内科业务主任，规划学科建设，优化医疗流程，提高工作效率

2017 年 3 月中旬，我被任命为内科业务主任。根据前期工作情况和内科实际情况，我积极为科室的发展规划着想，以书面形式把近期内科的学科建设规划向医院领导做了详细的说明和建议。在科内着力进行以“改变观念，优化流程，规范行为，提高效率，调动积极性，增强凝聚力”为主题的改革。制订了内科“十三五”规划和 2017 年度计划，以科室存在的问题为突破口，细心做好大家的思想工作，从科室分组负责、人员和床位相对固定、收住病员安排、医护交班、业务学习、教学大查房、病历讨论、科室新业务开展、绩效考核准备以及近期学科规划建设等方面全面进行改革和规划。面对既往的工作习惯和改革困难，我从实际工作和员工切实利益出发，充分做好员工思想工作，通过全员努力，力争达到“工作模式的改变，工作环境的改变，工作回报的改变，学科影响的改变”。目前各项工作正在按既定路线有序进行，内科各项工作取得了明显成效。

7. 积极引导，耐心帮助，激发当地医务人员从事临床科研工作

为了激发当地医务人员临床科研积极性，提高科研设计和学术论文书写水平，我充分利用当地临床医疗资源，帮助医务人员设计临床科研课题，收集临床资料，撰写学术论文。先后设计有关高原病和麻疹的科研课题，帮助撰写两篇学术论文，并成功被中国科技论文核心期刊录用待见刊。以师带徒形式带 3 名学生，在传授医学知识和临床技能的同时，注重培养他们良好的工作态度和职业习惯，以课题设计和论文书写为导向，培养他们的临床科研能力。

8. 积极配合医院，做好各级领导接待工作

自从援藏以来，各级领导对医院工作和援藏队一直很关心，医院是各级领导考察的重点对象。而内科每次都是考察的主要对象。作为援藏内科的一员，

我积极完成医院交给的任务。在医院领导下，积极准备接待任务，先后接待了陕西省副省长、阿里地区地委副书记兼行署专员、西藏自治区主席和卫生计生委等主要领导到医院内科考察工作情况，圆满完成了医院领导交给的接待任务。

9. 完成考察，促进工作

2017 年 3 月 30 日，受医院派遣参加西藏自治区医疗收费项目意见征询会，积极提出修正和补充意见。开完会后，受阿里地区卫生局副局长（援藏干部）胡俊宏的邀请，我前往山南市人民医院考察。山南和阿里同属西藏，由于地理位置不同，海拔高度不一样，自然环境也迥然不同。同是 4 月初前后，山南已是春意盎然，细雨绵绵，花团锦簇，绿树成荫，而阿里却仍是寒风刺骨、雪花纷纷。阿里号称世界屋脊的屋脊、青藏高原的高原。有人说到阿里旅行是一次"体验生死的旅行"。虽有些夸张，但也确实有道理。说到两地城市和医院的差别，可以说是"天差地别"也不过分。同是援藏，虽意义相同，但困难和付出却大相径庭。阿里无疑是我们了解到的援藏中环境最恶劣的、条件最艰苦的、对身体和心理考验最残酷的。虽然如此，但有"神山和圣湖"的怜悯，万岁山的保佑，有"特别能吃苦、特别能战斗、特别能忍耐、特别能团结、特别能奉献"的"老西藏"精神和"缺氧不缺精神，艰苦不能降标准"的精神鼓舞，我们仍不忘承诺，继续前行。面对这样的环境和机遇，并非人人都有机会，人人都有勇气，人人都敢直上。因此，一生中，我能有机会到阿里援藏，是值得庆幸之事、骄傲之事、造福之事。庆幸之余，我更为敬畏的是那些曾长期在阿里的援藏干部，他们把最宝贵的青春时光甚至生命都献给了阿里。

回想一年的援藏经历，在付出的同时也得到了收获。我获得了阿里地委颁发的第二批组团式医疗援藏先进个人等荣誉。我能够服从组织安排，顾全大局，竭尽全力，想尽办法，"教了一点知识，做了一点事情，留了一点东西"，也希望这"一点点"能成为动力和源头，在阿里地区医院的发展中留下一点点印迹。我深知当地百姓的医疗需求，认识到当地医疗发展依然存在困难，观念和习惯依然是拦路虎，医疗条件也难以短时改善。面对援藏任务和当初承诺，责任和担当成了我克服困难的不朽动力和精神支柱，激励我想尽办法，竭尽全力，不负重托、不辱使命，无私奉献，为受援医院送理念、送技术、送管理、送作风，把先进的医学技术和理念传授给我们的在藏同胞。不忘初心，能够在高原艰难前行，撸起袖子加油干，为自己喝彩，为医院争光，为陕西援藏队争光。我认真交接工作，把自己分管的各项工作顺利交给了第三批组团式援藏人员，保证了各项援藏工作的有效延伸。

一切为了团队　一切为了援藏

陕西省结核病防治院　梁亚萍

2016 年 6 月，为响应国家支援西藏的号召，我踊跃报名，加入了陕西第二批组团式援藏医疗队，奔赴平均海拔 4500 米、含氧量不到内地的一半，被称为“生命禁区的禁区”的阿里地区参加组团式援藏医疗工作。

在进藏工作期间，我积极践行救死扶伤，实行社会主义的人道主义精神，继承发扬“特别能吃苦、特别能战斗、特别能团结、特别能忍耐、特别能奉献”的“老西藏”精神，立足本职，克服困难，开拓创新，树立了援藏干部的良好风貌，展现了新时期医务工作者的光辉形象。

我不顾高原反应，一到阿里就投入阿里地区人民医院“二甲”复审工作，协助阿里地区人民医院检验科规范了检验项目的室内质控，完成了西藏自治区临检中心第一次开展的室间质量评价工作，获得了优秀的成绩，为进一步提高临床检验水平，保证医疗质量和医疗安全起到了积极的促进作用。在阿里地区人民医院迎接创“二甲”终审的重要时期，我除了完成检验科的日常工作外，

还积极配合控感科对全院控感重点部门进行了检查，对相对不合理的部位提出了整改意见；针对援藏医疗队提出检验科开展项目少的意见，协助检验科主任改变工作思路，变被动为主动，和主任一起到各个临床科室征求意见和建议，了解临床科室对检验项目的需求，制订了下一步开展新项目的计划，提高了医院的整体诊疗水平；积极配合检验科主任，逐条对照“二甲”评审细则，查漏补缺，进一步完善了各项制度、流程，建立了检验科的质量手册、质量目标、质量管理体系文件以及程序文件，还建立了检验科室内质量控制变异系数的标准及检验科室内质量控制的控制规则；继续加强了科室管理，针对工作人员专业理论基础知识较差的情况，制定了检验科工作人员每周一次的“三基”培训制度，努力提高工作人员的专业技术水平，通过多种措施和方法，强化了科室工作人员理论和实践知识水平，使检验科在创“二甲”终审过程中表现突出，也终于结束了阿里地区人民医院无等级的历史，并在2017年3月首次参加了国家卫生计生委的室间质量评价活动，取得了优异的成绩；筹备了检验科细菌室的仪器设备、管理制度、操作规程、流程预案等，为阿里地区人民医院创“三乙”打好了坚实的基础。

阿里地区平均海拔4300米，高寒缺氧、自然环境恶劣，医院条件艰苦，因此医务人员奇缺。我利用一切机会，多次积极到各县下乡义诊、指导卫生服务中心的“一甲”工作，提高全地区的医疗服务水平，把党的温暖送到藏区，更好地为藏民服务。

作为队伍的生活委员，我时刻牵挂队员的安危，时刻关注队员的身心健康。援藏工作期间忙还好，可以暂时忘掉烦恼。一旦下班后，对家乡、对家人的思念如影随形，上网和家人视频聊天，成为不少援藏队员的“必修课”，年底休假也成了家里人期盼团圆的愿望。12 月底，阿里环境极其艰苦，但我依然坚守援藏医疗第一线，在援藏专家分批休假安排中，我主动把自己安排在最后一批休假，把援藏工作坚持到元月才回家与亲人团聚。一边是对家人的思念，一边是对援藏工作的兢兢业业，二者之间很难取舍。但我依然选择了坚守岗位，决定把援藏工作坚持到最后，积极投入工作中，热情和藏族同事相处，把阿里当作自己的第二故乡。在援藏期满后，我仍然积极申请延期两个月，完善未完成的工作，使细菌室走上了正轨。

援藏阿里　从“小鲜肉”到“优秀导师”的转变

西安交通大学第一附属医院　张卫善

“小鲜肉”称谓缘何而起

2016年6月，作为“85后”的青年人，经过政审、体检等环节的考核，我光荣地成为陕西省第八批援藏干部、第二批组团式医疗援藏专家组的成员，赴雪域高原、“生命禁区”阿里执行医疗援藏任务。经过在咸阳西藏民族学院集训和拉萨的短暂交接后，于2016年7月6日抵达西藏阿里地区狮泉河镇，开展为期一年的援藏工作。我是医疗队最年轻的一位，也是唯一一位未婚男青年，医疗队里的“梁大姐”首先给出了“小鲜肉”的昵称，从此以后，援友们也都这么亲切地称呼了下去。

援友们相互之间相亲相爱、关系融洽，两年过去了，仍然常常想念当时的援友情、战友情。“小鲜肉”是援友们给的昵称，也是一种标签，因为年轻，所以大家自然对你的期许是不一样的。仍记得刚到阿里地区人民医院不久，要实行“师带徒”，每个援藏专家带当地医师作为“徒弟”。我选择了两位徒弟，年龄都比我大，“签约”的时候，其中一位似乎不太情愿，并不太信任年龄比自己小的“专家”。这种境遇只是其中之一，在工作中总能遇到类似的问题，因为我是一个“小鲜肉”医生。对于这些，其实早在去西藏之前就做好了打算，心里早已有所准备，曾经和我的室友刘章平老师认真探讨过，援藏之行不易，既然选择了这份荣耀，就要认真、努力、全身心地投入各项工作中，发挥自己的专业特长，为藏族同胞尽心，为援藏事业尽力。

从“小鲜肉”到“优秀导师”的转变

随着援藏工作的深入，一心想要做点事情的我毫无保留地投入当地临床医疗的各项工作中。在完成科室临床工作的同时，主持参加疑难病例讨论及全院会诊等。此外，还积极投入带教工作，有计划、有组织地开展放射科医师“三基”培训，每周一次开设“放射科 CME 工作坊”，积极加强放射科与临床科室的业务交流，在医院“阿里大讲堂”上为全院职工进行专业讲授，并在儿科等临床科室进行授课，获得当地医院领导和同事的一致好评。2017 年 4 月，阿里下起了多年来难得一见的大雪，气温下降，空气含氧量也跟着降低，本来就缺氧的阿里更令援藏医疗队员难以适应，胸闷、气短、头昏、脑涨等缺氧症状加重，我带上吸氧管也要继续坚持为本地医务人员授课。

路遥知马力，付出总有回报。在我心目中，最大的成就感是被当地同事认可，成为所带徒弟认可的老师。经过一年的援藏工作，我最终被阿里地区人民医院评为“优秀导师”称号。一年的援藏时光，条件虽很艰苦，但当地藏族同胞的朴实、豁达、乐观，对我今后的工作生活都是极大的激励；与阿里的山山水水，藏族同胞、援藏兄弟之间的情感一生难以割舍忘怀！希望曾经战斗过的阿里地区人民医院越来越好！日后有机会的话，我还要去阿里服务！

我的援藏故事（十五）

西安交通大学第二附属医院　刘章平

很早我就有个梦想，去西藏旅游，想去看看那里的蓝天、白云、高山和湖泊，还有那里的人。很有幸，我得到组织的选派于2016年7月到阿里援藏。这次的援藏终于成了我的圆梦之行。

阿里，是一个在孔繁森事迹中听说过的地方。这里是祖国最西边的一个地级市，与印度、尼泊尔紧邻。地广人稀，平均海拔4500米，极度高寒缺氧，风沙大，对阿里的印象也就仅此而已。想象不到还有什么样的困难。但当双脚一踏上这片土地时，还是被深深地震撼了。怎么也想象不到一个地级市还没有内地一个镇子大。路面大坑小坑，周围眼睛能看到的地方一片荒凉。阿里地区人民医院是当地最大的一所医院，但到医院后才发现，在阿里行医更为不易，如语言不通、缺少医生、医疗技术落后、医疗设备陈旧等，最关键的是这里的患者大部分都不愿意来医院看病，认为得病是上天对自己惩罚，所以要默默承受，等待上天惩罚的结束。比如，阿里的新生儿及孕产妇的死亡率很高，其中主要原因就是不愿意到医院生产，加上没有优生优育的习惯，出生的婴儿畸形率特别高。

2016年9月，我们去革吉县义诊。听说有援藏专家来给大家看病，还是来了很多藏族患者。义诊过程中，队员们发现藏族患者主要以风湿类疾病、高血压、胆囊炎、胃炎、肾结石、盆腔炎、阴道炎、尿路感染、痛经等为主。其实这些病在内地都是常见病，加上大家良好的就医习惯，在疾病早期就已基本治愈。而在阿里，虽然病还是这些病，但患者多已病情很重，比如肾结石，很多结石都已很大很多，肾脏积水很厉害。此次义诊还增加了血糖检测项目。通过检测，发现藏民的血糖普遍偏低，应该和生活习惯有关吧。为此，队员们进行了科学的健康生活及饮食宣教。历时两个半小时义诊，共接待藏族同胞就诊、各类检查、咨询300多人次，开出处方400余张，发放药品40个品种1100余盒（瓶），价值近一万三千元。

在结束义诊返回途中听说有一位年轻的藏族小伙已经病得很厉害了，却不愿去医院看病。我们在当地援藏干部帮助下终于见到了这位年轻的患者。当见到这位患者时，我真是惊呆了。由于肝硬化，腹水肚子胀得和鼓一样，病情已很严重了，家里人还不愿送去医院。看着躺在简易木板床上小伙那无助、渴望的眼神，我们所有援藏医生深深感受到我们有责任、有义务做些什么、改变他们的观念、就医环境。后来，我们在当地干部大力配合下把这位年轻患者带回阿里地区人民医院，在全体援藏医生的精心治疗及当地藏族医护人员的帮助下，这位年轻的患者终于康复。这样的故事在援藏期间还有很多。经过大家一年的同心协力，阿里医院一举通过创“一甲”评审，结束了没有等级医院的历史。一年的援藏生活，让我深深体会“特别能吃苦、特别能战斗、特别能忍耐、特别能团结、特别能奉献”的“老西藏”精神。这里的人们那种“坚持不懈、吃苦耐劳、甘于奉献、乐观向上”的精神深深感染了我，让我受益一生。在现在的岗位上，我时常想起那里的一草一木。与科里的同事，我们经常视频联系。一次援藏行，一生西藏情。相信在以习近平同志为核心的党中央坚强领导下，援藏事业会一代代做下去。在前赴后继的援藏人的努力下，阿里的同胞定能够摒弃不正确的就医观念，定能及时得到高质量的医疗救助，以一副健康身体，共建美丽阿里，终会和我们内地一样走在健康幸福的社会主义的康庄大道上。

此处安心　便是吾乡

西安交通大学第二附属医院　李谦

“生得困难，死得容易”，这是西藏偏远地区人民生命和健康的真实写照。这也是每一个援藏医务工作者时刻面对的挑战。

西藏阿里地区位于祖国的最西南端，平均海拔高度超过 4500 米，号称“西藏的西藏、屋脊上的屋脊”。阿里虽然以独特的地理风光、悠久的历史文化而有着“千山之祖，万水之源”“藏西秘境，天上阿里”等美誉，但自然环境条件极为恶劣，冬季氧含量还不到内地的一半，一直被人们称为“生命的禁区”。从 1994 年起，这片神奇大地作为陕西省的对口援建地区，一批批援藏医护人员从三秦大地远跨万里，深入阿里七县，恪守“缺氧不缺精神，艰苦不能降标准”的援藏精神，尽心尽力从事着本职工作。

2015 年，中央组织部提出了组团式医疗援藏的新思路、新办法，“健康西藏”是援藏工作的重中之重。2016 年 7 月，我作为西安交通大学第二附属医院的一名超声医师，和第二批组团式援藏医疗队的 16 位同志加入了第八批陕西援藏队的大集体，一起踏上了西藏阿里这片令人神往的土地。

我的援藏工作是超声专业。作为现代医学影像学的重要分支，超声诊断帮助临床医生扩展了视野，客观、准确、及时地了解患者的疾病状态，被称为“医生手中的可视听诊器”，是筛查和诊断很多疾病的首选方法。

进科室工作的第一天还没适应高原反应，胸闷气短地走到科里，看见窗帘紧闭、密不透风的诊室，浓浓的酥油味道……老旧的医疗环境让人吃惊。忘了去自我介绍，就撸起袖子干上了。接下来的一周多时间，总算和藏族同事们互相认识了，科里有问题的超声仪调试维修了，日常医疗物品的布局调整顺当了，患者就诊方便了。

雪域高原的工作更像是战斗，因为阿里地广人稀，有限的医疗资源也只是在县乡一级医院，远道而来的患者病情往往严重且复杂。

500多公里以外的改则县，一个腹痛、少尿、水肿的四岁小姑娘在当地近一周诊治不佳转到了地区医院，初次检查只是简单判断为“腹腔积液、肠管充盈增宽”，复查后发现双侧输尿管中段都有结石，双肾中度积水，膀胱尿潴留。由于阿里地区水质矿物含量偏高，当地藏族同胞和来藏的各级干部群众都很容易发生泌尿系统结石。四岁的小孩子就患上严重的泌尿系统结石，引起相关器官严重损害。因阿里地区人民医院经验、条件有限，我建议她转院去拉萨治疗。下午上班路上遇见家属抱着无精打采歪在怀里的孩子联系租车，顿时心里无比沉重。下班后，我带着全科室的同事把这个病例写进了科室业务学习记录本里。他们认真记录、听讲，偶尔抬头传递来诚恳、朴实的目光，真诚友好的藏族同事给我提了不少建议。

又是一个周末的深夜，学生说有个患者病情有变化，我睡意顿消，去了医院。一看见腹胀如鼓、呼吸微弱、眼神无力地看着我的年轻牧民患者，我心里本能地感觉不好。超声检查发现这个前两天疑诊阑尾炎的患者存在肝硬化合并有大量腹水，肝脏后方一个条索状的肿块实际上是有血栓形成并部分阻塞的下腔静脉血管腔，病情危重！随时有血栓脱落导致肺栓塞等一系列致命并发症的风险。检查后发到朋友圈，内地单位的同事朋友立即发来了参考建议，和地区医院的援友们一起商量对策。结束会诊，踏着月光回去的路上，心里想着远在五千公里以外内地同事们的关心和支持，觉得十几个援藏队员并不孤单，因为有强大后盾在支持着我们。

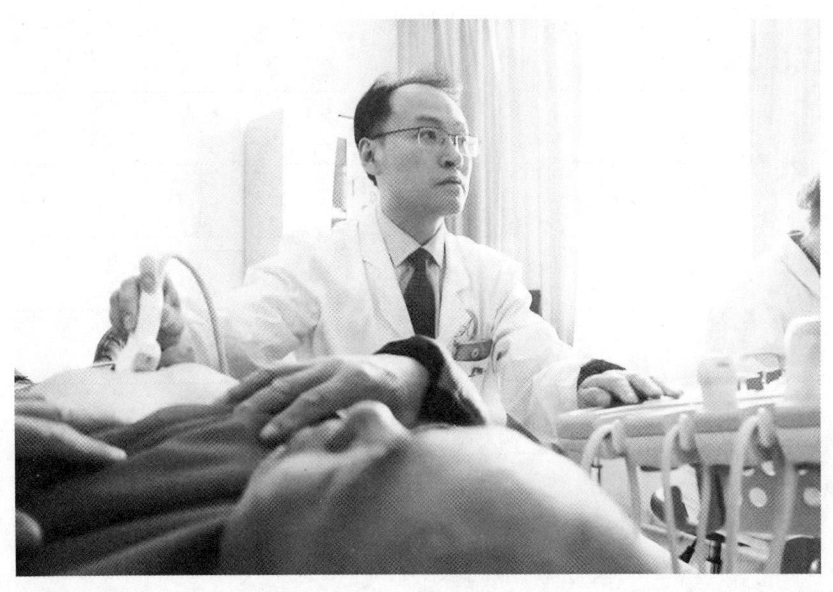

回顾这段时间的援藏工作，我为能在阿里地区人民医院和藏族同胞一起工作、生活，感到无比荣幸和自豪。虽然时光短暂，但是阿里的工作和生活给我带来精神的震撼、心智的砥砺，是我终生的财富。“此处安心，便是吾乡”，我将永远铭记藏西秘境、天上阿里！

狮泉河印象

陕西省肿瘤医院　韩昱

狮泉河镇，阿里行署所在地，小小的盆地群山环绕，海拔高的缘故吧，土黄色的山体看不到一点绿色，层层的远山渐次抬高，外围银光闪耀的雪山，与湛蓝的天幕形成鲜明的对比，纯净、明晰；夜晚降临，清冷的月光洒向大地，远山反射着月光显得熠熠生辉，群山之上，幽蓝的夜空，一颗明珠镶嵌其中。这一刻，仿佛整个世界也沉寂下来，绵延的群山静静地接受着月光的抚慰，辽阔霜天，月冷千山！狮泉河的云层很低，且形态各异，变幻莫测，平静处，恰似隽永的画面安静地呈现在半空，让人陶醉迷离、流连忘返；风起时，黑云压着山顶自天边滚滚而来，一时云谲波诡、飞沙走石，夹杂着电闪雷鸣呼啸而至，顷刻间就置身于滂沱大雨之中，令人心生敬畏。雨过天晴，一弯彩虹跨城而过。当阳光把一片金光洒向大地，一切又归于平静。狮泉河静静地穿城而过，波澜不惊，滋润着戈壁、养育着小城，水天一色处几只棕头鸥欢快地穿梭其间，野狗也撒着欢地在河里追逐嬉戏，两岸特有的红柳，轻柔的柳条随风起舞，摇曳多姿，不时地搔弄着沿堤而行的路人。

这是一座静谧的小城，平静、祥和。当地民风淳朴，人们与世无争，生活艰苦却相当满足。陌生人见面也总是报以友善的微笑。小城地处高原，工作和生活节奏比较慢，这里看不到内地匆匆的行人，也没有高大的建筑，沿街的商铺很少吆喝，没有顾客的时候看着手机娴静地坐在店里等待顾客上门，一副悠然自得、非诚勿扰的模样。没有大都市的喧嚣，人们生活的平淡、自然，不时有手持转经筒的老人从你身边经过，还虔诚地低诵着经文。突然，不知从哪儿钻出来几个藏族小朋友，嬉笑着、打闹着，围绕着你的周围，明眸皓齿、笑靥如花，转眼间又钻进人群，不知去向。

这里是圣地，是净土，神山、圣湖、美丽的传说、远古的遗存加上不同于内地独特的景致，无不散发着独有的魅力，引无数游者趋之若鹜，自驾的、骑行的，甚至徒步的，路虽艰苦却不负此行。带着亲朋美好的祝愿走进心目中的圣域，既有渐行渐远的淡淡离愁，又有对新工作和生活的些许期待。感受着组织细致入微的关怀，感受着团队中兄弟般的温暖，在这离天最近的地方，一段崭新的人生经历将会就此展开。

一切安好，亲者勿念！

格桑花开在雪山

记陕西省铜川矿务局机关卫生院胡佩

胡佩，是陕西煤化集团铜川医疗中心下属单位铜川矿务局机关卫生院的一名普通的药剂师，2016 年 5 月的一天，当得知陕西省第八批援藏队在本单位招聘队员的时候，她就已经心动了，整整三天，她一直在查阅关于西藏阿里的所有资料。阿里，她的最初印象是“万山之祖”“百川之源”，那里遥远而神秘，但是当她得知那里的医疗和教育事业远远落后于内地的时候，更坚定了她此次阿里之行的决心。她毅然地去跟领导沟通，把她要报名的想法说出来之后。领导说：“阿里的艰苦不是你想象中那么简单，你要考虑清楚。”同事说：“你听过孔繁森吗？阿里就是他当初援藏的地方，你一个女孩子肯定受不了。”她只是宽慰着领导和同事：“没事，既然我选择了去，再苦再累也要坚持到底，不会给咱们单位丢脸。”就这样，大家都心疼地看着她去报名。单位里谁都清楚，她新婚刚刚五个月，而且她的母亲也因为心脏病突发去世仅一个多月。她在短短的时间内能做出这个决定，是多么不容易。报名、体检、培训，在陕煤化铜川医疗中心领导、铜川矿务局机关医院的领导和同事们的不舍与叮咛之下，她光荣地成为陕西省第八批组团援藏队里的一员，也是陕西省第二批组团式医疗援藏队的一员。

7 月 6 日，陕西省第八批援藏队进驻到阿里地区，我们的组团式医疗援藏队

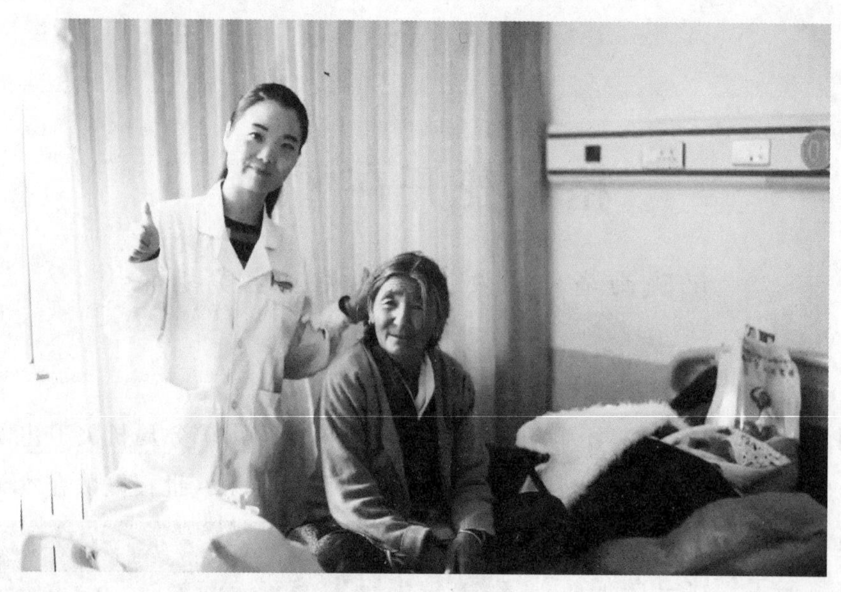

也正式进驻到了阿里地区人民医院，胡佩被安排到宣传科担任宣传委员。经过一段时间的工作，她深深体会到宣传工作的重要性。在地区人民医院院领导的配合下，在援藏同事的意见征集下，她制订了宣传工作方案，把宣传工作规范化、制度化。无论是医院创“二甲”、医疗专家们平常救治危重症患者，还是平常医疗队下乡巡诊，她都认真记录，把一张张珍贵的照片和一篇篇感人的事迹传递给更多的人知道。专家们的辛苦，她在收集资料和采访中深有体会。每当这时，她就会思考：“与专家们深夜奔赴医院抢救患者的精神相比，我又能为阿里做出什么贡献？”之后，她便更加努力地投入宣传工作中。11 月底，胡佩感到自己身体不适，在检验科得知自己已经怀孕的消息之后，她第一个想法就是如何才能把这一年的援藏工作坚持到底，丈夫让她赶紧回去养胎，她说再等等。她决定瞒着领导，继续工作，可是由于高原的缺氧，由于上下班路途的奔波，她开始出现出血的症状，出血一天比一天厉害，随时都有大出血的可能。同宿舍的检验科梁老师实在看不下去了，就悄悄告诉了院领导，当时陕西省第二批组团式医疗队领队、医院常务副院长于勇同志正在拉萨召开会议。他命令胡佩同志必须立即返回内地进行治疗，医院党委书记李永琴同志也在百忙之中来到援藏专家们所在的宿舍里看望胡佩。李书记语重心长地告诉她：“工作再重要，也没有生命重要；没有了生命，拿什么去为阿里做贡献！”这时，胡佩终于决定回去进行治疗，而在临走前她却发了短信给领导：领导，我深知援藏工作的重要性，无论如何请领导放心，此次援藏任务我一定会坚持到底！就这样，她暂时放下工作回到了西安，可是由于十几天的出血，胎儿已经保不住了，她的心里充满了对家庭的愧疚，丈夫压抑着内心的痛苦对她说："没事，等你援藏期满归来，我们一定会有自己的宝宝，此刻虽然失去了爱的结晶，但至少你对阿里的爱还在延续。"是啊，有什么比援藏事业更重要，有什么比对阿里的贡献更伟大，有什么比国家的大爱更值得让人钦佩的！就这样，她继续着自己的援藏之路，继续报道着每位援藏专家的事迹，将他们的援藏精神写成一篇篇感人的报道。她先后配合北京电视台拍摄了组团式援藏医疗纪录片，配合西藏自治区电视台及阿里电视台拍摄了专题访问节目，配合阿里日报记者完成了各类报道。一年的援藏时光总是这么短暂，在援藏结束之际，胡佩获得了优秀援藏干部、阿里地区人民医院创"二甲"特殊贡献奖等奖励。这一切的荣誉，离不开陕西省委组织部与陕西省卫生计生委的后方支持，离不开陕煤化铜川医疗中心领导们的谆谆教导，离不开铜川矿务局机关医院领导和同事们的默默关怀。这些成绩的取得，更让她对以后的工作有了足够的信心。

胡佩，就是这样一个普普通通的援藏队员。"与海拔比高低，与雪山比纯洁，与草原比广阔，与风沙比坚韧"，这是阿里援藏人的精神。她，就像一朵美丽的格桑花，曾经绽放在那片圣洁的高原之上。

我的援藏故事（十六）

陕西中医药大学附属医院　张卫涛

援藏之前，我对于西藏阿里几乎一无所知，所以并没有什么担心。到了阿里第一印象就是野旷天低，眼界大开。整个援藏过程中身体上的病痛都不值一提。我觉得战胜自己，享受孤独、品味寂寞，这才是我最大的收获。不怕艰苦，行万里路，读无字书，这是大自然对我的鞭策，为我今后直面人生提供了莫大的勇气。磨炼了意志，反而获得了内心的宁静，心态平和，看事物更加透彻，明白锤炼自身与团结同志的关系。不悲观、不逃避，敢于担当，勇往直前。

在西藏的故事很多，我自己并没什么可以大书特书的故事，就是干好本职工作，仅此而已。藏族朋友的热情淳朴，幽默风趣，令我倍感亲切，时常怀念。但是时光匆匆，天下没有不散的筵席。看过了最美的风光，领略了大自然的残酷，回到家乡，我的脑海里经常浮现的是天高云淡、大山大河、淳朴的笑容。

离别就是为了怀念，对我来说这是人生中最难忘的一年，我深感自豪荣幸。阿里秘境，最神奇的地方，远看冈仁波齐、玛旁雍错，矗立千年，绝非等闲山水。最后赋词一首，以抒情怀：

望海潮·风华西藏

青冥澄净，冠云砌玉，群山自古苍凉。
荒草远滩，疏枝冷蕊，依稀点点牛羊。
孤鸿漫翱翔，更江水寒碧，只影相将。
野旷天低，柳梢难系日犹长。

人间秘境无双，看朝霞万里，晓月清霜。
唐宋旧书，元明画笔，谁能写此风光？
争敢久徜徉！
怕莽撞佛法，唐突仓央。
唯有挥毫记取，幽夜倚西窗！

我的援藏故事（十七）

西安医学院第二附属医院　刘利宁

在阿里地区人民医院，我被安排在内科及干部科指导临床和教学工作，为使危重症患者得到及时抢救，即使节假日和夜间，也经常加班加点，随叫随到，确保患者得到及时有效治疗。

指导抢救了低钾麻痹、阵发性室上速、重症脑出血、糖尿病高渗性昏迷等多例危重症患者，与援藏医师乔晋主任共同完成了阿里地区人民医院首例侧脑室穿刺术、腰大池置管引流术，挽救了患者的生命，成功为一例126ml重症脑出血患者实施微创锥颅血肿清除手术，明显缩短了病程，提高了患者的生活质量；参加了多次义诊活动，为阿里地区干部群众、武警官兵体检1000余例次，结合高原地区高血压、痛风等疾病多发的现状，开展了“最新中国高血压指南、抗生素合理使用、痛风与高尿酸血症”等课程讲座，受到广大职工好评。结合阿里地区干部群众高原病、高脂血脂、脂肪肝、痛风等疾病多发的现状，我认真

准备“高原疾病保健知识”讲稿，参加了阿里七县的干部保健巡诊工作，对1000余名干部职工做了认真细致的保健宣教。

东三县平均海拔4500米以上，尤其是措勤县城海拔接近4700米，距离地区800余公里，其中还有200余公里石子路，10小时左右车程，抵达后我整个人都筋疲力尽。初来者正常说话都气短，而且同行的一名从拉萨赶来的工作人员因脑水肿连夜返回，给我能否完成这次巡讲造成一定的心理压力。措勤县安排的会堂在4楼，爬上楼、1小时左右的课程，讲得人气喘吁吁、手脚发麻，看着台下认真听讲、做笔记的各族群众，我心里却倍感欣慰，再苦再累也值了。宣讲的同时，组织部阿里大健康工程牵涉到基因取样工作，配合基因取样3000余人。为给远离札达县城400余公里曲松乡的40名干部采集标本，我在4000～4700余米海拔上来回颠簸，其中一半路程是土路，返回札达县城吃晚饭已经晚上11点多了，同行的女孩都累哭了。措勤、扎达两地巡诊，我真切感受到阿里地区交通不便，干部、农牧民工作、生活的辛苦。

我带领科室医务人员进行教学查房，以阿里地区农牧民多发病、外来人员高原病以及常见的神经内科疾病，耐心为大家讲解疾病的病理机制、诊断、治疗原则等。科室年轻医师多，经过几个月努力后，科室病历书写水平有了很大提高，疾病用药也较前明显规范。高原缺氧，人的思维、记忆能力都不如平原，但只要是临床工作中遇到的知识点，自己积累的经验教训我都毫无保留、悉心教给学生。有的知识点会反复讲解，直到徒弟听懂、听会，相信只要我们不遗余力倾囊相授，徒弟们的水平定会日益提高，必定会成为阿里医疗的中坚力量。

在阿里工作，我们倍感艰辛与荣幸。我们组团式医疗团队获得了国家卫生计生委、中央电视台评选的最美医生称号以及阿里地委行署授予的“五一”劳动奖状。我作为这个团队的一员，感到无比骄傲与自豪。这些荣誉来之不易，是组织、群众对我们工作的肯定与鼓励。我深知在日常工作中还存在这样那样的不足，距离陕西省委省政府，西藏自治区，阿里地委、行署和人民群众的要求还有一定差距。今后，我要更加善于学习、勤于总结，与时俱进，学习掌握更新更好的医学技术，加强政治理论学习，努力提高自身政治理论水平；继续做好自己本职工作，造福社会，在为藏、汉各族患者解除病痛的同时，也不断提高自己。

我的援藏故事（十八）

西安市第四医院　杨继

这注定是不平凡的一天，2016 年 8 月 5 日下午 3 点多，远在普兰的援友通过微信向大家求援，一位尼泊尔国籍的孕妇，胎死宫内，怀疑子宫破裂。从尼泊尔到阿里普兰就医，患者病情危急，一般情况不好。普兰不具备抢救条件，将患者紧急转至阿里地区医院，患者已在普兰通往地区医院的路上。

张峻霄老师和我看到微信后，立即向医务科及于勇院长汇报情况，并通知妇产科白珍主任做好抢救准备，通知检验科、超声科、手术室、麻醉科等相关科室严阵以待。20：30 左右，普兰的救护车到达地区医院。患者名叫次旺卓玛，37 岁，尼泊尔国籍，初产妇，当地医疗条件极差，患者在家难产了 12 天，已经胎死宫内 2 天以上，这才历经波折来到阿里地区医院。患者一般营养状况很差，神志模糊，血尿，几天没有进食，血压 140/90mmHg。我和张老师通过对患者的查体，发现患者全身水肿，骨盆出口明显狭窄，腹型明显像子宫破裂的形状，胎儿位置高，位于患者脐上，下段拉长。查血红蛋白在正常范围，超声提示胎心消失，患者腹腔大量积液。张峻霄老师、我还有白珍主任立即组织病案讨论。考虑患者骨盆出口狭窄造成梗阻性难产，致先兆子宫破裂、胎死宫内，目前不

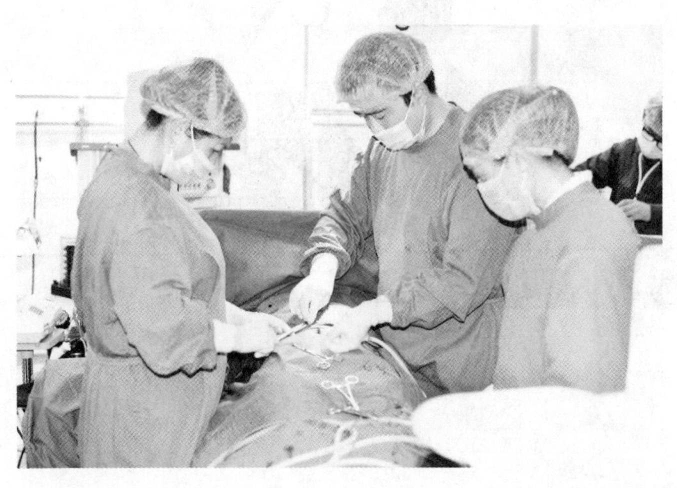

能排除子宫破裂，要立即行剖腹探查术。这里要特别提到的是检验科的陕西组团式医疗援藏干部梁亚萍同志。接到医院抢救患者的通知后，她从住处连夜赶到医院，以最快的速度完成了各种术前相关检查，并在血源紧缺的情况下与血站积极联系，准备了宝贵的400ml血液，为我们的手术提供了良好的保障。

手术是由我和张峻霄老师共同完成的，白珍主任作为助手也上台参与。术中发现子宫下段拉长明显，病理性缩复环形成，子宫局部变薄，仅见到子宫浆膜层，先兆子宫破裂诊断是正确的。在张老师及白珍主任的协助下，我对患者实施了剖宫产。手术不好做，胎儿取出后，宫腔充满大量胎粪样浓稠液体，有臭味，子宫已有感染的迹象。考虑到患者是初产妇，还没有孩子，所以冒险还是决定给患者保留子宫，这样给患者留下了生育的机会。此外，由于产程时间太长，膀胱及子宫等组织严重水肿，组织糟脆，一不留神就会发生出血裂伤的情况。还好，最终在全体人员的共同努力下，顺利完成了手术，并给患者保留了生育机会，患者安全回到了病房进行后期治疗。

拖着疲惫的身躯回到住处已经深晨12点了。虽然很辛苦，但一想到家属感激的目光，觉得这一切都值了。患者是尼泊尔人，不远千里来到中国就医，这是对我们的信任。虽然病情很严重，处理起来很棘手，但是本着医务人员的职业操守，我们会尽自己最大的努力去争取挽救每一个患者的生命。这是每一个医生的神圣使命。

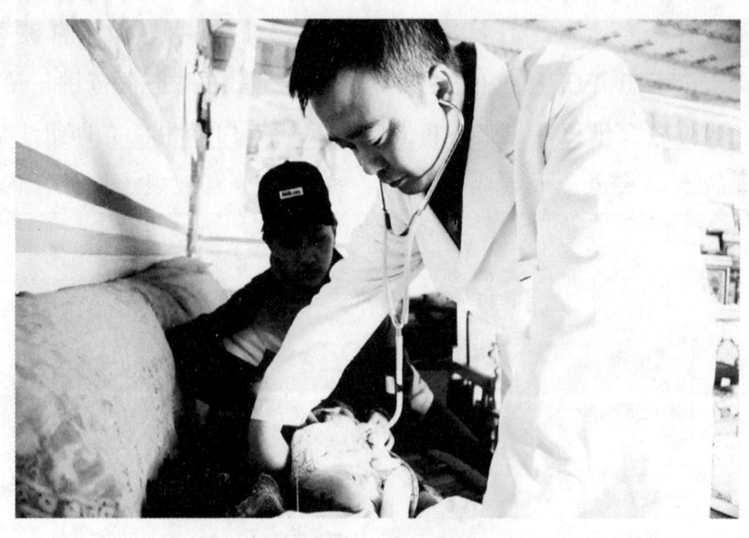

幸福都是奋斗出来的

西安交通大学口腔医院　代泉

新年前夕，在温暖的家中，看到电视里习近平总书记亲切的笑容，聆听完催人奋进的新年贺词，我心情激动倍感振奋。贺词中那一句“幸福都是奋斗出来的”让我的思绪又飞扬至万里之外，此时已是冰天雪地的西藏阿里，使我再一次忆起了我的组团式医疗援藏路。

2016年5月，陕西省委组织部、卫生计生委从省内各大医院选调骨干医师，组建第二批组团式援藏医疗队，前往“世界屋脊的屋脊”——西藏阿里地区开展工作，我正符合所需专业要求。作为一名党员，“责任”与“使命”使我跃跃欲试，无法按捺内心的呼唤。但当时父亲正因“脑淤血”住院治疗，6岁的女儿刚上小学一年级，一旦选择援藏，照顾父亲、教育女儿的责任就会全落在家人肩上。虽说“父母在不远行”，但经过慎重考虑后，我还是主动报名参加医疗队，因为在阿里更能体现一名党员、一名医生的价值。

为了更好地完成援藏任务，西安交通大学口腔医院在我出发前特地购置了一批价值约3万元的急需器材及药品，让我带往西藏，捐赠给阿里地区人民医

院，并嘱咐我“不忘初心，牢记使命，发挥才干，圆满完成任务，医院全力支持”。我怀着满腔热血，告别亲人和同事，与其他 17 位队友一起踏上了许多令人“可望而不可即”的雪域高原，开始了在喜马拉雅山下激情燃烧的奉献时光。

到达阿里后，我发现再多的准备在这里依旧显得不足，“困难”远比我想象的要多得多。最先“拥抱”我们的是躲不过的高原反应，呼吸急促、胸闷、头痛、失眠等轮番上阵，睡觉竟然在这里成了一件“难事”，世界屋脊似乎要以他独有的方式在我们的记忆深处打上刻骨铭心的烙印。伴随着强烈的高原反应，还有与西安相比有着天壤之别的生活环境：医院所在地距拉萨仍有近 1700 公里的路程，几乎所有的物资都来源于千里之外的输送，断水断电更是家常便饭，生活处处充满不便。而比起在阿里生活的种种困难，在阿里行医更为不易，当时的阿里地区人民医院是全中国最后一个没有评级的地区医院，医务人员严重不足，医疗技术落后，医疗设备陈旧，而且没有专门的口腔科，群众看口腔疾病都是在五官科看。而五官科甚至没有一把完好的牙科治疗椅，能进行的治疗仅仅是开药和拔牙，我的一身本领在这里根本无处施展。

面对重重困难与严酷的现实，我也曾一时不知所措，无所适从，甚至一度怀疑能否不负重托，完成使命。但不久，我就目睹了很多震撼人心的场景：在这“世界第三极”上，最舒适的环境不是政府机关，而是赡养孤寡老人、抚养无助孤儿的福利院，他们在任何其他国家都可能是生活最艰辛的人群，但在这里却过着幸福的生活；在这几乎寸草不生的世界屋脊上，树木最茂盛的地方不是地委家属院，而是孩子们学习生活的校园，能在树荫下生活与呼吸，无疑是阿里最幸福的享受；在这座空气氧含量世界最低的城市里，周末最繁忙的地方不是电影院与商场，而是地委、行署的办公楼，那间孔繁森同志曾经最后战斗过的会议室里，同志们正在为人民的幸福而忘我奋斗；在羌塘—可可西里无人区边缘，那偏远到能被全世界遗忘的小村庄里，最顽强的不是藏羚羊与雪豹，而是我们驻村工作队的党员们，他们与牧民同吃、同住、同生活，同甘、同苦、同奋斗，在这冰天雪地中战天斗地。我被当地干部群众为了幸福而奋斗的工作状态所感染，被我们党“一个都不能落下”全面建成小康社会的决心所鼓舞。

这些“全心全意为人民服务”的画面，强烈地冲击着我的心灵，肩负着国家的使命。在当地党委及政府的支持下，我和大家一起撸起袖子加油干，“缺氧不能缺精神，艰苦不能降标准”，发挥“组团式医疗援藏”的优势，克服重重意想不到的困难，终于为阿里建成了一个现代化的口腔科，并且与西安交通大学口腔医院建立了远程会诊系统。许多原先无处医治的患牙在新科室里获得了重生，藏族同胞黝黑的脸庞上绽放出了幸福的笑容。一年时间很快要结束，为了摸清阿里口腔疾病的流行情况，我决定延期返回，继续在藏工作三个月，在世界屋脊上行程近3000公里，终于完成了口腔疾病的流行病学调查。因为表现突出，我被中共阿里地委及行署授予“组团式医疗援藏优秀人才”。在阿里的最后一晚，藏族同事们为我一次次献上祝福的哈达，为我一次次唱起醉人的祝酒歌，为我一次次流下不舍的泪水。这一刻，我在这“远方的家”里感到了实实在在的获得感与满满的幸福，真切地领悟到了“幸福都是奋斗出来的”真谛。

人们常说“人在旅途”，而在阿里“组团式医疗援藏”的一年，对我们所有队员来讲却是“心灵的旅程”。我们在帮助阿里医疗事业发展的同时，阿里这块热土也帮助我们实现了人生价值，帮助我们更加深刻地认识到了“中国共产党人的初心和使命，就是为中国人民谋幸福，为中华民族谋复兴”。作为医务工作者，在经历过高原的磨炼与洗礼之后，我们必将更加牢固树立“四个意识”，自觉坚定“四个自信”，为实现健康中国而不懈奋斗！

甘于奉献

第三批援藏队员的故事

奉献雪域　青春无悔

北京大学第一医院　孙永安

开展医疗人才组团式援藏，充分体现了以习近平同志为核心的党中央对西藏各族干部群众的关心关怀，凝结了中央组织部、国家卫生计生委、人力资源社会保障部等中央和国家机关、援藏省市对西藏工作的鼎力支持，彰显了社会主义制度的优越性。我第一次来西藏是2016年，当时是来看望在自治区人民医院第一批组团式援藏队员孙葳大夫。因为这个机缘，我才有机会深入了解组团式援藏的重大意义。

也就在那一次入藏，我看到了高原的医疗现状与内地的巨大差距，很受触动，产生了来西藏为当地的卫生事业做出一点贡献的想法。2017年5月，我主动向医院申请参加组团式医疗援藏工作。我是北京大学第一医院组团式医疗援藏的领队。来西藏后，我因为个子高、块头大，需氧量也大，所以每天需要吸氧才能入睡，但入睡后睡眠质量很不好，体重也下降了。而且来了以后，原本正常的血压，升高到需要服用降压药才能控制。但我还是克服了生活与身体的各种困难与不适，努力为西藏的医疗事业做出自己力所能及的贡献。

努力提高自治区医院神经内科医疗和服务水平

西藏自治区人民医院承担着为各族群众身心健康保驾护航的重要使命，是"大病兜底"的主要单位。但西藏自治区人民医院神经内科成立时间不长，是个极为年轻的科室。我来了不久就发现，科室在发展中面临着很多困难，比如人才短缺，科室包括主任在内，只有5名医生，患者却非常多。有的医生每周只有一天的休息时间，其余24小时全天都在医院。科室主任需要亲自到一线接诊患者，中青年医生基本上隔天就要值一个夜班。入藏以来，我承担了很多医疗任务，尤其是当地的科室主任赵玉华被任命为医院的教育处处长后，科室医疗上的重大事项，如查房、讲课、重要的会诊、重大的抢救等基本上都由我来承担。

此外，科室还承担着下乡、教学、保健等任务，给本来就紧缺的人手增加了工作压力。

西藏自治区人民医院是一个有着60多年历史的老院，硬件设施较为陈旧。在西藏自治区人民医院工作，工作环境和北京完全不同。在北京，医院的硬件和软件都很先进，齐备。而在西藏自治区人民医院，我所工作的神经科病房位于医院老楼内科北楼。这个楼是20世纪七八十年代的建筑，房间没有暖气及空调，房间的窗户是单层玻璃，很多地方还漏风。病房走廊是一条通风的大通道，窗户大部分时间都关不上。由于楼下是垃圾处理厂，天气只要暖和起来，就有很多小飞虫和苍蝇扑面飞来。等到了冬天，最大的感受就是一个字“冷”。为了御寒，我们工作时，都得穿着很厚的棉服。但即使是这样，检查患者时双手很快就会冻僵，而患者也需要带着很厚的棉被住院。西藏的老百姓很淳朴，在这么艰苦的环境下住院都很少抱怨，每次看着他们纯净的眼神，我都会很感动。为了改善医疗环境，来到自治区人民医院后，我组织科室的医务人员一起打扫卫生，灭虫灭蝇。在冬天，尽量关严门窗，在保证安全的基础上，给患者添加一些取暖设备。

平常除了每周两次的专家门诊以外，我大部分时间都在病房，以便随时发现问题，及时解决问题。对新来的危重或复杂病因的患者，我都要亲自仔细检查，制订诊疗计划。我和北京大学第一医院神经科的专家团队保持着密切交流，探讨一些疑难患者的病情，力争及时诊治。除了医疗任务外，我非常重视年轻医生的培养，从临床基本功做起，培养他们对每个疾病的诊断思路；利用微信平台，结合最新的国内外进展，每日给大家推送疑难典型病例，提高大家的学习兴趣。此外，我充分利用各种新媒体带领大家学习临床新技术、新进展，全面提升医生的医疗水平。在临床工作中，我努力规范科室的日常医疗行为，严把医疗质量。自治区人民医院神经科除了本院的住院医生以外，还接受研究生、规培医生、进修生的培养工作。我尽力把先进的理念、技术手把手地传授给当地医生，通过言传身教，争取为西藏神经内科打造一支带不走的医疗队，努力实现“大病不出藏、中病不出地市、小病不出县乡”。

为兄弟医院和单位提供医疗指导和服务

作为西藏自治区唯一的神经科，自治区人民医院神经科承担着大量为兄弟医院会诊的工作，向区内其他医院提供神经科的专业指导。

我清楚地记得上班第一天就被请到西藏自治区武警医院会诊，看一名突然出现双下肢瘫痪的患者小杨。小杨是我们西藏自治区某武警部队的现役军人，19 岁。一周前，他晚上睡醒后突然感觉双下肢麻木，至次日清晨，不适感逐步加重，从双下肢向上发展到胸部，同时出现了双下肢无力，大小便不能控制，不能行走。经过详细地了解病史及体格检查，我初步判断小杨为急性横惯性脊髓炎，如果不恰当治疗，很可能会终身瘫痪，大小便失禁。而且这个病存在一定的复发风险。小杨转到自治区人民医院后，经过及时对症治疗，病情很快得到了控制。出院时，小杨已经能独立行走，正常控制大小便，同时胸腰部的不适感也有了很大的缓解。类似的情况还有很多，如成功救治了多名危重症脑出血脑疝的患者、年轻的脊髓炎军人、重症结核性脑膜炎、主动脉夹层患者、癫痫持续状态患者、严重抑郁患者、全身多发包虫病的患者等。

除了临床的日常教学以外，我每周坚持给科室医生做一次专题讲座。讲座内容涉及工作的各个方面，从查体等基本功到新的指南、新的研究进展等。对于一些涉及多学科的领域，我会在全院范围内给自治区人民医院的同事做讲座，例如，在自治区人民医院礼堂就脑血管病急性期防治专题举办讲座，吸引了包括新华网等一些媒体前来，并在多家媒体上进行了报道，取得了很好的社会反响。我还带领团队走出院区，给社会上多个单位进行健康讲座及义诊。比如给西藏新来的博士团干部们进行专题讲座，帮助他们克服对高原的恐惧，教给他们预防失眠的知识。作为医疗队队长，我带领队员们去了多个部门及社区进行义诊，如团结新村社区、林芝鲁朗小镇、财政厅、拉萨中学、国家发展银行等。所到之处，受到普遍欢迎。

提升西藏医疗科研水平、加强医疗预防保健知识的宣传

在西藏自治区人民医院，我们除了承担着繁重的临床任务以外，还需要带动当地医院神经科学研究的发展。我从事的是脑血管病及记忆障碍的研究，在高原上有着很宽广的应用前景。高原地区由于海拔较高、氧气稀薄，因此大部分人都有着记忆力下降的困扰。入藏以后，我和当地的大夫一起对高原地区轻度认知障碍及痴呆的患者进行了初步总结及分析，发现这里年轻患者的脑白质病变发病率特别高。我带领自治区神经科医疗团队申报了两个课题，一个为国家级课题，一个为部级课题。我带领团队开展了大量的科研工作，如痴呆检查常用量表藏语化的制定、西藏人群痴呆流行病学的调查研究、高原脑白质病变、

高原地区脑内寄生虫的发病现状的研究等。

到自治区医院以后，我也发现了当地的一些流行病及其病因。比如，脑血管病是高原的常见病。很多得了脑血管病的患者，由于缺乏医学预防和保健知识，耽误了最佳的治疗时间，最终导致长期瘫痪在床，甚至不能说话、不能吞咽。这对于一个家庭来说，打击是巨大的，因为大部分患者还很年轻，是家里的强劳动力，一旦倒下，家里不仅失去了基本的生活来源，还需要花很多钱来治疗及照顾患者，这导致很多家庭因病致穷，因病返穷。此外，本地的脑内寄生虫的患病率特别高，神经科病房内有大量的脑囊肿患者，很多患者承受着癫痫、认知功能下降等病痛的折磨。西藏还有很多脑包虫患者。我们病房曾接诊过体内多发包虫的患者，即脑袋、肺脏、肝脏等器官多发包虫，患者极其痛苦，这些疾病在内地非常少见。我们抓住各种时机对当地老百姓进行健康宣教，改变患者的生活习惯，如不吃生肉、不喝没有煮沸过的水，减少与狗等寄生虫中间宿主的亲密接触等，取得了一定效果。

积极参加西藏当地下乡义诊等公益活动

除了繁忙的日常医疗工作，在假期及业余时间，我多次参加了医院的公益活动。例如，参加了医院的送医务人员下到驻村点，给我印象最为深刻的就是路途的艰辛。2017 年 12 月，我们随着自治区医院的同事们，看望了那曲等多个地区的驻村队员。我们走了那曲、当雄、索县、昌都、邦达、波密、墨脱、八一等多个地方，这是一段很长的路途。出发的第一天，队员们在崎岖的山路上奔波了 15 个小时，除了简单地吃点饭以外，基本上都在赶路，不少队员都因为曲折的道路颠簸而多次呕吐。在墨脱的那晚，我遇到了人生当中的第一次强烈地震，在距离墨脱十几公里的地方发生了6. 9 级地震。半夜，我们队员被强烈的震感摇醒，所幸没有发生伤亡事件。地震后队员们无法再回宾馆休息，就在马路上度过了一个难忘的夜晚。在返回林芝的路上，需要经历约 8 个小时的崎岖山路，由于地震我们不断遇到山体滑坡，行程极其艰险。

来西藏以后，我们经历了很多以前在北京没有经历的事情，增加了人生的阅历，收获很大。当然，也有一些遗憾，最难过的还是不能和家人在一起。每天只能通过电话，和 8 岁的儿子聊聊天，了解一下他的学习、身体等情况。对妻子也很愧疚，不能帮助她分担家务及照顾老人。对父母和岳父母我充满感激，他们对我来西藏服务无条件支持。岳父母主动承担了帮助照顾孩子和繁重的家务工作，让我能无后顾之忧地投入工作。我印象最深的是2017年从墨脱回林芝的路上，突然接到了我父亲的电话，告知我妈妈突然昏迷了，不能说话。按以往我对她身体状况的了解，可能是多年的糖尿病诱发的低血糖或者脑血管病。但是后来，亲戚把老人送到医院后，才发现是煤气中毒。如果是在晚上，或者两位老人一起中毒导致意外发生，那将是我这一生最大的痛苦。

来藏以后，我很荣幸地被选为第三批组团式援藏医疗人才首席专家。这对我来说，不仅是一种荣誉，更是一种责任。作为首席专家，我将在科室的科研、教学、医疗、宣传等方面全面开展工作。按照北京“大医院”的发展方向，结合科室的实际情况，经和科主任深入探讨研究，我为科室制定了一个长期的发展规划。

我珍惜在这里的每一天，努力用自己的知识，为当地的老百姓多解决一些实际问题，为我们国家的西藏发展战略做力所能及的贡献。援藏历程将是我一生难忘的回忆！西藏人民对我的深情厚谊，我将铭记于心。能为西藏人民的健康事业做出自己的绵薄贡献，我无悔！

代表北京大学医疗队接过援藏大旗

带着北大、医学部和北大医院的期望，踏上征程

每周两次的专家查房

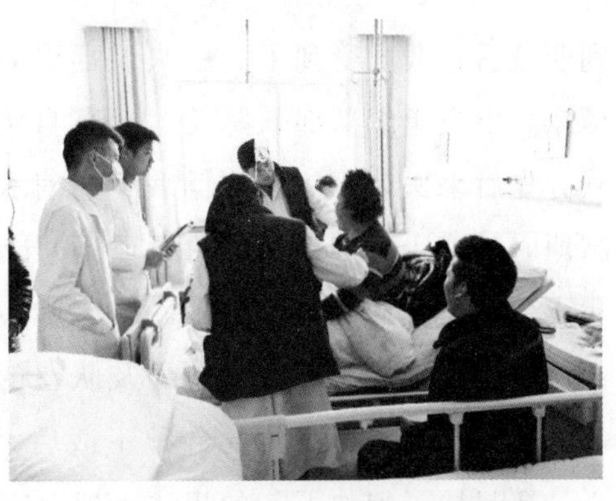

每周一次的疑难病例教学查房

不忘初心　砥砺前行

北京大学人民医院　唐菲菲

2017 年 7 月 29 日，对于我来说是一个终生难忘的日子。这一天，是我积极响应党中央“医疗人才组团式援藏”的重要战略，主动报名后正式入藏开展医疗工作的日子，也是我作为第三批组团式援藏医疗队队员之一正式踏进西藏这片神秘土地的日子。时光飞逝，转眼来西藏已有 8 个多月。“不忘初心”是我援藏行前默默对自己说的最多的词语。那么“不忘初心”，对我来说意味着什么呢？意味着一名普通的医生怀着一颗热爱医疗事业的心以及医者仁心、大爱无疆的精神，将自己的所学、所长带到西藏，将先进的医疗理念撒播在西藏大地上，帮助西藏改善医疗落后的现状。也意味着，不管在此过程中遇到怎样的艰难困苦、身心压力，自己都将如最初萌生援藏想法的时候一样热血澎湃、信念坚定。

还记得我当初准备赴西藏时，面临着上有老、下有小的家庭困难，在自己的家庭角色是如此重要的时刻离开家人，我心中其实还是有万般不舍与顾虑的。但是，我无法忘记临行前学校、医院、支部、科室领导以及每位关心我的老师的叮咛嘱咐：“一定要保重！家里有任何困难记得随时告诉我们，我们一定全力解决。”家人、领导及各位老师在后方的理解和全力支持是我最坚强的后盾！来到西藏后，我们受到了党中央及西藏各级领导的关心和照顾。国务院副总理刘延东、中央组织部部长陈希、西藏自治区党委组织部、西藏卫生计生委等各级领导先后来医院探望和慰问我们，对我们援藏医疗队高度重视，让我们在雪域高原时刻感受到来自组织的温暖，也让我们感受到了肩上的重任。初来西藏时，我出现了严重的高原反应：心慌、胸闷、头痛、没有任何食欲、半夜因头痛而无法入睡。幸好，有各级领导及队友的关怀和关心才逐步调整和适应了高原缺氧环境。在克服了身体的各种不适后，我开足马力做临床工作，抱着“不忘初心、撸起袖子加油干”的想法，把对家人的思念和牵挂全部融入援藏工作中。

工作之初，我发现西藏自治区人民医院乃至全藏都没有独立设置的血液科。

在自治区人民医院，血液病患者与风湿免疫疾病患者在一个病房，医生与护士既要治疗、护理血液病患者，又要处理风湿免疫疾病患者。虽然已经有第一批、第二批血液组团式援藏医生的前期基础，但血液疾病的诊疗和护理水平仍然是相当落后。这意味着所有工作必须从最基础开始做起。经过全面调研，根据实际情况，我通过以下一些措施来提升科室的业务水平。

首先，我对科室医生的血液知识进行全方位的培训。每天的教学查房从问病史、查体到诊疗思路的形成，都力争做到全面、细致、易懂；每周的专业知识授课时间，我详尽讲授理论知识并结合实例加深医生对知识的理解和掌握；每月至少一次的疑难危重病历讨论，针对临床诊治中遇到的确诊困难或者疗效不确切的病例，各级医务人员从住院医师到主任医师均需发表意见展开讨论，制订患者的最佳诊治方案，提高医疗服务质量，病例讨论对于医务人员本身来说，能提高其诊断水平，吸取成功经验和接受失败教训。

其次，带动科室的整体学习氛围。成功对“西藏血液人”开展远程培训，并将这种形式的交流变为常态。每周一中午 12 点，远程连线北京大学人民医院血液科即北京大学血液病研究所的“午间道”，不仅传播血液专业知识，更让当地医生感受了北大人民医院的浓烈文化和学习氛围。“午间道”深受西藏医生的喜爱。每周业务学习大大提高西藏血液人的临床知识和技能，实实在在解决了临床实际问题。

再次，一对一帮带西藏本地医生，培养血液青年骨干，并打破固有局面，促使学习变被动为主动。我在西藏自治区人民医院首次开展年轻医师“月读书报告”，由年轻医师主动讲授并分享国内外最新专家共识及指南，改被动学习为主动研究，在充分调动青年医师学习积极性的同时，也锻炼他们演讲表达及制作幻灯片的能力，学习主动性增强后科内学术氛围上了一个新高度。

最后，加强护理人员的血液知识培训。区人民医院风湿免疫血液内科成立于 2014 年，血液护理基础非常薄弱，很多护士对血液病患者护理知识欠缺。三分治、七分护，血液病患者的治疗固然很重要，但如果护理跟不上，治疗的效果将大打折扣。考虑到西藏太远，医护人员又如此缺乏，派大批人员去京进修学习并不实际，所以与时俱进地首次成功开展了对区人民医院护理人员的血液远程培训，并建立至少每季度培训一次的制度，确保护理远程培训持续化，大大地提高了血液护理水平。

在党中央的特殊关怀及各级领导的高度重视下，经过三批“组团式援藏医疗队”的不懈努力，我深深感受到西藏自治区人民医院医疗水平已经有了明显的进步。“组团式援藏医疗”受到了藏族同胞的高度赞扬和热烈拥护，藏族同胞真切地体会到了在家门口看上北京专家的便利。我每次出门诊时听到来就诊的患者说得最多的一句话就是“我们知道西藏有北京的援藏专家了，所以特意过来看病，终于不用再大费周折地去内地看病了”。现在门诊就诊及等待住院的患者越来越多，手术量也越来越大。虽然我不是手术科室的人员，但听手术科室的援藏队友说手术室已经非常紧张，手术经常做到深夜，“大病不出藏”在一步步地推进和完成。我所援助的自治区人民医院风湿免疫血液内科其医护的血液诊疗和护理水平也明显得到了提高，终结了西藏自治区血友病不治时代。目前西藏自治区人民医院已经成为西藏地区第一家，也是目前唯一一家可以治疗血友病的医院，真正做到了“大病不出藏”。我在工作中成功独立诊断和治疗了一例“噬血细胞综合征”。这种病总体死亡率高达 90% ~100% ，令所有血液科医生谈虎色变，尤其是在西藏没有血小板可输、没有层流床、没有任何诊疗和护理该病的经验，治疗成功的难度比内地大太多了；成功独立诊断西藏首例凝血因子Ⅻ缺乏症，独立诊疗多发性骨髓瘤患者……

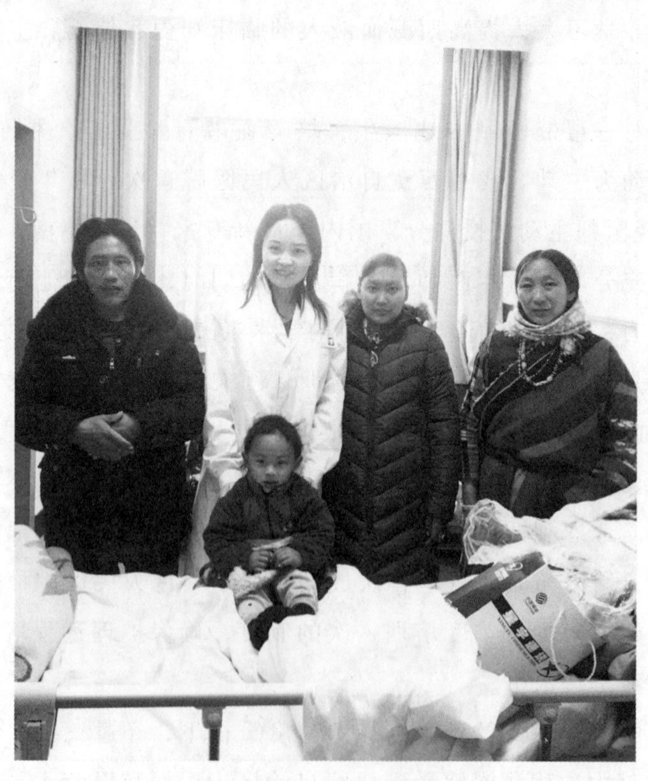

成功救治一例危重的“噬血细胞综合征”患者

虽然西藏的医疗水平较组团式医疗援藏前有了明显进步，但仍处于全国相对落后水平。我将不忘初心，砥砺前行，继续做好医疗援藏工作，力争将医疗工作做得更深、更细，相信等将来我援藏结束之时可以坦然地对自己说："我没有辜负党中央及各级领导的期望，援藏是我人生中最宝贵的历练，从不后悔当初援藏的选择。""安吉拉"是藏族同胞对医护人员的尊称，是英文"angel"（天使）的谐音，在藏族同胞的心中医护就是拯救他们的天使，这是多么至高无上的称谓！如果此生还有机会再援藏，我希望还能成为藏族同胞的"安吉拉"。

赴林芝市巴宜区鲁朗镇开展义诊活动，
送医送药，当地的藏族孩子们看了病拿了药后很开心

天下没有远方　人间都是故乡

北京大学第三医院　李军

"'援藏'一词，对于我，一名普通消化科医生来说，曾经是那么遥远和陌生。但当它真实地来到我面前时，我丝毫没有犹豫。舍弃小家顾大家，作为怀有家国情怀的共产党员，我义无反顾。我即将走上高原，用我的技术医治藏族同胞，同时也会用我的热情、友善感染他们的心灵。感谢无私奉献的家人和三院大家庭，是你们把所有的爱装进我的行囊。"

这是当初入藏前，我在北京大学医学部医疗人才组团式援藏送行会上盟誓出征的发言。还记得当时带着各种忐忑来到拉萨：我能不能适应高原的环境？我能不能胜任这份工作？我会不会辜负大家的期望？

如今，再回头看看这一段日子，我的心中真是百感交集。

高原反应之路

初来乍到，西藏的艰苦远超我的想象。走出飞机舱门，缺氧的感觉立刻袭来，不知不觉呼吸急促，心跳加快。取行李时头昏脑涨，脚下轻飘飘的。当晚血氧饱和度下降到72%，心率每分钟130多次，心跳得快要蹦出嗓子眼。平生第一次吸上了氧，一夜无眠。幸好后来慢慢适应，平时只要动作不是太快，基本不会太喘。刚开始暗暗庆幸渡过高原反应之劫。冬天气温下降，我又出现了明显的高原反应。严重失眠、头疼，常常凌晨三四点还辗转反侧、欲睡难眠、心情焦躁。第二天还有查房、各种手术操作。失眠伴随而来的是体力的下降，以往做ERCP（经内镜逆行性胰胆管造影术）时穿着几十斤重的铅衣一整天也不觉得疲惫，现在穿一个多小时就需要休息。有一次在饭后我突然眼前阵阵发黑，不停地冒虚汗，幸好被同事搀扶才没有摔倒。这次进藏后最严重的高原反应——低氧、低血糖发作让我真正领教了高原反应的厉害，突然的晕倒让我至今还后怕不已。从此之后一直在身上备着糖。西藏援藏干部都互相称为"援友"

“战友”，至此我才真正理解了我们援藏真的就像战场上的战士一样，要经常与环境和自我做斗争。

医疗之路

除了身体的不适，西藏地区的地理、人文、社会环境，造成了独特的疾病谱和医疗条件，与内地情况的差异给我的医疗技术和经验带来严峻考验。

消化道出血在任何地方都是常见病，但在西藏地区，发病率尤其高、病情尤为严重。患者从西藏各偏远地区赶来拉萨，地域辽阔导致就诊时间偏晚。经常碰到患者就诊时血色素降到3克、4克这种内地极少见到的危急情况。西藏地区血源储备严重不足是一个长期存在的问题，往往在患者急需输血的时候缺乏血源，而没有血源的保障，外科医生也很难进行手术止血。每当看到这样的患者前来求医，真是无比心酸。

缺乏血源，患者的生命体征很难平稳。只有尽早、尽快止血，才有可能抢救成功。而血源缺乏、没有外科手术的保障，对消化科医生提出了极高的心理和技术要求。消化科医生需要能够在血泊中迅速找到出血点，并在内镜下止血成功。每次被叫去止血时，我的压力都很大，而止血成功后，看着患者生命体征逐渐平稳，我深切感受到了我工作的意义。春节前的一个周末，病房里一位藏族喇嘛突然出现大量呕血、血压下降的紧急情况。当时我正在甘丹寺参观，接到病房的求救电话后立即返回医院，当即安排进行了急诊胃镜。胃镜下发现患者是少见的Dieulafoy（胃黏膜恒径动脉出血）溃疡，在血泊中一个小动脉断端正往外不断喷血，我当即进行了血管夹闭术处理，成功止住了出血，挽救了患者的生命。

“援藏队员的身后是整个科室的支持和鼓励。”开展ERCP技术治疗胆胰疾病是我此行援藏的重要任务之一。我的专业方向是下消化道疾病，为了援藏医疗工作的连续开展，北医三院消化科高度重视，特意安排我去胆胰组学习了一年ERCP（经内镜逆行性胰胆管造影术）。然而ERCP是消化界公认的高难度操作，能否胜任我并没有十足把握。

“革命尚未成功，同志仍需努力。”在我来之前，经过第二批援藏专家姚炜副主任医师的努力，自治区人民医院的医生已初步掌握了ERCP取石术，但是还不能独立操作。当时，许多人担心姚主任走了，ERCP技术发展是不是会再次停顿下来。说实话，我的压力也很大，但是让ERCP就这样停下来我心有不甘。我暗下决心，一定要把 ERCP 的接力棒接稳、接好，并把它继续传递下去。于是我一边总结经验、提高自己的技术，一边带着自治区人民医院的医生一起做。在我们的共同努力下，ERCP 终于成为自治区人民医院消化内科开展的常规技术，有 2 位本院医生掌握了这项技术，目前已经为 200 余位患者解决了病痛。

不仅如此，我们还开展了 24 小时急诊 ERCP，而且治疗病种也不仅限于胆总管结石取石治疗，许多疑难病例也越来越多地得到了最优治疗。

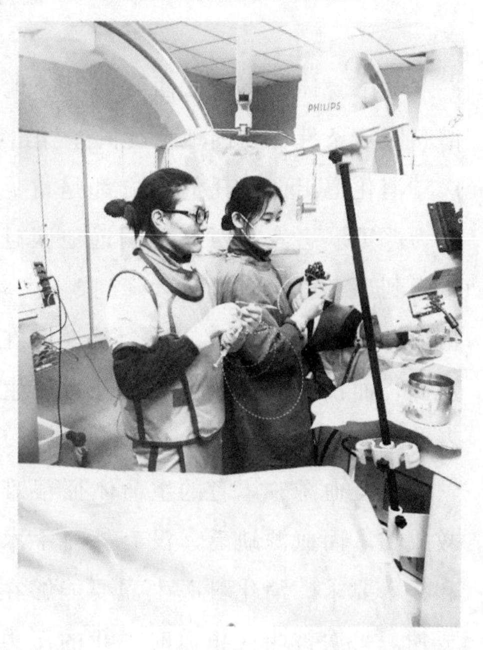

“援藏的目的是什么？就是要让越来越多的藏族同胞过上幸福的日子！”就在昨天，格桑卓嘎出院了，在病床旁看着她慈祥而又幸福的笑容，我心里真是由衷地高兴。这个患者的命可以说是抢回来。两周前我去拉萨市人民医院会诊另外一个患者。刚开始会诊，自治区人民医院扎西大夫的电话就追了过来，说就在市人民医院楼下急诊有个化脓性胆管炎患者血压维持不住了，让我赶紧去看看。在市医院急诊，我第一次见到格桑卓嘎时，高热，脸色苍白、神志淡漠，生命体征不稳定，靠静脉升压药维持着血压，病情极其危重。CT 检查发现胆总管下段有个阳性结石，是典型的急性重症化脓性胆管炎，感染中毒性休克，是急诊 ERCP 的绝对指征。当时患者的凝血功能很差，ERCP 手术要冒着很大的风险，但是患者生命体征告诉我们已经无法等到凝血和全身情况纠正后再做手术。我当即决定：无论冒多大的风险也要做 ERCP 抢救她。格桑血压不稳定，又正值晚高峰路上堵车，转回自治区人民医院路上无疑风险更大。在市医院的协调下，我成功做了 ERCP，放置鼻胆管，引流出来大量脓性胆汁，患者的体温很快下降，血压也恢复了正常。

后来，格桑转回自治区人民医院再次做 ERCP 手术，彻底取出胆道结石。现在她已经痊愈了。如今，看到转危为安的格桑出院时，对着治疗她的“门巴”（医生）双手合十，用藏语说“图吉切、图吉切”（谢谢）。我觉得一切努力和付出都是值得的。

"传、帮、带"之路

记得出发前发言的时候我曾经提到"援藏医疗的一项重要任务就是医疗技术的传、帮、带"。真正在西藏工作后，才体会到"传、帮、带"有多么重要，多么困难。讲课、查房、自己开展几项新技术，这些都不难，但这不是我想要的全部。我想把技术留在西藏。为此，我和次央主任多次探讨，到底是什么阻碍了当地医生开展新技术。最终发现缺乏团队支撑是重要的原因之一。新技术往往需要多科协作，ERCP 就是一个典型的例子，要想常规开展，必须有一个团队，从影像学诊断到选择具有适应证的患者，再到胆胰外科、消化内科、肿瘤科、介入科等多个学科协同治疗。毫不夸张地说，ERCP 反映了医院的整体水平。

在提高消化科医生水平的同时，如何提高其他科室的水平呢？如何把个例变为长期的活动？经过反复思量，我决定安排每周举行胆胰疾病读片讨论会，使各学科一起在临床工作中学习，积累经验，掌握规范诊疗。现在读片讨论会已经成为常规，眼看着医生们的读片水平越来越高，对适应证的把握、术式的选择越来越准确，我心里很高兴。现在，我终于能很有信心地说，我真正做到了把 ERCP 这项技术留在西藏造福百姓。"传、帮、带"这条路也越走越平坦了。

科室建设之路

科室建设之路是最为漫长复杂、困难重重的路。来到拉萨没多久，我就发现虽然已经过两轮援藏，但是临床诊疗活动仍需要进一步规范，临床教学和科研意识仍有待提高。自治区人民医院消化科已多年没有添置内镜。随着就诊患者增多，消毒程序更严格，新技术不断开展，内镜数量捉襟见肘，科室发展难以为继。

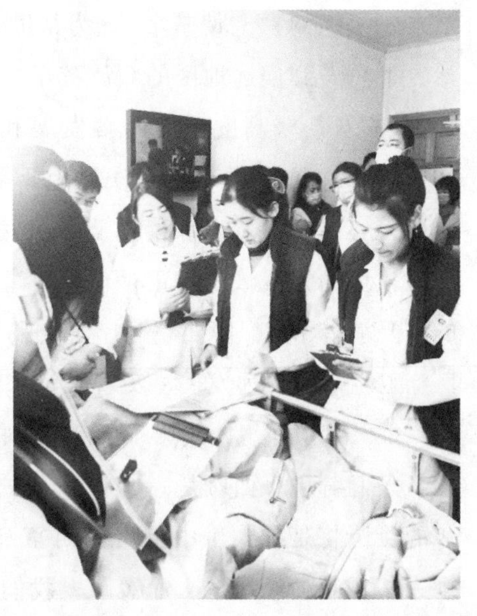

软件、硬件上的多年沉疴成了阻碍科室发展的绊脚石。我焦急万分，刚刚适应了高原环境就着手解决这些问题。临床诊疗不规范，我就通过各种形式来规范，临床科研、教学意识不足，我就花费时间精力去提高。内镜不够用，就临时借用镜子、催促医院厂家尽快修坏了的内镜、跟进设备采购的各个环节、利用各种机会向各级领导反映情况……现在回想起来，自己那时就像祥林嫂一样，每天唠唠叨叨的就是这几件事。如今，科室建设之路上最大的几块绊脚石就要搬开了：新内镜预计下半年就能到位，内镜室改造也已经开始，我倾注的大量心血终于初见曙光。

文化交流之路

“有幸来到这片神圣的土地，把心留在这里，播种阳光和爱心的种子，春暖花开。”藏族独特的文化很吸引我。在这里，我领略了西藏的壮美河山，体验了神秘的藏族文化，也亲身感受了藏族人民的淳朴热情和对医疗工作者的尊重。

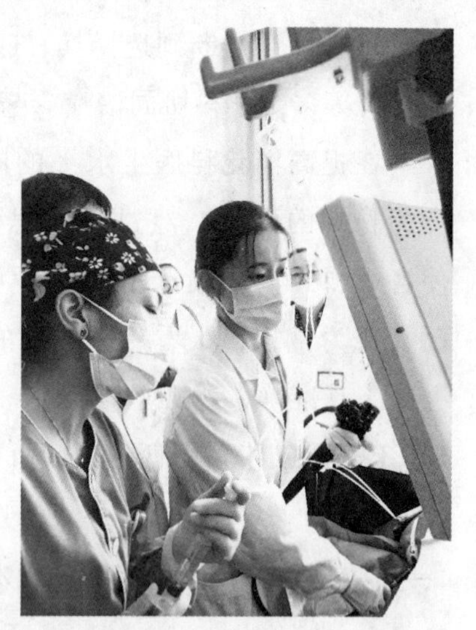

但是，一些藏族群众的实际困难也深深触动了我，虽然大部分患者都有医保，但是家里的顶梁柱病了，花费的不仅仅是治病的费用，生活上也会有很多困难。每次看到从边远地区赶到人民医院的患者那渴望健康的眼神，我就觉得心酸。从进藏开始，我就参加了自治区人民医院医护人员自发组织的“天使基金”，为帮助贫困藏族患者奉献自己的一份力量。每次义诊、下乡看到偏远地区的藏族孩子，总会给他们带去小礼物。

“中央历来高度重视西藏发展和稳定，高度关心西藏各族群众生产生活。”在中央第六次西藏工作座谈会上，习近平总书记指出，要牢牢把握改善民生、凝聚人心这个出发点和落脚点，大力推动西藏和四省藏区经济社会发展。而医疗人才组团式援藏工作正是作为增进西藏各族群众健康福祉、共享改革发展成果的重要举措，是保障西藏医疗卫生服务能力可持续提升的治本之策，为实现西藏医疗卫生事业长远发展，实现长治久安奠定坚实的政治基础。岁月会证明，一批又一批医疗人才组团式援藏干部留下的精神，会像念青唐古拉山那样恒久屹立。

人们都说，西藏是一个讲缘分的地方。“奉献一时，缘牵一生。”援藏这一年的经历将是我人生中宝贵的财富和难以磨灭的记忆，将是人生最难得的、永远无法复制的经历。医疗援藏，我们仍在路上……

腰椎第3节只发育一半的小尼珍歪着肩膀走进医院

北京大学第三医院　赵衍斌

到西藏已经一个多月了，初步适应了这里的环境，走路不再喘了，不吸氧也可以入睡了。

尼珍是一位普通的藏族女孩，今年11岁了，读小学六年级。尼珍走路时经常歪着肩膀，她的妈妈老是提醒她“站直了，别歪着”，但尼珍走路歪肩膀的情况近1年越来越明显。

农忙之后，尼珍的妈妈带她到门诊照了X线片，结果发现，尼珍的腰椎第3节只发育了一半。这在医学上称为“腰椎半椎体畸形”，也就是说尼珍腰椎第3节只有左侧的一半，右侧没有。左侧的半椎体逐渐生长，导致尼珍出现了脊柱侧弯，肩膀倾斜。小尼珍才11岁，随着长大，她的脊柱会越来越弯，她的肩膀也会越来倾斜……

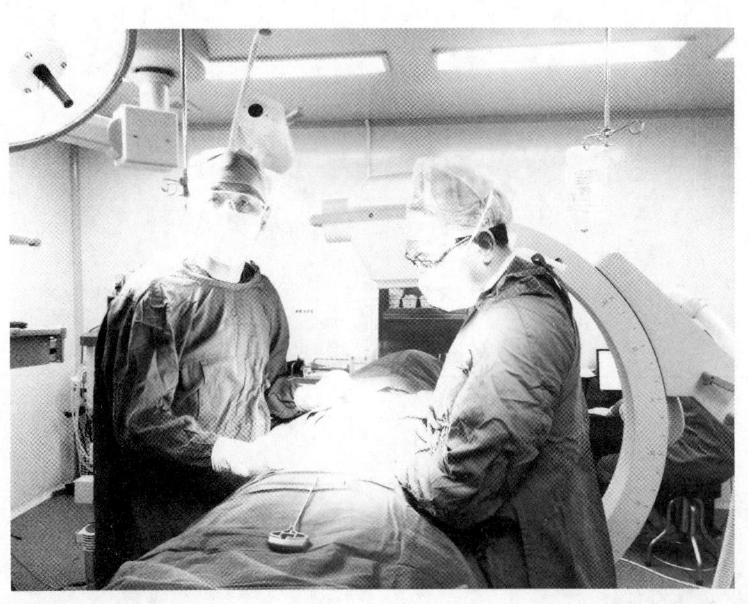

腰椎半椎体畸形最好的治疗方案是手术切除半椎体，矫正侧弯畸形。

于是，小尼珍来到了西藏自治区人民医院。

入院后，我和骨科彭超主任详细设计了手术方案，还远程连线我的大后方——北京大学第三医院，请骨科于淼主任医师提供手术指导意见。

1月16日，小尼珍的手术如期进行，半椎体周围有很多神经和血管，我们小心翼翼地进行手术，避免损伤周围组织。

手术历时5小时，半椎体切除后，侧弯得到了很好的矫正。

这是西藏自治区人民医院第一例后路腰椎半椎体切除，脊柱侧弯矫形术。目前，自治区人民医院和北京大学第三医院骨科建立了脊柱侧弯绿色转诊通道，已经有3名重度复杂脊柱侧弯患者直接转诊到北京大学第三医院骨科治疗，其中2名患者已由于淼主任医师顺利完成手术。

冬日温暖的阳光洒进病房，尼珍术后恢复也很顺利，她很快就可以挺直脊梁，恢复正常生活了！

俄有的故事

2018 年 2 月 16 日，大年初一，来北医三院治疗近半年，经历两次手术的藏族小姑娘俄有和家人一起来到天安门广场。冬季的天安门广场，风不大，但有些凛冽。然而，再冷的天气也没能掩饰住厚厚帽子、口罩下小俄有的灿烂笑容——她终于可以像其他小姑娘一样挺直腰杆了！不到半年的时间，从 1.16 米到 1.44 米，13 岁的俄有足足长了 28 厘米！

在这不到半年的时间里，藏族小姑娘俄有都经历了哪些？

1. 俄有和她的家人在村干部的陪同下来到北京大学第三医院骨科

2017 年 8 月 24 日，俄有和哥哥巴桑弓着腰扬着头，在三位大人的陪同下，从西藏那曲来到北京。他们是到这里的北医三院骨科找于淼大夫的。来之前他们知道，当地自治区人民医院的赵衍斌大夫已经把他们的病情和于淼大夫说过。赵衍斌大夫在当地已经给他们做了检查，赵大夫是组团式援藏专家，也来自北京的这家医院——北京大学第三医院，就是人们常说的“北医三院”。陪他们一同过来的有爸爸和舅舅，还有自治区卫生计生委的杨本加叔叔。是杨叔叔在下乡时发现他们的病情并介绍来看病的。

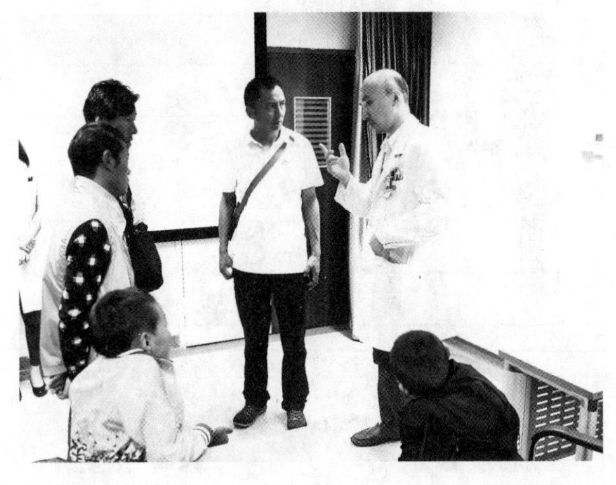

2. 于淼给俄有兄妹检查病情状况

虽然在看到患者本人之前，于淼已经和赵衍斌多次通过电话、微信等进行过病情讨论。但看到兄妹两人站在自己面前，仔细询问发病以来的点点滴滴、研读他们带来的片子和检查报告、亲自查体后，于淼发现，情况比他想象的要复杂。

兄妹两人均为重度僵硬型脊柱侧弯，也被称为早发性脊柱侧弯。

哥哥巴桑不仅脊柱畸形，同时呼吸功能衰竭，嘴唇发绀。经进一步检查发现卵圆孔未闭，室间隔缺损。心肺功能如此弱，无法承受手术。

妹妹俄有相对而言，情况要好些。通过 CT 扫描发现，小俄有的脊柱已经像"麻花"一样：脊柱不仅后凸，还伴有侧凸。畸形的脊柱后凸角度达 100°，侧凸角度达 130°。心肺在狭小的胸腔中挤压厉害，加之藏区高原缺氧，俄有也呈现明显的缺氧状态。若不积极治疗，她的心肺功能会越来越差，可能会出现肺动脉高压、心脏射血分数减低、呼吸功能衰竭等情况。如果不及时进行矫形治疗，这种情况下，大多数会最终因多脏器功能衰竭而离世。矫形的关键期是青春期之前，越早越好。进入成年后，畸形的脊柱会增生许多骨刺，脊柱的弹性将缺失，会变得僵硬，手术为时已晚。

俄有还有手术的机会，但她的问题是骨质疏松，体重只有 22 千克，在同龄孩子中属严重营养不良，如果直接做手术，可能很难下手术台。

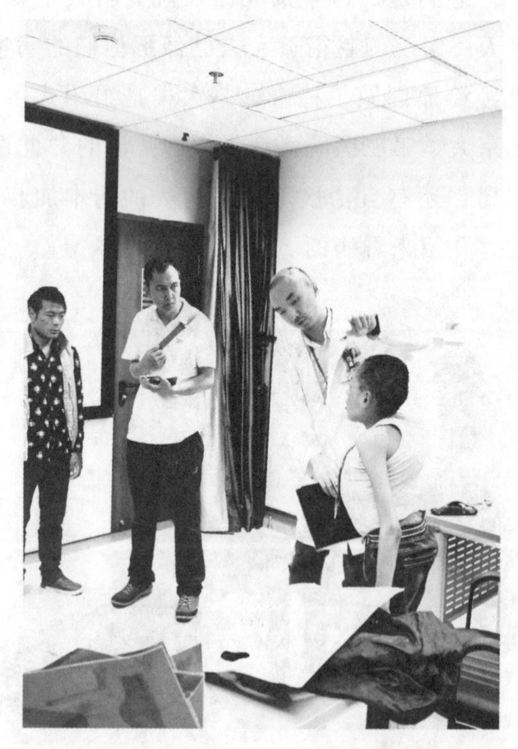

3. 为了让俄有提高心肺功能，采取牵引治疗法

迅速安排住院，于淼和他的团队为俄有制订了治疗计划——分期手术。由

于俄有的特殊病情，无法一期手术治疗。为了让她提高心肺功能，采取牵引治疗法——头盆牵引法。该方法可以直接使脊柱受力，纵向牵引。这种治疗不影响日常活动，日常活动对心肺功能也起到促进作用。

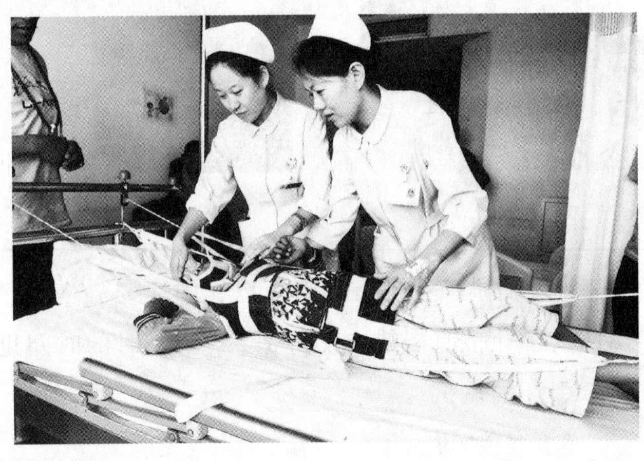

4. 加强俄有的营养

因为语言障碍，俄有和他的家人需要翻译才能与医生正常交流。正在北医三院骨科进行规范化培训的小汤山医院医生达美主动充当起翻译。达美医生带来了护士们给俄有买的蛋糕。为了让俄有加强营养，每天都有护士自发给俄有带些高能食物。于淼大夫查房时也经常带着美味的食品过来。

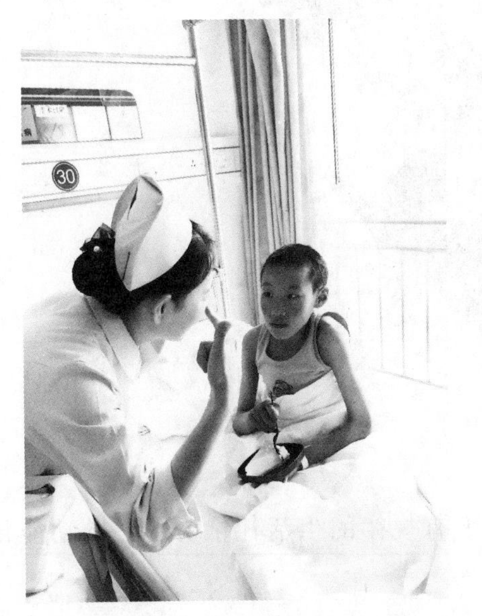

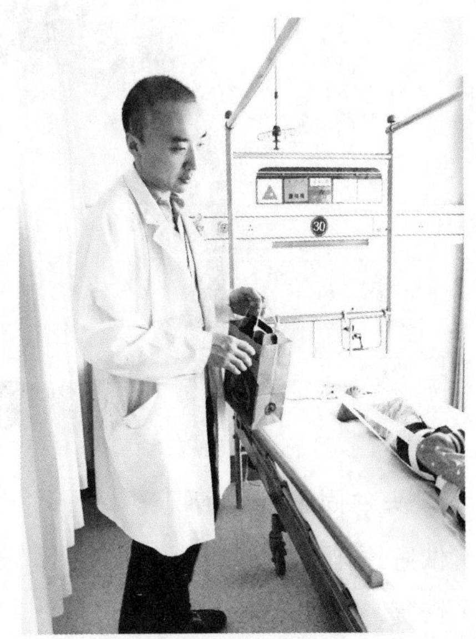

5. 2017 年 9 月 13 日，第一次手术：头环—骨盆牵引

根据病情，需要先为俄有安装头盆牵拉系统。于淼医生绘制的治疗方案，整个过程熟记于心。手术进行中，在头骨、髂骨分别钉入钢钉，手术历时 4 小时。

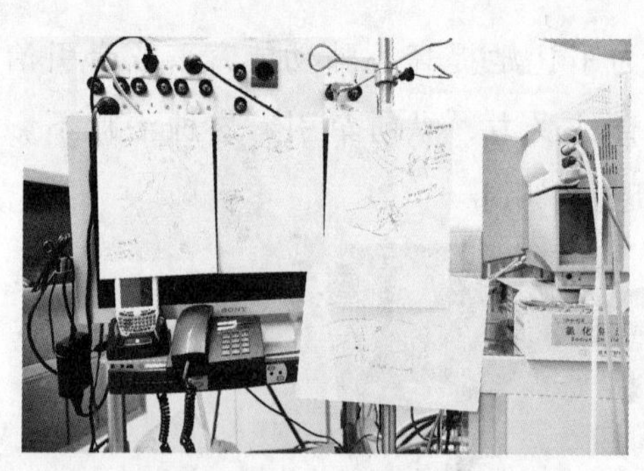

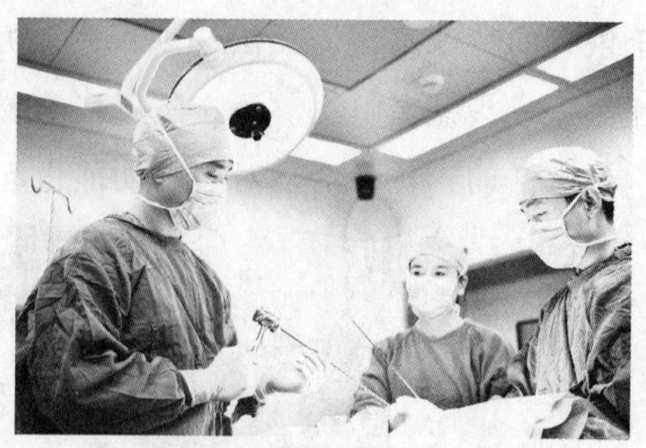

6. 安装头盆固定连接杆

3个多小时的安装过程早已让俄有疲惫不堪，中途姿势坐着、躺下反复换了三次。于淼医生团队为了让俄有姿势自然舒适，3个小时的时间里不断下弯着腰或者蹲在地面进行牵引环的调试。

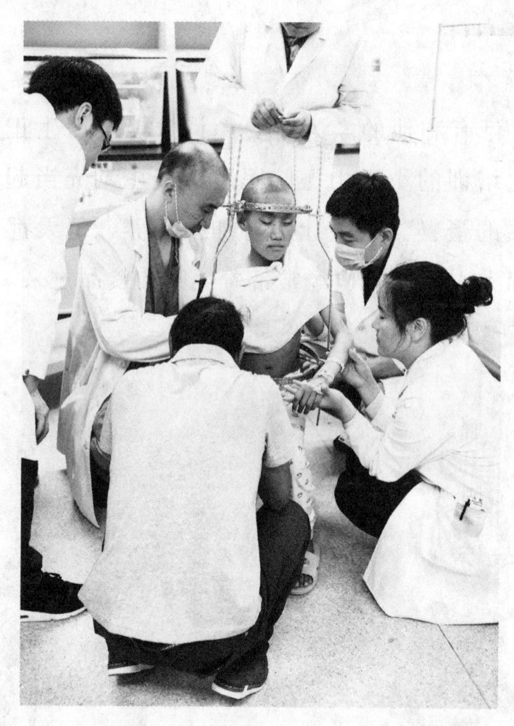

7. 头盆固定术后情况

俄有逐渐适应佩戴支架的生活。平原上有规律的生活让俄有的心肺功能得到了恢复。

8. 再次回到骨科病房

经过一段时间的治疗，俄有的体质得到了明显改善，身高从刚来时的116厘米长到139厘米，儿科跟进了营养治疗，俄有的体重也从22千克增长到31千克，脊柱侧弯的曲度从130°纠正到70°，大家对她的二次手术充满信心。

9. 二次手术前

俄有回到病房准备二次手术前，护士们为俄有加油鼓劲，希望她能手术成功。

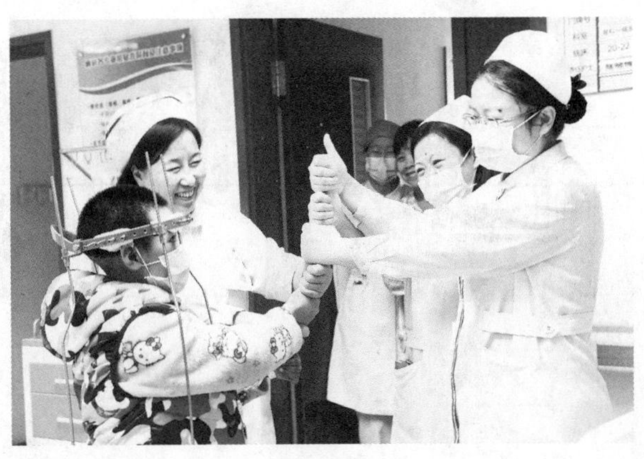

10. 2018 年 1 月 18 日，第二次手术：拆除牵引、脊柱融合术

术前，俄有充满信任和坚定的眼神给了于淼医生莫大的信心。这个坚强的孩子给于淼留下了深刻的印象。

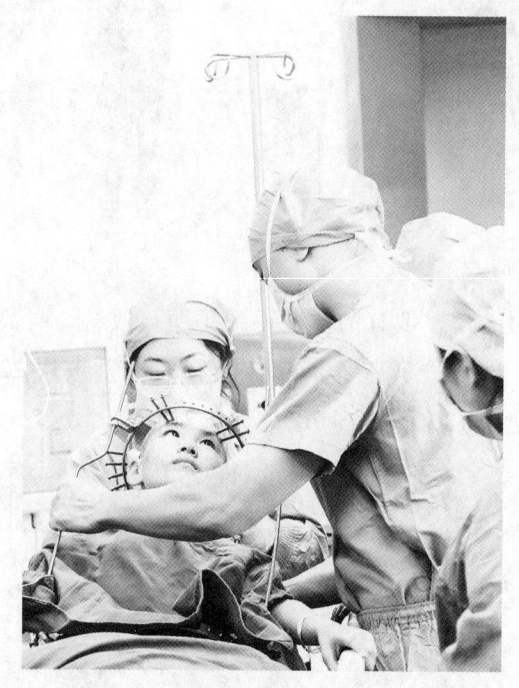

11. 脊柱矫形术

长长的手术计划，于淼和他的团队反复推敲、核对，胸 2—腰 3，每一个钉子的入路和角度，每一个椎体的特殊形态，都牢牢记在于淼的脑中。经过长达 12 小时的手术，于淼团队克服了俄有脊柱侧凸角度大，椎体自身旋转生长难以定位椎体位置，骨质疏松致使置钉困难等难关后，俄有的手术终于成功了！如此大的手术，术中出血仅 800ml。

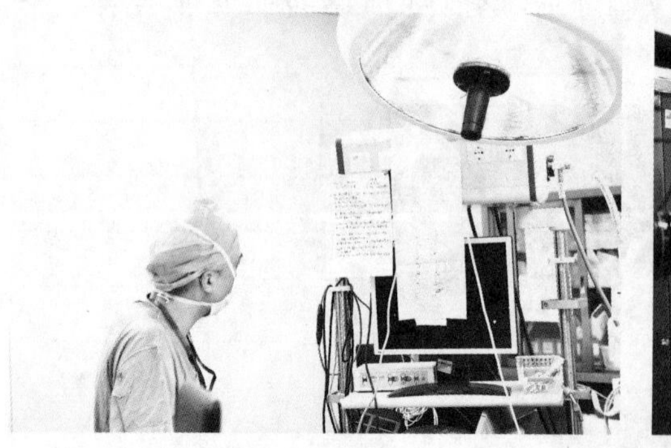

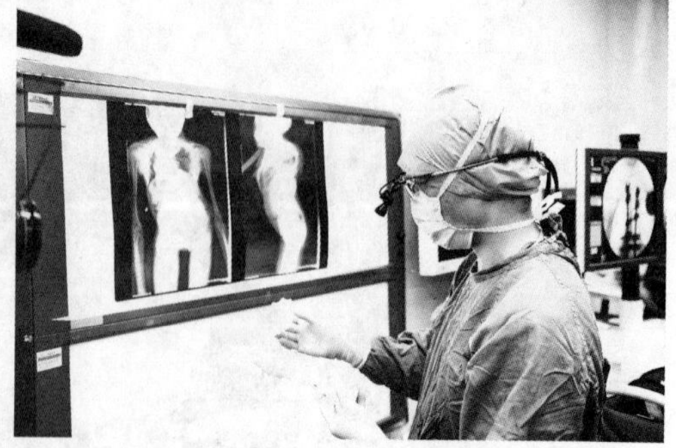

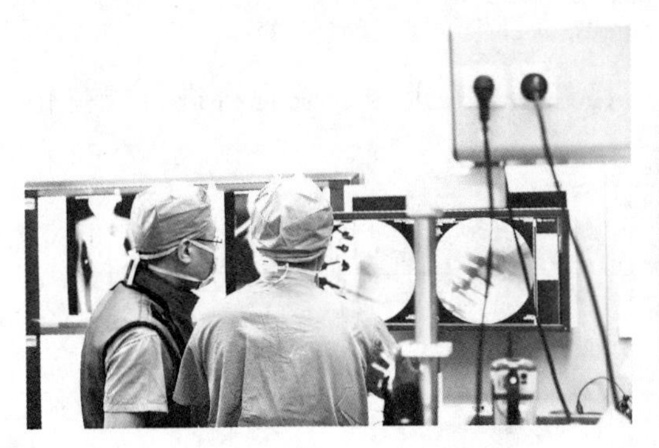

12. 手术成功

家人看到俄有被平安推出手术室，欣喜不已。医生向家属交代了俄有的情况，并告诉他们，手术成功了，但需要在ICU观察两天，防止出现意外。

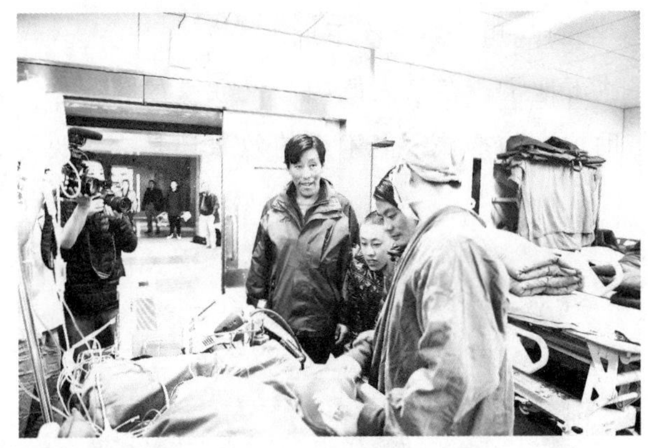

13. 顺利回到普通病房

经过两天的ICU观察治疗后，俄有转到了普通病房。护士长带来了大家买的糕点和水果，希望俄有能快速恢复身体。一个红色的狗年吉祥物让俄有露出了一个13岁小女孩该有的笑脸。

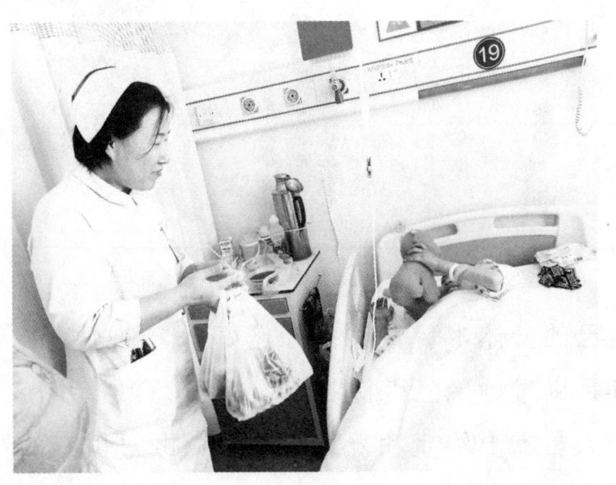

14. 达美医生又来了

为了帮助俄有更好沟通，更好恢复，已经结束在北医三院骨科进行规范化培训的小汤山医院医生达美又回来了。

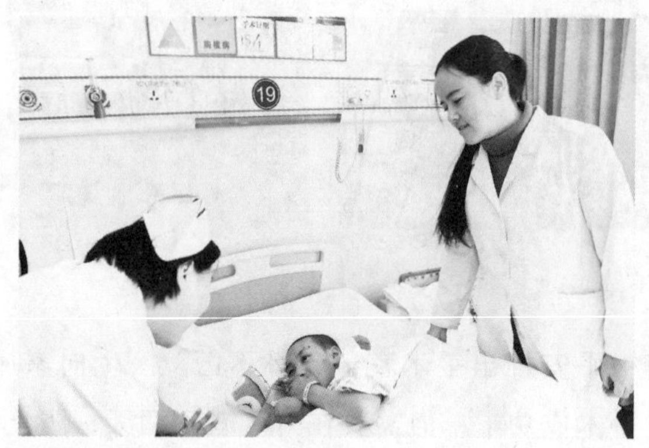

15. 1 月 25 日，骨科病房，第一次下地

俄有术后第一次下地了。在家人既担心又欣喜的目光中，俄有成功站立行走。虽然还需要借助护士的搀扶，但术后的效果还是立竿见影，小俄有身高达到了 144 厘米。

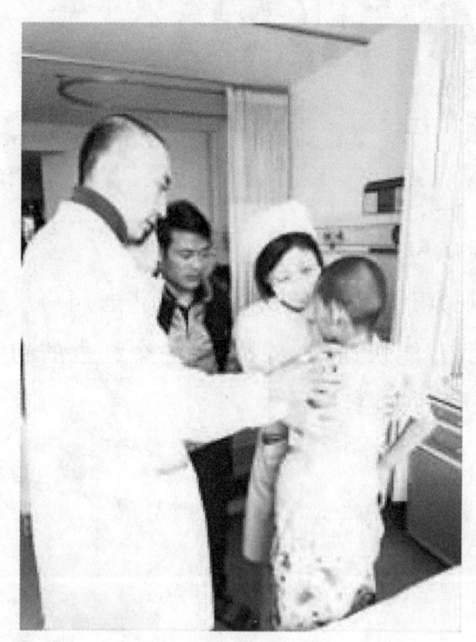

16. 康复

俄有在知道自己的身体术后各项指标良好后，终于安心了。在这 5 个多月里，为了向救治和帮助过她的三院医护人员表达感激，出院之际，俄有及她的家人为三院的医护人员献上锦旗和祝福。曾经照顾过俄有的医护人员也带上自己准备的礼物，送给这个可爱又坚强的藏族女孩，希望她以后一切顺利，身体

健康，越长越漂亮。哥哥巴桑由于身体条件的好转，将继续在北医三院治疗。

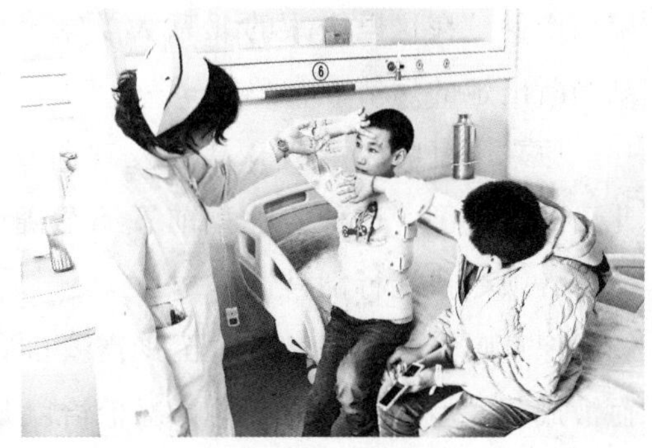

17. 2018 年 2 月 17 日，出院

从 2017 年 8 月 25 日住院到 2018 年春节出院，历经 5 个多月，小俄有从“弯腰驼背”到“亭亭玉立”，身高从 116 厘米长到 144 厘米……从腼腆害羞到落落大方。祝愿藏族小姑娘俄有，未来之路充满阳光。

（北京大学第三医院供稿）

孕妇卓嘎的千里转诊

北京大学第三医院　刘春雨

卓嘎，是一位37岁的孕产妇，2018年7月9日辗转来到西藏自治区人民医院妇产科。在这里援藏的北京大学第三医院妇产科刘春雨医师看到卓嘎时，立刻判断出她的病情非常严重……

原来，卓嘎在早期B超就发现前置胎盘，同时合并胎盘植入，但是现在胎儿已经足月了。这种凶险型前置胎盘随时有大出血的可能，将严重威胁母子生命，必须尽快施行剖宫产手术。

像卓嘎这种病情，手术至少需要准备5000ml的红细胞悬液，还不包括其他血液成分，但是整个藏区的情况恰恰就是血源极其缺乏，卓嘎又是更少有的AB血型，短时间准备这么大量的血源非常困难。但是此时时间就是生命，刘春雨医师做了个大胆的决定，将卓嘎转诊到北京大学第三医院，也就是她所在的支援医院，因为北京大学第三医院妇产科在复杂的胎盘植入诊治方面具有以赵扬玉主任为核心的强大团队、成熟的救治流程以及丰富的经验。

她第一时间联系了妇产科赵扬玉主任，而赵主任也在第一时间回复：保证孕妇安全，尽快转来。转诊应急预案随之启动。

收到这个回复，西藏自治区人民医院迅速开展缜密的转诊工作，确保转诊过程的万无一失，而北京大学第三医院也同时开始了紧锣密鼓的接收和手术前的所有准备，还提前考虑到孕妇和家人的宗教、文化、生活习惯问题，保证孕妇到达后不耽误任何病情。

从拉萨到北京，从一个医院到另一个医院，4000公里，28小时，牵动着双方医院许多医护人员的心。

7月10日下午，卓嘎顺利到达北医三院，这次千里转运无缝连接成功！卓嘎一住院，北医三院妇产科的医护人员忙碌而又有条不紊地进行各项术前准备。

7月11日，手术如期顺利进行，术中出血5000ml，手术过程有惊无险，母子平安。

北医三院抢救过无数例凶险型前置胎盘，而从藏区转运胎盘植入的孕妇并成功手术还是第一次。受援双方医院争分夺秒，为孕妇的安全救治竭尽全力。藏区医疗条件有限，孕产妇的抢救尤其不易，北医三院对援藏工作中遇到的任何问题都极为重视，并给予大力支持，在孕产妇救治方面更是提供了强有力的医疗保障，为西藏“两降一升”（降低孕产妇和婴幼儿死亡率，提高孕产妇住院分娩率）的目标发挥了重要作用。

次仁卓嘎在藏语里的意思是长寿的白度母（观世音菩萨）。希望藏区每一位孕妇都能像卓嘎一样安全分娩，每一个家庭都能幸福美满。

成功实施西藏首例胸腔镜肺癌根治手术

北京大学第三医院　宋金涛

2017 年 8 月 29 日，北京大学第三医院组团式援藏专家宋金涛，成功实施西藏自治区人民医院首例暨西藏自治区首例肺癌的胸腔镜下肺叶切除加纵隔淋巴结清扫手术。

不知什么原因，巴桑咳嗽咳痰 5 个多月了，尤其是一大早，咳得更明显。在当地医院看了，也吃了药，就是一直没见好转。

经过进一步 CT 检查，没想到，结果大大出乎她和家人的意料：右肺下叶肿瘤！

继续进行支气管镜活检，病理证实为鳞状细胞癌。检查气管镜及胸部 CT 显示：肿瘤为中心型肺癌，且病变较大，直径 5 厘米。

为了寻求手术治疗的希望，8 月 10 日，藏族患者巴桑，在家人的陪同下来到了西藏自治区人民医院胸外科。

我是组团式援藏北京大学第三医院的第三批成员，在西藏自治区人民医院任胸外科主任。经过对巴桑病情的初步分析，认为患者为右肺中心型肺癌，病变较大，手术有一定难度。但如果能行根治性手术切除，术后行化疗和放疗，是对预后最好的治疗方案。

然而，手术术式的选择摆在我的面前——常规开胸手术最直接，但有没有可能使用创伤更小的胸腔镜呢？这种微创方式不仅手术创伤小，术后恢复快，患者痛苦也会少些。

对于胸腔镜手术来说，5cm 的肿瘤可不算小。虽然自己 2017 年参加了第二届中国肺癌手术视频大赛还获得了优秀奖，但到底没主刀完成过这样的手术……怎么办？

请远在北京的三院胸外科闫天生主任会诊！

将患者的病情、检查结果和自己的困惑通过微信一一传给了闫主任。经闫主任仔细阅 CT 片并结合气管镜结果认为，肿瘤位于右肺下叶基底段支气管开口，距离右肺下叶支气管开口有一定距离，有机会在胸腔镜下完成肺叶切除加纵隔淋巴结清扫手术。

心里有了底后，再次继续仔细研究患者的资料，制定应对手术过程中大出血等风险的措施，与自治区人民医院胸外科副主任尼平一起，带领全科查房讨论，手术方案确定：行胸腔镜下肺叶切除加纵隔淋巴结清扫手术。

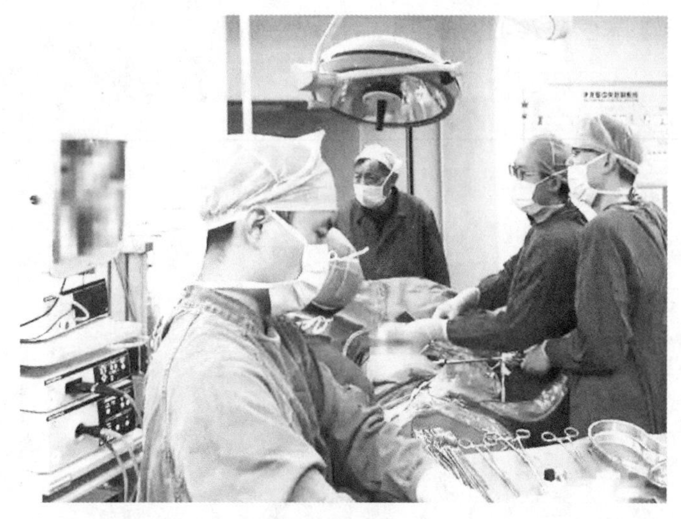

2017 年 8 月 29 日上午，手术如期进行。这是自治区人民医院首例也是西藏自治区首例肺癌的胸腔镜下肺叶切除加纵隔淋巴结清扫手术。

胸腔镜下发现，胸腔内肺组织与胸壁、膈肌、纵隔广泛粘连，肺门淋巴结钙化严重，影响下肺静脉及下叶支气管游离，而缺少部分胸腔镜器械和内镜下可弯曲切割闭合器也给手术操作增加了难度……时间在不知不觉中过去。就这样，历经 3 个多小时，手术顺利结束。

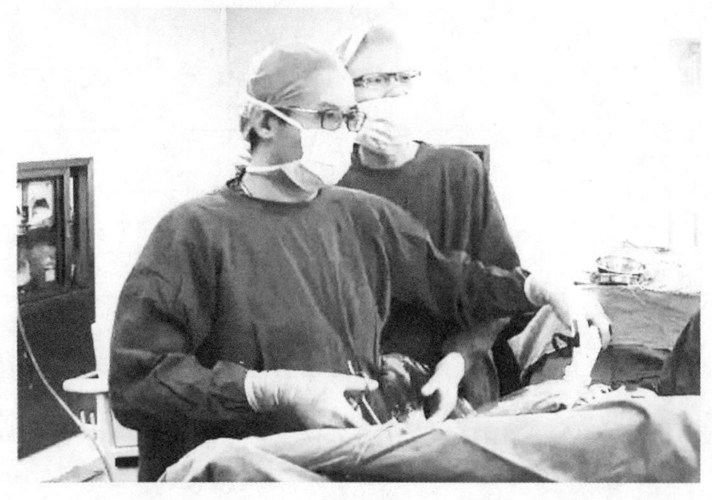

下了手术台，我才感到自己的左脚还是有些难受——从北京出发时韧带扭伤一直没有完全康复。测了下自己的血氧饱和度：84%，心率：136 次/分。在当地医护团队配合下，顺利完成了手术，未来还可以随着自己身体的复原做得更好！

来到胸外科病房，巴桑已经回来了，静静地躺在床上。凑近监护设备看到：血氧饱和度 98%，心率 70 次/分，生命体征平稳。

男儿当自强　我要去援藏

记北京地坛医院刘沙雷

在建军90周年（2017年）之际，刘沙雷这位也曾一身戎装的战士，用这样的方式告诉我们军人本色、一个地坛人的担当：一声令下，即刻出发，奔向西藏拉萨，执行一年的援藏任务。

接到任务

2017年6月的一个周末，院里发出了援藏干部选派的通知，需要选派一名医政管理人员作为北京市第三批组团式援藏成员，去拉萨人民医院执行为期一年的援藏任务。刘沙雷没有经过任何犹豫，向院党委递交了援藏申请，第一个报了名。“领导，获悉北京市要求我院选派一名医务管理干部援藏一年，我是一名共产党员，在管理岗位工作了七年，在医疗管理、纠纷管理、医疗器械管理、门诊管理等岗位工作过，有丰富的医疗管理经验，对国家法律法规、医疗政策有着较深的理解，从政治素养、业务能力、身体条件来说都符合选拔条件。我还是一名转业干部，18年的军旅生涯锻炼了我的意志，特向组织申请参与援藏工作，到人民群众最需要的地方，把首都人民的关心带给西藏群众。我有信心、有决心、有能力完成好援藏任务，为地坛医院争光，请组织上批准我的援藏申请。”

得到参加援藏批准后，让刘沙雷没想到的是一向乖巧的8岁女儿嘟嘟得知老爸一走就是一年，“哇”的一声哭了：“爸爸就不能接我上下学……不能看我过几天的钢琴演出……不能给我过生日了……”女儿的哭声并不能动摇沙雷前行的决心。他心里想得更多的是这一走就是一年，家里有两位70多岁的老人，自己不能在身旁尽孝了。老人要照顾、女儿要接送，思来想去，他和爱人商量让爱人暂时辞职，在家安心打理家务、照顾女儿。

再说女儿这边的工作。刘沙雷知道女儿懂事。他劝女儿：“拉萨有很多像你一样的小朋友，他们生病了，需要爸爸给他们治病。这样他们才能和你一样健康。”小姑娘慢慢接受了。爷俩儿还达成一致：“老爸，我过生日你不许忘了，一定要送我礼物。”

“一言为定，到时候我给你寄礼物。拉钩！”这就是一个军人的情怀，一个地坛人所具有的精神，放下个人的一切，当祖国需要时，背起背包就出发！

踏上行程

在送行的队伍中，除了同事、领导，妻子、女儿，还有一位白发苍苍的老妈妈，她就是沙雷的母亲。让我们向这位深明大义、送儿去援藏的革命老妈妈、军人家属致敬！老母亲叮嘱儿子：“好好工作，别给北京人丢脸！我和你爸还有你姐姐、姐夫、你媳妇他们照顾呢。”

医院门诊支部召开了欢送会。刘沙雷说，这是组织送给我最好的、最值得纪念的建军90周年大礼！支部书记王君丽赋诗一首：“沙场杏林仁者心，雷震群座将远行；援助百姓明大义，藏行千里待佳音；行前再道望珍重，前路且行且珍惜。”

工作经历

刘沙雷这次的援藏任务是挂职拉萨市人民医院医务处主任。他经常到临床参与疑难、危重症患者的医疗救治工作。初到拉萨时，拉萨市人民医院刚刚接受完“三甲”评审，上级部门给予他们的新任务是在2020年达到西部地区“三甲”医院中等水平，这里面不仅包括医疗技术水平，还有管理、服务水平。“摆在我们面前的任务十分艰巨，如何打赢攻坚战是我要面临的考验。”在前任援藏干部、医务处主任刘冲工作的基础上，刘沙雷在医疗质量和规范化管理等方面抓细抓精。他首次完成临床医师“三基”培训考核工作；落实了医疗质控检查工作，细化了医疗责任目标；组织10余次院内外疑难病例讨论、9次医疗质量管理委员会会议。他牵头制订6项医政管理相关制度、完善了科室质控会管理制度、规范资金使用管理制度等制度化建设，使拉萨市人民医院医政管理水平迈上了新台阶。

根据国家卫生计生委、自治区和拉萨市相关部门的要求，援藏期间，刘沙雷和医务处的同事及相关处室积极完善筹备，在拉萨市与六家县级医院建立了拉萨市人民医院区域医疗联合体。同时，他积极推进了拉萨市首个“胸痛中心”建设，把北京地坛医院先进的医疗管理经验带到了西藏，得到了受援单位的高度认可。

2018 年 1 月 3 日，拉萨市人民医院“三级甲等”综合医院揭牌仪式举行，成为全区首家地市级“三级甲等”综合医院。这是医疗人才组团式援藏工作取得的重大成果，是刘沙雷等一批又一批援藏人员和当地医务人员共同付出汗水结成的硕果。

心系拉萨

初到拉萨时，因为高原缺氧，刘沙雷出现了一过性的神经性耳聋。但为了更好地完成援藏工作，在一年的时间里为藏区百姓做更多的事。他没有服从援藏指挥部领导回京治病的安排，坚持在西藏一边工作一边治疗。治疗所用药物西藏没有，他就委托地坛医院党办的同志给他邮寄。适应了一段时间后，同志们利用周末去欣赏西藏神秘、美丽的景色，而沙雷除了义诊以外没有外出过。他说：“我高原反应严重，就别外出给组织添麻烦了。”

而就在外出义诊过程中，他还为西藏和北京架起了一座友谊的桥梁。在到位于西藏自治区拉萨市当雄县羊八井镇的彩渠塘村义诊时，沙雷发现当地有很多需要帮助的贫困儿童，于是在和地坛医院党委汇报、沟通工作时提及此事。院党委在全院范围内组织开展了“送温暖、献爱心”活动，号召全院干部职工将闲置不穿的儿童衣物捐献出来，为拉萨的贫困儿童送上一份爱心。地坛医院的广大干部职工得知消息后积极响应、踊跃参与，纷纷送来衣服、鞋帽等衣物共 591 件，医院党办按照季节和年龄分类、整理衣物 13 箱，邮寄到了拉萨。

铭记一生

援藏一年，时间说快也快，说慢也慢，就要离开拉萨了，刘沙雷有些不舍：“一年的时间总算没有虚度，顺利完成了援助工作。接下来，我的援藏战友们的任务将更加艰巨。”人还没走，沙雷已经在牵挂接力而来的战友们。8 月 3 日，北京地坛医院院办的姜心言，作为北京市第四批组团式援助拉萨市人民医院援藏干部已经到达拉萨，接力援藏！

当问到刘沙雷，让他用一句话来总结这一年援藏路。他说：“这一年值得铭记一生！”2017年8月1日至2018年8月10日，一年的时间里，刘沙雷完成了他人生中的又一段重要历程：援藏。作为北京市第三批组团式援藏成员之一，刘沙雷顺利完成对拉萨市人民医院医政管理方面的援助任务，于8月10日回到了北京。“好像黑了点，回来先好好休息下。”经过一年的锤炼，沙雷变得更加沉稳，“作为一名曾经的军人，援藏‘这场仗’同样不好打，这是一次难忘的经历”。

在西藏的日子艰苦而又快乐，忙碌而又充实。沙雷说：“援藏是一份责任，是一项使命，更是一种历练。”8月，在沙雷这些援藏干部离开之际，格桑花开满美丽的高原，仿佛默默述说着每一个援藏人员无尽的情怀。北京地坛医院与这片神圣雪域的故事也将持续精彩下去！

做雪域高原医生的眼睛

北京肿瘤医院　崔湧

西藏是祖国的西部边陲重地，稳定与发展关系到祖国的大局。习近平总书记2013年开创性地提出了“治国必治边、治边先稳藏”的援藏战略思想，在我们党的历史上第一次深刻、透彻、全面地阐明了治国、治边、稳藏的内在关系，为西藏工作提供了根本遵循。2015年中央第六次西藏工作座谈会上，习总书记又明确提出“治藏方略”，以此为指导中央作出了开展医疗人才组团式援藏的重大决策部署。作为首都的一名医疗人员，我有幸参加了2017年第三批医疗人才组团式援藏工作，为西藏的稳定与发展贡献自己的一份力量。

三次赴藏，援藏报国心愿终达成

很多人问过我，为什么援藏。我说，这是我的一个心愿。我自1991年进入医科大学学习，20余年间，国家把我从一名普通的中学生，培养成为一名博士、海归、硕导。所有这些取得，我要由衷感谢国家对我的培养，心中期待着能以微薄之力回报国家对我的培育；这也是一种情怀，是一个五尺男儿潜藏在内心深处的“家国情怀”，期待有生之年能为祖国横刀立马驰骋疆场。这个心愿就像仓央嘉措在诗中所说，“这么多年，你一直在我心口幽居，我放下过天地，却从未放下过你。”因此在援藏任务到来的时候，报名赴藏是我责无旁贷的选择。

入藏之前，印象中的拉萨是一个比云更遥远的地方，独特的人文风情与生活方式一直吸引着我，使我想来到这雪域高原，为这片神奇的土地做些什么。屈指算来，我已经第三次报名援藏、第三次赴藏。第一次报名是在2016年5月，教育部准备组织第八批援藏任务，我第一时间报名成为候选者，最终因为上级安排而没有成行。随后2016年7月第一次赴藏机会来临，参加我们北京大学肿瘤医院多学科交流团队来到拉萨，在拉萨市人民医院进行几天的业务交流。但因家中老人突然过世，连高原反应还没体验透彻的我就立即返程。匆匆地一瞥，更使我增加对这里的魂梦相牵，似乎是一见钟情，命中注定还要重回这里，完成上次未完成的使命。

第二次入藏机会像是天意安排。2017 年 6 月，北京市医管局临时组建专家团，指定我院派医师对口支援拉萨市人民医院放射科的“三甲”评审准备工作。听到通知的瞬间，我就感到神奇的高原给了我一次完成上次未竟使命的机会。我第一个报名，接下来体检顺利通过，第二次赴藏之行水到渠成。虽然在藏只有短短两周时间，我和科室同事并肩战斗，根据“三甲”评审的各项规章要求逐条完善，比较圆满地完成短期支援任务。

2017 年 8 月，拉萨市人民医院，“三甲”评审专家现场检查

第三次入藏机会也是比较偶然。2017 年 6 月下旬刚回京，中央组织部第三批医疗组团式援藏任务的消息传来，我又主动向院党委请缨，只要组织需要，我还愿赴藏。也许我和拉萨的情缘未尽，经过组织审核批准，我又成为医疗组团式援藏队员，终于圆了援藏梦。2018 年 7 月下旬，作为短期支援专家队员和医疗组团式援藏队队员的我再次登上了赴藏的飞机，开始为期一年的援藏生活，拉萨我又来了！

从“二甲”到“三甲”，科室管理的提升

援藏的第一个任务就非常紧迫，协助指导科室在 2017 年 8 月通过“三甲”评审。虽然在 6 月已经参加短期专家团来藏进行准备，但两次相加在藏准备时间只有三周。2017 年 6 月，我第二次踏上雪域高原，虽然憋气、头疼、血压高、

失眠等反应接踵而至，但时间紧迫不容我休养调整，马上投入放射科“三甲”的评审准备中。放射科条件的局限超出我的思想准备，设备陈旧，人员短缺，制度空白。不过没时间抱怨，对照自治区评审细则，将相关10条58款涉及内容逐一进行核查列表。看着需要补齐的材料，科室同事也紧张起来，借着这个契机，通过午休时间占一点，晚上下班晚一点，周六保证不休息，周日休息不保证，把本来慢节奏的科室人员工作节奏提升上来。两周内与旺堆主任等科室核心成员一起，完善了科室专业组设置，使得现有人员分工明确。然后依据规章制度，落实归类各项记录，将交接班表、排班表、病例讨论表、“三基”培训记录、报告质量检查、胶片质量检查等科内十余项记录统一格式，补充完善。又根据各项自检记录及科会记录，重新整理归纳为医疗质量与安全持续改进记录，按月将自检结果、整改措施及整改效果分别记录，使得PDCA全流程的痕迹化资料完备。在拉萨两周，虽然连神圣的布达拉宫都没去瞻仰，但完成“三甲”准备任务的成就感还是令我骄傲。2017年8月，终于迎来了期盼已久的“三甲”评审。评审专家对科室的工作流程、制度落实等全方位进行了现场检查，评审满意的结果使得大家都欢欣鼓舞。2018年1月，“三甲”医院正式挂牌了，全科同事一起激动地合影，庆祝大家共同努力的结果。

从16排CT到3.0T磁共振，诊断水平的飞跃

当有人问：影像医生有啥用？我经常说，影像医生是侦察兵，是医生的眼睛。从疾病初期的确诊、治疗方案的制订、药物的疗效，影像医生提供的影像信息都是最精准的病情参考，出现在每一个患者从入院、痊愈或生命终结的全过程。在雪域高原，更缺少先进影像设备和有经验的影像医生，做出准确的影像诊断，为临床医生指明治疗方向。影像医生援藏的目的，就是提升高原影像诊断水平，做雪域高原医生的眼睛，提升高原医疗水平，保障边疆人民健康。

2017年8月，拉萨市人民医院顺利通过“三甲”评审。放射科马上又面临的一项挑战是磁共振的安装和应用。这次引进的3.0T高场强磁共振，在人民医院是首台磁共振装机应用，在全拉萨市也是第二台3.0T磁共振。高精密设备的投入，肯定会为高原人民的健康福祉发挥巨大作用。但科室既往没有任何人员进行过磁共振相关培训，更不要说临床经验。全科设备原来只有一台16排CT，一套数字胃肠机和一套DR；人员构成中，全科只有两名主治医师和几名住院医师。如何在短期内完成操作和诊断培训成为首要任务。经过和院领导、科室领

导协商，在保障日常工作完成前提下，派出人员短期进修操作和诊断。而对于科内大部分人员，只能靠科内自我培训。针对大家的基础，我们采用理论授课与读片实战相结合的授课方式，每周固定时间业务学习，从磁共振原理到各个系统的基本诊断知识逐一梳理；每天进行读片实战演练，以各系统典型病例图像为主，让科内医生轮流“看图说话”，用病例图像的识别分析，来掌握理论知识的实践应用。几个月下来，大家对磁共振图像不再陌生，掌握了大部分常见病的磁共振诊断和鉴别。为保障设备运行的安全，我和科室同事一起商量优化了检查流程，制定了患者预约、日常设备检测记录等各项规章制度，针对藏族患者特点，配备了电磁门禁、安检门、更衣间等设施。在装机和操作培训后，于2018年3月投入临床应用。从开机至今一月有余，已进行了几百例检查，均由本科生一线医生独立完成扫描操作及诊断工作，验证了本地医生诊断水平的提升，实现了从16排CT到3.0T磁共振的顺利飞跃，为雪域高原的医生增添了一双明察秋毫的“眼睛”。

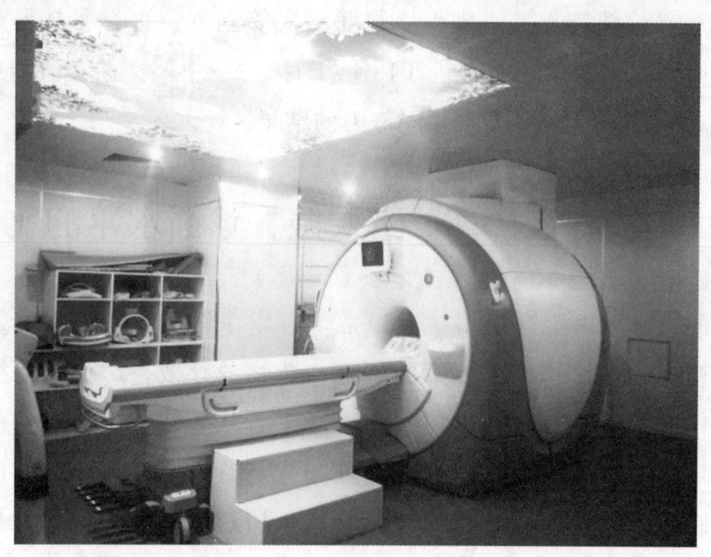

2018年1月，拉萨市人民医院 磁共振安装完毕

援藏的人生历练与思想升华

援藏一年，对我来说不只是个人的牺牲与奉献，更是个人难得的成长历练机会和思想提升的课堂。进藏印象最深的，是这里藏族同胞对医生的称呼“安吉拉”，和英语“angle”发音类似，是天使的意思。他们无论被病情折磨得多么痛苦，永远用真诚信任的眼光注视着我们这些“安吉拉”，相信我们能够为他们

解除病痛。但即使在省会拉萨，在西藏最好的医院之一，医疗水平的和内地的差距还是让我意外。在我们下乡义诊过程中，牧区村庄的医疗条件更加艰苦。通过这些切身实地的体验，深切领悟到医疗援藏的意义和重要性。只有通过自己的努力做好援藏工作，提升西藏的医疗水平，才能造福广大当地同胞，这样才能把党中央的温暖和关怀真正传播到西藏人民的身边，才能凝聚人心，稳疆固边。每每想到这些，一种使命感便油然而生。进藏之前，就学习过“特别能团结、特别能吃苦、特别能忍耐、特别能战斗、特别能奉献”的“老西藏”精神，但不太理解其中的内涵；在进藏之后，我对这句话才有了深刻的体会。刚到高原，缺氧使得头疼头晕成为常态，靠药物维持的睡眠也只有 3 ~ 4 小时，胃肠道缺氧又搞得人腹胀、腹泻。原来控制良好的血压也趁机捣乱，一种降压药已不能控制。自己身体的困扰还好克服，家人也适逢援藏期间住院手术，难免使我更加牵挂。但家里医院领导和组织上对我们援藏干部和家属关怀备至，从接送、探亲的安排，到备用药品、设备的准备都十分齐备。更有“老西藏”精神的鼓励，使我们有信心克服这些身体上、心理上的各种问题困扰，以满腔热情投入援藏工作。通过一年的努力，自己还是为雪域高原的影像学科做出了一点工作。在高原的一年里，党组织的积极帮扶也使我在政治思想上不断进步，顺利完成拉萨市委党校的学习。通过学习，也了解到西藏几十年翻天覆地的变化，这都是在党中央的领导下无数援藏、在藏干部长期默默无闻拼搏奉献的结果，他们在高原不止一年，而是五年、十年甚至半生。面对这些前辈的业绩，我肃然起敬，也使我的认识得到升华。经过组织考验，我成为一名光荣的预备党员，也完成了我人生的一次升华。

在宁中乡义诊

有人说援藏不只需要情怀，更需要行动；不只是荣誉，更多的是奉献。对我来说，援藏还是一次宝贵的人生课堂，洗涤心灵，提升觉悟的历练。援藏不只是对西藏旖旎风光的向往，家国情怀的驱使，更是作为一名援藏干部发自内心的责任与使命。如果组织需要，我还愿再来援藏，做雪域高原医生最明亮的眼睛。

墨竹工卡县扎西岗村义诊

成功救治一名急性心肌梗死患者

记北京安贞医院阴赪茜

6月12日17点59分，拉萨市人民医院心血管内科二线电话响起急促的铃声，随即电话那头传来焦急的声音，急诊科来了一位急性胸痛患者，需要紧急会诊。北京市组团式医疗人才援藏医疗队队员——北京安贞医院心血管科阴赪茜主任立即放下手中的工作，带着徒弟心内科次仁仲嘎主任在三分钟内火速赶到急诊科。

患者普布次仁，男，53岁，于6月12日17：00在家中突感胸痛，呈持续性压榨样疼痛，范围手掌大小，程度较重，并放射至左上肢及肩背部，伴大汗淋漓、濒死感、四肢冰凉，休息后胸痛症状仍无缓解，随后自行开车于17：52到达拉萨市人民医院胸痛中心，分诊护士17：59完成首份十八导心电图。

阴赪茜主任一看心电图，ST段抬高型急性下后壁心肌梗死诊断十分明确。对于急性心肌梗死的治疗，关键在于尽早开通冠状动脉，恢复心肌的血供，才能最大程度挽救缺血心肌、保留心脏功能。“时间就是生命！”阴主任一边嘱咐急诊护士给予患者阿司匹林300mg、波立维300mg抗血小板聚集、低分子肝素5000U皮下注射抗凝，一边用浅显易懂的语言向患者及家属交代行冠状动脉血管再通的重要性，征得患者及家属同意后启动PCI转诊方案，亲自联系武警医院心内科普布主任做好导管室的准备工作，在心肌损伤标志物检测结果还未出来前果断决策送患者到武警医院。

患者18：35到达导管室，阴主任、普珍主治医生及武警医院的罗布主任、边旺主任一起投入紧张的手术中。很快冠脉造影提示：左冠状动脉未见明显狭窄。在行右冠状动脉造影时发现右冠中远段完全闭塞，TIMI血流0级。一直紧盯着显示屏的阴主任发现患者出现了心搏骤停，随即出现恶心、头晕，继而抽搐，意识丧失，面部皮肤青紫，小便失禁。心电监护显示：室颤。阴赪茜主任没有丝毫慌乱，立即撤出造影管，指导心内科医生心肺复苏、持续胸外按压，予以非同步直流电除颤200J 1次，300J 2次。19：10患者心律恢复窦性，心率

43 次/分，但血压 70/30mmHg 仍低。阴主任指示立即给予去甲肾上腺素 2mg、阿托品注射液 0.5mg 肌内注射。2 分钟后，患者血压 92/60mmHg，面部皮肤恢复红润，抢救成功。

复苏虽然成功了，但阴赪茜主任又面临着一个重大的考验。是继续进行 PCI 手术，还是先下台观察？下台观察可以降低手术相关的风险，减轻医护人员的责任。但未能开通心肌梗死的血管，会造成梗死区心肌不可逆的坏死，患者以后会出现心功能不全，影响患者的生活质量，还可能再次因心肌缺血、坏死诱发致命性的恶性心律失常而使患者面临猝死的风险。阴主任凭着对患者高度负责的责任心，并根据多年丰富的临床经验，再次评估病情。考虑患者术中出现恶性心律失常的主要原因是急性心肌缺血、交感神经兴奋电风暴，紧急开通闭塞血管不仅能挽救濒死心肌、改善心功能，也能减少恶性心律失常的发生概率。因此决定继续进行手术治疗，开通闭塞血管。19：30，重新消毒铺巾行右冠 PCI 治疗。当导丝通过闭塞病变后，造影发现血流恢复正常、闭塞段为局限病变，而且血栓负荷不严重。遂决定完成支架植入以确保血流通畅。术后远端血流 TIMI3 级，心肌再灌注良好，患者胸痛症状明显缓解。紧张的手术结束了，汗水湿透了阴主任的手术服，但是当看到手术成功后患者及家属质朴的笑容和充满感激的眼神时，阴主任说，我们手术成功了，就是挽救了患者的生命、拯救了一个家庭。我们才能感到每一分付出都是值得的，才能体现出作为医生的价值和幸福。

虽然在手术过程中险象环生，步步惊心，但阴主任考虑更多的是如何在危急情况下挽救患者的生命，让患者活着，并且要有质量地活着！术后在阴赪茜主任及我院心内科全体医护人员的严密监护、积极治疗及精心护理下，患者复查心脏彩超心功能保持在正常水平，未再有胸痛发作，得以康复出院，最大限度地降低了急性心肌梗死带来的不良影响。53 岁的普布次仁为表达他及家人的感激之情，将写有“医德高尚　医术精湛”的锦旗献给了阴主任带领的心内科团队。

阴赪茜主任是北京医疗人才组团式援藏第三批派往拉萨市人民医院心内科的心血管专家。之前冠心病的介入治疗在拉萨市人民医院还是空白技术，很多需要介入治疗的患者都要转往内地，既耽误了最佳的治疗时机，又增加了医疗成本。截至目前，在阴主任的带领下，秉承既要“输血”，也要“造血”的原则，发挥“传、帮、带”作用，以教促学，充分了解每一名徒弟的基本理论和基础操作水平，做到因材施教。阴赪茜主任在医院开展学术讲座以便让徒弟们更好地掌握冠心病介入治疗相关的知识。在手术过程中，手把手带教，指导徒弟们进行介入治疗的技术培训，术后认真为他们解读手术光盘，强调重要的手术细节，争取打造一支“带不走的医疗队”。目前，已经完成冠状动脉介入手术40余例，培养了3名心内科骨干，心内科医护团队力量逐渐壮大。在于亚滨院长和邓明卓副院长的带领下，胸痛中心正在紧张筹建中，专科救治水平不断提高，成为雪域高原值得信赖的“护心天使”。

爱在拉萨

北京妇产医院 任 健

我来到圣洁的西藏高原近一年时间了，回想这段时间的经历，感触良多。不夸张地说，我深爱这里的一切，西藏已是我的第二故乡。

2017 年 7 月初，我接到组团式医疗援藏工作的通知。虽然早就有准备，但是考虑到孩子小学升初中，家里老人还要照顾，我有些犹豫。回家跟儿子和爱人商量，出乎我意料的是他们没有犹豫地全力支持我，与以前儿子哭着拉着我不让援疆、援藏完全不同。我一边感叹孩子长大了，一边坚定地报了名。西藏在我心底一直是神秘而神圣的天堂所在，心里有种说不出的向往。

在安排好家里一切事务后，8 月 1 日我带着院领导、党委和科室领导同事们的嘱托，带着家人的不舍踏上拉萨这片热土。下飞机的那一刻，洁白的哈达披在肩上，头顶是纯净的蓝天白云，我感觉自己已经融化在这里。

头疼、心慌、气短、胃肠道不适，在体验了一遍高原反应带来的不适后，我很快适应了新的环境开始正常工作。每天和藏族同事们一起查房、讨论病例、检查患者制订治疗方案、出门诊、做手术。虽然语言不通、每次检查患者或是手术还是会气短，但是藏族患者及家属对医生出自内心的尊重让我根本顾不上其他，看到他们真挚的笑脸，双手向上对你叫着“安吉拉”表示感谢时，我暗下决心要把自己所学所能全部教给这里的医生，让这里的患者最大获益。

拉萨市人民医院的妇产科是医院里的重点科室，全体医护责任心很强，上进努力，认真踏实，她们的精神也在感染影响着我。为了完成“大病不出藏”的工作任务，全科上下团结一致稳步前进。刚开始工作就遇到一个产后肺栓塞的患者。由于在“三甲”评审过程中的强化训练已经使临床医生心肺复苏技术熟练于心，这个患者转危为安。她让我对高原孕产妇血栓性疾病高发的情况开始关注，由此申请了援藏自然科学基金课题，希望能带动科室科研水平发展并为减少西藏孕产妇血栓性疾病发生做一点事情。产科还收治了一名重度子痫合并脑出血的孕妇，全院会诊后决定先进行剖宫产，再完成开颅手术抢救患者生命。我在手术室里一直守着年轻的患者，即将做开颅手术时化验结果显示患者血小板减少，开颅有风险，家属有放弃抢救的想法。我们一边联系血源一边耐心向患者及家属解释病情，并积极联系多学科会诊，最终对患者顺利进行了手术清创止血，在高压氧舱进行了后期康复治疗。当她抱着健康的宝宝回妇产科来看望我们时，那一刻我好像看见自己的妹妹一样开心！

妇科的微创手术已经开展，但是操作技术还不是很熟练，有些程序也并不规范。我把发现的问题一一记下，然后在后续的工作中重点纠正，从消毒铺单等基本功开始到怎样使用宫腔镜，术中需要注意什么，手把手教给本地医生。目前我们已经可以进行四级宫腔镜手术，如困难取环、黏膜下肌瘤切除、宫腔粘连松解及后续治疗、子宫纵隔切除等复杂手术。医院的手术器械落后，一定程度上限制了手术方式的选择，对一些复杂容易出血的病例大夫往往选择保守的开腹手术而放弃腹腔镜微创手术。凭借着多年扎实的基本功，我说服一直犹豫的本地医生，用现有器械顺利完成了几例全子宫切除术，出血很少，术后患者恢复快。这让妇科的医生们认识到手术技术可以弥补硬件的不足。之后微创手术开始顺利开展，我们已经成功完成腹腔镜四级手术如盆腔重度粘连分解、卵巢囊肿剔除、子宫肌瘤剔除、间质部妊娠手术、输卵管整形术等。虽然带教很累，一边操作一边讲解，配合不默契不仅手术时间延长而且我也要承担一定风险，经常手术下来全身湿透还气喘吁吁不想再说话，但是一想到中央组织部给我们提出的“变输血为造血”的要求，看到藏族医生越来越熟练的操作，就觉得自己再苦再累也是值得的。

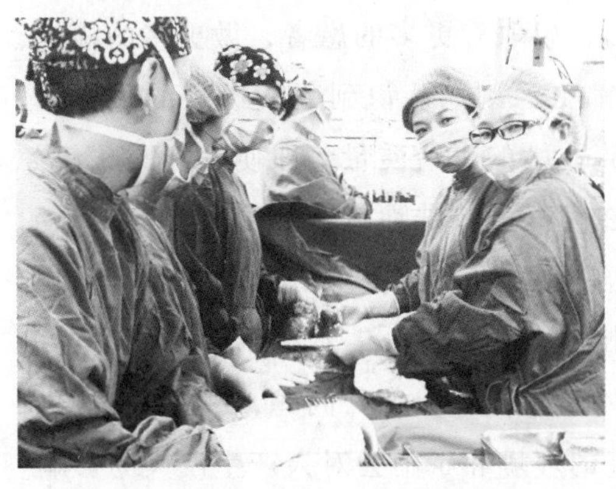

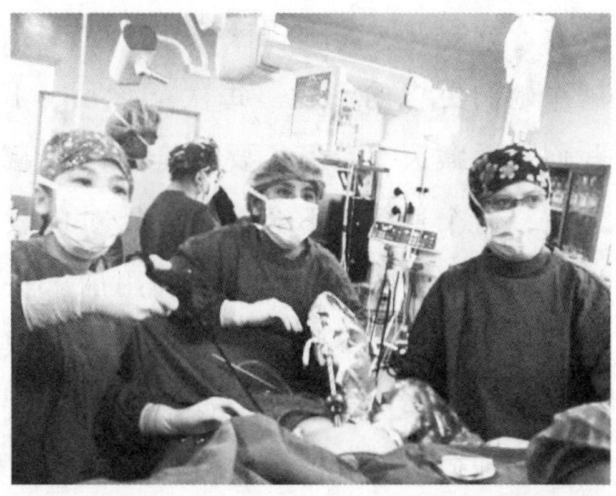

有一段时间病房连收了两个陈旧性会阴裂伤的患者，严重到大便不能控制。有一个患者因此而被丈夫抛弃。她每天出去挖虫草都要多带一条裤子，别人问她为什么，她只说自己爱出汗。这种生活质量她竟然坚持了4年而羞于就诊。听到她的遭遇，看到她毫无表情的面容，我们的小大夫甚至感慨道："女人一定要对自己好些！"为了改善她们的生活质量，我们仔细进行术前准备，研究手术方案，最终手术顺利完成。术后患者顺利排气并成功控便。我们欣慰地看到她们脸上露出发自内心的笑容。我仔细叮嘱患者术后注意事项，并认真地告诉她："你可以再次寻找自己的幸福了。"她们就是我的姐妹。

病房收治什么样的患者，我就给大家讲这种疾病的诊治方法，在实践工作中教学，效果更明显。收治子宫脱垂的患者我就讲 POP-Q（盆底器官垂脱）评分；收治不孕患者就讲不孕的各种原因；从宫颈癌筛查到阴道镜确诊再到宫颈冷刀锥切，我手把手教；遇见自己不擅长的恶性肿瘤患者就一边向妇产医院肿瘤科同事求助，一边学习吸收再教给大家，自己也在援藏工作中渐渐强大起来。我有三个徒弟，我们有一个学习群，每当临床遇到特殊的病例或问题，我会和她们随时交流，并把自己的经验在群里无私分享。我也会对她们提出更严格的要求，要求她们学会自主学习，学会丢掉我这个拐杖自己前行。

除了临床工作，我也积极参与科室建设。每当科室发展遇到困难或问题，我会和边珍主任及科室副主任们坐在一起研究商量，寻找问题所在然后提出有实效的解决方案，毫无保留。我是妇产科一分子，妇产科的进步和发展也是我责任所在，哪怕困难重重也无所畏惧。这样，在不断发现问题解决问题过程中，很多临床制度逐渐完善有效起来。

医疗队平时工作很忙，但是由于我们工作的特殊性，在周末我们也经常利用休息时间去下乡义诊，送医送药。在海拔更高的地方，藏族百姓的生活更加艰苦。我每次义诊都积极参加，不遗余力，争取看更多的患者，做更多的检查，解决她们更多的问题。每次义诊后，我都更深刻地认识到我们援藏的重要性，我们是援藏医疗专家，要尽全力改善藏族百姓的生活质量。即使我们援藏任务结束，这个目标也不会改变。针对佛教在藏区的特殊地位，很多患者信活佛的话而不信医生的话，我们就利用周末去给西藏地区最高等的佛学院的学生们讲课，传授科学的医学常识，把这些知识扎根在他们内心，希望以后能惠及更多民众。我在给比丘尼讲完课后，很多人久久围住我问各种问题，一些羞于启齿的问题她们也大方地提问，可见一个良好的环境和氛围会对人产生巨大的影响。这种影响无关信仰。

我能安心在拉萨工作，最需要感谢的是家人和领导同事朋友们的支持。刚到拉萨不到一个月时间就得到噩耗，和我一起生活多年的婆婆因病离开了我们。爱人及家人为了不影响我工作甚至没有通知我告别火化的时间。等到告别仪式的当天，是我院陈静书记等领导代替我送别亲人。我在拉萨面对北京方向默默流泪，点一盏酥油灯送别她老人家，相信她一定会理解我。我爱人工作很忙，可他还是尽力承担起家里一切大小事务。儿子六年级正是紧要关头，他又是校足球队的主力，训练学习压力很大，但是他自己承担着一切压力，不让我操心他的学习，姥姥姥爷也为他付出和包容了很多。有时在视频里看他实在是承受不了压力而流泪时，我的心都要碎了，但是很快他会擦干眼泪笑着对我说："妈，我没事儿了！"老师和教练得知我在援藏时，也坚决地表示支持："孩子就放心地交给我们吧！"不久前，我父亲因为过度劳累突发房颤，是我的同学和同事们第一时间安慰我，帮我安排检查治疗，使我无后顾之忧。院办的王丽娟老师也时常会打来电话关心我身体、工作及家里的情况，随时能感受到医院对我的关心和挂念。我们之所以能在拉萨把全部精力放在工作上，其实是依靠身后强大的团队支持。"医疗人才组团式援藏"工作的开展得到了全社会的支持，我们只是代表而已。他们为援藏工作付出的点点滴滴让我感动，更让我无怨无悔地把身心奉献给这片热土！

援藏工作接近尾声，这也让我更感时间紧迫，还有很多工作没有完成。我会加倍努力，提高效率，争取圆满完成组织交给的任务！

助飞微创泌尿

北京同仁医院　郑宇朋

出　发

虽然北京医疗援藏的传统已有40多年，但大规模地组团式援藏却是2015年才刚刚开始。原来的援藏零散、单薄，援藏医生一人的力量非常有限，而组团式援藏医务人员的专业涉及医院管理、学科建设、医疗、护理等各个方面。在了解拉萨市人民医院的情况后，他们就着手从基础设施改造、制度建设、设备更新、学科建设、人才培养等多个方面一齐发力。三年来，三批来自北京市17家市属“三甲”医院的援藏医务人员，共48人次先后踏上征程，有序轮替。经过北京组团式援藏人员和拉萨当地医务人员的日夜奋战，2017年拉萨市人民医院如期顺利通过“三甲”医院的评审，率先在西藏自治区七地市人民医院中完成“三甲”创建。

经过两年多的援建，这里新建了儿童支气管镜诊治中心、重症医学科（ICU）、血液透析中心、心脏重症监护室（CCU）、高压氧舱等12个学科，学科总数达到31个，2016年全年门急诊量达到15万人，平均住院日减少了0.7天。组团式援藏工作两年来，拉萨市人民医院发生了巨大的变化。

2017年8月1日，第三批18名组团式援藏队员踏上高原，作为北京同仁医院泌尿外科的专家，我随队到达拉萨，开始了为期一年的援藏工作。

泌尿外科专业是拉萨市人民医院的薄弱环节，当时外科只有普外科和骨科，尚没有独立的泌尿外科，没有专职的泌尿外科医生，没有泌尿外科的手术设备，无法开展各项泌尿外科微创手术。2017年，拉萨市人民医院申请购置了近500万元的全套泌尿外科微创手术设备，并申请泌尿外科专业援藏医生指导工作。拉萨市人民医院准备大力发展泌尿外科，2017年将是拉萨市人民医院泌尿外科起飞的一年。这个时机到拉萨市人民医院泌尿外科工作，对援藏医生既是挑战也是机遇。

由于泌尿外科基础薄弱，一切要从头开始。科室的设置、床位的安排、设备的调试、医生的培养、护士培训，方方面面都要考虑周全。医疗队在这里工作创造了拉萨市人民医院甚至自治区许多的第一，填补了许多的空白。

授人以鱼不如授人以渔，培训当地医疗力量

为了真正提高西藏地区医疗的“软实力”，北京组团式援建采取了“师带徒”的培养方式，手把手培训当地的医务人员。

拉萨市人民医院为援藏队员遴选出65名优秀本地医务人员作为学员，与援藏队员们结成“对子”进行学习。建立师徒关系，签订师徒帮带协议，详细制订培养计划，使徒弟能够学到真本领。

按照中央组织部的要求，“变输血为造血”，工作一年后，援藏医生回北京，但是技术要留在拉萨。

拉萨市人民医院外科选派了2名主治医师，和援藏的我结成师徒关系。一年之后这两名医师要能够独立完成泌尿外科临床工作。我根据他们的特点，为他们制订了详细的培养计划，通过理论授课、查房、病例分析、手术指导、课题申报等多方面帮助他们快速提高泌尿外科专业技能。

周四下午理论授课

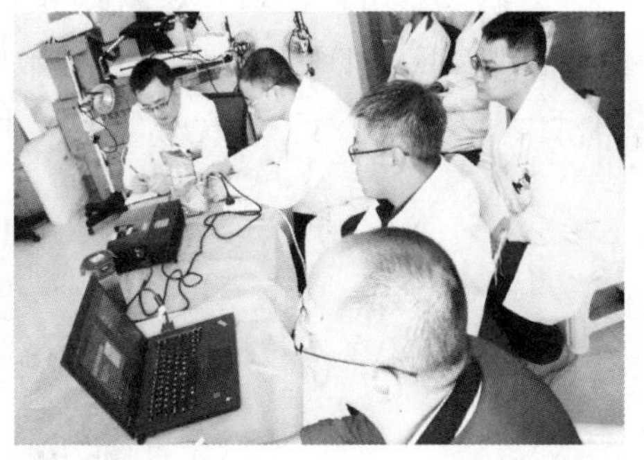

在康复训练室开展理论授课

助飞微创泌尿外科

在我到来之前，拉萨市人民医院没有泌尿外科微创手术设备，不能开展微创手术。但是目前，泌尿外科手术80%以上都是微创手术。可以说，不开展微

创手术，就不可能开展泌尿外科手术。我到达拉萨市人民医院后，就配合规划泌尿外科发展，配合购置泌尿外科微创手术设备。我开展微创手术，填补了拉萨市人民医院很多空白，创造了很多个第一，第一例经皮肾造瘘术、前列腺电切术、膀胱镜、输尿管镜术、腹腔镜术等。

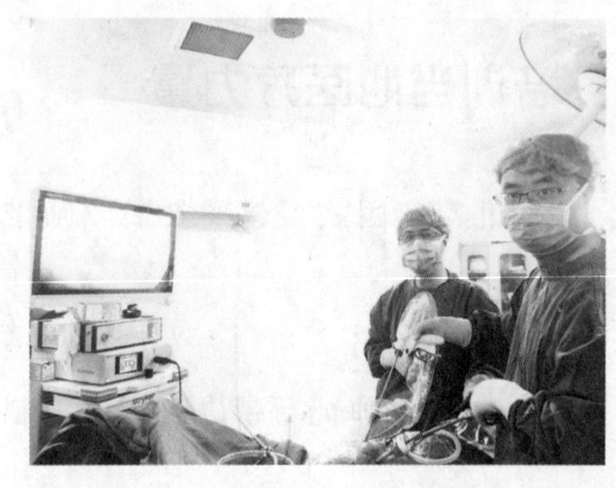

第一例泌尿外科腹腔镜，
手把手带徒弟，为徒弟扶镜

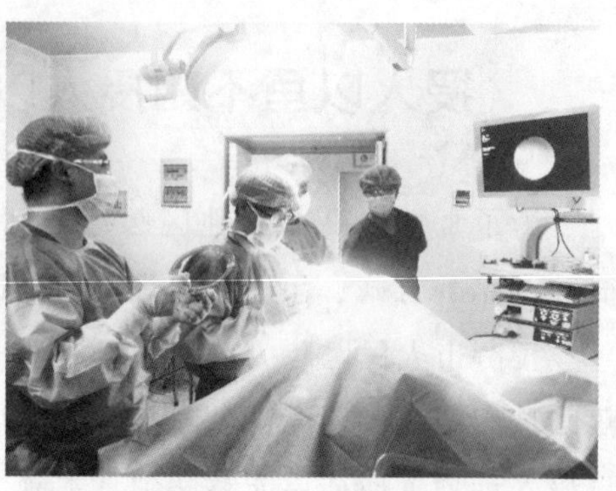

第一例输尿管镜钬激光碎石术

收获比付出多

“收获比付出多”这是援藏队伍中流传的一句话。

来到高原，对所有援藏队员们都是挑战：拉萨市海拔 3650 米，气压、氧气含量只有北京的 2/3，且气候干燥，日照强烈。环境对身体的损害是不争的事

实，到拉萨当天就有两名队员高原反应晕倒。刚到拉萨时同志们都是一边喘，一边干；一边吸氧，一边手术。工作两个月后，18 个援藏队员，15 人高血压；心脏瓣膜反流 5 个；失眠、腹泻也是普遍现象。

但是，当你面对日新月异的援建医院、真诚的藏族同事、好学的徒弟、淳朴的患者，尤其是出院时患者献上的洁白的哈达，感觉就是那一句“收获比付出多”。

坚守初心　无悔援藏

首都医科大学附属北京儿童医院　胡冰

2017年6月，在接到北京市医院管理局《关于做好2017年组团式援藏干部选派工作的通知》后，我积极报名，克服孩子幼小等家庭困难，承担了本次的援藏任务，并加入了2017年组团式援藏医疗队，成为18名援藏医疗队的一员。作为组团式医疗人才中的一员，我感到无比的骄傲与自豪。医院领导解决了我的后顾之忧，让我安心地于2017年8月1日奔赴西藏拉萨市人民医院进行为期一年的医疗援助。进入西藏，短暂地适应高原反应后，于8月4日正式进入拉萨市人民医院儿科工作。在这里和前一批援藏的高路医生进行了工作及生活交接。在工作期间，院领导、科室主任以及同事们经常关心我在西藏期间的身体状况及工作情况。这里的院领导于院长、邓院长帮我们安排工作和生活，事无巨细。援藏的兄弟姐妹互相帮助，让我们很快地适应了这里的生活和工作。

我们作为北京市对口援助拉萨的一员，成立了第十三支部，在工作的同时不忘记政治的学习。我遵循“治国必治边，治边先稳藏”的方针，本着讲政治、守纪律、廉洁行医的原则，为藏族同胞做实事，把这些贯穿于整个援藏工作中，其间共同学习党的十九大会议精神，加强理论学习，积极上党课，努力成为跟党走的积极分子，尽早加入党组织。真正做到让党放心、让人民满意。

以前对西藏的了解，是美丽的天堂。但由于它的地理环境特殊，这里的人们承受着巨大的身体负担，平均寿命也是中国最短的。这里有大片的贫困地区。国家已经在尽最大的努力让这里脱贫，而我们就要用自己的微薄之力让这里的人们不仅能过上幸福的生活，更要让他们得到最好的医疗保障，让西藏的人们眼在天堂，身也在天堂。作为儿科医生的我，也要为生活在雪域高原的祖国花朵的健康保驾护航。

当我来到西藏，看到了这里人们的淳朴、善良和虔诚，但同时也看到了由于医疗水平和内地的差距，由于方方面面的原因往往会出现我们不想看到的无奈的结局。为了改变这一切，我们一批批的医务工作者义无反顾地来到这里，并在短短的两年的时间将援助的拉萨市人民医院由“二甲”医院创建成了市级第一家“三甲”医院。虽然路还很长，但我们一直在努力着。

儿科，作为重点科室，经历了这两年的飞速发展，建立了自治区第一个儿童纤支镜诊疗中心，为当地儿童呼吸系统疾病的诊治提供了更好的保障。新生儿 ICU 的建立，极大地降低了新生儿的死亡率。由于高原的特殊性，高原心脏病在儿童中也是很常见的。针对肺动脉高压的治疗也形成了自己的特色，并取得了良好的疗效。我们也在工作的同时巩固了原有的成果。

北京组团式援藏的任务是由输血变造血，让当地医疗水平逐渐提高，变成带不走的医疗队。本着这个目标，我签署了帮带协议书。目前和我的六个徒弟共同学习。在正式工作后，也积极发挥专业的特点，发现儿科仍存在明显的抗生素使用欠合理、实验室检查无法满足临床所需等问题，在每日的临床查房中逐渐规范抗生素的使用，完善血培养的标准化流程，让大家能够从根本上认识到合理使用抗生素及微生物检验对于儿科感染性疾病的重要性。经过近一年的努力，以及微生物室的配合，目前儿科微生物送检已符合相关 SOP 流程，并极大地提高了微生物培养的阳性率，这对儿童感染性疾病的诊治以及微生物的认识起到了至关重要的作用。在我每日进行的普儿病房患儿的查房中，以床旁教学及讲课的方式把自己所学尽可能地传授给当地的医生及医学生，并在工作中参与到科室的管理建设中，分享内地的工作经验。通过对相关知识的学习，当地的医务工作者已经很好地掌握了儿童常见疾病的诊疗常规以及技能操作，规范了原有疾病的诊疗常规；掌握了常见儿童感染病原微生物的治疗，抗生素的选择更加趋于合理化。在援藏的一年中，通过援藏形式，已经让当地医生从发现既往不曾认识的疾病，到掌握疾病诊治并最终熟练运用于临床的工作中。例如，目前他们已能了解掌握川崎病、中枢神经系统感染（化脓性脑膜炎、病毒性脑炎）、病毒感染（CMV、EBV 以及其他疱疹病毒等）、特殊细菌感染（绿脓杆菌、伤寒杆菌、肺炎链球菌、大肠埃希菌等）的诊治，完成了第一例化脓性脑膜炎的硬膜下穿刺，学习了儿童头颅影像学的判读。这些都对今后的医疗工作提供了良好的基础。

在科研中积极申请了自治区的自然基金，目前已经获批拉萨市级科研基金，并已开展科研工作。由于高原地区的特殊性，以及医疗资源所限，我们对高原地区的病原微生物的分布并不清楚，而儿科疾病中感染性疾病占据绝大部分。由于微生物学资料的匮乏往往会导致抗生素的不合理使用，耐药的产生对患儿乃至国家都是极为不利的。我们联合检验科和内地权威实验室对高原微生物进行初步的流行病学调查，不仅填补了空白，同时也带动了当地的科研，形成了良好的循环。让当地医生除了会看病以外，也要会用临床、科研两条腿走路，在不断地学习中增加信心，不断进步。通过义诊等方式将更好的医疗辐射到偏远地区，这样才能更好地为当地患儿服务。

在工作的同时，我们也领略了西藏大美的河山。一年的时间是短暂的，但是充实的，是我一生最难忘的经历。一个人的能力是有限的，但付出必有收获，西藏的医疗水平在不断地提高，与国内外交流更加广泛。相信通过国家针对西藏的大好政策和方针，以及一批批援藏医疗队的努力，会为藏族同胞带来更大的福祉，这也是作为一名援藏的医务工作者的那份坚守、那份责任。有家人和领导的支持、朋友同事的关心，哪怕自己度过一个个想家的孤独的夜晚，哪怕我们身体出现一个又一个的异常，我们都坚定不移地坚守着最初的承诺，要让雪域高原的格桑花永远美丽的绽放，为她们的健康保驾护航。

医疗援藏工作总结

首都医科大学宣武医院　李军杰

我叫李军杰，是来自首都医科大学宣武医院神经内科的一位神经科医生。有幸作为“北京市组团式援助西藏医疗队”的一员，我随队于2017年8月1日飞抵拉萨，开始了为期一年的援藏工作。时间飞逝如白驹过隙，历经繁忙的工作和难以忍受的恶劣气候环境，首都机场那热烈而又庄重的送行仪式尚未在脑海中淡去，局领导和医院领导等送行同志的音容笑貌和悉心叮嘱依然回荡在耳边，为期一年的援藏工作竟然接近尾声。伴随着离藏日期的临近，过去一年的情景历历在目。

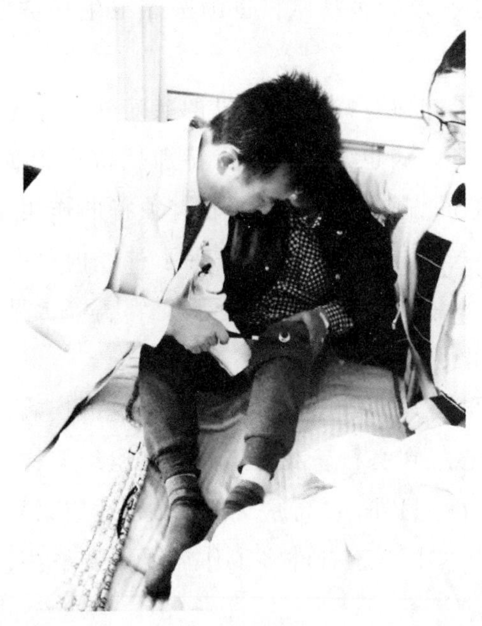

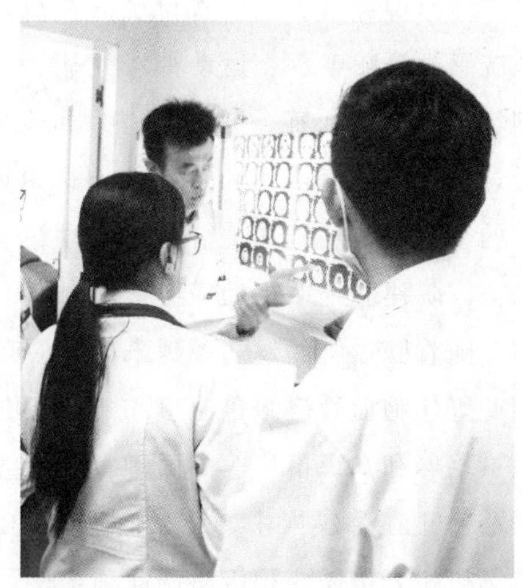

初入拉萨市人民医院，前一批援藏队员在于亚滨院长带领下亲切慰问以及当地医政部门亲人一样的热情接待让我们对高原工作生活有所担忧的心平复了很多。先期主要的工作是熟悉科室环境和学习各种当地规章制度、习俗培训。入藏一周来最大的感觉验证了曾经的拉萨印象：视觉的天堂，心肺的地狱！圣城景色丰富，生活如此残酷：14 名新入藏队友中普遍存在胸闷憋气、失眠、头痛、食欲尽失，半数人血压升高达到高血压的标准，大多数人血氧饱和度为 75% ~ 90% 。这在平原地区难以想象，甚至有队友数次晕倒。但每位同志都没有把身体不适的情况告诉家人，免得让他们担心。好在当地院方领导和医护人员无微不至的关心和照顾让我们逐渐适应下来。

援藏一年，最大的成绩是神经内科专业初具规模，建立了完整的病房管理制度，建立了定期业务学习机制。拉萨市人民医院神经内科专业在我来到以前，完全是空白，没有专业的医生，更没有专业的病房。在医院领导大力支持下，医院制定了专业学科建设的规划，其中包括神经内科专业，暂时设在干部保健科病房，并分派了三名医生作为我的徒弟，从此便开始了一边学习一边干的神经科临床工作了。每周的业务学习，我从最基本的神经解剖开始，到神经系统疾病的定位定性诊断；从手把手教他们神经科专业体格检查，到仔细而严谨的腰椎穿刺操作。结合收治的每个神经科患者，仔细讲解，从病史分析到诊疗规范指南，从流行病学到分级预防措施，从定位定性诊断到纷繁复杂的鉴别诊断，向每个徒弟灌输神经科思维模式。真正培养高原自己的一支高水平医疗队伍，做到变输血为造血，给高原建设一支永远不走的医疗队，也为医疗卫生扶贫、改革“大病不出藏”做最基本的工作。

高原神经科疾患有着自己的特点，除了脑血管病是最常见的疾病外，神经系统感染、帕金森、运动神经元病、神经肌肉病也常常遇见。特别是高原红细胞增多症（多血症）非常普遍，而且在高原脑血管病发病中起着独特的作用。经过一年来规范培训和每周的例行讲课，三名徒弟已经基本掌握了神经内科专业的基础知识、基本技能和基本理论，基本能够独立收治急性脑血管病等常见病。医院建立了严格的病房管理制度，强化了医疗质量。

随着脑血管病发病率越来越高，必将成为未来高原神经内科最常见的疾病，因此筹建脑血管病绿色通道和建立卒中中心势在必行。我已经着手在组织架构、人员培养和知识蓄积等方面做了初步的工作。另外，“高原反应缺血预适应康复中心”正在筹建当中，北京宣武总中心和本中心还有许多工作需要协调解决，后续援藏人员需要积极协调此项工作。

援藏一年来，目睹了西藏地区和内陆地区在医疗卫生方面的差距，深深体会到西藏地区这些年在医疗卫生方面取得的巨大改善和仍处于全国落后水平的局面。这些差别有些是缘于历史原因，有些是缘于文化背景的差别，但更多的是观念的差别。改革开放 40 年来，内陆地区不断派出各种形式的援藏医疗队，为西藏地区人民解决了很多身体疾苦，这体现了以习近平同志为核心的党中央对西藏各族人民的亲切关怀，是加快西藏医疗卫生事业发展的重要举措。北京22家医院派出的组团式医疗援藏专家，深入拉萨市人民医院各个科室，通过规范制度、技术培训、讲课带教等方式，逐渐建立一支永不走的高水平医疗队，不辜负西藏各族人民群众的期望，不辜负组织的重托，不辱援藏使命。医务人员的天职就是救死扶伤，减轻患者的病痛。经过一年的工作实践，我深刻地认识到，援藏工作不仅能够立竿见影地为拉萨人民解除病痛，同时也进一步密切了党中央和各族人民群众的血肉联系。我们就要结束一年的援藏工作，从此也会结下一生的西藏情缘。我们每个人都会永远铭记、珍惜这段援藏经历，在今后的工作中，我们会继续发扬援藏精神，不忘初心，牢记使命，为首都和西藏的医疗卫生事业做出更大的贡献。

龙华心　沪藏情

记上海中医药大学附属龙华医院李凯

2017年7月至2018年7月，李凯作为上海市第八批中期援藏干部，赴西藏日喀则市人民医院建设西藏（西部）中西医结合疾病诊疗中心，协助日喀则市人民医院创“三甲”成功，个人被评为上海市第三批组团式援藏医疗人才首席专家。

李凯医师作为一名民主党派人士，积极响应国家援藏号召，2017年赴西藏自治区日喀则市人民医院，担任中西医结合科主任和学科建设带头人。进藏后，他接连出现头痛、呼吸困难、顽固性失眠，并诱发心律失常等高原反应。尽管如此，他仍坚持全勤上岗工作，尽职尽责，毫不懈怠，受到高度好评。

2017年8月23日首次专家门诊

他是一座桥梁。连通着上海的优质医疗资源，不断输送给西藏。他成功联络并举行首次龙华医院皮肤病科—日喀则市人民医院中西医结合科远程皮肤病疑难病例会诊，为中西医结合科开辟了一种崭新而有效的诊疗方式与途径；成功协调并举办首次龙华医院—日喀则市人民医院西藏中西医结合疾病诊疗中心建设研讨会，进一步推动“以院包科”这一崭新的藏区学科建设模式服务于临床，向纵深发展；成功举办第三届西藏自治区中西医结合珠峰论坛，上海市名中医苏励工作室日喀则市人民医院工作站揭牌，沪藏中医药交流迈入新阶段；2017 年 11 月初，日喀则市人民医院中西医结合科住院收治一名 13 岁恶性血液疾病小患者，病情危急。李凯积极联系同为上海援藏的儿科专家宋之君医生，沪藏两地接力救治患儿。

他是一名“园丁”，为医务人员进行一次次培训和讲座。除常规的医疗工作外，李凯认真履行师带徒协议，每周例行教学讲课，开展多次疾病系列讲座，形式多样，内容丰富。他还应邀担任 2018 年全国西医执业医师考试（日喀则考区）技能操作考核的主考评审官。他教学上一讲再讲，从夏讲到冬，从冬讲到春……他的同事如此评价他：“李老师的讲课是最用心的，临床解读是大片形式的，通俗易懂。授课过程中还对难点、重点反复解说。”

他还是一名学科建设者，切实执行援藏日喀则市人民医院中西医结合科学科建设规划书。科研上积极申报西藏自治区各级各项课题，如申报西藏自治区自然科学基金组团式医学援藏项目，作为课题主要研究人与上海中山医院（信息科鞠睿工程师）开展合作，指导撰写与课题相关文章并进行发表，共申请并开展了三项具有中医特色的临床新技术。

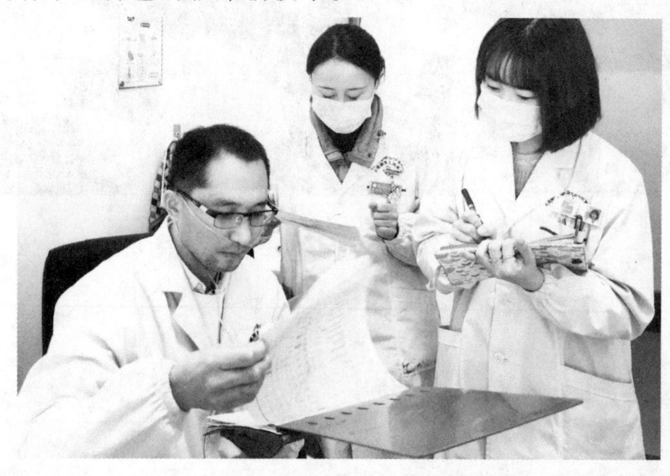

2018 年 3 月 5 日指导医嘱

2017 年，对于日喀则市人民医院是相当不平凡的一年。医院面临搬迁新院和评创三级甲等医院两项重任。李凯医师不辱使命，在新院搬迁过程中，以身作则，不畏高原反应，和科室同仁同舟共济，规划新科室；在创“三甲”期间，他联合龙华医院皮肤科宋瑜主任、科室闫建文主任，高度配合医院，有条不紊地指导科室建设，协助日喀则市人民医院成功创“三甲”。

李凯曾在元宵夜感悟：“我站在四千米壮丽的高原之上，看不见的是故乡，她遥远得令我陌生。看得见的是真情，她就在咫尺与我相伴。暖流能够治愈身体的痛楚，热情能够抹去思乡的纠缠，这何尝不是一种领悟！一段援藏情，一世无悔心……”

他的援藏摄影作品《简·爱》入选上海市医学会医学伦理摄影展，以龙华心、沪藏情，传递和谐医患里的真情援藏心。他认为一年的援藏历程艰辛而快乐，是一生的宝贵财富，在他生命里留下厚重的一笔。

2018 年 3 月 22 日进行全院体格检查培训

不忘初心　牢记使命　托起藏族同胞健康梦

记上海市第十人民医院李宪凯

2017 年，刚援滇回沪不久的上海市第十人民医院心内科李宪凯，积极报名上海市第三批组团式医疗援藏工作，担任日喀则市人民医院心内科主任。他克服高原反应，发扬“高原缺氧不缺精神，海拔高标准更求高”的精神，与当地科室迅速融为一体。

李宪凯根据当地条件和情况，以“帮带式”师徒带教计划为中心，立即制定当地常见疾病的规范化治疗课程，提升当地医生的基础和临床功力。以争创三级甲等医院为契机和脱贫攻坚主要任务，他带领心内科建立日喀则第一个心脏重症监护室（CCU）、导管室，带领心内科、急诊科、放射科等科室开创性地建立了世界海拔最高的“胸痛中心”，开展第一例冠状动脉造影术、第一例急性心肌梗死急诊支架植入术、第一例直流电复律、第一例心包穿刺置管术等多项新技术，成功抢救大量危重症藏族同胞，并以优异的成绩帮助日喀则市人民医院成功晋升三级甲等医院。

9 月底，李宪凯带领科室医生一起抢救了一名大量心包积液的莫啦（莫啦是藏语奶奶的意思）。该患者由祖国边陲康巴县转入心内科，由于牧区偏远而延误就诊，入院时已经大量心包积液并出现心包填塞、低血压症状，随时有生命危险。李宪凯果断及时在床边实施了心包置管并抽取积液后，莫啦的病情即刻趋于稳定，莫啦双手合十表示感谢。经过后续一波三折的治疗，最终患者病情得以控制，莫啦充满感激地用藏语说：“没有共产党派来的医疗队，没有这么好的医生，我的病不会好，如果在旧社会我可能已经走了，感谢共产党！”一句老百姓朴实的话语，却是对李宪凯和科室医生最大的鼓励，是对祖国医疗援藏的高度认可和肯定。出院前，莫啦和他的儿子一起用藏族特有的送“哈达”表达对李宪凯和科室的医生们的感谢之情，并将一面“医德高尚　仁心仁术”的锦旗送给了科室。莫啦感激之情无法用言语表达，随即高兴地唱起了藏族的歌曲，科室沉浸在欢声笑语中。

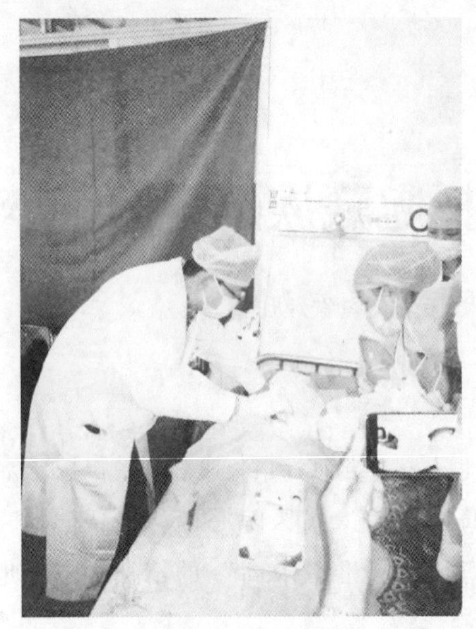

紧急床边心包穿刺
抢救心包填塞莫啦

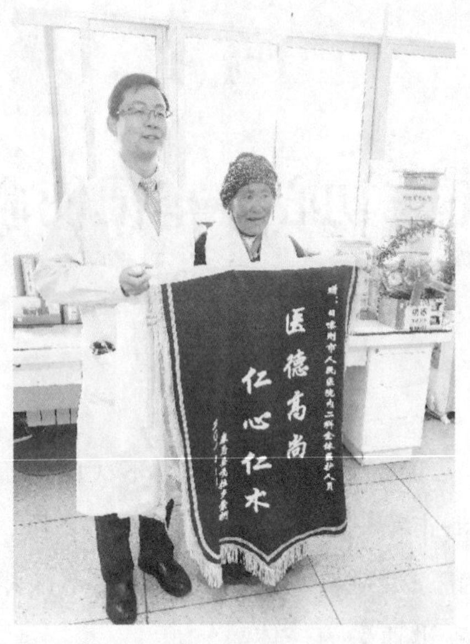

出院时，莫啦献上哈达和锦旗

李宪凯还抢救了一名从江孜县转入的急性广泛前壁心肌梗死、心源性休克患者，经急诊冠状动脉造影和支架植入术，患者从送到急诊科，到开通血管时间，李宪凯只用了不到 40 分钟。他带领心内科医护身穿近 30 斤铅衣，吸着氧气，顶住巨大的生理和心理压力，在 4000 米高原与死神竞速！手术结束后，李宪凯已经全身湿透，气喘吁吁！5 天后，患者顺利康复出院，家属赠送李宪凯等医护人员锦旗和哈达，感谢其救命之恩！

举办“胸痛中心建设”系讲座数十场

李宪凯建立的日喀则市人民医院“胸痛中心”已经成为人民医院的一张名片，这是海拔最高的胸痛中心，救治了众多危重症藏族同胞，获得良好的社会效益。中央组织部干部一局何新宏局长，西藏自治区常委、组织部部长曾万明，第八批援藏干部人才总领队郭强，西藏自治区副主席罗梅，国家卫生健康委副主任王贺胜、医政医管局局长张宗久，上海市政协主席董云虎，上海市卫生健康委黄红书记等领导亲临心内科和胸痛中心，对李宪凯的援藏工作给予了高度肯定。

李宪凯也带领心内科开展科研工作，并申请到西藏自然科学基金《治疗性红细胞单采治疗慢性高原病合并肺动脉高压的机制》和上海市科委《日喀则市人民医院胸痛中心建设》两项课题，发表 SCI 论文一篇；主持上海市第十人民医院“以院包科”，建立西藏西部心血管疾病诊疗中心和十院胸痛中心分中心，召开第一届西藏珠峰心脏病学会议暨急性心肌梗死救治学习班，创立了西藏心脏联盟并担任副主席，促进学科发展。

李宪凯主持第一届西藏珠峰心脏病学会议

入藏第一个月底，李宪凯出现了频发期前收缩（早搏），开始约 1200 次/日。作为心内科医生，李宪凯虽然“心里有数”，没有做心电图，但是真正体验到了那种“心里咯噔、喉咙紧缩感、心脏跳出来”的感觉。夜间不能入睡，李宪凯仍然靠一颗强大的内心和坚定的信念支撑着，经过药物治疗，两个多月后才逐渐缓解。2017 年 12 月，冬季来临，高原自然环境非常严酷且恶劣，李宪凯开始发热、乏力、肌肉酸痛、咳嗽咳痰等不适，发热持续 2 天。起初认为是普通感冒，口服泰诺片后，虽体温有所下降、肌肉酸痛好转，但疾病没有好转，大量出汗导致了虚脱，差点晕倒在宿舍，最后不得不去日喀则市人民医院心内科补液治疗。科室的同事和援藏队友给予了无微不至的关怀，经过一周的治疗，李宪凯疾病缓解，但是仍有严重的咳嗽。2018 年 1 月初回到上海体检时，李宪凯还有咳嗽症状，后来 CT 发现两下肺仍有炎症。这时李宪凯才恍然大悟，原来这次不是一般的感冒发热，而是得了肺炎。

由于李宪凯工作成绩突出，被中共日喀则市委、日喀则市人民政府授予“先进个人”荣誉称号，中共西藏自治区委员会、西藏自治区人民政府授予第三批组团式援藏医疗人才“首席专家”，同时获得上海市第十人民医院“医者善举奖”和“对外援建特别奖”两个奖项。

李宪凯作为一名共产党员，真正做到了“舍小家顾大家”，体现出一名共产党员干部勇于奉献、敢于担当的本色。高原考验着援藏医生的体能和意志。虽然西藏日喀则的地理和气候等自然环境非常艰苦，但是作为一名共产党员，李宪凯不仅有坚强的意志，更拥有一颗强健的珠峰雄“心”，为托起藏族同胞的健康梦，为脱贫攻坚重大民生工程，再苦再累也要坚持！

精准帮扶　快乐援藏

上海中医药大学附属岳阳医院　韩世盛

西藏，对于参加援藏工作之前的我来说，是神秘、美丽、向往且带有一丝敬畏的。然而踏上这片雪域高原，迎面而来的是湛蓝的苍穹、皑皑的白云、藏族同胞热情的笑脸，缺氧似乎并没有那么严重。走进日喀则市人民医院的老院区，我们看到陈旧的医疗设施、感受到相对落后的医疗理念和诊疗技术。尽管如此，我仍然能感受到藏族同胞的真诚、恬淡，对于白衣天使的那份尊敬与信赖。在这里我们立下誓言，要穷己所学为西藏的人们带来健康的希望，带来更多的微笑，为日喀则的医疗卫生事业贡献自己的绵薄之力。

我所支援的科室是日喀则市人民医院肾内科，尚无独立病房与专科门诊，2014 年开设有血透室，是附属综合内科亚专科，仅一名非肾脏病专业主治医师管理血透室并兼任血透室主任，病房同样也没有专科医师。我们援藏工作第一项重要阶段性目标就是成功搬迁新医院后的创建三级甲等医院工作。在创“三甲”工作过程中，血透室作为院感以及医疗质量管理的重要科室之一，是评审组必查的部门。在上海后方母院的关心支持下，我们依照国家血液透析质控规范要求，健全血透相关的医疗制度并且严格实施，制定血透室应急预案、流程、演练，对血透室医护人员定期培训与考核，追溯血透患者医疗数据，统计分析医疗质量，寻找存在的问题并持续改进，督促登入全国透析网络登记系统，形成基础的透析患者数据库等。经过近半年的努力，我们成功取得了创“三甲”工作的胜利果实。

作为对口援建肾内科的上海医生，我的另一项重要的工作就是日喀则人民医院肾内科的学科建设。我从临床诊治规范、医疗操作、专科医师培养、学科发展规划等方面着手进行。在肾脏疾病的临床诊治方面，结合本地肾脏病发病特点，向本地医师系统讲解肾脏病的诊断思路与方法，包括急慢性肾衰竭、原发性、继发性以及遗传相关肾脏病等，并在治疗方面引入上海肾脏病学诊疗规范以及最新国际诊疗指南，规范肾内科的诊疗常规。结合临床病例，着重培养肾内科方向医师的专科理论知识以及临床诊断治疗思路。在肾内科的临床操作方面，开展3项医疗新技术，以提升肾内科的诊断与治疗水平，包括肾内科首例连续性血液净化治疗技术（CRRT），极大提高了急、危、重症肾衰竭的诊治和抢救能力，且此项技术已经被本地血透室医护人员掌握并能独立开展。肾活检作为肾脏病诊断的金指标，是衡量肾内科诊断水平的重要标志。我们开展了日喀则市首例肾穿刺活检术，提高肾脏疾病的诊断能力，使肾内科的治疗向精准治疗迈开重要一步。自体动静脉内瘘是血透患者首选的长期血管通路，也被称为血透患者的另外一条生命线。我们开展了日喀则市首例动静脉内瘘成形术，以改善维持性血液透析患者的生活质量与生存率。对于肾内科的学科规划方面，提出专科医师培养以及外出进修学习、掌握肾内科专科操作、肾内科独立病房与门诊的筹建、肾脏病数据库建设等策略，均已经在逐步开展并取得初步成效。此外，为了促进科室与自治区内外同道的交流与合作，我们还举办日喀则市人民医院首届珠峰肾脏病学论坛暨慢性肾脏病诊治进展学习班，邀请了来自上海、北京以及自治区内的著名肾脏病学专家授课，致力于提升临床诊疗能力与学术影响力。

2018 年 3 月 13 日，日喀则电台健康大讲堂——血尿的诊治

经过上海组团式援藏工作以及医院方面的支持，日喀则市人民医院肾内科已经拥有专科医生 5 名、血透室有血透和血滤机 13 台、CRRT 机 1 台。肾内科主任已经赴上海开展进修学习工作，独立的专科病房与门诊筹建计划已经提上日程。相信人民医院肾内科会朝着“三甲”医院成熟肾内科大踏步前进！

虽然高原自然环境相对恶劣，但是我们的工作热情始终不曾减退。真正结合本地需求展开精准帮扶，让自己微薄的能力有益于西藏医疗卫生事业的发展是内心最快乐的事。一年援藏路，一世西藏情。希望这块美丽的雪域高原能越来越美好，善良的人们越来越健康！

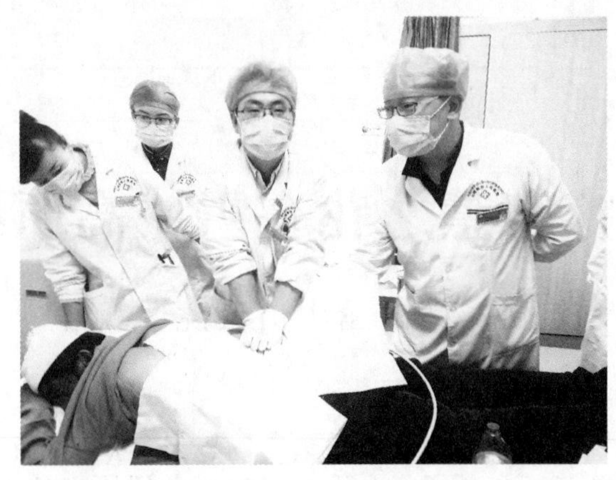

2018 年 4 月 25 日，开展我院首例肾穿刺活检术

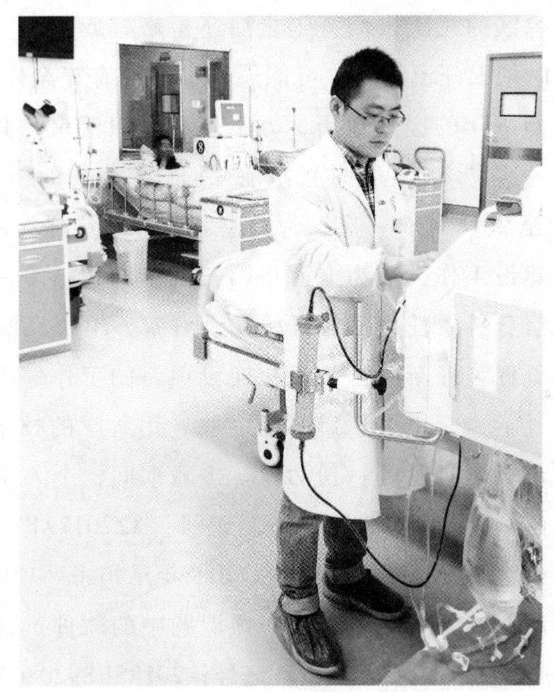

2018 年 5 月 18 日，开展 CRRT 治疗，设定参数

让医疗智慧之花在雪域高原绽放

复旦大学附属中山医院　鞠睿

援藏结束回沪已有三个月了，今天是回沪后返回原岗位上班后轮值的第一个值班夜。中山医院的信息化保障值班工作还是较为繁重的。此时，虽然已经进入寒冬，但经过院区的几次来回奔走之后还是略有疲劳。尽管已经度过醉氧期，但返回办公室时依旧汗流浃背，可能还是身体没有完全恢复吧。夜深人静，此时也难免会联想到一年的援藏经历，万千思绪交织汇聚，其中有着感慨、激昂、怀念、不舍……这应该就是之前援藏前辈们口口相传的援藏情怀吧！

2017 年 7 月初至 2018 年 7 月底，为响应上海市委及院党委的号召，我积极报名参加支援西藏建设工作，成为上海市第三批组团式援藏医疗队一员，担任日喀则市人民医院信息科主任，从零开始建设科室，组织医院创“三甲”的信息化相关工作，并负责管理新院区信息化建设项目的工作，确保了新院区搬迁与信息系统顺利通过了“三甲”医院标准验收，用所学的技术知识为西藏地区的医疗卫生事业建设贡献自己的一份力量。援藏期间，个人中标西藏自治区自然科学基金组团式医学援藏项目课题（项目编号：XZ2017ZR－ZYZ34）；所领导的信息科作为执行科室，分别于 2017 年和 2018 年承担了两项院级课题，其中一项文章已经取得录用通知书待发表，另一项课题中的软件产品“藏汉医助手软件”已获得相应的软件著作权证书（登记号：2018SR892086），先后获得 2018 年度日喀则市委、日喀则市政府颁发的日喀则市人民医院创“三甲”优秀先进个人；2017 年度日喀则市人民医院颁发的优秀共产党员；2017 年度日喀则市人民医院颁发的优秀行政管理者等荣誉；在日喀则市委组织部援藏一年期的考核中，评为优秀等次。这一年的援藏工作，我主要的表现和工作业绩如下。

对援藏工作的思想认识

援藏工作是党和国家为维护民族团结，巩固和稳定边疆，实现祖国长治久安的方针大略。我是一名党员，应以自己的实际行动响应党和国家的号召，积极报名参加了援藏工作。在平均海拔 3800 米，高原反应和强紫外线照射等生存环境恶劣、工作条件艰苦、基础设施滞后、物质条件匮乏、交通极不便利的环境下，无论是对工作、生活、身体都带来了很多困难和挑战。在援藏期间，我克服了各种困难，不怕吃苦，甘于奉献，并带病坚持工作，确保了医院信息化的通畅，为西藏的医疗建设事业贡献了自己的力量。

工作业绩

1. 工作目标

我来西藏工作，目的是确保日喀则医院 2017 年新址搬迁和创“三甲”工作中信息化建设项目的顺利完成，系首位负责日喀则医院信息化建设的援藏专家，一切工作可以说从零开始。在 2017 年下半年这段“最紧迫”的时间里，进藏之初就做了充分的准备，已经对医院当前在用系统、在建新系统、临床信息需求、管理需求等几个方面开展了调研。为了确保新信息系统在医院创“三甲”前投入正常使用，我制定了 2017 年新信息系统建设的总体工作目标：确保医院在建的新信息系统按时保质完成，为新院区创“三甲”工作及运营提供信息化支持，为今后进一步地信息化建设打下基础。最终，医院分别于 2017 年 10 月和 11 月完成了搬迁与创“三甲”工作，信息系统也在短时间内如期实现了上线和功能扩充，确保了医院这两项重大工作的顺利进行。

2018 年，我考虑到医院今后的发展，在抓紧完成新系统项目的建设完善、确保系统运维、引进信息化人才和队伍建设的同时，在剩下的援藏时间内从科研、安全、移动医疗、行政管理等方面科学合理地拓展系统业务范围，发挥信息智能工具优势，为若干年后将医院打造成为西藏自治区的医疗信息化模式的标杆这一愿景打下坚实基础。希望能为自治区其他地区和城市医院信息系统模式所复制，把技术留在西藏，造福于西藏人民。

2. 工作内容

基于以上总体工作目标，目前我开展的工作内容主要有以下七个方面。

（1）做好日喀则医院新信息系统建设和科室管理的相关规章制度与技术规范

当前在建新信息系统应该符合医院运行流程，充分参考各科室（用户）的意见，也考虑西藏地区的特殊情况，在搬迁至新院区和创“三甲”工作开展之前将核心功能模块交付上线使用。通过加强制度建设，确保信息系统部门使用、日常运维、系统设备操作、数据及区域访问授权、应急事件预案等有章可循，同时确保创“三甲”评审工作的顺利实施。

（2）确保新信息系统所涉及的软硬件故障维修能及时响应

鉴于医院信息科缺少专业技术人才，医院新信息系统维护采用了厂商外包服务的方式并联合当地硬件维修厂商，确保软件和硬件故障的及时响应。此外还制订了科室需要指定相关的应急处置流程，并在通信技术上建立了异地远程协助维护的手段，技术人员能通过远程协助系统维护。

（3）开展科室持续质量改进

基于已有的院内培训基础上，将 PDCA（全面质量科学管理程序）管理工具和方法带入科室的管理工作中。通过 PDCA 管理方法解决和改进科室业务中存在的问题与不足，及时将问题通知到部门或个人，追溯问题的改进与成效。

（4）严明科室纪律

严明科室纪律，要求科室人员不得无故迟到、早退、离岗，切实保障医院信息科工作质量与系统的正常运行。制定操作规程，要求上系统的每个成员必须遵照技术操作规程进行，对敏感地区和信息的访问必须有流程、有记录，对每日的工作内容进行记录并按时上报。

（5）确立信息值班制度

考虑到信息系统对医院正常运行的重要性以及系统运行可能存在的不稳定性，通过制定和执行信息科值班制度形成驻院信息值班机制，对系统故障做到及时到场响应。

2018 年 6 月 10 日，在机房进行服务器巡查

（6）人才培养

日喀则市人民医院信息科目前只有 3 名在编员工，其中计算机专业的仅 1 人，人员的技术构成不理想。因此，我根据现状，平时注重科室人员技术业务学习和培训，进行点对点的培养，希望逐步实现从“输血”到“造血”的转变。如今，科室所有成员都已经熟悉新信息系统的操作和相关问题的处理，也能够独立地分析、思考和解决问题。

（7）专家指导与交流

我科分别于 2017 年 8 月和 2018 年 6 月举办了两届“日喀则市人民医院智慧医院”论坛，共邀请了十余位来自全国各地医院与 IT 业的信息化专家赴日喀则市人民医院指导信息化建设与规划工作。其间，专家们除了开展授课与讲座外，也对日喀则市人民医院当前的信息化建设成果予以了肯定。同时也提出了一些宝贵意见。专家们都表示，对医院将来的信息化建设会予以积极协助和指导，也欢迎日喀则市人民医院将人员派往内地进行培训交流。

3. 努力克服和解决工作中遇到的困难

2017 年，因日喀则新院区其他基建工程进度缓慢对信息系统建设进度造成的影响是我那段时间工作的难关，事关医院新址能否顺利搬迁。在充分了解情况后，我通过与领队、院方以及承建方的沟通，合理地制订了信息系统的上线计划。例如，在时间有限的情况下，对医院各科室开展详细的信息系统需求调研，召开多次软件功能需求分析会，与系统软件厂商之间进行沟通和交流，针对一些棘手的问题向原单位——中山医院及其他医院相关专家请教和咨询，最终得到了很好的解决，做到系统部署之前，尽可能地发现、评估、解决可能会遇到的各类问题，从而为上线使用阶段节约时间。此外，积极协调和管理好各类可能出现的状况和项目风险，确保了医院信息化建设和上线工作的有序、稳定、可靠。

个人发展

我对自己在援藏一年期间，就个人的成长做以下总结：

1. 提高业务水平

我认为这一年的援藏工作，主持医院的新信息化系统建设，既是能力的输出也是知识的输入，借此机会对自己的业务能力查漏补缺。

2. 开展医疗信息化相关课题研究

在援藏这一年的时间里能够对自己的知识进行纵向补充，并借助这次系统建设组织者的机会进行医疗信息化方面的课题申报。除了带动本科室成员参与外，还与临床、管理科室进行合作。针对自治区医疗模式及现状，做出有价值的研究课题。

3. 锻炼提高自己的行政管理工作水平

作为一名科室管理者，必须具备一定的行政管理水平。因此，在这一年中我加强相关领域知识的学习，提高自己的综合管理能力，进一步加强科室的团结，激发科员了解学习新知识、新技术的动力，更加科学、高效地管理好科室，服务于医院。

情满高原建功雪域

同济大学附属同济医院　左洪鹏

2018 年 7 月 29 日，是我们上海市第三批“组团式医疗援藏队”结束医疗援藏任务，重返上海的日子……

而今，回想过去的一年援藏历程，我心潮澎湃，感慨良多……

2015 年，中央第六次西藏工作座谈会上，正式提出人才组团式援藏的举措，开辟了对口支援西藏工作的新征程新境界。党的十八大以来，以习近平同志为核心的党中央，提出“治国必治边，治边先稳藏”的重要战略思想和“加强民族团结、建设美丽西藏”的重要指示。正是在这样的历史背景和现实情况下，上海市“组团式医疗援藏队”应运而生。我们医疗队肩负着上海市卫生计生委对口援助日喀则市医疗卫生事业的重任，满载着上海市民对藏族人民的深情厚谊，任务艰巨，使命光荣。

第一批、第二批的同事都为日喀则市人民医院做出了巨大贡献。2017 年 7 月，我们第三批队员到达后，发现任务更加艰巨和迫切——3 月后迁址新院，4 月后创评“三甲”。

了解藏族风俗习惯，熟悉高原风土人情，尽快投入新工作，融入新环境；抗击高原反应，我们兄弟同心，彼此鼓励，互相帮助，虽如身处炼狱，仍要浴火重生；多少日日夜夜，我们吸氧奋斗，完善制度，理顺流程，夜以继日，不眠不休；乔迁新院结束，一个个灰头土脸、筋疲力尽，却止不住一阵阵欢呼雀跃；科室全员上岗，加班抓紧操练，熟悉各种仪器、设备，加强同事配合、协调，不断发现问题、总结经验、解决问题……终于，创评“三甲”成功，我们如释重负，欲语还休，相顾无言，喜极欲泣。

我们急诊科创造了人民医院急诊历史上的几个第一：拥有第一台有创呼吸机，拥有第一台中心监护仪，拥有第一间 EICU，拥有成建制的内、外科抢救室，拥有高级生命支持的动静脉测压装置……

我们门诊部提出“暖心门诊”，开创内科分级、分科门诊，创建多学科综合门诊（MDT），开展门诊应急演练、群众医疗知识普及……

相继而来的，“十大医学诊疗中心”“院士工作站”“胸痛中心”第一例急性心肌梗死的急诊冠脉介入手术、第一次成功的猝死病例的心肺复苏……

还有筹建中的“卒中中心”“创伤中心”……

在中央组织部的直接领导下，在上海市卫生健康委、日喀则市卫生健康委的支持下，在上海市所有三级甲等医院的全力协助下，在各位医院领导、主任及所有同仁的共同努力下，我们上海市第三批“组团式医疗援藏队”圆满完成为期一年的医疗援藏任务，载誉而归！

难忘记，党的十九大召开之际，大家在党旗下庄严承诺：“不忘初心，牢记使命，精准帮扶，砥砺前进，为西藏医疗卫生事业发展不懈奋斗！”

难忘记，在植树节，大家勠力同心，倾注心血，种植每棵幼苗，次日喜降瑞雪，唯愿幼苗存生，绿满高原……

难忘记，“3·8”医院拔河比赛，急诊科众志成城，攻坚克难，披荆斩棘，勇夺桂冠……

难忘记，珠峰急诊论坛，多位专家不远万里，传经送宝，推动医疗合作交流，护佑藏区人民健康……

难忘记，各级党政领导，以各种方式，来电来函、赴藏抵院，带来诚挚问候和良好祝愿……

难忘记，各位同事亲朋，你们的默默关注、无私帮助……

难忘记，妻子的鼎力支持，用羸弱的身体把家里照顾得井井有条，尽免我的后顾之忧……

难忘记，欢送会上，殷切的希望，贴心的叮嘱；不舍的神情，湿润的双眸；紧握的双手，热烈的拥抱……

雪域高原，海拔高，我们的工作热情更高；

雪域高原，缺氧，但我们不缺精神！

明晰礼仪，做藏文化的传播者；

精诚友爱，做民族团结的实践者；

坚忍奉献，做组团式事业的接力者；

政治清醒，做感党恩的引领者。

过去，即将成为历史；现实、未来，还需我们继续谱写。我一定会总结过去，立足现在，展望未来，在卫生健康委各级领导的关心、指导下，在医院科室主任的带领、帮助下，在全体同事的协助、配合下，再接再厉，再攀高峰，再铸辉煌！

来过，就不曾离开！

2017 年 9 月 3 日门诊教学

援藏无悔

上海交通大学医学院附属上海儿童医学中心　奚文华

2017 年注定是不平凡的一年。7 月初，通过自愿申请和组织审查，我有幸被上海交通大学医学院和上海市委组织部选派，与来自上海各三级甲等医院的 27 名医务工作者一起，来到西藏日喀则市人民医院，开始为期一年的援藏工作，担任西藏日喀则市人民医院医学装备部主任。

日喀则市位于青藏高原西南部，平均海拔在 4000 米以上，建城至今已有 600 多年的历史，是西藏第二大城市，是后藏曾经的政教中心，也是历代班禅的驻锡之地。境内有“世界第一高峰”——珠穆朗玛峰，日喀则同时还有另外一个美称——“最如意美好的庄园”。

雪域高原空气稀薄，氧气含量少，紫外线辐射强。初到日喀则，我的高原反应还是相当明显的，走路好似踩着棉花，头痛头涨，心率快，胃口不佳。经过短暂的休整，我很快克服了高原反应所带来的各种困难，全身心地投入紧张的工作中。高原反应并没有磨灭我的意志，反而让我深切地感受到了日喀则人民所处的恶劣环境和艰苦条件。

从 2017 年 7 月至 10 月中旬，在短短不到 4 个月的时间里，我深入临床、医技科室，全面了解各科室医疗设备运行情况，完成了全院的医疗设备搬迁、留置、报废的工作，同时配合好财务科、第三方审计公司做好资产评估工作，以确保国有资产账目明确，并于 10 月底顺利完成了新院的整体搬迁工作。

9 月中下旬起，新院区医疗设备逐步到位，但是医院主体建筑还未交付，需要协同施工方、临床科室及供货商安排设备安装、调试及人员培训工作；联系自治区环保厅具有第三方有资质的公司，对我院新安装的射线装置进行辐射安全监测，完善“辐射安全许可证”申请的前期工作准备，并在 11 月初顺利办理了新版“辐射安全许可证”。

各临床科室搬入新院区病区后，部分科室面临着拆分、调整，对于已经购置的床单元，汇通医务科、护理部进行二次分配，同时也征询临床科主任的意见，在搬入新院区时，基本满足临床科室工作开展的需求。

由于日喀则市质监局本身的设备及人员的条件限制，不具备对我院医疗设备做计量检测的能力，加之我院新旧设备，需要做计量强检的设备较多。入藏后多方积极联系，在10月中旬，上海计量检测单位赴日喀则市给当地医院医疗设备做计量检测，为我院近200多台设备完成了计量检测及张贴强检合格证，并在创“三甲”前期，顺利取得从上海寄来的强检报告，为“三甲”现场评审工作成功打消了一项E条款。

对于第三批组团式援藏专家提出的设备购置需求进行了摸排，组织医学装备管理委员会讨论了采购方案，上报院领导班子审议，并通过财政局进行公开招标流程。

因为2017年新购置的设备数量、规格、种类特别多，如何有效管理、掌握设备的信息，我们根据2017年8月药监总局颁布的《医疗器械分类规则》，将5万元设备设计了唯一标识码，并将标识码张贴到全院科室病区的设备上，完成了全院医疗设备清单。以及为了后期管理信息化，我们完成了全院应急医疗设备的分布图。

比“硬件”更重要的是“软件”。在新院完成搬迁后，紧接着就是日喀则人民医院创“三甲”工作，为了在短短一个月的时间完成冲“三甲”的任务，我和设备科其他几位同事，主动放弃周末休息时间，每天加班加点，整理文档直到凌晨一两点，有时连饭都顾不上吃。按照“三甲”医院评审的要求，完成设备的测量、评估以及文件的整理归档，在11月27~30日的现场评审时期，很好地向评审专家展示了医学装备科在现代化管理方面的信心。

一年的援藏工作，我没有什么壮举及丰功伟绩，但我真真切切地用心投入日喀则市人民医院的工作中。援藏必定是我人生中难忘的一段经历，援藏无悔。

用坚守诠释初心 用真情援助西藏

记上海市中医医院干光磊

2017年7月作为第三批组团式医疗队员，干光磊赴日喀则市人民医院，担任总务科主任，分管总务、基建、保卫工作。该同志一贯能坚持党的基本路线，政治思想坚定，克己奉公，爱心助人，事事处处能发挥先锋模范作用。在援藏期间，积极投身创“三甲”、搬迁新院、后勤管理改革、医疗联合体后勤中心建设、创新开展后勤教学、加强本土人才建设等工作，努力学习藏族文化，体现了上海医疗系统后勤管理优秀年轻干部的风采。

勇担重任，争创“三甲”，完成新院区搬迁工作

日喀则市人民医院管理基础相对薄弱，面临医院创建“三甲”的重要任务。干光磊同志带领科室人员从制度建设着手，对照“三甲”医院评审标准，制订、修订管理条例25项，夯实后勤管理的制度基础。规范后勤管理操作流程，开展外包服务考核，完善后勤设备记录台账，组织突发事件应急响应演练，共组织开展各类培训、讲座、演练15次。通过努力，医院以高分顺利通过“三甲”评审，消防工作、突发事件应急响应、设备维护等多处多次被评审专家作为医院工作亮点。干光磊同志被评为日喀则市“创三甲先进个人”。

日喀则市人民医院计划11月前完成整体搬迁，然而新院区在7月还未正式完工。搬迁工作时间紧、任务重。作为医院整体搬迁实施部门的负责人，干光磊同志在刚刚抵达日喀则后第三天，克服高原反应，加班加点积极投入搬迁工作中。他与施工方签订“施工进度责任表”，安排专人监督，实行日程管理。制订详细、周密的医院整体搬迁实施方案，对内多次召开内部推进会并模拟搬迁演练；对外积极协调市电信、交警、城管、绿化、环保等多部门共同参与，保

障新院区正常运行。2017 年 10 月，完成新院区整体搬迁并运行正常。

奋力攻坚，勇于创新，实施医院后勤管理改革

面对西藏地区第三产业落后、社会分工薄弱、劳动关系复杂的状况，干光磊同志大胆实施医院后勤管理改革，借鉴上海先进的医院后勤管理理念，结合当地实际情况，率先完成保洁保安、层流净化、食堂的后勤服务社会化建设，成为高原地区首家实现后勤服务社会化的医院。同时，成立医院外包服务评价考核工作小组，并下设医院后勤服务、设备维护管理委员会、医院膳食管理委员会，定期对外包服务公司进行服务质量评价、监督和满意度调查，根据结果进行奖惩和整改，持续改进服务质量，提高患者和职工的满意度。

由于西藏高原地区物资、专业技术人员相对匮乏，干光磊探索建立区域医疗联合体后勤管理中心，利用中心平台惠及偏远山区，提高日喀则市萨迦县人民医院等 5 家县级医院应对突发事件的处置能力和后勤服务管理水平，在动力能源保障、物业维护运行、基建工程建设等方面，保障医院正常运行。管理中心按后勤专业设立后勤设备保障等 5 个分中心，制定质控标准及明确成员单位职责。建立后勤应急响应机制，组建后勤技术人才保障队，将后勤专业技术人员及特长、联系方式、大型设备信息、维保单位及服务质量考核结果等信息和数据在成员单位内部实行共享，实现集团化运作，互助互联。根据高原医院实际情况，建立高原地区医院后勤管理服务体系及评价指标，提升高原医院后勤管理工作能力和效率，填补高原地区医院后勤空白。作为项目负责人开展管理课题《高原地区医院后勤社会化管理改革的研究》。该项目中标西藏自治区自然科学基金项目。

从“输血”到“造血”，加强后勤人才队伍建设

由于西藏地区后勤管理及专业技术人员匮乏，干光磊始终致力于加强当地的后勤专业人才建设。通过外包专业技术员和外聘技术顾问结对当地技术人员，建立“师带徒”模式，实行一对一帮带，定期分组开展技能比武，对学生和老师带教情况进行评价，提升技术水平，打造了一支本地化、有能力、有信仰的医院后勤团队。干光磊与日喀则市人民医院3名科主任、副主任签订带教协议，手把手带教传授医院管理知识及实际项目操作，调动藏族同胞积极性；牵头申报两项省部级管理课题，中标一项省部级管理课题，另有一项“医院后勤中央调度项目建设”正在评审中；召开一次医院后勤管理学术论坛，实现了后勤科研学术零突破。

强化节能意识，争创绿色环保型医院

搬入新院区后，医院规模、设备都有大幅度的增加，每月能耗支出较老院区有较高增长，节能降耗提高能源利用率变得非常迫切。干光磊组织后勤团队在调研论证后制订了适用于当地的节能降耗方案，以宣传、优先采用节能电器、制订节能降耗管理制度、利用高原独特优势——屋顶光伏发电等方法，切实把节能降耗工作落到实处，有效提高能源利用效率、争创绿色环保医院。

我的援藏医疗扶贫路

上海交通大学医学院附属第九人民医院　乌丹旦

作为第三批组团式援藏医疗队的一员，作为上海口腔援藏的第一人，怀着期待而略带紧张的心情，我于 2017 年 7 月踏上了对日喀则医疗援藏扶贫的道路。经过短暂的休养，我就以高昂的斗志进入了临床工作。医院要求 11 月必须创“三甲”成功，而我被聘为日喀则市人民医院口腔科主任，这是组织对我的信任，也是考验。初步了解医院的口腔科现状，发现这里的诊疗水平较上海相差太多：门诊流程不规范，急诊管理混乱，病房治疗水平低下。这些使我觉得肩上的担子重大。我静下心来，详细制订了口腔科创“三甲”计划。通过多次讲课和培训，帮助科室完善了门诊常见病诊疗常规，提高了科室急诊诊疗水平，开展了口腔颌面外科三级、四级手术（如唇腭裂修复术、颌面部多发骨折复位内固定术、面神经吻合术、腮腺肿瘤等）。同时尽自己所能帮助藏族人民解除病痛，并将自己的专业知识和临床技术传授给当地医生。每当看到患者治愈出院时面带纯朴而感激的笑容，戴上患者因得到你的治疗而献上的洁白哈达时，你会觉得这是最好的嘉奖和鼓励。10 月底，嫣然天使基金会又联系了我，希望在日喀则市人民医院免费为藏族唇腭裂患者进行慈善手术。我怀着巨大的热情，积极联系医院相关部门和科室，同时安排患者体检、入院、手术。总共对 70 余例唇腭裂患者的筛选，有 19 例患儿成功完成慈善手术。3 天的手术期间，我每天带病坚持手术到晚上八九点最后一台结束。嫣然基金活动结束后，我感冒加重，身体发热乏力、咳嗽气喘、胸闷缺氧。然而，看着一个个唇腭裂患儿治愈后甜美的微笑，我觉得能用自己的专业技术帮助藏族患者无比光荣，对得起自己研究生毕业时的宣誓：“我决心竭尽全力除人类之病痛，助健康之完美，维护医术的圣洁和荣誉。救死扶伤，不辞艰辛，执着追求，为祖国医药卫生事业的发展和人类身心健康奋斗终生。”

但我也有感觉无助的时候。藏民普遍信奉佛教，佛教的核心思想就是与人为善、因果报应。因此，藏民比较淳朴，对于生老病死也认为是因果轮回，对疾病比较坦然，这也使得这里的很多患者就医意识较差，不能及时治疗，延误治疗时机而影响生活质量甚至生命。记得有个五十多岁的大爷，因吞咽困难就诊，查体发现软腭巨大恶性肿瘤，几乎堵住口咽腔，可见颈部淋巴转移肿大。追问病史，得知一年多前出现吞咽不适一直未就诊。当我告知他和家人是恶性肿瘤，而且已经晚期，预后不是很好，这里条件有限无法给予很好治疗，需要立即转内地知名医院治疗时，望着老人期盼而又失望的眼神，心里顿时觉得提高藏民的就医意识是多么重要，这又加重了我们援藏医疗队员们的使命感。

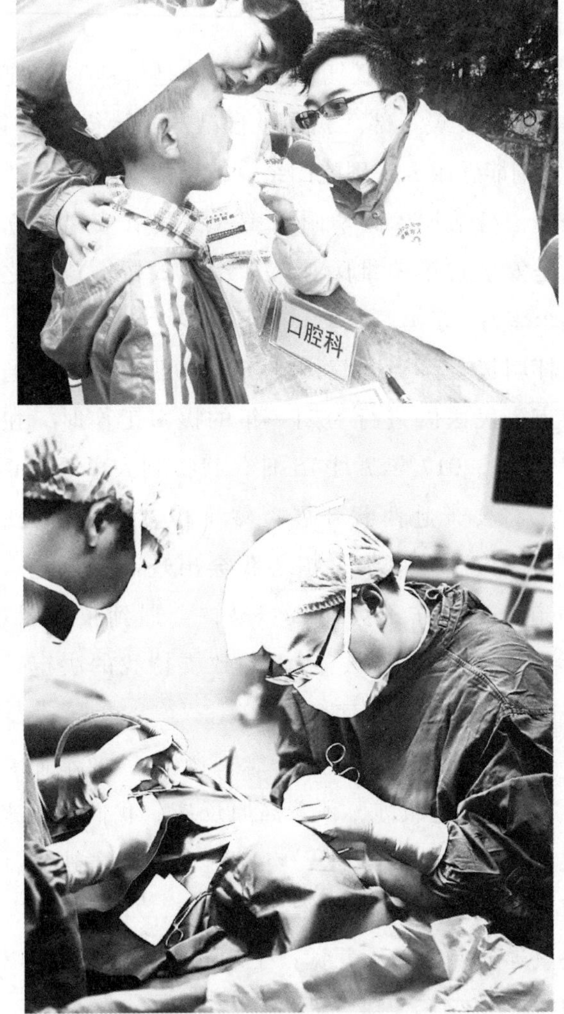

一次援藏，一生藏缘。这一年的援藏经历将是我这一生刻骨铭心的记忆。日喀则之情将永远缠绕我心。缺氧不缺精神，我将本着“团结、友爱、互助、平等”的真情援藏，为西藏医疗卫生事业的发展贡献自己的一份力量。

医疗援藏路　雪域高原情

安徽省立医院　屠强

“在高原上工作，最稀缺的是氧气，最宝贵的是精神”，习近平总书记的重要讲话激励着一批又一批的援藏干部。我通过自己的实际行动，诠释着“特别能吃苦、特别能战斗、特别能忍耐、特别能团结、特别能奉献”的“老西藏”精神。

我叫屠强，是中国科学技术大学附属第一医院（安徽省立医院）信息中心的一名工程师，也是安徽省第三批医疗人才组团式援藏成员之一，在山南市人民医院已经工作 9 个多月。

有一种家国情怀叫援藏。当医院接到安徽省卫生计生委通知，选拔优秀医疗人才到西藏山南市人民医院进行为期一年的援藏工作时，在征求家人的意见后，我第一时间报了名。2017 年 7 月 15 日，我接到人事处电话，被告知体检合格、组织审核通过，将要奔赴西藏开展援藏工作。那一刻我的心里有些向往，更有一些忐忑不安。家人和同事都很担心我会出现高原反应、食欲不振、身体不适等，自己也知道入藏工作不会那么容易，会遇到很多困难。在孩子尚小，父母年迈且身体不是很好的情况下，家人一致支持我的决定，对此我产生愧疚之情，我知道这是家人在帮我完成使命。

进藏，既是一种勇气，也是一种信念；既是一种奉献，更是一种收获。2017 年 7 月 21 日，经过长途跋涉，顶着高原反应，我们终于来到了目的地西藏自治区山南市。这里平均海拔 3700 米，空气稀薄，高寒缺氧，自然条件十分恶劣。医疗队同事们都出现了不同程度的高原反应，如流鼻血、头晕、喘不上气等。我更是严重缺氧导致晚上睡不着觉，平均心跳都在每分钟 120 次以上、血氧饱和度更是不到 80%。

吃着抗高原反应的药物，靠着队员们彼此之间互相鼓励，经过身体调整和适应，我便迅速到山南市人民医院开展信息化建设工作。克服困难，转换角色，发挥专长。通过几天的调研，我逐渐摸清日喀则市人民医院在用系统、临床信息需求、管理信息需求等方面存在的问题，并从多个方面，展开具体援助工作。

学科建设上，根据信息科实际情况制定中长期发展规划；科室管理上，规范信息科管理、规范信息科工作流程、建立信息科岗位职责等制度；“三甲”创建上，按照《2017年西藏医院评审标准实施细则》，梳理信息科指标，并将任务细化分解到个人，在“三甲”初审中得到领导好评；人才培养上，加大培养信息科主任医院信息管理、业务管理工作的能力，指导学员撰写医院信息化论文两篇、申请科技项目一项。此外，我还顺利完成医院信息化项目二期建设工作负责医院新址智能化建设。

援藏工作每一天都很充实，但也充满了挑战。2018年1月21日凌晨1点多，刚挂断给爱人的电话就接到医院机房服务器出现故障的求救。刚刚还甜蜜的心情，此时突然阴暗了下来，我一下子意识到问题的严重程度。我赶紧穿衣，打车到医院，一刻也不敢耽搁。因为我知道服务器故障意味着什么——医院正常业务中断、多年数据丢失，这对医院来说无疑是个灾难，对于信息科员工刚树立的自信来说是一个沉重的打击。到医院听取机房值班人员情况汇报后，我赶紧着手处理服务器故障。系统没有反应死机了，重新启动后找不到硬盘，仔细检查后发现RAID卡找不到了。重新换上硬盘后，系统还是进不去，现象依旧，我重启到滚动进度条，经过漫长的等待，系统却又自动重启了。如此反反复复，我如坐针毡。此时已经是凌晨5点多了，周一是医院业务最繁忙的时候。如果服务器故障问题不能解决肯定会影响医院业务正常运转。“绝不能影响早上的医院业务”，我对自己下命令。心要静下来厘清思路，不能着急。心逐渐平静下来后，我重新分析梳理，硬盘已经没有问题，RAID5状态OK，硬盘同步也完成，硬件方面已经没有问题；从软件着手，问题症结果然在此。经过一段紧张忙碌的修复的工作，早上7点30分，故障终于得到解决。此刻我终于松了一口气。紧张的情绪在这时终于得到了释放。我抬头看看窗外，天已亮，天空湛蓝，看到每个人都觉得特别亲切。

援藏是一种凝聚目标与使命的责任。每个人的身后，都有鲜为人知的艰辛和难言的苦楚。远在西藏，照顾不了家庭，照顾不了子女，也无法孝敬父母，思念亲人的时候只能打打电话。但作为医疗人才组团式援藏的一分子，我无怨无悔。在思想上，我严格要求自己，时时刻刻以“进藏为什么、在藏干什么、出藏留什么”反躬自省，持续提升自己。在接下来的援藏时间里，我会始终铭记习近平总书记的谆谆教诲，通过实实在在的行动继承和发扬“老西藏”精神，按质按量完成各项工作任务，不辱使命，为山南百姓的健康，为西藏的建设发展贡献自己的力量。

一次医疗援藏路，一生雪域高原情。援藏我将永远在路上！

怀抱初心　倾力援藏

记山南市人民医院田仰华

夜空、繁星、山影，
枯树、飘雪、犬声，
都跟路灯一样寂寥，
路上是我长长的身影，
留下一串延伸的足迹……

一年援藏路，终身援藏情。这是安徽医科大学第一附属医院医学博士、副教授、副主任医师、研究生导师田仰华在援藏即将结束时写下的一首打油诗。他依依不舍作别昔日的同事和熟悉的工作地方。

作为一名党员、一位援藏干部，田仰华说，回到原来工作岗位之后，将通过远程系统和山南的同事们紧密联系。“我会和身边的人分享我这段难忘时光及援藏的意义，鼓励更多的人来到西藏，来到山南，发挥自己的特长，为建设更好更美的雪域而努力。”

“援藏是艰苦的，但我们背后的家庭更是在默默付出”

田仰华是安徽省杰出青年基金获得者，安徽省学术技术带头人后备人才，安徽省卫生计生委青年领军人才，国家卫生健康委脑卒中防治中青年专家，中国卒中学会青年委员会委员兼认知障碍委员会常委，中国医师协会青年委员会委员兼认知障碍委员会委员。

2017 年，他结束了一年的出国学习，回国不久，规划着如何用新技术为病患解除痛苦。此时，妻子身怀六甲，7 岁的儿子就读小学一年级。当援藏任务下来时，他作为丈夫和父亲，不纠结是假的。他明白援藏后将面临的难题，妻子生产时无法陪同、儿子学习不能辅导、父母年事已高更需要照顾等诸多事宜。

怎么办？他也焦虑纠结了一周，反复琢磨平衡这些矛盾的方法。

“我睡不着的时候就会看关于西藏的新闻，一遍遍不停地看。看完就不自觉想起小时候的自己，在艰苦的条件里读书，接受过那么多人帮助。现在西藏的老百姓需要我，我没理由只为自己家考虑，那里有千万家需要医生。”田医生说起刚接受援藏任务时候的想法。

他最终决定援藏，带着不忘的初心走进雪域高原！为落实中央组织部组团式援藏“以院包科”的政策，他作为安徽医科大学第一附属医院神经内科第二名援藏队员接力来到这片雪域高原，开启一年的援藏工作。进藏之后在组织的信任下，任山南市人民医院党委委员、副院长、内二科科主任等职务。

到西藏后第 3 个月，2017 年 10 月 16 日的凌晨，他突然接到妻子电话。“我……我产前出血了……”妻子紧张得话都结结巴巴。他明白妻子有过前置胎盘大出血的经历，作为医生更加明白那一刻的凶险，顿时担心了起来。

妻子到医院以后自己办理住院手续。由于出血不止，手术持续了 3 个多小时，可是妻子没告诉他，怕他担心。他明白妻子的苦心，情况再危急也依然要严守组织纪律。

田仰华第二天按程序走完请假程序。当他赶到妻子身边的时候，已经是次日凌晨。

当他看到妻子坚强的笑容，看到紧皱眉头的婴儿时，内心的愧疚无以言表。

他对妻子说：“对不起。”

妻子安慰说：“没事的，你看二宝紧皱的眉头，好像也生你的气了。”

田仰华说：“非常希望孩子长大了能理解爸爸的抉择。一年来接触了很多援藏的干部，对每一名援藏干部来说，家人是他们最牵挂的。真的是一人援藏，全家人艰辛。家人远比我们付出的更多。”

“我得克服高原反应，尽快填补山南脑梗死治疗空白”

一起援藏的队员经常开玩笑说：“田主任对各种安眠药和降压药最有发言权。”玩笑背后是他长期异常严重持续的高原反应。

虽然对高原反应早有思想准备，但进藏后异常严重持续的高原反应却是始料未及的！持续血压升高，舒张压在 110mmHg 以上、剧烈头痛、心慌以及严重的失眠伴随着整个援藏过程，影响着他的正常生活和身体。他在尝试了多种方法都没有改善的情况下，不得不每天服用多种降压药和安眠药。

虽然他每天都在和高原反应做斗争，但仍以时不我待的精神努力做好每件工作，为山南医院创“三甲”做出极大技术贡献。

他说：“技术援藏是一方面，其实，观念和理念的改变，也许才是最重要的。脑梗死是高发病和常见病，必须尽快填补山南治疗空白。”

脑梗死是山南的高发病和常见病，静脉溶栓治疗作为目前国际公认最有效的治疗措施，在山南仍然是空白。在援藏期间，他以关键技术为引导，培养当地医生提升诊疗水平。

一天，刚刚到办公室，急诊科打电话请求会诊，一名老人被家人发现昏迷在家中。经过仔细询问病史和体格检查，他根据自己的临床经验判断患者为急性脑干梗死。他跟家属沟通之后，实施了静脉溶栓术，一小时后患者转为清醒，四肢均能活动。出院的时候家属送了锦旗表示感谢。

以前类似的患者由于病情较重，很多患者都放弃治疗了，或者选择了去寺庙祈祷，延误了治疗时间。神奇的治疗效果再次让急诊科医生信服，纠正了他们的治疗理念和快速处理的能力。

他感慨地说：“挽救一个患者，其实就挽救了一个家庭，避免家庭因病返贫，才是最大的民生，也是作为一名党员医生的初心所在和最大的成就感。”

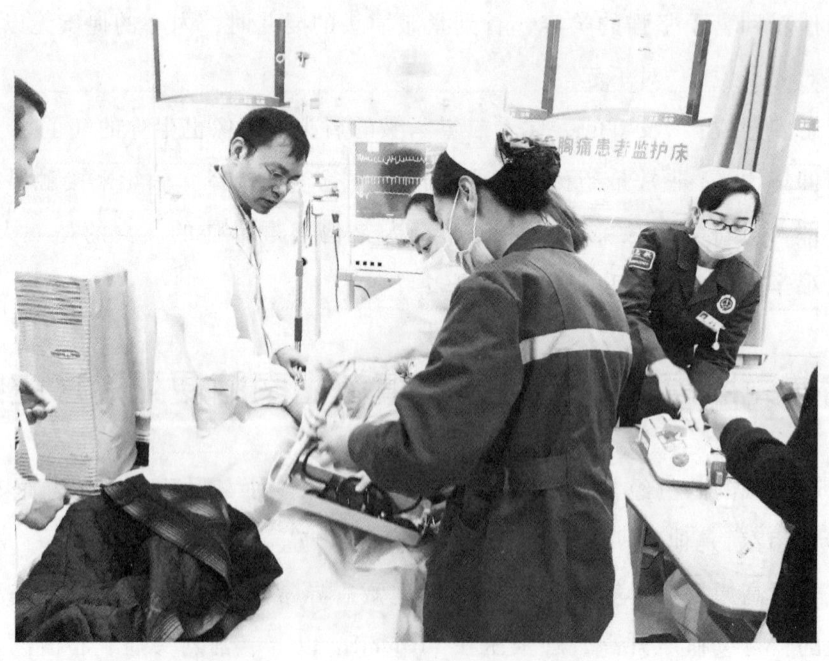

完善医疗人才梯队建设，促进山南医院高效发展

人才建设是医院发展之本。为了快速促进人才梯队的形成，让优秀人才在医院起到带头和榜样作用，在院党委的支持下，田仰华组织开展了山南市人民医院首届学科带头人和后备人才选拔。活动在全院掀起“比学赶超”的学习氛围，大家开始努力争先，该活动也为医院遴选了重点培养对象。

为了实现“医院有重点、学科有特色、人人有专长”的发展思路，田仰华提出了重点打造一批市级重点学科。在市卫生计生委的大力支持下，他率领实施了市级临床重点学科的评选。遴选了山南医院具有明显优势学科和地方病特色显著的学科，申报山南市临床重点学科，经过市卫生计生委评选，最终成功申报市级重点学科 12 个。同时，他向医院党委建议给予相应学科的经费支持，在人才培养等方面促进学科顺利发展，使医院学科建设重点突出，人才培养层次分明。

西藏医疗卫生相对落后的关键在于人才的缺乏。随着互联网的快速发展，利用远程会诊可以在短期有效地解决这一短板。他经过多方筹措，为医院捐赠了远程设备一套，提升会诊的利用率和内涵，通过远程带动学科发展。

高技能医疗人才培养的有效方法是提升科研能力，规范科研管理制度。田仰华自从分管科教工作以后，成功组织召开了山南市人民医院第一届科教工作会议。通过充分发挥调动援藏队员的积极性，带动全院职工积极组织申报各级各类课题。一年来，获得 6 项自治区级课题、8 项市级课题，总课题数达到 14 项，较前一年增长近 3 倍。发表论文 27 篇，其中在国际 SCI（被《科学引文索引》收录的期刊）发表论文 2 篇，达到医院历史最好水平。

教学工作是医院人才培养工作的重要组成部分，也是医院未来发展的重要基础。为加强教学管理和规范，在院党委的大力支持下，他参与组织健全了教学机构设置，建立了完善的临床技能培训中心，加强了实习生、进修生、住院医师等系统技能培训和考核，有效提高了医务人员的基本技能。他积极联系西藏大学，推动医院成为西藏大学附属医院。目前该工作在顺利地推进。同时，为了快速提高医院医护人员的临床技能，田仰华积极与安徽多家省级医院协调联系，派出近 30 名医护人员，进行有针对性的技术培训。

他作为一名援藏队员和医院管理人员，时刻严格要求自己，事事以身作则，

把各种机会让给其他队员，主动放弃了首席专家的评选、各种课题的申请以及科研奖励。根据医院的科研奖励政策，他放弃了近8万元的奖励，以尽量减轻医院的负担。

笔者得知，他还默默资助一名高一贫困生读书，已经历时一年多，每月从工资里拿出500元帮助他完成学业。他说：“脱贫先从知识开始，我曾经也是农村走出来的贫困大学生，深知知识改变命运的道理。我要尽绵薄之力帮助更多贫困学子。”

（记者　王菲）

来自雪域高原的信任

安徽医科大学第二附属医院　侯 辉

西藏自治区山南市距离合肥近3000公里，69岁的藏族老阿妈卓嘎却不远千里来到合肥就医，这一切源于她对安徽援藏医生的信任。在安徽医科大学第二附属医院，卓嘎被确诊为患有严重的肺部感染、腹腔感染、胆囊占位。经过治疗，老人危急的病情已经有所好转。

央金卓嘎是山南市琼结县的一名农民，3年前开始间断出现右上腹不适、恶心呕吐等症状，一直没有正规治疗。一个月前，卓嘎的症状持续加重，右上腹经常剧烈刺痛，呕吐时经常吐出胆汁，在山南市人民医院诊断为胆囊占位、肺炎。据卓嘎的女儿阿珠介绍，藏区条件有限，当地肝胆外科的医生向他们推荐了安徽医科大学第二附属医院肝胆外科的主任医师侯辉。“他们说侯医生去年在西藏援藏，擅长肝胆外科的手术，治好了很多患者。”在当地医生的帮助下，阿珠决定带着母亲到合肥来治疗。

琼结县距离山南市有30多公里，从山南到成都，再转机往合肥，央金卓嘎母女跨越千山万水来到合肥。此时，安徽医科大学第二附属医院主任医师侯辉已经提前预留好病床。卓嘎住进医院后，立即进行全面检查。

“胆囊占位、双下肺严重感染、胸腔积液、腹腔感染、重度营养不良，通过进一步检查我们明确了卓嘎的病情。”据侯辉介绍，卓嘎的前清蛋白只有9mg/L，这是衡量患者身体营养状况的一项重要指标，正常值范围是250～400mg/L，说明患者严重营养不良；胸片显示双下肺都是白色，感染严重，肺功能损失，在吸氧治疗的情况下血氧饱和度只有89%。据此推测她在西藏高原地区时血氧饱和度可能只有60%～70%，这样的病情是足以致命的。

针对卓嘎的病情，安徽医科大学第二附属医院组织相关科室专家会诊确定治疗方案，予以抗感染、营养支持等对症治疗。“阿妈来之前，经常咳嗽、喘不过气，现在好多了。”看到母亲的病情好转，阿珠非常高兴，连声感谢医生。

侯辉说，卓嘎严重的肺部和腹腔感染正在改善，但全身营养状况还是比较

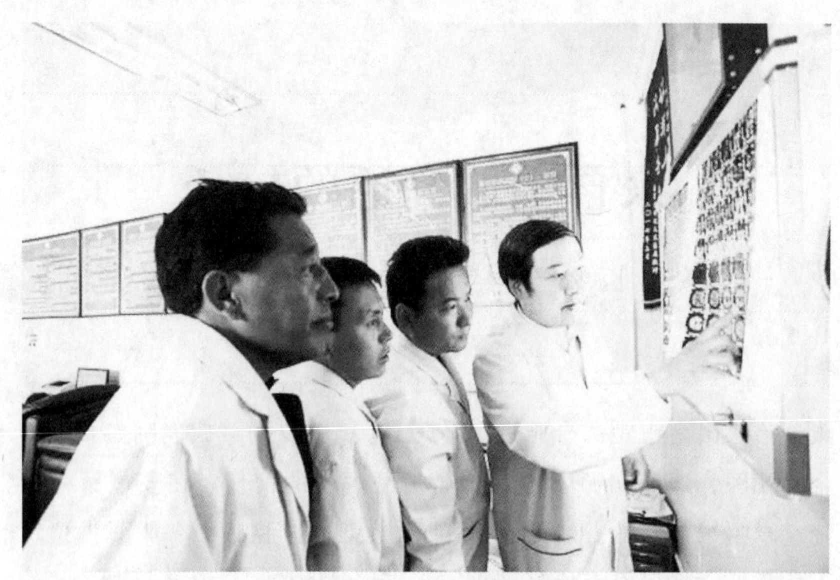

差，还不能考虑手术治疗她的胆囊问题，营养的纠正需要时间较长，卓嘎的女儿们商议后，决定先回西藏，于3月10日出院了。

在卓嘎住院期间，安徽医科大学第二附属医院党委副书记高长林带领工作人员来到病房探望慰问，送上鲜花和祝福。高长林表示，安徽医科大学第二附属医院已连续三年派出医务工作者参加安徽援藏医疗队，对口支援山南市人民医院，为医疗人才组团式援助工作贡献力量。皖藏一家亲，医院将继续以高度的责任感和使命感，利用自身的技术优势，为藏族患者提供力所能及的医疗卫生服务。

援藏情

安徽医科大学第二附属医院　汪晓兰

很远很远的地方
天空离大地最近的地方
伸手能摘下星星的地方
传说中的天堂
让我轻轻走近你温暖的心房
去亲吻格桑花开的芳香
默默
我再次把你凝望
望着你雪山圣洁的光芒
扎西德勒
我的家园
我快乐的地方
海拔3650米的高原，离我的家乡很远很远，离纯净的天空很近很近

一次又一次深情的凝望，凝望光芒圣洁的雪山，凝望芳香盛开的格桑花，凝望雄鹰翱翔的蓝天……

责任　使命

我是一名平凡的护士，也是一名普通的护士长，“责任、严谨、效率”是我从事护理工作的信条。在十几年的工作中，对工作、对患者认真负责的态度赢得了患者和家属的赞誉及各级领导的肯定。

接到援藏通知时，来不及考虑自己身体是否能适应高原气候，也没有征求爱人、孩子的意见，我毅然接下医疗人才组团式援藏这个光荣而艰巨的任务。“服从命令听指挥”，这是我担任护士长以来一直的习惯。去山南援藏，不仅仅

是服从医院的一次工作安排，更是服从指挥完成国家和政府的使命，是响应国家号召的具体体现。作为一名入党积极分子，能为西藏人民的卫生事业做点事是我的光荣，我义不容辞！

2017 年 7 月 20 日，作为安徽省医疗人才组团式援藏第三批队员，我启程赶赴遥远而陌生的西藏山南市，担任山南市人民医院护理部主任。当第六批援藏工作队领队方旭市长将洁白的哈达围上我脖子的那一刻，我更加明白肩上的责任与使命。无论前面是荆棘丛生，还是美景坦途，我都将从容面对。

艰辛　坚持

在没有踏入西藏这片圣土时，每一个人的脑海里都想象着格桑花开、牛羊遍地，向往着珠穆朗玛的巍峨、雅鲁藏布的壮阔。只有亲身经历的人才明白，这些美景只是眼睛的“盛宴”，高原反应对身体的折磨从踏上这片海拔 3650 米土地的那一刻就如约而至。

咦！怎么走路轻飘飘的？喘不过气来，头也晕乎乎的……

在平原地区生活了 30 多年，我的高原反应来得非常猛烈。失眠、头疼、恶心、心率加快、血氧饱和度下降到 70%、牙龈发炎、嘴巴肿到张不开，每天只能吃得下一点点稀饭。可是就算身体再不舒服，还是咬牙参加各种会议，熟悉环境，认识医院的同事，尽快地投入援藏工作中。

在之前 10 多年的工作历程中，我经历过三次创“三甲”和一次创 JCI（国际医疗卫生机构认证联合委员会），带着这个“最宝贵的财富”，面对山南市人民医院 2018 年创建三级甲等医院的任务，我觉得熟悉而亲切。

同当地的主任沟通交流后，我们分解了“三甲”标准，制订了创“三甲”工作计划和时间表。通过创建“三甲”医院这个契机，努力提高护理质量和安全管理，加强护理人员培训，建立一套完善的护理管理体系和流程，培养一支能战斗的护理团队，是我们的主要工作任务和目标。为了这个目标，我积极投身工作，发扬老西藏“特别能吃苦、特别能战斗、特别能忍耐、特别能团结、特别能奉献”的精神，按三级甲等医院要求修订护理制度、流程、常规、各类应急预案等初稿几百条，协助当地主任对各层级护士进行培训和考核。“工欲善其事，必先利其器”。护理管理是三甲医院评审的“重头戏”，护理工作做得如何直接关系到三级甲等医院创建的成败。为了完成任务，我们在当地主任王红英同志的带领下过起了“5 + 2”“白 + 黑”的日子。为了保证各项制度的落实到位，我们一条条地解读“三甲”规章细则的内涵，一遍遍地钻研各项制度流程的合理性。在加班加点的日子里，虽然体力透支，但大家却激情澎湃，因为我们拥有共同的信念——“三甲”必过。短短的两个月时间，我们便将所有的制度、流程、预案和常规职责定稿印刷成册。

工作虽然辛苦，却收获了当地主任和护士长的关心。中午订了火辣辣的外卖，虽然口腔因休息不好满是溃疡，但是她们热情地鼓励我多吃一些，我还是咬着牙快乐地吃着，不想被她们发现；晚上加班错过班车，又没有公交车，内科护士长米玛送我回家，车上交谈时才知道护士长老老小小一大家子都在等她回家一起吃晚饭，内心无比感动！自己真诚的付出收获了当地同事的关心和尊重，自己和她们已经融为一体。

奉献　信念

高原反应给身体带来的痛苦可以慢慢忍受，艰巨任务可以通过辛苦工作一点点去完成，最难熬的是心底刻骨铭心的思念。每当夜深人静，思乡之情总是涌上心头，对于家人，我的内心充满了愧疚。

女儿9岁，是个性格内敛的孩子，平时学习和情绪上对我依赖特别多，入藏后和她就只能用微信或者QQ视频来沟通。高原上网络信号经常不稳定，每次交流都异常困难。视频中，女儿从来不说想我，却总抱着我之前送她曾被她嫌弃过的小兔子公仔不撒手。都说女儿是妈妈最贴心的小棉袄，我却在小棉袄成长中最需要我的时候缺失了一段重要的时光。

年过六旬的公公婆婆，为了给我带孩子，付出了很多很多。每次电话询问他们家里怎么样？他们总说：“没事！你在那么老远的地方就别操心我们了，放心工作吧。”可我知道，孩子小，他们岁数也大了，怎么可能没事呢？还有爱人，为了照顾老人、孩子，放弃了等待多年进修晋升的机会……

内心对家庭的愧疚无法诉说，只能偷偷擦干两行眼泪，但心底总有另一个声音在呐喊，反复告诫自己此行的目的，自己的信念，还有习近平总书记的那句：“在高原上工作，最稀缺的是氧气，最宝贵的是精神。”

是的，既然来到这片圣洁的土地，就应该好好感悟医疗援藏的意义，好好地为西藏人民的卫生事业奉献一点自己微不足道的力量。我想等女儿长大了，她肯定也会为妈妈的这次远行而骄傲的。

短短一年，那些曾经浓得化不开的乡愁淡了，那些孤枕难眠、泪湿衣衫的离绪淡了，那些上愧父母、下愧女儿的愁肠淡了。

作家马丽华对于西藏有一段精辟的论述：“对于未来者，西藏是个令人神往的佛界净土；对于在此者，西藏是一种生活方式；对于离去者，西藏，你这曾经的家园让多少人为你魂牵梦绕。”

很快，我就要和这片圣洁高原说再见了。西藏的蓝天白云、神山圣水、五彩经幡和藏族人民天籁般的歌声，已经深深镌刻在我的脑海和心灵。以后无论走到哪里，我都不会忘记这里——这个让我书写忠诚、拼搏奉献的地方；让我流过泪、流过汗，教我成长的地方。

这里，有我心中永远的挂念！西藏，联结了我们、塑造了我们、锤炼了我们。这一生，断不了、解不开、放不下、淡不了的援藏情！

一段难忘的医疗岁月

皖南医学院弋矶山医院　焦南林

作为一名中共党员，爱国爱党、爱岗敬业、努力学习、争创佳绩一直是我对自己最基本的要求，并在工作生活中践行。

2017 年 7 月，作为第三批组团式援藏医疗队成员，我来到了既令人向往又敬畏的高原西藏，走进拥有无数西藏“第一”的藏文化发源地山南。开展医疗人才组团式援藏是以习近平同志为核心的党中央高度重视西藏工作、亲切关怀西藏各族人民的又一有力举措。援藏医疗队员的使命让我深感任务之光荣、责任之重大！

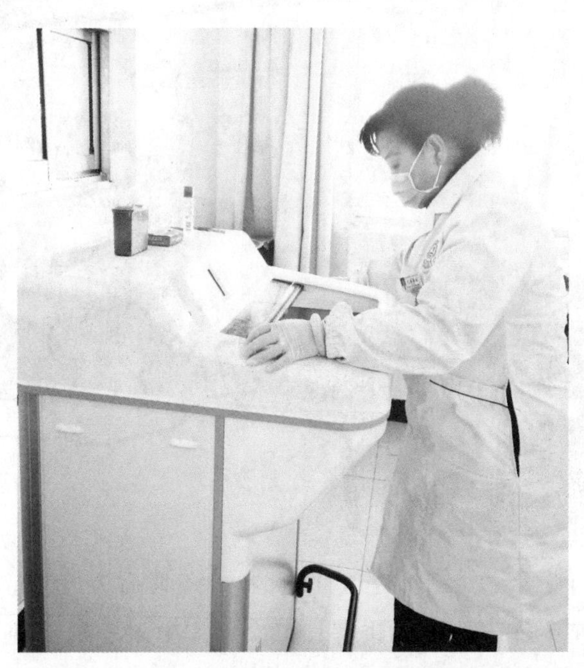

到达的第二天，在呼吸心跳加速等高原反应中，我与上一批队员完成了交接，立即开始了在山南市人民医院病理科为期一年的支援工作。工作的内容主要包括做好民族团结、教学、日常病理诊断、新项目开展、科室管理和参与完成三级甲等医院创建。

山南市人民医院病理科是整个山南市唯一的病理科，除本院外还承担山南市藏医院、妇幼保健院及各县医院的病理检查工作，业务工作量较大；本地工作人员2人，其中1人不久前开始休为期1年的产假，人手严重不足；开展的检查项目较齐全，包括常规石蜡、脱落细胞学、液基细胞学、免疫组化及特染。按西藏自治区三级甲等医院标准，短期内还须开展术中快速冰冻病理检查等新项目。业务用房有5间，规划不合理，需要新增业务用房并进行重新规划；科室管理资料不完善，急需逐条统计整理并归档。

在和科室同事扎西卓玛一道分析了工作任务和面临的困难后，各项工作有序进行。

一是规范开展日常病理检查，保障医疗安全。我们通过优化工作流程提高了工作效率，聘用护工分流杂务……在人手不足的情况下，我们顺利开展各项病理检查工作，并开展了包括“术中快速冰冻切片病理检查”“细胞蜡块制备”等多个新项目，得到了临床科室的肯定。

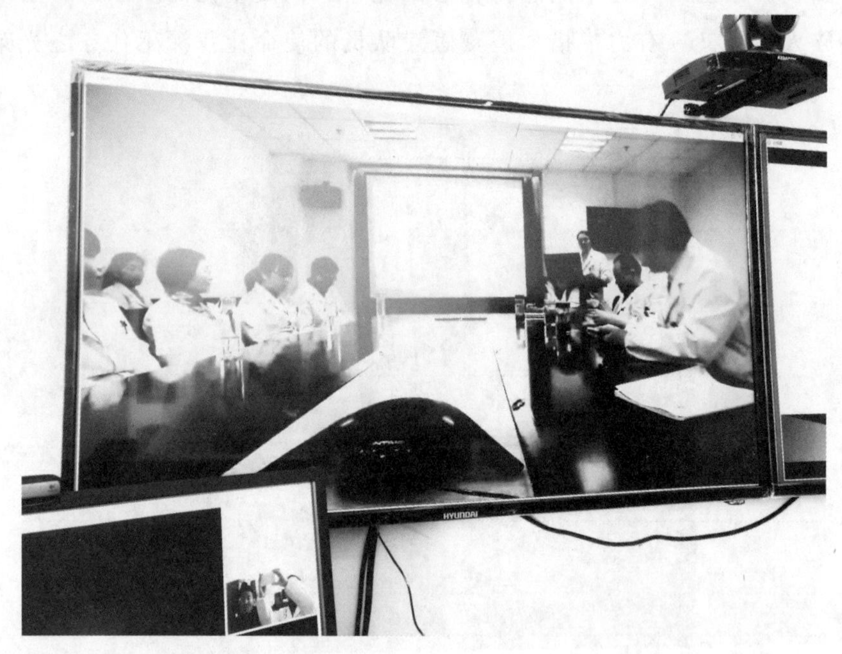

二是认真进行临床教学工作。查阅资料、咨询后方专家，精心准备课件，在全院和科室讲座中深入浅出地讲解；每次操作中耐心细致地示范，手把手地纠正指导，直到学员理解掌握。

三是积极进行繁重的“三甲”创建准备。设计科室重新规划图纸，砸墙开窗，安装设备实施；培训操练“三甲”标准中要求开展的新项目；整理规章制度，统计数据，分析问题并归档以完善资料；讲座演练考核达到持续改进……

为此没有了双休日，有了每周5次晚上加班，疲劳是常态。但我和藏族同事相互鼓励、共同努力。通过了院内8轮专项检查整改、安徽省专家组模拟评审、西藏自治区卫生计生委组织的藏湘两地初评和国家卫生计生委终评。

“治国必治边、治边先稳藏”，医疗援藏是民心工程更是政治工程，只有前、后方互动才能完成这一使命。皖南医学院弋矶山医院捐赠了30万元的远程病理会诊设备，院领导和病理科专家的莅临指导，远程病理会诊和学术讲座的开展……这些举措帮助我完成了病理科年度援藏工作规划，明显提升了山南市人民医院病理的硬件和软件实力。

一年的援藏工作结束了。难忘这片天地，难忘并肩前行的同事和队友们，难忘淳朴友善的各族同胞。这一年的点点滴滴历历在目、永存我心。

“一次援藏行，终生西藏情。”我为有幸成为组团式援藏医疗队一员而感到骄傲！我为自己能在西藏医疗事业发展中奉献出一点绵薄之力而感到自豪！

孙翔云援藏事迹

记皖南医学院第一附属医院弋矶山医院孙翔云

孙翔云，女，现为西藏山南市人民医院急诊科主管护师，原为皖南医学院第一附属医院弋矶山医院主管护师。2017 年 8 月，她响应国家支援西藏的号召，积极报名，远离亲人，带着一腔热血从一个美丽的江南水乡来到平均海拔 3700 米的高原山城——山南。援藏期间，她认真践行救死扶伤的精神，立足本职，克服高原缺氧等困难，把南丁格尔精神和对藏区人民的爱播撒在山南这个美丽的高原城市。

“燃烧自己，照亮别人”，这是南丁格尔 1855 年提出来的无私的“南丁格尔护理精神”。刚刚来到山南，孙翔云同志忍受着头痛缺氧等高原反应的痛苦，经常留在医院，观察、调研，以求能更早地融入这里的工作。由于医院上班时间工作繁忙且人手紧张，她只能带领护士姐妹在下班后一起对病区、治疗室、护办室等进行清理，保证了清洁卫生的治疗和救援环境。除此以外，她还尽量协助本地老师整理护理规范、护理制度，并和科室护士长以及科主任一起商定学习和培训计划，并做好各项工作的护理档案工作。

抓好业务、突破创新、打造先进

作为援藏的护士，在专业技术方面以及护理管理方面发挥着重要的作用。山南市人民医院急救中心担负着西藏山南地区横阔 420 公里、纵长 329 公里、总面积 8 万平方公里的地域的急救任务，且大多为高原山区，急救任务非常艰巨。孙翔云同志协同科主任和护士长迎难而上，不仅规范了抢救急救护理常规，还积极参加院前急救工作以及患者的接送和转运。她用规范的操作以及认真负责的工作态度，兢兢业业地投入每一次急诊救护中，以身作则，给护士姐妹展现出急而不慌、忙而不乱、规范有序的急救护士形象，也树立了援藏护士人员的良好风貌和新时期医务人员的光辉形象。

做好培训、虚心传授、培养先进

援藏医务人员一个非常重要的工作就是做好培训。孙翔云同志作为护理经验丰富、护理技能扎实的护理人员，不仅在急救抢救现场和患者转运的过程中言传身教，更是利用业余时间给急诊急救中心以及全院进行了多次的护理操作技能的培训和教学。在急诊科，她利用护理查房认真讲解，并手把手地进行技能操作带教，毫无保留地虚心传授。每次都亲自示范，给护士们讲如何协助患者翻身、拍背、观察生命体征变化情况，检查患者身上的各种管道以及护理，如何准确地观察病情变化以及特殊用药的护理规范等。她的工作不仅得到患者的好评，也得到了医生护士认同，护士们在观察危重症患者时由被动观察变为了主动观察，很好地配合医生的治疗，保证患者的健康。为了更为规范地进行护理管理，孙翔云更是和急诊科护士长一起工作，共同进步，把内地的护理管理经验倾心与护士长进行交流，兼收并取，不仅完成了各项护理管理规定和文案，而且顺利地完成了每一次的急诊急救工作。同时，孙翔云与院部护理人员进行了交流和培训，把当今护理前沿的操作规范和技能倾心地传授给大家。到现在为止，她已经在科室进行了多次专科化培训和护理查房，面向全院已经进行了数次培训和交流。

积极沟通、认真宣传、做好先进

在进行急救工作以及危重症患者转运中，语言沟通是让孙翔云头疼的事情之一。对多数患者说藏语或地方方言，对我来说如听天书，这在分秒必争的急诊急救中是值得重视的问题。后来，她发现，尽量放慢语速，配合手势与患者进行交流，同时主动积极学习藏语，与患者和家属进行耐心的交流和沟通，并宣传健康常识，如消化道疾病和心脑血管疾病的预防等。同时，这样的交流也能很好地对患者进行心理疏导，引导他们主动积极配合医生的治疗，引导他们关注健康，提高生活质量。另外，她还积极参加院外的义诊和培训，如曾经到泽当饭店进行宣传健康知识，进行 CPR 培训，宣讲心脑血管疾病的知识，把健康知识以及健康理念宣传到社区，提高人们的健康认识。

山南，一个美丽的地方！孙翔云带着一腔热血来到山南后，就暗下决心，一定不辜负当地人民和单位领导的信任，在兄弟姐妹的帮助下，以自己的行动为山南的医疗卫生事业做出自己的贡献！她在努力着，践行着！

我的援藏故事（十九）

淮北矿工总医院　宋国祥

2017 年 7 月，我随安徽省第三批组团式援藏医疗队来到了西藏山南，经历了艰难的高原反应，经历了思乡的苦，经历了生活的清苦，经历了……当然也收获满满，收获了许多难忘的片段，有一段现在想来也记忆犹新。

2018 年 6 月的一天，我们在医院接待了一位藏族中年妇女。室外艳阳高照，她却愁眉苦脸。经过耐心的交流，才弄清了情况。她的名字叫白玛，20 多年前她怀孕分娩时出现难产，产后即出现了一种怪病，小便控制不住（即尿失禁），小便不间断地往外流，从那时起裤子就没有干过。曾经在当地治疗过多年，西医、藏医都看过，就是看不好，只能每天用衣服垫着，并且需要反复更换，长期这样导致了会阴部瘙痒、湿疹，并且全身伴有难闻的异味。慢慢地出现自卑心理，最近许多年她都很少出门。当地政府工作人员了解到她的情况，考虑到她是贫困户，并且是典型的因病致贫，政府决定重点帮扶，同意她到内地大医院治病，并且全额报销她的费用。几千公里的路程，还要吃住、照顾，哪里是那么容易的，她一直不愿意去治病。经过当地工作人员多次劝导，她终于来到了我们医院，找援藏医疗队专家看病。

经过我们的仔细检查，确诊为膀胱阴道瘘，是一种少见病。我对她说，我们可以治疗你的病，但有一定的复发率，你相信我们吗？她毫不犹豫地说，我已经考虑了很久了，我相信你们，我就在这里治疗，我不去内地大医院 。

患者的信任是我们最大的信心。我们对她进行全面的检查，并且进行了详细的讨论，制订了周密的手术计划，手术进行得很顺利，术后护理周到细致，拔除尿管后，患者及家属都非常高兴。她不再漏尿了，脸上布满了笑容。患者的笑容就是对我们工作的肯定。我觉得我们在援藏工作的平凡岗位上也能默默地绽放着自己的光芒。她送来的锦旗，上书“医术精湛，医德高尚”，并且连连道谢。我和她说，你最应该感谢的是中国共产党，是党的民族政策加强了藏汉友谊，我们医疗队才来到了这里，是党的脱贫政策帮助你们摆脱贫困，让我们一起走向富裕奔小康。大家都连连赞同。

西藏皑皑的雪山、巍峨的群山、湛蓝的天空、洁白的云朵、清新的空气、清清的绿水，西藏人民的淳朴、真诚给我留下深深的印象。援藏是一种洗礼，所学、所想、所知、所得都将使我受益终生。一年援藏行，终生西藏情。西藏，想念你。

我的援藏故事（二十）

淮北市人民医院　宁厚桂

光阴似箭，日月如梭。转眼一年的援藏工作已结束将近一年。山南的援藏经历，点点滴滴，历历在目，终生难忘。

记得 2017 年 7 月中旬，接到院医务处援藏通知，还来不及回老家告别年迈的父母，就风尘仆仆地来到了美丽的山南。初来山南，如果不是高原缺氧，真的以为还在家里。来的时候正赶上雨季，雨后的山南到处充满生机，雅砻河畔郁郁葱葱，雅砻江水波涛滚滚。

短暂的适应性休整还没结束，来藏后第四天就以饱满的热情投入急诊工作中来。还清晰记得，在指导急诊科医护人员准备首届山南市急救知识及技能大赛的场景，在示范心肺复苏技能时，还没操作几下就累得上气不接下气了。这时，藏族同事赶紧拿来椅子对我说："老师，您赶快坐下来休息休息！"当时心里一股暖流流遍全身。远离家乡，人生地不熟，又有高原反应，当时真的感觉到藏汉同胞一家亲的热情。最后，经过大家共同努力，我们取得了全市集体第二名的好成绩，这也是对我初来藏南付出汗水的回报。

相比较而言，我们这批组团式医疗援藏队员最辛苦。每个队员不仅要完成正常的坐诊、查房、带教等工作，还要帮助科室完成"三甲"材料准备工作。

我本人和大家一样，到急诊科后，从基本的带教、查房开始，重症患者随时查房，全程参与科室危重症诊治和抢救。定期举行科室疑难危重病例讨论等。我不仅自己带头自制 PPT，在科室进行业务讲座，还指导学员自学有关专业知识、科室内讲座、书写论文、申报科研课题等工作。同时，在科室内进行急诊基本技能培训与考核，如心肺复苏术、呼吸机基本使用等。经过种种的严格规范的专业培训之后，科室内的业内能力渐渐得到夯实与进步，达到预期的创"三甲"水准。

刚到急诊科时，为迎合"三甲"创建，急诊科正在进行流程改造。为了急诊科布局更加合理，符合"三甲"要求，结合当地实际，还提出了自己的合理化建议，协助院领导进行了科室流程改造。这为以后的“三甲”创建顺利通过，创造了很好的物质基础。

在积极完成科内工作的同时，我还积极参加一些社会公益及保障任务。如为雅砻文化节及重要会议提供医疗保障；为全市纪检委同志、泽当饭店全体员工及全院职工进行医疗急救知识及技能培训；下乡向偏远贫困藏族同胞慰问、捐赠献爱心；春天为美化山南，参加了援藏队员集体植树活动等。所有这些活动使我一年的援藏生活倍感充实。

一年援藏行，终生援藏情。援藏期间，我与藏族同事共同学习，相互促进，为提升山南市人民医院急诊科急救水平做出了应有的努力。一年援藏工作虽然短暂，但我骄傲我为西藏山南医疗卫生事业尽了微薄之力，同时也和藏族同胞结下了深厚的民族友情。将来如果有再次能为山南急救事业发展做出贡献的机会，我会义不容辞。

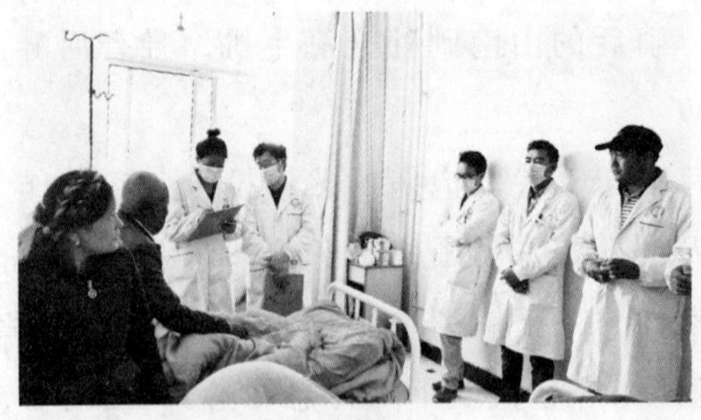

急诊科教学查房

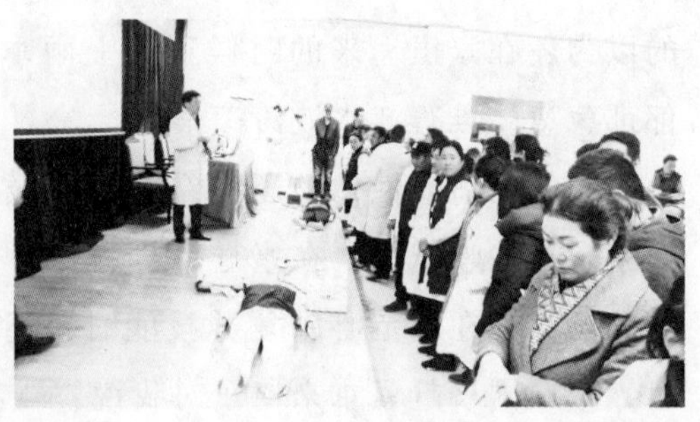

全院职工心肺复苏培训

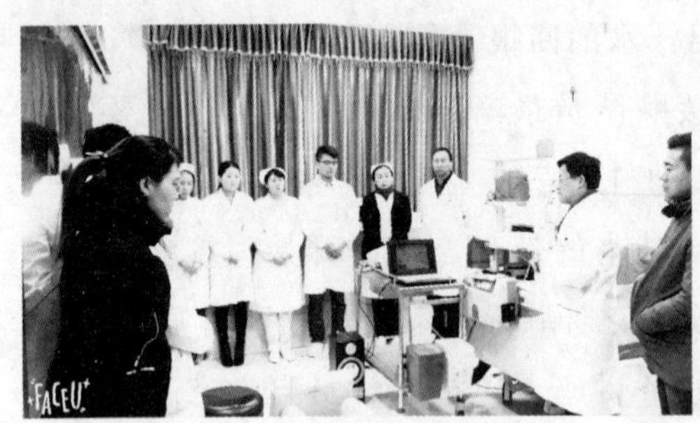

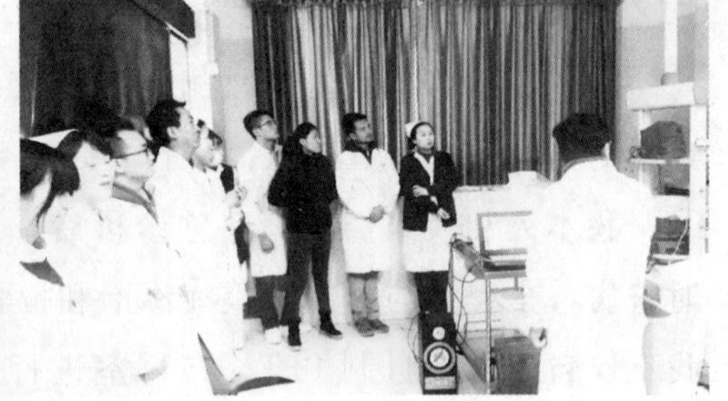

急诊科教学培训

为高原人民带来健康福音

六安市中医院　吴停停

我是吴停停，耳鼻咽喉科主治医生，参加工作9年，是一名光荣的中国共产党党员。

2017年7月19日，作为六安市中医院援藏团队的一员，肩负着组织的重托、领导和同志们的期望，跨越祖国东西，行程3000多公里，来到了位于青藏高原的山南市。援藏工作以来，我时刻以一名合格共产党员的标准严格要求自己，在平凡的工作岗位用爱传递着真情，尽自己最大的能力为山南地区的人民群众带去健康和快乐。支援西藏医疗卫生事业是我真诚而执着的选择，作为一位普通援藏医生，我会以党员的实际行动实践自己的信念与人生价值。

2008年，我光荣地成为一名中国共产党党员。工作多年来，我始终牢记全心全意为人民服务的宗旨，坚持党的基本理论、基本路线、基本纲领不动摇，在政治上、思想上、行动上与上级党组织保持一致。我要求自己时时刻刻要“以患者为中心”，把无限的激情倾注到医疗卫生事业中，救死扶伤，治病救人，用自己的实际行动忠实履行一名共产党员的神圣职责。

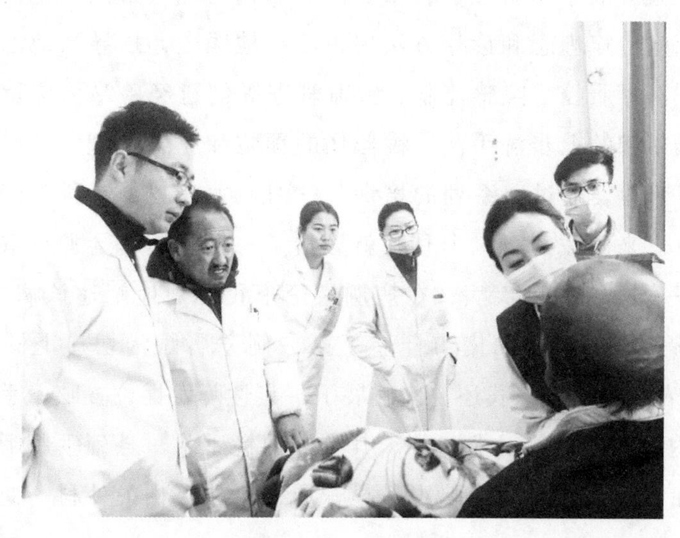

2017 年 6 月，在得知医院正在选拔第三批组团式援藏医疗人才时，作为有 10 年党龄的我主动请缨，经过层层选拔，我光荣地成为援藏团队中的一员。然而援藏的艰辛让许多人知难而退，听闻第二批援藏队友赵矩牺牲在雪域高原的事迹后，我的家人、好友都极力反对我去援藏，年迈的父母流着泪牵着我的手不愿我冒着生命危险去高原工作，年幼的女儿也让我放心不下。但当我从援藏老师那里了解到山南市人民医院耳鼻咽喉科医护人员缺乏、技术力量薄弱、急需专科医生时，我更坚定了自己的选择。我是一名医者、一名党员，我要到最需要我的地方去，为那里的藏族同胞贡献一点自己的力量。

7 月的酷暑还未散去，我告别家人，从革命老区出发，奔向雪域高原，与边疆藏族同胞一道，将在平均海拔 3600 米以上的西藏山南市为藏族同胞身体健康服务。

2017 年 7 月 20 日，我们顺利抵达山南。看着巍峨的群山、洁白的云朵、漫山的羊群和牦牛、藏族同胞黝黑淳朴的笑容，让我倍感舒心和亲切。然而，很快高原反应便无情地向我袭来，出现了头晕、头疼、胸闷、恶心、气短、腿软等症状，血氧饱和度曾一度降至 60%。在这里，走同样的路需要付出更多的体力，做同样的工作需要更多的准备，生同样的病也许面临的就是死亡，但这些丝毫没有动摇我援藏的决心。因为这是责任，是生命的价值，当你看到藏族老乡那真诚的笑容，所有的困难都烟消云散了。

经过短暂休息克服高原反应后我便迅速投入紧张的工作中，克服一切身体上、心理上、生活上的困难，30 日准时报到。刚到医院时，在那里充当起了全科医生，从病房到门诊，接诊各种耳鼻咽喉科常见疾病，还积极发挥“传、帮、带”作用，通过开展学术讲座、教学查房和病例讨论等形式，把内地医院先进的耳鼻咽喉疾病治疗理念和诊疗方法传授给当地医生，指导当地医生规范化治疗疾病，并把医疗质控、院感控制、输血管理等创建经验毫无保留地分享给当地医生，如最基础的七步洗手法、锐器伤的预防和应急处理、鼻出血的应急演练、心肺复苏术等。通过一系列的培训与学习，大大减少了科室的医院感染发生率及病死率。来西藏的第一个月我就诊治了一例上颌窦牙源性囊肿。当地的医师也许并没有听说过该疾病，在病例讨论中我详细地阐述该病的发病原因、临床表现及诊治，同时在山南市开展了第一例“唇龈沟切口上颌窦囊肿切除术”，术后患者恢复良好。我还首次开展了“良性阵发性位置眩晕手法复位术”，常规开展“内镜下鼻微创手术”等。其中鼻内镜手术、悬雍垂腭咽成形术等微创外科手术在自治区地市级医院中最早开展，在鼻眼相关外科、变态反应性疾病、睡眠呼吸功能障碍、突发性耳聋、神经性耳聋等方面的诊治能力也得到提高，达到区内先进水平。

当然，援藏工作也并非一帆风顺，语言沟通又成了让我头疼的事情。多数患者说的藏语对于我来说如听天书，必须依靠当地藏族同事或患者家属翻译。当患者康复后，藏族同胞无法用华丽的语言表达他们的感激之情，他们会用真诚的眼光，送上洁白的哈达，双手合十说着最朴实的语言：嘎珍切（就是感谢的意思）。

平时，我会在工作之余加强学习，通过参加理论学习，使我更加深刻认识到作为一名党员干部，解放思想、不断学习、更新知识、与时俱进的重要性。随着时代的发展和社会的需求，党员干部更要紧跟时代的步伐努力学习、终生学习。只有不断学习，更新观念，与时俱进，努力提高自己的业务水平和理论知识，才能保持始终是一名合格的共产党员。

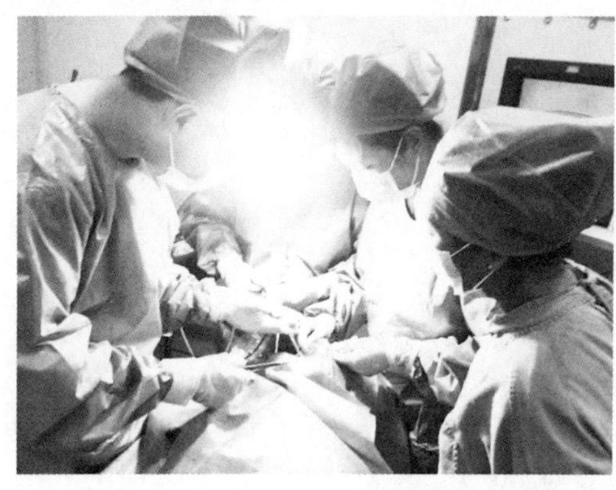

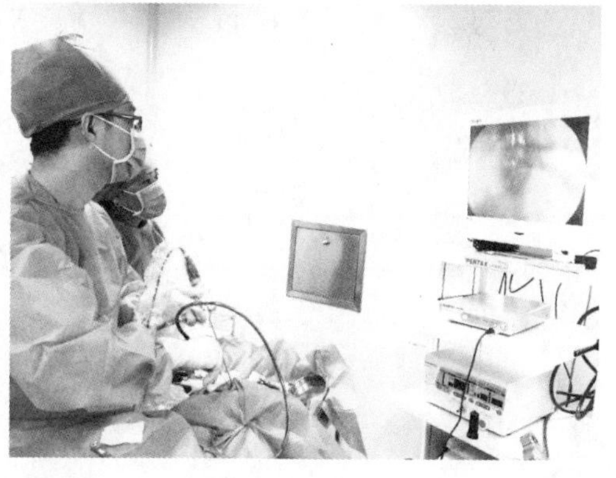

在六安市中医院连续三批组团式援藏医疗队的努力下，通过“以院包科、共建科室”这一形式，迅速提升了山南市人民医院的医疗技术和管理水平，我们耳鼻咽喉科从硬件设施、医疗技术水平到医护人员精神面貌、患者认可度都发生了巨大变化。2017 年，科室总手术人次增加 32.2%，其中鼻科微创手术增加 90%，总收入增加 10.2%，全年无一例死亡患者。通过我们中医院援藏团队的努力开展了多项新技术新项目，纤维鼻咽镜检查、电子喉镜检查、急诊鼻内镜下鼻出血治疗术、鼻内镜鼻中隔矫正术及鼻窦开放术、耳内镜下外耳道新生物切除术、小儿扁桃体切除术等已与内地“三甲”医院水平接轨，达到西藏自治区领先水平。六安市中医院援藏专家们坚持“援助一批人才，带出一批人才”，以“团队带团队、专家带骨干、师傅带徒弟”理念聚焦创“三甲”这一目标开展卓有成效的工作，建立山南市耳听力检测中心和耳听力评残中心，同时打造山南市鼻科微创品牌，为全面提升山南市医疗卫生事业发展水平提供坚实保障，让我们相对先进的技术和理念在这青藏高原开花结果。

山南的蓝天白云、高山绿树，特别是藏族同胞的那份单纯与质朴，早已冲淡了初来时的那份因陌生而致的孤寂以及对陌生环境工作的迷茫。有人说，“援藏”是一段历史，“援藏”是一种精神，“援藏”是一份骄傲。而我说，“援藏”是一次磨砺！是的，人生总有那么一些岁月令人终生难忘，人生总有那么一些事情成为新的起点。我想，援藏的时光就是这样一段令人终生难忘的岁月。那美丽的阳光、纯净的蓝天、巍峨的神山、澄碧的圣湖，这一切的一切都将成为我一生中永不磨灭的印象。此时此刻，我想说的是：援藏，我从不后悔。如果还有这样的任务，即使条件再艰苦，我一样义无反顾！

不辱使命　不负重托

阜阳市第二人民医院　李风成

2017 年 7 月，由中央组织部牵头，安徽省卫生计生委组织，在我院领导的积极鼓励下，我积极申请加入安徽省第三批援藏医疗队，远赴西藏自治区山南市人民医院，开展为期一年的援藏医疗服务。

能去援藏，我爱人做出了巨大的牺牲。大宝当时 5 岁，小宝才 5 个多月，爱人自己还经营一家花店。为了支持我去西藏，爱人关掉了开了近 5 年的花店，在家带两个孩子。我知道她很不舍得，为了能开一家自己喜爱的花店，她毅然辞去了一家私人企业部门经理的职务。她为了我的事业，牺牲了自己的事业，还安慰我说，放心吧，家里有我！

确定援藏离开时间后（离开前 3 天，接到通知），我便带着妻儿回农村老家向年迈的父亲、母亲告别。但当我回到家时，却看到母亲躺在床上。原来母亲知道我即将远离家乡前往雪域高原，支援西藏的卫生医疗事业，很为我自豪。一大早就骑电动三轮车（刚买的，还不太会骑）去镇上买鸡、买肉，不幸的是途中三轮车侧翻，连人带车翻到路边沟里。母亲的右侧下肢受伤，整个下肢肿胀瘀血。但母亲为了不让我担心，一直说没事，皮外伤休息休息就好。最后才知道，母亲不仅皮外伤，右侧膝关节也伤了，在床上躺了 2 个多月才好。

2017 年 7 月 20 日，我带着组织的信任、单位的嘱托、家人的牵挂，飞赴西藏，至山南市人民医院开展为期一年的援建工作。在即将踏入征程之际，我完成了小时的梦想：向党组织递交了入党申请书。我已经准备好了为党和人民奉献我的一切。

踏入西藏这个神奇的地方，我知道了天有多蓝、水有多清，但我也知道了风有多大、氧气有多么稀薄。刚下飞机，尚未出机场，我已经胸闷气喘、大汗淋漓，口唇、趾甲发绀。但这些能难倒我吗？我们是党中央派来的，作为一名入党积极分子，我能克服，也必须克服！

在藏工作期间，本人始终牢记党中央、安徽省委组织部、西藏自治区组织部、山南市组织部的嘱托，以一名普通援藏队员的身份与本地医护人员紧密团结，认真完成各项工作。我将援藏工作作为一项光荣的政治任务、崇高的政治责任去对待、去担当、去完成，充分发扬“老西藏”精神、“黄山松”精神，以良好的精神风貌和饱满的工作热情去完成各项工作，把山南视为“第二故乡”，当好皖藏纽带、桥梁。

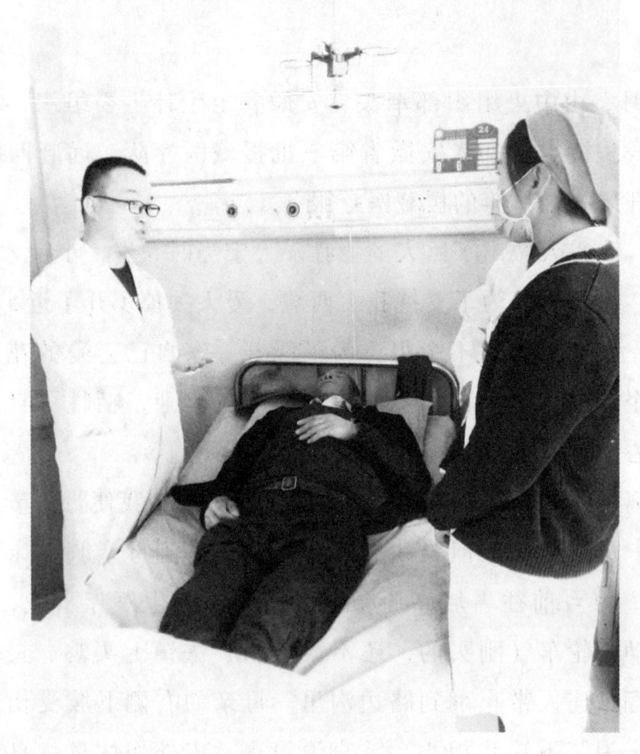

在组团式援藏工作领导小组领导下，我以完成“三级甲等医院”创建工作作为目标，并以此为平台促进山南市人民医院医疗卫生工作全面提高。入藏开展工作以来，我始终保持饱满的精神状态，融进临床一线，以严谨的工作态度和精湛的业务能力对感染科业务工作进行针对性的帮扶。本人立足本科室实际情况，制订详细工作计划，围绕“三不出”“两升一降”目标，与感染科主任、医护人员分工负责、任务分解，加强人才队伍建设，推进学科建设，推动服务能力建设。为此，我向医院本部申请了投影仪、电脑、桌椅等，成立了山南市人民医院感染科业务学习室，科内每周二开展全体医护业务学习，从开始援藏老师主讲、学员听，到指导科内学员自己制作 PPT 课件（大部分学员还是第一次制作 PPT，第一次学会从互联网收集学习资料整理）主讲，援藏老师主持、总结。因感染科离医院本部较远，学习基础操作不方便，在阜阳市第二人民医院院长、书记大力支持下，向山南市人民医院感染科捐赠了新型多功能护理教学人体模型一台，成立山南市人民医院感染科自己的护理操作培训室，为更进一步提高大家基本理论知识和技能提供了强有力的保障。我力主规范诊疗。从患者新入院时的病史采集、诊疗方案的确立，及入院后出现病情变化后的诊疗方案调整，我层层把关，规范对肝病、结核病等感染科常见疾病的诊疗；提高耐药结核病诊治水平；规范早交班制度，规范查房程序及内容，通过教学查房，对疑难杂症患者重点分析指导诊疗方案。此外，我还积极开展新技术、新疗法，设立科室宣传员、扩大科室宣传。

天有不测风云，2017 年 8 月中旬，也就是我离家不到一个月，我爱人雨天骑电瓶车买菜时摔倒，导致右侧膝关节韧带撕裂伤。每次打电话问怎么样了，她都说快好了、快好了。但 2017 年国庆假期，我回家探亲时，却看见爱人弯着腰，两只手按着板凳，一步一挪给我开门……她满脸微笑欢迎我回来，但我却泪流满面地站在门外。返程时，爱人仍旧说，放心去西藏吧，家里有我……

2017 年 9 月，正值山南市“水痘”和“腮腺炎”暴发的高峰期，儿童福利院是“高危单位”。针对此种情况，我于 2017 年 8 月 21 日到山南市儿童福利院，为 500 多位儿童开展为期 1 周的“水痘”“腮腺炎”筛查，指导儿童福利院的工作人员消毒、预防，早发现、早处理。我给小朋友们检查身体，和他们一起吃饭、聊天。让我感动的是，一个上午，他们每个人发了一个梨，好多小朋友到医务室要送给我吃……其中一个小朋友最后离开，快走出房间时，转身喊了我一声爸爸……

2018 年 4 月，西藏自治区山南市人民医院迎来三级甲等综合医院终评。本人与全科职工一起执行每周六天工作制，每天加班到晚上 9：30 下班，围绕评审细则，对照不足，快速补短，与全科人员共同奋战，以优异的成绩顺利通过“三甲”评审。因表现突出，援藏结束时我被山南市人民医院授予“优秀援藏工作者”称号；回单位后，我被授予“首届优秀援藏医生奖”，还被阜阳市委宣传部推荐参加 2019 年阜阳市新春团拜会。

记忆犹新的一次救治

安庆市第一人民医院　姚尚

有一天中午，快下班的时候，值班医生和我讲："老师，来了一个不能平卧的患者，喘得不是很明显。"在场的另一个医生问我，这个患者会不会是急性左心衰竭。我对他们说："过去看看患者吧，急性心衰一般都是在夜班发生得比较多的，白天发生是不常见的。"

患者是一个当地的老太太，在病床上面不能平卧，没有那种很严重的喘息与气促。我问床位医生患者的生命体征。他说，血压稍微低了一点，心率快了一些，暂时还平稳。我问他，听诊做了吗，心音的情况如何？他回答我心音是比较低的，如果不仔细听，还是听不清楚的。我再和他说，这个患者的病程是缓慢的吧？他回答我说是的，最近没有急性加重的病程。

我判断这是一个比较典型的心包填塞患者，要注意与急性心功能不全、慢性支气管炎急性发作以及支气管哮喘等进行鉴别，要尽快分析出心包积液的原因，在进行对症处理的同时，及时予以对因治疗。我对床位医生讲，立即完善血液检查，和超声科联系，下午就穿刺心包积液。

同事们做事情都很认真积极，在很短的时间内，就完善了所有的准备。在处理危急重症的时候，我看到了他们表现出来的高效率。

在超声科同事的协助下，我们成功地穿刺了心包腔。心包积液引流出来了以后，患者很快就感觉到轻松，貌似治疗已经取得了效果。我问他们，下一步这个患者该如何处理呢？

出乎我的意料，他们都能很准确地说出治疗思路。引流只是暂时缓解患者的症状，不能从根本上解决患者出现心包积液的原因。假如原因处理不了，那么心包积液还会源源不断地出现的。那么原因又会是什么呢？

分析原因，最根本的还是要回到患者的病史，在现病史中寻找蛛丝马迹，然后通过后期的化验检查进行验证与进一步指明方向。心包积液常见的原因有结核性、肿瘤性、营养不良性及结缔组织病，甚至有心肌破裂等少见的原因。

这个患者的化验检查出来以后，我们在一起讨论，意见是结核性的，应该及时地予以抗结核治疗。完整的治疗方案施行以后，患者的引流袋内液体每天见少，很快就拔除了引流管，而患者也迅速好转了，在之后的随访中，患者对治疗效果是肯定的。

这是我在一年的工作中所遇到的一个病例，印象深刻，时常想起。

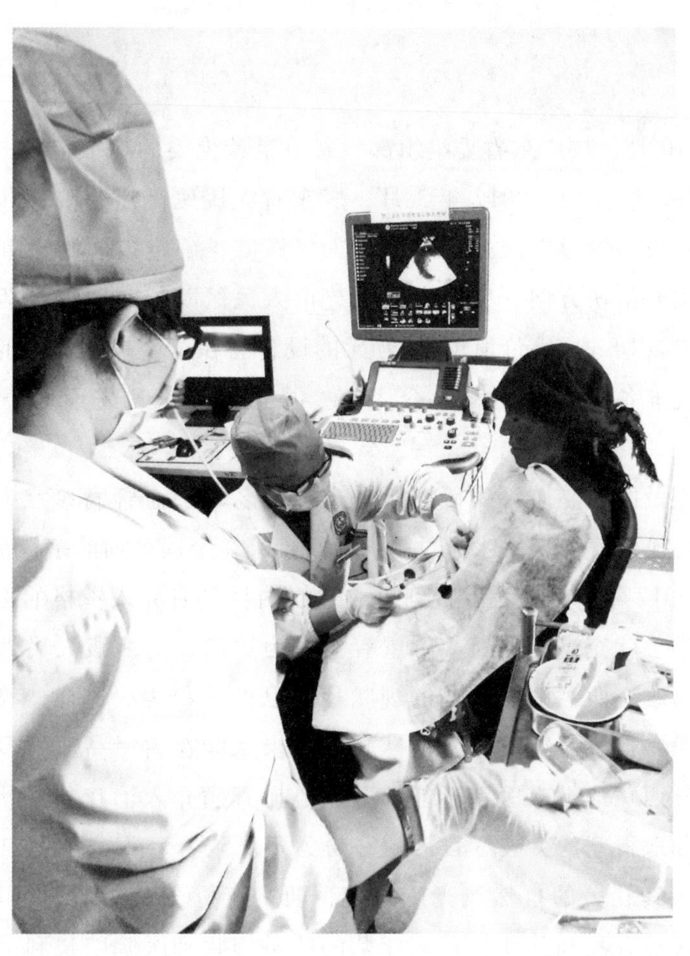

我的援藏故事（二十一）

广东省人民医院　黄晓忠

2016年10月，按广东省委组织部、省卫生计生委的要求，派出李欣主任担任林芝市人民医院院长。2017年3月，广东省人民医院庄建院长和袁向东副院长、都明华科长等领导专家来到林芝市人民医院，确定以心脑血管疾病诊治及介入治疗为主要帮扶方向，并决定向林芝市人民医院捐赠一批包括飞利浦大平板血管造影机（DSA）等价值1500万元的设备。在这个战略思想的指导下，林芝市人民医院准备建立心内科及介入室，并且开展小儿先天性心脏病筛查等项目。

广东省人民医院心血管病研究所是全国著名的心血管病诊疗中心，这里每年的心内科心血管病介入手术超过了10000台，在全国名列前茅，是国家临床重点专科。在2017年5月初，我接到了遴选心内科具有介入资格的副主任医师援藏的通知，心中就充满了期待，希望有机会为边疆、为西藏人民做一些力所能及的工作，为改变西藏缺医少药的现状尽自己的一份力。这样，我自告奋勇加入了广东省第三批组团式医疗援藏队，憧憬未来能在雪域高原开展心血管病介入治疗，打破西藏地级市医院不能够开展心血管病介入治疗的现状，为组团式医疗援助工作取得新的突破尽自己的一份力量。5月14日，我第二次来到了美丽的林芝，为其壮美的自然风光所陶醉，期待有机会一睹南迦巴瓦峰的真容。到达林芝机场后，我和其他援藏医疗队的队员们收到医院院长和书记献来的洁白的哈达，随后把我们安置在医院刚刚建好的宿舍中，并购齐了生活必需品，让我们感受到了无微不至的关心和照顾，也让我们对未来的援藏工作充满了信心。通过短暂的适应后，高原反应逐渐减轻，我们便和广东省第二批组团式援藏队员一起开始了援藏工作。

我刚刚到达医院时，DSA还没有安装调试，感觉有力使不出来。对于急性心肌梗死的救治只能够采取溶栓的方法，患者闭塞的冠状动脉如果不能够全部开通，将导致患者生命处在危险之中，经常有患者因此而失去生命，这使我感到非常无力。但想到组团式医疗援藏就是要改变西藏落后的医疗水平，我对未来还是充满信心。相信随着“三甲”医院创建的步伐逐渐加快，我期盼的春天就要来了。

2017 年 6 月 5 日，广东省人民医院捐赠的大型设备飞利浦 DSA 终于运抵林芝市人民医院，并于 2017 年 8 月 1 日在介入室安装成功。2017 年 8 月 2 日，中央组织部部长陈希来到林芝市人民医院视察工作，对林芝市人民医院建立导管室，改变林芝不能够进行介入手术的历史给予了很高的评价。2017 年 8 月 30 日，广东省捐赠的德国西门子 DSA 也运抵林芝。2017 年 9 月 7 日，西门子 DSA 安装成功，并对我们准备参加介入工作的人员进行了培训。我也根据在广东省人民医院使用的介入耗材订购了准备在林芝市人民医院开展心血管病介入手术所需的所有材料。一切准备就绪，在 2017 年 9 月 28 日，在林芝市人民医院介入室，我做主刀完成了西藏自治区首例市级医院冠状动脉造影及支架植入术。

广东省人民医院捐赠的 DSA 大型设备运抵林芝

用“心”呵护高原的格桑花

广东省人民医院　孙凌

有人说，也许每个人心中都有一个西藏梦，但不是每一个有着西藏梦的人都可以来到这里。西藏不仅有壮美的山川、巨浪轰鸣的峡谷、一望无际的平原，更是一块充满灵性的土地，是心灵旅程向往之地，是大智慧的缔造者。在这片神圣的土地上，人们放慢脚步，驻足欣赏，面对圣洁的雪山、碧绿的湖水、郁郁葱葱的林海，每个人都会放下杂念，净化心灵。

赴高原，呵护小心脏

带着对这片土地的神往，作为广东省人民医院心血管病研究所的代表，我很幸运地来到这片神圣的土地。时间过得真快，转眼间，我到林芝市人民医院快一年了。回想当初来时的情景，仿佛就在昨天，领导的殷切希望，字字句句仍在耳边回响。来了以后，林芝市各级领导，尤其是人民医院领导的热切期盼和无微不至的关怀时时温暖着我、鼓舞着我，使我放下对家的思念、对亲人的思念，全身心地投入为林芝市人民医院做贡献的大潮中。

人都是有情怀的，爱是我来林芝工作、学习和生活的基本色调。从我来林芝的第一天起，就被林芝的山水所吸引、所感动、所震撼。它的一砖一瓦、一草一木不仅是大自然对林芝的馈赠，更是藏汉同胞多少年来精心培植、梳理和打扮的心血结晶。当我走进医院、走进科室、走到我的同事中间，看到他们兢兢业业、救死扶伤的精神面貌时，我感到更加激动、更加自豪，心灵就像这里的天空，那样蔚蓝，那样明朗。我不仅爱这里的山水，更爱这里的人民和我的同事。来这里，我觉得一切都是新鲜生动的，一切都充满着朝气和激情。我在心里暗暗发誓，一定不辜负各级领导的期望和关爱，为林芝市人民医院做出我应有的贡献。

誓言与实践只有很好地结合起来，才能体现出人的价值。我遵循着这样的理念投入工作中。我的专业是儿童先天性心脏病，主要负责藏东南地区先天性心脏病的筛查与诊断。在来这里工作之前，我就已经查阅了很多相关资料。由于这里属于高海拔地区，氧气稀薄，因此，先天性心脏病的发病率较内地高。因救治条件有限，很多患儿错过了最佳手术时间，导致了严重的肺动脉高压（俗称心血管疾病中的杀手），只能在灰色的童年中度过余生。望着那一双双纯净的眼眸、一张张稚嫩的脸庞、一片片青紫的嘴唇，听着那一声声呼吸喘息，我是如此揪心。他们不应该就这样走完一生，他们应该有更美好的童年，他们应该像不屈的格桑花一样绽放在高原！尽管语言不通，但眼睛所能折射的无声语言，我已读懂。他们渴望在山野中奔跑、在草原下追逐白云、在溪流中尽情玩耍，与群山、绿水、蓝天、牛羊为伴，释放一直被禁锢的灵魂，也许这就是无声胜有声的最高境界。我将无声的对话默默记在心中，化为动力，尽我所能去救治那一颗颗破损的心灵，还给他们本应快乐无忧的童年。

记得一个灿烂的下午，一米阳光暖暖地斜射在那些发蔫的格桑花上。它们如同被赐予了神的力量，从沉睡的梦境中苏醒过来，优雅地露出笑脸，拼命地汲取着无尽的能量。我端着茶杯，发呆似的注视着这一切，感叹生命的伟大、岁月的静好。突然清脆的铃声打破了我的思绪，电话那头传来了急促的声音，大致说了一下情况。没过多久，一对年轻的藏族夫妇就抱着襁褓中的婴儿，推着蓝色的氧气瓶，神色凝重地冲了进来。我打开婴儿的裹单，瘦弱的身躯毫无保留地呈现在我的面前：紧闭的双眼、发紫的嘴唇、快速翕动的鼻翼、起伏的胸廓。凭我的直觉，我猜测这个小可怜有八成是严重的肺动脉高压。当我为他做完心脏彩超，诊断同我猜测一样。如果不尽早进行药物干预救治，病情就会迅速进展，转变为梗阻性肺动脉高压，到那时除了肺移植，无药可救。我建议尽早使用药物治疗，还把详细治疗方案告诉陪同他们前来的医生，再由医生转告给那对藏族夫妇。他们看着襁褓中的婴儿，又看看我，我朝他们点了点头，给了他们一个坚定的眼神，年轻的藏族夫妇才勉强咧开嘴。注视着他们离去的背影，我在心里默默祝福着，愿他们也能和这格桑花一样被赐予神的力量。一个月后，这对夫妇带着这小可怜又来了，我迫不及待地为他做起了心脏彩超。奇迹真的发生了，在用了药后，这小可怜的肺动脉高压明显减轻了。我朝他们夫妇笑了笑，做了一个“OK”的手势。他们仿佛读懂了，向我竖起了大拇指，同时也露出了久违的笑容。那一刻，我才细细地端详着小可怜。经过用药后，他已经不像当初那样的骨瘦如柴，脸庞也泛起红润，黑色的眼珠滴溜溜地转着，甚是讨人喜爱。我将他紧紧抱入怀中，久久未能放下，一边比画一边用汉语告诉小可怜的父母。他们望着我，眼中泛出点点泪花。在大城市生活了太久，习惯了人们的互不信任和冷漠，那几滴泪花仿佛戳中了我的死穴，强烈地震撼着我。他们淳朴的真情流露洗涤着我的心灵。这里的一切都是那样的自然，不需要任何的雕刻，还原了真实的人性，将真、善、美淋漓尽致地展现在我的眼前。真的感谢我的领导给了我这样难得的机会，让我在西藏林芝这片圣土发挥光和热，同时净化我的心灵。

传知识，填补介入治疗空白

为了使更多的患儿家属了解先天性心脏病并能使患儿得到及时救治，我利用业余时间在林芝各县区进行先天性心脏病的筛查和宣教工作，使得先心患儿得到及时诊治。经过近半年准备工作，2017 年 10 月 24 日，在广东省人民医院心研所张智伟教授协助下，我和张教授携手成功开展三例先天性心脏病微创介入封堵手术，使林芝市人民医院成为西藏首个成功开展此类手术的地市级医院，填补了当地在先天性心脏病介入治疗上的空白。接受手术的患者中，年龄最小的仅为 2 岁，年龄最大的 51 岁，均被诊断为先天性房间隔缺损，手术都在一小时内顺利完成。手术效果良好，术后复查无并发症，平均住院时间仅 5 天。因为地处高原，林芝乃至西藏地区一直是我国先天性心脏病的高发区，在过往亦是先天性心脏病筛查和诊疗相对薄弱的地区。林芝市人民医院首批三例先天性心脏病介入治疗手术的成功开展，标志着在林芝当地就能够为藏区患儿提供专业的先天性心脏病介入手术治疗，同时心血管病诊疗技术辐射至周边地区包括山南、昌都、日喀则，多名外地患儿前来就诊并得到及时和高水平的治疗。这将为今后藏区的先天性心脏病患儿救治提供极大便利，并为当地儿童的健康成长提供更为先进的诊疗技术和更为优越的医疗卫生条件。

作为心血管病专业医生，我还多次参加医院各种的紧急会诊、多学科会诊，无论白天黑夜，无论院内院外。与此同时，我多次接受自治区干部保健局及林芝市委市政府指派，参与国家和省、自治区的重要干部保健工作，并出色完成了任务，展现的高超的专业素养和严谨的工作风格，赢得了各级领导的称赞，展示了广东援藏医疗专家的良好风貌，也为广东省人民医院以及林芝市人民医院赢得了荣誉。

搭桥梁，推动藏粤先心诊治一体化

作为第三批组团式援藏医疗队的一员，我具有让先进技术扎根高原的强烈意识。在全力进行先天性心脏病的筛查和诊治的同时，我还积极推动和协调林芝市人民医院和组团式援藏医疗牵头单位——广东省人民医院暨广东省心血管病研究所成立藏东南地区高原先天性心脏病筛查诊治中心。该中心将于近期成立并运作，将是西藏自治区第一家先天性心脏病诊治机构，是粤藏一家亲的最好体现。最重要的是，该中心的成立，将极大提高林芝市人民医院的心血管病诊治水平，为藏东南地区乃至全藏儿童的健康保驾护航。同时，该中心还可培养当地高水平医疗队伍，为广大藏汉群众服务，使他们即便罹患心血管疾病也可在家门口接受最好的治疗。这是贯彻党的十九大精神，实施健康中国战略在藏东南地区的最好体现。

在这近一年里，我的思想认识得到了极大提高，我的实践能力得到了很好的锻炼，我的整体精神和协作精神得到了进一步的加强。我想这些成果的取得与各级领导的鼓励、支持和同行的帮助是分不开的，只有不断加强学习，不断实践和总结，才能更好地，更扎实地为医疗事业做出贡献，将我的爱毫无保留地奉献出来。

“长风破浪会有时，直挂云帆济沧海。”可爱的西藏，千百年来，人们不仅用心呵护着这片神奇的土地，也祈盼着自身像格桑花一样美丽、动人，健康绽放。作为一名援藏医生，我深感责任重大。我当竭尽所能，用心、用情、用智慧去呵护、关爱这里的每一个生命，让他们像高山一样长寿，像格桑花一样灿烂。

孙凌医生在工布江达县措高乡结部村
参加义诊活动，筛查先天性心脏病的患儿